把兄弟

王兆军 / 著

作家出版社

王兆军 中国作家协会会员，主要从事小说、散文及报告文学创作，兼及文化研究。其《拂晓前的葬礼》获中国第三届优秀中篇小说奖，《原野在呼唤》获中国第三届报告文学奖。出版有长篇小说《盲流世家》、乡下人三部曲（《白蜡烛》、《青桐树》、《红地毯》，收入国家图书馆馆藏建国六十年五百部优秀小说）、《绿帽子》等；短篇小说集《蝌蚪与龙》；儿童小说集《吊瓜失踪记》等；散文随笔集《碎玻璃》、《皱纹里的声音》、《眺望红尘》、《风骨随身》等；村史《黑墩屯——一个中国乡村的历史素描》等。小说《白蜡烛》、《落风坡人物》、《关于井神街四季的卡片》等作品被译成日文、英文、德文。其艺术评论作品主要有《王沂东的风格》、《胡石画评》、《论花鸟精神》等。

王兆军

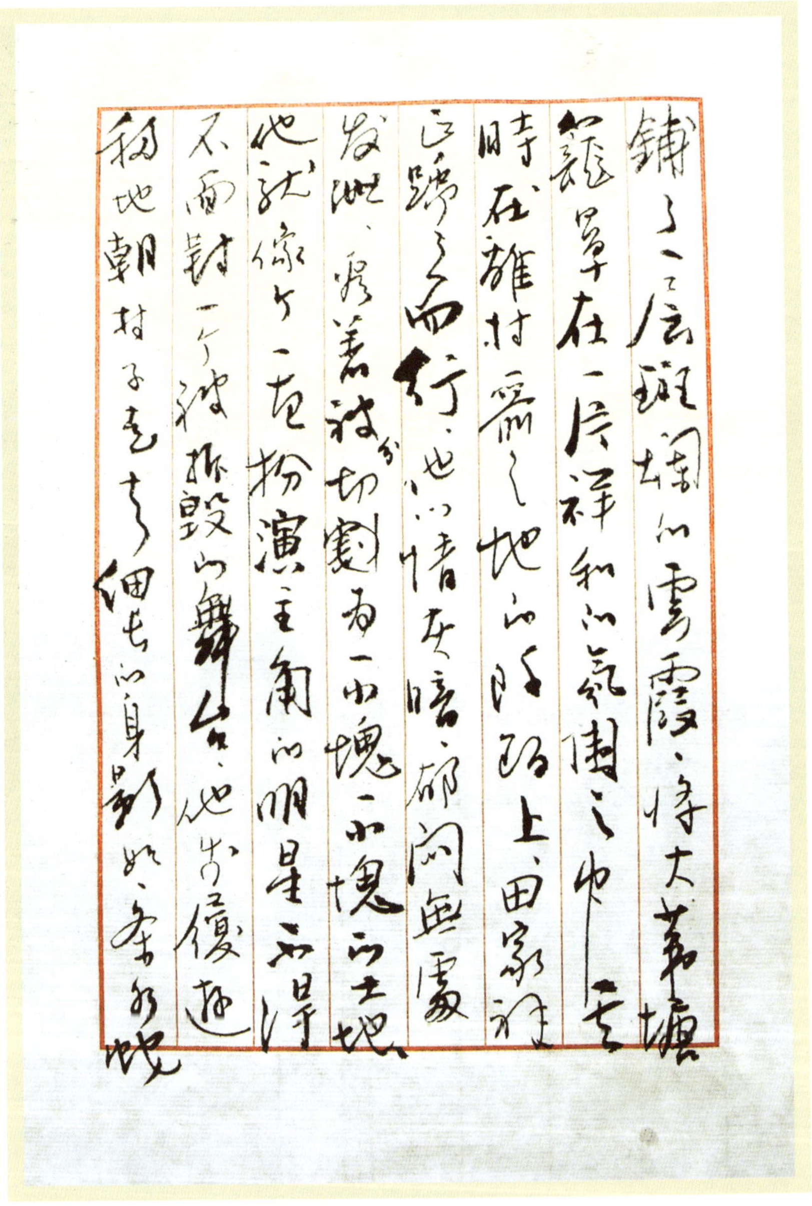

铺了一层斑斓的云霞，将大荷塘笼罩在一层祥和的氛围之中。黄昏时，在雄村霸了地的路上，田家祥正踽踽而行，他的心情灰暗、郁闷无处发泄。露着被分切割为一小块一小块的土地，他就像一个扮演主角的明星，不得不面对一个被拆毁的舞台。他如何复返稻地朝村子走去，细长的身影，象条蚯蛇

作者手迹

目　录

卷　一

第一章　历史拐弯处好汉踟蹰　绣球到手时才子逞能　2

第二章　大眼睛紧盯仇人　不死鸟傲视对手　18

第三章　机缘巧合老同志说事　随波逐流扎纸匠移居　36

第四章　田家祥办厂初衷一贯　莫先生出山约法三章　52

第五章　张二妮上坟了结从前　田永昌送礼投其所好　66

第六章　情深深三老对八戒　意迟迟入行复改行　82

卷　二

第七章　异曲同工天丝对天目　同命相怜大妮护小妮　102

第八章　小伙子当街举棍棒　机灵女小院用蚊香　116

第九章　薄情郎因情得湘妃　贪财人为财失婵娟　129

第十章　烦恼人人有各自不同　快乐处处生因人而异　143

第十一章　心旌摇曳时突发事件
笔下生花处直面对手　158
第十二章　谋事有心还须有道
做人无情难免无趣　172
第十三章　贾文化讲古钩沉提要
张二妮忆旧放怀高歌　188

卷　三
第十四章　大人物不慎泄密穿帮
小青年用心平地抠饼　204
第十五章　失态只在方寸之间
痴情往往心不在焉　222
第十六章　真打假因功落井下
虚应酬舍命上楼台　239
第十七章　听兄弟说政经大事
逼对手做人畜对亲　258
第十八章　说拉弹唱意在精神对抗
抚尸号哭只为知情报恩　275
第十九章　小巷深处鬼影蒙面
十字街口无赖断肠　291
第二十章　隔壁听密语侠女拔刀
夹道梦情物心灵告别　307
第二十一章　失魂魄宦游客成蛹
祭祖坟漂泊女释怀　323

卷　四
第二十二章　胳膊拗大腿不幸挨打
好心无好报意外坠崖　336
第二十三章　招财进宝和尚念外来经
移花接木兔子吃窝边草　350

第二十四章 大打出手不得已攻其下
守道以约知耻者近乎勇 369
第二十五章 痴女人相思苦用心
傻小子情急不择路 385
第二十六章 黑土地启发灵感
酷太岁设计套儿 398
第二十七章 真相大白后夫妻撒手
痛定思痛时故人宽宥 412
第二十八章 论进退天道自在
说图画警钟长鸣 431

卷　一

第一章

绣球到手时才子逞能
历史拐弯处好汉踟蹰

田家祥至今难忘二十多年前那个让他心情大落大起的黄昏。那是他人生道路上一个至关重要的拐点。为此，他一直对那位兄弟心存感激。

那天下午，风和日丽，按说算是秋天里的一个大好日子。傍晚时分，天空平铺了一层斑斓的云霞，田家祥在村西的阡陌上踽踽而行。此时他心情灰暗，无法言说的郁闷没处发泄。背对落日，他瞭望被切割成小块小块的田地，像个一直扮演主角的明星不得不面对一个被拆散的舞台。他步履游移地朝村庄走去，细长的身影像一条游动的水蛇。他憎恶那条晃动的影子，情不自禁地回过头去，盯了一眼夕阳，此时落日像一个熟过了头的、即将腐烂的大柿子。这样的感受让他浑身乏力。他想坐在田埂上抽支烟，排遣近来日渐浓重的烦躁。

此时一个矮小的身影正尾随着他。田家祥好几次踩到那个一出一没的影子，恨不能一脚踩下去，将之钉在地上，叫他动弹不得。那影子来自本村一农民——大名田永昌，诨号厚皮。人的诨名往往比真名更真实也更生动，田永昌的特点就是脸皮厚，不管你怎么说他、骂他、数落他、训斥他，他都不在乎。用他自已的话说：把脸夹在腚沟里照样过日子——这也是个本事呢！

田永昌亦步亦趋地跟着，央求着，中心意旨是想趁着这次分田，多包几亩地。田家祥对他反复地说“知道了，知道了”，可厚皮还是不放心。他翻来覆去地聒噪，一定要他这个当支书的大叔明确了到底是哪块田、几亩几分，何时办手续、按手印。田家祥对分田到户（官方称之为家庭联产承包责任制）本就心怀抵触，厚皮的唠叨让他不胜其烦。他索性停下来，厉声道：厚皮你这个王八蛋，车轱辘子话说了一百遍，存心要恶瘿我，是不是？

厚皮停了下来，猥琐地站在七步之外。他那眯缝的小眼、褶皱的鼻梁、歪曲的嘴角，一起协作着堆出一脸死乞白赖的笑，细声细气地说：大叔，您想骂，随便骂就是了，您侄子来到这世上就是供您骂的。您要是嫌不过瘾，揍我两巴掌，我也心甘情愿挨着。谁叫我是您的侄呢。不过，无论如何您得高抬贵手，让我多包几亩地。田家祥说：地都分完了，剩的都是修路用的预留地。厚皮说：留那么宽的路干吗呢，又不修飞机场！

田家祥没好气地说：田永昌我问你，全村的地都是按人头分的，是我没给你应摊的那一份呢，还是分地时短了你的尺码？厚皮满脸堆笑地说：大叔您这是哪里话呢，您办事公平，从来不曾掐亏给我吃。您侄我今天不就是想多喝两碗糊粥嘛。田家祥问：这以前，你喝的是西北风？厚皮既不退缩也不脸红，就着那话题说：咱大苇塘村的糊粥从来都比别的村子稠，社会主义走得刚刚的，那可是焦干的事实。可是如今上边变了窑火，怕是要走开回头路呢！

“走回头路！”这句话像铁锤一般沉重，正好砸在田家祥的心坎上，他眼前不由得一阵眩晕。他转过脸来，迎着灿烂的晚霞，气急败坏地朝厚皮吼道：永昌你这个王八蛋，哪把壶漏你提哪把！这风向潮流的事，我管得了吗？明知我心里跟吃死苍蝇似的，你还不依不饶地膈应我。你想就我头上拉屎撒尿摔鸡巴是不是？啊！

田永昌当即敛色肃立，不敢再吱一声。了解田家祥的人都知道，他有个习惯——如果他最后那句话是个反问，紧跟着又追加了一个带惊叹号的“啊”字，不管是谁，最好不要再跟他说什么——他生气了，不耐烦了，要发火了。此时如果继续啰嗦，说话人等于自找难堪——田家祥的表情多年来就是大苇塘村的晴雨表。厚皮是个聪明人，此时就站在那里不动了，脸上挂着僵硬的、卑贱的、自嘲的笑。看着那个身影远去，厚皮喃喃地说：躲得过三枪，躲不过一马杈——这一回怕是要完了。

田家祥脚步沉重地走到大苇塘村的中心，一个丁字街口，打算去大队部看看。去那里看什么，他自己也茫然，好像脚底下带着某种习惯。大队部占据了街口的西北角，坐北朝南，西南角则是申凤坤的老宅子。丁字街口的东面是一片低矮老旧民房。从西向东，不久前刚刚抽出一条街道，街面与现有向西的道路一样宽。被拆的地方，一些黑乎乎的木棒和腐烂的屋草散发着腐朽的气息，路面虽然铺了一层新土，却依然压不住沉重的残破感。而且，南北方向的那条路到街口这里突然变窄了——凤坤家的东屋还在那里竖着。

晚霞稀薄，流云暗淡下来，大队部的瓦屋隐藏到暮霭的朦胧中，前墙上，"农业学大寨"的标语已经斑驳，留下许多不规则的划痕，那是拉庄稼、运柴草的车子划出来的道子——谁在乎标语啊！街南面，与大队部的前墙相对的，就是申凤坤家老屋的后墙，那里涂着"大力推广家庭联产承包责任制"的时新口号，格外醒目。墙根那边此时正聚着五六个消闲拉呱的村民，其中有申凤坤和他的长子申抱朴、女婿田两相，前任村支书田福申正在硬邦邦的布鞋底上敲打长长的旱烟管儿，近来常出外做小生意的田永顺正在神说六道，他的老爹田二墩子坐在路边一块石头上拿着草棍儿剔牙。

那些人的欢声笑语与田家祥此时的心情格格不入，他无意搭讪，径直朝大队部走去。田福申朝这边瞥了一眼，放大了声音说：要是跟人家小苇塘那样去年就分了地，现实说话（这是此地人的一句口头禅），各家粮食早就盛不下了！申抱朴迎风借势地说：谁叫咱是红旗单位呢，红旗不红了！田二墩子没注意到田家祥，兀自蹲在石头上说：潮流呢潮流！谁能挡得了？胳膊拧不过大腿，苘绳敌不过麻绳，才说的嘛！申凤坤显然看见田家祥了，声音一如既往的淡定：古人说得好，天下大势，分久必合，合久必分。他的女婿——申秀菊的男人——田两相别棱着脑袋说：还是生产队好，现在家里地里活多得累死人。田福申叹道：老天爷不容易，再及时的雨水也有人抱怨淋湿了头发。

田二墩子终于发现田家祥就站在大队部门口，立即撂下剔牙的草棍儿，在石头上笃笃地敲着烟斗，向旁边的人示意，眼神里露出特有的警觉和恐惧，甚至还有几分懊悔。他问身边的田两相：刚才我说什么了我？田两相吓唬他说：我听见你刚才好像骂咱书记了，局子里马上就要来人抓你呢！田二墩子立马就紧张起来，说：不能不能，政治的事我是从不插嘴的。申抱朴却放大了嗓门喊：墩子你怕什么！分田到户，不要干部！这句话，田家祥听了个清清楚楚。他瞪了申抱朴一眼，神情黯然地跨进大队部的门槛。

田家祥的心情坏极了，空前的坏，极端的坏。大苇塘村生他养他，多年来他一直心甘情愿地为这个村庄效力，至今未曾放弃。自从部队退役回来，种种艰难困苦坎坷挫折，他都没有含糊过，关节处总是一马当先，硬是将一个落后村变成本地区的先进单位。这不仅是他个人的荣誉，整个村子都为此而自豪。多少年来，他从没失去理想的支撑，上级也一直支持他，不久前他还制定了大苇塘村十年发展规划，可是政策突然来了个一百八十度的大转弯，他觉得被那个自己一直信任的、依靠的、仰仗的力量抛弃了，心中有一种被出卖了的感觉。

田家祥脸色铁青，　脚踢开大队部办公室的房门。桌子上放着上级刚发下来的三张大奖状，他看都没看，一下子呼啦在手里，刺啦啦撕了个粉碎。他将撕碎的纸片撒向门外，碎片却软绵绵落在眼前的地上。他踏上一只脚，用力搓揉那些纸片，骂：红旗都不要了，还发什么屌日的奖状！干恶瘮人！

田家祥很在乎荣誉，心里长存着事事争先的豪情，不论是上级给的嘉奖还是老百姓的口碑，他都挺看重的。这些年大苇塘村每年都能拿到若干奖状、锦旗和奖品，其中有学大寨先进单位，有模范党支部，还有关于民兵训练、计划生育、普及教育、植树造林、发展沼气、拥军优属、棉田管理等多样名堂。这些奖励大多来自地县，有些还是省里发的。他将这些象征着荣誉的东西挂在办公室的墙上，视如生命。如今，这些东西看上去都暗淡无光了。

田家祥心烦意乱，趁了暮色回到家中。这个只有四间瓦房的小院子，此时在他眼里空洞而且恍惚。那盘踞在院子里的石磨显得十分冷漠，高大的枣树麻木地竖在暮霭中，暗处似有鬼魅蹲伏。几只鸡在鸡笼里拥挤着，发出唧唧咕咕的声音。一只公鸡还在鸡笼外边的地上逡巡辗转，似乎在寻找尚未进笼的母鸡。田家祥不小心踩到垫脚石上的一摊鸡屎，差点儿滑倒。他下意识地去提那只崴掉的鞋，手上便黏了些臭烘烘的鸡粪。他在大枣树的糙皮上抹了抹手指，令人不堪的气息激发了他心头的无名火。可巧，那只尚未入笼的公鸡不知进退，正歪着脖子伸了头打量主人的尴尬。田家祥觉得这东西是在嘲笑他，一把抓住公鸡的脖子，就着身边的枣树摔去。

公鸡在地上扑腾挣扎了几下，抽搐着，慢慢地熄灭了生气。地上是散乱的五彩鸡毛，枣树干上流着深红的鸡血。鸡血刺激了田家祥的杀气，一不做二不休，他从鸡笼中又拽出一只母鸡来。母鸡呱呱叫着扑棱着，垂死的呼喊没有动摇主人的同情心，同样被摔死在枣树干上命赴黄泉。

田家祥的老婆王秀花听到凄惨的鸡叫声，打堂屋里出来，看到地上的死鸡，刚要发作，却见丈夫一脸杀气，便短了气势，怯怯地说：鸡怎么着你了？朝什么撒气不好，偏要摔俺那几只鸡？你不吃(鸡蛋)，永志还要吃呢！田家祥一听这话，气恼更增了三分，吼道：我又没杀人，你嗷嗷什么！王秀花期期艾艾地说：鸡，鸡怎么着你了？田家祥吼道：你说鸡怎么着我了？我不知道，你还不知道吗？明摆着，它在我眼前拉屎了，它们成心要恶心我、腻歪我！我摔的是鸡，不是人！知道吗？啊！

王秀花听到这个“啊”字，不敢再说什么了。

田家祥没有进屋，就那样靠着石磨站着，一支接一支地抽烟，一种最廉价的劣质烟。在石磨和大枣树之间的空地上，彻底不喘气的公鸡和母鸡躺在那里，空气中弥漫着一种血腥的氤氲。田家祥看着地上的景象，眼神迷茫，无动于衷，就像个梦游中走来的人。

王秀花嘟囔道：跟谁有气找谁出，别扳着门框使假枪！

田家祥望着黑下来的天空，反问：找谁去？找得着吗我！

王秀花说：那你也甭吃柿子拣软的捏！

这话好像说到对方的症了，田家祥一时没了声。看着那一地的鸡毛、腌臜的鸡屎，还有淋漓的鲜血，王秀花不知怎么收拾才好。鸡血渗到土里，方才的鲜红渐渐变为胭脂紫，小院在愈渐昏暗的暮色中多了几分恐怖。

小儿子田永志此时放学回家，正巧看到这情形，顿时吓哭了。王秀花赶忙跑上前，用她粗糙的双手蒙了小儿子的眼睛，说：别怕别怕，好儿子，就几只鸡。

田家祥有两个儿子，禀赋截然不同。大儿子田自由十三岁，身强力壮，做事风风火火，看上去就像田野里一棵粗壮的红高粱。用田家祥的话说：这小子壮得跟头驴似的，你就是拿推磨的棒子打，也打不倒他。小儿子田永志刚满六岁，这孩子自打出壳就是一副弱不禁风的样子，如今也还是个又黄又瘦的小人儿，外人送他个诨号：三类苗——意思是田地里长势最弱的禾苗儿。这孩子不仅孱弱，心性也不强健，对周围的声色很敏感，夜色里见了自己的影子都会生出莫名的惊悚，一阵小风就能让他感冒发烧，过于强烈的阳光会让他眩晕。田家祥经常嘲笑他的幼子：怎么了？又被苍蝇踢了一脚是不是？

田永志从母亲的指缝里看到了地上的血污和死鸡，嗅到了空气里的血腥，浑身发抖。不用娘说，他就知道这是谁作的孽。对于田家祥的暴戾，田自由已经习以为常，但田永志的身心还不够皮实，面对眼前这淋漓的鲜血和无常的生灵，他缩着身子，瑟瑟发抖。王秀花像老母鸡保护小鸡似的把孩子拽进屋里，回头冲了男人喊：看把孩子吓成什么样了！

田家祥瞥了一眼小儿子，鄙夷地说：两只死鸡就吓掉魂了？难怪人家叫你三类苗！学名名不副实，诨名倒是蛮合适的，几滴鸡血就把你吓成这个熊样子，哪里还像我的种！这要是在战场上，大炮一响，满眼都是死尸，还不吓得屎拉在裤裆里！王秀花在屋里安慰儿子：别怕、别怕，他不是人。

厚皮又来了，像一只慢悠悠的老鳖。他打量了地上的死鸡，说：一阵风，又是一阵风。田家祥脸色铁青，眼皮都未翻一翻。厚皮又说：

大叔，再大的风都刮不走天和地啊！谁怕，您都不该怕；谁生气，您都不该生气。宰相肚里能撑船嘛。听了这话，田家祥脸色稍微好看了些。厚皮说：这鸡得马上煺，鸡血凉了，鸡毛就不好拔了。

王秀花从堂屋走出。厚皮叫她在海碗里撒点盐，马上烧水，准备煺鸡。开水烧好，厚皮把死鸡浸到热水里，一边教导王秀花：煺鸡的水不能太热，鸡皮烫熟了不好拔毛。水也不能太凉，凉了煺不干净鸡毛。王秀花说：你当俺没杀过鸡？厚皮说：贫下中农很少吃鸡。王秀花说：现在没有贫下中农了，四类分子摘了帽，跟咱一样。厚皮说：大婶子您可不能这么说。党的政策像月亮，初一十五不一样。今天说摘帽，那就得摘，不摘不行；可是说不定哪一天又要给他们戴上。政策这东西，霎时的阴晴，赶上的就赚了，赶不上的就得吃亏。王秀花问：地富反坏都翻了过来，党员就完了，是不是？厚皮笑道：婶子你放心。狗走满天下吃屎，狼走满天下吃肉，大叔他万不会被眼前的浪头偃下去的。

听到这话，田家祥说：厚皮你总算说了句人话。

这当儿，王秀花冷不丁说了句狠话：就怕是蜂老自死。话一出口，王秀花的屁股上就被田家祥踢了一脚，但她依然蹲在那里，也没犯嘴。

厚皮说：大婶子，你是锻炼出来了。

煺完鸡，厚皮伸了伸老腰，达撒达撒挪到堂屋里。田家祥把烟朝厚皮那边拨拉一下，厚皮就点了一支烟，说：大叔你也是，跟大婶子怄什么气？你是何等的人物，一村之长，俺这些人要是跟您比，简直就是草木。实话告诉你，我儿子说我这个爹的价值等于零，我不气恼，他说我是零我就是零了？零，大小也是个圈圈嘛。你大人物就得想大事、办大事，是不是？再说，这地今天能分明天就能收回来，不就上边一句话嘛。只要你这书记还当着，大苇塘的天下谁都夺不去！大苇塘村有几个站着撒尿的？谁能像您这样处心无愧地为兄弟爷们儿谋福利？按着胳膊数腿，没一个能跟你比的！

田家祥于是问厚皮：门槛快要给你踩断了，还是那点屁事是不？厚皮说：我能有什么大事？您侄的日子过得有多狼狈，大叔你又不是不知道！现实说话，我老婆跟旁人相好，不拿我当人，我总得争口气吧。田家祥问:你老婆应当算个恭谨正派的女人，怎么突然变了窑火?厚皮说:都是改革惹的祸啊。平日里大家都是一个锅里摸勺子，没个干稀分别，席上地下差不了一扁指。可是单干风一刮起来，人就分出了贵贱。前些日子请木匠做了一个饭桌、一张床。做好了饭桌，木匠跟俺两口子一起吃饭。后来做了床，我家那个贱货就不肯跟我睡了。田家祥笑道:你不合做那张床。厚皮涎着脸说:我下地干活，他们俩在家里鼓捣。我出门当厨子，他们在家里吃肉。我想把那个狗日的揍出去，可是好手敌不过双拳，我只好撤退。田家祥问:你才三十啷当岁，那活儿就不行了?厚皮说:那活儿好着呢，嚣张时牛皮鼓都能戳破，可咱没有钱，木匠有钱啊。那女人见人家来钱容易，又舍得花，那家伙一撩拨她就跟老母猪似的仰八了。田家祥愤愤说道:岂有此理!厚皮说:为了争口气，我得多弄两亩地，叫她知道我不光会当厨子，也能多打粮食多卖钱。田家祥说:你说的那点地方，一个人坐上去连腚还堵不严，就是拿到手也多打不了几斤粮，那骚女人也不会觉得你有怎样的了不起。厚皮说:大叔，苍蝇也是肉啊。田家祥说:那好吧，既然你不嫌那块地小，过几天我给你办个手续。

厚皮当即就要给田家祥磕头，被田家祥踢了一脚，他叫厚皮坐下，说:不过，你得给咱大队办一件事。厚皮就问:什么事?大叔你尽管说。我今天就是您的一条狗。田家祥说:街口那条大道，看见了?还是要打通。这么着，你去跟申凤坤说一说，叫他主动拆掉那几间东屋。上一次村里整治街道，碍着兄弟面子我没好意思跟他来真的。这次他可得识相些，不就两间锅屋嘛，又不是金銮殿!

厚皮一听，不说话了。

随他厚皮应还是不应，田家祥继续吩咐:如果说通了，彼此都好说，我会赔偿他的损失。要是说不通，你就去找几个人，把申家那几间破屋给我打了。两间破草屋，有什么舍不得的!

厚皮的脸上堆着一片难色。他咂摸了一阵子嘴，说:大叔，道理呢，谁都明白，可您不是不知道，凤坤大叔的头皮儿怪难剃呢!他是个倔驴，又有文化，我这张嘴说不过他。再说，他家爷们多，我这么榔槺一个人，寡不敌众啊。这件事，大叔您真叫我犯了愁呢。

田家祥说：话不能那么说。你给我弄出街口这一分地，我给你贴边渠一亩多好地，情分的缺口在我这边，知道不？你不干，自然有人干。我不信捧着猪头找不到庙门。

厚皮为难道：现在没民兵了，这挠头的活儿，找谁干啊？田家祥说：你就去找前些日子通街道时被打了屋的那几家，叫他们出来帮忙。厚皮说：那些人对拆院子打屋本就有意见，如何肯出来帮这个忙？田家祥说：厚皮啊厚皮，你啥时能聪明一点儿？我告诉你，你说的那几家，没抽大街前，确实跟申凤坤一个鼻孔儿出气。现在，他们的屋打了，申凤坤的东屋还站在那里，有些人就觉得凤坤赚了大便宜，喘气不顺。这时只要我说打，他们不仅不反对，十有八九还会暗自畅快。厚皮恍然大悟，道：看我这瞎人，到老还是参不透咱大苇塘村人。不过，到时你得下个死命令哟，俺也好有个托儿。田家祥说：到时我在大喇叭里发话，你们只管行动就是。厚皮当即来了勇气，起身说：是的是的，官差人差，差人不差，我是磨道里的驴——听喝就是了。田家祥说：你个熊种，知道汤圆里怎么进的糖！

厚皮正要出门，迎面进来了吕锋。

吕锋也是大苇塘村人，早年和田家祥一起当过兵，又同时退役回来。吕锋上过中学，心性灵活，打年轻时就能说会写，唱过样板戏，还会拉二胡、吹口琴，加上面庞儿俊俏，身个儿出挑，村人给他个诨号，“大姑娘食儿”，意思是姑娘们关注、钦羡、猎取的对象。退役后，吕锋当了团支部书记，田家祥是民兵连长。他们那时都看不上无所作为的支书田福申，两人结成同盟，经过两年多的奋斗，硬是把田福申给掀了下来，田家祥成为大苇塘村的一把手。当是时，田家祥和吕锋好得跟一个人似的。掌权后，吕锋因为和二妮的事被捉奸，决意离开村子出去混，田家祥想尽办法，给他跑到了个工农兵大学生的指标。吕锋毕业后被分配到县商业局当秘书。不久前县上实行改革，领导干部知识化年轻化，吕锋戏剧性地被吸收到县委班子，不久又当了商业局长。

厚皮一见吕锋，就喊：哎哟哎，局长来了，咱大苇塘总算出了个大官！

吕锋潇洒地答道：不就是个小小的局长嘛，有什么大惊小怪的。

厚皮竖起大拇指说：凭您这句话，还得升！

吕锋道：永昌啊，就剩下一副好嘴了——谢您吉言。

厚皮拉着吕锋的袖子，问：大叔您这是微服私访吧？

吕锋把厚皮的手从他的西服袖子上文雅地拨拉下去，正色道：别瞎说！微服私访这个词儿只能用在皇帝身上，我们不兴这么说。我这次回来是给先人上坟的。厚皮就问：扎没扎纸草？吕锋说：咱可不兴那一套，也就是到林子那边烧了两刀纸，连头都没磕。厚皮煞有介事地说：现在不同了。昨天还有人打听咱村的申凤坤现在扎不扎纸草，我跟那人说，方圆五十里地盘上，凤坤是最好的扎纸匠，他的手艺撂下已经十多年，如今是不是拾掇起来了，还没听人说起。

田家祥说：封建迷信，牛鬼蛇神，谅他也不敢。

厚皮说：就咱这里还不兴，旁处已经大行其道了。

田家祥瞥了一眼吕锋，说：黑暗的东西蠢蠢欲动。

吕锋对厚皮说：我来看看家祥，你忙你的。

厚皮想起自己“公事在身”，知趣地离开了田家。

吕锋见大盆里放着两只鸡，问王秀花：乡下瘟鸡？

王秀花撇了撇嘴，说：你问他去。

田家祥道：多杀了两只鸡，今晚咱俩喝两盅。

吕锋道：我还不知道你！你就疯吧！

田家祥掩饰道：鸡蛋也是吃，鸡肉也是吃，反正都是吃货。

吕锋盯着田家祥，说：你的心态不对。

田家祥说：谁像你，连升三级，春风得意。

吕锋说：甭忘了，你还是这里的书记啊！

田家祥自嘲道：还书记呢，我现在连一般社员都不如！地是按人口分的，我一分也不多。别人干活很坦然，我如今一下地，就有人指指点点，说从来不下地的人也要两条腿插在墒沟里，受得了吗？吕锋，他们是在故意嘲笑我、砢碜我呢！别人不知道，你该知道，为了大苇塘，咱兄弟们出的力小吗？现在可好，村里连个党员会都开不起来，各自忙自己的庄稼，民兵连等于解散，团支部不再活动，计划生育也没人管了。总而言之，基层垮了。有人公开叫嚣分田到户不要干部。你说我这个当书记的现眼不现眼？现实说话，大苇塘就还剩下一个副业组、一台破柴油机、几个砂轮、两三口破瓷缸，就这些！寡妇娘儿们过日子——连根屌毛都没有——集体是完了。

吕锋用篮球裁判的手势示意田家祥：暂停。他站起来，在屋子里转了一个圈，突然一个漂亮的转身，正色道：现在请你听我说几句，好不好？

田家祥默然。

吕锋说：这次，我是特意为了你回来的，还跟老婆请了假。所以，无论如何你得让我把话说完说透了。你要是觉得我说的有道理，咱俩喝酒。若是想不通，我立马走人。

田家祥苦笑着说：那你就拣点儿实在的说。

吕锋从上衣口袋里捏出一把苍青色的牛角梳子，梳了梳头发。这是吕锋打当团支部书记时起养成的习惯，每当发表他认为重要的言论时，不论场合大小都要梳理一下头发。他着意地清了清嗓子，开始了私人场合下一对一的演讲：第一个问题，关于形势。我认为，这是一个我们从来不敢想象也不曾意识到的时期。改革开放，这四个字到底包含了多少内容，现在谁都说不清，摸着石头过河嘛。但是凭直觉，我意识到，一轮了不起的社会变动已经开始了。

田家祥说：甭扯口号，我不爱听。

吕锋说：认识形势，是所有问题的纲。

田家祥不屑地说：哪次听报告都是这些，烦死人。

吕锋说：在大变动时期，我们都应保持高度的政治敏感，是不是？

田家祥说：这个不用你说。

吕锋说：只有认清大方向，才能跟得紧。

田家祥说：跟不上，不跟就是了。

吕锋无奈地摊开双手，像个诗人似的，高声说：当大家清清楚楚闻到时代变动的新鲜气息时，你感冒了。当众人清清楚楚听到历史车轮的轰鸣时，你捂上了耳朵。天上落下来的美味的汤，可是我的哥哥啊，你手里拿的却是叉子。悠悠此心，绕树三匝，遗憾啊！

田家祥不无嘲讽地说：只要你手里拿的是碗就行。

吕锋反问：那你还叫我说什么？

田家祥沮丧地说：啥都别说，喝茶。

吕锋坐下端起茶杯，喝了一口，复又站起来，在屋子里走来走去。田家祥拉吕锋坐下，说：你这么走来走去的，活像一头刚配了种的母牛，毛病！你先说说怎么坐直升飞机上去的吧。

有了彼此感兴趣的话题，吕锋安定下来，语态也正常了。他说：回观近年来的命运，实话告诉你，我如在梦中。托你的福，我被推荐上了大学，做梦都不曾想到的啊！当时看似穷途末路，现在才知是歪打正着。大学毕业，遇到晓云，不经意间有了家，当了丈夫做了父亲，如今双方都是脱产干部！当年我的最大愿望就是脱离农村吃上国库粮，没想到这些东西一下子全都有了，而且当了商业局的秘书。你知道，秘书的权很大啊！

田家祥打断他：人的运气屌的命呗。说眼下的。

吕锋站起来，复又在屋里来回走动。他那两条修长的腿，月白色的裤子，富有弹性的皮鞋，还有如舞者般轻盈的脚步，与田家的黑黢黢的茅屋很不相称。王秀花说：难怪人家叫你“大姑娘食儿”呢。吕锋感慨地说：嫂子你不知道，我是太幸运了，幸运得离谱了！

王秀花问：听说你当大官了，是吗？

田家祥示意老婆一边去，不要乱插话。吕锋说嫂子不是外人。王秀花听了，就没有离开。吕锋搓着手，道：实话说吧。那天县委组织部叫我去谈话，当时我吓了一大跳。你猜，我想到哪儿去了？我以为，有人嫉妒我，想把我从秘书的位子上拿下来。他们很可能偷偷做了手脚，把从前那点儿事翻腾出来，叫我这个秘书当不成甚至于撕掉我的商品粮本本卷铺盖回家呢！所以，进县委大门之前，我一脑门儿的冷汗。

王秀花撇嘴道：从前那点儿事，你是说二妮呢吧？男人都不是好东西——人家二妮六十辈子都做不出那样的事来。

吕锋说：咱说正经的。我惴惴不安来到县委大院，组织部长一见面就告诉我，县党代会就要召开了，这次要安排我进班子，还要我担任县商业局的局长。当时我那个震惊啊，简直无法形容，连话都说不出来了。万万没想到，心边上不曾有、做梦都不会梦见的事居然就在眼前！太突然，太戏剧，太出其不意了！当时我就像突然飞到白云上一样，飘飘然又喜又怕。好一阵子，我都没有能力接领导的话。我努力让自己镇定下来，告诉自己这可能是事实。我实话实说：组织上这样安排，我觉得很突然。我的资历太浅，也缺乏充足的行政经验，组织上这样安排，是要赶了鸭子上架呢。

田家祥说：还有点儿自知之明。

吕锋说：你猜部长怎么说？部长微笑着，说了这么一句话：红绣球打到你头上，想跑都跑不掉——恭敬不如从命，个人的谦虚虽然是一种美德，但谁也改变不了组织的决定。大哥，部长这句话说得太形象太恰当了。既然组织的安排不可更改，我就只好接受。告辞时我对组织部长说：那我就癞蛤蟆垫床腿——硬撑一阵子吧。

田家祥啧啧道：寡妇娘儿们去打草，一哈腰拾了个屌——运气啊。

王秀花说：不再怀疑二妮了？没良心的东西！

吕锋说：身上有个疤儿，天气一变那地方先痒痒，是不？

田家祥笑了，说：你倒是不糊涂。

吕锋自诩地说：我的头脑从来都是清醒的。偶尔发烧，很快就能冷静下来。你知道绣球为什么打在我的头上吗？当时上级强调县委班子必须年轻化、知识化，要吸收新鲜血液。咱县虽然有几个大学毕业生，但数我最年轻。我进去，整个班子的年龄比例能下降两个百分点。政治的需要决定了我的命运。我不是我，我只是符合条件的那个人而已。我的提拔，不过是一次采阴补阳的政治手术。

田家祥咂摸了片刻，说：你要感激组织。

吕锋正色道：是呢。

田家祥语重心长地说：你这次突然升迁，必会引起诸多反应，大意不得啊。

吕锋深以为然，说：我知道自己吃几个馍。县委委员可不是大队团支部书记，商业局长也是一把难坐的交椅。从前在村里，我有你做依靠，兄弟爷们儿也都熟，城里就不是这样了。我是坐了直升飞机上去的，周围多有不服，暗中难免有人算计。还记得当年在咱村蹲点的老杨吗？他当了多年的信访办副主任，这次调整本指望升上半级，结果还是平调，而且当了我的副手——商业局副局长。你想，他能高兴吗？

田家祥说：慢慢来。

吕锋转了个话头：我的事就说到这里。我真正想说的是，这件事说明一个现象，那就是从今以后，很多事可能会超出常规，超出老套路和旧习惯。我感觉到，眼下这个社会正在急转弯，你我都须保持清醒的头脑，在转弯处丢下来，不光跟不上，还容易找不到方向。

田家祥听了，情不自禁地摸了摸脑袋。

吕锋亲切地说：家祥大哥，此一刻，千万不能闹情绪。社会的脚步加快了，这不可怕，车子拐弯也不可怕，你我曾是军人，军人讲究什么？服从上级，实事求是，顽强战斗，永不掉队，是不是？

田家祥下意识地回答：是！

吕锋的激情再次泛起，表达的欲望如百丈流泉，一发而不可止：家祥，我替你分析过。现在你的处境并不坏。你还当书记吧？大家都还听你的吧？上级也还依靠你吧？这就够了。在宏观大势之外，你没有受到特别的亏待，没有受到例外的打击，是不是？别听人家说什么分田到户不要干部，那都是小农意识，小农意识中蕴藏着天然的无政府主义。家祥，古今中外，什么时候都需要干部。人分三六九等，事有轻重缓急，法有上中下策，就得当头的去指挥、去谋划、去实施。这就是你的资源，也是你继续实现理想的条件。现实说话，眼前的改革靠谁去执行？毫无疑问，靠的是干部。你能指望那些不是鼻涕不是脓（暗喻男子的精液）的人去领导吗？你能指望像田二墩子那样的人带头发展经济？不可能，你就是送他个巡抚金印，他也不会用。更重要的，当经济走向个体化之后，未来的社会将比过去更加自由。自由不会只给别人不给你，游得远还靠一副好体力，是不是？这一点，你不比任何人差。放开膀子干吧！哲学家约翰·穆勒说过这样的话：自由给每个人留出同样宽阔的天地，这里将成批量地产生英雄豪杰，正如夏天能让草木葱茏一样。古人说英雄造时势时势造英雄，我等生逢其时，就应该当仁不让！俗话说，还是大牛踩坷垃。想一想当年你在大苇塘村改天换地的豪情，难道你甘心就这样满腹牢骚、冷眼旁观吗？老牛虽老，扶起来能拉半张犁，是不是？啊！

田家祥浑身一激灵，一拳头砸在饭桌上：正合我意！

吕锋紧接着说：况且，咱还不是老牛呢。

多日来笼罩在田家祥头上的阴云，此时一扫而光。吕锋见他恢复了先前的心境，十分兴奋。他建议大苇塘把主要精力转移到副业和工商业，田家祥问，不种粮食吃饭怎么办？吕锋说，老母鸡没长奶子也没饿死小鸡。田家祥又说，家底子太薄了，怕是搞不起来呢。吕锋说，大姑娘要饭——死心眼！最后两人终于说到一块去了：趁吕锋在商业局长的位子上，村里搞点副业，挣钱的路子是可靠的。

当天晚上，兄弟俩畅饮畅谈，直到深夜。两人都有了些醉意，话题散漫，语无伦次，彼此的交流就靠了稀里哗啦的心领神会，看上去特别投机。田家祥从柜子里找出当年他们拜把子兄弟的帖子，两人再次对拜，发誓永远做兄弟不离不弃。田家祥拉着吕锋的手说：今天你救了我一条命啊！吕锋说：胡扯。田家祥说：要不是你，我姓田的也许还在死胡同里犯傻呢。吕锋说：胡扯。田家祥说：你这一席话，下半辈子的路我就知道怎么走了。好兄弟啊！关键时候你能想着我，我田家祥知恩图报，我发誓，永远拿你当亲兄弟，海枯石烂，永不改变！

吕锋看他满脸泪水，知道是发自内心。

夜深了，吕锋就在田家宿了。临睡前，田家祥说到前街的张二妮。他告诉吕锋，二妮的男人死了，丧事刚刚办完。吕锋淡淡地说，听说了。田家祥问他想不想去看看二妮也看看那孩子？吕锋沉吟半天，没有话。田家祥说：那孩子可是你的种，现在不认将来就怕不入心了。吕锋生硬地说：未必就是我的。人家自己有男人，好歹播下个种也说不定。田家祥说：这么说就是你的不对了。你离开村子才几个月，孩子就生下来了，至今没见过面呢吧？吕锋不悦道：人家后来不是还生了个闺女嘛，难道也是我的？

田家祥听了，好一阵子没有接话。

吕锋叹息道：大哥，你知道当初我想跟她结婚，可她翻来覆去地考虑就是不肯离婚，我有什么办法？现在这情况，各人过各人的日子，别再提了。

既然如此，田家祥不好再说什么。

不一会儿，吕锋就发出沉睡的鼾声。

田家祥因为酒后兴奋，一时不能入眠。皎洁的月光照进窗户，床尾那边一片动人的惨白。田家祥仰面看着屋笆，那些被烟火熏染多年的苇叶低垂着，黑黝黝好像一连串的感叹号。在这静寂的夜晚，想起当年和吕锋一起奋斗的那些事，还有吕锋和二妮的那段火一般的感情，禁不住感慨万千，不由得打了个寒噤。

当年的情景如洪水般涌来，那里飘荡着无端的乖戾、下作的粗陋和深沉的羞耻……

第二章　不死鸟傲视对手　大眼睛紧盯仇人

次日一大早，送走吕锋，田家祥径直去了大队部，他收拾了前一天被自己扯碎的奖状，用糨糊在报纸上拼贴好，然后在屋里转了几圈。新的激情与希望鼓动着他，他找出几张金星红纸，铺在桌上，挥笔写下一副对联。

上联：山穷水尽疑无路

下联：柳暗花明又一村

横批：别有天地

田家祥端详着自己的作品，拍着桌子叫好：操他的娘，确实说明问题！

他兴致勃勃地把对联贴到大队部的门上。鲜红的对联，一改多日来大队部的沉闷气氛。

申凤坤走过街口，瞥了一眼。田家祥故意招呼道：你来看这对联怎么样？对仗工整得很哪。

申凤坤左右端详了，道："山穷水尽"这一句嘛，还差不多，符合形势。下联这"柳暗花明"，就不好解了，我也看不出那"又一村"在什么地方，是大苇塘吗？

田家祥想起昨晚吕锋的那些话，就说：我那个“又一村”，在荷兰，在苏联，在云南乌拉圭。

申凤坤笑了，说：你说什么？在河南？我怎么没听明白啊。

田家祥说：反正瘦死的骆驼比马大。

申凤坤笑道：骆驼再大，若是瘦死，也就无所谓了。

田家祥冷笑道：还有一句话，叫做船破还有三千钉。

申凤坤说：三千个上锈的铁钉，也值不几个钱。

田家祥又指了横批叫他看。申凤坤看了，说：这几个字，没一个是对的。

田家祥打量了半天，问：哪个错了？

申凤坤不屑地说：等着，我写个对的给你看。说完，一脸的鄙夷，转头往家走去。

田家祥朝着申凤坤的背影，大声喊：你那两间东屋，还得拆喃。

申凤坤转过身来，问：要是不拆呢？

田家祥强调：不拆不行！

申凤坤针锋相对：我倒要看看怎么个不行法！

田家祥发下狠话：不怕你硬，共产党专治硬头鳖！

申凤坤说：有本事尽你使！

田家祥悻悻地说：你得知道，一个眼的婆婆也是娘！

吃过早饭，厚皮达撒达撒踱到申凤坤家，来当说客，正赶上申凤坤从家里出来，手里拿着两条飘扬的红纸，就问：不年不节的，大叔你这是干啥？申凤坤说：人家唱，咱就唱，一霎儿不唱急得慌。厚皮说：您这是跟那边唱对台戏哪！申凤坤说：人家要打我的屋，先贴个驱鬼的字符，也算是辟邪。

厚皮想起自己担当的任务，说：大叔您犯不上因两间破屋跟他怄气。申凤坤反问：这话什么意思？不是我要跟他怄气，是他成心想欺负我！厚皮就说：村里搞规划，要抽街道，也是不得已的事。申凤坤正色道：我本顺民，不曾借风生事。村里抽街道，我没阻拦，可是公家要打我的房子总得有个说法吧。啊，空口白牙说一句“集体需要”

就完事了？难道说老百姓真就不如一棵草？这于情于理都说不过去嘛！厚皮说道：也不光你一家，算了吧。申凤坤道：别人敢怒而不敢言，我不怕他！厚皮眨巴着一双小眼说：人家现在当着中午的阳光，咱胳膊拗不过大腿，是不是？申凤坤说：我就要试试他的腰到底有多粗！

说着，申凤坤将刚写好的对联贴在了院门上。

上联：卅年河东卅年河西

下联：成也萧何败也萧何

横批：别有天地

厚皮打量了，问：敢情你是话里有话哟，河东河西，这话我懂。可是这下联的成败萧何，是什么意思？

申凤坤的脸上浮现出一丝鄙薄的笑。

此时，田家祥从队部出来。申凤坤遥对着他，以挑战的口气说：想看看咱写的吗？田家祥大步走过来：看看就看看，不就是个对联嘛，能有瘆人的毛？申凤坤说：别的就不说了，单说横批上这四个字吧。这个“别”字，是由“内外”这两个字组成的，一上一下，内外有别嘛。“富足”两字合起来，表示“有”，古人创造的这个字再贴切不过了。“青气”合在一起是为“天”字，妇孺皆知，无须解释了。

厚皮凑上来问：这“山水土”三个字摞在一起，是什么字？

申凤坤自得地说：那是“地”字。想想看，山、水、土合起来，可不就是大地的“地”嘛。三山六水一分田，古人是这么说，科学也是这么验证的，所以古语中的“地”字就是这三位一体的“地”，简单写成个“土也”就大错特错了。土也，土也，那石头呢，山呢，水呢？

田家祥不以为然地笑了笑，没跟他争。

厚皮煞有介事地说：我多少能咂摸出一点意味来。了不起，你俩都不是凡人。

申凤坤说：永昌你别两边讨好，我也犯不上说你什么。我就是看不上那种斗大的字识不得两箩筐却要装成圣人的蛋皮——文绉绉的样子，砢碜人！

厚皮说：你们都是长辈，我能说什么？再说了，一个“田”字一个“申”字，看上去差不多嘛。

田家祥摆手说道：别别别，我们田家可是方方正正的姓，齐国国王就姓田。

申凤坤笑着说：国王算什么景儿，没听说文姜乱伦的事吗？一只眼看历史，没文化！

田家祥反讽道：虽然我读书不多，可我记得《封神演义》里有个叫申公豹的，那人跟常人不一样，总是倒骑着驴，可见姓申的从老根上就喜欢跟潮流拧着，眼睛向后看。什么人喜欢朝后看呢？只有保守派和反动派。

申凤坤反唇相讥：那是因为申家的驴子比人强，根本不需亲自看路。

两人唇枪舌剑，倒也战了几个回合。

王秀花揭开饭锅，热气就从茅檐下飘了出来。她从稀饭锅里捞出一个滚滚胀胀的布袋子。田永志喜欢吃米饭，家里米少，王秀花就用纱布做了个小口袋，里边装一把白米，放在稀饭锅里。稀饭煮好，那米袋子就变成鼓囊囊的饭团，刚够田永志一个人吃的。

田永志偎在母亲身边，看那米团子倒进碗里热气腾腾的样子，满脸都是欢乐。田自由见娘又给弟弟吃白米团子，说：老是偏疼他，从小偏疼，到如今还是偏疼。王秀花说：我就是愁你弟弟不长个儿嘛，这样单薄的小身子将来怎么挣饭吃啊？田自由拍着胸脯说：你叫他跟我一样，多干活多吃苦多淌汗，自然就壮了。王秀花说：你自来跟野马驹子似的，喝水都胖，永志怎能跟你比呢。

田家祥进门，刚好听见他们的对话。

田永志一边吃饭，一边玩手里的小葫芦。小葫芦里放着一只蝈蝈儿，蝈蝈儿在叫，声音很是好听。田家祥说：正事你不会干，倒是挺会玩呢。永志说：这是要送给莉莉的，吕大叔怎么早早地就走了？田家祥说：莉莉是城里人，不玩这个，还是把蝈蝈儿送你哥吧。

田自由在父亲耳朵旁边说了句什么。田家祥笑了，说：刚出壳就知道恋爱，整个儿一情种！

饭后，王秀花拿了些吃的，要出门。田家祥问她去哪里，王秀花说去前边看看二妮。田家祥听了，从口袋里掏出一张叠得整整齐齐的纸，说：那你顺便把这份地富分子摘帽的通知书带了去。王秀花旁敲侧击地说：你不借机会去见见人家吗？田家祥不耐烦地挥了挥手：你代表了。王秀花接过通知书，一边出门一边嘟哝道：我能代表什么啊。

见秀花掩门离去，田家祥长叹一声，多年前的羞耻再次袭击他的心。

……那时吕锋已经去上大学，一直对二妮心怀向往的田家祥很想向她诉说衷曲，可她总是躲躲闪闪。那天晚上，他喝了点酒，像往常一样巡查时，见她独自在生产队的场屋里用稻草编织草袋……他忍不住朝她表白，可她不要听。他觉得有点下不来台。她满心的不安，拍打着袖子上的草屑，想出去，他不由自主地拉住了她。她的眼中满是恐慌。她挣扎，他越是不肯放松，硬要倾泻他那真实而粗糙的感情。她的反抗渐渐不支。他看见她眼里无奈无助的卑微和瞬间即逝的渴望。后来，再后来，她不再抵抗，最后还搂了他的脖子，还有带着泪水的呻吟……

王秀花回来时，田家祥正翻看他那个夹了许多字条纸片的小本子，头也不抬地问：怎么样？王秀花说：怪可怜的。男人就是再不中用，到底还是那个家的幌子。有那个人，就是个全面的家庭；没了那个人，家就缺了一根柱子，孩子成了没爹的孤儿，女人也就成了寡妇——这名儿不好听呢。王秀花顿了顿，见田家祥没搭腔，又说：哭得跟个泪人儿似的。那眼泪啊，俺看多是为自己流的。不过呢，让那楚楚的眼泪衬着，人看起来倒是更紧俏了。我要是个男人，少不得敞开棉袄把她揣在怀里暖着呢。

说这话时，王秀花就站在自己男人面前，盯着他看。田家祥面不改色心不跳的样子，问：通知给她了？王秀花没有看到男人的窘迫，颇有些失望，淡淡地说：给了。见田家祥不说话，王秀花就说：她看了，没说什么，就是那手有些颤抖。我告诉她，有了这个，从此后你就跟大家一样，再也不用扫大街做义务工，孩子上学也不受影响了。这当儿，就见她两行眼泪又流了下来。可怜一个好女子，打从小就没享过一天福，偏又嫁了个死残废，叫我，也得养汉！

田家祥听出老婆话里藏着针，只是笑了笑。

王秀花又说：这一趟倒也没有白跑，借水行舟，俺到底还是对她说了那句话。田家祥问：放了什么屁？王秀花也不恼，说：就是想认修好干闺女的事。这件事，叫我怎么说呢？这么说吧，野种也是种，到底还是田家的血脉，不要说你，我看着都觉得亲，那眉眼儿，比自由俊俏，比永志爽气。可人家就是掰口不开，好像还忍了许多苦痛。这一来，俺就不好再说别的了，要说也得你亲自跟她说，解铃还得系铃人是不是？

田家祥装作没听见这些话。

王秀花补了一句：孩子是越早认越好，大了就不入心了。

田家祥问：她说没说今后什么打算？王秀花扭了扭身子，旋风般进了里间屋，别着脸坐在床沿上，双手搭在髀间，一声不吭地生闷气。东堂屋是她和小儿子的卧室，那里的前墙上有个不大的窗户，窗户外边是夹道，折射进来的光本就不多，加上窗棂上糊的杭练纸已经黑黄，窗台上又放着些破烂，能照到王秀花脸上的光线很少。她呆坐在那里，看上去就像幽暗石窟里的一尊佛。田家祥朝那边瞥了一眼——不管刮风下雨，从来都是随她去！

好一阵子，王秀花复又走出来，带了浓重的鼻音说：人家就是有打算也用不着跟俺说啊！咱跟她非亲非故，各自守着锅碗瓢勺吃饭过日子，用不着别人咸吃萝卜淡操心。不过，她倒是露出一点儿意思，想带着孩子离开这里。当时我就问她，你要远走高飞？她说，落到这样子，越发现眼了，找个没人烟的地方待着，有口饭吃就行，好歹图个安静。我当时就劝她，大人倒还罢了，就是孩子不适宜，乍到个生地方，免不了受人炎凉，修文上学也接不上茬呢。

田家祥点了点头，算是肯定了老婆的做法。王秀花鼻子里“哼”了一声，醋意大发：俺这是操的哪门子心哪，皇帝不急太监急，她想去哪里去哪里，想跟谁好跟谁好！现实说话，离开承包地，她靠什么吃粮？孩子上学怎么办？所以说归说，一窝子大人小孩还是得拴在这大苇塘村的树桩上。你说，这是不是命？

田家祥说：那就好。王秀花没好气地说：放心吧，既跑不了和尚也就跑不了庙——冤孽！

几天后，大苇塘发生了一起冲突。

这其实是一次蓄谋已久的事件，火种陈旧，烈焰早在众人意料之中。那天早饭后，八九点钟的光景，大队部的喇叭里就传出田家祥的声音："全体社员，都给我听好了，今天，我们大苇塘村要彻底完成街道疏通工作。几个月前，大苇塘村重新规划了道路，相关几户社员积极配合，主动拆了旧屋，这很好。现在就还十字路口那边一家，不听支部的安排，该拆的不拆。那是两间破旧的过道屋，不是正房，因为迟迟不拆，害得全村主要道路打不开，大家出行多有不便。今天，征得公社领导批准，坚决拆掉。这是一次不得已的革命行动，谁也不得阻挠！不然的话，因此发生的一切后果，均由阻挠者负责！"

大喇叭里的号令播出不久，厚皮就带了十几个村民来到大队部前面的街口，在申凤坤家东屋两边一溜儿站了。这些人个个都拿着拆房用的工具，镢头、铁锨、抓钩，还有一把铁叉和一架用毛竹做的梯子。

申家早就预料到有这一天，大喇叭一响，两个儿子——抱朴和守拙——就应声赶来，女婿田两相随后也来了。申凤坤备好了迎战的家伙，爷们儿几个，有的抄了棍子，有的持了铁锨，鱼贯而出，面对面站在厚皮那些人的跟前，两军对垒，各自排兵布阵，一时间战云凝重，剑拔弩张，冲突就在眼前。

围观的农民站得远远的，交头接耳，小声议论。

申凤坤逐个审视着面前这些人。厚皮说：大叔，挡不了啊。申凤坤把他拨拉一边去，道：你就是条狗，我跟你说不着！然后，他站到那些被动员来拆屋的邻居面前，说道：兄弟爷们儿，你们是奉命行事，我不能责怪你们。古人说，先礼后兵，咱有话说在头里。村里整治道路、规划交通，我申凤坤并不反对。拆我的屋，也不是不能商量。既然你们都舍得，我犯不上拿着鸡蛋朝石头上碰，草民百姓搞不了特殊。可是，平白无故地要拆毁人家的屋，总得给个说法吧。老屋虽然破旧，到底是祖上几代留下的心血，凭空说一声打，就打了？天底下还有这样霸道的吗？

厚皮走前一步说：人家答应给你三十块钱，你不要嘛。

申凤坤说：永昌你不是不明就里，你这是成心装糊涂，成心要为虎作伥。做人可不能这样啊永昌，你的眼睫毛太短，一不小心就会落进沙子。确实有三十块钱一说，可你们都知道，三十块钱能干什么？连两方砖（每方两百块砖）都买不到！我这几间房子再破，也不止两方砖钱吧？你们放平了舌头说话，是不是？他田家祥只给那点儿钱，却不给我划宅基地，我就是要了那钱，也没地方盖房子啊。这么大的事，他不肯亲自跟我说话，只差了你永昌作传达。你还记得不？那天你进了我家门，耷拉着个驴脸，撂下三十块钱，说“就这些，要多也没有，看着办吧”。大家评论，这是办事的道理吗？志士不饮盗泉之水，廉者不吃嗟来之食，俺就是再穷再卑微，总不至被人如此蹂躏吧！你们这些人，看看，差不多每家都有被打的屋，难道忘了房屋被人强拆的滋味儿？凭良心说，这事公道不公道？田家祥为官不仁，打击报复一个普通百姓，他是成心要赶走俺这一家人啊！

厚皮无奈地说：这事儿真叫我作难，两头都是大叔，这个说不能拆，那个说必须拆，两头不收礼，难为中间抬盒子的人。说起来，你们俩从小就要好，论年龄你大他小，当哥的就不能让兄弟一次？不要说本村本里，就是江湖上，也要讲点儿义气的呢。

申凤坤一听这话，恼怒道：你甭跟我提旧事，一提起来，我心里就像吃了一把死苍蝇！早知今日如此，唉，我算是庇护了一头狼！

大喇叭里再次响起田家祥的声音。

厚皮不耐烦了，带着那些人硬朝老屋跟前冲。

申凤坤带着儿子和女婿，紧紧地立起一道人墙。

有人把梯子竖立在老屋的墙上，打算上去扯屋草。

申抱朴铁青着脸，一把拉过梯子，掼在地上，大吼：谁敢动！

双方对峙，气氛更加紧张起来。

街口上聚集了很多人，他们交头接耳地唧咕：就要开打了。

申凤坤继续向围观的人们诉说委屈，希望得到理解和同情。他是个要面子的人，平素里乐于助人，在村民中享有较高威望。因为他上过初中，算是村里有文化的长者，邻居有喜丧往来之事，都要请他总管礼仪事务。他的话不仅典出有据，办事也都中规中矩。加上辈分高，说话颇有分量。他的哀诉感动了许多人。有些敢言的青年，尤其是申家的本族人，开始流露出对永昌一伙人的谴责之声。

常言道，众怒难犯。田永昌虽然拿了田家祥的尚方宝剑，但此时面对许多人的谴责，本就不足的底气又消散了大半。他转过身去，不肯面对申凤坤义正词严的指责，两只脚总是找不到合适的地方。跟他来的那些人也有些吃不住劲，有的撂下工具，悄悄躲到围观的人群中去了。

就在这时，田家祥风风火火赶了过来。

他冲到厚皮跟前，质问：怎么还不动手?!

厚皮为难地看着申凤坤一家人。

田家祥指点着那些执行任务的人说：叫你们来看景的?!

大苇塘的农民，从来就有怕官怕事的传统。虽然田家祥只是个村官，但谁都知道，他是个上上下下有名望的模范，多年来形成的权威，无人敢于挑战。他说牛有几颗牙，没人敢扒开牛嘴看看的。村里党员大都听他的指派，公社、县上的干部也都一个口径地支持他，大队部的那些奖状和锦旗就是证明。更重要的，田家祥凭借过人的胆量和智慧，把一个原本很落后的大苇塘变成了先进单位，各家都得到了具体的好处。眼前这些雇来的人，虽然房屋被打，但都拿到了补贴，补偿的宅基地即将拿到手。再说，几乎每个家庭都曾得到过田家祥的恩惠，孩子当兵、提干、上学，这些都要支部在政审方面给了协助。谁家孩子出去当工人，都要大队盖章。有田家祥一句话，生了孩子的人家可以到供销社买到二斤红糖，死了人可以在公社拿到补助金。等等，等等。这些都是实际的好处。相对于申凤坤，眼前这个掌握实权的大苇塘支部书记显得更重要、更实惠，也更有威严。农民有一句很庸俗的话：能扶竹竿不扶井绳——因为前者硬，后者软。

那些人接受了田家祥的谴责，重新集结起来。

既然有了靠山，厚皮也增长了精神，一副有恃无恐的样子。

同时，申凤坤家爷们也站得更紧了。凤坤的女儿申秀菊从低矮的院门走出来，后边是她的娘——申凤坤的老婆。母女俩缓缓走过来，看那样子，既不像要参加战斗，也不是来看景的。申凤坤看见她们，呵斥道：这里没女人的事，都给我滚回去！母女俩听了，复转身，怯怯地回到自家院门里，只露出了两个头。

双方的阵列依然各不相让，彼此几乎是鼻尖碰鼻尖、脸碰脸了。

田家祥站到一个碌碡上，朝着在场的人喊话：今天的事，是公事。大伙都看一看，咱村这条路，说起来也算打通几个月了，可是就差这十来米，车子到这里还是走不通。为什么？就因为他申凤坤不肯打这两间破屋。支部决定的事，执行不下去，公社领导三番五次地批评我，叫我怎么办？难道说这路是给我田家祥一个人走的？为了修路，好多社员都有贡献，有的截短了院子，有的打掉了房屋，就他申家特殊！给钱，不要；还攀比别人，想要宅基地。村里有规定，只有打了堂屋的才补宅基地，他这是东屋，是过道，不是正房，按规定不能给宅基地。如果你们谁承认申凤坤的攀比有道理，那只有来个太监的鸡巴一刀齐，已经划出的宅基地全部收回，光给点儿钱算完！

中国的百姓，特别是农民，对来自上级的指令常常不是先怀疑对不对，而是首先考虑如何自保、如何少吃点亏，正义与否，还在其次。田家祥这么一说，厚皮带来的那些人就嚷起来，说凤坤的情况和我们不一样啊，俺这些人打的是堂屋，堂屋跟过道屋怎能一样待遇啊。这一来，申凤坤一下子就被孤立了，不论他说什么，那些人都不肯再听。这些临时雇用来的“战士”跃跃欲试，恨不得一阵狂风把申凤坤和他家的老屋吹到爪哇国里去，大家乐得个清净。

申凤坤见寡不敌众，退一步，问田家祥：最后一句话，给不给我留半截眼睫毛？

田家祥坚决地说：绝不可能！

申秀菊从院门那边突然蹿了过来，扑通一声跪下，要给田家祥磕头。申抱朴伸出一只大手，把妹妹硬生生拽了起来。

田家祥冷笑道：你们这是在逼我是不？啊！

申凤坤愤愤地喊道：是你逼我还是我逼你！

田家祥一声令下：拆！

他抡起大镢头，冲到老屋跟前，照了屋山就是一下子。墙上留下一个大坑，尘土溅落，房檐的瓦片也散落下几片来，摔得稀里哗啦。

众人随厚皮一起冲上去。有人竖起了梯子，要上屋拆草。

申抱朴大喊一声，抡起镢头就朝田家祥打去。

申凤坤突然抱住了儿子。

守拙抢下大哥手里的镢头。

申凤坤愤然吼道：都给我住手！

厚皮一帮人愕然呆在那里，一个个立着。

申凤坤压抑了撕心裂肺的愤怒，沉声说：既然如此，那就不劳大家动手了。我自家的房子，自己拆！说罢，他挥动镢头，在屋墙上狠狠地刨了一镢头，朝家人一挥手，"拆！"

申抱朴爬上屋顶，揭开陈腐的烂草。

屋草纷纷落下，空气里满是烟尘的气息。朽烂的房梁在强烈的阳光下显得又黑又亮。

田家祥见已成定局，悻悻地离开了。他没给凤坤留下丁点儿面子，如同战场上厮杀的敌人。他敢于正视最不堪的对立，从不惧怕对手，精于计算又志在必得。他知道自己能够打倒谁，出拳稳准狠。至于结下的梁子，他不在乎。

厚皮那些人依然站在那里围观，就那样看着申凤坤父子的壮烈行动，眼神麻木而游移。有人悄悄说：这一来两家的仇隙就更深了……

风吹动申凤坤的衣衫，他面色凝重，一语不发。儿女们在烟尘飞扬的现场忙碌，谁都不说一句话。这是一个家族的决绝行动，同仇敌忾，断臂求生。

申家的东屋拆掉后，街口敞亮了许多，南北方向的道路被彻底打通。腐朽的烂草堆积着，旁边是十几根黑乎乎的朽木、碎砖、破瓦片和两堆屋土。屋土和烂草在夜色里散发着熏人的气息，百年积累的家族之气不肯轻易散去。申凤坤的院子因此小了许多，看上去更加破烂，而且带着受侮辱、受损害的晦气。

申凤坤带着满脸悲戚，坐在老旧的书桌前。

他缓缓铺开一张蓝色杭练纸，凝思片刻，写了一副对联。

上联：楚虽三户能亡秦

下联：看你横行到几时

横批：蜂老自死

他拿了糨糊，来到门前，将对联贴了。通常情况下，对联都是用大红纸书写的，图个喜庆。只有当家族中有老人去世不满三年的，对联才用蓝纸书写。申家近年来没有丧事，但他那对联却是用蓝纸写的——他将拆老屋看成比死人还要重的大事、丧事、倒霉事。

田家祥很快就发现了那副对联。他颇有兴致地走近申家门口，在暮色中仔细辨认了上面的字，轻声念了出来：楚虽三户能亡秦。什么意思？田家祥摇摇头，像是懂，又像是不懂。及至看到下联“看你横行到几时”和横批“蜂老自死”，便明白了作者的恨意。田家祥不由得笑出声来。

他转回身，别棱着头，大步流星地走进大队部，嘴里不断地哼着：三户亡秦，你有三户吗？也就一户罢了。秦算什么？秦始皇会开拖拉机吗？秦始皇会用机关枪吗？横行到几时？你说到几时就到几时？你不是恨我吗？好，我这里奉陪到底。你不是想一口咬死我吗？我不怕！告诉你，我做的事是为了大苇塘村，不是为自己！

田家祥咕哝着，进了办公室。他很想写一副对联，比申凤坤的还要大还要长，要旗帜鲜明、针锋相对、痛快淋漓，非如此不足以打击政敌的气焰，非如此不能长自己的威风。可是，从来自诩善对对子的他，此时被“楚虽三户”几个字给难住了。他估摸着，这话可能是个典故，到底哪三户呢？他搞不清。如果因此说了离八话(即文不对题)，会让那家伙笑话。他想找人问问，一时又找不到合适的人，只好独自苦苦咂摸，等待灵感到来。

因为此事，田家祥当晚连觉都没睡好，次日一早就给吕锋打电话，秘书说去西郊大棚底检查工作了。田家祥有些沮丧，暗暗发狠，势必找到两句狠话，决不能被对手给压倒了。毛主席说与天斗其乐无穷、与地斗其乐无穷、与人斗其乐无穷，复员军人敢于正视淋漓的鲜血，敢于直面惨淡的人生，岂有他哉！

整个上午，他把该做的事都放下，聚精会神于这项当务之急。他意识到，如不灭掉对方的气焰，自己就很难站到精神的制高点上。一定要字字千钧，一针见血，一刀封喉，就像凶狠的鳄鱼一下子咬住猎物并将之闷死到水里叫对手缓不过劲、喘不上气来，这决不能含糊。

午饭后，田家祥在街口看见本村小学校长刘高兴。刘高兴这人口才好，凡事都要一分为二，自称是“辩证法”，于是就得了个诨号：刘辨证。刘辨证随田家祥去看了申家门上的对子，说：“这个典故很深奥，当年秦灭了楚，楚人不服，发下狠话说楚国就算只剩下三户五户人家最终也会成为秦的掘墓人。历史证明，灭掉秦国就是陈胜、吴广、刘邦、项羽那些人——他们确实都是楚人。”

田家祥这才明白对联的出典。

刘辨证提出想给孩子要一块宅基地的事，田家祥原打算让刘辨证帮忙想一想对策，此时担心他把这事和宅基地搅和在一起，就没启齿。他心情怏怏地回到大队部，关了大门，继续冥思苦想。天快黑下来了，大苇塘村弥漫在浓重的雾气中。不知是谁家女人因为丢了一只母鸡，正在街上叫骂，言辞粗劣，夹杂着和生殖器有关的肮脏字眼。田家祥受到启发，突然想起一句词来。他反复掂量着，开始还觉得那句话有点儿粗俗，可是反转一想，粗俗也有粗俗的好处。既然非如此不足以表达内心的情绪，那就这么着。

田家祥很快想好了下联和横批。

他陶醉于自己的妙手偶得，当下找出笔墨，用他那粗粗拉拉的笔画写下一副对子。

上联：不怕你有日天之本事

下联：好在我有鬼神之功夫

横批：拿钱你收！

他创造性地在横批后边加了个惊叹号。

这副对联贴上队部大门的当晚，厚皮就来告诉他：申凤坤看了咱的对联，一阵冷笑。田家祥问：他可说了什么？厚皮说：不曾说话，只是冷笑。

田家祥默然良久。

次日，申凤坤在刚刚拆除的旧屋基上垒起一道崭新的砖墙——可谓兵贵神速。那墙高约十尺，南北走向，巍巍然立于街口，宣示着一个家族不屈不挠的志气。墙缝是用水泥而不是白灰喂的，绝对的清水墙，色彩沉着，一丝不苟，透着申家稳健质朴的风格。这道新起的院墙将刚刚发生的那场冲突彻底掩盖，让人在现实景象中看不见胜利也看不见失败。旧房基上显现的晦气得以扫除，只有住在里边的人还能看到残迹，陈年瓦砾的朽烂的气息尚未彻底消失。他们不惮于这种气息，那是仇恨的铭文，是复仇的提醒。

申凤坤的小儿子申行健趴在桌子上，用父亲剪下的纸头随手画着。凤坤的三个儿子年龄跨度较大，长子抱朴已经结婚，幼子行健还不到八岁。孩子手里拿着一支毛笔，随手画了一只老公鸡，又画了一只大眼睛，自鸣得意。那眼睛有碗口那么大，虽然是信手一抹，但不失天趣童稚——看上去炯炯有神，如同夜间闪亮的猫眼。

申凤坤不经意地瞥了一眼，发现画上的那个大眼睛正盯着自己，不由得心中一动。他侧身驻足，端详了，放下烟袋，问：小健，你画的？

申行健骄傲地说：这是猫眼！

申凤坤道：能不能画个更大的？

申行健问：多大是更大啊？

申凤坤说：一面墙那么大。

申行健说：一面墙那么大？我的胳膊够不着呢。

申凤坤想：倒也是，那么大的画，小孩子怎么画得了呢。再说，这事儿也不便让小孩子掺和进来，当下就说：好，你把这个留下，给我当个草稿儿，明天我要照着它在咱家那墙上画个同样的大眼睛。

申行健问：爹，画这干吗？

申凤坤说：我要这只眼紧紧盯住一个人。

申行健听见墙外有人喊他，撂下笔墨，去厨房拿了几个煮熟的蔓菁就朝外跑。

凤坤的老婆叹道：大人闹得花瓜似的，孩子还在一起玩，叫人说什么好呢！

申凤坤说：大人的事跟小孩子没关系，让他们玩去是了。

长子申抱朴来，凤坤拉他进了堂屋，商量进城上访的事。抱朴说：那龟孙羔子上下有人，咱找谁说去？凤坤说：我去找老杨，就是当年在咱这儿蹲点的那个老杨。抱朴说：官官相护，告也是白告，不如哪天把他堵在小胡同里一顿穷揍，先弄断他一条腿再说。凤坤说：咱不跟他来粗的。你听好了，我和他的事，从今以后你们不要掺和，胜败也不是一天两天的事。明天我到政府去讨个说法，你们该干什么干什么。

抱朴点头应着。

那天早上，田家祥刚起床，厚皮就来问承包地的事。田家祥说：和尚念了经，少不了你的经钱！厚皮又说：那天我们着实捏了一把汗，是不是每人给个块儿八角的买包烟抽？田家祥说：你们这些脓包，要不是我冲上去刨那一镢头，到如今那破屋也还竖在那里！再说，屋是他们爷几个自己拆的，你们几个屌力气没出，还要钱要烟，要死啊你！

厚皮不做声，却也没有就走。田家祥说：你还竖在这里干吗？等我做饭给你吃？厚皮涎着脸说：我是来告诉你，申家那边有新花样了。田家祥问：什么花样？厚皮嗫嚅道：您还是自己去看看吧。田家祥骂：有屁就放！厚皮感叹一声，拿捏着调子唱道：大苇塘啊大苇塘，天天都有新花样，可惜我这瘸驴的脚步不赶趟……

带着那破烂颠簸的调子，厚皮达撒达撒地自去了。

田家祥脸也没洗，急匆匆朝大队部那边赶去，老远就看见申家那一堵新起的高墙。待走近了，他才发现申家的堂屋后墙上画了一只大眼睛。那只大眼睛全用了黑色，像是墨，又像是漆，锃亮亮的，笔法简单，两道大弧线中夹着一个圆圈，圆圈里有一个圆点，活灵活现，带着充足的嫉恨和高涨的愤怒。

田家祥问厚皮：就这屌玩意儿？

厚皮说：来者不善，你要注意安全。

田家祥大笑说：不就是个死牛眼嘛，眼珠子不会转，眼皮也不能眨巴，无聊！

厚皮神秘兮兮地说：有含义啊。

田家祥说：有含义又能怎么着我！没听说什么画能把人吃了。

厚皮说：你这人，八字就是硬。

田家祥横竖看了，突然有了新发现。他对厚皮说：你不妨细看了，那东西像什么？看不出吧？让我告诉你吧，这东西横着看像个瞎牛眼，竖着看就像个屄窟窿。哎哟，这家人好不要脸，把那玩意儿都广告出来了！哈哈！哈哈！

尽管打着哈哈，田家祥还是觉得那只大眼睛老是盯着他，心里很不舒服。

回到队部办公室，他问厚皮：你会画画不？

厚皮摇摇头。

田家祥一时没了主意。厚皮看他走坐不安的样子，就说：我看咱得找个算命先生算一算，也许有什么办法对付。田家祥说：我不信那些牛鬼蛇神破玩意儿。厚皮说：无病不信邪，有病乱投医，孬好求个说法嘛。田家祥说：那就测个字吧。厚皮叫他写个字，田家祥就写了个"申"字，厚皮拿着就走了。

大约两个时辰后，厚皮回来了。先咕嘟咕嘟喝了一大茶缸子水，又接连抽了两支烟，才说起他这次的成果：拿了大叔写的字，我就去找那个方圆百里无人不知无人不晓的徐半仙。他出口就要三块钱，我给了他两块。

田家祥就掏了两块钱给厚皮，说：别扯远了，他怎么个说法？

厚皮说：大叔你要测的这个字可不简单。徐半仙看了，摇头晃脑，念念有词，对我说，你测的这个字，本身并不错，可是由姓田的人写出来，就不大好。田，方方正正一个田，正大光明，不偏不倚，无论做姓做名，都有讲究。“田”拆开来是两个“日”字，人家一个太阳，你有两个太阳。“田”字去掉中间那一竖，是“曰”，子曰诗云，合了圣贤的意思。“田”字上边出头，是“由”，由来已久的“由”，历史远了去了！太远的不说，这齐国的国王就是你们田家，田忌赛马的故事，听说过吗？你们祖上多有聪明之人。“田”字下边出个头，是个“甲”字，古代说名列三甲，那是第一等的荣耀啊！

田家祥不耐烦了：我测的是“申”！

厚皮说：别着急啊大叔。徐半仙说，这个“申”字，就是在“田”字正中插了一把刀。你看，从上到下，一捅到底。

田家祥敛容道：真碰上对手了？

厚皮说：当时我也是这么说呢。那徐半仙说，“申”字不如“田”字稳定，到底不是姓田的对手，可是你眼前有点麻烦。我就把村里修路打屋的事前前后后都说了，徐半仙连掐带算，鼓捣半天，最后给写了个符咒。说罢，厚皮从怀里掏出一个折叠成长条的纸卷儿。

田家祥打开看了，见那纸上弯弯绕绕画了一只鸟。就问厚皮：画了个雀崽？

厚皮煞有介事地说：这可不是一般的雀儿，而是一只神鸟，名叫不死鸟。徐半仙说了，这是张天师托梦给他，秘密传下的一张元始天尊第一大符咒。那鸟平时在万丈太虚飞翔，他说是凭了神灵的指示画下来的。

田家祥问：这东西怎么个用法？

厚皮说：徐半仙说了，务必把那神符卷好，放在一只丫丫葫芦里挂在当事人的腰上，揣在怀里也行，要做到符不离身、身不离符。另外，把这边的屋山头泥巴泥巴，把符咒上的大鸟放大了画上去。这不死鸟是一种神鸟，专门啄那恶人的眼睛。有了这，你就安心睡觉吧，吗事都没有！

田家祥立马就叫厚皮找人，先把大队部的屋山墙泥好，等干透了，再用大红油漆画上这只不死鸟。厚皮想要一块钱的奖励，田家祥只给了他一盒烟。拿了香烟，厚皮就出去了。田家祥看着纸片上那鬼画符，念叨：不死鸟，不死鸟，这个名字好，我要叫那妖魔鬼怪无处逃！

几天后，大苇塘村最重要的街口又变了样子。对着申凤坤家的后墙，大队部的屋山上，通红的油漆勾出一只大鸟。宽大无比的羽翼显示着巨大力量和高远的眼界，长长的喙直对着申家那边的“大眼睛”，虎视眈眈，信心满满。大鸟是用线条组成的，看上去有些抽象，但它的动感很有感染力。在阳光下，那线条如同飞舞的火焰，增加了观者的想象空间。

两个怪异的图形，给大苇塘村增加了几分神秘，双方的对立成为街谈巷议的话题。一个大眼睛，一只不死鸟，前者出自小孩子的灵感，后者来自算命先生的符咒，二者水火不容，胜负难以预判。外人觉得风马牛不相及，只有知情人才明白内涵深入骨髓。大家讳莫如深，轻易不敢言及。

大苇塘村人隐约感觉到：不论是鱼死还是网破，有戏看了。

第三章 随波逐流扎纸匠移居 机缘巧合老同志说事

话说申凤坤来到县城，先去找老杨。

老杨的大名叫杨守道，1957年不到十八岁就参加到革命队伍里，跟着区长当通信员。老杨虽然没经过枪林弹雨的洗礼，但也参加过大跃进、人民公社等许多运动，因工作勤恳，六十年代初任公社副主任。农业学大寨运动那阵子，杨守道带领工作组到大苇塘村去蹲点，扶持田家祥，把一个落后村变成先进单位。“文革”前调任县农村工作部副部长，相当于副科。蹲点期间，他和社员同吃同住同劳动，村人对他尊敬有加，称之为“老杨”。老杨一直盼着升个正科，但被“文革”耽误了，直到现在还是信访办的副主任。

县政府坐落在老城区的考棚街。这是一条不足千米的短小街道，据说从前街道两旁有一些专供学子们考秀才用的棚子。晚清废除科举，考棚多被拆掉，剩下的一些做了生意人的店铺，有些挂了裁剪服装、拆打毛衣、土产杂品的幌子，有的做了修车铺或糁馆。

县府东边的两间瓦房是传达室，西边是信访办公室。申凤坤拍打了裤脚上的尘土，用手指梳理了唇髭，看上去有点儿斯文。老杨此时提着两只热水瓶从大院里过来，一眼就认出凤坤，立刻招呼他进屋，两人坐下先是叙了阔别之情，又说到村里实行责任制后的情况。老杨问：大老远地来，有事？申凤坤说：无事不登三宝殿，不瞒你说，我是来告状的。老杨听了这话，就问：什么事？申凤坤于是复述了田家祥强拆他家东屋的事，叫老杨给评评理，给个说法。

老杨道：眼下很多村子搞规划，这类事也不是一起两起。我这里暂时还不能给你一个明确的答复，等把情况调查落实了，根据政策规定再看怎么个弄法。老伙计，你看这么着行不行？

申凤坤说：我是个顺民，无心阻挠村里的交通规划。我就是不服他那喝鸡撵狗的劲儿——旧社会的地主恶霸也不过如此！

老杨安慰道：事不能办糙了，慢慢来。

两位老友抽着烟喝着茶，彼此说起许多往事。申凤坤问起老杨的职务，老杨心气不平地说：不久前组织找我谈了，叫我去商业局当副局长。信访办副主任去当副局长，这算什么事啊！我追随革命许多年，纵然没有功劳总还有点儿苦劳吧？可是，鲜明的事就是轮不到咱头上！

申凤坤听了，一时无语，只有陪着叹息。

申凤坤突然想起什么，问老杨：俺村有个人在商业局当秘书呢。老杨一听这话，脸色就有些不好看，说：不就是那个大队团支书嘛，姓吕，人家现在是局长了！申凤坤反问：黄嘴角呢，就当局长了？老杨说：唉，这么说吧，组织上不提拔我肯定是有原因的，我不能因此有情绪，工作还得好好干。可现在的人事套路也太邪乎了，提拔干部不讲工作，而是讲学历！吕锋他不就是上了几年大学嘛，昨天还是个小秘书，一夜之间成了商业局长，叫我们这些老同志怎么能服气！申凤坤也说：是呢。老杨叹道：凤坤啊，你找我诉苦，我还想找人评评理呢！

申凤坤说：那个姓吕的是田家祥的把兄弟，两人铁相好。

老杨自嘲地说：看，我又犯自由主义了。

话题一开，申凤坤说：咱刚才说的这两个人，其实是一路货色，都在一个女人的肚子上混过，有私生子为证，姓田的至今对那女人还有想法，只是人言可畏，没敢太嚣张。老杨说：那人我知道。申凤坤说：从当上书记，田家祥做的恶事不老少，强迫命令、独断专行，这些不说了，单是强奸妇女这一条就该法办。那个张二妮，你还记得吧？人长得不孬，诨名小石榴。男人残疾，据说那事不行。当年二妮在生产队的场屋里编草袋子，田家祥仗着自己有权，硬将人家的裤子扒下在干草堆里把个良家妇女给干了，事后生下个女孩。老杨说：有所耳闻。申凤坤愤愤地说：这样的人要是不撤职，共产党的脸朝哪里搁啊?!

老杨到底是经过事的人，短暂的牢骚之后，很快就恢复了理性。他说：这件事呢，也曾有人反映过，因为当时上上下下忙着搞运动，没能及时去落实。实话告诉你，这种男女私情若是发生在脱产干部身上，组织上轻饶不了他，可是放在一个农村干部身上，就很难处理。申凤坤问：难道说乡村干部就可以随便日人?

老杨按了按老朋友的手，娓娓地说：凡属作风问题，基本上都采取民不告官不究的办法，强奸则是另一回事。田家祥和吕锋搞女人的事，街谈巷议确实有，但组织上不能根据传说处理干部。到底是自己脱下裤子的还是被人扒下的，谁也拿不出证据来。

申凤坤说：私孩子不就是证据嘛。

老杨说：你说他们是私孩子，可是谁家孩子会主动出头告自己的生身爹娘？哪个傻子会承认自己来路不明?

申凤坤就问：这么说，什么样的证据才算证据?

老杨说：最好是当事人的直接证言，如果女人一口咬定被人强奸，一般就算是强奸。

申凤坤想了想，说：好，我想想办法，说不定能拿到一点证据呢。

老杨有些不以为然，语重心长地说：老伙计，如果轻易能搞到证据，倒也不妨一试。真要是搞不到，我劝你，还是算了。陈年烂谷子，能不翻腾尽量不翻腾，常言道好鞋不踏臭屎，这种事还是少管为好。

申凤坤听了，眼神空洞，心绪茫然。

老杨突然想起一件事，说：凤坤，我带你去看一个地方。申凤坤问：有名堂？老杨说：县城西郊有个地方，叫大棚底，那里新近开了个市场，欢迎大家去做生意。今天我就带你去看看，说不定在那里你能一显身手呢。

说罢，老杨拉了申凤坤，朝西郊去了。

二十世纪八十年代初，县城西郊那一片，除了长途汽车站，都还是耕地，居民全是农民，虽然每年从政府拿一点儿补助粮，但不属于城市户口。不久前，商业局和工商局在这里建起一溜儿八个大棚，冠冕的旗帜是搞活经济，实际上给那些失业的市民、回乡的知青、下岗的工人找点儿事做。大棚南北排列，每列四个，棚内设了左右两条水泥台子，是为做生意的摊位，中间留一行道，供车辆和行人穿梭。大棚离城三里地，中间隔着一片菜地，对面是汽车站，交通很方便。

老杨和申凤坤来到大棚底。大棚看上去还算轩昂，但里边的摊位大都空着，北边的两个大棚里还放着些散乱的稻草和麦秸，三五头牛拴在那里，老远就能闻到牛粪的气息，有个老汉在那里一边挤牛奶一边吆喝叫卖。两人选在一个馄饨摊旁坐下，老杨问卖馄饨的老头生意怎样？老头说：还行，仅供嘴儿。“仅供嘴儿”，是此地人对小日子的谨慎描述，字面上的意思是刚够吃的。其实凡这样说话的，心里都透着一种安适和得意，怕露富。老杨说：俺不朝你借钱啊！卖馄饨的老头笑笑说：总而言之，一日进分文，强似分文不进。

申凤坤看那老头不断地收钱，吃客络绎不绝，小声问老杨：现在什么都兴私人干了？老杨环顾一周，说：这里都是私人摊子，就那边布料、鞋帽、小五金是国营商店的临时摊位。卖馄饨的老头插话：现今什么都自由了，有个南方人在那边卖布头儿，不收布票，想买多少买多少——党的政策就是好！老杨追问：真好还是假好？卖馄饨的说：好就是好，不好咱不能说好。

热气腾腾的馄饨端上来，两人一边吃一边说话。老杨说：看见了？这就是西郊大集，简称大棚底。现实说话，这里还有一多半的摊位空着，说明这个新生事物还没被大家所认识。申凤坤问：这些做生意的，晚上到哪里上宿？老杨说：西郊的、王庄的、水田的，这些近便村庄的生意人晚上都是回家住；外地的，在附近农户租间房子，一来为住宿，有的兼做加工，还有租房子开店的。

申凤坤说：生意看上去还行。老杨道：岂止还行，应当说很不错啊！不瞒你说，昨天我到商业局报到了，开了个会，局长叫我分管这个大棚底。局党委讨论大棚底收不收摊位费，争论很大，最后他们采纳了我的意见：为了繁荣商业，暂不收摊位费。不论谁来做生意，都欢迎。申凤坤说：新鲜新鲜，你让我开了眼界。

老杨就劝申凤坤来大棚底做生意，不要囚在那几亩地上了。申凤坤问：总不能把地撂了吧？老杨说：把承包地放给孩子照应，你进城做生意，手里有些活钱，日子很快会兴旺起来。申凤坤是个谨慎持重的人，没有立即答应。老杨说：我为什么要动员你来做生意呢？第一，你先前做过扎纸匠，人称“灯笼申”嘛，这个祖传的技能不能撂了；其次，现在各单位庆祝活动多，只要你做出来，没有卖不了那一说；第三，你不是因为扎灯笼挨过批斗嘛，现在只消你在这里一坐，就等于给自己平反，轻松争了一口气。

申凤坤眼睛一亮，问：不再是牛鬼蛇神了？

老杨说：名正言顺，谁也不敢怎么着你了。

见申凤坤有点动心，老杨又说：记得那句老话吗？人挪活，树挪死。你看这个“申”字，它多像一个灯笼！你姓申的注定要在灯笼上发财，这是千载难逢的好机会。为了这个天命注定的运气，你犯不上继续蹲在村里，拧着脖子筋跟那个田家祥死磕。常言说得好，君子不跟牛置气。你是识文解字的人，跟那种人过手，能搅出个什么道道来！

申凤坤听了，神情一爽。

老杨最后说：凤坤你知书达理，是个性情中人，脾气是硬了点儿，可你从来都是与人为善，不曾做不合情理的事。这种秉性最适合经商。如果你来这里，一定能把生意做得有声有色。说实话，那时你才算是个被人羡慕被人尊敬的主儿。现实说话，你占尽了天时地利人和，事不宜迟，当断即断吧。

老杨一口气说出这么多理由，让申凤坤很感动。如不是设身处地为朋友着想，不会有这么周到的分析。申凤坤放下碗，正襟危坐，说：你说的这些，都入我心了，我这里还有一条补充。老杨问：还有我没考虑到的？申凤坤说：还有你这个老朋友做靠山，不也是个条件嘛。老杨说：靠山倒谈不上，至少是个说话拉呱的朋友吧。需要时，多少我还能帮一星半点的忙。申凤坤说：到时免不了叨扰，在此先谢了。说罢，站起来给老杨作了一个揖。

老杨感慨道：务农改经商，半路出家，慎之又慎，我能理解你。今儿我劝你进城，也是经过深思熟虑的。你记下我这话：新潮流来了，咱们的日子得变了，老是捆在几亩地上，永远在别人的卧榻之下。俗话说三十不发四十不富，再不抓紧挣钱，就来不及了。申凤坤深以为然，说：看来，社会真的要大变了。老杨道：一步赶不上，十步撵不上。早起的鸟儿有食吃。你要是想干，就得尽快作决定，不要等摊位叫人家占没了再来找我，那时我就是想帮你也无能为力了。我可以跟你打赌，在大棚底要是赚不到钱，我改姓你的"申"！

申凤坤完全被老杨说服了。

三天后，申凤坤拉着一辆破旧地排车来找老杨，车上装满做灯笼的材料家什。老杨已经预见到这结果，给他在北边临近街口的地方预留了个摊位。两人当即去看了，凤坤很是满意。他把做好的几个灯笼样子拿出来挂在柱子上做了幌子。没承想，不到一个时辰，那几个样子货全被人买走，价钱大大超出申凤坤的预期。申凤坤摸着鼓饱饱的钱夹子，一时竟不知说什么好。当时太阳还高，他想尽快回家再做几个明儿赶着来卖。老杨说：生意不是一天做的，与其大老远地回村还不如先找个地方落下脚，然后放开膀子大干也不迟。申凤坤问：地方好找吗？老杨说：我跟西关党支部的莫支委熟，他家老宅子那边还有两间堂屋、三间厢房。莫支委的父亲现在住上房，西堂屋和厢房空着，我给他打过招呼，你若是去，可以住西堂屋，厢房可以当做坊，租金是每月二十块钱。你要是觉得合适咱这就去看看，要是不行，咱再另想办法。申凤坤正愁没地方住呢，哪有不行之说，当即就答应下来。

莫支委家这院子，还真有点历史呢。那五间堂屋，都是晚清时建的青砖瓦房，十九道楠木檩条，椽子是上好的油杉杆子。东堂屋三间算是上房，西堂屋两间，连着青砖到顶的屋山，快一个世纪了，没出现一点儿裂纹，可见那时匠作的认真。民国那阵子，莫老先生在酱园里当学徒，后来跟他爹做海货生意，日子过得还算殷实。据说他父亲（莫支委的爷爷）曾当过县商会的会长。后来老先生被人告发"通共通匪"，遭了事，生意不行了。这件事到现在也还说不清，解放前老先生坚决不承认通共，解放后又说那是事实，当时的掩饰是为了保命，保命的证词又成了新社会的否定，彼此相左，最终还是请了当年八路军老四团团长张仁初写了证明，才算把革命的名号拿到手。

老先生年近古稀，退休后独自住在上房里，安逸倒是安逸，就是缺个说话的人，常觉寂寞。如今老杨带了房客来，老先生很高兴，忙里忙外地铺排这个介绍那个。老杨把有关租房的话说清后，老先生就让他忙公事去。老杨去后，凤坤照老先生的教导收拾了房子。莫老先生看申凤坤是个踏实、斯文、稳妥之人，很是欣喜。

安顿好吃住，申凤坤的生意就上了正路。他白天赶集，晚上回住处做活，歇息时就找莫老先生拉呱。老人喜欢喝茶，会抽烟，也健谈，两人能说到一起去。有一次莫支委两口子来看望老人家，发现老爹的精神比先前好了许多，很感谢申凤坤，还说要给他们请个做饭的。申凤坤说：那样的话，伙食的花销就算在我身上吧。莫支委说：不要你出钱，你只要抽空跟老人家多拉会儿呱，我就识好了。申凤坤说什么都得出钱，莫支委说：既如此，恭敬不如从命，你每月出十块饭钱，别的不用你管了。

从家里带来的纸张、糨糊、竹篾、细绳很快就用完了，申凤坤到土产杂货那边进了一批新的。粗算起来，这批材料全部做出去，大约要一个月，收入不下五六百块钱。这个数字等于一个工人一年的工资！照这样下去，种地不种地，确实无所谓了。这么一算，申凤坤觉得心惊肉跳。最让他高兴的是，从前被看成封建迷信、牛鬼蛇神的纸草现在恢复了名誉，灯笼成为冠冕堂皇的商品，没人再说那是“四旧”了，一种重生的感觉让他轻松，温暖的笑容挂在脸上。

莫老先生看在眼里，说：一看你脸色就知道生意孬不了。申凤坤说：托您的福，仅供嘴儿。莫老先生说：说是仅供嘴儿，吃糠咽菜、吃肉喝酒都是仅供嘴儿，实际上差如天渊。申凤坤呵呵笑起来。莫老先生说：人和眼是同岁的，凭我这双老眼看，商人的好时候到了。申凤坤说：想不到，真是想不到啊。

申凤坤真切地感受到莫老先生的这句话切中大势。自打来到大棚底，他的灯笼一直做不上卖的。起初他还纳闷，到底能有多少人用这灯笼呢？说不定干上十天八天，市场吃满了，自己就得卷铺盖回大苇塘呢。谁知，任你怎么努力，货物从来没有积下，市场就像一个无底洞来什么吃什么，恰似那千年未曾进食的饕餮！申凤坤不得不承认，这样的风景在大苇塘是绝对看不到的！想到老杨的劝告，凤坤心中充满感激。反过来说，要是自己还在村子里跟田家祥较劲，哪有这一番天地！

这天，申凤坤正在大棚底的摊位里忙着，突然发现面前站着一位美男子——原来是吕锋。吕锋看上去风采灿然、意气风发，高挑的个儿如玉树临风。申凤坤暗想，难怪小石榴当年恋着这小子，果然是"大姑娘食儿"。吕锋先跟申凤坤打了招呼，口气谦和，神情中透着潇洒和自信。他回头对随从的人说：这就是我说的"灯笼申"，方圆百里找不到比他做得更好的。那人说：既然是局长看重的，那就这一家吧。

申凤坤一听，知道是来订货的。按生意人的一般原则，客户上门，等于财神，要热情招待。可申凤坤成见在胸，却怎么也热情不起来。吕锋问他生意怎样，他也只是应酬。吕锋以为这不过是乡下人的拘谨，没在心，笑着说：潮流要你发财，你想不发都不行。申凤坤回道：潮流让你当官，你不想当也得当，是不是？

吕锋并不恼，只说：大哥跟我开玩笑了是不？好，今天说正经的。我先问你，你来这里也有一阵子了，有没有留心都是哪些人来买灯笼？做什么用的？每天大概能销售多少？需求量是不是一直在增长？增长的幅度大不大？申凤坤反问：你问这些做啥？吕锋说：现在我干的就是这一行，得研究这些，看市场向哪个方向发展，是否需要扩大，多大的容量才算合适，等等。那个办事员附和：局长今天是考察市场来了。吕锋更正道：我是来向大哥请教的。说着，递上了一支过滤嘴的香烟。申凤坤听了这话，稍感顺耳，点了香烟，慢悠悠地说：机关、厂矿、学校买灯笼的，占了一半。另一半，是家庭办喜事的。过去的一个月每天销量在五六十只上下，近来有所增加。吕锋问：是不是有点力不从心啊？申凤坤说：也就吃饭睡觉还是个空儿。

吕锋离开前，送给申凤坤一笔大生意：县城三大百货公司成立了一个联合体，决定从申凤坤这里定做一百零八只大灯笼、五百只小灯笼搞庆祝，限两个星期完成，价钱由申凤坤定。他还说，全县二十四个公社的供销社都可以经销你的灯笼。随行的那人就说，第一批货暂定一千只吧。

这个数字，把申凤坤吓了一跳。他有点为难，说人手不够担心做不出来。吕锋不由分说，叫那人先把一千块钱放下做订金，时间可以稍微宽限一点。申凤坤惶惑地接了那一千块钱，写收条的时候，他的手不停地抖。吕锋在旁边说：大哥，一个人做不下来，不妨请人帮忙嘛。申凤坤连声说是，却忘记了说句感谢的话。

吕锋他们走后，邻近的摊主凑过来问这问那，都以为申凤坤碰上了贵人交上了好运。申凤坤支支吾吾应着，把那笔钱装进内衣口袋，便收摊回住处去了。路上，他的心久久难以平静。一千元，这么大年纪，他还是头一回拿到这么多钱，史无前例头一回！不仅没有这种经验，甚至未曾见过别人一下子经手这么多钱！

金钱的力量如此强大，申凤坤几乎动摇了他对吕锋的负面印象。是呢，这么帅气的一个人，说话周到，风度翩翩，出手大方，办事爽快，谁能不喜欢？别看他当了大官，今儿倒也没见有盛气凌人——他还给我一支过滤嘴的香烟呢。直到进了莫家宅子，申凤坤才想起吕锋留下的那句话：活要是干不过来，不妨请个人帮忙。

到底雇人不雇人，申凤坤一时想不清楚，活虽然要紧，但雇人的事可谓举足轻重，不妨跟莫老先生商量商量。晚饭后，他到东堂屋里陪老先生喝茶，顺便说：从我来到这大棚底，也就一个多月的光景，不久前还空着的摊位如今全部租出去了。商业局和工商局宣告半年内不收摊位费，以后即使收费也就象征性地收一点儿。我想请教老先生，主事人花钱盖了大棚，你们西关拿出上好的庄稼地用作经商，难道就这样白给乡下人做生意了？

莫老先生笑了，说：你们乡下人，只做过买卖，没做过生意。我说这话，你可别生气哟。申凤坤说：我这边儿请教都来不及呢。莫老先生说：买和卖，只是你我的事，你给我钱，我给你东西，很简单。生意就不同了，真正的生意是钱生钱，要生出生气来，生出意味来，那才叫做生意。自古以来，权能生威，商能生气，文能生采。所谓气，就是兴旺发达的气象，就是那种熙熙攘攘、摩肩接踵，流水一般的风景！世上的钱如同天上的云彩，哪里商业发达哪里就有雨水。有了商业，财富自然就来了，铺天盖地，挡都挡不住。

申凤坤问：何以说有了生意，钱自然就来了？

莫老先生说：比如说眼下西关这八个大棚吧，若是都装满了门脸儿，上下也有几百个摊位吧。经商的、赶集的、闲逛的，每天少不了上万人。第一先说，这上万人得吃饭吧？西关那些做面食的、卖卤肉的、蒸卷子的、卖包子的，就都有了收入。其次一点，住宿的，住店的，也都有了收入。第三，大棚那边需要人维持治安吧，需要打扫卫生吧，用的都是西关的人，他们也就有了收入。这样，不种地的也都有事干了。第四，存款数大大增加，银行就有款可放，利差就是他们的赚头。他们有了赚头，当然不能亏待我们西关是吧。西关想发展，从银行那里贷款就容易。第五呢，商业一旦发达起来，各种行业都聚过来，剃头的、照相的、做裁缝的、开洗澡堂的，得来吧？医药方面得来吧，国营大商店得来吧，交通运输得来吧。这些人都来了，西关就热闹了。

申凤坤豁然开朗，说真是与君一席话胜读丨年书啊。莫老先生说：明白人不需多说。申凤坤道：古人说深巷藏鸿儒，果然是城里的水深！莫老先生哈哈大笑，说：过奖了，过奖了。申凤坤最后说到活紧，该不该雇人的事。莫老先生明确告诉他：马上雇人，刻不容缓，不容迟疑。

申凤坤决定回家找个帮手，全力以赴完成商业局的订货。

第二大一早，申凤坤赶回大苇塘村，打算让老婆子跟他一起进城来，可老婆子说小儿子刚上学，她绝对离不开，地里的活也还得帮衬。申凤坤考虑再三，觉得老婆子说的也是，总不能为几个钱把幼子的学业给中断了。可是他这边已经接了人家的订金，也是火燎眉毛的事，必得按时交货才是。而且，引荐和决定这笔生意的就是本村人吕锋——怎么说也不能让中间人在这事上为难啊。

老婆子看出男人的困窘，说：我给你推举一个人。凤坤问是谁？老婆子说：张二妮。凤坤一听，连连摇头。老婆子郑重其事地说：先别说不行。这事我过心想好了，她去最合适。一来她正琢磨着想带了孩子离开这村。二来呢，那人心灵手巧，学什么会什么，到了那里，不出三天就是个好帮手。

申凤坤掂量来掂量去，还是觉得不合适。一来张二妮是个女人，又带着两个孩子，若是跟他去了城里，男女有别，老少掺和，不好安置；其次呢，论起本家，二妮得称凤坤大叔，叔公和侄媳妇一起共事，凤坤总觉有些别扭；再说，这女人名声不大好，因为她申氏一族在村里没少受人闲言，和她有染的两个男人至少有一个至今仍是仇人……

老婆子说：二妮虽然名声不甚全美，其实她这个人并不坏。你不妨想想，一个女人，一辈子没有男人亲热，眼见着到死都没有希望，该是什么滋味儿！偏偏又是个葱白儿般的人物，挡不住就有人喜欢，这也不能怪她。再说了，自家男人不行，要是不讨个种子，她在这里还能长久支撑下去吗？反过来说，她要是一跺脚走了，娘家兄弟的媳妇也要走，两个家便一齐破了。若是拿这等眼光看了，人家得算是通情达理、大仁大义、瞻前顾后的女人呢。

申凤坤虽然不说话，但也听进心里去了。老婆子又说：些许年下来，正牌子男人不行，相好的男人上了大学，进城当了官，不理她了。这其实也情有可原，二妮这边是破不开连环锁，人家还能一辈子做光棍儿？相好归相好，终究还得有个家啊。另一个呢，家里现放着个丑婆姨，再不济，也不能说扔就扔吧。眼看两个孩子在一天天长大，庄邻们有不识好歹的往往说三道四,二妮的巴掌本来就小，哪堵得住那么多轻薄的嘴！所以说，这女子命中注定要吃苦，要被人嚼舌头，要顶个坏名声。这些事啊，说起来跟咱没有一星半点的瓜葛，完完全全可以不去管它，咱要的不就是个干活的嘛。

申凤坤听了，倒也说不出什么反对来。到底要不要这个帮手呢？辗转反侧之际，凤坤的耳畔突然响起不久前老杨说的那句话：这种事是要证人证言的，民不告官不究，女人的证言是最好的证据……申凤坤不由得心头一亮，自忖道：好，还有这一层呢！守着天王殿，不怕菩萨蛮，天长日久，早晚我会套出她的话来。等我拿到她的证人证言，就能攥住他田家祥的细脖儿。到那时，看我不把那魔王摔个仰八叉！

这念头一生出来，申凤坤立马就拿定了主意——要张二妮去做帮手。

他叫老婆子尽快去征求二妮的意见。如果她同意，明日就要收拾好了，后天一早上路。

张二妮果然是个勇于决断、敢作敢为、干净麻利的女子，她爽快地答应了凤坤家大婶子，唯一的问题是如何安顿两个孩子。她想把一对儿女都送到娘家去，又担心儿子修文性情过于文弱内向，会受欺负；只把女儿修好放在娘家，又觉得自己很难安心做事，少不得三天两头朝娘家跑，不像个干活的样子。最后她狠下决心——都带着，大孩子继续读书，小的跟在身边。凤坤家大婶子回去对凤坤说了，两人思来想去，也没有更好的办法，只有同意二妮带着孩子。二妮自然是千恩万谢。

事情一定下来，二妮立即开始整理行装，该带的带，该扔的扔，布置儿子把学习的书本用具都带好，对他们说这次是出远门，至少半年不会回来，有用的物件都带着……

娘儿俩忙了一整天，总算拾掇完了。修好还小，坐在蒲团上看守自己的几件小玩具，二妮将被褥衣服，除了身上穿的，都包在几个旧单子里，孩子用的东西分别放在两个柳条箱里，那箱子就是二妮当年的嫁妆。剩下的，是三四百斤粮食，盛在五六只袋子里，扎了口，放在地排车上。一应炊具，凤坤嘱咐了都无须带，二妮就只带了几个碗、几双筷子、几个碟子。

次日天不亮，二妮拉着家中唯一像样的家产——地排车，封了房门院门，把孩子安放在车上，来到凤坤大叔的家门前。凤坤家大婶子特意给孩子炒了一小口袋花生，给二妮煮了十来个鸡蛋，还有一包煎饼。在朦胧的晨曦里，二妮接受了他们的好意，端端正正地给大叔、大婶磕了头。大婶拉她起来，见她满眼都是泪花。

这是张二妮第一次离开村子进城，而且是倾巢而出。眼看就要走出大苇塘地界了，二妮回头看了一眼薄雾中的村庄，竟没有丝毫的眷恋。两个孩子窝在一堆破衣棉絮里，两双眼睛里满是猜疑和不安。此一去到底如何，二妮也说不清，只觉得全家的希望都在这辆破车上，都在这西行的路上。她感到责任沉重，但义无反顾。

到了莫家老宅，申凤坤要把自己住的两间西堂屋让给他们三口，二妮坚决不同意，说长辈就得住上房，这个次序绝不能动。莫老先生说：二妮说的也在理，就让他们娘儿三个住西屋吧。你们把南边的小屋收拾了，做工房。

娘儿仨安顿下来，二妮暗自松了一口气，第一步算是走出来了。莫老先生听了凤坤的介绍，知道这娘儿几个不容易，执意邀他们几个一起入伙，说大锅饭好吃。凤坤主动提出担负他们三口的饭食费，老先生也没推辞。二妮不好意思，说：等俺挣了钱一并还上。说起儿子修文上学的事，莫老先生说：这事用不着你们犯愁，我叫我家大份子（此地说长子为大份子）给办好就是了。凤坤对二妮说：莫先生的儿子是西关的党总支委员，人很好，也能干，没他办不了的事。莫老先生笑道：他那点本事算什么，我女儿在省里，她才是遮阴的树呢。

二妮就这样安定下来，立即投入了劳作。

修文就近入学，很快就熟悉了城里学校的生活，一回到家就说很多话，看来他喜欢那里的老师和同学。大概是因莫支委介绍来的，没人敢轻侮他，修文感到从来没有的快乐。修好平日里就赶着二妮转，有时也跑去上房给莫爷爷说话或随了保姆择菜，倒也不耽误二妮做活。凤坤耐心细致地传授了做灯笼的技巧，二妮心灵手巧，人又勤快，很快就掌握了。因为有保姆做饭，二妮得以全心放在劳作上，申凤坤觉得很是得力。

这期间，老杨来看过他们，还带来一个西式蛋糕，说是给莫老先生过生日。修文、修好第一次看见蛋糕，很兴奋。二妮多年前就认识蹲点的老杨，如今见了面，还有些拘谨。那天老杨留在莫家院里吃了晚饭，还喝了几盅酒。饭后，二妮觉得这番进城，受到诸位长者的恩惠太多，心情放不下，领了两个孩子，要给长辈们磕头谢恩。莫支委和老杨极力劝阻，娘儿三个到底还是把大礼行了。末了，娘儿几个还给保姆大婶磕了两个头。

老杨说：新社会，不兴这样。二妮说：你们都是俺的恩人，这个情分，俺娘儿们永世不能忘记。说起来俺是个走投无路的人，若不是几位提携关照，这一家三口怎么也过不上这样安稳的日子，倘若终日在地里吃苦做庄稼，一辈子也学不到这手艺。申凤坤说：你来这里也是帮我的忙，乡邻之间，不说谁该谁的。莫老先生说：滴水之恩，涌泉相报，懂得这个道理的人，孬不到哪里去。

申凤坤按时完成了那批货，并收到全额货款。那天晚上，他支付了张二妮的工资，另外给她五十块钱的奖励——当时的五十块钱不是个小数目。二妮拿着钱，手足无措，好半天不知朝哪里放。她从来没见过这么多钱，一再推托，申凤坤只是不接。二妮说：太多了。我不该要这么多。申凤坤说：工资是你的劳动所得，另外这点钱，咱不说奖金，就算我给孙子、孙女的压岁钱好不好？

二妮拿到进城后的第一笔收入，长长地出了一口气。算起来，除了衣食杂用和孩子上学开支，大约还有一半的剩余。照这样下去，完全没必要担心未来的衣食住行。此时，她的脸上第一次显出舒心的笑容。

申凤坤进城扎纸草卖灯笼发了财，这事让田家祥大感意外。更让他想不到的是，二妮居然一夜之间从大苇塘村消失，全家搬到城里去了，而且是跟从申凤坤一起做灯笼！两件事合起来，让田家祥感到无限怅惘——太出乎意料了——对手突然消失得无影无踪，犹如战场上出现了异常。

田家祥决定亲自到城里看一看，顺便找吕锋商量商量。那天一大早，他就骑车进了城，先到大棚底市场，在路边一块大石头上坐了看景。

他的背后是个卖花布的摊位，卖布的操一口南方口音，手里舞着长长的米尺和各色各样的布料，脖子上挂着装钱的袋子。田家祥发现，那蛮子给人找钱时，总要从兜里掏出一片东西，连零钱一起递给顾客。有些顾客剥了皮当即放在嘴里，有些则反复看了，很宝贝地装进衣兜。那些围在花布摊子前的女人个个争先恐后，不怎么讲价就慷慨解囊，生怕买不上似的。

从布摊子向大棚那边看过去，申凤坤的大红灯笼高高挂在一根长长的竿子上，一字儿排列着，在轻风中炫示着强烈的大红色。市场里人声鼎沸，买的卖的都在享受物欲的快感。田家祥不由得感叹：去年这里还是一片绿油油的麦地，千年不变的田野怎么突然长出这么个怪物！

卖花布的闲了下来，主动给田家祥递了一支烟，两人便寒暄起来。那人说他是温州人，叫贾文化。田家祥说：你的这个姓，也好也不好。贾文化问：此话怎讲？田家祥说：好呢，“西”下边藏着个“贝”，意思不错；不好呢，不论你起多好的名字，加上这个姓，便都成了假的。我看，你还不如叫贾文盲呢。贾文化说：同志您真会开玩笑。我告诉你，“贾”这个字，也念贾，古人称呼商人为贾，所以我这个姓最是适合经商。田家祥说：既然你擅长经商，我问你一个事，你在这里一天能挣多少钱？

贾文化看看他，学了当地人的习惯，说：仅供嘴儿。田家祥一听，就知这小子来此地不是一日两日了，便问刚才给顾客的小片片是什么东西？贾文化扭捏了几下腰，伸手从兜里掏出一片，递给田家祥。田家祥剥开看了，白色，闻一闻，有薄荷味儿，便放进了嘴里。贾文化问爽口吧？田家祥点了点头。贾文化说：这玩意儿叫口香糖，提神去口气的。比如说你刚吃了大蒜，两口子要亲个嘴什么的，先嚼上一片，一股子清气。田家祥就笑：买布的人不是你老婆，干吗要给她们？贾文化说：她们用了，就会记得我这个摊子，增加回头客嘛。田家祥说：南蛮子都是生意精，尤其懂得哄女人。

田家祥瞥了一眼市场，笑吟吟地说：老贾我问你，像我这种人，若是想做生意，弄点什么营生好呢？老贾想了想，说：这做生意嘛，第一要看风水大势，第二要看个人命相，第三要看是否精明。田家祥问：什么叫风水大势？贾文化说：简单说吧，如今的中国，是典型的卖方市场，大势好。什么叫做卖方市场呢？就是求大于供。多少年了，商品缺少，老百姓没有钱，很多东西需要置办，可是既没有钱也没有东西，什么都要票证，消费方面藏了一个大窟窿。所以，现在是有什么卖什么，有多少卖多少，只有做不出来之说，没有做出来卖不了之说。卖方市场就像个无底洞。如果你的货稍微新奇一点，绝对弄不上卖的，价格几乎随你说。我卖的这些东西，其实都是国营大服装厂和印染厂的下脚料，我是按吨买的，在这里按尺卖。你说，能不赚钱吗？

大棚底的热闹景象，贾文化的一席话，给田家祥很大的冲击，市场让这个一心想着土地和村庄的基层政治家心神不宁、惶惑不已。越过人头攒动微尘飞扬的市场，他远远地看见了那张俊俏的脸。她忙碌着，不时地挑下一只灯笼，申凤坤在那里忙着收钱找钱。二妮那妩媚的脸上再也没有往日的凄苦与哀婉，再没有堆积的忧虑和疲惫——美丽的鸟儿飞了，一下子飞到他管不着的地方，奈何奈何奈若何！

田家祥感到无限的失落。

他要自己尽快想出个办法来。

第四章 莫先生出山约法三章 田家祥办厂初衷一贯

离开大棚底，田家祥当即去找吕锋。传达室打通了吕锋的电话，不巧他正要去开会，就着传达室的电话，田家祥匆匆说了自己的失落与疑惑，吕锋听了哈哈大笑，说大哥你不来找我我也正想找你呢。吕锋说县食品公司正在寻求酱菜合作对象，因本地若干特产供不应求，须迅速扩大生产规模，问大苇塘能不能将现有的咸菜厂扩充为一个大型酱菜生产基地。如果可以，要马上行动，还要跟食品公司和供销社签订合同。田家祥当即就答应了，心知这事很可能是吕锋专为大苇塘村量身定做的生意，不然的话，绣球不会落在他姓田的头上。好兄弟，真是个好兄弟啊。

两人在电话里约定第二天中午在大棚底布摊边见面。

时隔一天，田家祥再次来到大棚底，新的目标让他相当兴奋，这兴奋还有另一层意义：他的对手申凤坤已经行动起来了，虽然不是日进斗金的大生意，但票子正如长流水般进入那家伙的腰包。这个非同寻常的事变说明一点，离开我田家祥，离开大苇塘村，人家照样可以过得好。如今我也有了生意，而且可能成为轰轰烈烈的大生意，这一来，两人就有一比。我田家祥岂能甘居人下——出水才看两腿泥！

田家祥直接到了贾文化的布摊，两人像老相识般打了招呼，田家祥开门见山，问：我想做酱菜的生意，你觉得怎样？贾文化端详了一阵子，说：太好了！莫非神灵指示了你，不然怎会说出这等符合命相的主意来！田家祥说：别虚张声势，我就随便说说。贾文化说：可不是随便一说。你看你，从肤色到筋骨，从精神到灵性，都有酱菜的气象。田家祥说：骂我呢，看我脸黑是不是？贾文化说：道家老祖鬼谷子说过，千年黑，万年白，万万年的紫棠色，紫棠色就是酱菜的颜色。我告诉你，香港有一家专做酱油的铺子，叫做李锦记。那里生产的酱油、蚝油、辣椒酱，卖到全世界。如今李家是香港首富，家资数百亿。可不要小看这酱菜生意，如果能让各家各户饭桌上都有你的酱菜，老兄你就发达了！

一席话，让田家祥记住了这个温州人。

两人正聊着，吕锋来了，一脸的汗。

兄弟俩的这次见面，对于大苇塘村具有里程碑的意义。田家祥跟着吕锋在大棚底走了一圈，两人边看边谈，扩大酱菜生产、建立生产基地的规划很快便确定下来。项目定下来，田家祥担忧的是：资金从哪里来？吕锋大包大揽，说可以从银行贷款。这一来，田家祥放心了。吕锋道：把咸菜厂现有的咸菜出脱了，立即、全部、毫不犹豫地出脱干净，卖给副食品公司。然后，彻底翻修现有厂房，扩大生产规模，其中三分之一继续原来的咸菜行当，重点放在当地特产——八宝豆豉上。

吕锋的这些话，听上去如同铁板钉钉，不容怀疑。吕锋见田家祥脸上还有些忧虑，就问：撑不起大腿来？田家祥说：刚学会腌咸菜，突然改换品种，而且动这么大的干戈，心里没有底儿。俗话说，横倒窝子——症不轻，万一弄不好，大苇塘的损失怎么办？

吕锋说：市场的要旨就是这，只要你追求高效益，就要承担风险，这其中多少也有赌一把的意味。为什么要做大？因为任何商品如果没有一定的生产规模就难以占领市场。你只有三五吨的咸菜疙瘩，谁会注意你？如果你有上千吨货物，人家就会开着汽车来拉。即使每斤只赚一块钱，总利润还是可观的。

田家祥问：谁敢保证市场吃得下那么多豆豉？吕锋说：豆豉这东

西，我调研过，全国只有两大类，一类是湖南的干豆豉，放了辣酱，很流行。另一类就是咱这里出的油豆豉，不放辣椒，也很畅销。全国三千个县，北方占一半。一个县每年用一吨，这是最小的估量了，总量就是一千多吨。如果大苇塘的豆豉能占领这个市场，你就大发了。田家祥稍微轻松了些。吕锋最后说：拿了银行的钱去做生意，这是千载难逢的好事，机不可失，时不再来，关键时刻可不能做小女子状！

田家祥坚定了信心，两人击掌为誓。

分手前，吕锋特意嘱咐田家祥：酱菜厂不能走老路子，大锅饭吃不得。田家祥懂得他的意思，问：你看怎么办？吕锋说：市场无情，合同一签，就得按质量按时间交货，这马虎不得。更重要的，上百万的贷款，必须有一个负责的制度。你现在还是从前大队副业组的路子，不行。田家祥说：你的意思是，承包？

吕锋点了点头。

两天后，田家祥主持召开了大苇塘村支委会，商讨建立酱菜生产基地的计划。

田家祥说到卖掉现有几十缸咸菜，用这些钱做本钱扩大再生产。田福申问：卖了咸菜，钱不分点给社员吗？田家祥说：不但不分，还要贷款，至少要贷一百万。此话一出，一片惊叫。有人问：这贷款要利息吗？田家祥说：当然要付利息。按现有利率，每年的利息大约在六万上下。他这么一说，支委们都倒吸了一口凉气。田家祥说：能贷出款来就不错了，用公家的钱办我们的厂子，多好的事啊。厂子办好了，可以用利润来偿还，不成问题。支委们七嘴八舌议论起来，田福申说：利息是硬碰硬的，还不上不行；货物卖出去卖不出去就两说了。将来万一资不抵债，那个窟窿谁来堵？当场就有人计算了，说：如果豆豉卖不出去，一年下来，全村每人要顶着几百块钱的债，那还了得！

田家祥反复解释，说豆豉一定能卖出去，可大部分支委都不肯相信他的预测。有人计算了，几百吨豆豉，全县人不吃别的，光吃豆豉，一顿饭也要用上小半碗，才能保证这里的豆豉不积压。豆豉是咸菜，谁家会用那么多？而且这东西很贵，没几家吃得起。

这么一说，全体支委，除田家祥本人，没一个支持的。

田家祥一看，傻眼了——没想到这件事在党内就难以通过。但他主意已定，大家不同意，就走个人承包的路子，谁愿干谁干，没人接手，他自己干。田家祥这么一说，支委们又觉得似乎有利可图，面面相觑，莫衷一是。田家祥说：我理解你们的担心，就是这酱园将来到底算谁的？我的看法是这样，大队副业组本是全村的财产，无论谁承包，都要公平作价，这一份集体财产谁也不能动。今天大家就评出个价来，除了我前期付出的一点本钱，余下的都放在副业组，算是公产。

支委们你看我我看你，没有吱声的。田家祥诚恳地说：这是一件公事，不要抹不开脸，也无须谦让，一句话说白了，就是谁想干谁干。现有资产，一是大队部这个院子，六间破房，一台十二马力的破柴油机，还有最近添置的二十口瓷缸。副业组的铁匠炉上还有一把大锤、两把小锤、一个砧子、一个旧砂轮，面粉机只是一堆废铁。就这些。田家祥推举福申大叔统总算算一共值多少钱，支委们赞成。田福申是算账的好手，三下五除二，很快算出：现有资产大约三百元，房产相当于一千，加上最近卖的咸菜，折合总值大约两千元。

田家祥说：既然算清了，那就好办了。我的想法是，现有资产两千元，其中一千元是现金。这些全部属于集体财产。不论谁承包，这个资产不能减少。即将扩大的酱园无论承包人是谁，都要跟大队签合同。主要是，贷款的本息要由承包人全部承担，不得转嫁到集体，更不得分摊到社员头上。生产规模，前五年，现有资产必须每年翻一番。每年的利润增长不得低于15%，净利润的80%归集体，20%归承包人。支部派一位会计管账，会计对全村社员负责，每年公布实际经营状况。集体拿到的利润必须用于公共福利，小学、卫生所、孤寡老人、水利设施、道路交通、助丧会，这些事，要不少钱呢。

田福申说：这个弄法，一边倒，没人愿干。

一个星期后，大苇塘村没人愿意出来承包副业组。于是，田家祥担纲承包现有副业组，并按合同要求扩建为一个酱菜厂。双方签合同那天，公社书记出席了仪式，财粮助理起草的合同文本，田家祥代表承包人签字，田福申代表大苇塘村民签字，仪式很郑重。签约双方都表示：承包期间，不得反悔。村支委商量确定，派出田福申作为酱菜厂未来的主管会计，代表集体一方，进驻承包后的副业组。

田家祥突然想起，承包后的副业组得有个名字。田福申说：副业组这个称呼确实小了点儿。田家祥说：现在外边都兴起大名字，两个人的公司就叫中心，屁股大的地方就叫广场，咱这副业组也得有个名堂——拉大旗作虎皮嘛。

大家笑了一阵子，最后给未来的酱菜厂起了个极朴素的名字：田氏酱园。

田氏酱园的首要工作，是请一位精通八宝豆豉制作技艺的老师傅。有了专家指导，该买什么买什么，该走什么工序走什么工序，才能造出好豆豉。田家祥找到吕锋，吕锋说他认识西关大队的莫支委，莫支委的父亲大半辈子在酱园里当师傅，是做豆豉的高手。吕锋叫田家祥带些可意的礼物去请，态度一定要诚恳，就像刘备三顾茅庐那样。田家祥说：当祖宗供着，是不是？吕锋说：反正你得拿出离开他老人家就不行的姿态来，事实上也是。

田家祥按吕锋说的地址，先去见了莫支委，自是一番掏心窝的话。莫支委说以前开会见过田家祥，还听过他学大寨先进事迹报告呢。田家祥说那都是老黄历了不提也罢。关于请老先生出任酱园技术总管这件事，莫支委说：好事呢倒是好事，怕就怕老人家年纪大了不肯出山。田家祥再三恳求，说大苇塘的酱园离不开老先生，无论如何请莫支委在老人家面前多多美言。如果老人家不肯出山，那个酱园就完了。莫支委说：我也不敢打包票，试试看吧。

两人进了院子。田家祥见厢房门廊上摆着一些竹篾，靠大门这边有几个灯笼坯子，尚未糊纸，心里就有些疑惑。莫支委说：以前这院子只我父亲一人住，不久前租出一部分，也是你们大苇塘的，一老一少，还有两个孩子。田家祥就问：是不是扎纸草的？莫支委说：主要是扎灯笼，生意不错，人也好。田家祥问：吕锋吕局长来过这里吗？莫支委说：人家局长，怎肯光临我这寒舍。田家祥感叹道：这世界果然是小。莫支委问：怎么，你跟他们有过节？田家祥说：乡里乡亲的，都很好。论起来，我跟那扎纸匠还是兄弟呢。那女人，是我庄邻，很不错的。

老人家正在上房喝茶。田家祥恭恭敬敬地向老人家说明来意，表达了崇敬之情、渴望之情，态度极为诚恳，言辞也质朴。老人家只是笑，莫支委在旁边帮腔，有心促成田家祥的好事。田家祥送上礼物：两包上等虾米、两条白鳞鱼、两袋子红枣、一大口袋花生、两只老母鸡，还有自家晒的干菜和厚皮做的焖菜和丝豆子。老人家不肯收，说了些何德何能、无功受禄、寝食不安之类的话。田家祥听了，无限惶急，摆出一副礼贤下士、求贤若渴的样子，态度殷勤，自是不待说了。老人家听说礼品中有厚皮做的焖菜，就要尝一尝。田家祥将一个黑黝黝的小坛子打开，老先生用手捏了一小撮，放在嘴里品着，连说：名不虚传，田永昌果然是做焖菜的好手。你们既然有这等行家里手，又何必舍近求远？

田家祥接着又拿出一个小瓦罐儿，打开，送到老人家面前，说：这是我们本地出产的八宝豆豉，您老人家尝尝，看味道怎样？

老先生低头颔首闻了一闻，眉头就皱成一个大疙瘩，问：这哪里是豆豉，烂咸菜也不如呢！此等货色，难道是出自永昌之手？田家祥说：永昌做焖菜还行，要说八宝豆豉，他绝对是不会做的。告诉您老人家，这一罐还算好的呢，如今市面上卖的那些豆豉老远就能闻到一股子臭气，没法吃。莫支委也说：现在什么都缺，有些人就不在乎质量了。田家祥说：人人都想买到好豆豉，可是上哪里买去！莫支委说：吃不到好的也就罢了，最败兴的是坏了咱琅琊古郡之八宝豆豉的千年名声，牌子都砸了！田家祥说：我就是想争一口气，做出真正的好货，也好叫国人知道什么是真正的八宝豆豉，正一正名头。

莫老先生长叹一声，说：眼下的事，没法说了，萝卜快了不洗泥嘛。古人说，小人喻于利，君子喻于义，岂有他哉！就说这八宝豆豉，很多做豆豉的小厂家，他们根本就说不出来哪八宝，居然也自称名家老店！我敢说，现如今一百个吃豆豉的，有九十九个说不上哪八宝来。再说，这八样东西都是怎么个做法，一千个买豆豉的人得有九百九十九个说不清楚。

田家祥就说：听说工序还蛮复杂呢，是不是？

老先生呷了一口茶，慢条斯理地说：那八宝中的什物，样样都得精工制作，半点不得马虎。就说这豆子吧，必须是苍山产的大黑豆，不要说黄豆、茶豆，就连别地方出产的黑豆，都不能用。豆豉里的梨丁，必须用蒙山梨或砀山梨，这两个地方的梨子不仅个大，肉质细腻，糖分多、水分少，能吃进味儿。现在可好，随便什么梨子都用上，有的还用烂苹果代替，简直是胡闹啊！还有茄片，豆豉里的茄片必须打磨了才能用，所以叫做磨茄。为什么茄子要磨呢？因为只有磨去了滑溜溜的茄皮，茄瓤才能吃进香油去。不光要磨去茄皮，还要切成片儿，放在过道里阴干三天三夜，然后上蒸锅。蒸也不能蒸透了，六七分最好，太熟，口感就差。现在可好，拿了茄子来，随便切成几块，呼啦啦扔进去。那不光是在糟蹋东西，也是糟蹋祖宗的名声！整个制作程序，自始至终七十二道反复，不能有半点的省略。黑豆蒸熟之后，八宝豆豉中再不能用一点水，主要作料就是酒和香油，烧酒要用高粱大曲，还要加一定数量的绍兴黄酒。手续之繁复，做工之细致，多了去了。现在可好，做豆豉的就跟小孩子尿窝窝似的。世风日下，没法说了。

话说到这里，田家祥就把话题拉回初衷本意，务必请老人家去田氏酱园做指导师傅。莫支委也在旁边说了些帮场话。老人家沉吟不语，冷了好半天的场。田家祥的脑门子上就滚下豆大的汗珠儿。莫支委安慰他：别着急，这不是小事。田家祥恳求道：这可是天大的事啊，只有老人家做指导，我们的酱园才能有救，八宝豆豉才能恢复名誉。您放心，我绝对不会让老人家累着，老先生只管吩咐，我们都是打下手的。

老人家听了，还是不说话，田家祥就有点摸不着头脑，说：交通不方便，我负责接您送您，这边那边都不会有闪失，您老不会受半点儿风寒。吃饭呢，我请厚皮在那里当厨子，他做家常菜，勉强还可以。莫老先生问：你说的厚皮就是永昌吧？田家祥说：正是他。莫老先生说：他的菜，我吃过，味道不错，就是盐味重了点儿。田家祥刚要说到报酬，被莫支委给阻断了。莫支委说：老人家要是肯去，不在乎钱多钱少。

莫老先生终于开口了：既然你说到咱琅琊郡的八宝豆豉，又担心八宝豆豉的技艺失传，我就跟你交个底儿。我一直在想，传统这东西，其实并不可靠。为什么这么说？因为现在当师傅做豆豉的，有人就是我的师兄弟。论手艺，伯仲之间，一个师傅带出来的嘛。可是你看现在的产品，真不敢相信那就是他们做出来的活啊！怎么一遇到市场就变了窑火呢？你懂不懂窑变？放进去同样的坯子，烧出来的货色大不一样，怪不怪？现代人就是这样，顶不住三天的火候，好好一个人就变得花花离离的。所以我说，传统这东西，还得靠良知来扶持。没有良心，多好的手艺都会变得面目全非。见钱眼开，滥竽充数，手艺人都不按规矩办事了，我气不过的是这个！你有心有志，想把香火接续下来，叫世人知道到底什么才是真正的八宝豆豉，功莫大焉。

田家祥应着：就是，就是。

老人家还不肯就此答应下来。

莫文委说：爹，我轻易不给您揽事，怕您累着，担心您嫌烦。再说，咱也不缺钱。今儿个田书记来，我是破了例引见的。为什么呢？因为这个老田，我是了解的。大苇塘村是有名的红旗单位，不消说了。家祥这人呢，突出的特点就是一心为公，没有私心，平素吃苦也罢受委屈也罢，从来没在这方面动摇过。村里人说他好，外界的名声也不错。他是个说话算数的人，一个讲究名誉，将名声看得比性命还重的人。

老汉点了点头，说：既然讲名誉，那就好。

莫文委使了个眼色，田家祥连忙上前握了老人家的手，连声感谢。莫老先生说：不过，我这里有三个条件，你若是能做到，好说；若是做不到，你得如实地告诉我，我会想别的办法帮你。

田家祥忙说：你老人家尽管吩咐，我一定尽力做好。

莫老先生清了清喉咙，说：这第一条，你那个酱园必须是公家的，不能是私人的。我不给私人做事。虽说公家也好私人也好，办厂子都是为了挣钱，但我这里不缺钱，自己有退休金，儿女都孝顺，我不想为了挣几个小钱再去听人家使唤。第二条，我出去做事，是为了牌子，为了琅琊郡八宝豆豉的名声。你得听好了，既然做，就得讲究质量，必须货真价实，永远不能掺假。不论行情多么好，不论人家给你多少钱，都不能偷工减料，不能唯利是图。还有一条，我只做三年，不能延长。我离开后，你不得改变我立下的规矩。这三条，你想一想，能做到就说能做到，做不到就说做不到，生意不成仁义在嘛。

田家祥哪里还有不答应之理，坚定地说：一定要做到！一定能做到！

老人家还不放松，说：你得发个誓儿。

田家祥于是站起来，面对老先生，右手放在胸前，郑重发誓：我田家祥，今天在这里，当着老师傅的面发誓——永远为公家干活，不图私利；货真价实，任何时候不得欺世蒙人；立下规矩，永远不得更改，代代相传，发扬光大。如有违背，我田家祥就是婊子养的，天打五雷轰死我个熊！

莫支委笑了。莫老先生没有笑，他挥挥手闭眼养神。田家祥知道这件事就算谈妥了。

离开莫家院子时，田家祥又一次好奇地打量了院子里的海棠树、棚子里的竹篾材料，还有厢房前晾晒的衣服。虽然这次延请莫老先生的事马到成功，但他还是觉得若有所失，心中有几分落寞几分荒寂。

接近放学的时候，二妮不见儿子过来，东张西望的有点儿心不在焉。凤坤知她惦记孩子，说：就这几个了，你先回去吧，我卖完了也就回去。二妮说：没那么着急，再等一会儿也就来了。正说着，有个少年朝他们伸出手来，声音沙哑地说：大娘给点什么吃吧，零钱也行。二妮看了，这少年十来岁的样子，个头不高，只是那身子单薄得过分了，简直像根麻秆儿，头发散乱，脸色枯黄，那只伸过来的手干瘪瘪的，手里端着一个破碗，碗里放着半个干馍馍。

在这个市场上，二妮每天会见几个要饭的，说起来倒也不为出奇，但那些乞丐大多是老年人，像这样年轻轻的小乞丐，真是少见。她下意识地掏了掏盛放午饭的袋子，找出中午剩下的一个包子，当即就给了那少年。少年拿了包子，却没有吃。他闻了闻包子，吸溜着鼻子，很贪婪很幸福的样子。然后他转回身，蹲下——原来身后还拉着一个破烂不堪的小车子，小车上有一个用草绳盘绕的窝子，垫了一些破旧棉絮，上面坐着个小女孩。少年将那包子在小女孩面前晃来晃去，嘴里说着：包子哩，想吃不？想吃不？咱这里有肉包子呢，看不馋死你小丫头！

二妮不由得心头一震，就问：你拉的是谁啊？少年说：我妹妹。问：几岁了？答：两岁了。问：你这么拉着她，到处转，大人呢？答：这丫头命太硬，我爹被她妨死了，我不拉她谁拉着她啊。二妮说：别胡说，这点儿小孩子能妨死人？少年说：这也不是我说的，她一出生我爹就在煤矿上出了事故，死了，不久我娘又跟人家跑了，人家就说她八字太硬——其实我也不信——八字硬，怎么没把我当哥哥的妨死呢？是不是啊嘿嘿。

二妮心中腾地泛滥起一股子难以控制的悲情来，想这世间竟还有比自己更惨的人呢，而且是两个孩子，于是就问：你就这样养活她？少年说：她还不会走路呢，人家说她可能是个瘫子，所以走动我就得拉着她。

此时二妮差点说出“你把她给我吧”，忽然想到自己也还带着一双儿女寄人篱下，哪还有力量再养个不会走的娃娃啊，便硬生生地将那份冲动给压下去了。她走出摊子，蹲到少年身后的小车前——说是小车，其实就是一片木板上安了几个轱辘——此时那女孩已经把包子吃了大半。二妮伸出一个手指，那小丫头便紧紧抓住了二妮的手指，二妮感到亲热而且有力。她端详了那孩子，眼睛亮亮的，鼻梁蛮高，就是瘦了些。她问：这丫头叫什么？少年说：小妮子。二妮笑了笑，说：跟我一个名呢。她看了看那小车，只有三个轱辘，小车的前边有个挡板，上面挂着一个茶缸子、一个布袋子，袋子里有些煎饼，还有几本书。挡板上贴了几片花纸和宣传画，小女孩指着花纸上的女人，喃喃地叫：娘、娘、娘！

二妮下意识地应了一声，就像听见修好叫娘的反应一样。她马上觉得自己未免有些失态，想站起来，可是那根食指还攥在那孩子的手里呢，紧紧的不肯撒手，于是就逗着孩子说了些话，小女孩朝她笑，样子蛮可爱的。凤坤说：这世上可怜人真不少啊！二妮拿手指梳理了孩子蓬乱的头发，拿手帕擦了她的小脸。那少年急着赶收市前多要几个摊子，拉着三个轱辘的小车离开了。

二妮来到大棚最北端，拿了给莫老先生订的牛奶，正要回去，突然想起刚才小车上那孩子，就对挤牛奶的大爷说，从明日起每天多订一瓶。这时二妮听见身后有修文的声音：娘你给谁订的牛奶啊？二妮惊喜，问儿子怎么今天来晚了。修文说：今儿开班会了，我被选上了班委。二妮甚是高兴，着实表扬了儿子一番，问他当什么官了。修文说是学习委员。二妮拉着儿子朝摊子那边走，途中找到那个少年，问他：你叫什么名字？细麻秆儿少年说：俺叫王大山。二妮说：从明天开始，你每天到挤牛奶老头那边给你妹妹拿一瓶子牛奶，就说是灯笼摊子这里订的。

王大山不敢相信似的，憨乎乎地站在那里，好像一根芦苇。

女孩指着小车前挡板上的花纸，嚷着：娘、娘、娘。

二妮朝小女孩笑了笑，眼泪含在眼眶里。

黄昏时分，莫家院内，海棠树下。

申凤坤、张二妮、两个孩子，跟莫老先生一起吃晚饭。这样老少长幼围在一个饭桌前吃饭的情景，对于莫老先生来说，已经久违了。老先生感慨地说：我有两男三女，各家都过得不错，可是没一家能跟我在一起过日子的，不是他们不孝顺，是我这个人过于讲究。我虽然老了，但是不糊涂，我知道和儿孙纠缠在一起，时间长了，没个好，所以我叫他们都出去，宁肯自己过。

凤坤笑笑，说：我们来，免不了给您添乱。

说完这话，凤坤看了二妮一眼，二妮说：是呢，我也是这么想。

老先生说：没那事。我告诉你们，世人都说“远的近不得，近的远不得”，我不这么看。我的经验是，“远的远不得，近的近不得”。为什么？家人挤在一起，利益纷争，你多了我少了，免不了生分，还不如及早分家各自过日子的好。这远的呢，倒是好相处，因为彼此没有过多的要求，神清气爽，比家人更是强了几分。你看，咱们三家人，连保姆算上是四家，人气多旺啊。所以说，天伦之乐未必和血缘咬得那么紧，四海之内皆兄弟也，古人这句话说得再好不过了。

这一席话，说得申凤坤连连点头。二妮感动得差点儿流下泪来，说:我就怕孩子不懂事，惹您老人家心烦。莫老先生说:你这两个孩子，个个都好，我看他们就像自己的亲孙子亲孙女似的。这是我的福分！申凤坤说：您老人家真可谓参透了这世间人生。老先生哈哈大笑：不就是多喝了几年糊粥嘛。

两个孩子先吃完，离开饭桌自去了。莫老先生啜着茶，说：今天，你们村有个叫田家祥的来这里。听俺家大份子说，他现今当着你们村的书记，还是劳模。申凤坤和二妮一听，都愣怔了。凤坤就问：他是怎么知道这地方的？老先生说：是大份子带他来的，中间兴许还有别人的介绍。申凤坤问：他是有事呢还是闲坐？老先生就把田氏酱园想做八宝豆豉请他出任技术指导的事说了。申凤坤只是唯唯，不置一词。二妮多少有些不安，问：您老人家答应他了？莫老先生说：看他信誓旦旦的样子，像是有几分真心，面不辞人，我就答应了。

二人虚应着，各自散了。

当天晚上，作坊里有些货需要修饰，凤坤说他老腰不大舒服，今晚不干了。二妮给他装了热水袋，包了毛巾，叫放在腰下焐着，看明天起来见强一些不。凤坤应了，自去休息。二妮叫他不要惦记那些活，今晚她会做完，误不了明天上市。申凤坤进了房间，过了片刻，复又回到院子里。他不肯让二妮一人这样熬夜，便拿了个草墩子，坐在门槛里，一边指导二妮做活，一边拉闲呱。

大棚底近来出了几个小痞子，不时骚扰商户的摊位。申凤坤道：城里就这点不好，人色太杂。二妮说：虽然每次要钱不多，可是叫人老大的不畅快，平白无故打秋风，算什么人啊！申凤坤叹道：看上去都是些挺好的孩子，不知怎么就学瞎了！二妮说：这城里什么人都有，除了打秋风的痞子，还有些没脸没皮的人。凤坤说：你是说那个卖花布的吧？二妮说：还能是谁！有事没事就到咱那边搭讪，说话越来越不着调。人有脸树有皮，这样薄幸样子，好没意思！申凤坤说：脚正不怕鞋歪。二妮说：俺有儿有女的，生怕再弄出什么不好来。申凤坤说：不搭理他就是了。二妮说：要不是因为孩子，俺也不至于一跺脚就出来了。申凤坤说：这样想就对了，市场上鱼龙混杂——咱丢不起那个人啊！

张二妮点头应着。

院落很是安静，只是夜风还有点儿凉。月光照在高大的海棠树上，树影婆娑，在地上画出模糊的、幽雅的、笔墨一般的意象。申凤坤此时很想提起他心中潜藏的那件事，问一问二妮当年到底是怎么一回事，是不是田家祥胡来硬上的？现在是否还在恨他？如果恨他，有没有告他的打算？等等。申凤坤迫切想找到一个切入的茬口，猛不丁拿到证据，弄田家祥一个难堪。

二妮专心致志做着手里的活，竹篾条子在她面前飞来飞去。檐下的月光和屋里的灯光在她那里交接着，显出淡远的风致来，但线条却因为竹篾和秫秸篾子的跳动而变得有些凌乱。二妮的面容在朦胧的灯光和优雅的月色下显得更为姣好。劳动能让女人显得可爱，更何况在这样春风沉醉的晚上。申凤坤想起老婆子评论二妮的那几句话：她男人不行，你能叫一个女人怎样啊？若是我，说不准也养汉！申凤坤突然觉得自己那想法有些丑陋。

如水的月色浮荡在天井里，海棠叶子随风散落一阵阵窸窸窣窣的碎响，多多少少掩盖了他的不安。面对一个命运多舛的女子，审视那个处心积虑的诱供计划，申凤坤犹豫了。他偶尔瞥一眼面前这个本家侄媳，觉得这女人实在可怜，多年来都是卑微地活着，不曾得到人们的关爱，难道我申凤坤还要加深她已经忍受多年的苦楚，在周围层层的欺凌之外再加一层，要她在本就十分幽深的人间暗道里不得喘息吗？

政治立场因为审美而产生了一定程度的位移，申凤坤此时真的犹豫了。正如老婆子说的，这女子勤劳、温柔、善良，沉默寡言，自己是不是应该设身处地为她想一想啊？她是一个需要同情需要怜爱的人，生活已经把她蹂躏得足够狼狈，没有人保护，没有人疼惜，也没有人扶持，难道我一个当叔公的人还要在她心上再撒一把盐吗？即使为了打倒政敌，想一想，似也不该再次揭开她心头的伤疤……

左思右想，申凤坤确认那些暗藏多年的话，难以启齿。

张二妮似乎看出什么来，轻声说：大叔，你去歇着吧。

申凤坤语气含糊地说：其实没什么事，唉，也罢！

他缓缓地站起来，在海棠树下，披着月华，伫立片刻，紧三步朝屋里去了。张二妮没有说话，继续着手里的活。海棠树下，蝼蛄叫得正欢，听上去就像是一阵阵风。她把最后一根竹篾扎紧，却找不到剪绳的剪刀。她在身边左右摸索了一阵子，还是没找到，索性低下头，用牙齿将麻绳咯吱一下子咬断。然后，她在那个扎好的框架上刷了糨糊，把薄如蝉翼的红纸贴了上去。

二妮把灯笼归置好，拍打了身上的草叶木屑，静静地站在院子里。冰雪聪明的她，岂能不知大叔和那人的过节！自打到这里来，她多次发现大叔欲言又止的样子，知道他有心事。若是大叔诘问那件事，该如何回答呢？夜风吹落的海棠花瓣儿稀稀拉拉落在她身上，如彩色的雪。她仰望星月下满树的花朵，很想长叹一声抑或大哭一场，可是，当充塞于胸间的郁闷就要爆发之际，她却习惯性地将之压缩成如丝如缕的叹息，从鼻孔慢慢地送出来，一点声息也没有。

凤坤大叔睡下了，西堂屋的窗户纸上没了灯光，月色完全笼罩了院子。二妮在海棠树下坐下来，一动不动，一声不吭，再没有叹息，也没有眼泪，就那样沉浸在春夜的风里。多少年，多少个春夏秋冬，她已经习惯了这样的打坐，如同入定的老僧。她需要这样的独坐，借以打发幽深的痛苦，借以抚慰心头的伤痕——无限丰富之处，一片空白。

西堂屋传来大叔充满关爱的提醒：二妮，睡去吧，没事了。

二妮听得出来，大叔是说，他不会重提那桩让她不堪回首的往事了。

她的声音里饱含着一位弱者的感恩之情：大叔，谢您老人家。

屋内寂静无声，外边月华如水。

此一刻，二妮决定回一趟大苇塘村。

第五章 田永昌送礼投其所好 张二妮上坟了结从前

张二妮站在大苇塘村自家旧宅前，像个陌生人来访似的推开那扇门。本就破旧的房子因为没了人烟如今显得更加不堪，大门前长满荒草，门槛上堆积着一些枯叶，还有干硬的狗屎和鸟粪，显见出自她离开后这里一直无人光顾。门楼的横梁上挂满蜘蛛网。墙头上几丛枯黄的狗尾巴草，无精打采。二妮不由得泛起一阵难言的酸楚。她放下背包，推门进屋，一股子寒气扑面而来，几乎要逼她退回去。她坚定地立着，打量了地面、墙壁和屋顶，像要探究那死寂的、悲戚的、鬼魅般的气息从何而来。西间空空如也，死鬼用的那张小床早被扔到门外水沟里，不知被谁拿走当了柴火。现在这里没有关于他的任何纪念之物。那个人，那个所谓的男人，没给她带来任何快乐，没能分担她丝毫的辛苦。他只是一个符号，一条拴住她的绳子，一个讨还孽债的鬼魂。

她骂他“死鬼”，不曾有丝毫的不安。此地的女人在说到亡夫时，一般都用这个代词儿，以表明彼此阴阳两界的立场和身份，宣示自己的暧昧和坚强。二妮这次来，是给那个死鬼上坟的。这一仪式原本是生者对死者曾经存在的一种认定，表示族人在伦理上的某种关系，还有日渐消散的思念。但二妮这次上坟，并非出于常人的用意。

二妮草草打扫着屋子里外的地面，尘埃落处，到处都有老鼠的脚印。她是极爱洁净的人，如今却没有心思理会那积满尘土，如同冥府摆设的床铺、板凳和锅灶。这些，全都不会再用了，甚至不会再来这里看一眼了。

对二妮来说，这次祭奠是一场严肃的告别，不仅是居住地，还有伦理的诀别。她确认自己和孩子们进城定居了，不会再回到这里。她也不再回来种地了，从此告别了庄稼和菜园，告别了酷热的阳光和呼啸的风雪。新的生活环境，新的立足点，新的希望，让她下定决心彻底告别这个曾经拥有的家、这个村子和这里的生活方式。多年前深埋于心中的渴望，如今实现了。她梦寐以求的就是这种脱离，脱离就是解放。

二妮在院里扫出一领芦席大的地方，铺下带来的黄纸，用木驴子在纸上敲打着金钱的印记。这是乡村上坟必备的程序。木驴子，也叫纸竖子，其下端的截面刻有孔方兄的阴文，打印出来的图形类似铜钱——冥府货币的象征。木驴子在黄纸上打一遍，图案将这些黄纸变成了“金钱”，烧了，死者便可在阴间使用它们。

敲打木驴子的声音断断续续，像是泥泞道上长途跋涉者沉重的脚步。二妮手拿木槌，敲着木驴子的头顶，此时她觉得这个动作很解恨。她恨已经过去的三十年的历史，也憎恨自己的命运，恨不得将多年淤积的郁闷全都敲进那些黄纸里然后一把火烧掉，一阵风吹走，不要复返，也永不说起。

早上出门时，她还没有清醒地意识到这次上坟的意义，以为不过是例行公事，走个过场，免得外人说三道四。可是，当她双脚踏上大苇塘村的土地后，突然感到一种发自内心的排斥——她从心底里不想再来这里，毫无顾惜，毫无流连，不再有丝毫牵扯。不久前，因为要转租自家的承包地，她来过一次大苇塘。那次只见了抱朴，谈妥转包条件后她就离开了，既没有上坟，也没到院子来看一眼。那时，她觉得土地对于全家还是蛮重要的，至少能给他们提供吃粮。这次不同，她确认，即使没有这里的土地，也能养活全家，至少在经济上是这样。

张二妮意识到，许多事情都在过去的那个冬天终结，同时也是开始。回首往事，她不由得黯然神伤。木驴子的行进节奏逐渐加快，不是因为熟练，而是心情所致。二妮要自己从此快乐起来，上完坟，一了百了，再没什么好伤感的。想到这里，她觉得这其实是一次和自己的告别，就像刚刚蜕变的知了和蝉蜕告别一样。

二妮拿下挂在墙上的相框，那是她和两个孩子的照片。她小心擦拭了上面的尘土，对着那照片暗暗发誓：孩子，不要怕，有我，你们就能长大，出头之日快要到了。即使没有父亲，我们也能把日子调理好。我要让你们都有出息，只要你们争气，我没有别的要求。以前的日子里，是我只身一人带着你们，没谁能帮上咱的忙。如果要感谢，就只有感谢邓小平，感谢新政策，还有凤坤大叔。

墓地的松林里，拥挤着一个个坟丘。在一丘半新的土坟前，二妮打开背包，取出一块洗得发白的包袱皮子铺在坟前，然后将四色祭品、果蔬、酒壶、酒盅、筷子、米饭一一摆放好，拿起那个古老的锡酒壶，默默地把酒奠在坟前的荒草上，接着又将肴馔逐一撒在酒水洇湿的地方，小声说：死鬼，该吃的吃，该喝的喝，上完这次坟，我就不再来了。

然后，她掏出打火机，点燃了纸钱和香烛。纸钱之火在转瞬之间诞生，迅速蔓延成一片红色的火焰，嚣张中挟带着丝缕纠缠的烟气和任意挥洒的炽热。火光升腾着、跳跃着，仿佛一下子烧塌了她的心绪。那火燃着了四周的荒草，枯草发出哔哔剥剥的碎音，如同一些微型爆竹。二妮折了一段松枝，胡乱拍打着，蔓延的火苗被她拍打得七零八落。灰白的纸灰随风飞舞，在夕阳下犹如鬼魅变幻的蝴蝶。

及至停下手来，二妮才发现，这半边坟丘已经烧焦。燃烧的草木发出哔哔剥剥的声响，灰烬看上去鲜活而凄惨，带着无奈的温暖和诡异。从这边看去，那坟丘如同被剃了阴阳头，很是难看。纸钱生发的火光渐渐减弱慢慢熄灭，只剩下折叠的地方还没有烧透。据说，未经燃烧的纸钱在那边是无用的，燃烧等于开光。二妮下意识地折了一根松枝，有一搭无一搭地拨拉着那些未展开的纸钱令其烧透燃尽。

该是磕头行礼的时候了。

二妮整理了身上的孝服，拉了拉缝着白边的衣襟，把白布裹腿缠好，将白布搭头系在颌下。现在，她独自一人，一身孝服，在坟前郑重地跪了下来。此地风俗，夫妇俩先死者为大，未亡人应当为亡夫行孝。此时，她的心突然紧缩起来，整个身体好像都在塌陷。看着眼前的土馒头，万千悲辛一齐涌上心头，无法遏制，无法排遣。曾经压迫她的那些力量复又压到她的头上，二妮不由得磕下了第一个头。

地上的黄土颜色暗淡，草根下泛着些微的灰白。她看得见，这是大苇塘的土地所特有的颜色，土黄中带着些许黑色，沉重而坚硬，柔韧而死板。自从来到这片土地上，她一直和这样的土、这样的地、这样沉重的颜色做伴，和这里的苦难纠缠，无处逃遁。在板结的地上浇水，几挑子水灌不满久旱开裂的裂璺。在烫人的水田里薅草，蚂蟥把她的小腿叮得鲜血淋漓。为了收获那点儿红薯，她的手磨出了血。大雨里，她在这土路上滑倒过不知多少次，没人扶她一把。有一次，她背着沉重的猪草回家，路上尽是泥水，她摔倒了。当她坐起来时，发现泥水中流淌着她的血，殷红的血让泥水带上一片无以言说的惨烈。谁曾像我这么可怜？谁像我这样没人疼没人爱……她披头散发坐在泥水里，大哭一场。雨水和雷声掩盖了她的悲号，苍天冷漠地继续着它的残酷，只有落雨稀释着她的眼泪。天地之间，没有一个人疼她爱她，她觉得自己不如路边的一棵野草。

她一直拒绝怀旧，因为往事不堪回首。怀旧需要深刻的记忆，但其中必有温馨和甜蜜。她没有这些。怀旧的基础是今天的成就与幸福，她也没有。过去的日子如同炼狱，她需要彻底忘记，快刀斩乱麻，一点儿情肠都无须保留。遥想在娘家的那些时光，青苹果一般的少女，哪曾想到后来还有这般辛酸！她的向往从来都很简单，就是想找一个爱自己，也值得自己去爱的男人，一个有身有架的、能为一家人挣饭吃的男人，养儿育女，过一份男耕女织的小日子，也就不枉在世上走过一回了。可是就连如此简单的想望，都没能实现！有一天，媒婆来了，唧唧咕咕跟父母说了些什么。晚上，母亲流着眼泪告诉她，你得嫁到大苇塘村去，那一家答应把他妹子给你哥哥做老婆……

那是多么真切的一幕啊！父母的几句话打碎了她一生的憧憬。生铁一般坚硬，石头一般冷凉，让她一辈子难以忘记。哥哥还算有些情义，他不同意父母的决定，宁肯出走，宁肯一辈子做光棍儿。哥哥跟父母别扭了好几天，非要去闯关东不可。哥哥并非真要走，他只是不肯让妹妹以清纯烂漫的年华交换那令人不堪的婚姻，他承担不起这个代价。可是，哥哥被父亲严厉呵斥了一顿——难道这个家到此为止吗？难道你想让张家就这么绝种断根？正是这句话，让二妮坚决地答应下这门亲事。草根多侠女，须眉多不及。为了家族的延续，为了父母和兄长，火海也好，刀山也好，我去了！

深深地磕下头，二妮的额头触到了坚硬的黄土，冰凉的感觉从黄泉之下直冲上来。她抵抗着这冲击，哀婉地诉说着汹涌澎湃的恼恨：死鬼，你对不起我，你不应当有老婆，你没有条件娶老婆啊！你不能劳动，你走路歪三扭四，你连话都说不清楚，吃饭常常拿不住筷子。从第一天见到你，我就打心底里恶心。你连男人该做的事都做不了，你没有那种雄性的要求，甚至没有耐心抚摸我。我等了你多长时间，你没有丝毫的长进。夏夜里我曾洗了澡赤身站在你面前，你无动于衷。你是个木头人、石头人，比木头还枯，比石头还凉！可是，我不是你，我是一个血肉饱满的女人，身子里的烈火把我烧焦了，我憋不住那种潮水似的渴求，我企图辅助你起来，千方百计地亲你、动员你、拨弄你，希望你能像个男人——哪怕给俺开个苞，也算是做过你的老婆啊！

你不行，你什么都不行。后来，我知道不能指望你给俺什么了，常人有的幸福与我无缘。但我还是等待，到处求神拜佛，给你吃过各种各样的壮阳药，希望你孬好给俺下一个种子，有个一男半女，以后的日子也就有个盼头。可你吃了那么多草药，都没有一星半点的动静。天老爷若是有眼，一定看见过那些叫人不堪的情景。你让我罔顾女人的羞耻，撕破自己的脸面，另寻出路。

二妮压抑不住痛切的悲伤，满面泪水，鼻涕长长，她任其流淌。她用哀怨、懊恼、愤懑的语调继续说：死鬼，你不能怪我，不是我有意要败坏风俗，守身如玉得有守身如玉的条件，是不是？我天生就不该做你的老婆，但我无法逃脱苦命。因为你的妹妹给我们张家生了儿子，他们两口子过得还不错。我想离家出走，随便到什么地方，随便嫁给谁，都比你强。可是，如果我甩手走了，娘家那边的家庭注定要散架，我为此而来，不能半路上拆散了他们。我的家族叫我牺牲到底，就像殉葬的侍婢，不可回头。我从头到脚都拴了铁丝绳，走投无路，也不能挣扎。是的，我是跟别人睡了，别人把我日弄了，那是我情愿的，你不能嫉妒。你知道女人的想望吗？你不知道。最难受的时候，连我自己都不敢碰自己的身体，我受不了那种浑身战栗、抓耳挠腮、要死要活的煎熬。多少次夜半深更，我希望突然来个鬼魂变成男人压在我身上，随便是谁，随便他是丑还是俊，只要有那个东西就行。死鬼，但凡你有丁点儿那个，俺也不至于如此！

是的，我是一个人来的，孩子们没有来。他们得上学，他们也不想来，因为跟你没有感情。你从来不曾朝他们表达哪怕是一星半点的爱，你甚至不曾摘一朵小花插在女儿头上，也不曾把好吃的食物让一点儿给儿子。他们从你这里看到什么呢？只看到哆哆嗦嗦、鼻涕哈喇的样子，只听到你咿里哇啦吐词不清的声音，却不曾得到丝毫的温暖。你的存在让他们从小充满尴尬，你叫他们在小朋友面前脸上无光，凭空受了多少炎凉！是的，他们不是你的骨血，这不能怨我——没有人下种，就只能接受野种。大风吹出来的也罢，雨水冲来的也罢，鸟儿拉出来的也罢，我都愿意接受。你用不着生气，这事临到谁头上，都会这么做。

死鬼，你知道我受的那些屈辱吗？我拼着命去爱那个人，不顾颜面，希望他今生今世能够念着我，哪怕偶尔给我一点儿温存，哪怕私下里给我有情有义的一瞥，我也感到满足。我索求甚少，我这样的家境，不能指望人家对我怎样。他有他的路，有他的幸福和家庭，我压根儿不曾企图占有他。可怜我多少年来就像个要饭的，求人家指甲缝里漏洒一点感情，可他只给了我短暂的欢乐就扬长而去，不肯再见。我只要他做我的一个念想，哪怕只在云里雾里朝我努努嘴儿，也好。就这么一点点，人家都不肯给啊！孩子长这么大，他没抱过一次，没给过一次压岁钱，没送他一件生日礼物，哪怕是个小风车，哪怕是随手都能摘到的小酸杏小野果，没有过，什么都没有！我怎么爱上这么个薄情郎呢！想当年，他多么有趣，才情饱满、风流潇洒，谁承想后来变得如此狠心，到现在我也想不通啊。

泪水迷离，哀伤搅得她头晕，太阳穴上一阵阵的痛。二妮抬起头来，眼前的供品似乎在摇荡，坟墓好像一个怪异的兽头，一边黑色一边土黄，一边毛发全无，一边斑秃点点。二妮擤了一把鼻涕，就手抹在脚下的荒草上。她觉得，荒疏的枯草比土地温柔得多。她企图追问刚才那个问题，但是找不到答案。她只能这样想：谁让咱出身富农呢，谁叫咱嫁了这么个男人呢，谁叫咱只上过几年小学没有文化呢，谁叫咱不是工人不是脱产干部呢，谁叫咱整日土里埋着，蓬头垢面、四肢粗糙、脸皮黝黑呢！如果生为城里的学生、厂里的职工或是蹲点的女干部，俺一点儿都不比她们小样儿差！唉，说别的都不着边儿，千言万语就是一个字——命！

二妮磕下去第二个头。这一次，她把双手垫在脑门处，让自己的手掌隔开那冰凉而坚硬的土地。正是自己手背传来的那点体温，让她感受到无法抵御的自我怜惜。她确认那是来自她身体的爱意，意识到只有自己才是她的真正可靠的伴侣。多少年来，她千百次抚摸过自己的体肤，白皙、细腻、光滑，这么好的身子怎么会没人爱、没人疼、没人抱呢？这么温柔的女人，怎么就得不到自己想要的那一点点幸福和欢乐呢？村人把她当成妖魔，骂她破鞋，骂她狐狸精，骂她的孩子是野种，她一直避让着，低眉顺眼，忍气吞声，用哀怜的目光恳求众人不要伤害她的孩子。可是，没人帮助她，没人分担她的悲伤，就连最卑贱的娼妇、最下作的小偷、最劣等的流氓，都觉得比她高贵许多！世上还能找到比此更龌龊的情景吗？大苇塘啊大苇塘，呸，这不是人待的地方！我早就想离开！现在，我终于离开了。

死鬼，你不能怨我离开，我不能陪伴你的坟墓了此余生。这个村庄给我的记忆没有一点是好的，它不值得留恋。这里的人都是畜生！你也不要留恋这个破地方，该托生早托生，天南海北，哪儿都比这里强。可怜我在这里干的那些活啊，下地、上坡，水田、旱田，收干、晒湿，赶车、推磨，无尽的农活拧干了我的血汗，拉松了我的皮肤，碾碎了我的美丽，留给我的只有粗糙的手脚和黧黑的皱纹！做一天下来，浑身疼得连觉都睡不着，你知道吗？你对我受的那些苦视而不见听而不闻，你就知道吃！你知道那些饭食是怎么挣来的吗？是二妮我流血流汗换来的！一个成家的男人，至少得养活老婆吧，可你连自己都养活不了，反过来还要一个女人养活你！我对得起你了！你个该死的鬼，你没脸说我！

磕下第二个头，二妮近乎崩溃，站都站不起来了，于是就那样将就着趴在地上，对着夜色渐浓的土地哭泣。她的声音被暮色遮掩，余音像细雨般落入乍绿还黄的荒草。纸钱的余烬随风飘荡，带着丝丝缕缕的烟气味儿。二妮匍匐在地，好像等待冥冥之中的回应，迟迟不肯站起。将就了那个姿势，她磕下第三个头。这一次，她的脑门没有触到自己的手背，确切地说，她只是弯了弯腰、点了点头而已。她觉得，墓中的死鬼不值得她如此郑重。她的潜意识里还有一种恐惧，生怕自己的皮肉再次与土地相触并因此唤起那种呼啸而来的控诉。从前的悲愤还藏着形态怪异的欲望，如同猛兽，猛兽的吼叫让她心惊胆战、骨松肉软、心如刀绞。

她劝自己：眼泪早就流干了，没什么好哭的，青春已去，哭也哭不回来。这一切，怨谁？怨面前这个死鬼？怨大苇塘这个鬼地方？怨那无法抵抗的潮流？归根结底，还是怨自己的命！现在他倒好，躺在这里，一年四季的清风明月，清闲没事，可二妮我还有两个孩子要拉扯呢。他们可都是顶着申家的名字生长的。你这个无能的鬼，因为你不是个好男人，害得俺连女人都当不成，害得俺到处受人鄙视！那些嚣张的骚婆子，竟敢将唾沫星子喷到俺脸上！你知道外界加给我的那些欺凌吗？你曾经保护过俺娘儿仨吗？要是你有能耐，要是你站着有人高躺下有人长，谁敢冲进场屋子里硬扒下俺的裤子？就算真对我好，就算有权有势，总得体面些吧？总不能一厢情愿吧？总不能掏出家伙就日人吧——畜生也不过如此！他还假惺惺地道歉说自己一时糊涂——一时糊涂，怎么不去日他娘呢！

人活到不被别人尊重的地步，就是可怜！老天爷，谁曾可怜过俺！二妮放声大哭，尖厉的声音挑战着暮色，传出老远老远。这号啕从激烈逐渐减弱，慢慢地成了啜泣。

二妮终于站起来，拍打了衣裤上的土，收拾东西——进城还有十多里路呢。暮春的风助她清醒一些，五味杂陈的心也回归了平常。她把剩下的菜肴包好，一个个放进背包，然后肃然而立，对着坟丘作了告别：我走了，死鬼，你我夫妻一回，尽管有名无实，我还是守了风俗，按时来给你送了纸钱。你在那边定要节省着点儿用啊，下一次祭奠还不知驴年马月，也不知道谁会再来。我好歹算是尽了老婆的责任，别的也没什么可说的了。我呢，只愿你来生做个健康的、强壮的、有身有架的男人，做个能爱女人也能保护女人的大丈夫。你要是觉得这辈子亏了，下一辈子不妨多找几个女人，现在路边店里有很多拿了身子换钱的女子。咱俩从此分手，阴阳两处，各过各的。自打进城后，一家三口都好，我喜欢大棚底，喜欢现在的日子。我想好了，即使天塌地陷，我也不会跟城里分开，不会再回村种地。坏能坏到哪里去呢？大不了落魄到带着孩子去要饭吧。即使是流离失所、走街串巷、当叫花子，我也不回这里做庄稼了。我憎恶乡村的日子，这里没给我一星半点的欢乐。

二妮默默为两个孩子祈祷：现在，孩子快要长大了。过去，我说什么他们都听，现在他们渐渐有了自己的想法，快要说不了他们啦。你呢，走了就是走了，不要再来看他们，也不要抚摸他们。孩子们八字软，经不起鬼魂抚弄。再说，他们也不喜欢你。你走时是喝过迷魂汤的，应当不记得家乡故人，那我就此了断。这是我最后的请求，你要是能记住，我就谢天谢地谢你了。

走出七八步，二妮不由得回头又看了一眼。

她最后充满哀怨地说：我走了，我走了啊！

她的眼泪再次夺眶而出。

在行将离去的时候，她突然想起，应当挖一块像样的坷垃放在坟头上，这是清明节上坟少不了的环节。就在她这样想的时候，突然发现那坟墓的顶上还有一个半圆形的东西，黑黢黢、光秃秃的，好像一个阴鸷的恶人歪戴着一顶又大又重的破斗笠。二妮近前看了，发现那个歪斜的“斗笠”，居然是一个水泥做成的墓盖子。这很奇怪，太奇怪了！按本地风俗，死者的坟墓都是用黄土培起来的，谁肯用混凝土做这样的坟头盖子呢？也许因为水泥太沉，风刮雨淋，压在坟头上的这个圆顶已经歪到后面去了。二妮在坟前祭奠那阵子没有看清这一边——心边上想不到会有这样的事!

进一步，又看了，二妮发现那水泥顶子已经裂成两半，中间居然伸出一根绿色的枝条来。她拉了拉那枝条，枝条柔软鲜活，拉不断也拽不出，原来是一棵春天里新发出的小树！借着幽暗的天色，她仔细看了那长条形的叶子，知道是一棵小柳树。小小的柳树从沉重的水泥盖子下边长出来，而且顶破了盖子（抑或借了盖子的裂缝伸出来），非常倔强，非常有力，也非常怪异。柳树的嫩枝在她手里显得柔滑而亲切。这情景把二妮吓坏了。她惶急地放开手里的小树，抄起背包，飞跑离开，去寻找路边的自行车。

二妮找到了她的自行车，气喘吁吁，如同一个失魂落魄的逃犯。她把背包胡乱扎在车的后架上，两手还在发抖，两条腿软软的，脑芯子里刮着一阵阵寒风——她以为遇见鬼了。小柳树也许就是那死鬼的手——刚才她还握过那手呢——太可怕了！死鬼变成一棵柳树，出来挽留她、吓唬她、戏弄她，也许是和她握手告别，抑或是嘲笑她、谴责她、骂她!

二妮只想赶快逃离，逃离这是非悲怆之地，赶快回到城里，回到儿女那边。坟顶的小柳树似乎在跟她打招呼，意象恍惚，如同鬼影。二妮想，快走，别烧香引出鬼来。她把布包挂到车把上，急慌慌推开车子。

此时，一个黑影从沉沉暮霭中显现出来，突兀立在面前，吓了二妮一大跳。

是田家祥。

他看上去有些不好意思，一时没说话。张二妮定了定神，推车要走，示意他让开。田家祥却兀自立着，两人就那样站在路边，对立着，僵持着，很是难堪。终于，田家祥说：前几天进城，才知你就住在那里。

张二妮低头不语。

田家祥继续说：也是碰巧了，我去请莫老先生到酱园做师傅，莫先生说你们住那里。

二妮脸上堆积着恼怒，再次推车要走。

田家祥说：我在这儿等你半天了，不能说句话吗?

张二妮冷冷地说：俺不想看见你。

田家祥抓住二妮的车架子，说：有句话，老早就想跟你说，一直没有机会。

张二妮没好气地说：俺不想听！

田家祥笨嘴拙舌地说：以前那事，实在对不起你……

二妮猛一使劲，把他的手甩开，上车走了。

田家祥兀自竖在那里，一任夜色的吞噬。

然而，自行车在前边七八米处竟停住了，田家祥愣了一下，快步走到二妮身后。

二妮没有回身，只问：谁在那坟头上封了洋灰？

田家祥说：我封的。当时我想，你这一走，大概不会常来这林子了，我担心雨水把坟头冲没了，就拿洋灰封了顶。另一层意思，他一辈子残疾，跟大家都不亲，封上个顶盖儿，叫他以后别在这一带托生。这也是好意。

二妮说：那边长出一棵柳树呢。

田家祥问：是吗？坟丘上会长出小柳树？啊，是了，一定是当初给坟子培土时，送葬的人把哀杖随手丢在墓旁，当时被埋进土里去了，现在天气暖和，那哀杖就发出了新芽。

二妮没再说什么，自行车和她一起消失在暮霭中。

田家祥深深叹了一口气，自语：还是不肯原谅我。

厚皮风风火火来到大队部——现在叫田氏酱园——面带得色。田家祥老远就乜斜到他了，心想，这家伙平常走路脚不离地、地不离脚，达撒达撒跟狗熊似的，今儿脚步跟刮风似的，就问：怎么了这是？浑身没有四两肉！

厚皮于是就大张旗鼓地摆起功来：大叔派给我的这趟差，生生把我给难死了。不是吹，这事儿您放给百人，都不能做得这么好——谁肯出这么大的力，谁能像我这样不要脸、不要皮、不顾头、不顾腚地跟人家磨啊！咱爷们儿，真是两肋插刀啊！

田家祥呵斥道：我不是听大鼓书的，有屁快放。

厚皮这才慢悠悠道来：这么说吧，咱酱园要的材料，现实说话，每一样都是紧缺物资，其中香油和黑豆是要配额的。其他几样，除了盐，花椒、大料、黄酒，也都难得的很。四两半斤的好弄，像咱这样一开口是千儿八百斤，皇天神啊，哪里弄去？可是，王命在身，不好弄也得弄啊，我就去找了老杨。人家现在副局长的位上，按理就得去找他。老杨见是我，那个热情，一般人难以想象。老杨不光给我泡了香片，还给我两块饼干当点心哪！我呢，就那么一来一往地说了酱园里缺的东西。他听了，沉吟不语好半天，我就跟个傻屌似的竖在那里好半天，腿都麻了，老杨却说，这些东西不要说商业局，就连物资局、粮食局、财政局合起来使劲都搞不到。我一听就急了，说这可不是一般的事，这事关系到大苇塘村上千人的活路，关系到红旗到底能打多久的事，无论如何您得给俺想个周转的法子。我们田书记——我得把您老人家抬出来——为这事急得睡不着觉啊，尿尿都发黄。

田家祥骂道：蚕蚕母子拉稀屎——你就剩个嘴儿了。他说的“蚕蚕母子”是此地一种鸟儿，嘴巴大，尾短，貌似鹌鹑。

厚皮说：那不行哟大叔，办外交，着实就靠一张嘴呢。你若是笨得含着冻冻说不出水来，人家怎知道咱心里那个急啊，所以就得夸张了说、虚火了说、添枝加叶地说，要说得人家心动神摇，说得死人能坐起来，那才叫本事呢。不过话又说回来，老杨他到底没给咱什么支持，只给了我半句话——老母猪打圈子。这话咱懂哟，老母猪打圈子，就是说，发情的母猪——自紧自嘛。一听这话，我立马就说，那不行哟老领导，您看不上我这个人，不能看不上模范红旗大苇塘呢！既然如此，我回去让俺书记来。老杨一听这话，急了，说他确实办不了。我说您要是办不了，我就赖在您这里不走了，跟着您吃跟着您喝，晚上就睡在您办公室里。我这么一说，他拿起烟斗就要打我。我说老杨老杨别这样，两国交恶，不斩来使。

田家祥问：完了？

厚皮说：您老人家别急慌——说时迟那时快，见他老人家不开口，我就把带去的几样小意思呈了上去，一条烟、两瓶酒、五斤花生和一口袋绿豆，还有两辫大蒜放他面前，笑嘻嘻地说，小意思，请笑纳。

田家祥说：这几句还像人话。厚皮说：我这辈子，就是对俺亲爹也没那么孝顺！田家祥问：起没起作用？厚皮叹了一口气，说：老杨当时瞥了我一眼，那眼神真是煞骨头似的冷，我脸上的笑容一下子就给冻僵了。你想，他那张驴脸本来就长，再一耷拉，别提多难看了。他怒气冲冲地说，田永昌你甭跟我来这个，这是侮辱我的人格，知道不？东西全都给我拿回去！若是不听，我立马给你撂到大街上！家祥大叔，你说当时我那个难堪，就差在地上找条缝钻进去了。不要说地上一条缝，就是老母猪的屁股，我也想使使劲钻进去算了。你想嘛，咱好心好意地拿了东西，恭恭敬敬地送上，人家不收，还把咱痛骂一顿，这是什么事啊这是！共产党不通人情，我拿了热脸去贴人家的凉屁股，惨不忍睹啊大叔！

田家祥赞叹：还是老杨，好！

厚皮摇着头，说：好个屁嘛好！他要是收下这礼，咱的事十有八九就成了。他办不成，可以帮咱找人，帮着指个路也行啊是不是？老杨就是再不济，人家平常见的人大小都有个纱帽翅儿，多少能办点事儿。现实说话，不收礼就等于不给咱办事，他当了好人，却坏了咱的事，这样的人哪还算什么好干部呢，既撇清又自保，深处存了自私呢！大叔你怎么如此糊涂，兀自在这里夸他的好呢！

田家祥叹了一口气，脸上堆起厚厚的郁闷。

厚皮说：然后呢——说到哪里了？噢——老杨把我收拾了一尖囤儿，那份儿义正词严，那份儿大义凛然，我算看明白了，老共产党都不是人，不拐弯的肠子铁石的心，当时我心想，这家伙放在旧社会就是包公，皇亲国戚都敢杀！说到哪里了？啊，我又央求了他一阵子，说这是我大叔个人送你的，不是集体财产，现在没有集体了哪还有什么财产！老杨横眉立目地说，田家祥也不兴这样做！拿东西塞我的嘴，当我是条贪吃的狗，喂点食儿就会跟你们跑！我是国家干部，组织上有纪律不说了，个人也要讲道德的，知道吗？马上拿了东西走！超过五分钟，我叫公安来抓人！哎哟，事情到了这地步，我就是一头百年老猪、千年大象也不至于皮厚到如此程度是不是？恭敬不如从命，捧了猪头另找庙门就是了。

田家祥叹息道：这么说，事还是没办成哟。

厚皮说：小老鼠拉木锨，大头在后边。您老人家听好了，下边才是饺子，前边都是汤水。我从老杨那里离开，就去找咱村的吕锋吕局长。咱几个都是光腚一起长大的，谁吃几个馍馍、有几根屌毛，都知道的。

田家祥专心致志地倾听。

厚皮说：从离开老杨那里，我就想，是不是我把好醋给做酸了？为什么这么说？第一，我没有先递东西后说事儿，感情没铺垫好。其次，人家既然先说了个"不"字，等收下东西再改口就很别扭。第三，我不该在办公室里见老杨。办公室那种地方，眼目太杂了，当官线脚儿不敢动。所以，这次我一进吕锋家的门先把东西送上，叫人家感觉很鲜明，下面的话就好说了。

田家祥就问：他怎么说？

厚皮说：他骂我多此一举，但东西是收下了。

田家祥皱起了眉头。

厚皮说：你别说，他这人真不愧是你的把兄弟，二话没说就答应帮忙鼓捣那些东西。我当时高兴得几乎屁不在腚里，就说，您是帮了咱村的大忙了。吕锋骂我净说溜沟子话。他这么一骂，我心里满是感慨，差点儿说出老杨不给面子的事。我要是说了，他的小脸该朝哪里搁呀，是不是？

田家祥说：他还知道要脸！

厚皮没有细察田家祥的情绪，接着说：这下可好了，黑豆、香油、花椒、大料都有了，我可以回来给您交差了。不瞒你说，我还趁机要了二百个纸箱子呢。

田家祥说：你要那么多纸箱子干什么？

厚皮说：大叔你想，八宝豆豉出来，不得包装？有了那些纸箱子，装车、运输、存储，就方便了。再说，人家拿了豆豉去送人，要的是个体面，若是礼物不耐看，就等于把好醋做酸了啊。

田家祥长出了一口气，说：纸箱子不得花钱买？

厚皮说：羊毛出在羊身上，成本加到豆豉上，不就得了。

汇报告一段落，田家祥端坐着，说：干得不错，今晚请你喝酒。厚皮嬉皮笑脸地说：这么大的功劳，就光喝一气？田家祥说：外加一盒烟，行了吧？厚皮补充道：大叔，我可是欠下人家话了，过几天你一定要到吕锋家去道个谢。田家祥说：道个屁谢！厚皮说：人家给咱办了这么大的事，怎么说也得表示表示——不就是说句好听的话嘛。

田家祥说：改日我是得见他一面。

深秋的雨，下起来就没个完。修好坐在二妮身边的草墩子上，看着屋檐上淋漓的雨丝，问妈妈：什么时候下雪啊？二妮忙着手里的活，没心思回答孩子的好奇。修好又问：妈，我什么时候上学啊？二妮说：还早呢，再过两年吧。

申凤坤一边收拾地上散乱的材料，一边听收音机里正在播放的《笑傲江湖》。受申凤坤影响，二妮也喜欢一边听着广播一边干活，耳濡目染，就连小小的修好对武侠也有了兴趣。说起令狐冲、岳不群、东方不败，她就滔滔不绝，有时惋惜再三，有时咬牙切齿，恨不能进入书里去帮那些好人的忙。

莫老先生也喜欢听说书。有一次，莫老先生提出一个问题：这古人的事，咱听得也不少啦，谁能说出这武侠讲的到底是什么？申凤坤说：一言以蔽之，邪不压正。莫老先生说：对也算对，总还没到深处。老先生叫二妮说说看。二妮说：俺就是听个热闹，哪里能说出个子丑寅卯。老先生说：但说无妨，各言其志嘛。二妮想了想说：我看呢，那里边翻来覆去讲究的就是“情义”二字。莫老先生点头微笑颇以为然。申凤坤也说：在理，在理。

暮色浓重起来，雨水将小院的地面溅得又湿又滑。莫老先生自去歇了，二妮见凤坤眉宇间闷闷的，又陪他说了一阵子话。凤坤先是说到他的女儿秀菊，埋怨女婿田两相又懒又馋，做事粗枝大叶，什么都不肯下力。二妮安慰说只要秀菊抓紧些，会慢慢变好的。凤坤又说起白天刘辨证在市场上说的几句话，觉得心里有个疙瘩。二妮记得当时的情形：刘高兴不久前从大苇塘小学调进城里一家中学，那天他来大棚底逛街，跟凤坤聊天时说了一句话：无商不奸——那神情颇有些看不上做生意的。二妮当时就说：刘校长你怎么这么说话呢，大家都是挣饭吃，说不上谁高谁低嘛！刘高兴倒也没再说什么，带着几分不屑走了。二妮没想到大叔到现在还放不下那句话，说：那人说话不好听，大叔您甭跟他一般见识。大叔叹了一口气，说：我倒不在乎那个人，我就是想，商人经商公平买卖，怎么历朝历代就是叫人看不起呢？

说到历史，二妮就接不上话了。凤坤带着一份幽深的怅惘，自去睡了。二妮压低了广播的音量，一边做活，当修文过来催她休息时，二妮才发现自己无意中竟然扎了个小纸人！她自责道：糊涂死了，怎么扎了个纸人呢。修文说：妈，你知道谁叫小纸人吗？二妮说：就你耳朵长。修文说：我原来有个同学，诨号就叫小纸人，因为爹娘都死了，家里还有个妹妹，没办法就退学了，听说整天还带着书本自学。二妮一下子想起市场上的那一幕，就问：就是那个又瘦又细的王大山吗？修文说：就是他。二妮说：人家要饭还不忘念书，将来也许会有点儿出息呢。

修文端详着妈妈做的那个纸人，说：这个小人儿嘛，好像在哪里见过呢。二妮没在心，当即推修文去歇了。次日，凤坤看到那纸人，笑着说：你做的这个纸人，看上去有些面熟呢。二妮不好意思地说：昨儿晚上闲贱了，就着手边废料不承想做了这么个东西。凤坤说：好手艺往往出于无意之中。你能把纸人扎得这么好，出乎我的意料。有人学好几年也扎不出这样的纸草来。二妮局促地说：大叔真会夸人。申凤坤看孩子们都不在，小声说：我看，有点儿像咱认识的某个人呢。

张二妮说：像谁？

申凤坤笑而不答，走开了。

二妮的脸立马就红了，那红晕就像宣纸上的泼墨胭脂，在姽婳好的面庞上浸洇出两片飘红的云。她拿起小纸人打量了，自怨自艾地说：难道说遇到鬼了，怎么扎了这么个东西，烧了算了。申凤坤听到，回身阻止说：不死不丧的，可不能乱烧纸草啊。二妮站起来，提起脚，要把那东西踩了。凤坤说：拿到集市上摆着，谁要就卖给谁，多少能换几个钱呢。再说，做个好看的纸人不容易，留着当个人样子也好。

第六章

意迟迟入行复改行 情深深三老对八戒

星期天，田家祥特意穿了一身当家的行头：草绿色的衬衣，斜纹涤卡中山装上衣。衬衣是他退役时带回来的，平时放在柳条箱里，只在正式场合才偶尔用一用。上衣的口袋里，左边卡着一支钢笔，右边装了几张十元的票子，裤子口袋里装的是烟和一个小本子。小本上写着他昨天晚上准备的几条事。田家祥记忆力好，平时有事都是记在心里，此次特意记在本子上，生怕忘了其中任何一条。

从解放路向西，到第三百货店西边的巷口处拐进去，就是商业局的宿舍。那时的科级干部都住在平房小院里。院门上覆盖着几趟泥瓦，像道士的帽子。正房三间，明间做客厅，里间是卧室。院子东南角都有一间小犀，做了厨房。有些人家在院里栽一两棵树，或山楂，或木槿，或石榴，唯独吕锋家的院子里栽的是樱桃。吕锋的妻子王晓云正在厨房里做饭，围着围裙，手拿铲子，见田家祥推门进来，就招呼着要去堂屋沏茶。田家祥说：你忙你的，我找他说句话。王晓云说：老吕在屋里，你们聊吧，茶几上有瓜子——反正不是外人。

吕锋要沏茶，田家祥说：别沏茶了。吕锋说：茶水是个招呼，走走形式嘛。田家祥也没反对，自个儿掏出烟吸着。吕锋问：看你这样子，有事似的。田家祥苦笑着说：有句话，不知道该不该说。吕锋看他一副郑重的样子，就说：有话直说，跟我玩什么客气。田家祥清了清嗓子，说：吕锋，咱俩也不是一天两天了，有句话我想对你说，又怕你生气。吕锋说：不就是说句话嘛，又不是拿了刀子杀人——谁跟谁啊！田家祥放松了一点儿，就说：你现在当局长了，这局长可是正儿八经的官啊。吕锋说：拿我开涮是不是？田家祥正色道：我说的是正经话。自那天晚上听了你讲的那些道理，我知道你将来是个大材料，大学的确没白上。现在你年轻、有文化，又不是没本事，以后必有大的发展，你可要珍惜啊。

吕锋狐疑道：我怎么了？

田家祥一本正经地说：今天找你来，就是想嘱咐你几句话。这些话，既不是书本上的理论，也不是说书弹唱的鼓儿词，很土，但都是我这当哥的从心窝里掏出的。这关系到你的前途，还有名誉。吕锋，咱都是在党的人，我首先问你，你知道党是什么？

吕锋说：不就是组织嘛。

田家祥说：对，党就是组织。你再朝深处想想，组织是什么？组织关心你的时候，甜甜美美、周周到到、无微不至，生怕你哪里磕着哪里碰着，跟亲娘似的。可是当你犯了错误，组织的脸马上就变了，像个六亲不认的包黑子，处理人时一点儿都不含糊。一爹一娘，一个黑脸一个白脸，从不同时登场，可是管得大家死死的。

吕锋蒙了：你什么意思？

田家祥叫他少安毋躁，说：其次呢，你当这个官，无论对你本人还是对你老婆、你孩子，甚至还有咱们村，都有好处。朋友有出息，那是多大的安慰，引以为荣呢——古今中外都是如此。对你来说，提拔是进步的表现，党组织不可能把坏人提上去，老百姓也是这么想的。这，你比我明白。现实说话，你提拔得确实是快了些，但那是组织的需要。事实上，新鲜血液就是好，思路见识就是比土八路强。有些人不服气，不要紧，没有谁一上来就什么都会，只要你干出个样子来，他们慢慢就服气了。

王晓云提了开水进来，冲满茶壶，又灌了热水瓶。田家祥继续说：你当官，对我也有好处。比如说，那天晚上你给我说的那些话，我一辈子都忘不了。吕锋啊，大苇塘除你以外没有一个人能说出那样的话，知道不？现实说话，你又帮酱园办了不少事，我觉得真是靠了大树有柴烧，心里恣挠挠的。所以说，我是真心实意地望你好，将来做大了，我跟人家说起你这个兄弟如何如何，那才叫长脸呢。当然，说这些话我都觉得害羞，好像我要傍上你不松手似的。不是那意思。我是说，人得好好混，大家都有脸有光。

吕锋说：你就绕吧，我看你能绕到云南乌拉圭去吧。

田家祥看了看那个小本子，说：第三条，也是最重要的，就是名声。当官也好，为民也好，最要紧的是名声。孔夫子说了那么多话，毛主席说了那么多话，我总结了，就是八个字：人过留名雁过留声。毛主席说，人总有一死或重于泰山或轻于鸿毛，就是这意思。名声的事，绝不能马虎大意。

王晓云附和道：家祥说得对着呢。

吕锋不屑地说：他这是在给我上课呢，还一条条记在小本上！

田家祥说：你以为我在绕弯子是不是？我不会绕弯子，这些都是焦干的实话。为什么我要说这些呢？因为我看到了一点儿不好的苗头。咱打开窗户说亮话，昨天厚皮回去对我说了，我很震惊。

吕锋吃惊道：什么话？

田家祥一字一顿地说：人家老杨没要他送的东西，可是你，却收下了。

吕锋顿时脸色大变，话都说不流利了：你、你这是，你什么意思？

田家祥不慌不忙道：你先别急。老杨没要东西，也没给酱园办事，因为他办不了。你给酱园解决了大问题，收点礼物，按常理说，也是应当的。可是话说回来，因为咱俩有这层关系，我就不能按常理说话了。这是一层。还有一层，老杨是老干部，是你的手下，人家没收东西，不是因为办不了那些事，而是因为人家懂得组织纪律。这一点，叫人敬佩啊。这第三层意思，也是我最担心的——如果现在养成了习惯，给谁办事就收谁的礼，将来不会有好果子吃。所以我一整夜睡不好觉，就是想对你说，为了一个好名声，你得好自为之。你现在身居一把手之位，每天都要给人家办事，办很多重要的事，如果事事收礼，自己又不警惕，难看的日子很快就到了。你难看，大家不都得跟你一起丢人嘛！我担心的是这个！

王晓云满脸的惊讶，问：你收人家东西了？见吕锋不答，晓云左右前后地环视了，没见有什么可疑的。接着她又进了西里间，片刻工夫出来，手里提着大半口袋花生和一兜子烟酒。王晓云很是不爽，说：难怪厨房里挂着一辫大蒜呢，原来是人家送的！

吕锋脸上红一块白一块的。那不是羞愧，而是气恼。

田家祥忙说：兄弟，我不是要来批评你的，我是……

吕锋愤愤地打断他：我知道，你今儿来，成心是要恶心我是不是？我这个局长不是你田家祥给的，是组织上给的，知道吗？组织上没说我怎样，你倒来教训我了！我是看在兄弟的面子，以为那点儿东西是你个人的心意才收下的。你以为我是个受贿的贪官，是不是？

田家祥不急不忙地说：若是我送你的，一定亲自送来。再说，我绝不会一边托你办事一边送你东西，那不成交易了嘛。若是那般做事，不光是对你不尊重，我也不是人了。你不妨想想，田永昌是什么人？能叫那种人背后说咱的笑话吗？再不济，咱也是国家干部，不能叫小人耻笑是不是？你可能要说，我这个局长本没有义务给你大苇塘的酱园买黑豆、买香油、买纸箱。这话不能算错，你确实没有这义务，你并非专为大苇塘当局长的。可是话说回来，既然咱当官，就该给人办事。你以为当官是干什么的？当官就是当孙子的！一旦当了官，你就比别人低了八辈！平常身份，见了谁，可以昂首阔步，不理人家也可以；一旦当了官，你就得好好跟人家说话。不当官，你可以虚火、吹牛、说大话，当了官，你就得一五一十、老君老臣、中规中矩的。所以我说，谁说自己不想当官，那是假话。同样，当了官就趾高气扬的，一定不是好东西。既然咱戴上这顶乌纱帽，就活该给大家办事，报酬由国家给，自己不能额外再弄一份，对不对啊你说？

吕锋脸色煞白：你这是成心要腻歪我的，是不是？

田家祥严肃地说：我为什么要故意腻歪你？我闲着没事干了专门来说这些不中听的话？我是为了你好。我希望你从里到外疤麻没有，知道不？

吕锋脸色酱紫，吼道：我——不——知——道！说罢，他把兜子里的香烟，口袋里的花生、绿豆，一股脑儿撂在田家祥面前，喊道：拿去！快给我拿走！谁稀罕你这些破玩意儿！

因为气急败坏，因为恼羞成怒，吕锋狠狠踢了那兜子和袋子几脚，又快步跑出去，从厨房拿回那一辫蒜，扔到田家祥的腿上，道：拿走！都拿走！我告诉你田家祥，今天你让我吃了一把死苍蝇，咽不下去又吐不出来。你有本事，你故意来嘲笑我，我算上了你的套子，你尽管高兴去吧。我看透了，你就是想出我的丑。你给我记着，要不是因为咱俩是兄弟，你就是给我一匹金马驹我都不要！我算瞎了眼！

田家祥努力压抑着被误解的痛苦，说：兄弟，今儿我一步步地走过来，很难啊！

吕锋连连朝他作揖，说：好好好，你的情我领了，谢主隆恩，请你连人带东西都离开这里吧。从今以后咱俩井水不犯河水，你走你的阳关道，我走我的独木桥，好不好？

田家祥苦笑了一声，说：有事恐怕还是得找，谁叫你当局长呢。

吕锋指着田家祥，喊：我不是局长，我是个贪官，我接受人家的贿赂，我是个小人！从今以后，你的一支烟、一块糖、一盅酒，我都不会接！我以后要是跟你田家祥跟你的酱园再有丝毫的关系，就是大姑娘养的！行了吧？

王晓云使劲摇晃吕锋的肩膀，说：你冷静点，人家是好意。

吕锋生气地把老婆的手甩开，说：什么好意？好意能这样吗？他是在耍我呢。这个人，我告诉你，这人一贯搞阴谋诡计，动不动给人下套子，今儿竟把这一套用到我头上，太好了，太可笑了，太不可思议了！

田家祥说：既然这样，我也不好再说什么了。

吕锋喊道：我用不着一个村支书给我上课，知道吗？

田家祥的嘴角上挂一丝冷笑，有点儿自嘲地说：除了我，没人会跟你说这些。

说完，便收拾了东西，背上袋子，起身告辞。

王晓云看了他一眼，目光中满是尊敬。陪田家祥走到院子里。

吕锋在屋子里喊：太虚伪了！太奸诈了！

田家祥站住脚，回身质问吕锋：人和人讲的是交情，今天不明白明天会明白，不要这么出口伤人。我这是在你家里，是来拜访你，不是来要东西的。不管我的话是对是错，不管我的提醒重要不重要，总不能这样对待客人吧？

吕锋从屋里出来，说：你不是不知道，现在还是计划经济为主，市场也好，材料也好，指标也好，哪个企业不送礼能办成事？你一边让别人送礼让别人办事一边还要撇清做好人，还要凭空侮人清白，这不是虚伪是什么？你让厚皮办了事，目的达到了，马上倒打一耙，这不是奸诈是什么？过河拆桥，你做得太过分了！

田家祥指了指天空，说：老天有眼！

田氏酱园正式投入运营后，田家祥来过几次莫家院子，都是接送莫老先生上下班。后来老先生嫌麻烦人，多数时间都是自个儿骑了自行车去，阴天下雨时则由田自由接送。田自由上学不怎么样，可是喜欢鼓捣机械，自己做了个三轮车，上面安了个软座，专门用来接送老先生。这样一来，田家祥偶尔与二妮碰个面，也就是打个招呼而已。莫老先生看在眼里，不免纳闷，有时问起，二妮都是轻描淡写地说过去。凤坤也说：人家大小是个官儿，跟咱拉不上呱。

这段时间还有两个人常来坐坐，一是贾文化，一是老杨。贾文化来此，倒也不是瞎逛。不久前，他在市场见到二妮做的那个小纸人，想来订几样纸草。二妮说：你个卖洋布的，做纸草干吗使？贾文化说：有天晚上，梦见祖宗们在祠堂里开会，其中有个人拿了一条麻绳，非逼我上吊不可。我说我没干什么对不起列宗列祖的事，为何叫我自尽？那位爷说，你就知道在外边做赚钱，多年不回老家上坟，我看你是钻到钱眼里去了！要你这样的子孙有何用处。给我拿下！那爷说这话时，便有几个凶恶的男子拿了绳子朝我脖子上套，我吓出一身冷汗，枕头湿了一大片。

二妮笑了，说：你那祖宗也怪，竟千里迢迢寻到这里来。

贾文化说：梦境呢梦境，当不得真也当不得假，所以我就来了个三省吾身、痛改前非、将功补过。这一次，我得把事办得体面一些，第一要扎个金库，多烧些纸钱给祖先们享用，阴间也需要钱啊。另外扎两个纸人，一个当通信员，经常到老家跑跑，叫他们别老惦记着我。另一个做成保安模样，平时潜伏在那边，发现谁说我的坏话，及时传达，我这边也好有个防备呢。

二妮说：俺可不会扎那卧底的奸细。

贾文化说：纸草这东西，虽不能说千篇一律，基本是大同小异，你会做那一个就会做这一个。我告诉你，就照着你的想象去做，怎么做怎么好。金库很简单，就跟五斗橱似的，两个小纸人，给那个当通信员的扎一辆摩托车，给那个当保安的做一支假手枪、一副墨镜——跟真的似的。

二妮笑道：俺不会扎摩托车哟。

申凤坤在旁说：二妮，先把活接下来，不会，我教你，照着葫芦画瓢嘛。

因为心情迫切，事不宜迟，贾文化为这几个纸草出的价钱很可观。贾文化离开后，申凤坤把这份钱交给二妮，二妮不知什么意思。凤坤叫她坐下，他有话要说。二妮见凤坤大叔一脸的严肃，就在草墩子上坐下来。

凤坤拍打了身上的木屑纸屑，点了烟，笑着说：这件活儿，二妮你单独承担起来吧。二妮说：我是跟着大叔学活的，怎能单起炉灶另支锅——拆老师的台嘛。申凤坤见二妮不肯，就阐述了他的想法：不久前我也做了个梦，梦见一只老鼠爬到灯油碗子里偷油喝，我拿起笤帚去打，那老鼠突然就变成金子的，黄灿灿、沉甸甸的。二妮说：那是金毛鼠呢，这梦好吉利啊。

凤坤接着说：当时我拿了那只金毛鼠，真是爱不释手。高兴之余，又拿回村去给你大婶子看。谁知看着看着，那金老鼠突然变成一只小鸟扑扑棱棱就飞走了。我和你婶到处找，哪里还有踪影。我只是记得那只鸟的眼睛很大，闪闪发光。二妮问：后来呢？申凤坤说：后来就醒了，原来是南柯一梦。半梦半醒之间，我蹲在床上琢磨来琢磨去，满脑子还是解不开的疑云。灯台、金老鼠，还有小鸟，这里面有什么讲究呢？庄子两千多年前做过一个梦，梦见自己变成了鱼，后来竟不知自己到底是鱼呢还是鱼就是他。天亮之后，我想，光纳闷不行，得找人解解那梦啊，于是就去找老杨。老杨听了，说我要发大财。我问发什么财？他说根据我这梦境，未来发财可能和灯有关系，和大眼睛也有点儿关系。经他这么一说，我突然明白了。二妮问：明白什么了？申凤坤叹道：神灵是在暗示我，得改行了。这些日子我一直在想，难道一辈子就做灯笼吗？这件事，不光我想，二妮你也得想一想。咱刚来大棚底那阵子，就咱一家做灯笼的，灯笼做不上卖的，现在做灯笼的多了用灯笼的少了，价钱也上不去。这样不行，咱的心眼儿转得还不够快。你看周围那些人，今天弄这个明天弄那个，屁股还没暖热板凳呢摊上的货物早已面目全非，一个摊子上十几种货物，有时简直是风马牛不相及！

二妮也皱了眉说：是呢，认老路子走的，也就咱了。申凤坤说：做生意，心眼要活泛才好。刚来这里时，莫老先生就曾教导过，咱没放在心上。现在我想好了，纸草这东西我不做了，这一摊子都交给你。一是你已经学成手了，不愁做不下去；二呢，也省得你再去花钱筹措材料。二妮说：俺可不能做那教会了徒弟饿死师傅的事。俺就是要饭吃，也不能让人家说个忘恩负义。大叔您想一想，您把俺带出来，一家三口有了安定的日子，风不打头雨不打脸，这是终生不能忘的恩情，你就是打死我，我也不能抢你的饭碗。现在生意清淡，我去找别的活干就是了，怎么着也不能让大叔犯这个愁。

申凤坤说：难得你能这么想，也算我一双老眼没有看错人。不过呢，你还是领会错了我的意思，不是我不要你当下手，是我真心实意不想再干这一行了。为什么？因为这个手艺跟不上潮流了，我是诚心诚意教你，想着你能靠这个养活一家人。我呢，早已身在曹营心在汉，非改行不可。你放心，我不会离开这个市场，也不会撂下你不管。至于具体做什么，我还没想清楚，不过也快了。你呢，先有个思想准备，好不好？

二妮应是应了，可那天晚上她难受得没能吃下饭。

次日，老杨来送年货，凤坤就跟他说起想改行的事，征求老杨的指导。老杨说：你的想法是积极的，值得肯定。社会飞速变化，商品日新月异，经商应当紧跟时代的步伐，绝不能一条路走到黑。申凤坤紧着把二妮叫过来，叫她一起来听听。二妮过来坐了，听老杨把刚才的道理又说了一遍，点头应着。

凤坤请教老杨：到底做点什么好呢？

老杨说：我倒是为你考虑过，有个不成熟的建议，供你们参考。你们两个最好分成两个摊子，都不要做纸草了。凤坤你不妨改做灯饰。论行当，灯饰和灯笼一脉相承，坐股生芽儿容易成活。近年来很多人翻修房子，单位也不断地分房，青年人时兴装饰，里外都要透明透亮。过去千篇一律用灯泡，现在都想换个新花样，既要亮堂也要体面，花钱多少还在其次。这个生意定是错不了。

申凤坤喜道：应那梦了。

老杨接着说：现实说话，最吃香的是家用电器，电器中最时髦的就是灯饰，越是新式样卖得越快。从江南几块钱批发的灯在这里能卖十多块，还经常脱销。想想看，两倍的利，这在生意上是好风景啊。凤坤，千万不可错过这大好机会啊。

申凤坤欣然道：就这么定了。

老杨转对二妮说：纸草的活，你也懂了，靠这个吃饭，不愁养活不了一个家。听凤坤说，你不想接。

二妮说：变动太大了。俺的想法就是一辈子跟着大叔做活，能把两个孩子养大，俺就满足了。将来大叔他老了，也好就近侍候他，尽一点儿心意。

老杨说：难得你是个懂情义的人。等他老得不能动了，那时你再尽心也不晚。现实说话，最好还是分开了做。两棵树占两个地方，阴凉就是两倍的地面。扎纸草这行当虽然不犯法，毕竟不是什么现代的玩意儿。你暂时不要全放弃，有活就接下来，以便养家糊口。要说将来的发展，你也得跟着潮流走，只有附和了潮流，顺风行船，生意才能做大。

申凤坤道：老杨真是个明白人。

二妮就问：杨局长，你看我能做点儿什么呢？老杨说：你不妨试试文具生意。二妮问：文具是什么？老杨说：你的孩子不在上学吗？他们用的那些东西都是文具，教材、课本、练习册、墨水、铅笔、橡皮、书包、自来水笔，还有乒乓球、球拍子、跳绳、皮筋、订书机、小黑板、粉笔，连雨伞雨衣也算文具。若是说全了，得有个百儿八十样呢。告诉你，别看那些东西不值钱，可家家都有孩子，孩子要用什么，大人一般都会给买，这市场大了去了。全国人口的五分之一是学生，其中多半是小学生。你要是做好这生意，肯定能发财。

二妮沉吟道：俺倒没指望发什么财，够过日子的就行。

自那天离开吕家，田家祥一直闷闷的。

三天后，田家祥接到一份邀请，吕锋夫妇请他周日到家中做客。这份邀请的形式很正式：红纸、毛笔、正楷书写，字迹像是吕锋的亲笔，信封则是王晓云的钢笔字。这份请帖由吕锋派人专门送上门，还索了回执。

这件事郑重得有些过分，因为这里的人平时不大用书面形式联系，有事找人捎个话就行了，只有对远在外地的亲友才使用书信或电报。在民间交往中，像这样正式的文牍，只用在喜事的年命帖子、分家的契约、堪舆的文书上，一张吃饭的请帖竟然做得如此正规，还要专信送达，确实少见。田家祥看了那信，似乎不觉意外。那天他在大街上扔了花生、绿豆、大蒜，摔碎了酒瓶，发誓不再踏进吕家的门，是出于一时气恼。回到村里，回想两人争辩时王晓云的眼神，田家祥就有了信心。那是多么清澈、多么正派的眼神啊，那女子一定能作出准确公正的判断。别看吕锋一副气急败坏的样子，但是，胜利一定在晓云一边。

果不其然。田家祥走后，王晓云就跟吕锋重提田家祥这次来访的真实意图。王晓云坚信田家祥绝非故意恶心人，更不是为了要回那点儿东西，他说的那些话只在挚友、畏友、生死之交之间才会产生，那是过失相规、直言不讳、肝胆相照的掏心窝子话。她批评丈夫当时的反应过于粗暴，意气用事，不仅有失礼仪，也显出自己的脆弱与浅薄。一个成熟男人，应当对此有所反省并弥补过失。一开始，吕锋还振振有词为自己辩护，可是禁不住王晓云的条分缕析，吕锋最终意识到自己的粗陋，承认误解了把兄弟的好意：是呢，田家祥没必要在这个时候故意作弄我。现实说话，他还得求我办事呢。如果他真的要恶心我，绝不会用这种容易让自身陷入误解的招儿——他有的是办法。如果此时他成心得罪我，不仅对他个人，对酱园，对大苇塘村，都没有好处。

吕锋终于明白，他错怪了大哥。夫妻俩一商量，决定周末请田家祥来做客，以示郑重。

这天，田家祥再次穿上出门的行头，欣然来到吕锋家。刚一敲门，里边立刻传出响亮的应答，吕锋两口子一前一后，笑吟吟出来迎接。田家祥说：又不是外人，这么当公其事的。王晓云说：你是稀客，也是贵客，不敢慢待。田家祥自嘲地说：什么稀客贵客，不就是个乡下佬嘛。哎，乡下佬的这个“佬”字，人家都说是贬义，我就是不明白，人字旁加个“老”字怎么就成贬义的呢？人上了年纪，不是很好嘛。吕锋说：咬文嚼字的，拽文吧你。

小院打扫得干干净净，铺着红砖的地面洒了水，透着质朴的清爽，窗台上放着两盆花，一盆仙人掌，一盆梅花。梅花的骨朵重重叠叠，看上去潮润润的。进了屋，坐在沙发上，田家祥从玻璃窗朝外看，发现靠窗户的那块上水石也收拾过了，旁边安放着一盘小石磨，那是做豆沫粥和小豆腐必不可少的工具。屋里的茶几上放着五六色点心，一盘椒盐花生、一盘葵花子、一盘白瓜子，还有糖果和桃酥，另外一盘东西，黄格莹莹的，说地瓜不是地瓜说西瓜不是西瓜，田家祥问那是什么玩意儿。王晓云说，那是菠萝。田家祥说：我还当是洋地瓜呢，可地瓜皮上没这么多疙瘩啊。王晓云说：这东西新近才由南方传过来，好吃着呢。田家祥就吃了一块，说：怪甜的，就是有点儿酸。王晓云说：就吃个稀罕。田家祥说：吃过菠萝，这辈子也值了。

吕锋打断他们，说：好了，言归正传。

田家祥和王晓云就停止了说话，看着他。吕锋站起来，下意识地从怀里掏出小梳子拢了拢头发，一本正经地说：我宣布，今天请家祥大哥来，中心议题就一个，我要当面给大哥道歉。前几天大哥来这里，送给我一份珍贵礼物，那些话可都是发自肺腑的金玉良言啊，我吕锋有眼不识金镶玉，整个一没涵养的人，错把象牙当了大葱。说罢，朝田家祥郑重地鞠了一个大躬。

田家祥摆摆手，笑道：这么说，就远了。

吕锋说：喝酒。晓云陪着！王晓云说：今天我给你们哥儿俩做一锅小豆腐，看，小磨都刷好了，黄豆是昨晚泡了的。田家祥说：随便吃点儿什么，别兴师动众了。王晓云说：有什么难的，十来分钟就能磨好。你不是爱吃热豆腐蘸辣椒嘛。田家祥说：那我就不客气了。注意，点卤之前先给我盛一碗热豆汁儿。吕锋说：要剁些葱花姜末放在辣椒里。王晓云说：我特意买了青辣椒。田家祥说：姜要不要都行，要紧的是加两瓣大蒜，就着那个吃豆腐，那个鲜哟，简直就是下沟的小狗！吕锋笑道：不说人话了是不是？

下沟的小狗——鲜死了。这是此地一句近乎黄段子的歇后语。据说当年下沟村某人家里养了一条牙狗，不到半岁的样子，很讨母狗们的喜欢。某年某月某日，这头很帅、很性感，然而过于年轻的牙狗因为和多个女粉丝发生性关系，没有节制地效劳，竟将自己累死了！这家的儿媳妇见心爱的小狗死了，不知就里，当着家人的面问公公：小狗本来好好的，怎么突然就死了呢？此地风俗，公公对媳妇、大伯对弟媳，一举一动都必须文雅端正，绝不能开玩笑，说话时不能带脏字儿。这位公公有心直说小狗的死因，可是话题近乎猥亵，过分地剖白有违人伦礼仪，于是就琢磨着修改了用词，说：咱家的小狗嘛，鲜死了。于是就留下这句很暧昧的俗话：下沟的小狗——鲜死了。田家祥说话爱打趣，一时放松，随口说了这话，倒也没有不敬的意思。王晓云似乎也晓得这句俗语的意思，随口骂了句什么，气氛就回复到平常的率意与和平。

菜肴满满摆了一桌子。王晓云陪着他们喝了一盅，自去外边做豆腐了。这边厢，哥儿俩推杯碰盏，渐渐就喝热了毛，话也多起来。王晓云在窗外磨豆子，小拐磨悠悠地转着，发出均匀的声音，给屋子里交谈的兄弟俩衬托了古朴恬静的气氛。刚磨出来的豆沫儿积满了磨台，磨台下的盆子里慢慢积起雪白的豆糊，豆腥味儿弥漫了院里屋外。

三杯酒下肚，吕锋近乎微醺，话多了起来。他问：那天我见你带了个小本本，上面写了一二三四，是不是还有没说完的话？若是，今天你得给我全说出来，言无不尽嘛，干脆来他个竹筒倒豆子。

田家祥说：既然你明白了我的心情，就齐活了，响鼓不用重槌敲。

吕锋说：木不钻不透，话不说不明，我现在要的就是真诚的警告。放心，我有这个雅量。

田家祥也不客气，就说：那我就直说了。我还想送给你三句话，那天没来得及说。

吕锋问哪三句？田家祥说：就是以前大家常说的那“三老实”。

吕锋说：是不是说老实话、办老实事、做老实人啊？家祥说：那是你们知识分子的说法，按俗人的说法，就是九个字——嘴老实、手老实、屌老实。

吕锋大笑，说：好，好！

田家祥说：既然你明白，就省得我再解释了。

吕锋说：这还不好明白？嘴老实，就是不多吃多占；手老实，就是不拿公家的。最后那个“老实”，就是不要爬墙头，管住裤裆里那玩意儿。

田家祥说：大体也就这个意思。不过，我还得补充补充。这“嘴老实”，可不光是嘴馋贪吃的事。人长了一张嘴，一是吃饭，二是说话，不得已时也能帮了喘个气儿。常言说，病从口入、祸从口出，可见嘴不是个好东西。吃不好会生病，这不说了，我在心的是说话。同样一件事，会说话的能把道理讲得很透彻，多糊涂的人都会明白。不会说话的，一句话打发一个牛儿，或三扁担打不出个屁来，什么事都办不成。我还想跟你说，地位的高低直接决定着说话的分量，大官说话一般都少，人家那叫谨言慎行。老百姓讥讽他们“贵人懒语”，文雅的说法是“官大自奸”。省委书记若是随意发言随便开玩笑，就有失身份，俗话说“小声说话聒耳朵”。譬如你，现在是局长，一把手，再不能跟从前当团支部书记那样，黑更半夜的拿了大喇叭就吆喝“干渠来水了，要浇地的快浇地，过这个村没那个店了”……

吕锋笑了，连声说：是、是、是。

田家祥娓娓地说：论知识，你比我多到海里去了，可你有没有意识到官越大话越难说？同样的话，大家都说过，可是人在需要的时候往往会借用地位高、有名望的人做托子。还有，官越大真朋友越少，这也是要命的事。你职务一升，就有许多人围上去，那热乎劲儿就跟彼此没出五服似的，可同时离开你的人就更多，那些才是要脸的人。竭力靠拢你依傍你的，大都有些想法，就算你是一条龙，能会几把水？办不了那么多事满足不了那么多要求啊。有一种人，拿了你做挡箭牌，狐假虎威、狗仗人势，好事坏事都是你的责任，到头来千人吃肉、一人付钱。还有一种人，听到风就是雨，发表意见不慎重，也会吃大亏，自己挨批挨斗不说，老婆孩子也跟着受连累。

吕锋深以为然，说：嘴老实，这一条没问题。

田家祥说：如此，你得喝一个。

吕锋就喝了一杯，很潇洒的样子。田家祥也陪着喝了一个。吕锋复又斟了酒，叫家祥接着说。田家祥此时真有点儿酒逢知己千杯少的劲儿，说：其次就是“屌老实”，不要乱日人。

吕锋立即瞥了一眼窗外。田家祥压低了口气说：这玩意儿平常没问题，就怕一时鬼迷心窍。一旦鬼迷心窍，唉，畜生不如啊！说到这里，他好像若有所思，脸上多了几分沉重，还有几分愧疚。吕锋急于听下文，没有注意到。

田家祥接着说：男人啊，一定要管好那玩意儿，决不能让其胡作非为。现在你当局长了，小娘儿们巴不得你抱她们上床呢，你得多多珍重自己，不是谁都可以乱凑合的。当干部的，一要放下架子，二要不忘身份。这样想，你就觉得那些妖婆子不是什么好窑货了。

吕锋说：这我做得到。说这话时，他瞥了眼窗外，小声说：管得严着呢，险角儿不敢去。

田家祥加重语气说：还有就是“手老实”。就是不收礼不受贿，也不行贿，一定要当个清官。拿了公家的钱朝自己腰包装，这种人到头来都要倒霉的。别看我一个小小村支书，在这点上，从来不曾放松。我敢放言，多厉害的运动来了我都不怕，什么样的上级来查我都大模堂堂的。兄弟啊，现在风气不好，到处都是走后门、请客送礼、吃拿卡要，办丁点儿屁事就要好处，层层叠叠都是关口。你我都要警惕啊。

那些人都是贱货，咱不同，咱是爱惜名誉的人。

吕锋说：是啊，稍不留心就会掉进去。

田家祥语重心长地说：这些话，也不是光对你说，我也以此自勉。

吕锋拍着田家祥的大腿说：这才是君子之交！田家祥谦恭地说：我身上也有很多毛病，得改。吕锋就说：既然如此，你也来上几条吧。田家祥道：好，我也来上几条，彼此也算是监督。吕锋说：你当哥的得多弄几条。除刚才说的“三老实”，你还得加上不打人、不骂人。田家祥说：好，我再给自己加一条，不浪费。吕锋说：就这六条吧。田家祥说：再加两条，戒烟戒酒。吕锋说：这可有点儿难度呢。折中一下吧，酒少喝，烟却是难戒哟。田家祥豪情满怀地说：好戒，不抽了就是，死不了人！

这话一落地，田家祥立马就把手里的烟卷儿掐死，拿着烟把儿端详了一会儿。吕锋问：瞎琢磨什么？田家祥说：君子一言，驷马难追，说到就得做到。说罢，他站起来，拿一片锡纸把那烟把儿包了，走到院里，把它塞在厨房顶上的泥瓦下。吕锋笑道：给我苫屋去了？田家祥说：今天接受的戒条真不老少，除了嘴老实、手老实、屌老实，外加不打人、不骂人、不浪费、不烟、少酒，一共是八条！所以我把那烟把儿掖在你家厨房上从南数第八片瓦底下。吕锋道：好家伙，八条戒律——那你不成八戒了？田家祥道：八戒就八戒吧，好在不姓猪。

吕锋说：三老对八戒，好！

田家祥说：这些话可不是闹着玩的呢。

吕锋豪迈地说：一言为定，击掌为誓！

这天晚上，孩子们睡下了。申凤坤拿出一个纸箱子，叫二妮坐下，他有话要说。二妮麻利地收拾了地上的物事，放下手里的活，对面坐下。

屋子里的空气显得有些凝重。申凤坤打开那箱子，先拿出一沓子钱，说：这里边，一共三份钱，一份是给你的。这些时日下来，咱爷儿俩一起共事，各方面我都满意。你不光心灵手巧，而且重情重义。以前对你不大了解，如果大叔有做得不到的地方，你不要放在心上。

这另外的两份是给孙子、孙女的压岁钱，你别嫌少，也不要谦让，推来阻去的不好看。常言说恭敬不如从命——多少不讲了，算是我的一点儿心意。

张二妮见大叔一副不容推辞的样子，就接了。她瞥了一眼箱子里的钱，说：太多了，这还了得！

凤坤摆摆手，说：箱子里还有些年货，无非是鱼呀肉的，另有几样干果，给孩子做个零嘴。

二妮又谢了。

申凤坤长吁了一口气，掏出烟袋，按上烟。二妮给他点了火。凤坤抽着烟，慢悠悠地说：古人言，不是冤家不聚头，刚安定下来，他就来了。虽然说各有各的事，到底我和他是有过梁子的，低头不见抬头见，彼此都有不爽。唉，冤家路窄，躲都躲不掉啊！

二妮说：井水不犯河水，咱不跟那种人纠葛就是了。

凤坤说：我也是这样想的，惹不起，躲得起。今年我还是回乡里过年，年后，我打算改行做家电，主要是灯饰。你们大概就在城里过年了，这样也好。明年一开春，我就不来这里住了，另找个地方，离这边不会太远，想的是彼此有个照应。依我看，你暂时不要挪地方，一来是这里人头熟了。二呢，跟莫老先生合伙吃饭，你也省心，孩子也咔哒不着。城里不比乡下，人生地不熟，找个合适的地方不容易啊。所以说，你暂时还是留在这里的好。

张二妮真切地感到了离别，如同失怙的孩子，“哇”的一声哭了。

凤坤的眼窝也湿了，烟袋在他手里不停地抖。他使劲抽了抽鼻子，咽咽地说：二妮你甭哭，你一哭，我就不知怎么说了。自古以来，人有悲欢离合，月有阴晴圆缺，谁说了都不算，是不是？我是打定主意要改行，另走一条新路。我离开这里，不是怕那个人，我只想图个发展。你不要伤心，都还在市场里嘛。这里的东西全给你留下，算是给你做个本钱，省得另去置办杂七杂八的营生。等你缓过神来，还是去做文具生意吧。老杨是真心为咱着想。这样的好人，如今哪里去找。

二妮擦了擦眼泪，说：一辈子都不能忘了人家的好。

申凤坤看上去心情沉重，沉吟半天，才说：我离开这里以后，有莫老先生的威望，没人敢怎么着你。我留给你几句话，你要切切地记好了。首先，生意一定要做好。自己手里没有钱，什么都难，朝别人张口不是件容易事。遇到公平人，就算有福。若是遇到心怀诡诈的人，一次交道就能毁了你一生的前途。再说，大家都在做生意，说什么咱都不能输给人家啊。你我离开大苇塘村，很多人等着看咱笑话呢，这一点你心里一定得有个数，所以必得把生意做好，这叫不蒸馒头争口气！

二妮深深地点了点头。

凤坤接着说：我这个人有点儿倔，就是俗话说的"一根筋"。我就是想叫他田家祥看看，姓申的离开他那一亩三分地照样也能活！朝深处说，我也是在争一口气。你想，我若是把家电和灯饰做好了，那该是多么鲜明！再不是过去那个只会扎灯笼的土匠人了，我要做的生意，他见都没见过呢！而他还在那里做酱菜，整天围着臭烘烘、酸唧唧、黑乎乎的咸菜疙瘩转来转去。那样，我申凤坤自然就比他高出了一个头。不然的话，我喘气都不顺、吃饭都不香、睡觉都不安宁啊。

张二妮劝道：大叔您犯不上跟那种人怄气，他不是人。

申凤坤叹道：你一叫我大叔，我什么都不好说了。

二妮豪爽地说：大叔您只管说，我这人，能担事呢。

申凤坤坦然地笑了笑，说：不瞒你说，当初带你出来，我心里是有个小九九的。什么小九九呢？唉，就是想问清楚他当年那件事……

张二妮一下子被刺痛了。她稍稍转过身子，头低了下去，耳畔在轰鸣，陈年的情景如同魔幻。……深秋的夜晚，寒风料峭，生产队的场屋里，一个女子在凄苦中默默地编织稻草袋子。……他来了，一身酒气。她惶恐不安，她不要听他那些火烧火燎的话，那男人居然恼了，以为她看不起他。她解释，他不相信她的解释。他硬攥了她的手……不容分说地生拉硬拽……强烈的压迫让她感到彻头彻尾的无助、悲伤和屈辱……后来，后来，她的肉体竟然接受了他，放弃了挣扎，瘫软在干草堆上。至今想来，她都不能原谅自己——她的胳膊居然不知羞耻地搂了他的脖子，她被一种强有力的动物感情驱赶着，身心在撕裂……精神的反抗和肉体的接受交织在一起，充满委屈，却意犹未尽。

她不知该怎样述说当时的感受，直觉得肉体背叛了自己，让她羞耻。

屋里的空气压抑到难以承受的程度。

张二妮满眼含着泪水，说不出话来。

申凤坤说：这件事就到这里，你不要再说，我也决不再提起。

凤坤说这话时，有些自惭形秽。他以长辈的身份，破天荒地向一位近门的侄媳检讨自己的不是：二妮，你得原谅大叔，我那想法确实不磊落啊。当时我只想着怎么弄那个人的难堪，想告他个横行霸道欺负良善，却没有顾及你的心情。你受的伤害已经不轻，我不该再去揭那个疮疤啊。二妮，你就当我老糊涂了吧。

二妮感动得一时不知说什么才好。

凤坤说：申家门上有你这样的媳妇，万幸啊。

二妮说：大叔您这话太重了。除了您的恩情，俺什么都不放在心上。您一说要走，我这心就像塌下去了一样。俺孤儿寡母的，今后遇到麻烦可怎么办？这么大一个城市，俺能找谁商量啊？谁能像您一样给俺挡风遮雨啊？说着说着，又流下眼泪来。

申凤坤长叹一声，说：我告诉你一句话，棍棒、刀枪、人多势众，都不是自保的好办法。你们母子要想图个安全，只能靠自己。你记住，人都是敬怕的，没有打怕的。一个受尊敬的人，鬼神不敢近身。反过来，如果一个人名声坏了，什么妖魔鬼怪都会来，那时你就是三头六臂也难保安全。

张二妮感激地说：大叔您放心，今晚您说的这些话，我会记一辈子。眼看要过年了，我不能到村里给您拜年，在这里，请接受我和孩子这心意吧。

二妮恭敬地跪在申凤坤面前，磕了三个头。

申凤坤的两眼不由得湿润了。

卷 二

第七章 同命相怜大妮护小妮 异曲同工天丝对天目

逝者如斯，白驹过隙，十年过去了。

这是发展和积累的十年，世情、风物、习俗都发生了并继续发生着巨变。那个曾经充满激情与动荡、大喜与大悲、毁灭与重建的年代成为历史，九十年代的新故事将更加特别，也更加丰富。忙碌的人们既不肯回顾过去也无暇憧憬未来，生活几乎总在盲目之中，唯其盲目，所以才具有了诱惑。

十年里，小城的变化日新月异，快得叫人难以置信。历史上没有任何一个阶段让中国发生如此大的变化！这变化可不是描眉画眼的一般修饰，而是无所不包的更新，每个汗毛孔都散发着非同以往的气息，空气里飘荡着欲望的飞尘，恶之花争相怒放。原先的西郊市场大棚都已拆除，地面扩大了几十倍，纵横十几条道路，沿街都是两层或三层楼的铺面，广告密匝，幌子斑斓，四方商旅，汇集于此，形成一个号称长江以北最大的商贸集散中心。现在人们称之为商城——果然一片新兴城市的样子。虽然有人仍沿袭了西郊市场的称号，但它全然不是旧时大集的样子了。从早到晚，商城里人头攒动、熙熙攘攘，世俗的尘嚣在这里演绎着密密麻麻的故事，好不热闹。

西郊商城，一个既生机勃勃又杂乱无章的地方，一个内有清泉沁水外有溪流出入的商业大湖。每个人都在挣钱，享受着劳动者的快乐也小心地培养着希望。许多人走了，许多人来了，造就了多少百万、千万富翁！也有人至今还是“仅供嘴儿”的小民。缺乏文化根基的富人到处显摆，用金钱弥补曾经的委屈，以对抗世人的怀疑和鄙薄。聪明人则选择了平和与低调，恪守着传统的本分，兢兢业业，不敢嚣张。那些单靠体力吃饭的人们依然辛苦，在时间就是金钱的时代里，甚至没人愿意听一听他们的倾诉。

从老城区向西，沿解放路一直走到汽车站的这片开阔地上，十年前还有一片片菜园和麦田，菜园里搭着看瓜的草寮，麦田里有土地庙大小的机井房，甚至还有一小片果林，那些是西关大队最后一片裸地。现在，这里早已没有传统意义上的田野，路两边全是商店，再朝里走就是连绵不断的小区和住户。曾经是通衢大道上最显眼的门脸——新华印刷厂和啤酒厂，如今已被各式各样的楼房包围，轩昂不再，傲气荡然无存。从汽车站向北的一大片，东起市场路西到市场五路，北面一直延展到小涑河，全都是商铺！商铺不仅是这个城市，也是这个时代的象征。

田氏酱园在商城的批发部占了主街口的东北角，门脸儿向阳，旁边就是市场路。街口的西北角是张二妮的文具店，东南角则是申凤坤的灯饰店，贾文化的服装店占据了街口的西南角。街口的东边有个治安岗楼，很少有正式的警察在这里值勤，偶尔可见临时聘用的保安坐在里边吃盒饭。街口往西，距文具店一箭之地，有个没挂牌子的门头，出来进去的是李义那些人，他们原本是负责驱赶乞丐的，后来成了收取保护费的团伙。

田自由如今已是二十多岁的壮小伙子，他不喜欢读书，就喜欢干活。田家祥因此很恼火，说儿子没个大出息。他曾经把儿子安排在运输队里干了两个月，每天拉着上千斤的地排车送货，一干就是十几个小时，田家祥问儿子上学好还是拉脚吃苦好？田自由说：还是干活舒服。田家祥知道自己的这个儿子就是块吃苦耐劳干粗活的料子，干脆拉下来跟他一起做酱园吧。

贾文化的服装店靠了批发兼做零售的方式，十多年来一直很火，谁也不知那家伙挣了多少钱。贾文化懂得不露富的好处，平时衣着简朴，不买汽车，临时有活就租车，出门应酬充其量也就打个小面的，出远门则乘长途车或火车。灯饰店老板申凤坤有一辆皮卡，能拉货也能坐人，贾文化常去借了暂用。他闲时的爱好就是读书，古今中外没他不知道的，说起理论来比谁都清楚，申凤坤常邀他喝茶聊天侃大山，二妮也觉得这人有几分斯文。

莫老先生在田氏酱园干了整整三年，一到日子就不干了，好在酱园已经走上正路，八宝豆豉回复了往昔的名声，销路很好。田家祥时不时还来看望老人家，随时请教，态度极为恭谨。十年前，就在申凤坤决定离开莫家小院改做灯饰生意后不久，田家祥也作了类似的决定：进军大棚底。这一重要举措缘起于刘辨证对他说的一句话。当时刘说：申凤坤的改行说明他再也不是一个扎纸匠，而是一个成功的商人了。说者无心，听者有意，这句话给田家祥很大的刺激。田家祥的反应是：这么说，我田家祥就是个腌咸菜的乡下佬了？刘辨证笑吟吟地说：我本人不这么认为，但不等于没人这么看！

田家祥于是立即行动，在申凤坤灯饰店附近租了一处位置好、店面宽敞的铺位用作田氏酱园在城里商业汇集处的门市部。因为目的性太强时间又急促，他花了比别人多一半的钱（而且还有莫支委的帮助），才在那个街口租下这个门脸儿，主要经销八宝豆豉、丝豆子和咸菜疙瘩。田自由自告奋勇要去门市部负责，田家祥担心他年轻毛嫩，派厚皮去协助，厚皮得意地说：孬好也得给个名分吧？田家祥说：就两个鸟人，还要什么名分！厚皮说：给个副总吧，现在是人就得冠个总。田家祥说：你就算临时负责人。厚皮很不爽。

街口这四家店铺就数二妮的文具店买卖最小，经营的物件零零碎碎，谈不上炫目，好在生意稳定，没出现大起大落。初做文具生意时，二妮可谓白手起家、筚路蓝缕、惨淡经营，人们经常看到她推着小车到各中小学推销墨水。后来她租下这个店面，边干边学，集腋成裘，悄悄成就了一番无风无火的事业。

和申凤坤分开后，二妮一家一直还住在那个院子里。莫老先生年事虽高，好在身体没什么大毛病，保姆负责做饭和打扫，二妮要求承担保姆费用。莫支委先是不肯，无奈二妮死活坚持，最后还是莫老先生答应了二妮的要求。二妮将老先生的首肯看成一种善行，莫支委对二妮则多了几分尊敬。

街口的四家店，生意最差的就是田氏酱园。最初几年还行，后来时好时坏。生意好的时候，一下子卖出去很多，不好时几近门可罗雀。无事时，田自由就待在柜台里边玩纸牌做游戏，有力无处使，把他憋得恹恹的没个精神。厚皮倒是闲不着，有时趿拉着拖鞋独自在街上溜达，有时也和李义那些人一起喝个小酒什么的。田自由不止一次问厚皮：人家都做得挺火的，怎么就咱不行呢？厚皮说：明摆着嘛，现在生活好了，人都整天琢磨着海参、鱿鱼、大闸蟹，最不济的也要弄点海蜇、虾米吃吃，豆豉成了喝稀饭才用的小咸味。总而言之，人的口味刁了，看不上咱这豆豉了。田自由说：要说口味，没有比巧克力更寒碜的吧，黑乎乎、苦唧唧，拿在手里像个破瓦片，好处一样不占，可就是有人爱吃！厚皮说：那不是一回事呢，吃巧克力是体面，谁要是没吃过巧克力免不了会受人讥笑，如果你说好久没吃豆豉了怪馋得慌，人家就会说你老土——现在谁还吃那呀！田自由说：咱的豆豉不光能下饭，炒菜也是好作料，过去弄不上卖的，现在怎么就卖不动了！厚皮说：照这样下去，还不如回去种地呢。田自由不应。

田自由喜欢干活不喜欢读书，喜欢城市不喜欢乡村，自打离开村子就再没有回大苇塘种地的念头，他喜欢热腾腾、乱哄哄、车水马龙的市场。他对厚皮说：我研究过了，要想让豆豉畅销，必须上得去人情往来的礼单才好。按这标准，咱的豆豉还是不够体面。厚皮附和道：对嘛。从前豆豉为什么畅销？因为那时豆豉是稀罕物，送人应酬都还拿得上台面去，现实说话，不要说杂粮土产水果什么的，就连鸡蛋、蹄髈、虾米，人家都看不上了，何谈豆豉！田自由说：我问过一些老客户，他们也是这么说。厚皮说：是嘛，政府接待处的人、各大企业的后勤近年来很少光顾咱这里了。

怎样才能扭转局面呢？厚皮的主意是：提高回扣比例，重赏之下必有勇夫。那些人都是给公家办事的，谁给的回扣多他们就买谁的。

公家的钱海了去了，要多少有多少！田自由摇头说：我跟爹讨论过这事。他一听增加回扣就骂我净出馊点子，骂世风日下，说企业靠回扣销售等于慢性自杀。厚皮叹息：潮流啊潮流，谁能敌得过潮流！你就是有三头六臂，也不能跟潮流闹别扭！

厚皮提出一个建议，门市部不能再叫田氏酱园了，得叫中心、有限公司什么的，他的职务也不能老是门市部临时负责人，应当给个叫起来响亮的头衔，比如总经理什么的。田自由就问，怎么突然想到这一出？厚皮可怜兮兮地说，老婆跟小木匠轧伙十多年，私孩子都上小学三年级了，可他这个名正言顺的男人却有家不能归，总得有个头衔压一压他们吧。田自由说：把他们一脚踹出去就是了。厚皮说：人家不打我就是天赐了，我还敢打他们！上次回家去拿棉鞋，老婆就朝我吼，有本事当个老总什么的也省得老穿着这套破衣老鞋什么的！田自由大笑，说：你老婆本想说破鞋的，觉得烫嘴，临时改了口。

田自由倒是赞成厚皮关于名正言顺的说法，要给酱园改个名号。厚皮说：你得跟你爹报告，说这是我的建议，也让我多少有点儿建树。田自由应了。厚皮还说：要紧给我申请个总经理，副总也行。田自由说：没问题。厚皮谢了，当场给自己叫了几遍"田永昌副总"，自语道：有意思，有些意思，就是那个"副"字拗口，不如叫"田总"顺溜。田自由说：名字无所谓，关键是本质。厚皮说：现实说话，没多少人讲究实际，只要名称响亮，什么都好。论咱的豆豉，在北方没有压得过咱的，就是缺个响亮的牌子。田自由说：是得给咱的豆豉起个大名儿。厚皮说：不光起名儿，还要大做广告。现实说话，没有广告怎么做买卖呢。田自由说：不光做广告，包装也要改进，得做一批兼有观赏性和实用性的豆豉坛子。不过，增加了成本价格就要高些。厚皮说：价格高低无所谓，现在的人都长了皮相眼，只认贵的，东西孬好还在其次。

次日，田家祥过来，自由就把他这想法说了，田家祥欣然同意，叫儿子快去办。自由说：那就先给酱园起个名字吧，以后咱的产品都用这个牌子。田家祥说：大苇塘，这个名字就很好嘛。自由说：一个村名，人家一听就觉得土。田家祥说：你去找一下刘辨证，叫他给想个名字？自由说：那人太黏糊，出蚂蚁大的力就要大象的好处，不如自己起个名字算了。田家祥说：现在都用老板、御膳、迎驾之类，我看咱反着做，叫群众酱园怎么样？自由说：现在群众不吃香了。田家祥就骂：连老百姓都不吃香了，妈的！自由说：我看咱还是坐股生芽儿，就用老家墙头上那个图标，你看行不行？田家祥问：你说的是那个不死鸟？自由说：不死鸟，健康长寿，吉利着呢。田家祥说：好是好，就是当中有个"死"字，犯忌讳呢，听上去不大甜欢人。自由说：听说那鸟还有个名字，叫做天丝儿。田家祥一拍脑袋，说：就它了，天丝！天丝酱园、天丝豆豉、天丝臭豆子、天丝辣菜头！

几天后，街口就出现了一个大大的广告牌：天丝酱园。广告牌上用的图标就是那只不死鸟的符号。那古老的符咒看上去不很具象，却因了线条的抽象成就了一份现代意味的别致。崭新的广告牌面对大街，鲜亮夺目。牌子上的大鸟凌空展翅，颇有点儿气势。近处看了，鸟的眼睛咄咄逼人，不可侵犯。广告牌揭幕那天，田家祥特意请了市人大一位秘书长来剪彩，记者还照了相，说要发表在当地日报上。田家祥对这个广告牌很满意，特意请设计公司的人吃了饭，还发了红包。

刘辨证作为揭牌仪式的嘉宾，给酱园送来一张他自己的书法作品，上写"天道酬勤"四个字。田家祥说：内容很好，咱就是靠勤劳、吃苦、兢兢业业搞起来的。自由你要记住这四个字，做事要勤快，长期坚持，定有回报。刘辨证走后，田家祥颇有些意犹未尽的滋味儿，又自编了一副对联。

上联：天丝翱翔眼观大地背靠天

下联：神鸟无敌霹雳电火任你煽

横批：所向披靡

厚皮一如既往地说好，把他大叔的才华狠吹了一番。田自由说：好是好，就是火药味儿太浓，不如写"财源茂盛达三江"。田家祥说：你知道个啥，文学就得有点儿战斗性，老头屌似的——软塌塌的没有用。

厚皮和田自由把那对联贴在门框和门楣上。田家祥反复打量他的新作，很是得意。

此时申凤坤刚好从对面店里走出来，田家祥故意问：大哥，你看这对子怎样？

申凤坤看了那牌子，又看看对联，不屑地说：小蚂蚁来月经——多大的事！

田家祥从鼻子里哼了一声。

申凤坤虽然表面上无所谓，甚至还表示了一点儿轻蔑，但他并不能淡然处之。政敌的骄横，凭空让他添了一个疙瘩。回到灯饰店，申凤坤觉得左也不是右也不是，还差点儿给顾客找错了钱。他觉得自己不在状态，索性上了楼，让自个儿尽快安静下来。二楼上靠窗的一角有个用沙发围起来的茶座，招待亲友或与客户谈事都是在这里，有时他也在沙发上睡个午觉。

坐下来，喝茶，细想了，申凤坤确认自己之所以心神不宁全因天丝酱园那个广告牌。怎么让他走到头里去了？哪个高人给他出的主意呢？难道是刘辨证？不可能，那种人一辈子都做不出像样的事情。因为心烦，申凤坤整个下午无心生意。他不止一次劝慰自己：没什么了不起，不就是画了个大雀崽嘛！东西不好，加个大牌子就能畅销？异想天开。可是话虽这么说，那雀崽的眼神到底还是咄咄逼人，这叫他难以安静。

申凤坤相信，谋事在人成事在天。他一边做着生意，边琢磨怎么腻歪腻歪对面那个妖精。对那个被他称为“妖精”的男人，申凤坤是有几分敬畏的，至少不曾轻敌。别看那小子只是个村头儿，到底经过一些风雨挨过几次夹磨的，不是雏儿。这边厢，田家祥对申凤坤也不敢小看，他觉得这个政敌老奸巨猾，又有点儿文化，不可小视。这对冤家各自都有自己的恃仗，田家祥背靠集体，加上他那一往无前的风格，自然是有恃无恐。而申凤坤所倚重的不是哪一个人，而是这市场。这里是他的再生之地，是他自由喘息的地方，他深爱着市场的形式和规则。向使一直在村子里，身处逆境，单凭一己之力，绝没有今天的轻松和富足。人家是书记，借着上下系统的力量，往往占了上风。商城不同，这里是市场，观众不是清一色的大苇塘群众，用来交换的等价物是货币，有本事没本事都在生意上找齐。这里是另一个社会，它相对公开，有丁点儿屁事就能惊动上下左右，看重自身利益的商户大都敢于表达，舆论衡量是非，法律指导行为，决定胜负的不单是权力。这些，让申凤坤多了几分自信。

苦思几天后，申凤坤渐渐恢复了平日的精神。他先是到工商局给自己的店注册了一个正式的新名字：天目灯饰城。灯饰城的图标还是那个大眼睛，一如天丝的坐股生芽儿、固步自封。接着，他请广告公司做了个广告牌，跟天丝酱园的一样大，除了灯饰店销售的各种产品，上面还写了灯饰店的经营理念：货真价实，童叟无欺；美化你的家居就靠光明，愉悦你的心情还要灯饰。

挂牌那天，申凤坤指挥人将广告牌安好，门脸儿上贴了崭新的对联。

上联：天目灼灼看穿那善恶美丑

下联：神采奕奕分清这青红皂白

横批：目不转睛

田家祥过来看了那对联和牌子，冷笑道：那也算景？跟鳖瞅蛋似的！

申凤坤听了，付之一笑。

大苇塘街口的光景，十年后被如法炮制到西郊市场上。

有一天，灯饰店里的两个伙计吃午饭时说嘴巴里淡淡的，想去对面买点儿豆豉下饭，问申凤坤可不可以。伙计知道申田两家不和，不敢轻举妄动。申凤坤说：怎么不可以？其中一个伙计说：就是不知他们的货物质量怎样呢，靠得住还好，弄不好吃了拉肚子可不是闹着玩的。申凤坤一听这话，立马就有了主意——他要亲自去那边买豆豉。

申凤坤来到天丝酱园，田自由赶忙拿了座位请大爷坐下歇息，厚皮奉上茶水，还特意抓了一把瓜子来孝敬。凤坤说：店里伙计想吃豆豉，我来买点儿。田自由以为这是老人家的一种善意，当即拿了两小坛子豆豉，说送给大爷品尝。凤坤说：虽然咱是一个村的，论起来又是爷们儿，受你的这份好意也不为过，可是侄儿今天你得听我一句话，你我都是做生意的，生意场上不兴这样。田自由说：大爷您这么说就远了，不就是两罐子豆豉嘛，不好收您钱。申凤坤亮起手掌，说：大侄子，你的好心我领了。我有个建议，我那边以后吃豆豉，就让伙计到你这儿来拿，你给我立个户头，平时记账，咱一月一结算，好不好？田自由笑着说：那就太清水了。申凤坤说：就按这办法，从今天开始。

田自由淳朴的脸上挂着憨厚的笑，说：既然大爷发话，我也不好忤逆，恭敬不如从命吧。说着，就在一个硬皮本子上给灯饰店立了个户头，记下当天的数量金额。厚皮把那两坛豆豉装进一个塑料袋子，凤坤说：这袋子好，还印了商标。厚皮说：大小也是个宣传。凤坤说：年轻人，脑子就是灵动。田自由说：大爷今天给了我一个启发，今后我得建立客户长期合作协议，可靠的客户可以随时来提货，按月结算，彼此省了许多繁琐。申凤坤由衷地赞道：你能举一反三，生意定会做得好。

走出天丝酱园门市部，申凤坤心想：我吃你的豆豉，可不是白撂钱给你田家祥，你得给我小心着点儿，若是叫我抓住狐狸尾巴，看我不揭你个底朝天！转念一想，又觉得这样做对不起田自由，那孩子浑身透着质朴，言语爽朗、品格端正，全无城府，我若藏了找茬儿的用心不期然就做成了套子，作为长辈，就有些不厚道了呢。再反过来一想，两军对阵，胜败无情，犯不上学那晋文公退避三舍，硝烟起处存不下儿女情长。这样想了，心中稍觉释然。

伙计们尝了那豆豉，说味道还行，就是咸了点儿。申凤坤说：从前的豆豉都是不够卖的，周转快，货物新鲜。谁家买一点儿豆豉，不是节日就是红白喜事上用，无须保存，所以不放很多盐。现在大量生产，库存时间长了，放盐少了会发霉，吃起来就觉得盐味儿重——当咸菜吃吧。伙计们诺诺。

申凤坤叹道：市场好是好，也把许多好东西弄坏了。

两个伙计告诉凤坤，说刚才你去酱菜店那阵子，歪头李义来要保护费，还说以后按月来收。申凤坤的眉头就皱了起来，说：这些人越来越不像话了，从前不过是打个秋风，现如今当成生意做了。伙计说：一群四五个呢，为首是李义，歪着个头跟坏梨似的，随从中还有小纸人，说话文绉绉的，砢碜人！申凤坤问：是那个王大山吗？伙计说：还能是谁？扭着个水蛇腰，后边还领着一个黄毛丫头。凤坤说：还整天读书呢，白瞎了！伙计说：干这样的事还带着妹妹，也不怕跟他学坏了！另一伙计说：听他说话嘛跟人种似的，将来怕也如李义一般成了这市场的混混儿。

文具店前，李义戴着墨镜正在朝张二妮下指示：从今天起，我们的服务升级，改为按月收费，所以本人得亲自出马。凡这商城里的，谁都不能例外，拿得出也得拿，拿不出也得拿！你说没挣到钱，谁信？十多年了，一年十万，现在也挣够百万了，拿出仨瓜俩枣的意思意思，就那么难吗?!

二妮没理睬他们。

李义这帮人，多年前原是西郊市场雇了驱赶乞丐的，当时上级说要饭的太多有碍观瞻，叫他们负责劝止那些要饭的。后来这帮人竟以此为由，到各个摊子上收取服务费。乍初数额很小，商户没怎么计较，反正要饭的来要给他们来也是给。谁知道，这些人得锅上炕，不仅数额渐涨，也更频繁了。有些人不肯交钱，他们就纠集了地痞乞丐到摊子前闹事，让你做不成生意还要生闲气。当时市场的管理还不很有力，有些人觉得好鞋不踏臭屎，破财免灾，得过且过算了，这无形中助长了李义一伙人的气焰。如今可好，这帮家伙竟要按月收费！为了推行这一方案，李义新雇了一些人，其中就包括王大山。

二妮一见到小纸人，就认出了他。大山见是她，脸立马红了，转头就要走开。自打十年前第一次见到二妮后，大山就把她当做恩人，他的妹妹喝了一年的牛奶，都是二妮给订的，小妹妹因此站了起来，很快就会说话了。后来市场扩充，那个挤牛奶的老头连牛带人都不知道哪里去了。大山兄妹曾被乡下的大伯带回老家，续读了两年学，终因没有经济来源而再次辍学，最近又带着妹妹回到城里。

李义见大山朝后缩，骂道：没胆就别吃这碗饭！谁敢退却，看我不砸断他的腿！

大山进退不得，十分窘迫地站在文具店前，一个小女孩一脸惊恐地跑过来，抱住他的胳膊。

二妮一看便猜到她就是当年那个破轱辘车上的小女孩，紧三步走过去，蹲下，拉着那孩子的手，问：你还认得我吗？小妮子注目看了，怯生生的眼睛里满是疑惑。大山低下头去对她说：奶、奶、奶，不记得了？那孩子立即反应过来，喊出三个字：娘、娘、娘！二妮一把将她抱在怀里，好像突然见到失散多年的亲生儿女。

小妮子慢慢松开紧抱哥哥的手，依偎在二妮的怀里。

李义问大山：遇到恩人了？大山点点头，眼泪含在眼眶里，努力不要掉下来。李义说：有恩报恩，正事该怎么办的还得怎么办。我给你们三句话的时间，说完了就得点票子。

二妮不理他，问大山：这些年你们去哪里了？大山说：回乡下了，最近才又过来的。二妮问：算来也快十年了，小妮子怎么没长多少呢？大山说：吃得不行。二妮便拉了小妮子进了店，从抽屉里拿出一包麻糖给她。小丫头仰脸看她哥，小纸人摇头，小女孩就低下头去，眼睛却还躲躲闪闪地瞥那麻糖。二妮把糖塞到小妮子的兜里，问：没上学吗？小妮子摇摇头。

李义喊道：不要拿小恩小惠收买人心！二妮一听就火了，冲着李义喊道：该拿多少，我一分不少，行了吧？我有什么非巴结这小孩子不可的！说着，便拉了小妮子去水池子那边为其梳洗。小妮子的手又瘦又小，黑不溜秋的，像是刚从灰窝里扒出来，二妮拿了湿毛巾给她擦了，问：家里还有什么人？小女孩指了指大山说：就我哥了。二妮说：往后你就在这里玩，甭跟你哥东跑西颠的，好不好？小妮子点点头。二妮的鼻子一阵发酸，想起自己的孩子，泛滥的母性让她难以自持。

歪头李义在那边敲打板凳，示意小纸人抓紧进行，还威胁他不好好干就抽他的筋。小纸人畏畏缩缩地朝前走了两步，怯生生地朝二妮宣示：张老板，我是新近才入伙的，已经拿了人家的钱，想退也不能退了。您就看着办吧。李义在那边吼：我教你这么说的吗？他们在这里做生意，我们是负了一定责任的。没有我们，他们的店面也许早被人偷过几回了。没有我们，说不定失火好几次了，理所当然应当有所表示。常言道破财免灾，今天少拿一百明天可能失去两万，叫她掂量着办吧。

二妮看了一眼小妮子，回过头来对大山说：你这一步走得不好，即便不能上学，总得找个正经营生去做啊。大山说：走投无路，没有别的办法。您就拿钱吧。二妮说：我是小本买卖，靠的是政府，吃的是顾客，好不容易挣个三八二六的，除了国税、地税、市场管理费，哪有能力再出这份钱。再说了，你们这么做也太没有名堂了。

没等大山开口，李义就喊：大山你告诉她，名堂大得很，我们是联合国派来的，有党中央国务院的介绍信，上面有二九一十八个大印。你问她，敢看吗？小纸人就照本宣科地说了一遍，只是没有李义那般凶神恶煞的气势。二妮并不怯，直对了李义说：这么吓唬人可不行。从前你们只说手头困难没有饭吃需要帮助，大家给点儿钱也就罢了，如今竟按月索要保护费，商城里哪个部分也不曾这么做的啊……

李义早就不耐烦了，他横着步子悻悻地晃到文具店柜台前，一手把大山拨拉开，从歪头上脱下帽子露出满头的伤疤，阴冷地说：商量什么？没的商量！我既没有出身，也不属于任何部门，可我正管着你们这些商户。告诉你，张天师是我们的领导，关老爷是我们的书记，玉皇大帝是我们的靠山！你想问，去问他们吧！

经过梳洗，小妮子显出了可爱的笑容，两个店员在和她亲昵着，偶发笑声。王大山涎着脸走近二妮，说：张老板，你就别在乎这点儿小钱了，君子不患贫而患不均，还是一起发财的好。万一李大哥不高兴了，就不是我这说法啦。二妮说：大山你万不该这么的。商城里不乏挣饭吃的地儿，你应当好好找点儿事做，供你妹妹上学，将来也好有个出息，怎么跟这些人混到一块了呢？李义一听这话就火了，质问二妮：我这一伙怎么了？你想重划阶级另立成分，把我们做成地富反坏牛鬼蛇神吗？啊！

二妮想着赶快了事，从柜台里拿出一百块钱，递给大山。李义吼道：兄弟甭接！她以为咱是要饭的花子呢，随便给口剩饭就打发了！我现在给你下一道最后通牒，十秒钟之内拿出这个数，五百。如数点了银子，彼此好说。不然莫怪我姓李的不客气！告诉你，姓李的从前出过皇帝，全世界的唐人街都是姓李的掌握！

张二妮没了办法，一张好看的脸如今堆满了惶恐、愤怒和焦灼。就在她犹豫间，李义操起身边的灭火器，不由分说砸向文具店的柜台，声音老大，碎玻璃散落到四周，王大山吓得跳出几尺之外。小妮子吓得躲在女店员怀里。

申凤坤听得文具店那边人声嘈杂，出门张望，见是李义那帮痞子在闹事，当即朝文具店这边走来，他觉得有责任直面这帮孬种甩子。

贾文化也从服装批发店那边走过去，满脸堆笑地上前拉了李义的手，"兄弟息怒兄弟息怒"地说了许多好话，态度谦恭，还执意要请李义他们去滕州全羊馆吃饭。李义盯着二妮魔腔鬼调般吼叫：大爷我从不空手走人的，懂吗?！贾文化当即掏出几张百元的票子掖到李义手里。李义的火气稍小了些，悻悻地说：今天要不是看了贾老板的面子，我跟这娘儿们没完！

申凤坤看了看破碎的柜台，眉头紧锁。

这时，二妮突然发现小妮子不见了。她赶紧跑出去，追上大山，从他手里拽出小妮子。小纸人问：怎么，想留个人质是不是？二妮愤愤地说：只有你才会那样想！进城才几天啊就成了这样子，白瞎了你！这丫头不能老跟着你串街走巷的，担惊受怕不说，将来学坏了可怎么好。让她在我这里待一会儿，等你办完了事再来领她，丢不了。小纸人迟疑片刻，问妹妹：你想跟着我呢，还是想待在这里？小妮子依偎在二妮怀里，眼神惶恐。小纸人默认了二妮的请求，扭着风中弱柳般的水蛇腰，走了。

小妮子突然又想跟哥哥走，被二妮拽住了。

傍晚收市的时候，王大山一个人拐进这边街口，远远看见妹妹正在文具店里一张小桌上吃东西。旁边一位女店员在翻阅一本画册，指指点点给小妮子讲故事。王大山点了一支烟，远远地看着。被李义砸毁的柜台上临时铺了一张木工板，不甚协调。二妮脱下工作服挂到货架的侧面，然后坐到小妮子身边。她给小妮子梳了梳头，从一个纸盒里拿出个绒线帽子，戴到小妮子头上。那个橘红色的绒线帽子在灯光下显得温润而和谐。小妮子捧了碗把面汤喝下去，一副解渴解饿、淋漓尽致的样子。女店员拿了餐巾纸要给小妮子擦嘴，二妮说：教她学着自己擦嘴。小妮子接了那片餐巾纸慢慢擦了嘴，随手把纸团扔了。二妮拾起纸团，对小妮子说了句什么，小妮子乖乖地把那纸团送到垃圾筐里……

多少年了，无人教养，无人关心，兄妹俩就像野草一样生长着，现在终于……王大山强忍了发酸的鼻子，在墙壁上掐死了烟。他踽踽来到文具店前，站了。小妮子看见了他，却没有移动。大山叫了声：跟我回去吧。小妮子站起来，恋恋不舍地看了看二妮，又看了看那本画册。二妮把那本画册拿过来，说：给你了。回去可要好好念哟。小妮了接了，抱在怀里，很珍惜的样子。

王大山掏出两张百元票子轻轻放在临时搭成的柜台上。二妮问：这是做什么？王大山说：我赔你的玻璃柜。二妮说：柜台又不是你砸的，不能要你的钱。王大山说：你嫌这钱不光彩是不是？二妮拿起那两张票子，塞进小妮子的口袋里，转过脸来说：你的情义我领了，这钱算我收下了。我想对你说的就一件事，能不能让我带小妮子一段时间？她的左脚底上长了两个鸡眼。这东西不难治，就是得每天晚上洗脚，还要贴鸡眼膏，三天后里边的肉刺就能剔出来。她的头发上有虱子，得给她洗几次头才好。你要是同意，我就带她回家住上一两个月。以后怎么办，咱再说。王大山拉着妹妹的手，问：你想去她家，还是跟我走？

小妮子说：我想跟娘娘走。她家有个大姐姐。

第八章 机灵女小院用蚊香 小伙子当街举棍棒

次日。商城十字街口。

李义一伙人继续他们的恶行。有些商铺见势头不好，索性关了门——且躲了初一暂不管十五。有些商户怀着几分侥幸，得过且过，这样的店一般都有点儿规模，店里颇有几个年轻男子，有些讨价还价的实力。李义对各家店铺的态度各不相同，有些看都不看就掠过去了——那些店的背后都有得罪不起的人物。没有势力的，就得乖乖地拿钱。一路搞下来，把个商城搞得鸡犬不宁、乌烟瘴气。

申凤坤没关店门。他叫两个伙计将一张黑色大网挂在灯饰店的门脸儿上。据说这种做法来自古老的禁忌——土匪、地痞、流氓、盗贼都计较“一网打尽”的说法，见了网，一般都会悄然走开。那天上午，王大山来到天目店前，一看门上挂的黑色大网，扭头就走。歪头李义问：怎么了？小纸人朝他努了努嘴。李义看了，立马就骂：那么个破玩意儿就把你个㞞种给吓着了？王大山说：咱这一行是有忌讳的嘛。李义呵斥道：什么狗日的忌讳不忌讳，你心里有鬼！告诉你，我李义不吃这一套！

李义一马当先来到灯饰店前，从腰里抽出亮闪闪的匕首，三下两下就把那黑色的网给劈开了。然后一脚踹开店门，摇晃着身子别楞着脸闪了进来。李义刚要发话，见申凤坤已经正襟危坐在对面柜台前的一张太师椅上，一副胸有成竹、以逸待劳的样子。李义打量了，满脸坏笑地说：老人家真不愧智勇双全啊！你以为挂了张破网就能怎么着我是不是？看见了？你狠还是我狠？告诉你，这些把戏对我没有丝毫作用！

申凤坤从容不迫地说：彼此都是为了生存，方法不同而已。对不对？

李义说：对，你我往日无冤近日无仇，最好是和平共处。

申凤坤说：营生营生，弄几个小钱过日子算不了什么，最后的输赢还要归于因果。

李义说：我不相信什么因果，那些都是屁话！如果有因果，贪官污吏早就死绝了！可是你看，他们哪个不是锦衣玉食、香车宝马？人家过得比谁都好！因果呢？我怎么没看见？你告诉我，报应在明年还是后年？今世还是来生？现实说话，只有傻子才会相信那一套！

申凤坤说：君子安贫而乐道，贵贱荣辱，难以攀比，报应也不都在现世眼前，此即所谓清自清、浊自浊。

李义说：咱也甭废话了，你就回答我出血还是不出血吧？

申凤坤问：此话怎讲？

李义亮出一个巴掌，说：同样的价，五百。出血，咱好说好散；如果不出血，我可以出点血给你看。

申凤坤只是冷笑，没有应答。说时迟那时快，李义嗖的一声抽出刀子，就要朝自己的头皮劃下去。这是江湖上的一种手段，人称“劃头皮”，也叫“劈刀子”。从前的集市上庙会上多有这种流氓痞子出没。这种人一般都是背个打脸，逐个摊子上要钱。摊主若不肯赏钱，他们会在摊子前长时间纠缠，说这道那，指桑骂槐，弄得摊主不光没有面子也耽误了生意。多数摊主经不起他们的扰乱给点儿小钱了事。如果两下里弄僵了，痞子就会拿出刀子来，刺啦一下子劃破自个儿头皮，登时鲜血淋漓，叫众人惊悸不已，摊主也觉不堪。此时即使摊主表示退让痞子也不肯善罢甘休，索要的价码当然高了许多倍。据说，这种人只不敢在海货摊子前纠缠——给你淌血的口子再搓一把盐——怕不疼死你个龟孙！痞子虽有疗救破伤风的止血药，但伤口上若是沾了海货，好些日子愈合不了，甚至会发炎化脓。

见申凤坤纹丝不动，李义抓刀的手停在了半空。申凤坤示意李义坐下，李义不坐。申凤坤不再谦让，从怀里慢慢掏出一沓子钱，说：你要的两倍。李义连忙收了刀子，拱手道：还是老先生明白这“义气”二字，晚辈有礼了。

申凤坤说：明人不做暗事，我也不跟你讲什么义气，你也不必尊称我什么。我这里有三句话，你听我说完了，彼此认可，你拿钱就走，好不好？

李义说：在下洗耳恭听。

申凤坤说：我给你这些钱，不等于怕你，我有足够的办法对付你，今儿咱不说这个——你会说使不出来的办法等于无——仁仁智智的事嘛。第一句话，我不想看你在我面前放血。头皮剺多了，于健康不利，这多多少少也算我的一点儿仁心。不然的话，你剺就剺，无非多折腾一阵子罢了。第二句话，一年之内不要再光临我的灯饰店。好不好？

李义当即应了，问：那第三句话呢？

申凤坤说：这件事，我就是不跟你当面说也能偷偷办了，但我考虑再三，觉得偷偷摸摸不是我申凤坤做人的套路，所以还是言之在先。

李义说：请吩咐。

申凤坤说：你给那个王大山半天的空儿，让他到我这里来一趟，我有话对他说。

李义说：你想挖我的墙脚是不是？我在这里劝你一句，你那些劝人的方子都老掉牙了，对我等现代青年绝对不中用。你就是有三寸不烂之舌，大山都不会听你的。

申凤坤说：那咱就打个赌嘛，说通了，是我的本事；说不通，算你看得透彻。

李义干脆地说：好，我就不信猫吃姜！

申凤坤叫伙计当面点了那钱。

李义拿了钱，扬长而去。

李义一伙并没有立即住手，他的下一个目标是天丝酱园。离开灯饰店后，李义带了王大山等人凶巴巴来到天丝酱园门市部前，打量着新近安放的广告牌子，讥诮道：一个卖咸菜的也敢做这么大的牌子！他问小纸人：认识这里的老板吗？王大山说：据说是大苇塘村的支书，劳模，当过兵。李义说：估计没有什么大血捏，就这个数吧。他照例朝大山伸出一个巴掌。

小纸人会意，先去前边叫阵：我们李总来看你们了，茶水香烟伺候。厚皮听见喊，出来，请他们进去喝茶。小纸人说：茶就免了，你把茶水钱拿来，也省得彼此叨扰。厚皮问：多少？小纸人伸出一个巴掌。厚皮说：我们不过是卖点咸菜什么的，利很薄，实在担不起这么多。小纸人说：那边灯饰店给了一千，李总格外对劳模开恩，给你们减半的待遇，还不识好，想挨揍了是不是？

厚皮一听这话，膝盖就哆嗦了。他硬着头皮跟小纸人讨价还价，老半天没达成共识。李义就烦了。他从路中央走到台阶前，抓住厚皮的前襟，喝问：你们老板呢？叫他出来会会我！听说他是当兵的出身，你告诉他老子我学过擒拿术开过吉普车想当面跟他过两招，快出来拜个师吧。厚皮说：我们的当家人发下话了，他是有身份的人，不能见你。李义一听这话，嘶哑着嗓子喊道：什么？他有身份难道我没身份？大小我也是个老总，会一会去势的劳模，不屈他大驾吧？我就不信他一个卖咸菜的长了仨屌六个蛋！不然，这边厢就不客气了。

说着，李义抽出短刀，当众摆出劐头皮的架势。

店里边有了动静。只见田家祥拿了一根楞粗楞粗的木棍猛虎般从店里冲了出来，那架势正好比猛虎下山蛟龙入海，行脚处卷起一阵风，大有所向披靡、势不可挡的气概，杀气辐射到百步之外。周围看景的人见到这般气势，远远地站了，想看个好景。

可就在这时，田家祥却突然停了脚步，双脚像被绳子拴住了似的，表情委顿。田家祥本是打定主意要跟李义过招的，此时突然中止，原因来自十年前他和吕锋的那个君子协议，吕锋遵守“三老实”，他接受了八项戒条，其中一条就是不打人。田家祥生性爽直，遇到不平之事就会以身手抗争。在乡下，这种现象并不鲜见。自从有了那个君子之约，十年来他坚守了这一戒条，多少次冲动都被暗自消化，不曾打人骂人，如有自束自缚的羁绊。今天，当他正要举起棍棒时，突然想到这一层，只好中止了。

这让他很不舒服。一个极为简单的、顺理成章的、无可非议的行动就这么不明不白地取消了，他很是难受。面前站的是个流氓，我这么冲出来又停下，那龟孙还以为我怕他呢！可是，里面的暗码不能公开解释，不能说。来自良心上的自我约束，君子不与言，况小人乎。田家祥觉得鼻子里在朝外冒烟，喉咙焦干，手足无措。他一度想抛弃那想法，偶尔犯一次也许算不了什么。可他反复想了，君子宁肯丢人现眼也不能自食其言。于是他坚定地停了下来，拄着那根短棒，气得脸色发紫，但却说不出话来。

乍初，李义见田家祥气势汹汹冲出来，略有惧意，及至见其突然停下，便觉怪哉。他迅疾环顾四周，见无甚异常，以为那人不过外强中干，不敢与他较量，沾沾自喜地笑了。他朝前跨出半步，问：怎么了？看棍子嘛好像有些分量，如何见了老李就跟出了尿的鸡巴似的？不行就是不行，不要充能，刀剑之下容不得虚张声势。怕了吧？既然知道不行，就不该冲出来现这个眼了。再说，不就是几张票子嘛，大劳模犯不上为这点儿小钱动气啊……

田自由此时也在店里，他正纳闷老爹为何半途中止呢，却听见李义好一番尖酸刻薄的挖苦，就觉得受了奇耻大辱，于是紧三步冲了出来，从爹手里抄起那棍棒，径直朝李义打去。小纸人在旁见了，大叫：形势不好！

说时迟，那时快，那根粗短沉重的枣木棍已经落到了李义的头上，李义发觉这一回来者不善，扬起拿刀的手抵挡。可他的手臂太过弱小，武器也嫌纤巧，没等他完成架势，早被田自由连人带刀打翻在地。那情景就像突然一阵大风吹倒一段朽烂的篱笆，就像一股汹涌的浪头掀翻一叶扁舟。小纸人跑得快，躲到对面灯饰店里，隔着玻璃张望。

李义狼狈爬起，狗抢屎一般地朝路口那边跑。田自由上前一步，脚下轻轻一勾，那小子复又趴在地上了。田自由将其双手反别在一起，脱下皮鞋，照着李义的屁股就是一阵穷揍。李义企图从地上爬起来，只是力气不够，瞎扑腾几下，就不再挣扎了。田自由道：告诉你，我爹不愿跟你这种人交手，怕坏了手气。今儿你给我听好了：我爹是有荣誉的人，不是你想见就见的，从今以后，不得直呼其名。其次，天丝酱园是集体财产，每一分钱都是村民的，不论收什么鸟费，别到这门前叫嚣。如果在这里烧包弄景，叫我看见，非把你的蛋系子抽出来不可！

田自由刚松开那只脚的当儿，李义趁机来了个鲤鱼打挺，爬起来就要溜，却被田自由一把抓住了。瘦小的李义此时就像一个木头人儿，随田自由怎么摆划，只有服从的份儿。田自由把李义提起来使劲朝地面一蹾，如同栽一根木桩或一捆稻草，顺手捡起地上那把刀子，在李义面前晃了晃，说：这东西我没收了，做个物证。告诉你，今天我要数一数你头上有几条伤疤，然后才能放你走。李义一言不发，任由他一二三四地点数。田自由数了，一共十三条伤疤。

刀子距离李义太近，他打了个趔趄，好歹算站住了，像个假人。旁观者的助威声此起彼伏。田自由亮出粗大的巴掌，啪啪啪打了李义十三记耳光。有道是，一掌打去，扇起狂风十里；五指奔来，直教星辰移位。一阵狂风暴雨般的嘴巴，赢得四周围无数喝彩。每打一下，田自由就骂一句：妈拉个巴子，我叫你嚣张！我叫你胡作非为！不劳而获的东西，整天想吃易食儿，不给你点儿颜色看看你就不会长记性……

这淋漓尽致的一阵耳光，直打得李义两眼冒金星，差点儿站不住了。那颗歪头一会儿倒向右边一会儿倒向左边，歪头没有正过来，嘴巴却又给打歪了。李义开始还喊叫饶命饶命，后来渐渐就没了声息，那样子就像个专供拳击手练习用的沙袋儿。

发泄完了愤怒，田自由把李义掼在地上，说：听好了，如果你头上再增加一条伤疤我就抽你十个嘴巴子！

李义翻过身来，惶惶地看了对方一眼。

田自由凑近他的脸，说：看好了，记住我是什么样子了？告诉你王八蛋，拔我一根汗毛，我叫你给我竖旗杆！

李义双手扶着地面，慢慢爬了起来。

田自由吼道：滚！滚得远远的！

李义爬起来，赤了一只脚，屁滚尿流地跑了。

周围看景的人被这一幕惊呆了，田自由的勇气让在场所有的人佩服有加。此时田家祥正站在门市部前的台阶上，脸上一片欣慰的笑容，他从儿子身上看见了田家的豪气雄风。

有位记者将这一场短暂的恶斗拍了照，当场采访了田家祥父子。

记者问田自由：大家知道，李义这伙人很嚣张也很凶残，你直接和坏人对抗，怕不怕？

田自由说：怕什么？邪不压正，我们是合法经营，他是歪门邪道，当然不怕。再说了，对这种人，你越是怕他们就越嚣张。俗话说得好，三句好话，不如一个嘴巴。

记者笑了。

现场拍照并采访田家祥父子的，是省报驻此地的记者赵一。此人向来关注社会民生，经常报道各地改革创新、兴利除弊、见义勇为的新闻。头天晚上他就听说文具店柜台被砸的事，今天一大早就在商城里暗访，又看到更严重的一幕，于是撰写了一组关于商城黑社会团伙的文章，不久就在省报发表了，题目是：西郊商城亟待整顿。该文从李义收取保护费遭到天丝酱园田家父子奋力抗击的故事切入，详细描述了商城在管理方面存在的问题，内容涉及卫生、治安、防火、假冒伪劣等许多方面，还配发了三张图片：一是李义砸碎的文具店玻璃柜台，注文是，灭火器成了砸碎柜台的凶器；一是李义跨过被割裂的大网进入天日灯饰店的情景，注文是，传统魔咒挡不住恶人气焰；第三张是田自由扇李义耳光的情景，注文是，上阵还靠父子兵。这一期的报纸还配发了专题评论，强调转型期社会的管理法规及其执行力，指出官员监督不力、行业缺乏组织、警员经费不足、商户无力自救等诸多方面，都亟须改进。该文的最后部分有这样的话：单靠同心协力的父子兵能建立起当代商业秩序吗？弱者如何才能保护他们的合法权利？等等。

该期报纸在这座城市引起巨大的轰动，很快被读者抢购一空，人人争相传阅。记者提出的问题引发各阶层的广泛讨论。市委书记看到省报的报道，当天召见商城负责人吕锋、老杨和西郊村委的刘书记、莫支委等，责问：好好一个商城怎么搞成这个熊样子？黑社会性质的团伙在商城连续行动了两天，居然没人管也没人向政府报告，为什么？还懂不懂守土有责！吕锋等只有诺诺。书记责令他们立即组织班子，拿出方案，彻底解决商城存在的问题。老杨当场检讨了商城的工作，表示一定吸取教训把工作做好。市委书记气愤地说：平时光知道做官样文章，那些空话、好话、虚肿乱胖的话，都是骗领导的！听上级来检查了，临时抱佛脚，涂脂抹粉、梳头洗脸，不惜弄虚作假。领导一走，一切照旧，驴屎蛋子外面光！我警告你们，绝不允许再出现类似事端，不然的话，不是我走人就是你们走人！

吕锋从没遭受过上级如此严厉、严肃、严重的批评，那是来自党政第一把手的当面呵斥，那是对商城管理工作的基本否定。吕锋满面羞愧，怯怯地走出会议室，其他几个尾随他垂头丧气地进了商城办公室。吕锋洗了把脸，对老杨说：给我一支烟。老杨递了烟，小声说：不是戒了吗？吕锋说：开会。

整治商城秩序的临时紧急会议就此开始。吕锋肯定了领导的批评，非常正确、非常及时、非常重要，对我们的工作是当头一棒猛击一掌，要深入理解、认真落实、不打折扣。老杨表态定要全面整治、不留死角、分兵把口、守土有责。吕锋要老杨就商城的治安、卫生、防火等做个整改计划，重点是打击黑势力。老杨提出两点建议：记者的文章出来了，我们得有个回复，尽快把这事模糊过去。吕锋问怎么模糊。老杨说：首先咱要有个态度——就说自从记者报道以后商城立即进行整改公安司法已经介入，对受损商户给予赔偿等等。这样，领导看到就放心了。吕锋点头，说：那就一边做一边安排办公室写文章，过些日子请几个记者来写写商城的新面貌。老杨问：要不要去请那个赵一？吕锋说：那家伙专门给咱捅娄子，以后再来这里，要派专人跟踪，发现情况及时报告。老杨说：解铃还得系铃人，他揭露的问题，再由他出面回填，不是更有说服力嘛。吕锋想了想，说：有道理，很有道理，你老杨懂政治。

吕锋问与会者：田家父子的事，大家看能不能作为先进事迹宣传？老杨道：咱是权力部门，最好别沾手这种事。为什么这么说呢？他们的做法合法不合法、文明不文明，还不好说。坏人来了，爷们儿扛着棍子照头就打，以恶抗恶，我不敢说对还是不对。莫支委夸老杨：俺就是再学二十年也比不上你一个脚指甲盖儿。老杨自诩道：讲政治嘛！

最后讨论如何处理李义。老杨建议交司法，吕锋当即拨通公安电话，要求他们立即拘留李义，清查黑窝点，封存该团伙的所有财产。老杨补充说：还要追查那伙人的幕后人物。这当儿，莫支委说肚子疼有点儿不舒服，便下楼到药店拿药去了。

按照老杨制定的整改计划，商城很快行动起来。派出所拘捕了王大山等几个寻衅闹事的痞子，李义听到风声，先就溜了。

与此同时，老杨着手筹备西郊市场工商业者协会，防火和卫生也作了整治，水过地皮湿地划拉了一遍。在如何处理商户损失这件事上，老杨没有拿出具体意见，因为受害商户大都没参加财产保险，只能由商城给予补偿。数额多少，由领导定夺。老杨之所以这样写，是要把这难题留给吕锋：一是看他怎么对待二妮——他的旧情人，二要看他怎么对待田家祥和申凤坤，一个是你的把兄弟，一个是你把兄弟的敌人。若是不补助，等于你当领导的漠视群众利益，不光商户会抱怨，一旦领导过问你吕锋没的说！如果补助多了，人家会说你假公济私偏袒相好的。天丝酱园经济上没受到多大损失，若是得到补助，申凤坤会跟着攀比。而申凤坤拿出的那钱是否应予补助也很难说——你满足了黑社会的胃口，政府拿钱给你弥补损失？似也没有道理。

吕锋看了报告，骂道：老奸巨猾！

经过这些年的奋斗，二妮的生意算是做起来了，日子过得还算平安。她现在最大的心事，就是儿子能否考上大学。对她来说，儿子能否考上大学，意义太重大了。晚饭后，二妮问修文：你觉得能考上吗？修文信心满满地说：北大、清华、复旦这些名牌嘛，不敢打包票，省里那些大学，尽我挑！二妮说：别光知道说大话，你得有把握才行。修好说：我哥肯定行，他在班级里总是排前三名。二妮说：像个蔫瓜似的，看不出有什么本事。修好说：我哥是内秀，学问都在肚子里，基因好呢。

二妮说：俺的脑子可是一般化。

说到基因，二妮脑海里便显现出那个风流倜傥、才情丰茂、玉树临风的男人——如流光碎影般一闪而过——害得她心跳加快，羞红布满面颊。她叫修好安排小妮子去洗澡，自去厨房帮保姆洗碗了。

此时，有人敲门。二妮从门缝里看了，见是老贾，就开了门。

贾文化把自行车推进大门里边，从车后座上拿下一个花皮西瓜，说：这是今年新上市的海南西瓜，据说很甜。二妮说：你自己还未必尝鲜呢，实在是不敢当。贾文化又从车把上拿下一个兜子，里边是萨其马和大白兔糖。二妮不肯收，贾文化不容分说，硬把兜子塞到她手里。

彼此都是要好的商户，见了面倒也无须寒暄。二妮提起那天砸柜台的事，向贾文化道了谢。贾文化说：倒也不全为了救你，当时我怕那股子邪火烧到我店里来。二妮说：你当时敢跟他们搭讪，也得有点儿胆量呢！贾文化说：他们越是凶巴巴的，咱就越要靠上去，请他吃饭，客客气气，再给点儿钱，他就是再凶，总不能当时给我个嘴巴子吧。常言说人怕见面树怕扒皮，你把他朝客厅里拉，他就不好意思朝驴棚里钻啦，是不是这理儿？

二妮笑道：俺又长见识了。说着，就把那天老贾垫付的钱还了，贾文化推让了半天，经不住二妮执意要还，只好收了。贾文化小声告诉二妮：商城要给大家补偿，你得想好了，报个合适的数目上去。我就为这事来找你的。二妮说：自认倒霉吧，挨了扁担就甭说扁担上还有钉子了。贾文化说：既然公家要给钱，不要白不要。二妮说：到时再说吧。有，是上级的关心；没有，也不指望那点儿钱。俗话说得好，外财不发命穷人。贾文化叹道：你真是个实在人。

说完这些，二妮就问：贾大哥，还有别的事？贾文化暧昧地笑了笑，说：没什么要紧事，就是，想来看看孩子。二妮委婉地说：都在忙作业呢，大孩子要高考，一点儿都不能打扰。言外之意，就是不希望客人久坐。贾文化心不在焉地打量着院子，说：哟，这是棵什么树？二妮说：老先生说，这是棵西府海棠。贾文化说：西府海棠好啊，周总理就喜欢海棠，他办公的西花厅有这么一棵，非常好看。

二妮见他没有就走的意思，便找了个板凳放在海棠树下，说：天也不冷了，就在外边坐吧。屋里到处堆着货，插脚的空儿都没有。贾文化虚应着：外边就外边，空气好。两人随便聊着，很快就找到了共同的话题，就是孩子上学。贾文化说：我那大小子也是天天忙，功课非到十点做不完。我也不是没上过学，记得不曾像他们这样。那时老师留几道课外题，一会儿就做完了。现在的孩子，唉，一是不肯用功，二是效率不高，手里做着作业，头上还戴个耳机子。常言道一心不可二用，唉，实在是没办法！二妮说：现在的孩子都这样，不刻苦。贾文化说：拼命追求升学率，跟科举似的，快要把人考死了。

二妮说起王小妮，着实夸了老贾的儿子一番，说：你家那孩子真是心性好，这几天陪小妮子上学下学，尽心尽力，真是不错呢。老贾说：我那儿子别没什么优点，就是心眼好，会照顾人，不像他妈。二妮笑道：好男人不在背后说老婆的坏话。贾文化说：不是我背后说她，那人确也太次，平时懒得啊吃完饭不知道趁热刷锅，总要等没的可用了才临时刷几个。自己的衣服不常洗，身上常有那种叫人不舒服的气味。唉，摊上个懒婆娘那算倒了血霉！二妮说：别婆婆妈妈的。

贾文化一时找不到别的说头，谈话一时就冷了场。这时，修好从西屋里出来，让二妮在她的作业上签字。二妮一边看修好的作业一边说：给贾大爷打招呼了吗？修好说了声“贾大爷好”，贾文化应着，仰头看了海棠高大的树冠，又拍了拍小腿，说：有蚊子呢。

贾文化目送修好回了西屋，问二妮：你住哪房？二妮说：跟两个女儿住一起。贾文化恍然道：是的是的，刚收了个干女儿呢。二妮说：干的湿的，都是一样亲。贾文化又问：这正堂屋，谁住？二妮说：我家房东莫老先生。莫家是个大家族，经常有人来看望，晚上常有人来陪老先生打牌。贾文化说：这么说，还蛮热闹呢。二妮说：可不是嘛，热闹得很。贾文化说：啊，我还以为你这边怪寂寞的呢。二妮说：一点儿都不寂寞。

贾文化转而说起西方的风俗：咱们东方人喜欢大家族，四世同堂，五世同堂，都是封建社会遗留的传统。实际上，大家族往往既封闭又保守，看上去人多，实际上没什么生气。你看过巴金的《家》吗？就是那样。《红楼梦》里边的荣府也是充满没落之气。西方人的观念不同，人家崇尚自由主义。比如婚姻，在人家那里，结婚就结婚，离婚也容易，哪像咱中国，离婚好像一场战争。

二妮就问：贾大哥是想学西方、赶潮流吗？

贾文化说：那倒不至于，我就是想说，人家西方文化就是进步。比如说两性关系，只要两相愉悦，谁也管不着。美国那边很少有两地分居的，不像咱这里，痴男怨女，旱涝不均，牛郎织女都受着煎熬……

二妮看了看夜空，说：时候不早了，你儿子该做完作业喽。贾文化看看手表，说：还得一会儿呢。二妮看他没有走的意思，改了话题说：王大山要是能变好，真是谢天谢地。贾文化只好跟了说：这事多亏天目店的老申！别人投资在生意上，他投资在人上，眼光很高啊！这一次凤坤若是能把他保出来，小纸人也许能重新做人，不然真对不起凤坤一片苦心。二妮说：凤坤大叔真是个全面的人。

修好透过窗棂偷听着这边的说话。妈妈两次逐客，对方还是不自觉，修好就有些不安静了。此时贾文化正在卖力地夸奖二妮如何能干、办事如何稳妥、在商城里威望多么高，人也越发漂亮了，云云。二妮连说：这是哪里话呢。贾文化越发地不放松，问二妮：你皮肤这么好是如何保养的？二妮不好意思地说：女过三十豆腐渣——这方面俺还是有些自知之明的，你就甭哄我高兴了。贾文化说：一点儿都不哄你。二妮说：老贾你要多想想老婆的辛苦。你在外边做生意，老婆给你守着家，守着你父母，你该知足。贾文化说：因为她身体不行，所以我把一个孩子带过来，算是减轻她一份负担。我和她实际上也就顶了个夫妻空名儿，一年到头回不去两次。我这人偏又不肯随便，花街柳巷路边店我是绝对不去的……

二妮站起来，打了个哈欠，样子恹恹的。贾文化依然没有要走的意思，腔调里还多了几分轻佻。他小声问二妮：孩子们几时睡觉？二妮说：他们可没个准儿，功课紧的时候两个大的要学到鸡叫天明呢。贾文化听了，就有些失望，东一榔头西一棒子地跳着说话，二妮有一搭无一搭地应着。贾文化一会儿站起来，说该走了。这边厢二妮刚说了告辞的话，没承想他又坐了下去，眼神恍惚、心神摇曳的样子。见此情景，二妮索性做了冷场。贾文化实在忍不住了，就问：你总不能这样一个人过下去哟，有什么打算？二妮说：怎好说俺一个人呢，我有儿有女，又忙着生意，热闹得很呢。贾文化又说：俗话说三十如狼四十如虎，难道你就没一点儿想头？二妮听了，装作去拿开水，端起茶壶进屋去了。

修好赶紧问妈：贾大爷怎么还不走？二妮给女儿做了个努嘴的小动作，说：人家是客人，不走，咱不好撵人家。修好说：看他贼眉鼠眼的，没安什么好心。二妮说：磨转千遭脐不动，肝肺肠子一大堆到底还是心为主，知道不？修好应着，当即收拾了作业，从床底下找到一盘蚊香，拿了火，就到了院子里。

她把一个小盘子放在贾文化身后的海棠树旁一块石头上，拿火柴点燃了。一缕细烟袅袅地升起，在夜色中散开，周围就有了淡淡的氤氲。

贾文化说：这里是有蚊子。修好诡秘地说：这可不是蚊香哟贾大爷，这是驱蛇香！贾文化一听，当即如被电击了一般，立马站起来，满脸恐惧地问：这院里有蛇？修好虚火地说：好多的蛇呢，看上去很小，可是剧毒。一到这个时候蛇就会多起来，上个星期莫老先生的亲戚在这树下拴过一头驴被毒蛇咬了一口，那毛驴子没消一顿饭工夫就死了，好大的驴啊！

贾文化听了，脸色蜡黄，不复坐下。他一边朝大门那边退着一边推了自行车，喊：二妮，拜拜。

二妮关了门上了闩，照女儿的头拍了一巴掌。

修好说：打我干吗！

二妮说：就你鬼心眼子多，拿老实人做了戏耍。

修好说：你说这人还会来吗？

二妮说：我哪里知道。

第九章 贪财人为财失婵娟 薄情郎因情得湘妃

商城整治工作进行得不彻底，关键人物跑了，一时难以归案，所以只能就卫生、防火、交通几方面做了突击清理，看上去好些了，但没有根本性的变化。那天下午，吕锋按照约定好的时间带着老杨、公安分局局长，还有西郊的刘书记、莫支委等一起去市委汇报李义这个团伙乱收保护费的情况，却因几位领导要陪同省政法委莫处长一行参观市里的龙头企业，晚上还要参加接风宴会，临时取消了汇报会议。

这莫处长就是莫老先生的女儿、莫支委的姐姐。莫处长本身的地位并不算高，但她的丈夫现任省计委副主任兼投资处处长，被各地视为“财神”。当晚的饭局是临时安排的，地委书记请客，政法委书记作陪，如果莫老先生不能到场，至少莫支委得到场。果然，莫老先生说什么都不肯参加官场的应酬，莫家就由莫支委代表了。莫支委电话里还跟吕锋客气了几句希望他也到场什么的，吕锋说：领导请客，哪里可以随便进退呢。

放下电话，吕锋苦笑道：这是故意笑欺人呢。老杨问怎么回事，吕锋默然良久，说：保持一致。老杨一下子就明白了，也笑了笑，道：世界上怕就怕“认真”二字啊！吕锋叹息道：老杨你说得太对了，世界上怕就怕“认真”二字。老杨连忙说：那句话可不是我说的哟！吕锋说：下班吧，各自回家吃饭，且听下回分解。

吕锋没有回家，一个人闷闷地去了西郊商城，想给女儿买一根长笛。为了减少不必要的熟人寒暄，他换下西装，穿了一件铁灰色的风衣，戴了墨镜，也没要车。刚要出门呢，西关的刘书记打来电话，问缉拿李义追究幕后操纵者的事有没有戏。吕锋说：各方面都表示一定尽力去办。刘书记听了，说：不办也无所谓，不就几个小毛贼嘛。吕锋没有应。刘书记又说：您可千万别对人说我问过此事哟。吕锋说：明白你的意思。

吕锋知道，这件事就这样不了了之了。李义的后台是谁，大家都清楚，心照不宣罢了。吕锋突然觉得自己很幼稚，跟真三似的，以为金猴奋起千钧棒就能玉宇澄清万里埃，太可笑了。几个地痞流氓，砸了一个玻璃柜台，要了一点儿钱，结果还挨了揍，人又跑到云南乌拉圭去了，犯得上兴师动众嘛。再说了，万一财神一点头将个大项目放在这里，那是何等光鲜啊。多栽花少挑刺，你想拔掉一根毛，也得看那根毛是长在什么动物身上。长在麻雀身上公鸡身上老鼠身上，轻而易举。如果长在老虎身上，你就休想！官场行走，两眼得看上司，我吕锋应当听谁的？正义吗？正义在哪里？拥抱正义，等于找死！

让吕锋感到头疼郁闷的，还有流行的说话方式：人人都说冠冕堂皇的话，你就是拿了放大镜对着看都找不出瑕疵来，可是具体做起来偏向谁、冷淡谁、整谁治谁，则是另一套，有时候一个眼色没领会清楚，你就得倒霉。单单为了一个安全，就得眼观六路耳听八方，就得善于察言观色及时作出准确判断，就得装作打哈哈似的四处打听消息——一般的关系人家还不对你说。如果你想提拔，那得铺垫许多年，到时候还要使出浑身解数大战三十六回合才能有所斩获——这让吕锋不胜其烦。他渴望一套清明严格的章程，一事当前，放心大胆地去做，直来直往地去做，用不着这许许多多的猜测、观望、衡量。可他看不见这种希望，如今大事小事都得考虑那是谁的主意，操作中可能会遇到什么阻力，当事人什么地位，各方利益在哪里，能否妥协，底线在哪里，在哪里断绠在哪里卸牛有什么后遗症，等等。九十年代的官场已经拥有其独特的概念、逻辑和行为方式，你想顺利开展工作，你想保全名声地位，就得随时明白个中奥秘，这需要处心积虑，需要昼夜以思，去研究，去摆划，去通融，一次搞不好，你也许就完了——累啊！

吕锋越来越不适应这个时代这个环境，也曾流露出急流勇退的意思，王晓云问他：你退得出来吗？怎么退？你总得有个说法吧？犯错误了？什么错误？政治上没有保持一致呢还是经济问题抑或是作风问题？吕锋无法回答这些问题，知道清清白白退出来几乎是不可能的。谁都希望你下来，可谁都不肯让你全身而退。怎么办？只能去适应，去争取一个寿终正寝的结局。为了适应，你只能跟着潮流走，只能去费心猜测去尽力拼搏去祈祷神灵，而且必须"放聪明点儿"。想到十多年前跟田家祥定的那些信条，什么三老啊八戒啊，信誓旦旦，太可笑了。什么"嘴老实"？嘴老实了你就是吃不开。现实说话，你不光要会请客会说话，还要学会各种门派的腔调，要懂得串什么门子走什么路。什么"手老实"？谁能拿能要谁就有本事，大把捞进来大把撒出去，看人家玩得像是天女散花！还有那个玩意儿——老实不老实已经没有区别了。现实说话，只要你有钱，随便哪个酒店都能开房。家祥啊家祥，我们太土了，太八路了，时代的步伐如此迅疾，你我已经跟不上形势。

一作如是想，信守就成了一纸空文。

吕锋极力甩掉这些烦恼，专心去市场那边买长笛。不知为什么，莉莉也喜欢吹笛子，这是父女俩少有的一致。吕锋年轻时能吹一口好笛子。每次团支部活动，大家都要他吹几支曲子活跃气氛。男女青年的掌声刺激了他的自信和虚荣，他从那些质朴、感性、热烈发亮的眼睛里感受到真诚的赞赏。特别是女青年身上散发出来那种挟带强烈荷尔蒙气息的汗味儿，常常让他感到难以控制的兴奋。村里每次放电影或开大会，他都会吹上几曲，还曾作为宣传队的保留节目到各村演出。在众多赞赏者中，有一双美丽的眼睛最让他感动，后来，他的热唇落在那双潮湿的眼睛上……

在大学毕业联欢晚会上，他最后一次吹奏那支曲子，虽然也赢得不少喝彩，但他明显感到那种喝彩远不及大苇塘男女来得真诚。后来他再也没有兴趣侍弄笛子，拿手好戏成了尘封的收藏，这就像一个人失去了时代的宠爱，他为此感到过落寞。

吕锋将这种失落感归咎于城市，嘈杂的城市不适宜纯朴亮丽的笛音。此后他又将这失落归咎于年龄，中年人的心灵好像千军万马践踏过的荒野，那里寸草不生，那里没有艺术的存身之地。

近来女儿说，学校要求每个学生至少得学会一种乐器，她选了笛子。吕锋答应教她。以前用过的那支长笛已经年久老化，斑驳的表面失去了往日的色泽，他想到市场给女儿买一支新的。吕锋走了几家乐器店都没看到合适的，心中不免疑惑：从前随便买支笛子就能吹出很好的音质，现在的笛子看上去更加精致，可怎么就选不出一支好的呢？他来到一家规模最大的乐器店，选了一支杭州至善里产的笛子，试了试，差强人意，但高音有些僵硬，轻音则略嫌单薄，吹不出那种高亢清纯、柔和轻妙、跌宕起伏的情致来。最后，他还是放下了。

走出乐器店，吕锋觉得索然无味。到底是笛子的质量下降了还是自己的心情使然？他也搞不清楚。如果此时还在乡下，而且什么都没有改变，他会在田埂上或老树下仔细琢磨这种忧郁心情源自何处，一路穷追，直到追出个所以然来。现在他已经没有这种心情了，万千事务，纠缠不休，烦恼随时随地，说起来每件事都十分重要，忙过去才知道都是一阵风，有些事简直一钱不值。他觉得自己犹如脏水中的一根草随波逐流，根本不需要思想，也无须领悟，因为那里既没有什么价值也绝无艺术风情感。不知不觉，他早已放弃了追问，皱纹日渐加深，白发悄然增多，无法抗拒。

吕锋踽踽而行，闷闷不乐，一位年轻姑娘突然走上前来，笑吟吟交给他一个细长盒子，说老板让她把这东西给他务请笑纳。吕锋刚要问你的老板是谁，那姑娘一转身跑开了。这突如其来的插曲让吕锋感到惊讶。他的目光尾随那女子，发现她进了和平文具店。吕锋明白，这里边一定是二妮送的什么东西。他迟疑了一会儿，不知应当送回呢还是收下。此时若把礼物送还，很可能叫对方当时下不来台，甚至就会引起诸多嫌疑。第六感告诉他，不远处的文具店里有一双眼睛正注视着他，巴望跟他说话。

他觉得芒刺在背，急匆匆离开了。

他紧走几步，闪进天丝酱园门市部。田家祥正巧也在店里，吕锋随手把那盒子放在旮旯里。两人一边喝茶一边说起不久前发生的事，说到领导的批评以及正在进行的整改善后事宜。田家祥追问李义逮到没有，吕锋言不由衷地说：快了。田家祥又说他爷儿俩的行动属于见义勇为理应得到嘉奖。吕锋说：你们爷儿俩敢于斗争精神可嘉，但是私人不得随意使用武力，即使是防卫也不能过当啊。田家祥说：我看你们这些当官的个个都像晚清庸吏，自己打不了胜仗，还嫌老百姓反抗。照这么说，大家只好给地痞流氓磕头求饶念《大藏经》了是不是？

话不投机，吕锋要走，田家祥拽住他，说：我还有事要问你呢，歪头砸了二妮的柜台就这么算完了？吕锋掏出三百块钱，让田家祥转给二妮：就说这是管委会的一点儿意思。田家祥断然说道：这钱我不能替你送。要送，你自己去。我能代表谁啊？这钱要是公家的，就得堂而皇之地给人家，还得道歉，说你们工作做得不好让商户受了惊扰等等。知道不？这钱要是你自己的，更应亲自送去，也算有点儿人味儿。吕锋说：这钱既不能说是公家的，也不能说是我个人的。如果是公家的补偿，那就不止一家两家，知道不？都来要，怎么办？至于我，更是不便见面。田家祥一脸不屑地说：有什么不便见面的？当初你趴在人家身上怎么不说这话呢！吕锋无语，样子有点儿狼狈。田家祥又说：不就是个小副市长嘛，四指长的小官，动不动就摆架子，烧得不轻！

吕锋最反感这种带讥讽味儿的话。

田家祥偏偏还说：就是你的钱，人家还未必肯要呢！谁没见过三百块钱！嗟来之食——不够恶心人的！

受了朋友的训斥，吕锋的心里生出一片憎恶，情绪怏怏。到家之前，他在僻静处悄悄打开那盒子——原来是一支笛子！这长笛的用料是湖南斑竹，国内名牌，样式酷似他从前用过的那一支。进了门，吕锋见家中无人，试着吹了两口，音质很不错。吕锋抚弄着长笛，心中泛起些微的喜悦，却并不感动。他有些疑惑：一个不会吹笛也不懂乐器的村妇如何挑得出这么好的笛子？如果是预先买下，那她怎么知道我今天会去那边买笛子？思来想去，不得其解。

吕锋的注意力又回到笛子上。湘妃竹的表面布满了象征意味的斑点，那图案叫人想到典故的出处。历史薄如蝉翼，感情的泪滴轻易就能将其洞穿，娥皇女英将爱心沉积成竹子的斑斑点点，对比之下，所有的文治武功似乎都变成枯枝败叶。这支干透了的、截断了的、被钻了孔的湘妃竹是一件乐器，它独自在世上发出声音，曾经连接它的竹根很可能依然茁壮，此时也许正在南国焕发着新芽儿。至少，在那一边，它是活着的存在。吕锋隐约想起来，多年以前，在清冽冽的水渠边，面对辽阔的青纱帐，他跟她讲过“斑竹一支千滴泪”的典故。是了，这女人一定将自己喻为娥皇或女英。如果藏有这层意思，那就很不好。吕锋感到一丝儿紧张，他一直试图忘却历史，也不希望当年的情人沉湎于往事情怀之中。

他把笛子交给了女儿，只说是买的。

美丽的碎片落入嘈杂的生活中，无声无息。

自王大山被收容后，二妮一直照应着小妮子。

第一次把小妮子带回家那天，修好就问过她家里还有什么人，小妮子说，爹原本是在煤矿挖煤的，十年前出了事故死在坑道里连个尸首都没找到，娘生下她不久就跟一个有钱人跑了，撇下他们兄妹两个，生计无靠，哥哥就不上学了。后来回老家几年，亲人相继故去，兄妹没了依靠，只好回城里来。哥哥入了李义那一伙，因为不放心她一人在家，出门常带着她……

修好对小妮子说，可别再跟着哥哥瞎混了，你得上学。小妮子掏出从店里拿回来的画册，说：俺现在识字了。修好说：光看这个还不行，要正儿八经地上学，去正规的学校。小妮子应着。莫老先生看小妮子活蹦乱跳的，很是高兴。二妮托莫支委给小妮子办了入学手续，一应费用都是二妮出的。小妮子上学放学，都和贾文化的儿子一起走。贾家那孩子虽然年龄不大，倒是颇有责任心，把小妮子保护得煞是周全。

申凤坤终于把大山从看守所里保释出来。王大山精神委顿，看上去更像一张纸片儿。他一出看守所就问妹妹在哪里，申凤坤说：等傍晚下了学你就能看到她。

大山守在路口等候妹妹，远远看见小妮子挎着书包和贾家小子有说有笑地走来，先就流下两行热泪。他不忍心打扰他们，一路尾随着到了莫家院门口。小妮子看到哥哥，愣愣地站住了。大山走近她，蹲下，端详来端详去，好像不认识似的。此时小妮子一身新衣，书包也是新的，手脸干干净净，再不是从前那脏兮兮的样子。大山紧紧攥着妹妹的手放在自己额上，哭出声来。小妮子对贾家小子说：这是我哥。大山从怀里掏出一小包麻糖给了妹妹。小妮子拿了一片麻糖给贾家小子。贾家小子伸手要接，小妮子叫他张嘴，那小子就张了嘴。小妮子把麻糖放进了他的嘴里。两个小家伙笑了，大山也笑了。贾家小子离开时，问明天还在街口等你吗？小妮子点了点头，说：老地方。

小妮子拉了哥哥的手，进了莫家的院子。此时院子里只有老先生在东堂屋里喝茶，见到这一对兄妹，说：你就是小妮子的哥？大山点头，面有愧色。小妮子说：爷爷天天给我讲《三字经》，哥你念过《三字经》吗？大山说念过。小妮子说：那你给我背背看。大山于是就背起那书来：人之初，性本善。性相近，习相远……莫老先生说：一个喜欢读书的人，坏不到哪里去。

申修文、申修好陆续地回来了。两人好像在争论什么，见大山在此，互相打了招呼。小妮子说：这是娘家大哥哥大姐姐。大山不知怎么称呼，脸上堆着许多不好意思。修好拉了小妮子的手，问：你哥？小妮子点了点头，对大山说：大哥哥给我补课，大姐姐给我洗衣服，还给我洗澡了哪。大山本要说谢谢的，此时却哽咽得不行，索性转了脸，把目光放在屋外那高大的海棠树上。

说着话，二妮回来了。大山一见二妮，竟当了众人的面扑通一声跪下，却什么也说不出来。二妮说：这算是哪一出啊，快起来！说着就把大山拉了起来。小妮子偎在二妮身边，自豪地说：她是我干娘！大山也叫了一声“娘”，把二妮高兴得什么似的。当晚他们和老先生一起用了餐。

兄妹得以团聚，大山对凤坤、二妮万分感激，主动要求两位前辈指教前途。申凤坤叫他去找老杨，大山去了。老杨说：你上过学，有点儿文化，又喜欢读书，还是干点儿正经事吧。王大山按照老杨的指点，应征保险推销员。当时各地保险业正以单兵作战、计件工资、高比例提成的方式快速扩张，进了很多人。王大山能够被录取，也和老杨打招呼有关，申凤坤和二妮为此还特意做了担保。王大山备了几个小菜答谢老杨，还说了“肝脑涂地无以为报”之类的斯文话。老杨笑道：不用谢我，要谢就谢凤坤和二妮吧。大山就去拜见凤坤，要拜他干爹。凤坤说：我不缺儿子，这事放下再说。现在考验你的，一是能不能干好新工作，二是假若李义那伙人再来找你，怎么办？大山当时发了毒誓：改恶从善，决不和李义那些人同流合污。如若食言，天打五雷轰！

安顿下来，大山和二妮商量要带妹妹回住处——他新租了间房子。二妮问小妮子：你想跟哥哥走还是想留在这里？小妮子说：这里有人带我上学。二妮就说：我看还是让她在这里再住些时日吧。大山说：您已经够忙了，多个不懂事的孩子可不是简单的事呢。二妮说：自家人，别见外，等你有个像样的家再让她回去也不迟。现实说话，她在这里比跟着你要好些，起码上学方便。你刚参加工作，要集中精力，没多少工夫照应她。大山说：这弄法不合适啊，多许多的花销。二妮说：没什么不合适的。你们没爹没娘生活不好安排。你的当务之急是把公事做好，小妮子很省事，又有哥哥姐姐照应，比在你那里强。至于花销，也就是锅里多加一把米、汤里多添一勺水，我还负担得起。别黏糊了，忙你的吧。

大山给二妮鞠了三个躬。

此事过后，老杨对凤坤说：硬把一个无良少年拉回正路上，我算服了你！

申凤坤道：不是我一人的功劳。要说劝善从良，你是第一功，其次是二妮，最后才是我那点儿微薄之力。

老杨感叹道：二妮确实是个很不错的女人！

凤坤叹道：只可惜命不好。

一天，张二妮骑着电动车来到刘辨证任职的中学。

刘辨证虽然已是中年，脸上却还挂着年轻人的色相。对此，二妮早就存着警惕。他们都是大苇塘村人，但秉性有异，心态也不相同。刘辨证自认为，和眼前这个漂亮娘儿们比较，自己有太多优势：我是国家工作人员，她是个小商人；我现任着中学校长，她是什么？虽说眼下开着个文具店，老根上还是农民；我出入都是冠冕场合，可谓往来无白丁，她不过是个在市肆中找食吃的草民，跟一条到处拱食的虫子差不多；我是正人君子，手下管着许多“人类灵魂的工程师”，她有什么名堂？一个破鞋，孩子是私生子。等等，等等，高低之分简直天渊之别——他经常作如是想。所以，刘辨证每次见到二妮都会不由自主地摆出居高临下的气概和无可置疑的优越感。他觉得这是铁一样坚实的东西，想不表现都不行。拒绝表现，类似暴殄天物。

张二妮多年来已经习惯了这样的态度，但她从未屈服。她的心里头经常泛起汹涌的潮头，表面上却静如处子。夜深人静时，星星和月亮能够听到她那些顽强而深沉的不服气，而太阳却忽略了这些。许多年来，她始终牢记凤坤大叔的嘱咐，心头总是回响着一种呼唤：“站直了！站直了！”她的骨架从来没有歪斜，只将眉眼的温顺和语言的忍耐付给浮世众生。这些年，她分明感到了一种变化，来自外界，也来自内心。外部世界的变化可圈可点：离开乡村，再不受土地的捆绑和压榨，作为独立经营的商户，她依赖的是顾客、行情和国家大势。市场的规则给她带来了安定感，以金钱为等价交换物的制度远胜于其他类型的秩序。她深爱市场，深爱这个不断开放的城市和不断变革的社会。

她觉得自己已经觉醒，是时候站起来，是时候摆脱旧日的绳索，可以、能够，也应该站直了！她要求自己发出坚决而有力的疾呼，推开曾经隐忍的欺凌、傲慢与歧视，还原一个完整的、未曾扭曲的自我。可她迟迟没能这么做，因为心有余悸。如今她想追问的是，这种变化发生于何时何地？完全站直了还要多久？一年前，她发现了这种变化，心中暗喜。后来得知凤坤大叔和老杨都看到了她的变化，只是没有当面指出而已。二妮明白，自己已经变化并且引起了周围的注意，她为此感动不已。

刘辨证不是傻子，他同样注意到了眼前这个女人的变化，这个曾经在大苇塘被视为卑贱、下流、妖冶的女子已是今非昔比——能在市场里无风无火地走过十多年，没有赢人的手段是难以想象的。但他宁可认为：不就是有几个破钱嘛，若论社会地位，那些钱不值一提。有钱能买到主席台上的名帖吗？有钱能在政府年会上讲话吗？每每看到二妮衣冠整齐、不卑不亢的样子，刘辨证就想：你就装吧，看把你烧的，拔下屁股上那几根翎毛你就是个秃尾巴野鸡！

长话短说。二妮此次拜访，是要跟这家中学顺延以前签订的文体用品供货合同。刘辨证一听来意，微笑着说：合同嘛倒是可以续签，买的要买卖的要卖嘛。不过呢，世事年年变，一天一个样哟。

二妮问：此话怎讲？我们提供的产品都是国内最好的牌子，墨水是天津的“鸵鸟”，乒乓用品是“红双喜”……

刘辨证打断她，说：这里不是电视台，别给我做广告了。你我都是明白人，你说，如果合同续签，这人情记在谁身上？

二妮就笑了，说：人情不是一直记在你身上嘛。因为你是签字的领导，又是大苇塘出来的，我店多给你一个点的折扣，这属于最优惠的待遇了。

刘辨证蹙了眉，上下嘴唇紧闭且伸出老远。

二妮看他此时就像个不高兴的猪，差点儿笑出声来。

刘辨证摸了摸下巴和脖子，问：怎么了？今天我可是刮了脸、换了领带的啊。二妮说：看你说哪里去了。我是想告诉你，咱们两家一直合作得不错，不仅供货质量从无瑕疵，供货时间也不曾延误过，贵校师生给我们的评语都是最好，是不是？刘辨证说：你说的，也不能说不对。不过我得告诉你，这世界是变化的，每年都有新花样。拿思想界说吧，一会儿存在主义，一会儿新保守主义，还有什么自由主义……

二妮打断他的卖弄，说：你说的这些不是商品不是文具，俺不懂。刘辨证说：不懂不要紧，我可以给你解释。无论什么主义，有一个内核是颠扑不破的，那就是自我，理性的自我。一言以蔽之，就是，我的利益在哪里？二妮说：早说明白不就行了？犯不上绕个大弯子。刘辨证说：转着上山，不累。二妮说：你我不是外人，开门见山，你说怎么办吧。刘辨证冷笑道：买家不出价。二妮就问：咱就来个直来直往，你打算要几个扣？

刘辨证伸出五个指头：增加这些。二妮说：你要吓死我啊。加五个扣？你也真敢说！我店已经给学校五个扣了，再要翻倍，我这小店还活不活？刘辨证问：你能给我多少？二妮想了想，说：如果学校的回扣是五，充其量再给你本人加一个扣。如果学校的那份降至四，我给你两个。总之，最多不能超过六个扣。

刘辨证的头摇得如拨浪鼓一般，说：不中不中。学校那五个点是绝对不能降的，我只能从你的身上揩点儿油啦。现在不都实行减肥嘛，这些年你人没胖钱袋子却胖了不少，朝外撒点儿，对身心健康有好处。

二妮倒也不恼，说道：我跟你算个账吧。一个点，按现在的营业利润，每年你少不了这个数！

刘辨证见二妮伸出一个巴掌，就说：那么一点儿油水蘸不着蒜啊。

二妮说：那说明你校长的饭量大了。我是小企业，无法满足你的要求。

刘辨证犹豫半天，厚着脸皮说：我要是就这样答应了，等于吃了亏。这个亏，你得给我弥补。二妮问：怎么个弥补法？刘辨证说：咱就打开窗户说亮话吧，你想在我这里赚到钱，关键在我一句话，对不对？中国的政治，简单了说，就是一把手政治，这是真经当中的真经。我说跟你签合同，钱就进了你腰包。我要是说NO，生意就是另一个人的。是不是？二妮说：就算是吧。

刘辨证接着说：那我只要求你一点。说罢，做了一个下流的手势。二妮装不懂，问：什么事？刘辨证笑了说：童养媳不认识男人，你就跟我装吧。二妮道：你的意思是想亲热亲热，是不是？刘辨证笑了说：上道就好。说着，他就站了起来，色眯眯地朝二妮靠过来。二妮急忙闪开，说：你先别急，听我把话说明了，如果你觉得我说的没道理，咱就脱裤子，行不行？刘辨证听到如此直白的声音，心里头咯噔一下。

二妮定了定心气，说：大叔，还是叫你校长吧，我首先得感谢你这些年一直使用和平文具店供的货。反过来，你也从文具店拿到可观的好处，你没吃亏。如果除了生意还要增加别的，那就离谱了。论庄邻，你是我大叔，我是你侄媳，咱俩之间若是有了逾墙钻穴的事，那不是乱伦吗？刘辨证说：咱俩又不是一个姓，谈不上乱伦。二妮又说：你再想想，你是公职人员，堂堂的校长，万一走露风声，你的职务一下子被撸个干净，你就什么都不是了，那时你的脸朝哪里搁？为了片刻的风流把这大半生的努力化为泡影，你不觉得得不偿失吗？刘辨证说：这种事谁会到大街上喊去。

二妮说：天知地知你知我知，墙打百板还透风。

刘辨证说：我有个秘密地方，保管谁都不会知道。

二妮一脸冰霜地说：瞒得了别人瞒不了你的对手，他们都在盯着你的位子呢！

刘辨证一听这话，面部肌肉突然收紧，表情变得很不自然。他仿佛看见那几个平日里觊觎他位子的人正聚在窗外偷听这里的谈话呢，此时竟不由自主地走到窗户那边朝外看了一眼，顺手摸了摸清凉的玻璃，好像确认那不是用唾沫就能舔破的窗户纸，自嘲道：这里是三楼呢。二妮笑了，说：难道他们不会竖上梯子？我的兜里不会安放录音机？对面楼房里难道没有望远镜？

刘辨证虽然知道这些话不过是对方拒绝他的说辞，但还是不由自主地瞥了一眼二妮的提包。他警觉地朝四下里张望着，一副心事惴惴的样子。近来学校里的人事关系搅得他头昏脑涨，许多上司插手，他想借粉红色活动调节一下心情，没承想反乱了自家方寸。

二妮拿起提包，说：等你想好了再说吧。

刘辨证拦住她，说：既如此，就按你说的办吧。

于是两人按往年的条件续签了供货合同。二妮告诉他：你拿到的那个扣，是从我的利润中切下来的，知道吗？刘辨证说：这可不能写在纸上啊，那是君子协定。

就在张二妮签字时，刘辨证猛不丁亲了她一口。

二妮一把推开他，正告：君子当自重，知道吗？

刘辨证的脸上满是不自在，嗫嚅道：谁不知谁的。

张二妮正色道：告诉你刘校长，我既不比你低，也不比你差！

说完，出门，噔噔噔下楼去了。

刘辨证从窗户里目送二妮远去，学着刁德一的腔调唱道：这个女人啊——不寻常！

田家祥此时正在经受着难言的烦恼。

近年来用电量急速增加，大苇塘村原有变压器功率太小，动不动就跳闸，有时连照明都得不到保障。田家祥拿出酱园的利润重新改造了线路，更换了大功率变压器，花掉近三十万，各家各户的线路各自负担。田家祥满以为大家会说他有担当呢，可是直到线路改造完家家都用上充足的电，他也没听见一句好话。最公允的话就是：看来酱园办得还不错。次一点儿的就是：酱园挣了那么多钱给大家一点儿甜头也是应该。最没良心的则说：变压器不就是几根铜线绕上去的嘛，能值三十多万？有人吃了回扣……

听到这些议论，田家祥心中就像塞了一把乱草，吐不出来也咽不下去。他跟儿子说：自由你可记好了，为公家办事的人十有八九是这个下场——你就是把心扒出来给他们吃了，他们也嫌腥！自由说：这事从根子上就没弄好，当初要是全资买下来，不至于受这样的编派。田家祥立刻训斥儿子：脚正不怕鞋歪，只要咱走得方行得正，爱说什么，说去。

话是这么说，田家祥到底还是在大喇叭里喊了两次话，一是说明线路改造过程的困难，二是公布了这次电路改造的明细账。他重申：天丝酱园是大家的企业，我田家祥不是那种只为自己赚钱发财的小商人，等等。事后他问儿子村民听了反应如何，自由说：多数人都明白，有些人是装不明白，还有人撂干屎橛子，说你身上除了这个没几根值钱的毛。田家祥笑道：只要还有一两根值钱的毛，我就站着比他们高躺下比他们长。过两年等我改建了小学和卫生所，把全村人的医疗包下来，那时看他们说不说我的好。

田自由不赞成爹的思路，他想自己办个厂，生产时下流行的糖果和点心。为此他向老子提出一个方案：买两台新机器，生产饼干和糖块，他独立经营这个分厂。田家祥说：村里刚完成线路改造，哪还有钱投资！田自由说：你要是不想干，我自己干，行不？田家祥道：你小子翅膀硬了是不是?！自由说：我在天丝干了这么多年，没有功劳也有苦劳，酱园能不能借我二十万让我先上一条生产线试试？田家祥说：酱园属于集体，个人不可借公家的树根长自己的枝叶。你我是爷儿俩，瓜田李下的，你借谁的钱都行，就是不可借这里的钱。

田自由看借钱无望，最后提出要求：这些年，我的工资都是只发一半另一半留在厂里，现在我正式请求把酱园扣发的百分之五十一次性付给我，我想自己去创业。

田家祥一听这话，有点儿意外，于是安慰儿子：爹不是跟你说了嘛，现在酱园流动资金紧张，哪有钱给你补发工资，等一等再说吧。

田自由愤然道：你把我的路都堵死了，这样下去我能有什么出息？

田家祥问：你要干什么？

田自由斩钉截铁地说：我要出去打工！

田家祥问：去哪里？

田自由愤愤地说：去哪里，干什么，你就甭管了。我不信离了你就不行！

儿子的决然离开，让田家祥倍感苦恼。

第十章 快乐处处生因人而异 烦恼人人有各自不同

话说田自由那天离开天丝酱园，回大苇塘拾掇了自家那辆地排车，取了铺盖就走。王秀花看他脸色阴沉，问自由你这是去哪里啊，儿子别扭着头不肯说。她怂恿小儿子永志去问哥的话，永志偏不问，害得王秀花站在院子里手足无措。直到自由拉了车离开家，她才鬼叨念似的说：十有八九是跟那个老魔鬼吵翻了。田永志说：娘你说话注意点儿，什么老魔鬼，不文明。

田自由好久没有这样拉着地排车赶路了。从前出门多是骑车，后来开拖拉机、农用三轮车、小皮卡，曾经是主要农具的那辆地排车一直竖在院墙根下，几乎要成废物了。如今拾掇起来，他觉得双手双脚都很陌生，走了好几里地才顺过劲来。到城里时，他觉得脚底板子好像从中间断开了，木痴痴地疼。偏偏又下起雨来，出门太急忘了带雨具，淋得落汤鸡似的很是狼狈。他原想到酱园门市部去拿点儿钱的，转念一想，既然人离开那里了，别再自找烦心，便找了个车马店宿了，且等明日再说。

这一夜，田自由躺在狭窄、潮湿、简陋的小房间里，老半天睡不着。有一件事他一直想不通：按说，爹是个好爹，他处心无愧地为村子卖力，这一点不能不佩服，可他怎么就那么主观呢？什么事都只能听他的，难以合作，无法通融……翻来覆去想不通，索性不想了，疲倦带他入了梦乡。

窗户麻麻亮时田自由就醒了，自觉还不到该醒的时候，便以为是双脚疼痛闹醒的。他打开窗子，见街上已是车水马龙，就像春天解冻的河流一般。他想，难怪城里人有钱啊，他们老早就开始干活了，比乡下人还要勤力呢！穿好衣服后，田自由再次意识到身上没几个钱，不免又是一阵委屈。从十来岁干起，这么多年的辛苦劳作，把天丝酱园当做自己的，累死累活，到头来连工资都只拿到一半。要是别人当家，他也许告上法院了。可那个当家人偏偏是他的亲爹，这叫他有理无处讲——那郁闷，那烦恼，无处排遣，难以消散，憋得他心头起火、七窍生烟！

田自由在街边小食摊上吃了早餐，油条、豆浆，外加三个烧饼。他想了，要干粗活就得吃饱，饭量代表力气。邻座用餐的告诉他，要找拉脚的活，得去建材市场。田自由到了那里，才知道这市场很大，一共有二十多条巷子，每条巷口都有几十辆地排车、三轮车、小卡车等在那里，还有几辆“福田”。田自由凑近等活的那帮人，放下车，便从坎肩兜里掏出烟来，给在场的拉脚客们逐个递烟、点火，很是殷勤。田自由注意到了，尽管那些同行接了烟，但多数人的脸色还是寒寒的——显然不欢迎新来的竞争者。一位看上去差不多五十岁的矮个子男人向他做了个手势，田自由就靠了过去。问了，才知那人姓潘，自由就叫他老潘。

老潘问他：大姑娘出嫁——头一次？田自由笑嘻嘻地说：还望多多关照。老潘说：你是个雏儿，不知这行里的规矩，头一天来，你得说道说道。田自由问：说什么好呢？老潘瞥了一眼众工友，只不肯明说。田自由就蹲下来，凑近老潘，请教说点儿什么好。老潘狡黠一笑，说：这个，我不能给你说，你得打自己心里出。田自由看老潘朝左朝右努了努嘴，就明白了。他谦恭地站到众人前边，使劲搓了搓脸上的腼腆，大声说：诸位兄弟爷们儿，我来自我介绍一下，我叫田自由，大苇塘来的。今天初来乍到，还望兄弟爷们儿多多关照。我年轻毛嫩，诸位有什么重活需要我搭个手的，尽管说。我的优点一是饭量大，二是不惜气力。我在这里表个态，活少的时候先尽着前辈们兄弟们，活多忙不过来时，我填个空就是了。

那帮拉脚的伙计们听了这话，脸上才有了正经颜色。田自由说：现在天还早，闲着也是闲着，我给诸位表演个节目怎样？老潘喊好，声音很响亮。田自由先是讲了个笑话，说的是宝葫芦里跳出个美女帮助穷人的故事，老潘带头叫好，众人叫他再讲一个。田自由说：故事不能讲多了。老潘说：你会跳那个舞吗？人家说有一种莫斯科舞，俺还没见过呢。田自由小声纠正说：不是莫斯科，是迪斯科。老潘也不恼，说：迪斯科就迪斯科，叫大家开开眼。田自由想想说：我给大家来个健美表演怎样？老潘说：你练过？田自由说：还用练？咱这些干大活的人，哪个不是一身好肌腱。众人连连说好。

田自由于是就脱了 T 恤衫，在建材市场的巷子里伸胳膊扭腰地表演起来。田自由平时爱看电视里的健美表演，每每跟着摆姿势，颇学了几样套路，再加上小伙子年轻力壮，身上的肌肉一块一块的，真还有点儿看头呢。老潘说：想不到还真有两下子呢。田自由说：电视上那些人空有几块好腱子，若是拉下来跟咱们比活，十有八九比不过咱。有机会咱们拉脚的也到大舞台上煽呼煽呼！老潘就问：那些人是不是发工资啊？田自由说：估计是有钱。老潘说：我心里也琢磨呢，没有钱，他们不会那么卖力。

众人意犹未尽，叫喊着要田自由再来一套，有一位姑娘也远远地叫好，喊着他再来一次。田自由看了看那姑娘，不好意思地穿上衣服，拱拱手说：献丑了，刚才大家没事闲坐，我就是逗个乐子罢了。老潘告诉田自由：这姑娘是三合板摊子上老宋的闺女，心眼好着呢，她叫你表演一个你表演一个就是了，说不定宝葫芦里跳出个大闺女呢！众人都笑，田自由于是重新来了一遍，那架势比刚才更舒展了许多。老潘对身边一位工友说：老宋的闺女看上咱们小田了。那姑娘好像听见老潘的话了，拿起一块木片撂过来，没打着老潘。

老宋的闺女叫宋桂花，长得漂亮，性格泼辣。她叫田自由穿上衣裳给她送一趟货。田自由应着，走过去，但没有拉车。桂花指着十几页子三合板，说了地点和价钱，叫田自由快装车。田自由笑着说：我是新来的，刚才说好了的，有活须让兄弟爷们儿先做。宋桂花说：我叫你拉你就拉，谁拉不是拉？我付钱就是了。田自由说：真的不行，人说话得算数。刚说出的话立马就搓揉了，不是个事哪。老潘喊道：大姑娘除外！大家就笑。宋桂花见说不动他，就说：死老潘，你先送一次吧。老潘装车的时候，田自由积极帮忙，老潘直夸这小子有情有义。

那天田自由一共拉了四趟活，收入二百多块，倒也不算少。他计算了，要是这样干下去，一个月下来，差不多能攒上四千块，比在酱园干强多了——这都是装进腰包的真金白银啊！到傍晚时，田自由本打算收工歇息，宋桂花过来说：还有一点儿货，你给我送到和平文具店，对方付款。货物装上车子后，田自由才想起来问：哪个和平文具店？宋桂花说："和平"还能有几个？就是那个大美人开的文具店。田自由想：就是怕见熟人，还是得见熟人。宋桂花问：怎么了？田自由说：没怎么，俺一个庄上的——我送去就是了。

田自由把货送到文具店。张二妮大为吃惊，问：自由你怎么到这儿拉脚来了？田自由就对她讲了前后缘故。张二妮卸下两张防火板，说：天不早了，商城也快关门了，我去看看你住的地方。田自由不让她去，说：孬好有个地方住就行，您不要担心。

二妮无论如何要去看看，田自由拗不过她，只好答应。到旅店看了，二妮就说：这地方不能住，太潮了，不干净，也没有食堂。干大活的人一天到晚下来累得水血不通，似这样没处吃饭也没水洗澡的地方，绝对不行。田自由说：我一个大小伙子，就了水龙头擦两把就是，出门就是饭铺，怎么还填不饱肚子。出门在外，没那么多讲究了。

二妮提议自由到她那边住一段时间，说：南屋还有个房间，放了些竹篾，都是废品，索性清理出来，安一张床铺给你。那里吃饭洗澡洗衣服都方便。田自由说：我看不合适。二妮说：我下班晚，还要去银行结存，两个孩子在家，你若是能过去，也是个照应。再说你跟修文修好都熟悉，你若是去了，他们高兴着呢。田自由问：修文长成大小伙子了吧？二妮说：个子倒是不矮，就是过于文弱，夜里听见有丁点儿动静就害怕，你要是去了，能给我们壮胆呢。田自由还是犹豫。二妮说：我是看了你妈的情分才过来的。自由就问：俺娘对你说什么了？

二妮说：你妈虽然不识几个字，可她是个通情达理的人。这么多年，大苇塘的女人就她和凤坤家大婶子没骂过我，俺家的摘帽通知也是你妈送过来的。她对我说，通知既然来了，一天都不能耽搁！她知道那个帽子有多么重——压得俺全家多年抬不起头来啊——早一天摘掉早一天轻松。田自由说：不就是送个通知嘛，算不了啥。二妮说：熊孩子，不懂事了吧。事情看似不大，要紧的是你妈那句话，一天都不能耽搁！要不是设身处地，要不是良心温暖，不会有那么真切的话啊！自由，不管河水是从哪个山头流下来的，谁舀了一瓢给咱解渴咱就得记住人家那份情，明白吗？

田自由不忍忤逆二妮的好意，答应下来。二妮当时就去柜台上结了账，自由收拾了铺盖，拉了车，离开车马店，随着二妮进了莫家那院子。田自由一开始还是有些拘谨，嘘嘘哈哈的不好意思。二妮叫修文、修好出来见了，两个都很欢喜自由来，修文不断地喊大哥，修好问永志怎么没来呢好久不见怪想的。田自由见他们都很亲热，也就踏实了。说话间，几个人一起收拾了那间房子，二妮给他安放了铺盖，修文带他看了洗澡的太阳能热水器，修好送过毛巾和牙具，还有一个记事本、红蓝两支圆珠笔。

自由说：我不大喜欢念书，念也就念点儿杂书。修好说：总得记个电话号码什么的吧。自由说：倒也是呢，方便联系活。修好还给他送来一个储蓄罐儿，说：你要是有多余的钢镚儿就放这里边，我每年都要捐款支援贫困地区建希望小学呢。田自由说：好，这是好事，我给你攒。修文说：大哥你要是发现早年印的连环画，就是小人书，就给我留着。我搞收藏。自由也答应着。

住处整理好，二妮又带他去上房见了莫老先生，说这是大苇塘酱园谁谁的长子，莫老先生说：不就是当年常来接我上班的那小子嘛。自由说是。莫老先生还说：我年轻时也是你这样子——像一头三棍子打不倒的驴，棒着呢。田自由说了多有叨扰之类的话，老先生说：自家人不必客气。

自此，田自由就在这里住了，各方面的周到让他觉得像在自己家一样。

次日早饭后，田自由拉了车要去干活。二妮说：拉地排车太苦了，步步都靠两只脚，遇到上坡时一个人拽不动，弄不好怕会伤了腰腿的筋骨，你还是开我的三轮车吧，哪边有货你在哪边干，也好多挣点儿。自由说：就怕让俺爹看见了，不好说话。二妮说：既然出了头就是卖的，干活不丢人，谁见了都说不出什么来，谁也没规定你就得拉地排车不能开机动三轮，是不是？田自由说：倒也是。

自由给妈打了个电话，报告平安。电话里王秀花先是哭了一阵子，接着就骂儿子连句话都没撂下就离家出走，害得她两晚上没睡着觉，养这种狠心的狼有什么用啊，等等，都是埋怨的话，然后就是嘘寒问暖惦记这惦记那。自由说了当下的情况，王秀花听了，好大一阵子感叹，嘱咐儿子要紧记住二妮的恩德。自由转身就转达了他妈的谢意。二妮说：本村本里的，要是我不管，将来见了你妈怎么说话啊！

自由离开天丝，门市部就只剩下厚皮一人，这让田家祥很不放心。他有心去拉脚那边找找儿子，劝他回来，又担心差了志气，没有去。厚皮要求担任门市部正式的经理，还要印制名片，田家祥让他等一等。厚皮说：过一关选一将还等个什么劲啊，轮也轮到我了啊。田家祥就答应了，一边嘱咐他一定要守规矩，出了差错你吃不了兜着走。厚皮指天发誓地说保证出不了问题。

两人说话间，田家祥突然瞥见自由开了三轮车忽闪而过，紧忙去门前看了，果然是儿子在文具店那边装货呢。他把帽檐儿拉下来，偷觑那边情况。自由从文具店里搬出大大小小好几个纸箱子，有打包的也有敞开的，二妮和几个店员帮着装车。等儿子开车经过这边时，田家祥招呼他停车，问：那么大的厂子你不干，门市部的经理你不干，到这里当驴?！田自由傲气地说：我愿意。田家祥说：不知道丢人值几个钱！田自由一副爱答不理的样子说：你管不着。田家祥还想说什么，自由却猛加油门，轰的一声开走了。

申凤坤也发现田自由在给文具店里拉货，问二妮，二妮就把一来一往的事说了。申凤坤听了，当时倒也没说什么，及至回到灯饰店，他便不由得高兴起来。啊，你田家祥不是怪能嘛，如今连自家亲爷们儿都捏不到一块去，有道是父子反目、众叛亲离、家将不家了！对于二妮伸出援手帮田自由这件事，申凤坤有点儿小小的不爽，好在他是个知书达理的人，能放得下事——孩子是孩子，老子是老子，不便混为一谈。再说了，二妮就是那样的人，一片树叶子枯蔫了都会难受一阵子，最是见不得别人受苦受难——总之是心太软。她能照料一下落难的田公子，情有可原。

对手家的不堪，给了申凤坤一点儿久违的畅快，但他也有不少烦恼。大儿子申抱朴前几天过来，说乡下的日子越来越不好过，种地不赚钱，想把以前承包、转包的地撂荒自己要到城里来打工。抱朴只上过三年小学，不会算账。凤坤对他说：你若是到城里来，只能是出大力，那还不如在老家种地的好，粮食到底还是保命的根本，土地不能撂荒扔了。为此事，大儿媳妇不高兴，连家族的冬闲坟都不肯上了。幸亏老二申守拙看事老成，好歹去坟上烧了点儿纸钱，让老汉稍觉安心。

女儿家那边也不算好。申秀菊的脑子还算活泛，除了种地，在家开了个铺子，多少弄点儿零花销。去年秀菊家邻居在对面也开了类似的店，而且打出超市的牌子，秀菊的无名小店就不沾弦了。为此事两家还闹过矛盾，事端不大，可是彼此现都存着气呢。秀菊的丈夫田两相对这些事不管不问，整天在外边晃悠，除了打扑克就是喝酒，秀菊说破了嘴也不管用，便来城里诉苦，说自己命不好嫁了个大甩子，日子没个盼头等等。凤坤又多了一份烦恼，心事浩茫，怏怏不乐。

小儿子申行健不知怎么竟迷上了电脑，连功课都不入心了。高考在即，老婆子见幼子沉迷其中，告诉凤坤好好管一管。凤坤呵斥行健：整天玩那个东西，不务正业，万一考试落榜，你就不觉得丢人？申行健一副笃定的架势说：爹你放心就是，丢不了人。凤坤说：古人说，行成于思毁于随，业精于勤荒于嬉，这一条你就不占。又爱说大话，将来怕是难到大处！

唯一让凤坤感到欣慰的是，近年来次子负责给店里进货，大大小小的货物，天南海北的物件，成千上万的批次，产地不同，价格不一，质量也有优劣，申守拙没有一次弄错过。彼此虽然父子，收入支出、折旧损耗、工资奖惩，都算得很清楚。一旦这边没活，守拙就在村子里忙活，老家那边的喜丧往来也都是他招揽，很让凤坤放心。

自打有了安身之所，田自由心无二用地拉脚，干得挺欢。晚上回来，有时还哼着流行歌儿。有一天，自由对二妮说：有件事儿得跟您商量商量。二妮看他有几分忸怩，就问：是不是看上谁了？田自由脸红着说：不是我看上谁，是人家看上我了。嘿嘿。二妮问：看把你得意的！谁家姑娘？自由说：就是那边经销三合板的老宋，他有个女儿，叫桂花，平时在板材店里帮她爹做事。一来二去的就熟悉了，她提出来，想做我媳妇呢。二妮说：好啊，这是喜事，你妈想抱孙子，这一回有盼头了。

田自由说：还早着呢。现在的问题有点儿复杂，我独自还解不开这个疙瘩呢。二妮说：有什么复杂的？自由说：桂花倒是死心塌地的，人也好，就她爹不行。老宋嫌我是个穷拉脚的，不让他女儿跟我好。二妮说：那老宋就眼窝子浅了，怕也是一时糊涂吧。自由你放心，找个机会，我去说说他，没有说不通的道理。自由问：这件事，你看我是跟妈说呢还是不说？二妮说：现在说也行，让你妈先高兴着；等等再说，也行，那样稳妥踏实些。

二妮没有马上去老宋那边说事，以为过一阵子老宋自会回心转意。两个青年人是没的说，情投意合，海誓山盟，田自由决心要跟桂花结婚，宋桂花说自己活着是田家的人死了是田家的鬼，两人私定终身，弄得老宋无计可施。父女两个闹对立，生意也不好做了。老宋叫女儿回家待着，桂花就是不回去。老宋说：这样下去早晚得出丢人的事。桂花说：能有什么丢人的事！大不了未婚先孕，生下孩子也不姓宋，你操的什么心！老宋听了这话，差点儿背过气去。

年轻人一旦有了感情，就像那干柴烈火一般。老宋私下里对老潘说，他女儿常常黑夜里跑出去跟那个流氓约会，这可怎么好！老潘说：你怎么这么说你女婿！人家是个体面人，以后再不能这么说人家！老宋说：不光夜里出去，大白天上着班，只要一放松，他们就溜到角落里亲嘴，这可成何体统啊你说！老潘叹口气说：常言说闺女大了不可留，既然如此，我看你不妨来个顺水推舟算了。老宋愤愤地说：我不能让他们就这样鼓捣到一起去，太拿我不当事了！老潘说：这事你得反过来想，若是闺女老大不小的还没个主儿，你们当父母的不也得操心费力地给她找婆家嘛。找个好的，是天作之合；找个不合适的，她会骂你，说你当爹的没拿她当根草。那时你还不得愁死！老宋说：恋爱结婚我不反对，但不是这弄法。我找你说，是想请你当个中间人说说那小子，叫他走人算了。老潘说：我这张嘴跟棉裤腰似的，说不清楚啊。我给你推荐个人。老宋问：谁？老潘说：市场路口不是有个文具店嘛，老板是个女的，姓张叫张二妮，为人正直，最是讲情义，平日里爱帮助咱这种人，在商城里威望很高，你去找她，让她说说你女儿。

老宋说：我知道那地方，一窝子都是大苇塘的。不瞒你说，我去找申凤坤打听过，不行。老潘就问：老申头说不好听的了？老宋说：凤坤听说是这事儿，不但没向着我这边，还着实夸奖了那小子一顿。老潘说：老申头都说不出自由哪点不好，你还到处打听个什么劲呢？老宋说：我就是觉得这里有点儿蹊跷呢。老潘说：人家老申头是个识文解字的人，看人走不了眼。老宋说：可是你知道，老申头最是看不中自由的那个爹，既然他爹为人不怎样，儿子也好不到哪里去。老潘说：你可不能这么想，老子是老子，儿子是儿子，你跟你闺女不也是两样的脾性嘛。再说，他们两家的矛盾是老矛盾，你别把南瓜秧扯到大蒜地里，两码事，不能掺和了一起论说。老宋问：偌大的商城难道找不到一个说公道话的？老潘说：你得去找张二妮，那人办事公道，也有见识，求她居中撕巴撕巴也许能解开你眼前这一团乱麻。

老宋就去找了二妮。二妮很高兴，说：我正想着拜访宋老板呢，您就来了，可见也是有缘。老宋就说：我女儿私定终身，这门亲事不行。二妮就问：为什么不行？哪里不好？老宋说：那小子喜欢充能，将来怕不是个安分守己的主儿。二妮说：老宋你这么说可就错了。论人才，那孩子有身有架，手脚也勤快，干活劳动持家过日子这方面，真是没说的。要是论家庭，不要说在大苇塘，就是方圆百儿八十里，人家也是数得着的。他爹，劳模，不说了，他妈是个极贤惠的人，你闺女要是跟她当了媳妇，算是有福了。老宋还是不肯迁就女儿的意志，骂桂花不曾把他这个当爹的放在眼里，气死人。二妮也不曾指望一下子说服老宋，劝解了一阵子，老宋就回去了。

一天，田自由打电话叫二妮赶快过去一趟，说老宋正在打桂花呢。二妮一溜儿小跑过去，见桂花披头散发坐在一米多高的木材堆上，一边鼻涕横流地哭号，一边骂她爹，口口声声说老宋是恶霸，比黄世仁还狠毒，比祝英台她爹还势利，比刘兰芝她婆婆还可恶。老宋那边也不瓤，指名道姓地骂女儿：宋桂花啊宋桂花，但凡你懂得一丁点儿道理也不会这样胡来！好好一个闺女，不征求爹娘的意见就私定终身，能算孝顺吗？定了就定了，可你们总得规矩些吧，似这般没结婚就带上犊子——你把爹的脸全给丢尽了，反过来还要朝我撒泼，这哪里还是儿女，简直就是冤家啊！

二妮一听，知道桂花一定是珠胎暗结，惹得老爹没有面子。她先去那边劝了桂花，说她不该跟老爹吵架，父母把你拉扯大不容易呢，都是快出嫁的人了还不知道让爹娘省心——什么事不能好好商量?！用得着横眉竖眼的？桂花说：他当爹的不通人性，我就是要故意气他。二妮说：做女儿的不兴这样。你这样闹，自由挤在中间就难做人了。桂花这才消停了些。

二妮的这些话给老宋全了些面子，老宋也安静下来。二妮于是又去劝老宋：年轻人相亲相爱卿卿我我，就是有点儿越轨的事，当爹的知道了也只能想法弥补，不能这样大风大雨地张扬。老宋说：不是我故意张扬，是她故意找茬儿跟我闹，生怕别人不知道呢！二妮说：这是桂花的不对，我刚才说她了，婚姻大事要争取爹娘的认可才好。老宋说：我养了一头狼啊！二妮说：可不能这么说。人得随着潮流走，谁也拗不过时势，对不对啊你说？

桂花过来，拉二妮到了僻静处，悄悄地说：我是故意说自己怀孕了，想看看他能怎么对付我。要是他认了，这事就行了；不行，无非打我一顿。此时打一顿倒也好，省得将来真的有了，打了我倒不说，自由的孩子怎么办呢？

二妮拍了桂花一巴掌，叹道：桂花啊桂花，你真是一把火！

桂花说：他不赞成我，我就不跟他一条心！

二妮好歹把父女两个说平安了，回头才跟田自由商量这事到底怎么办。田自由说：他们俩闹得这么生，在一起做事怪涩的，桂花想自己干呢。二妮问：打算做什么？自由说：俺俩合起来做三合板生意，一来投资不大，二是有经验，也有些客户，应当能行。二妮说：事情到了这程度，你得回去跟爹娘好好说明白了，让他们知道，也好。

田自由回到大苇塘，先到了酱园，跟爹说了要做三合板生意的话，田家祥既不赞成也无意支持。这态度倒也在田自由的预料之中，父子两个都觉得淡淡的。接着，自由回家把他跟宋桂花相好的事说了，王秀花高兴得什么似的，恨不能马上跟儿子到城里去见见那老宋头。自由不让她去，说两下里正闹对立呢，你去了怕是火上浇油。秀花以为然。王秀花问了自由在城里的起居，少不了婆婆妈妈那些事。田自由详细介绍了自己的工作、收入和生活安排，尤其是二妮对他的诸多关心和帮助。王秀花唏嘘再三，叫儿子今生今世不要忘了这份恩情。自由应着。秀花叹道：大苇塘村有眼无珠，这么好的女人在咱这里始终没抬起头来，看人家现在！

秀花一心想要谢二妮，搜罗了许多她认为的好东西让儿子捎过去，聊表心意。田自由把他妈捎来的东西交给二妮，二妮打开两条蛇皮袋子看了，笑着说：怎不把你们家都搬过来呢！自由说：不就是些土产嘛。二妮大体上数了数，花生、大枣、地瓜干、栗子、核桃、金银花、干菜、糖姜片、丝瓜瓤子、丝豆子、辣椒、柿饼子……总起来不下二十样，地面上摆满了大大小小的袋子。自由说：都是些不值钱的东西。二妮道：什么是值钱的东西？就钱值钱？小孩子知道个啥！自由说：现在人家送礼都不送这些东西了。二妮说：人家那是赶时髦摆阔气，咱可不学他们的虚荣。你妈把自家所有的好东西都拿了给我，这是情分——情分若不金贵，这世上还有什么金贵的？

二妮找出大小不等几个纸箱，把地上的东西一一拆分，搭配了放进箱子里，对自由说：别看这些东西都是土产，可是分给谁不分给谁还是要讲究远近亲疏的。我不避讳你，这第一份是给凤坤的。虽然你们两家眼下有过节，但凤坤对我有恩，我先想到是他。没有他，我们一家不可能独自到城里讨生活，来了也站不住脚。所以，这一份我要亲自送过去。另一份是给老杨的，你抽空给送去，那人厚道，办事认真，对我们颇多关心，给他一点儿小枣和炒花生，稍微一多，他就不要。莫老先生的这一份，有冰糖、梨膏糖、山楂，你送过去，说是你妈给他老人家压咳嗽的。再给他一些熟地瓜干，让他没事时磨牙。还有贾文化，也得给他一份，二斤花生，少是少了一点儿，有那么一点儿意思就是了。邻边做生意，左右都要照顾到。但凡人家对咱有丝毫的关照，就不能忘了是吧。还有老宋这一份，我亲自给他送去，将来也好叫他知道当年他吃的小枣、花生、柿饼子是亲家母给的，看他能吐出来不？这么好的亲事，他还要拿糖，烧得不轻！最后呢，啊，还有这些山药豆子，就留给小妮子吧，那孩子从小没爹没娘，前些日子跟着我，后来被她哥哥领走了，想起来就觉得怪可怜的。

说着说着，二妮的眼圈就湿了，好一阵子没能安静下来。田自由说：看看，一份一份的，你自己就没什么了。二妮指着剩下的花生和小枣说：这些还不够那两个盘缠的！小孩子，吃东西的日子在后头呢。再说，不能养成他们吃零食的习惯。自由说：难怪人家都说您好呢，做事这么细致，什么都安排得井井有条叫人挑不出理来。二妮说：我不曾想人家说好，只要不欺凌咱就谢天谢地了。

田自由很会办事，他把东西顺利地送给老杨，老杨还给他的东西远比接受的多：给二妮一盒精美点心、一本新出的台历；给田自由一个小闹钟、一包洗漱用品；给田自由他妈一套棉纺礼品，包括被单、被套和枕头。自由把这些拿给桂花看了，桂花说：这么好的被套咱娘一定不肯用，咱留着结婚算了。自由说：给谁的就是给谁的，咱不能半路上截流。桂花就不高兴了。自由从怀里掏出一个小盒子，说：还有这个呢。桂花看是一套高档化妆品，一把抢过来，说：这一件可是我的了。自由说：只要你高兴就好。

老宋愉快地接受了二妮的礼物，当场朝邻近的摊主显示，还说文具店的老板张二妮是他闺女的干妈。二妮拍了老宋一巴掌，说：你这人怎么现做现说呢，谁说俺是您闺女的干娘了？俺可不敢高攀你宋老板。众人就说你俩先认个干两口子闺女自然就是干闺女了。二妮正色道：这样的玩笑可不好随便开，俺有儿有女的，担不起口舌是非。老潘在旁边附和：是的是的，大家嘴巴上有点儿遮拦，就是积德。老宋也收敛了调皮相，正儿八经地说了些感谢的话。二妮便告辞了。

二妮把礼物送给凤坤时，大叔说：我牙口不大好，吃不动了。你有孩子，自己留着用吧。说是这样说，凤坤还是很高兴，觉得二妮这人心地好，办事周到，很够意思。

贾文化那一份，是二妮打电话通知他到文具店来拿的。自从那次被莫须有的毒蛇吓跑之后，贾文化心里不大舒服，自觉那次造访有些冒昧，事先没有铺垫，目的性也不坚决，有点儿自作多情的意味。好在彼此都还识相，没什么好也没有什么大不好。如今二妮说有老家送来的花生叫他过去拿，贾文化有些犹豫：不拿，驳了人家面子，显得小家子气；拿了，什么意思？示好呢还是嘲讽？道谢呢还是批评？

贾文化到底还是去了，拿着那包花生在手里掂了掂。二妮说：古人有话说，千里送鹅毛，礼轻情意重，对不对？贾文化说：当然对了。二妮说：那你还掂量什么？嫌少？若是嫌少，我到那边市场上给你扛一袋子来。贾文化惶恐道：哪里话哪里话，到底是你给的，又是自家地里产的，和市场上买的不可同日而语呢。二妮说：这就对了。告诉你，这花生可是农家肥养的，没施农药没用化肥，有几个招了虫的我都拣出来撂了，你放心吃就是了。贾文化尝了尝，味道不错，当场谢了。

次日一早，二妮打扫院子，见院门开着，知道自由早起干活去了。意外的是，过道里放了满满一篮子干枝梅，有腊梅也有红梅。二妮朝巷子里张望了，没见个人影儿，以为是谁临时的寄存，当时没给予注意。待打扫完了院子快吃饭了，还没见有人来拿走，就问保姆，那花儿是谁搁这里的？

保姆也说不知道。二妮想了想，就把盛了梅花的篮子放到院里的石磨顶上。簇拥枝头的梅花在早春的清晨显得格外典雅，清香在风中丝缕飘荡，很有些情调。修文在房里喊：怎么这么香啊，哪儿来的花？二妮装没听见。修好也起来了，也说这花真香真好看。她找了花瓶，为自已做了个清供。二妮说：光知道自己！修好于是又给妈妈和哥哥各装了一瓶，其中一个是用了山西汾酒的青花瓷瓶。修文说：味道太冲，受不了。修好说：好心好意地给你布置了，不但不领情，还要抱怨，亏你还是个男子汉！

二妮轻轻呼吸着清凉的空气，梅花的清香让她感受到生活中少有的优雅，这是进城以来第一次享受细腻而微妙的心情。吃饭的时候，修好问她：这花是你买的呢还是别人送的？二妮说：你管那么多干啥？修好高兴地说：妈进步了，舍得为情调花钱了，好浪漫哟！修文说：你光知道叫唤，可知这花叫什么名字？修好说：管它叫什么名字呢。修文说：那黄色的是腊梅，名叫佛面，只在冬天里开花。佛面梅花适应性广，很多地方都有，东南亚最多。那红色的稍为贵重一些，名叫维纳斯的头巾。修好说：没见过戴头巾的维纳斯。修文说：这是近年才从欧洲引进的品种，维纳斯是希腊神话中的爱神，管着男女之间的事。红梅花就像她的头巾，象征，懂不懂？二妮说：吃饭吧，甭谝学问了。

修好还是纠缠这花的来历，问妈到底谁送的？二妮说：管是哪个憨蛋送的呢，既然放在咱门里，咱就装作是捡的——拾的捡的，就是俺的，见了面，要不得，见了官，告不得。保姆说：这歌谣儿我打小就会唱，二妮你真好记性。修好眨巴着一双大眼睛，神经兮兮地问：是不是那个被毒蛇吓跑的家伙啊？二妮突然笑得不行，口里的饭也喷了出来。

莫老先生问：你们说什么好听的了？我没听着。

二妮拿筷子敲了敲女儿的头皮，骂她：净瞎说！

二妮对老先生说：没什么，俺娘儿们随便说笑呢。

桂花把自己想开店的事跟爹明说了，老宋的反应也很直接：这事我不赞成。桂花说：我就知道你不赞成，可我还是得先礼后兵。老宋说：怎么，要打人？桂花说：你只要不打我，您闺女就算烧了高香。老宋说：我养了你二十年，你什么回报都没有，反倒说这种话，真是没良心的东西。桂花说：怎么说白养了我二十年？我从三四岁就跟着你们干活，老家大门口那棵柿子树，俺娘说，当初你栽树的时候还是我浇的水呢。浇水算不算干活？老宋说：你浇水，你是浇水了，拿着小水瓢儿嚯嚯咧咧地浇了那点儿水还不如癞蛤蟆撒的一泡尿多，那也叫干活？宋桂花说：可你别忘了我那时多么小啊，那么小你就叫我端了个大水瓢出力，那等于虐待儿童啊是不是？老宋说：姑奶奶咪！你想把我告到法庭上去是不是？宋桂花说：那你就别否定我从小就干活的事。老宋说：你记性怎么这么好呢？桂花说：苦难深入人心，知道不？我从那时就开始给你们出力，后来呢，田里家里，泥里水里，风里雪里，什么活没做过？如今又是店里，一年四季，严寒酷暑，我给你们出了多大的力啊我！你就是从非洲买个奴隶，也不如我这样的闺女中用，是吧？可是反过来，你这个当爹的给我什么了？工资没有，奖金没有，过年那点儿压岁钱也不过千儿八百的。你以为我是三岁小娃娃呢。到如今你连亲闺女都不要了，我想自己做点儿小生意你都不支持，还算个人吗？

说着说着，桂花就哭起来了。老宋铁了心，就是不为所动。桂花发狠踢了他一脚，老宋还是不愠不火的。他知道自己的闺女何以如此，铁了心就是不理她那个茬儿。桂花知道遇到了铁公鸡，干脆跟爹摊牌，说：拿钱来吧，从四岁到二十岁的工资，总算了，一下子给我，我要自己开店。老宋说：你的工资还不抵养育费的十分之一，你不光欠我的还欠你娘的，我这边不欠你什么。我警告你：如果一意孤行，将来我连嫁妆都不给你置办。桂花说：既然你当爹的这么绝情，那我今后连爹都不再叫了。老宋说：我又没死，你不认我这个爹跟谁叫爹？桂花昂然地说：给俺公公叫爹，不行吗？

这话气得老宋差点儿吐血。

第十一章 笔下生花处直面对手 心旌摇曳时突发事件

吕锋的心情总也没能轻松起来。

作为分管商业的副市长，除了上传下达，具体负责的事倒也不多。如今压迫他的就是两个字：困惑。日积月累的困惑，无法言说的困惑，无法排遣的困惑，其中包括不解、怀疑、动摇、反感、放弃、沉沦、坚持、恼怒、自诩、无奈等等，五味杂陈，样样都是顽固不化的精怪。在那繁复错杂的情绪里，既有清水涤缨的矜持，也有浊水洗脚的愤懑，甚至还有随波逐流的放弃和英雄末路的叹息。许多历史人物在他心中翻着筋斗，同一个人物扮演了生旦净末丑，同一个喉咙演唱着宫商角徵羽。他们一会儿如道德修养的楷模，光灿灿似神明照耀千古，一会儿成为无济于世的逃避者，灰溜溜如丧家之犬。吕锋觉得自己既像个入世的英雄，又像个不得意的宦官，内心还藏着陶渊明的桃源之梦。偶尔打量自己的眉眼，却原来是个足色的俗物。吕锋多次对镜自问：里边这个人是好人还是坏人？是清官还是赃官？答案当然是肯定的。看嘛，三老实，每一条都做到了，且一口气坚持了十多年！试问当今世上有多少官员能做到这三条？看起来很简单、很初级，门槛不高，要全面做到长期坚持，还真不容易呢！然而，他觉得这么自问自评有点儿像顾客问卖瓜的这瓜甜不甜一样。吕锋就想：你的坚持、你的贞节、你的孤芳自赏既然没人来肯定，为何还要贯彻始终？

风范可不是一个人的事呢，望风披靡、泥沙俱下，你算老几！中国式的现代主义已经兴起，一个小小副处级干部又能奈何！

在私人场合，吕锋时常受到同侪和好友的揶揄，有人甚至公然嘲弄他的那些处世信条，就差当面说他傻逼、憨种、二百五了。从世人的眼神中，吕锋准确地读出了那些大言不惭的批判：都什么时代了，自己吓唬自己；撑死大胆的，饿死小胆的；大姑娘要饭——死心眼！世风日下，不论多么龌龊、多么不义、多么下作的事，只要你想做，必定有办法做成。现实就像一座大山，正常人用正常的交通工具决然爬不过去，但有人总能找到各种各样的洞窟，总能找到带路的老鼠，探微寻幽，曲里拐弯，居然能到达那一边——人们称之为智慧、勇敢、有本事。反过来，不论多美好、多正义、多高尚的事，无论你多么正确多么理所当然多么合法合规，总有重重叠叠的关口让你过不去！在此止步的人被视为胆小、无能、保守、缺乏幽默感，不能与时俱进。这是一个奇怪的时期，美好变得不可依靠，邪恶有缝就钻，精明大行其道，到处都是堂而皇之的堕落。好事，你做了，极有可能吃亏；坏事，你做了，会有所收益，不做等于吃亏。吕锋使劲拍着办公桌，大声发出来自灵魂的天问：难道不是这样吗？标准虚设、幌子招摇、道路幽深、方法多元，幽默与荒诞俱在，成功与罪恶相生，唯独没有普世价值的主流判断——难道不是吗？

他想逃离，但是没有去处。

就在他胡思乱想时，电话响了：出事了，急事！

电话是卫生局的一位副局长打来的，报告说本市有八十八名中学生集体中毒，初步确定是食用了不卫生食品，现在这些学生大都在第一医院急诊病房就诊。按中央规定，这样的事故算是重大突发事件，今请示：要不要向上级报告？

吕锋急问：你在哪里？

对方说在第一医院办公室。

吕锋当即说：我马上就到！

秘书跟随吕锋，边走边叫司机到楼前等候。没有时间等待电梯，他们顺着台阶一溜儿小跑走了下去。此时司机已打开车门等在那里。

他们迅速赶到医院，卫生局长已在那里迎候。一行人先去急诊室看了，病房里挤满了学生，走廊里也放满了病床，医生和护士忙个不停，焦灼的呼唤不绝于耳。

护士长把他们让进办公室并立即介绍情况：这些学生都是本市第四中学的，早饭后突然觉得腹部不适，呕吐，兼有程度不同的腹泻，幸亏校方领导及时跟我们联系，医院启动应急方案，一部分医护人员在第一时间赶到学校就地诊治，同时将病情较重的转移到第一医院。

吕锋问：有没有生命危险？

护士长说：现在还看不出有生命危险，体质差的学生可能要住几天院。

吕锋稍觉放心，问：初步断定是什么问题？护士长说：通过对四中学生食堂今天早餐食物的化验，认定馒头、稀饭、包子这些主食都没有变质，问题可能出在咸菜上。吕锋问：什么咸菜？护士长说：可能是豆豉。今天的早餐共有六种酱菜，辣椒炒芥菜疙瘩丝、咸鸭蛋、臭豆腐、丝豆子、盐水花生米，这些都没有问题，但豆豉有些发霉，且有轻微臭味。

吕锋说：快把刘高兴给我叫来！护士长说：刘校长听说出事，急得心脏病发作，现躺在病床上呢。副局长说：要不咱到他病房里去看看，也好听听他怎么说。吕锋冷冷地说：这个胆小鬼，失了火他还趴在床底下！我去见他？没那一说！你派人告诉他，只要他当下死不了，就得赶快来见我，爬也要爬过来！

护士长立即打发人去了。

吕锋接着问护士长：豆豉是哪里出的？护士长说：是呢，我们询问过四中的老师，他们说四中用的豆豉一直由天丝酱园供货。吕锋一怔，对卫生局长说：立即调查，务必弄清楚来源，该谁负责谁负责，咱不替人背黑锅！

吕锋在医院里拨了天丝酱园的号码，那边问：你谁啊？吕锋反问道：你说我谁？是我！田家祥问：谁惹你了？吕锋说：出大事了！天丝酱园卖出去的豆豉发霉变质导致近百名学生食物中毒，他们现正躺医院里生命垂危，你知道不知道？啊！那边田家祥愣住了。吕锋沉沉地说：还不快去门市部看看情况控制局面拿住证人！田家祥还在那里说：天丝酱园的豆豉绝对没有问题。吕锋愤愤地说：不要再说这种话了，事实明摆在这里——蛇钻的窟蛇知道！那边这才说：要么就是厚皮那龟孙捣的鬼——看我不抽他的筋！吕锋说：当务之急是救人，死了人，谁都担当不起。无论谁是嫌疑人，都不能让他跑了！

护士推着一辆轮椅过来，上边坐的正是刘高兴。刘辨证歪在轮椅里，头耷拉着，一副气息奄奄、行将死掉的样子。吕锋两手交叉在胸前，冷冷地问：怎么，出点儿事就吓破胆了？刘辨证可怜巴巴地说：病了，心律不齐，要毁啊！吕锋伸手抓住刘辨证的病号服领子，把他从轮椅上提起来，厉声问：是从天丝酱园进的货吧？刘辨证强打着精神，说是。吕锋又问：你拿了多少回扣？刘辨证连连摇头。吕锋吼道：这是什么时候，还他妈的在这里给我装死，看我不撤你的职！刘辨证惊讶地看着吕锋，说：不干我事，不干我事。吕锋喊道：事情若是闹大了你他妈的兴许要进去呢！你看着办吧！

吕锋气呼呼地把他掼在轮椅里，那轮椅朝后退了两米多远。要不是护士挡着，也许就翻了。

刘辨证挨了一顿臭骂，加上那一提一摔，反倒清醒了，他压低了声气对护士说：快回病房找我的衣服，我得去看看学生，事关重大，急如星火！护士说：还有两个吊瓶呢。刘辨证说：不打了不打了吊瓶不打了，我得亲自参加急救，弄不好全完了！护士连忙把轮椅掉了个方向。刘辨证嫌她推得太慢，自己腾出手来推那轮椅的轮子。轮椅本来跑得还算快，因为刘辨证用力不匀，反而把那轮椅搞得左冲右撞的。看见这情景，卫生局长和护士长都笑了。吕锋愤愤地说：成事不足败事有余的东西，王八蛋，叫人说什么好呢。

吕锋安定了一下情绪，向所有参加抢救的医务人员表示感谢，说幸亏卫生系统做事有方事情才得到卓有成效的处置，这也说明我们的应急方案是有效的。然后，他们到各房间看望了学生。吕锋此时面带微笑，说话亲切而和蔼。当地《午报》记者给他们照了相，又请吕副市长给市民说几句话。吕锋对着话筒作了简短发言，大意是说市委、市政府对这次事件处理及时，卫生系统的措施很得力效果也好，住院学生没有生命危险，事故的原因正在调查中，希望各位家长放心。同时他要求各中学、小学、幼儿园认真做好食品自查，决不允许类似事故再次发生。等等。

这些，吕锋早已驾轻就熟。

记者请示：今天的讲话、照片和录像要不要在媒体上发表？吕锋说：这件事我不好表态，你们得去请示地市两级宣传部长，由他们决定。记者应了。吕锋告诉记者：集体食物中毒属于突发事件，媒体报道要慎重，报纸、电视、广播电台等，要统一口径，万不可图痛快捅了娄子。

记者走后，吕锋嘱咐秘书：跟卫生局这边凑凑情况，抓紧写个报告，一页纸就行。我去书记市长那里汇报。说着便匆匆下楼去了。他的车就等在楼下。吕锋小声把司机叫出来，要他马上想办法弄到三万块钱尽快送到医院财务科就说是天丝酱园垫付的治疗费。司机答应了，吕锋说这钱明天就还他。说完，吕锋亲自开车离开医院。

吕锋并没直接去面见书记和市长，而是先去了自己的办公室。他从柜子里翻出一些群众来信，逐一查找，终于找到那封用毛笔书写的检举信。检举信上清清楚楚地写着：天丝酱园的豆豉存在质量问题，分量也不够，请领导彻查并严肃处理。这等害群之马，严重损害了商城的声誉……从检举信的书写风格，吕锋知道那信是谁写的。

他把检举信当即烧了，然后才去书记、市长那里。

田家祥火烧火燎地来到商城，嘴角上挂着生铁一样的表情。进了店，随手翻了翻台历，然后去浏览货架。厚皮凑过来问：什么风吹您来了？田家祥说：我董事长想什么时候来就什么时候来。厚皮说：我给您沏茶去。田家祥说：茶免了。你先给我说说，近来销售有什么进展？集体客户有没有增加？市场反应怎样？不许胡说。

厚皮说：这段时间销售情况还算好，月初刘辨证那边要了一百坛豆豉，只是给的价格有点儿低。田家祥问：为什么要降价卖？厚皮双手拢着田家祥的一只耳朵，悄悄说：刘辨证是个雁过拔毛的东西，非要五个点不可，全不讲本乡本里的情分。田家祥问：发给四中的豆豉是哪批货？和那一百坛同样的还有吗？厚皮说：还有几坛，我故意多装了几个。

田家祥当即追问：你私自做了分装？厚皮知道说漏了嘴，忙说：有几个坛子裂了璺，漏油，我就另找了几个空坛子换上，费了我不少事呢。田家祥当即吩咐厚皮把他拿来的几坛子豆豉装到一个纸箱里，问：这几坛子的分量好像差不少呢——谁叫你这么干的？厚皮说：估计出厂时装料不均吧？田家祥说：放你娘的屁！你掺糠使水了是不是？啊！

厚皮不吱声了。

两人默默地坐着，好半天没有话说。

外边进来男女两个青年，说是本地《午报》和电视台的记者。田家祥没好气地说：我现在没心思跟你们扯闲篇儿！两位记者尽管受到冷遇，还是问了些有关变质豆豉的问题，电视台记者还对着货架拍了些资料。田家祥说：生产豆豉的不止我们一家，你们凭什么说变质豆豉是我天丝的？男记者说：有关方面去核实过，四中一直使用贵公司的豆豉。请您就此事向读者说几句话好不好？田家祥说：好个屁嘛好！你们是成心要出我的洋相——没的说！

厚皮此时要出去，田家祥一把抓住他，说：只要我在这里，你寸步不能离开！厚皮说：我得出去撒泡尿呢。田家祥说：就是尿在裤裆里，你也不能走出这间屋！记者就问：请问这位先生是谁？田家祥说：这里的临时负责人。田永昌自我介绍：副总，在天丝算中层。田家祥没好气地说：门市部就两个熊人，你算个屁嘛。

记者马上就把话筒对准了田永昌。田家祥担心厚皮说话不圆整，忙把记者拉回自己这边，说：别听他胡扯。我向你们郑重声明，不论这里出多大的问题，我是天丝的总负责，天塌下来先砸死我。我可以负责任地告诉你们，从天丝酱园出来的产品绝对不会有问题。十多年来，我们一直遵循莫老先生制定的规矩，工艺方面从来不敢马虎。今天的事故，还得调查落实。

两位记者穷追不舍，接连问了与事件有关的几个细节，田家祥左右招架，很快就不耐烦了，说：干你们这一行的就喜欢小题大做，听到风就是雨，屎盆子还没端到我的头上呢，你们就这么恶心我，是何道理？

那女记者颇为耐心地解释说：媒体就是这样，及时把新闻告诉社会，满足大家的知情权，这也是创建美好城市的必要条件之一。田家祥没好气地说：八月十五买个鳖——有它过节，没它也过节！

两记者相互对视，苦笑着，极力排除双方之间暂时出现的尴尬。最后他们问酱园垫付三万元治疗费是出于什么考虑。田家祥起初一愣，但很快就意识到记者此时所说的三万元现金很可能是某人垫付的。如果不承认，那人，很可能是吕锋，将会说不清楚；如果当下承认了，是否意味着天丝酱园已经愿意承担事故的责任了？田家祥一时吃不准，反问道：就算天丝酱园跟这事毫无关系，主动表示一点儿善意，也不能算错吧？

记者说：我们不敢妄加评论，只想弄清事实。

次日的《午报》不仅报道了此次食物中毒事件的发生、原因和抢救过程，表扬了参与救治的医务人员，还编发了采访天丝酱园门市部的文字。内容大体是：天丝酱园负责人声称，他们不排除经营者掺糠使水的可能性，田总不能确认那三万元押金的动机，他对当代媒体似乎持有某种负面看法。等等。随文还配发了与这次事件有关的一组照片，其中有各界对学生的慰问，有田家祥指责记者的镜头。第十二版的副刊上还配合性地刊发了一篇杂文和一幅漫画，杂文讽刺不懂当代文化的种种世态，旁边有一则短评，说应给企业家办培训班让他们学会怎样与媒体打交道。那幅漫画上画的是一只鳖和一轮圆月，附注的文字是：有它过节，没它也过节！

田家祥看到新来的报纸，把报纸撕得粉碎。

田自由听说酱园出了事，过来看看，见爹正在怒气冲冲地撕报纸，好意地说：爹你不能跟媒体怄气啊。城市跟乡下不一样，这里凡事都有舆论，舆论的力量大得很呢。不能叫社会将就咱，咱得将就社会啊。人人都有一张嘴，咱说咱的，人家说人家的，不让人说话可不行。

田家祥气恼地说：他们接二连三地追问，我一张口他们就给我掖上个蚂蚱，看着就没安什么好心。

田自由说：千万别说不好听的，应付过去就行了。别小看那些记者，市民就是通过他们了解社会的，得罪他们就等于自毁名声。甭说咱一般草民，美国的总统也要让他们三分呢，一点儿差错就能引起舆论哗然，有的还要向全国道歉呢。

田家祥没好气地说：我不是总统，别跟我说这个！

田自由不急不恼地说：可咱得考虑天丝的名声，酱园还要继续卖货啊。名声一旦糟了，谁还来买咱的豆豉！

田家祥一听这话越发恼羞，一气之下把茶杯摔在地上。粉碎的瓷片四下里飞溅，杯子里的残茶泼洒了一地。

田自由见状，不言语了。

田家祥兀自在那里骂：你来干吗？笑欺我是不是？要是你不离开这里，门市部万辈子出不了这样的恶心事！你倒好，一扑拉屁股走了，一边挣钱一边搞恋爱，惬意得很呢。你怎么就不想想你爹呢！现在出事了，又来说这些风凉话，你在教训我呢是不是？

田自由叹一口气，离开了。

对于这一事件，市委书记的批评十分严厉，吕锋在传达领导讲话时用了“震怒”二字。市委市政府责成分管领导和商城管委会仔细整治质量问题，狠狠打击假冒伪劣、掺糠使水、短斤缺两之类不法行为。地委、行署对这次事件的赔偿事宜作了具体指示。各方面努力，好歹把这次风波给按下去了。媒体没受到表扬也没挨批评，但报纸的订户上去了，广告收入也增加了。

厚皮是唯一的嫌犯，他在看守所里并没供出刘辨证拿回扣的事，刘辨证最终以“照顾邻里私情”受到行政记过处分。检察院本想起诉刘高兴的，吕锋一再劝阻，大事化小算了。王晓云气愤地说：你这等于姑息养奸！吕锋告诉她，地委的意思就是如此，向前看吧。晓云问：这次事故有没有上报？吕锋说：报了个一般事故，因误食不洁食物导致八人腹泻。王晓云说：不是八，是八十八！吕锋说：你这人怎么死脑筋呢，比我还轴！晓云道：拿原则当儿戏，成何体统！

关于那三万元的事，田家祥没能及时理解吕锋的苦心，事后虽然如数拿了钱，但他还是抱怨吕锋多此一举。吕锋在家里大骂他的把兄弟农民习气、素质低下、妄自尊大、不学无术、固步自封，不知舆情是多么严肃的事，动辄批评媒体，颟顸愚昧、自以为是，这样的人不落伍才怪呢！等等。晓云说：你在家里发的什么火啊？你应当跟他好好谈一次。吕锋说：这种土鳖脑袋哪是谈几次话就能化开的。

几天后，田家祥主动打电话感谢吕锋，赞同他救火消灾、息事宁人的做法。

吕锋道：现在明白了还不晚。我告诉你，社会发展日新月异，每个人都必须与时俱进。你以为你是谁？你以为还是那个可以颐指气使、一呼百应、横冲直撞的时代吗？老兄，这是二十世纪最后一个年代，这是人人有权说话的现代社会，不是大苇塘，更不是田家祠堂！面对市场，面对民众，你我不过是一根小葱！

田家祥挨了骂，但还算虚心，承认自己在管理和用人方面不慎没有及时调整门市部人员，监督不到位，大意了。他本人对这次事件负有不可推卸的责任，但厚皮暗中捣鬼的事他确实不知情。

吕锋说：法律不存在不知者不罪的条款，知道吗？实话告诉你，早就有人揭发天丝酱园的豆豉存在质量问题，我也曾当面提醒过你，可你把我的话当成了耳旁风。

田家祥问：谁告的？

吕锋说：我现在已是焦头烂额，还要再拿个屎盆子扣自己头上？

田家祥没再说什么。

中毒事件发生后，二妮怕老人家受不了刺激，没告诉他。莫老先生自己从广播里听到报道，才知发生了极严重的质量事故。这件事对莫老先生的打击非常大，他觉得自己一世的英名全完了，不堪懊恼，竟病倒了。

田家祥几次要求过来看望，也好说明就里求个谅解，莫老先生就是不肯见他。田家祥只好冒昧前去请罪，他跪伏老人家床前，请求原谅，老先生自始至终都不屑言语，连眼皮都不翻。田家祥知道自己已经失去了老先生的信任，羞愧难当，含泪将事件朝老先生作了详细汇报，指出问题出在销售环节。

他拿了酱园产的豆豉让老先生尝了尝，以证明产品本身没有问题。老先生尝是尝了，当时没说好也没说不好。田家祥当面发誓：一定要把豆豉做到全国最好，创出名牌来，不达目的，决不罢休！莫老先生语重心长地说：做事在人，成事在天，天是什么？天就是道啊。

田家祥牢记老先生的教导，自那以后天丝从生产到销售，从原料到检验，各个环节都制定了严格的制度，违者重罚。田家祥夜里常常梦见莫老先生那无限懊恼的表情，还有申凤坤那个从不眨巴的大眼睛。他常在噩梦中惊醒，一脖子冷汗，许多令人惊恐的情景如在眼前。他把这些梦当做神灵的警示，时刻提醒自己：一定要做个忠于诺言、珍惜荣誉的人。

桂花没从她爹那儿要到钱，却铁了心要与自由一起开店，两人合计来合计去，最终田自由和别人合租了一个整摊位，一家用一半。

因为规模不大，又是新安的摊子，销量当然赶不上老宋（老宋的摊位有他的六倍大），好在天天都有进项，也算是开了个好头。宋桂花每日里看着摊子卖货收钱，田自由进货送货，一点儿肥水都不洒出去。遇到自己缺货时，田自由会把客户介绍到老宋那边去。宋桂花说：就你稀罕理他，我都不待见！

二妮来看过他们几回，说：生意乍一开始都是这样，兢兢业业地做，很快就能起来。桂花说：现在是蚂蚁啃骨头，等过一阵子有了积蓄，就把另一半摊位买下来。田自由说他打算下半年买个二手的剥皮机，自产自销三合板，那样利润就大了。桂花说他刚起步呢就想当老板，烧包。二妮说：他这想法还算实际，不能说是烧包。

桂花本就熟悉这一行当，业务上不用说了，她还把老宋那边的客户拉了一些过来，生意很快就旺起来了。老宋虽然偶尔也能接待自由介绍来的客户，但他总觉得丢了一大块肉得到的却是别人吃不了的骨头，越想越气，天天骂女儿胳膊肘子朝外拐弄得他人财两空，发誓以后再生了女儿当时就掐死，说什么也不能养这种赔钱货、白眼狼。老潘为此说了老宋好多次，叫他说话注意着点儿别伤了父女感情。老宋不听，还是骂，骂桂花吃里扒外，骂女儿浪得不行。老潘说老宋：这些话是一个当爹的应当说的吗？他们将来生了孩子，难道不喊你姥爷？老宋说：我是气糊涂了。

厚皮被拘后，田家祥一时找不到合适的人，只好亲自掌管店面，厂里有事时他就锁了门走人。天丝门市部的生意本就清淡，经这么一闹，门市部更是门可罗雀。田福申劝他找个人照看门市部，田家祥叹道：找个合适的人不容易啊！

这天，田家祥看见那个盛了被厚皮分装过豆豉的纸箱，打开其中一个坛子的封口纸，当即被一股子臭味熏了个倒坐子。他不能不承认，厚皮确实做了丧良心的事。田家祥暗骂：田永昌你这个王八蛋，可把天丝给害苦了！

田家祥想起吕锋提及的检举信，心头便聚起了一片浓黑的云。好啊，阴险的东西，早就盯上我天丝酱园了，处心积虑设了套儿来害我，糟蹋我天丝的名声！那个盯上天丝酱园的人是谁呢？田家祥的目光落在灯饰广告牌上那只大眼睛上。

他情不自禁地走到天目灯饰店前，正遇见申凤坤，就问：又是你干的好事？申凤坤愕然道：什么好事？好事还能落在我这小民头上？田家祥吼道：你以为我不知道！你告我了，我倒霉了，天丝没人光顾了，这对你不是好事吗？申凤坤一听这话就笑了，说：告与不告，那是我的自由、我的权利。你倒霉不倒霉，那是你的运气、你的造化。天丝生意清淡，你不会拿了大喇叭多吆喝吆喝嘛，说不定这城里的人都听你的呢。田家祥说：爱买不买，少挣几个钱死不了人，可我坚持了正人君子本色，决不会暗中使绊子告人。申凤坤一脸冷笑道：谁不知你是正人君子啊，这样的话最好提上裤子再说。田家祥说：背后告状，攮人一刀，算不得光明正大。申凤坤反击：你说我告你了，我也不便与你辩驳——请拿出证据来！

田家祥拿不出证据，当场有些被动，进退都不是。

申凤坤冲他喊道：要是没有证据就能治罪，我早把你撂倒了！

田家祥无精打采地离开了天目灯饰店，颇觉无趣。

申凤坤悻悻地说：也不撒泡尿照照自己，呸！

这一次，田家祥完全输了。

申凤坤颇为欣喜，写下一副对联。

上联：纵然龙会三把水

下联：不如船行一帆风

横批：今非昔比

伙计们当即把对联贴在了门脸儿上。

直到次日下午，田家祥才发现灯饰店门楣门框上的新对联。当时他恨不能一把给撕下来，恨不能嚼烂了吞掉，恨不能点火烧了！此时他想起吕锋、自由、记者不久前说的那些话：这里是西郊，是市场，不是大苇塘；时代变了，舆论……田家祥暗暗拢住了内火，回到店里，打电话让刘辨证来一趟。

刘辨证刚因豆豉的事受了处分，正一肚子气呢，听田家祥要他折腾文字，立马回绝了。田家祥心平气和地说：你也甭朝我发脾气，我告诉你，要不是相关几个人帮你，你吃下去的那几个点就得给我吐出来。弄不好，我能把你送进局子里，知道不？放聪明点儿，别在我面前装孙子！

不一会儿，刘辨证不请自来。田家祥叫他先去灯饰店那边瞥一眼申凤坤的对联。刘辨证去看了，回来说那对联水平一般，不过是两句谚语俗话，没什么了不起的。田家祥交代他：务必想一条绝门的对子，气势上要压倒对方，要坚决粉碎敌人的心理进攻，云云。刘辨证启动了他的智慧宝库、训诂本事、小学才华、情商智商，绞尽脑汁，终于写下两句——

上联：从来是人挪活树挪死

下联：说不定桃花红梨花白

横批：风水轮流转

田家祥看了，说：这副对子呢，不能说不好，但也不是很得力，我觉得多少有点儿离题似的。人挪活树挪死，道理是不假，没有针对性呢。桃红李白，意思还行，就是缺乏战斗力，听上去像是文人的吟风弄月。

刘辨证说：从辩证法的角度看，我这个对子是有深意的。

田家祥说：你再想想。

刘辨证说：我是江郎才尽，你不是这方面的高手嘛，各人的耙子上柴火吧。

田家祥无奈地说：好，那我就来他个自己动手丰衣足食！

一番苦思冥想，田家祥把对子改成——

上联：哪里趴下哪里起

下联：出水才看两腿泥

横批：破斧沉舟

刘辨证说：你这个“斧”字写错了，不是斧头的“斧”，是釜底抽薪的“釜”。田家祥说：意思差不多就行。刘辨证说：意思可不是差不多，而是差很多，斧头跟锅能一样吗？田家祥说：将就事吧。刘辨证说：你不怕对方看了笑话?！田家祥立即肃然，连忙找了一片红纸，叫刘辨证写了“破釜沉舟”四个字。

对联一贴出来，立即引起申凤坤的注意。他双手背在身后，慢慢踱到天丝酱园门前，端详了，道：不错，不错，好大的口气！

田家祥也不谦虚，站在高台阶上说：自古以来，胜败乃兵家常事，这点儿挫折对我来说不算什么。好汉做事好汉当，我可不像某些人，私下里给人下套子！

申凤坤说：我很愿意看你拿出证据来，也好知道你背后还有什么交易，可惜你不敢——真还有点儿遗憾呢！

田家祥说：那你是打算继续盯着我了？跟贼似的！

申凤坤说：君子绝交不出恶声。我有一事，倒想听听你的看法。

田家祥说：尽管道来。

申凤坤说：我在你这里有一份供货合同，伙计随时来取货，每月结算一次，你可曾看到？

田家祥说：刚知道没几天。

申凤坤问：现在我问你，既然你说盯你的梢跟贼似的，是不是证明你害怕了？如果你怕了，或者想终止这个合同，不是不可以。

田家祥问：什么意思？给我出题儿来了？

申凤坤说：很简单。你若是怕我盯着你，别再让我吃你天丝酱园的豆豉就是了。我告诉你，我从你这里拿的豆豉，只要存在质量问题，我就会告。两个多月前我和伙计们因为吃了你天丝的豆豉，拉了三天肚子！我没有去住院，知道死不了人，可我写了检举信。我一直等待上边的答复，只是到现在还没有动静。我知道那个人和你私相授受；如果他毁了证据，就证明你们的关系绝非正人君子之所为！

田家祥笑了，说：俗话说，张天师三年不来，砖头瓦块都成精。几十年的风霜，再小的狐狸也变成老夹钳了。既然你这么说，我就明明确确告诉你，那份供货协议依然有效。我田家祥欢迎你继续品尝天丝酱园的产品，有问题请随时检举揭发，我奉陪到底。

申凤坤说：那我表示佩服。

田家祥又说：过去的问题属于我用人不当，天丝酱园的产品一直是高质量的。我今天当面给你夸下海口，姓田的一定要把这个品牌打响，响遍天下！我要让全世界都说天丝豆豉好，我要联合国秘书长喝粥都要就我的豆豉，而且赞不绝口。

申凤坤揶揄道：这是不蒸馒头争口气喽！

田家祥指着门框上的对联念道：哪里趴下哪里起，出水才看两腿泥！

申凤坤替他说了横批：破釜沉舟。

两人相对冷笑。

第十二章　做人无情难免无趣　谋事有心还须有道

服装店的生意一直不错，贾文化也胖了许多。这天他晃着肚子，手里玩着一对核桃球儿，慢慢游到文具店这边来，朝张二妮努努嘴，意思是那边又出事了。二妮探头看了，说：没什么异样啊。贾文化说：你且仔细再看了！二妮说：有事就说，拿什么糖啊。贾文化恍然道：你识字少，解不透里边的学问。

二妮这才发现天目那边门框上贴了对联，道：是呢，不过年不过节的如何贴了对子？贾文化说：王二姐上绣楼，有人高兴有人愁。二妮脸上就浮出一层焦虑来，说：我得去看看大叔。说着，脱下工作服，扑打了裤子上的纸屑，嘱咐店员好生看店她去去就来。贾文化小声问：这中、田两家到底有多大的仇隙，整天价顶着罐了钻坨针谁也不让谁？

二妮没答话，径直去了天目那边。贾文化随即跟了过去。二妮问凤坤：大叔，有人惹你不高兴了是不？凤坤说：我没有不高兴，是那边那个人自觉着不得劲，散漫着来找我的斜弯子。二妮看了灯饰店门上的对联，念了，就说：这话对着呢，一帆风顺，比什么都好。凤坤说：你再看那边——人家那口气！二妮稍远些瞥了，回头对凤坤大叔说：总是嚣张张的，开口就让人无处存无处站，小心烧缩了筋！凤坤说：他跟我较劲呢，今儿扬言要把他的豆豉做成天下第一，好啊，我拭目以待——人望人好，自己才好。

贾文化也掺和着说：果能如此，我倒是乐观其成。试想大苇塘村的豆豉某一天成了世界名牌，香港、台湾、新马泰、中东各国都吃用咱大陆的豆豉，没有天丝的货物美国总统吃不下面包，那真是一番好风景呢。申凤坤说：世上只有吹牛不纳税，想吹使劲吹就是了，吹炸了牛皮鼓咱也好听个响儿！二妮说：各走各的道，咱不跟那种人怄气。凤坤说：常言道，人是一口气，鬼是一炉香。气怄到这个份儿上，倒也能长点儿精神呢。

伙计上了茶来。二妮说店里还有事，要走。贾文化说：大叔既然安排了茶水，怎么说你也得品一品再走，敬谢不敏，是为不恭。二妮一听这话，反而不好走了，但她坐是坐了下来，心思却还在店上。贾文化喝完第一盅茶后，开口说：刚才说到和气和怄气的话，在下倒想发表一点儿浅见。申凤坤说：但说无妨。

贾文化于是就开讲了：咱都是商人，在商言商。现在有人说商场就是战场，我不完全赞成。战场上的双方是针锋相对的，彼此较量，谁厉害谁就是王。市场不同，这里没有咬牙切齿的敌人，所有来买东西的都是朋友——谁敢跟客户犯别啊？再者，这里讲的不是武力，不是谁打死谁活该，商场上的输赢在于你情我愿的生意。如果人家不肯买你的东西，你不能拿了枪抵着顾客的后脑勺叫人家拿出钱来。你们说，是不是这个理儿？

申凤坤笑道：老贾有理论，你没白喝我的茶。二妮也说：真长见识呢。贾文化受了鼓励，便讲起他们南方人的经营之道，重点就是“诚信”二字，接着又说到利润，说到商业精神，一时神采奕奕，把个商人说成了世上第一等公道人、第一等聪明人、第一等为人民服务的君子，褒奖之词，天花乱坠。申凤坤不由得肃然起敬：这样的道理我还是头一回听说，受教了，受教了。

二妮也点了点头，挺了挺腰，双手放在膝上，那端正的样子，看上去就像一位贵妇人。贾文化惊鸿一瞥，觉得很是耐看，就问：在下参悟得还可以吧？咱们商人不次于他人吧？二妮道：照你这么说，真还不能小看自己呢。

贾文化越发长了精神，索性站起来，像说大鼓书的艺人似的滔滔不绝讲了下去：咱们商人的好处多了去了！商人最关心安定，社会不安定，咱的生意就不好做了；商人最爱秩序，如果社会不讲理，地痞流氓横行，商人就得吃亏；商人最关心公平，如果有人欺行霸市，咱这些人就得遭殃。反过来说，哪里有商人哪里就有和平，哪里有商人哪里就有繁荣，哪里商人吃香，哪里就有歌舞升平。

凤坤激动地站了起来，许多事让他浮想联翩。在过往历史的蒙太奇般的联想中，某个人——那个人——突然就变小了，而他自己却渐渐高大起来。申凤坤掏出烟斗按上烟丝却忘了点火，那样子就像是神游天外，一颗心飞到万仞之上。他喃喃自语：好，好，有道是朝闻道夕死可矣。说来惭愧，在下白活了这么多年，头一回听这么好的道理。

二妮也咀嚼出几分味道来，她的内心深处受到强大的鼓舞，那是一种让她在精神上真正站起来的信仰，让她在旷日持久的自然主义生存中看到了金玉闪光，让她在平俗的蒙昧中突然看到了自身价值。贾文化的这几句话如此养人，竟让二妮的内在焕然一新，自觉是个亮堂堂的大写的人了。

凤坤点上烟锅子，慨然道：老贾你今天让我刮目相看。为什么？因为我身为商人却一直自愧为商，以前老觉得咱商人既不能跟人家官宦比，也不能跟做学问的比，甚至不及耕田的捞鱼摸虾的。今天你算是放下了我心头的大包袱，叫我知道自己站着有人高躺着有人长了。贾文化说：过奖过奖。申凤坤凑近贾文化，恭敬地问：这些学问是从哪里来的？贾文化谦恭地说：除了道听途说，就是看书看来的。我不打麻将，不烟不酒，也不逛窑子，没事时也就看点儿书。凤坤说：方便的话，给我弄几本书看看，我不能老看武侠了。贾文化应着。二妮也说：贾大哥真是个肚腹里有墨水的人呢。

贾文化的脸上浮现出几分满足来。

此时，文具店那边有人喊，二妮起身去了。

暮色渐重，店员下班，该是打烊的时候。

上午在灯饰店茶室的那段讲演让贾文化颇感自豪，走路也有了些鹤立鸡群的优越，好像真就是一位宿老学者。是呢，申凤坤可曾佩服过谁啊？他能看上眼的人，整个城里也没几个！还有张二妮眼中流露的那种灵光，内中闪动的都是敬佩啊，多么热烈！被人尊敬的味道如此美好，贾文化一整天都沉浸在这份自许的温暖中，熙熙攘攘的市场如夏日的池塘清水泱泱塞满莲叶荷花。

打烊以后，他一溜儿小碎步飘到文具店这边，云山雾罩地跟二妮说了一阵子话，趁二妮高兴的当儿，冷不丁抓了她的手。二妮下意识地朝回抽，因为对方抓得紧，没能抽得出来。二妮居然让他攥了片刻。

贾文化看她脸上浮出几分拘谨的云霞来，心神荡漾，因为想入非非，他的一条小腿竟然颤抖起来不肯停顿。二妮趁机把手抽了出来，说：叫人看见。

贾文化想搂她，二妮推开了，说：甭这样，俺心里没有你！

贾文化不解地问：刚才还好着呢——我是老虎？

二妮说：你这个人，就说话那阵子挺好的，动手动脚可不行。

贾文化于是做出极诚恳的样子，约二妮今晚到他的住处去玩。

二妮说：就你我？

贾文化说：还能有谁？

二妮问：玩什么？

贾文化说：还能玩什么？

二妮摇了摇头，说：你有家有口的，俺不同，俺是自由兵。

贾文化说：我这边好说。

二妮说：俺这边却是不好说呢。

南人确是精明，贾文化准确捕捉到二妮瞬间的心情变化，在一闪而过的心理缝隙中抓到机会。当他捉住二妮的手时，最初没有感到对方的讨厌——那温柔的手真是动人心弦啊。这小小的得手一度让他产生了得寸进尺的绯红的梦。他以为，对于一个感情丰富，又长久压抑的女人来说，来自异性的追逐也许不可抗拒，肉体的触动有可能形成神秘的开关，一旦打开，便是滔滔情欲，那力量神秘而诡异，当事人当会神不守舍。贾文化为此喜上眉梢，跃跃欲试。

然而，事情因人而异。第一滴雨珠儿落在久旱的土地上，反弹起来的不是水而是尘土——厚重的尘埃经受不了最轻微的冲击，液态的温柔激起的却是固体的跳跃，闪电叫人看见了光明也看到黑暗。当异性接触突然发生，二妮的心猝不及防，因为当时还有喝茶论道时的好感做了背景余韵。那时她是开放的、欣喜的，还有敬重在其中。至少，对面前的这个男子并无恶感。她渴望被理解、被追求、被赞美，甚至不拒绝轻微的侵犯。潜藏已久的、自然主义的人性需求伺机而动，恶作剧似的怂恿了她天然的喜悦。但是这种渴求是泛泛的、随意的、自生自灭的，并没有明确的针对性。当贾文化握住她手的一瞬间，二妮确曾感到那种潜在的冲击，有一种力量把她捆绑着，她无力挣扎，没有勇气或者说没有必要把手抽出来。胡杨树的种子经受百年干涸，雨水到来时只用六秒钟就能喝足水分准备生根发芽。这是无法抗拒的宿命。二妮在那短暂的几秒内重新体验了孤独百年的异性之美，如同武侠中的内息大法，她被亲热了，也被唤醒了。那一刻，她再次体认到自己是个女人，一个有吸引力的女人，身和心都还存在要求。几乎与此同时，她突然产生了一种幻觉，她看见那棵从坟墓里倔强生长出来的小柳树在她面前活生生地摇曳，像是调戏，像是警告，还像是抽打。真的呢，也是这样浓重的暮色，春风习习，四周的荒草如同今日的商品一样熟视无睹却琳琅满目。那棵小柳树就像一个人的手，一只类似孩童的胖乎乎、热乎乎、软绵绵的小手在她面前晃来晃去，她对此记忆犹新。她感觉到了柳条的柔软，还有柳叶那发苦的气息。她给了那柳条片刻的温柔，却把手抽了出来，似乎被开水烫伤、被毒蛇咬过似的，至今心有余悸。在她努力将手抽出来时，觉得那是一只男人的手，那手就是那棵小柳树。自那以后，那小柳树就成为一个生灵，一种代表死魂灵的活着的意象。

这个意象，骚扰了二妮的思绪。

她确认，她喜欢的不是眼前这个人。贾文化生意上很精明，还颇有些书本知识——那些知识存在于二妮和申凤坤不曾探知过的层面。当贾文化揭开弥漫于商场的迷雾，二妮从那混沌的尘雾中得到精神萌芽所需要的水分和阳光，如同晒干百年的胡杨种子遇到沙漠的雪水。对此她心怀敬重，不容置疑，甚至还有感激。知识点燃了她——包括凤坤——自立于社会的尊贵感，从此不再自觉低人一等。知识拨开了浮云，让她看见了蓝天。那里有发光的太阳和优美的云霞，即使是夜晚，也有皎洁的月亮和璀璨的群星。但是，知识并不能代替感情，前者轻易就能摘取，后者难以产生，一扎根就难以摇撼。经过来自异性的瞬间雷击，二妮悄然启动的心扉马上就闭合了，如同自动复原的机关。

她很快就回到了现实，回到了感情的本来。当贾文化诉说他那无趣的婚姻时，她知道那是男人的一面之词。当贾文化说宁肯离婚也要娶她时，二妮轻描淡写地说：你的女人在那里眼巴巴地等着你呢，俺可不肯私下里跟你轧伙。轧伙，在此地方言中就是男女搭伙的意思，类似东北的拉帮套。久居此地的贾文化当然明白——那是对男女不正常厮混的贬义描述，类似书面语言中的“通奸”。贾文化说：现在开放了，男女只要对眼，未必离了婚才能相好。二妮说：俺还是老传统，不结婚不能上床。

贾文化被她这句话给憋住了，一时翻不过篇来。

也许是一时情急，迷惘中找不到最佳的应对，贾文化竟说了一句很不得体的话：难道你结婚前就没有那事？

二妮斩钉截铁地说：没有！

接着，贾文化说出一句更失礼、更让对方不堪的话：那、那你的孩子都是纯种？

疾如闪电快如风，张二妮扬起手照了贾文化的脸就是一巴掌！那声音一如高天落下一瓢凉水，一片石板刹那间断裂。二妮觉得这一击负载了她几十年的怒火——我已经受够了——她不容许如此面对面的侮辱，尤其是牵涉到孩子的侮辱！

好感瞬间死灭，美妙的交流被两句放肆的唐突所中止，如同疾驰的车轮紧急刹住，当事人不仅能听到激烈的刹车声，也闻到突然释放的金属或橡胶急剧磨损时所产生的焦烟气息。那是粗粝的糙石和脆弱心灵之间的直接对抗，强烈的烟气夹杂了愤怒，尊严爆发出来的粉尘遮天蔽日。二妮的双眼被火点燃，那里有对宵小的蔑视，那里有对鄙陋的抗争。

贾文化带着无限的懊恼灰溜溜地离开了文具店。

张二妮关上店门，趴在柜台上，呜呜哭泣。多年的伤疤再次被人撕开，而且是来自同行的、朋友的，有恃无恐的揭开，因此也就最残酷、最要命、最让她难以忍受。她接受不了这样的轻薄，尤其是累及孩子的轻薄。她本以为市场已经溶解了历史，所有的屈辱都已随风而去，商业精神中和了大苇塘村的小农意识，恶俗已深藏不露。如此这般下去，她也许能够在新环境中安然生活，可是不然，贾文化的刻薄话犹如一盆镪水泼在她姣好的脸上，犹如一把尖刀不偏不倚插到她最隐秘的伤口。她知道，旧事还在传说。很多人虽非衣冠禽兽，但长衫下依然掩盖着深不可测的歧视。她不承认谁具有这种居高临下的优势，她拒绝那种自以为高人一等的歧视，而且，现在，她已经不肯忍受。

此事过去之后，文具店和服装店各自继续着生意，倒也相安无事，双方在时间的流逝中争取忘却一时的冒犯，平淡中透着些微的隔膜。秋天，贾文化进了一批棉大衣和被子，销路很好。申凤坤和二妮有意捧场，各买了两件，预备冬季里给值班的店员作御寒之用。二妮将大衣放在店里，被子则拿回去给儿子压了脚头。申修文这孩子极敏感，第二天一早就嚷嚷说新买的被子气味不好害得他没睡好。二妮拆开看了，发现那被子里的棉絮竟是脏棉花，其中还有没洗净血迹的纱布！

当天，二妮把大衣和棉被一起掼在服装店的柜台上，要求退货。贾文化说什么都不肯退。二妮说：这样的东西，就是你说的“三表新”吗？“三表新”就是被面、被里、棉絮都是新的。你这人嘴上说得好听，卖的却是这劣等货，对得起谁？你也是老商户了，总不能赚个弄虚作假、欺老瞒少的坏名吧？贾文化冷淡地说：货出店门，不再包换，这是规矩。

这话把二妮惹恼了，两人就在商城里吵起来。申凤坤过来，问明是非，也拿了棉被和大衣来退。贾文化照样是不肯退货，毫无商量余地。三个多年和平共处的同行，因为货物和信誉竟然闹僵了。二妮把被子和大衣放在门前的废纸箱上，怎么看都觉得恶心。申凤坤劝她：这事你别管了。他不退货，我有办法让他懂规矩，这不是朋友间睁眼闭眼的小事。二妮说：没想到这人嘴上一套做的是另一套！我气的是这。一两件东西值不了多少钱，看他一副坑人不眨眼的样子，觉得真丑！凤坤说：我计较的也是这个。虽然大家抬头见低头见的，可是彼此再好，通行的道理不能搓揉了。二妮说：是呢，即便退货，也不能光退咱的，都得退。

申凤坤毫不犹豫地打了电话给老杨，检举贾文化弄虚作假、欺瞒消费者、倾销伪劣产品的事。老杨带了质量检测员，当场检验了那些尚未卖出的大衣和棉被，确认其中用的都是脏棉，当场决定全部扣押存货并要求召回所有已经销出去的货物。次日，商城管委会以损害消费者利益和败坏商城信誉为名，给予服装店罚款处分，勒令其停业整顿四周。

贾文化自知理屈，只好接受处罚。这件事让他吃惊，没想到自己会栽在两个朋友手里，且损失惨重。贾文化闷坐家中反复哀叹：人心太难度量，敌友的转换只在分秒之间。看那个张二妮，平时多么可人、多么温和，像一只和平的鸽子啊，一旦认真起来，立马就扇你一个嘴巴子，不给人丝毫情面。贾文化承认自己大意了，以为只要骗过顾客同行不会计较。他失算了，后果出乎意料，一向厚道的二妮居然当场把假货撕开，直面尴尬，不管你那时多么现眼，往昔的情分烟消云散如同不曾有过。还有凤坤，平素里谈吐文雅，一旦刺激了他某根神经，马上就把当官的叫来，连个私了的机会都不给！北方侉子啊，你们太尖锐、太激烈、太率性了！不就是两床被子嘛，好说好讲，犯得上弄这么大的动静？

在停业的几周里，贾文化一直咀嚼着生活的烦恼。罚款数额超出了他的预料，这桩生意赔大了。此事张扬出去，以后顾客肯定会减少，名声和金钱的联系如此紧密，这也出乎他的意料。只有儿子还是一如既往地上学放学，王小妮天天来约他，两人一副青梅竹马的样子。贾文化觉得两个小东西好像在恋爱，心想：老子失败了，儿子会胜利吗？贾文化有心过问，却没个完整的好心情。他想，我才不管小孩子的酸事呢——傻子才恋爱——挣钱要紧。

贾文化在自叹自嘲中渐渐恢复了常态，好像没发生过那些事。

一天，二妮正在店里忙活，突然看见王秀花站在文具店门口朝里张望。二妮赶忙走出店来，拉了秀花的手问：什么风把您给刮来了？王秀花说：这不是登门道谢来了嘛。二妮说：说谢就远了。秀花说：俺家大份子能在城里安下脚，亏了你的照应，这人情可是欠大了。二妮赶紧转了话题，说起前些日子秀花送的那些土产：你把家里东西都拿来了，自己还吃不吃？总要留下些自用才是，好几口人过日子，少了什么能行？再说，万一来个人啊客的，拿什么招待！秀花笑道：俺就是再傻也不能都给了你啊——家里有的是。

二妮就要打电话给自由，秀花掩饰不住心头的高兴，说：叫他把俺那没过门的媳妇也带来，俺要瞧上一鼻子！张二妮打了电话，自由说马上来。趁这个空儿，秀花说起小儿子田永志来：俺那小儿啊，小小年纪就得了相思病呢，整天念叨吕家那姑娘，叫我找人做个媒，一天等不得一天，跟催命鬼似的。我想来想去生不出计策，今儿就来找你商量。你要是肯呢，就帮我疏通疏通；若是觉得不方便，也不妨给我出个主意。我一个乡下娘儿们，哪里解得开这样的疙瘩！

二妮说：原来永志是个情种呢。王秀花说：说起这事，多少也有点儿轻狂。多年前，吕锋带女儿回过一次老家，两个娃娃在一起玩得很热火。老吕兄弟便随口说了句“将来把俺家莉莉给你当媳妇好了”——这种话也能当真吗——俺那傻儿子竟然当了真，左一个莉莉右一个莉莉，好像一棵树在他心上扎了根，拔都拔不掉呢。

二妮笑道：年龄还小，等等再说为好。王秀花说：我也是这么说呢，可他就是认了真，可把我愁死了。二妮道：你没给他说清楚那是戏言吗？王秀花说：三番五次地给他说，揭破了老底，告诉他那是大人之间的玩笑话小孩子不好当公其事的，永志就是不肯信。我说人家是城里的女学生，又是市长家小姐，看不上咱啊。永志根本听不进心里去。我只好厚着脸皮来找你，请你去打探一下口风。如果人家不肯，我好给永志说透，让他死了那心。

这件事让张二妮很是为难。一来两家没有来往，居中打听这样的事，有些冒昧。再说，吕锋自从离开大苇塘就一直避着她，贸然问询，有点儿不知进退。二妮将难处坦白地说了，秀花说：那就不难为你了。老魔鬼也说这事不便去打听。二妮说：我倒是建议你找一找老杨，让他给参谋参谋，方便时顺便提及就是了。王秀花说：也是呢，怎把老杨给忘了！

两个女人正说着呢，自由来了，没进门先就叫娘。秀花见他身后站着个漂亮姑娘，就喊：那可是俺家桂花？自由就拉了桂花的手说：这是咱娘。桂花亲热地叫了一声“妈妈”，样子倒是羞答答的，不知是初见婆婆有些腼腆呢还是故意拿捏的。二妮啧啧道：看，一句“妈”就把你娘乐得这样，小心晕过去哟！秀花连忙拉了宋桂花的手，反过来看正过去看，一个指头一个指头地数落着夸：多好的姑娘啊，咱大苇塘临时说话还找不出这么个漂亮人儿呢。桂花娇羞地说：二妮嫂子比俺强。秀花说：我说话不怕她生气，年轻时你嫂子确实是人间一枝花，现在哪比得上你！

秀花说着，把一个红包掖到桂花手里。

桂花也没虚让，收下了。

受人之托，老杨很快就此事询问了吕锋。

吕锋听了，当老杨的面一连说了七八个“没想到”。老杨说：反正你得给个态度哟，人家等着回话呢。吕锋说：这事我也做不了主，今晚回去问一问。次日，吕锋告诉老杨：莉莉否认跟田永志有恋爱关系，也不接受他的感情，但她认为永志是个值得信赖的朋友。她说珍惜两人的友情，以后可以继续交往。

老杨如实对田家祥转达了以上意见，附带说，此事莉莉会对田永志单独说明。田家祥听了，没说什么，王秀花只是叹息，说是今非昔比高攀不上人家了啊等等。只有永志一如既往地坚守着单方面的感情，不觉得是多大的挫折。

永志单相思莉莉的事，吕锋没告诉妻子并非故意要忽视太太的意见，而是打心眼里不肯和王晓云多说话。近两年来，夫妻之间虽然没发生多么激烈的冲突，但常常话不投机，交流越来越少。吕锋常常酩酊回家，晓云起初还规劝过几次，后来怀疑吕锋有不够检点的地方，就叫他另屋睡觉，嘴上只说受不了酒气和打鼾。醉态中吕锋曾经调笑她：连那事都不想了？王晓云说：无所谓，我可不愿跟脏猪样的人睡一起。

家庭生活好生无趣，本应温馨的地方如今荒凉又冷寂。在吕锋眼里，当年那个端庄、含蓄、有教养的爱人逐渐变成一个死板、丑陋、死教条的婆娘。他也曾问过她：为何如此冷淡？妻子满脸都是不屑，好像检察官面对了犯罪嫌疑人。

吕锋曾经看上一位餐厅服务员，人称大潘，据说父亲是个拉脚的。大潘长得倒是眉清目秀身段妖娆，且嘴巴很严，就是皮肤稍嫌黑点儿。吕锋几次示意，可那姑娘就是不理会。吕锋不甘心被一个侍应生看扁，急追了一些时日，那女子竟辞职离去，人间蒸发了。想起这一层，一种自认为上层人的失败感油然而生——别人提着裤子巴结都来不及呢，她竟躲着我！

男人往往如此——飞走的都是俊鸟，捉到笼里的都变成丑八怪。吕锋不死心，时时留心，终于发现那女子和她的一个妹妹合伙开了个杂货店，除了食品，也卖烟酒。吕锋一心要消除心头那片被小女子甩掉的阴影，时不时借买烟去那边走走。大潘虽无意于吕锋，却是爱钱如命，她本就打算弄些高档烟酒吸引政府的人公费来买，无奈本钱有限。如今吕锋自己找上门来，大潘心下有了主意，遂暗示吕锋可以将用不完的烟酒拿来回收。吕锋当时未置可否。

从那次被市委书记训斥后抽了第一支烟，“吕副市长抽烟”的消息就不胫而走。第一个给他送香烟的是西关的莫支委，四条软中华，按当时的价格算至少值两千元。吕锋不敢这样收下，一如既往地要秘书把那些烟交给纪检委。秘书回来告诉他，说纪委那边不要，几条烟几瓶酒的不必交公，留给单位做招待就是，自己抽点儿也不为过，只要不是现金，没什么大不了的。吕锋说：真不行你就退给莫支委吧。秘书说：那不等于打人家脸吗？现实说话，咱要是送回这烟，他会记恨你呢。吕锋说：这可怎么办？秘书说：您也忒谨慎了，这点儿小意思，如今还说得着?！吕锋说：这事你可得给我作证啊。秘书说绝对没事。

从那时始，这个送，那个给，不经意间文件柜里就积了上百条好烟，还有不少名酒、海参、深海鱼油、各种高级保健品等等。他有时会拿了这些东西招待客人，但单位自有这份开支，只有应急时偶尔用到这里的寄存，而且都是他亲自拿——那就像是他私人的东西。如此下来，越积越多，柜子快要装不下了。

吕锋终于还是接受了大潘的建议，每过一段时间就取一些存货，拿到杂货店去。大潘每次都是叫妹妹小潘去拿，多的时候一次能装满满几箱子。吕锋千叮咛万嘱咐叫大潘绝不能走露风声，大潘说打死都不会说。后来秘书发现了小店的奥秘，每逢单位需要烟酒就到大潘的店里去买。大潘虽然心性固执，但正常的生意流水是来者不拒的。小潘是个爱说爱笑的女孩子，每次吕锋来，她都喜笑花生地围着转，跟蝴蝶似的。吕锋偷偷捏过她的手，小潘只是朝姐姐那边努了努嘴——怕大潘看到了不高兴。大潘的心在生意上，无心妹妹的事。这样下来，仅半年时间，吕锋不仅有了几万的进项，经常去拿烟酒的小潘也上了手。

吕锋曾经觉得自己怎么看都像个洗钱的贼，内心不无羞耻，但羞耻心是容易老化的，美丽的钞票不支持他作如是想，并帮他推开一切恐惧和不安。首先，他确认这些都是属于自己的东西，个人有权处置，既然组织上说这类东西可以不交公，就等于走过了明场。再说了，公家并没因此而吃亏——到哪里买都是买，同货同价嘛。对那些送烟送酒的人，吕锋既没让他们吃亏也未曾因了三条烟两瓶烟而出卖原则。当下的风气就是这样：只要你及时把事办了，即便不违规，当事人都会感恩戴德非得表示表示不可。再说，这些东西老放着也不是个事，香烟若是长了霉，好酒若是跑了气，平白无故糟蹋了东西不也可惜嘛。这样做其实也是一种节约，节约永远是人类的美德。

想到这一层，吕锋暗自得意，渐渐不觉卑琐。女人养汉，门槛里外不会只有一个人的脚印；男人做贼，绝不会只偷一次就罢手。法国作家莫泊桑在他的短篇小说《莫兰这只公猪》中写过一句话："这事就像是一本书，只要你翻开第一页，就可以随便翻到任何一页，而且非翻到最后不可。"这话对于贪腐上，大致也不错。吕锋的兴趣渐渐广泛起来，他喜欢上了石头。开始只是借工作之余收集一点儿好看的雨花石放在案头做个装饰，有些放在花盆里当做点缀，后来就玩起玉石来，且钟情于古玉。有人发现了他的爱好，陆续也有送的，真假不论，讨个喜欢。

二妮打算跟儿子好好商量一下考学的事。她多次问过修文打算考什么大学？选什么专业？将来计划做什么？修文今天说学经济，明天说学历史，总是定不下来。最后还是他的班主任替他作了选择，主攻经济学，兼修企业管理。修文这才安下心来。

修文的性情中一直带有明显的忧郁、脆弱、敏感、优柔，有时会爆发无端的激烈，这让二妮一想起儿子的前途就忧心忡忡，甚至会黯然神伤。随着高考逼近，修文的忧郁症状似乎加重了，老师说升学压力大，叫家长不要总在孩子面前提考学的事，让孩子有个自然、轻松、专心致志的外部环境。二妮嘴上不再说高考，可是心里无一日不纠缠此事。有一天，她听电视上有人讲，母亲怀孕期间如果心理状态不好会影响到婴儿的心理，不由得就回忆起当年的情况——那时她处于多方面的压迫和焦虑之中——便自怨自艾起来，觉得对不起孩子。

宋桂花知道二妮的心事，说解放路西头靠近加油站那边有个巷子，巷子里有个会算命的老先生，人称徐半仙，怪灵的，你去测个字吧。二妮嘴上说不信那一套，可想来想去，实在找不到更好的路数，也就信了。她独自找到了那地方，说是要测字。徐半仙让她写个字，二妮就写了个"口"字。

徐半仙此时已过古稀之年，依然童颜鹤发，一派仙风道骨的模样。他端详了那字，大拇指在几个手指上掐来点去，念念有词，折腾了好半天才说：你是山涧水命，为人耿直，心底清澈，重情重义，是个持家的好女子。二妮说：老人家不必光说好听的，不好听的也说得，我要的是实事求是的命相。徐半仙说：你自幼出身寒微，半辈子悬在空中，辛辛苦苦，没人做靠山，万事自己担当，倒也没有很大的闪失。二妮说：对着呢。徐半仙说：你是水命，写出来又是这个“口”字，口里含着水，命中是有话说不清啊，你有难言的苦水，必得一吐为快才是。二妮觉得老先生一语中的，不敢打岔，只叫他说下去。徐半仙说：两个“口”字合成一个“吕”，你命中和姓吕的有关系。这个“吕”字的写法是上下两个“口”字摞在一起，中间还有一个小棍儿别着。现在都兴简写，没有那根别棒了。什么意思呢？就是说——你别上怪啊——你和姓吕的之间前生就有说不清的姻缘，今世里却被潮流给弄到两下去了。

二妮听了，心惊肉跳，只是不便言语。

徐半仙还有话说：三口为“品”，你命中有两个孩子，都能长大成人。三口人一起，家庭稳定，不会闹出乱子。这“口”字中间加一横，为“日”字，就是说，要想过好日子你得横下心来，千万不要三心二意。竖着再加一道，是个“田”字，你命中和姓田的也有点儿交叉。如果不是，那你命中就和田地有关系，想必是当过农民做过庄稼。中间这一竖如果上面出头，就是个“由”字，所以只有积极朝上走你才有光明的前途。向下走，是个“甲”字，就是说，朝下走也不错，比如说将来回老家去，你会安享晚年，绝不会遭罪。要是这一竖拉长了，上下都出了头，就是个“申”字，你命中和姓申的也有点儿关系，而且不是你一个人。这“申”字中间一根大梁，两边有四个口，是说姓申的至少和你家四口人有关系。

张二妮说：我家只有三口人，怎么会有四口呢？徐半仙说：天机不可泄露，我也不很明了，卦辞上就是这么暗示的。就算我知道，也不能给你泄露。二妮被他说得心慌意乱，差不多忘了自己是在什么地方，也猜不透未来的深浅福祸。她觉得心中比来时更多了几分不安，甚至还有惊恐——天啊，一面不识的老人居然把她的命说得这么全面，无一不中，简直骇人听闻！她觉得自己被人彻底看穿，前生后世上下几辈人都在他的掐算之中。二妮小心翼翼地问：有什么忌讳要注意吗？徐半仙说：我告诉你吧，“口”字虽然简单，可是就怕写歪了，千万不要与人传话学舌，要保守秘密。你的命先苦后甜，属上等好命，所以我得加倍收钱，也算恭喜了。

本来说好是五十测一个字的，现在成了一百。二妮也不吝惜，就给了他一张大票。徐半仙甚是高兴。二妮说：差点儿忘了一件事，我儿子近来恍恍惚惚的，茶饭不香，寡言少语，可有什么法子？徐半仙翻开一本旧书，看了又看，说：这事很简单，你找些孩子生父的头发，烧成灰，在上等黄酒里泡了。我这里给你写一道王禅老祖的符咒，也烧成灰放在黄酒里，然后让孩子喝了，保他万事清净什么邪魔都近不得身。

回家后，二妮又是高兴又是忧心。既然什么都是前生今世的安排，那既往的和近来的酸甜苦辣也就怪不得别人了，走一步看一步吧。老先生说得对着呢，日子还得靠自己去过，别指望什么人会救你。当务之急就是怎么从那个姓吕的头上弄到一点儿头发——还真不容易呢。如果是名正言顺的夫妇，此事无须吹灰之力，可如今那人近在咫尺却如在天涯，现实的名分隔开了先天的血亲，无可奈何。

二妮费尽心机，最后找到了一条路径。在一次与顾客的闲聊中，她得知市政府领导大都去一家内部理发店剪头，二妮私下买通了那里的理发师，趁那人去理发时悄悄保留了他的一绺儿头发。理发师将头发亲自递到二妮手里，问：真是喝什么人的头发水将来就能当那么大的官吗？二妮说：人家这么说，谁知道呢，想来也就是个寄托吧。理发师说：可怜天下父母心。

二妮打开那个小包，仔细端详从情人头上剪下来的头发梢子，小半已是白的，黑发也不如从前的油亮——老了，不可阻挡地老了。她记得，那时他的头发又密又黑，上面总有一层油，棉布帽子因头油而沾了许多尘土。她为他洗过多次帽子……唉，没心思去感叹那旧日的情肠了，现实发酵的都是唏嘘，二妮满心的悲戚。

回到家里，她就把那两百元换来的不到两克头发梢子烧成灰，又将符咒烧了，一起放进绍兴黄酒里，滤除杂质，亲手端了送到儿子嘴边。

儿子问：这里边是什么？

二妮说：黄酒，喝下去就能睡好觉。

二妮万万没想到，儿子刚喝下那酒，立马就感到强烈的恶心，哇的一声，连吃下去的饭一起都吐了出来。

修文怀疑母亲在酒里放了什么东西，生气地把杯子掼在地上。

二妮看着地上的瓷器残片和呕吐物，想起自己此番辛苦均已白费，禁不住号啕大哭，泪流满面。

第十三章

张二妮忆旧放怀高歌
贾文化讲古钩沉提要

厚皮从看守所出来后，在家住过一个晚上，次日一早就被他老婆和相好的木匠打了出来。厚皮披着一片破褥子，达撒达撒地找到田家祥，无论如何要他给一碗饭吃。田家祥叫他到酱园的食堂里去上班。厚皮说：我也是当过副总的，干炊事有点儿大材小用了。田家祥说：干什么都不下贱。厚皮说：不是下贱不下贱的事，现实说话，我的舌头、耳朵、眼神头都不灵了，做不了菜。田家祥问：怎么了？厚皮说：进那里边后遭罪太多，若不照他们教的说就用大灯泡烤我，硬是把我的两眼烤得看不清了。他们在饭菜里放了很多盐，不交代就不给喝水，硬是把味觉破坏了，现在吃什么都是一个味儿。

田家祥说：既如此，你还是去商城拉地排车送个货啊什么的吧，真不行，你就收拾起菜刀勺子，干老本行。厚皮说：那是粗活，我不能重操旧业了。现在的潮流，最是看不上拼力气，谁能吃到易食儿谁才算是本事。再说，我也没有力气干那个了。田家祥就问：力气呢？厚皮说：被他们整没了。三天两头挨揍，又不给吃饱，什么人还不得散架儿！那么要命的折磨，我硬是把刘高兴藏在舌头底下，得多大的坚持！刘辨证那个东西还不领情，早晚我得叫他知道厉害！田家祥说：凭这点，就得给你一口饭吃。

厚皮最终还是被安排在天丝门市部里，工资没少，但是地位变了。田家祥特别嘱咐他：现在你是一般工作人员，到那里要服管，好好改造。厚皮问：门市部那边形势变了？田家祥叹息说：先是自由叛变，后来你为非作歹，门市部被你们糟蹋得不像样子。我也不能老在那里照看，不久前招聘了个姓潘的女子，叫潘秀梅，别看年纪小，可是个头脑清楚也敢负责的人，你到了那里，一切都要听她的，她叫你干啥你就干啥，不要争秤讲价钱。

厚皮去了，潘秀梅给他讲了各样新立的章程，叫厚皮好生干活不得偷懒耍奸。厚皮说：此前我是这里的代经理，虽说犯过一点儿错误，降级也不能降到最底层啊。秀梅说：错误大小，是否犯罪，我没工夫跟你贫嘴。你要是拿来天丝的委任状，我立马把位子让给你——烧得不轻！厚皮不肯就范，兀自在门里门外转悠。秀梅说：这里每一样事情都是考核的，包括扫地、提水、擦桌子、扫台阶，你要是不想挣钱拿工资完全可以到外边坐着去。厚皮说：我哪能干这等粗活！秀梅说：不干你就走人。厚皮无奈，只好拿起簸箕扫帚，一边做活一边嘟囔：小姑奶奶哟，是个人就能管着我……

午饭后，厚皮趿拉着拖鞋慢悠悠来到和平文具店。二妮见他可怜，拿了一双新球鞋给他。厚皮觉得受了尊重，说二妮人好心眼也好。二妮说：这两只鞋虽然是同一号码，但不是一样的颜色，可能进货时弄错了。你不要嫌啊。厚皮当场试穿了，大小合适，说：颜色不一样没关系，兴许这就是新潮呢。二妮又给了他一些零钱，厚皮接了，想说点儿什么，只可惜一时找不到词儿。

贾文化饭后总要在街口晃悠一会儿，以助消化，这会儿正好走到文具店门前。厚皮见了，主动与之搭讪：正要去您贾老板那边报告呢，你就光临寒舍了。贾文化说：永昌啊，没文化就是没文化，不要装什么孔门弟子啦。你知道什么叫寒舍吗？这儿不是寒舍，而是铺面！寒舍是主人对居处的自谦之词，你又不是这里的主人，怎能自称寒舍？厚皮说：受教了。贾文化又说："报告"这个词儿用在这里也不对，我不是你的上级，你报的什么告啊？厚皮说：那里边有规矩，拉屎撒尿都得喊"报告政府"，习惯了。贾文化说：如此，倒也情有可原。

贾文化关心厚皮在看守所里吃什么，睡地铺还是睡床，被子上有没有虱子，一天放风几次，是否有熬大鹰之类刑罚。厚皮说：贾老板您甭多问了，人家不让说，释放前写了军令状的，不写不行！贾文化苦笑着，悠悠然踱到马路对面，进了天目灯饰店。厚皮后脚跟了人家前脚，也进去了。贾文化瞥见他，问：你来做什么？厚皮反问：来看俺大叔啊，怎么，不行？贾文化鼻孔里发出一声冷笑，没再说什么。

那次劣质被服事件后，三家一度生分了些时日。这期间老杨居中做了些工作，促他们和平共处。服装店恢复营业那天，老杨在街口主持了一个小型服装展销会，特别安排贾文化讲了五分钟的话。贾文化好不容易有个露面的机会，引经据典说了十多分钟，对先前的不轨行为作了反省（主要是辩解）。申凤坤和张二妮给他鼓了掌，几个人和好如初。此时申凤坤见老贾进来，先打了招呼，又对厚皮点了点头。

申凤坤带他们一起到楼上去喝茶。

贾文化看上去兴致颇高，说：天朗气爽，正是喝茶的好时令。凤坤说：难得兄弟有这个雅兴。贾文化说：古人说石壶槐火试新茶，今儿既不用你的大红袍也不喝二妮给你的碧螺春，我特意带了一盒武夷岩茶一起品尝品尝，尊意如何？凤坤说：那就先谢了。贾文化又说：香茗在前，诗意有加，只是缺了美女，便觉少些情调，何不将文具西施请来？申凤坤装作没听见，拿了水壶去灌水。贾文化就给文具店那边打了电话，二妮说一会儿就来。

二妮上楼来，彼此相熟，倒也无须寒暄。厚皮刚受了二妮的恩惠，非要尊她上座不可。二妮说：你年纪到底大些，我哪敢上座呢。厚皮惶遽地说：虽说咱是同村同辈，不过现实说话，你是腰缠万贯的财主，我是身无分文的叫花子，我若是越位上座就等于不知好歹，万万使不得。凤坤打趣说：永昌什么时候学到了文雅啊，叫人刮目相看呢。贾文化鄙夷地瞥了厚皮一眼，说：人在哪里都能受教育啊——言下之意就是看守所让厚皮长本事了。厚皮也不计较，还是让二妮上座。凤坤见二人谦让不下，说：咱这里不以贫富论高低，厚皮你就上座吧。厚皮说：那我就坐这炉子边上，提壶续水也方便。贾文化说：这样最好。

茶过三巡，凤坤说：平日里虽说忙，倒也不是挤不出喝茶的空儿来，可凭空里想找这么个排场，真还不容易呢。贾文化说：二难并，四美具，那是《滕王阁序》中的句子。记得不？凤坤说：我读的那点儿书早已就着稀饭喝肚里去了。厚皮说：老贾这人有意思，圣人的蛋皮——文文绉绉的。凤坤说：厚皮你也学着点儿。二妮也说：永昌大哥有所不知，眼前这个老贾可是有学问的人呢，多日不听他说古论今，觉得缺了些什么似的。凤坤转脸对老贾说：前日里你说了咱商人许多的好，让我找到了立脚的地方，不过有一点我还是弄不明白。既然商业重要商人有贡献，为什么历朝历代老有人看不上经商的呢？贾文化笑了笑，说：且听我慢慢道来。

贾文化清了清嗓子，说：历朝历代，看不起商人的皇帝，以朱元璋为最。凤坤说：那倒是个好皇帝呢，一坐上龙椅就把三宫六院都遣散了，天天喝粥。贾文化说：那都是御用文人的奉承罢了！朱元璋当皇帝时已经什么事都干不动了，所以要赶走那些宫女，他是担心开支大了，想省钱！再说了，一个好皇帝，关键得有高超的治国方略，男女方面，说不着。叫我看，朱元璋充其量就是个乡巴佬！他以为只要男人会耕地、女人会织布、小孩子都去读孔孟的书，天下就能太平。厚皮说：老贾你胆子也忒大了，连皇帝都敢议论！贾文化说：皇帝算什么？他看不起咱商人，我就得骂他！我们这些做生意的，哪一个不是勤俭过日子？倒是那帮封建官僚不劳而获，花天酒地，锦衣玉食，香车宝马，一瓶酒上千，一件衣服上万，哪里来的？不都是民脂民膏！

贾文化说着说着就带了几分气恼，把皇帝、官僚、豪强、士族、读书人一并骂了个痛快。他说：洪武十四年，朱元璋诏令天下，农民可以穿绸、纱、绢、布四种衣料，商人只能穿麻绢和粗布衣服——连农民都不如，真乃拿我们不当人看啊！商人的子女在考学、当官、住宅等方面也都受到限制。商人不能坐轿，只能骑马——居然有这等昏君，太伤咱们自尊了！

凤坤安慰他：您这是生的什么气！朱元璋的骨头早烂成泥了，犯不上这么义愤填膺。人一生气，上焦阻塞，于健康不利。

贾文化笑了说：是呢，他死了，咱还活着嘛。朱元璋实在是个土老帽，有一阵子，他颁布法令，恢复实物征收制和劳役制，各地各级衙门内的传令、狱丁、武弁等一应杂役公差，都由各乡村轮派，凡文具、纸张、桌椅、板凳之类零星杂碎，都向村民直接征收。就是说，政府什么都不买，官员的办公用品都靠老百姓摊派，而且只要实物，跟眼下实行的三提五统似的。结果弄得个怨声载道，老百姓骂那龟孙皇帝朱洪武是个佛面刮金、雁过拔毛、阎王不嫌鬼瘦的蠢东西。倘若他把这些事交给我们商人去做，很容易就能做好——

厚皮突然放了个响屁，把贾文化的话打断了。二妮最听不得人当众放屁，皱眉掩鼻。厚皮自辩：臭屁不响，响屁不臭。申凤坤只叫老贾接着说。

贾文化呷了一口茶，说：人家看不起咱，不要紧，要紧是商人得有自尊。我给你讲个故事，唐朝有个进士叫陈会，他父亲开了个小酒铺，因为没按时扫大街——相当于门前三包——陈老汉曾被基层官吏鞭笞过。什么叫鞭笞？就是用皮鞭打屁股啊！陈老汉受了羞辱，很是郁闷。陈会的母亲深感商人地位低下，坚持让儿子走读书科举的路。后来陈会考中进士，当地节度使看了他的简历，见其家庭有经商的背景，私下里派人快去陈进士的老家修整门庭，最好能在进士到家省亲前关了那个酒铺，还嘱咐仆从千万别忘了把陈家铺子的酒旗儿拿掉，免得给当今的新科进士丢人。可是，陈老汉并不以商人为耻，就是不让拆酒铺，酒旗儿也不让拽下来，闹得贺喜的人只好在门前转来转去，好不尴尬。

凤坤说：这个老汉了不起。

此时，二妮听见文具店的伙计在楼下喊她，起身离开。

原来，刘高兴的儿子要结婚，他亲自来这边下请帖请众人去吃酒的。二妮接了大红的请柬，声称生意太忙实在脱不得身，当即封了一份贺礼。刘辨证最喜欢这种形式——贺礼不少，人不去吃饭，两全其美。刘辨证离开文具店时，小声问：你们在开会？二妮说：俺又不是干部，哪来的会！喝个茶闲拉呱罢了。

刘辨证随即上了天目店的楼上，跟凤坤、贾文化打了招呼，却忽视了在场的永昌。厚皮对他说：刘校长，我出来了，你知道不？刘辨证说：这不是，我请您喝喜酒来了。厚皮说：哄我呢。你那请帖上根本就没我的尊姓大名。刘辨证说：现写一张就是了。厚皮说：写了我也不去。你这是借机敛财，我哪有冤枉钱给你。刘辨证说：这么说就远了。厚皮横着口气说：刘高兴我告诉你，要不是我在局子里百口不开，现实说话，你今天未必能在这里发请帖！知道不？

刘辨证连忙掏出两盒香烟，掖在厚皮的衣兜里。

凤坤封了大小两份贺礼。刘辨证喜道：这是从何说起？凤坤说：一份是我的，另一份是永昌的。你们两家是庄邻，我给他垫上就是。刘辨证只说：到时恭请诸位大驾光临——跟厚皮连个招呼都没打就下楼去了。厚皮盯着那人的背影，悻悻地说：无耻小人，就认钱——不待见的东西！

凤坤劝慰他：百人百姓百脾气，差不多就行了，犯不上。厚皮谢了凤坤的厚意，声音里有说不出口的感动：庄邻往来，底数是五块，你不该加倍给他。凤坤说：社会来往这个事，你得看是什么人，也得看什么时候。他进来时连个招呼都不给你打，足见是一眼看高一眼看低的水货，所以我故意把你的来往加了一倍——咱不能在这种人脸前丢了份儿。

厚皮听了，对申凤坤更多了一份敬重。

田自由和宋桂花同心协力，生意渐渐做起来，但田自由并不满足，他想自己办个三合板制造厂，自产自销。两人为此盘算过许多遍，觉得万无一失，只可惜资金不够。桂花那点儿小私房早已做了摊位的租金，现有积蓄远不够买一台剥皮机和一台压板机。再说，没有流动资金，光有机器还是不行。田自由不由得感叹：一分钱难死了英雄好汉！

桂花说：要不俺爹想给俺找个有钱的主儿，这世道，有钱就是好。自由说：现在后悔还不晚。桂花说：怎么不晚？嘴叫人家亲了，奶子叫人摸了，还有脸见人？宋桂花照着田自由的头打了一巴掌，说：将来你要是敢变心，我生吃了你！自由说：这世上再也找不到比我更爱你的人了！

桂花想起来了，说：你不是还有一半的工资没发吗？眼下咱急需用钱，还不快回天丝把那一半要出来？兴许还能得到一份利息呢。田自由说：是呢，如今正事正用，应当要得出来。桂花说：俗话说，和尚念了经少不了经钱，当年酱园资金紧张，现在的天丝壮大了，没理由再推托了。自由说：也是。

田自由抽空回了一次大苇塘，向父亲郑重其事地提出要钱办厂的事，满指望能行，没想到爹还是不答应，而且拿不出像样的理由。田自由当即拉下脸来，说：上次你说酱园资金紧张，不给我钱，我也没有坚持要，现在我遇到坎儿了，凭什么还要继续克扣本就属于我的工资？田家祥笑着说：不为什么，就因为你不肯跟我合作，就因为你不听我的话。田自由说：你是皇帝？你说什么就是什么？皇帝也要讲理是不是？！

田家祥说：谁说我不讲理了？你不妨算一算，因为你离开天丝，我的损失有多大！单单那个门市部那次事件我就赔进去十好几万！仔细论起来，那事对天丝的影响大了去了！如果你在那里，厚皮敢捣鬼吗？田自由说：那边出事，能怨我吗？是你管理不善造成的。你就是喜欢厚皮那样的狗腿子，忠言逆耳，说起来也是事出必然。自己不懂现代企业管理到头来倒打一耙把账算到别人头上，睡不着觉怨床歪、脚大怨鼓踝我看是！

田家祥一听这话，顿时就恼了，他叫田自由闭嘴：我是不是土皇帝，用不着你说！你要是有本事，到省里市里去拿几张大奖状给我看看！你看墙上那些锦旗，那都是荣誉，不是小摊子上拿钱买的花纸，不是随便什么地方捡的传单！你懂现代企业，那你为什么不去银行找钱却来这边吃回头草？田自由问：这是回头草吗？这是我的血汗钱！田家祥问：你找我要血汗钱，我呢？我的血汗钱找谁要？啊！田自由说：你是吃饼咬了手指头，自找的，我要的是自己的工资，这是我的权利！

话不投机，爷儿俩在办公室里大吵起来，双方声音都很高。田福申过来解劝，话说了很多，可是父子两个没一个让步的。田福申对田家祥说：自由今儿遇到难处，来要他的工资，不是没有道理啊。田自由说：不光工资，还有利息呢。田家祥吼道：还想要利息？我看你要死！田自由也提高了嗓门：那钱就是存银行里也得长利息吧，凭什么不给？田家祥对田福申说：一分钱也别给，有本事尽他使。田自由见要钱无望，又找不到说理的地方，情急之下，伸手扯下墙上几面锦旗，喊：狗屁先进单位，该人家工钱不给，拿了不是当理讲，简直就是黄世仁！

田家祥此时怒不可遏，冲上去照儿子就是一拳。

田自由急转身，出自本能的自卫意识让年轻人举起了强有力的拳头。

田家祥见了，没有躲避，直面儿子的铁拳。

田福申冲自由喝道：别胡来！他是你爹！

田自由尽管热血贲张，那拳头却终于没能打出去。他不情愿地垂下胳膊，双拳依然紧攥，胸脯剧烈起伏，全身都在颤抖。田福申站到他们父子之间，又说了一大堆话，田自由都没听见。他的恼怒无以复加，以至于艰难于视听。田福申拉着他的手硬把他拽出了办公室。

田自由余怒激荡，顺手拾起一块石头，砸到院子里一口闲置的缸上，瓷缸粉碎。

田家祥冲出来，叫道：你小子砸我缸，得赔！

田自由走后，福申把田家祥推到办公室里，继续他的劝导。田福申是大苇塘村前任党支部书记，自七十年代下台后对家祥为首的新班子一直心存敌意，多年来在村里扮演着党内反对派领袖的角色。天丝酱园成立，田家祥审时度势把他拉进管理班子当了副董事长、监事会主席，兼管财务，内外报销事宜也都由他负责，工资和田家祥一样高，田福申过上了体面日子，满意得连曾经的立场都放弃了。如今董事长父子闹翻，他真心实意希望他们好说好商量。

田家祥消了气，把掉在地上的奖状和锦旗拾起，吩咐人重新挂上。

田福申说：今天的事，我觉得你过分了。自由来要他那一半工资，应当说是名正言顺啊。即便不给他利息，本金是应支付的。咱天丝从来不曾欠发任何人的工薪，你又何苦要拿了自己的儿子撒气呢？田家祥长叹了一口气，说：大叔你有所不知。自由这孩子什么都好，就是脾气太硬了，而且路也走得太顺了，这不是好事。今儿我就是要他这四个棱的木料从圆眼里走一遭，也好知道什么是旋子什么是刀。福申说：你要是成心挫折他，那就更不该。各人有各人的坎坷，用不着你故意强加的锻炼。田家祥说：我就是对他有看法。你看，几年前他说走就走我没怎么着他吧。今天他想要工资，我偏不给。我得叫他知道有这么个爹，磨磨他。福申说：磨归磨，道理还须说得通才是。田家祥说：大道理管小道理，我的道理大，他就得听我的。他要是真有本事，没有天丝这点儿钱照样能做出来，要是没本事，你就是给他一座银行也还是不行。福申说：下次再来，务必把那一半给他，包括利息。亲爷们儿，明算账。

桂花把爷儿俩打架（其实没对打）的事对二妮说了，二妮只是说：井里无水四下里淘，真不行就去银行问问，若能贷一部分款就好了。桂花说自由去银行问过，信贷科的李科长说银行的钱都用在大方向上，像我们这种小企业想贷款很难。二妮说：银行里放着那么多钱总得放款才能盈利啊。桂花说：银行都是唯利是图的主儿，动不动就说给小企业贷款风险大。

二妮听了，也只有陪着犯愁。

让二妮略感安慰的是，随着天气转暖，高考逼近，儿子申修文的忧郁症状大大减轻了，加紧复习备考。

申修好还在读高中，她心目中都是伟大人物，秋瑾、甘地、居里夫人的相片一字儿贴在床头。有一次二妮问女儿：这个叫秋瑾的女人有没有丈夫和孩子？修好说：巾帼英雄不在乎那些。二妮又问：这个瘦巴巴的老头，不像中国人呢。修好说：他是印度人，和平主义运动的领导者，别看他瘦骨嶙峋，可他有着常人没有的精神力量，是印度的大英雄。他一辈子吃素，连牛奶都不喝，鸡蛋也不吃，偶尔生个病就在泥巴里打滚，也能治好。二妮说：那不成了猪打泥了！修好严肃地说：妈，不兴你这样说人家。他领导了印度反殖民主义斗争，和平示威，不动一枪一弹印度就独立了。中国能跟他有一比的就只有孙中山。二妮说：你说的这些俺都不认识。修好说：你要是认识他们，我就没有你这个妈了。

二妮又跟女儿说起修文的事。修好说：妈你烦不烦啊，我跟你说过多少次了，我哥一定能考上，只要他正常发挥，绝对没个跑——你给他准备上大学的铺盖就是了。二妮高兴得不行，说：到时得多做几床被子，带上两个暖水瓶，还有泡脚用的丝瓜瓤子。修好说：告诉你一个秘密，我哥这阶段之所以学业大进，多亏有申行健陪他。这个申行健，妈我告诉你，不得了！二妮说：怎么不得了？修好说：给你说你也不懂，我和我哥都是他的粉丝。二妮说：粉丝粉丝，小心被人家当菜吃了！

高考那天，张二妮在考场外遇到王秀花。秀花忧心忡忡地说：俺家永志十有八九考不上，上次摸底考试，据说是倒数第三。二妮说：人不可貌相，海水不可斗量。那孩了心思蛮细的。秀花说：按说呢他也不笨，吹拉弹唱都行，就是学业上不去。二妮说：那孩子心性善良，像个闺女似的。秀花说：老魔鬼偏疼大份子，一说话就刺薄永志说他跟娘儿们似的将来肯定没个大出息。二妮问：听说你偏疼小的，是吧？秀花说：我要是再不护着他点儿，永志就成没人疼的可怜虫了。

秀花叹了一口气，转而说：看你家俩孩子，多好啊。修文文墨腼腆，活脱脱的一个大姑娘食儿，将来你就是堵了阳沟姑娘们也会翻了墙爬过去，到时你怕是有心好操了。二妮说：你还夸他呢，我担心的就是修文，这孩子性情有点儿别扭，见了人连句话都说不周正，谁个肯跟了他做媳妇啊。秀花又说到修好，问这问那的，二妮借故离开了。

田自由走投无路，经常一人喝闷酒。桂花劝他：光喝酒也不是事，不妨再想想，看谁能借点儿钱给咱——井里无水四下里淘嘛。田自由说：找谁借去？我算是看透了，百分之九十九的人都是势利眼，越看你没钱他们越是躲你远远的，等你有钱了，朋友也多了亲戚也热乎了笑脸到处都是，银行也来动员你存款，还给你两包糖蛋蛋——跟哄小孩似的。桂花说：我看这商场里，真正肯帮人的就只有二妮嫂子。自由说：她倒是个好人，可文具店是小本经营，没多少钱。桂花说：不是钱多钱少的事。你爹钱多，他肯借咱吗？我爹也不穷，他肯帮咱吗？

倒是那钱少的，只要心地宽阔，关键时倒可能帮咱一把呢。田自由眉头紧锁，说：二妮嫂子给咱的帮助已经够多了，再去借钱，有点儿得陇望蜀的意思，我怕人家笑话咱，知道不？桂花说：也是呢，人总得知道个进退，不能叫人家说咱张着口袋老说不满。不过话又说回来，你最好还是把咱的打算跟她说一说，让她给咱出点儿主意也好。田自由说：这倒可以，明天我去。桂花说：你要是不好意思，我跟你一块去。自由忙不迭地说：这种求人的事，我怎能让你拿着嫩脸儿去踹呢。别看我这小孬样，肩膀儿还是有的。桂花在自由的肩上拍了一巴掌，说：我就看中你这点！

田自由说：这事要是成了，咱得怎么谢她呢？桂花想了想说：给她买辆机动车，拉货方便。自由说：人家有三轮车。桂花说：那就给她买一身能上场面的衣服吧。自由说：衣服这东西最好不要买，花色、样式、布料，各人有各人的看法，咱舍得钱买了，人家不见得就喜欢。桂花狡黠地笑了笑，说：她到底喜欢什么呢？人道是三十如狼四十如虎，真不行你去跟她睡一觉？小叔通嫂子的历来……

田自由勃然大怒，当即就蹦了起来，声色俱厉、指头挖眼地骂桂花：你胡吣的什么啊你！臭嘴要是痒痒就去厕所的糙墙上磨，别在这里跟我喷粪！

桂花立马知道自己说了错话，瞥一眼自由脸上抽搐跳动的肌肉和那双充血的眼睛，怯怯地缩成一团，脸上寒寒的，满眼都是自责。

自由兀自在那里发泄着不可遏止的愤怒：我告诉你，我对她就像对亲娘一样！这个世界上除了我娘就她真心实意帮过我！知道不？无论谁，但凡对她有丝毫的不敬谁就是我的仇人，我跟他没完！你给我记好了，我什么都可以让着你，只有这一点你不能碰着，我是个感恩的人，也是个记仇的人！

说完这话，自由竟难过得失声痛哭。

桂花见事闹大了，赶紧跪到自由面前，可怜巴巴地说：自由，我该死，我不该胡说八道。你惩罚我吧，打也行，骂也行，撕我的嘴也行。没想到你这么重情重义，没想到她在你的心里如此重要。你是对的，你的心这么善良这么干净，我真不配做你的老婆。请你原谅我这一次，我知错必改，从此后我会像你一样敬重二妮嫂子，像敬菩萨那样敬她，丝毫不能伤害。如有差池，你就拿刀劈死我，也是活该！

自由赶忙把她从地上拉起来。

桂花坐到自由身边，反复说自己不知深浅，嘴比粪汪还臭，还拿了自由的手打她的头。田自由一时还缓不过气来——过分的刺激让他无法快速回复常态。桂花看他还是默默的，以为自由不肯原谅她，于是下狠心检讨自己，说她这张嘴也是任性惯了，动不动就胡说八道，说到家呢其实就是缺乏教养，因为爹娘家教不严害她长了一身欠揍的贱骨头，等等。她要求自由好歹给她机会，也好痛改前非。

田自由的脸色逐渐恢复，嘴角不再颤抖，说：我知道你那是信口开河，可是说话得知道轻重，也得看对谁，谁身上都有不能戳不能碰的地方是不是？这话若是别人说的，我非咬死他不可！

桂花像哄孩子似的说：我错了，行了吧？

不久高考揭榜，申行健和申修文同时考进省重点大学，村里人说他们“中了状元”。接到入学通知书那天，二妮激动得紧紧抱住修文，眼泪落了儿子一脸两腮。她终于盼到这一天，现在，至少有一个孩子可以远离是非之地远走高飞了。虽然没有亲爹的照顾，她一个人硬硬地咬着牙把儿子带大而且送他上了大学，啊！想到这些年惨淡经营、含辛茹苦的日子，二妮既充满自豪又颇多感伤。

申修好将这一消息告诉了吕莉莉和田永志。

正如秀花所料，田永志没考上。这事让申凤坤看到了水落石出，不由得暗中得意，很想找机会在田家祥面前揶揄一下对手。次日上午，凤坤在街口看见田家祥，正要上前说几句不咸不淡的话呢，突然又觉得这想法未免有些浅薄。还有一层，永志那孩子心地善良，这次没考上，本身就是郁闷的事儿，若是借他做了托儿出气，则不够厚道，于是就把准备好的话咽了回去。倒是田家祥大方，对凤坤说了几句祝贺的话，还说村里对考上大学的青年有一份补助，凤坤也道了声谢。

凤坤和二妮决定在饭店合办几桌酒席，请一请亲朋好友。请哪些人来吃喜酒，这件事很费了二妮一番心思，最难掂量的是吕锋。无论怎么说，吕锋都该参加儿子的升学庆祝会。如果实在忙不开，来站一站，看一眼，跟孩子说句鼓励的话也好。最终，她写了那个请帖，并亲自送到政府的传达室，估计三天内会有回音。

可是，吕锋让她失望了——只有莉莉前来贺喜。

二妮问莉莉：你爸你妈怎么没来？莉莉只说他们忙没空来，转身去找行健说话了。二妮也就不再提起。

永志来了，申凤坤拉着他的手走到二妮跟前，说：这孩子心地宽广，不错啊。

永志说：我是来祝贺行健和修文的。

张二妮抚着永志的头，说：好孩子，谢谢你。

田永志看了高招录取榜后，对父母说要去祝贺修文行健他们，田家祥说：你也就是个陪太子读书的料，想去就去不想去算完！王秀花劝儿子：别去了，人家考上了咱没考上，见了面说什么啊。永志说：咱没考上，人家考上了，也该祝贺啊。爹娘没再说什么，永志便独自来到这边，向两家和两个好友表示了真诚的祝贺。

九十年代初，谁家子女考上大学，还是一件重大喜事。凤坤发了十几份请帖，除了儿女、亲家，还有老杨。二妮这边人少些，也有娘家兄嫂等，还特意请了莫老先生。老先生说自己年事已高不便喧闹，让莫支委代替，莫支委本来说要参加的，临时有事，只叫人送来贺礼。二妮和凤坤商量了，打算在莫家院子里另外设一桌酒席单独感谢莫家。

田自由和宋桂花也随了礼。席间，桂花说到当下做生意的难处。二妮安慰他们：虽说当下有些难，到底还是两人互相帮衬着，不像我出来进去都是一个人，还有孩子，那才叫难呢。桂花说：设身处地，倒也可想而知。二妮说到她第一次去上海进货，带去的钱装在一只袜筒里，人家嫌那钱臭。她一再分辩说那是只崭新的袜子，人家就是不肯收。她只好到银行里换了成扎的票子，才把事情办好……

老杨祝贺两位年轻人金榜题名，说了好大一段话，嘱咐他们好好读书报效国家，也要孝敬父母，年轻人应着，给老杨敬了酒，老杨一一喝了。接着，他们又给长辈敬酒，凤坤、二妮都很高兴，也喝了几个。因为平时不饮酒，二妮今天有点儿放松心情，几杯酒下肚，竟有了微醺的感觉。

贾文化看二妮两朵桃花上脸，分外妩媚，也上前敬了酒。二妮说：不行了不行了，再喝就醉倒了。老杨打了个圆场，提议二妮介绍这些年经商的感受。二妮开始还不肯说，经不住大家的怂恿，就说了几段小故事。最让她感慨的是每次从外地跟车回来，都是日夜兼程，那份辛苦真是没法说。为了不让司机打盹，她忍着极度的疲乏不停地给司机唱歌解闷儿。

桂花趁机说：那还不给大家来一嘴？

亲友们也都齐声鼓励：二妮来一支！来一支！

二妮不肯驳了大家的面子，便借了酒兴唱起来：

虽然是借来的光芒，
月亮并不凄惶，
漫天星星都在闪烁，
照耀我的路悠远漫长。
为了那心中的爱，
我昼夜兼程，
陪伴东方灿烂的曙光。

虽然是借来的光芒，
月亮并不悲凉，
亲人唤起我的希望，
朝霞就要把山影照亮。
为了那心中的爱，
我穿过幽暗，
向往着美丽的太阳。
……

她的声音亮丽优美，赢得亲友们热烈的掌声。

这是二妮平生第一次在大庭广众之下演唱。起初她还有些紧张，声音不够自然，多亏了众人热烈的掌声，她慢慢找到了感觉，声情也放开了。随着音乐的旋律，她的记忆回到那长夜星空，回到那漫漫旅途上，情绪也达到了正常状态。

歌声让她站起来了，一个习惯于被人忽视被人忘却的女人，终于在众目睽睽之下亮相。对于二妮来说，这是她精神生活中一步重要的跨越。她不再怯弱，不再羞涩，不再自惭形秽，也只想表达自己，只想纵情歌唱压抑多年的热情。此时，她最想感谢的是凤坤大叔。如果没有他的提携，我也许还在大苇塘的泥淖中跋涉。她要感谢老贾。如果没有他，二妮我依然混沌懵懂看不清路也直不起腰。她要感谢老杨，感谢所有帮助过她的人，当然还有莫老先生一家……

她把该说的话都说了，放在每一段歌词的过门之间。因为真诚，她的眼里闪动着晶莹的泪花。眼前这些熟悉的面孔，每一双眼睛里都有温暖。她渐渐平静，飘忽的眼神落在申凤坤身上，老人脸上那和谐的笑容给了她做人的力量。后来，她的目光在一对儿女身上绕来绕去，修好不好意思地用双手蒙了脸在指缝里偷看妈妈。二妮曾经给予贾文化温情一瞥，对方没有做出恰当的反应，她觉得这样的传递索然无味。唱完一曲，她觉得满脖子都是汗，满心都是喜悦。

田永志为申行健、申修文唱了《只要你过得比我好》。申凤坤着实被这青年的率性和善良感动了。从那张稚气的脸上，老人一点儿都看不到田家祥那逞强霸气、颐指气使的样子，不由得暗自感叹：虎生三子有一文豹，果如其言。

申行健和申修文也都感受到永志宽阔的心胸和真挚的情感，一一拥抱了他。他们看上去亲密无间。

看到这情景，申凤坤觉得心里很乱，身心像在摇曳。两家之间秉持多年的势不两立如今像是秋树上的叶子，每一片都要掉下来。他不知道应当高兴还是需要警惕，家族的生冷对立难道无法继续了吗？有一种潜在的力量在销蚀着他的豪情，宿怨恩仇如同潮流中漂浮的一块用作包装的泡沫塑料，轻得很，似乎也没有方向。

卷 三

第十四章

小青年用心平地抠饼
大人物不慎泄密穿帮

九十年代，小城的政治生活中发生了一件大事：撤地设市，也叫地改市。

所谓地改市，就是将原来的地区变为市管县的形式，地委、行署分别改称市委、市政府。为了区别以前的县级市，有人将现在的市称为大市，原有的小市变成三个区（都是县级编制）。真正分享这一盛典大餐的是官员：一下子多出四个县级单位（原小市变为三个，商城管委会提升为正县级单位，市里又报批了一个开发区，也是县级单位）。这好比八大碗的酒席一下子变成十二个大碗，菜肴之丰盛，餐桌上都快摆不下了。凭空多出这么多椅子，原本超编的干部都有了新位置，一些不曾想到会提拔的也被安置到重要岗位上，官场皆大欢喜，嘈杂的兴奋掩盖了草根的牢骚，小城看起来照样欣欣向荣。

原来的小市改为区，副市长吕锋现在只担任商城管委会主任和党委书记。虽然没有了副市长的名号，却正儿八经地成了正县级。这是他仕途上的第三次美事。官场人都知道，从副县级到正县级，是一个大坎。迈过这个坎，天地一片广阔，当事人才算拥有了起步价。让吕锋感到欣喜的是，尽管发生过豆豉中毒事件，组织上对他的评价是积极的、正面的、肯定的。这给吕锋注入了新的热情。他想无风无火地再干一届，即使没有多大功绩，只要做到守土有责，到退休时怎么也得弄个副地级。对于一个农民出身的人来说，那等于上天了。

老天经常调侃过于得意的人，历史上的大事件也常伴有某种戏剧性。就在吕锋兴奋的当儿，一件不大不小的事情发生了：他多年来上交礼品的记录，不知为什么，居然流落到社会上！有人说是地改市以后机关大搬家过程中，搬家公司把文件不慎撒落。有人说负责电脑维修的技术人员偷偷拷贝了政府文件，还有人说是内部人故意使坏泄露了机密。反正，这份文件是暴露了、泄密了。

这里摘录几条：

某月某日，刘辨证，豆豉两箱，牛筋腰带一条，求升四中校长。

某月某日，李义，水晶一块，意大利皮鞋一双，求办歌厅（莫支委介绍）。

某月某日，赵匡庐，防水手表一只，水晶雕件一个，求调市场派出所。

某月某日，涟水县商业局副局长，德国剃须刀一件，推销鸭蛋。

某月某日，东山县长候选人李，山料一块，求一张民意调查选票。

某月某日，宋天伦，购物卡两张，内值八千元，求调工商所。

某月某日，谢科长，西服一套，衬衣五件，领带五条，求调税务所。

某月某日，李县长妻弟，范曾画一幅端砚一块（都是假的），求任办公室主任。

某月某日，行署副秘书长外甥，山料一块，求承包路面十公里。

……

这只是一个收礼单子的很小一部分。但是，它的影响不亚于晴天霹雳、荒漠惊雷、山呼海啸，在当地政坛上引起一次强震。首先，这个单子直接暴露了哪些人送过礼、求办过什么事——他们大都在职，因此难免尴尬，尤其是那些平常对吕锋说三道四、吹毛求疵的人，完全陷入被动不是人的状态。人们会说：你小子够阴的，表面上说人家不好，暗地里送东西巴结他呢。其次，从礼品的价值就能判断出当事人要求的标的，美差用厚礼，小事用薄礼。第三，当事人的礼品是来自公家呢还是自己掏腰包，难免引起所在单位的猜测。第四，有人会骂吕锋驴肚子里存不住水，以后可不能再跟这家伙打交道，小心被他给卖了。第五，帷幕下的关系网露出冰山一角，各个利益圈子彼此交叉，有的已引起纪检注意，没被注意的，难免受惊。

小小礼单波及到整个社会，吕锋的命运也因此发生了变化。

将修文送进大学，二妮顿感身上的担子轻了一半，心情舒畅，人也越发热心于商城的大事小情。田自由踌躇再三，也是实在没有办法了，最终下决心去找二妮，向她说明了他的计划和困难。二妮沉吟片刻，说：我这边虽然有点儿积累，但前一阵子开了个分店，现在资金不是很宽裕。眼下你们好像比我要难一些，我也替你们发急。这样吧，既然你跟我说了，就是信得过我。我先给你五万，你再添上一部分，去买一台二手压板机，先干起来再说。

田自由高兴坏了，当场说明了还款计划和利息的事。二妮说：还款期限不要定得那么死，等你手头宽裕了就还我。利息就照银行的利率，我既不能做无息贷款也不能放高利贷给你，彼此公道，你看行不行？

自由哪还有不行的，说：若是工厂运营得好，我想给你一部分股份。

二妮说：股份不股份的，随你的便，我也没指望发财。

自由说：有了股份，能参加分红，股本依然在呢。

二妮嘱咐他：别打算一口吃个大胖子，等有了积累后再扩大规模也不晚。

田自由拿了这钱回去，桂花激动得几乎要跳起来。

自由感叹说：人跟人多么不同啊！

宋桂花说：自由咱得记着，在咱走投无路的时候，二妮嫂子是唯一肯帮咱的人，这不是一般的恩情，将来定要好好报答人家！我算认准了，这人可以做咱俩的终身依靠！

田自由握紧拳头，说：什么叫做雪中送炭？什么叫做侠肝义胆？什么叫做倾囊相助？这就是！咱只有干好了，才能对得起她。

桂花说：不光咱这一辈子忘不了，下一辈子也不能忘了她！

自由说：下一辈子还在你我腿肚子里呢！

桂花说：有好种还怕出不了好苗儿？明年我给你生个胖小子！

借到钱，田自由雷厉风行，立刻将早已看好的一台压板机和一部二手剥皮机买进。他把机器安到大苇塘空置的老屋里，自己买进树木，剥皮、晒皮，然后掺和了工业胶压成板子。王秀花成了他的帮手，永志落榜后没有复读，有空也来这边帮忙。

秀花老是问：你打算啥时把桂花领进门啊？自由总是说：快了，笊篱里的鱼不愁拿，方便时再说。永志说：哥你要注意用词，“方便”这个词儿在古典小说里就是更衣的意思。自由问：什么叫更衣？永志说：更衣就是解手、拉屎、上茅房。自由骂道：这家伙，拿学问教训我这个当哥的了，看来我也得读点儿书呢。

创业之初，一应事务，都是现支锅、现找柴、现淘米，千头万绪，极其不易。为了省钱，很多事他都是自己做，尽量少雇人。九十年代的经济活动之最大特点，就是在草根企业中造就了一大批懂经营、能实干、会管理的小企业主。田自由就是其中一个。这期间，王秀花全力支持儿子，平时为板材厂做饭送饭、打扫卫生、看家望门，为此还养了一条大黄狗。那黄狗晚上一听见动静就叫，王秀花一听见狗叫就得起来看看，害得她老是睡不好。

城里这边，桂花独自支撑店面，拉脚送货都是老潘。桂花见老潘经常叹气，问他怎么了，老潘说：没有后啊！桂花说：你不是有三个闺女嘛，有一个招赘的，不就有儿了！老潘说：大的就要结婚了，女婿干保险。二的整天跟花蝴蝶似的不正干，有没有人愿要她，还是个事呢。就老三还行，现在天丝门市部那边管事。桂花说：原来秀梅是你家老三啊，那孩子不错，我负责给她找个婆家，让她的对象做你家的倒插门。老潘说：那个不靠谱啊，众人都叫我过继俺哥家的小三，可是小三因为盗窃刚被抓起来了，可见不是个好东西。

急剧变化的日月给人机会，也给人出了不同的难题。

因为泄密穿帮，吕锋在一夜之间变成官场上的另类，没人愿意跟他深入讨论这件事该如何对付，甚至没人愿意接近他。每一张脸上都写着浓重的戒备和猜疑，还有不齿。幸灾乐祸的有之，火中取栗的有之，敬而远之的有之。他们好像在说：这小子是个事儿妈，人人都知道撒尿，就他撒了尿还要当镜子照照自己——整个儿一傻屌！

吕锋对晓云说：现在我快成一只过街老鼠了。晓云建议他朝上级纪检组织投诉小市纪委，告他们泄露机密，吕锋不敢。晓云问：为什么不敢？吕锋回答：小市的纪委书记现当着大市的组织部副部长呢。晓云鄙夷地说：你若这么想，我也没什么好说的。吕锋说：人不能离开现实说话。晓云叹息道：你不是一直觉得自己不适应官场嘛，既如此，我也不拦你了，你趁早离开仕途找个安静的地方吃饭去。吕锋道：哪有安静的地方啊！

田家祥为此事来看望吕锋，见吕锋精神委顿的样子，就说：不就是一张记账单嘛，谁骂你，你跟他对骂，看谁骂过谁！吕锋说：不是敢不敢的事，也没有人指着鼻子挖着眼地骂你，人家只在背地里唧咕——小声说话聒死人啊！田家祥说：那你就去找组织。吕锋说：组织上也无法处置窃窃私语啊。我这心里就像吃了一把死苍蝇，恶心，却吐不出来。田家祥叹道：哑巴被驴日了，说不出。吕锋不语。田家祥说：该干吗干吗，别跟个娘儿们似的。

吕锋还是打不起精神来，整天闷闷的，走路时再不像从前那样气宇轩昂、两眼正视前方、脚下弹性十足了。现在开会他很少发言，不得不讲时，就照本宣科，再没有从前那种生动风趣的发挥和鞭辟入里的分析，有时甚至语无伦次、吞吞吐吐，叫人不知其所云。他像一片受灾的叶子，蔫了。失去底层血液的官场生活让他变得卑微而苍白，身心犹如浮萍，弱不禁风。从前那个挥斥方遒、矢志改革并有志于自我完善的吕锋即将死去。

吕锋原是在意外表的人，出门前总要对着镜子将面部、衣服、头发、皮鞋认真捯饬一番。这天早上，他正刮着脸呢，不知怎么的，一走神，电动剃须刀突然掉到瓷砖地上，刀头和本体摔成两半了。他愣怔了好一阵子，恹恹地将破碎的残件扔到垃圾筒里。

对镜打量自己，下意识地摸了摸下巴，他吃了一惊。那里边的面孔是我吕锋吗？简直不敢相信！曾经茂密的黑发已经变成灰白，稀疏、柔软，再没有光滑滋润了。因为谢顶，脸形变长，看上去就像一块半干的榆木板子，黑中透着黄，再没有从前的红润、弹性和光泽。在额头和两鬓之间各有几个面积不等的老年斑，和眼角深邃的鱼尾纹照应着，似是有意警告当事人不要忘记自己的年龄。那双曾经明亮的眼睛，现已失去了往日飞扬的神采，不再灵动。

看着自己憔悴苍老的面容，吕锋自语：此生休矣！

多年来一直在副县级上煎熬的老杨，在这次地改市中一度有望升到正县级。近年来，因正职数额有限，有些任命书中的副职后面常常加个括号，注明是正级。老杨暗自打算，如果升为正处实职，怎么安排都好；如果是副职，希望后边能加个括号。可是老杨这一次还是不走运，因为他“学历偏低年龄偏高”，原地没动。老杨得了消息，在家呆坐了大半天，下午神不守舍地来到天目灯饰店。

申凤坤陪他喝了一阵子茶。最初的话题是吕锋礼单泄密的事。凤坤问：那事就这么了了？老杨说：不了了之。凤坤说：那单子我也见了，上面怎么没见大苇塘的记录呢？他俩跟一个人似的，能少了那事？老杨恍然道：是呢，他俩大面上连一瓶酒的交情都没有，谁信啊！凤坤说：王八吃绿豆，心里有数。老杨恍然有所悟，道：说起酒来，让我多了一份疑惑，怎么老见有人送没见单子上有烟酒呢？凤坤说：自己喝了抽了呗。老杨默然良久，笑了说：人家到底还在位子上呢——腻歪是腻歪一些，不过也值了。凤坤接着问老杨：这次你能摊到好事不？老杨苦笑道：打个比方吧。大家一起排队买东西，每当轮到我的时候人家就说东西卖完了。呵呵。凤坤安慰说：现如今，提拔慢点儿也算不上丢人的事。老杨说：话不能那么说啊。我为社会服务了一辈子，总想有个肯定吧。凤坤说：功绩都在大家心上呢。老杨说：说归说，正七品和从七品，差别很大啊。凤坤说：不就差那百儿八十块钱嘛。老杨说：老弟哟，在官言官在商言商，这行政级别可不只是几个钱的事。比如说，同样是老同志老战友，人家是正县了你还是副县或仅是个科长，逢到场合，不论咱年纪多高，都得坐下首，是不是？那个坐上首的很可能就是你曾经的部下，你说别扭不别扭？不错，人家也许会尊称你，叫你上座，可咱心里很明白，不能上座啊！这叫什么？这就叫等级——官场讲的是这个！凤坤说：那种情况下最好还是按年龄排座。老杨说：按年龄不行啊。人家请的不是你，你坐了上首，次序先就扭了。假如你勉强坐了上位，人家还是一味跟地位高的人传情说话，把你晾在那里，不也怪炎凉人嘛。凤坤说：我最是看不上你们官场那一套。老杨说：看不上也得看，恶心也得吃，谁能抗得住潮流？孔圣人都尊重秩序等级，咱算个啥！

说到等级，两个老伙计就回忆起土改那阵子的旧事，说那时的社会多么平等，干部如何跟老百姓打成一片。老杨说：四清运动，甚至于学大寨蹲点那阵子，都提倡平等，干部和群众同吃同住同劳动，哪有现在这么多讲究！申凤坤说：那时谁敢贪污几块钱几斤粮食都是了不得的错误啊。老杨说：现在你看，饿死胆小的撑死胆大的。申凤坤说：面目全非，老皇历不能看了。

怀旧情绪如火如荼，思绪回到过去，两位老友沉湎于从前，兴致勃勃，顾盼回味的好像是天国。他们深情怀念二十多年前以至于更为久远的乡村，说那时的人多么单纯、生活多么节俭、同志之间多么友好等等，完全抹煞了当年的饥饿、贫困、无情的阶级斗争和没有自由的悲辛光景，忘记了政治高压下的出卖、依附、自戕、人人自危与心灵禁锢。历史竟有如此强大的过滤能力——让你丢弃罪恶与黑暗，只留下光明与温情——真好啊！

离开天目时，老杨已经回到现实，也有了目标——他要作最后的努力——如果吕锋此时能鼎力相助，组织也许在最后时刻对他的职务安排做出适当微调。按常理推测，吕锋应当希望他离开现在这个岗位，因为年轻领导大都不肯久留年长的部下。为此，老杨想给吕锋送一点儿礼，以便创造说话的机会。要送的这个礼品，应当是，也只能是一点儿小玩意儿，不值很多钱，即使将来说出去或交上去，我老杨也不丢人。同时，这个东西还必须是对方喜欢的，最好兼备实用与美观，还能经常看到。

次日上班，老杨见吕锋两腮冒出一片青色，显得老了许多——一下子便有了主意——他决定把儿子给他的那个精致的剃须刀送给吕锋。

老杨要送的这玩意儿其实是个工艺品，刀把儿镶嵌了一块和田玉，属于限量收藏品，做工精巧，但轻易看不出贵重来，老杨很是喜欢。如今为了大事，也只好忍痛割爱——仕途要紧啊——但愿用者慧眼识珠能看出它的价值来。

又次日，中午休息时，老杨信步踱到吕锋的办公室，随手把剃须刀撂在吕锋的桌子上，不经意地说：看你这些日子忙的，连胡子都顾不上刮了。这玩意儿我也用不上，你凑合用吧。吕锋看是个剃须刀，下意识地摸了摸自己的下巴，说：还真该刮刮脸了。说完，又端详了那个羊脂玉的刀把儿配件，笑道：这玩意儿还蛮精致呢。老杨轻巧地说：不就是个剃须刀嘛。

这件事，这样安排，应当说再合适不过了。老杨做得很自然，接受者也是一副漫不经心的样子。吕锋的心头掠过一片薄云，心想：自从出了那事，好多人都缩头缩脑的，一分钱的交道都不敢打了，唯有老杨还行，不在乎这些，到底是多年共事的老同志了，不曾因为一点儿风吹草动就避之唯恐不及——既然来者无心，不收也不好，于是就把那玉石把儿的剃须刀随手放到了案头上。

两人随便扯了一阵了，自然就说到这次人事安排。老杨说：在商场干了这么多年，脑子都成老糨糊了，想换个地方。吕锋问他：可有成熟的想法？老杨说：大的原则当然还是听领导的安排，至于个人意向嘛，能去市工商局最好不过，这一门业务到底熟悉些，不至于隔行隔山地说些离八话。吕锋说了些挽留的话，口气里并没有虚套客气，后见老杨主意已定，就说：既如此，我择机向有关领导反映一下。老同志，辛苦多年，也该动一动了。

到此为止，这事办得很顺利，羚羊挂角，几近无迹可寻。可是老杨一时糊涂，临离开时竟指着那个剃须刀说了一句玩笑话：这小东西，你就留着自己用吧。老杨的言下之意是提醒对方此物不要上缴。吕锋一听这话，好像被人当面揭了疮疤似的，立即就红了脸。他登时站了起来，拿起那个剃须刀，局促地说：您还是拿回去吧，我确实用不着这个。再说了，我也不想破戒——节妇床头失守不如老妓从良啊。

老杨不肯拿回，吕锋一直追他到了走廊，非叫他拿走不可。老杨觉得这么推来搡去的叫人看了反而不好，只得接了。这种附带条件的礼物往往具有双刃剑的特点：东西送出去了，送礼人觉得事情有了七八，自然是高兴；同时，送礼人也可能因此瞧不起对方——真是有钱买得鬼推磨啊。及至事情办成了，送礼人的心理又会有变化，有可能觉得小礼物办了大事，划得来，也可能觉得本无须送礼或无须如此的分量，后悔了。另一方面，收礼的人也是如此。拒绝礼物，得到的有可能是尊重——好人会想，这人认真守纪律，两袖清风，是个好官。但也可能被人误解，以为交情不够或礼物太轻，被人假惺惺阻了面子。如果是收了甲的没收乙的，就更麻烦——送礼者会因此记恨你。

吕锋这次拒绝剃须刀，就生生地得罪了老杨。事实上，从操作层面讲，老杨做得不够聪明。他完全可以找吕锋直接提出升迁要求，根本没必要用送礼表示那点儿意思。或者，告辞时就别再提起了——人家已经接受了你的好意，你还要画蛇添足，那不类似于揭短嘛。在这个环节上，老杨有点儿磕两个头放四个屁，弄巧成拙的意味。进一步想，这也是潮流所致，向使没有现实的风气，老杨绝不会想到送礼。再朝深处说，人一旦沉湎于得失，进退往往失衡，本是探囊取物的事反而拿捏不好分寸，把事做砸了。什么叫画虎不成反类犬？此之谓也。

老杨就是老杨，他有他的观念、逻辑，也有他的弱点和性格。吕锋拒绝了他的小意思，老杨不但没有检讨自己，反觉受了羞辱。人到了这把年纪，往往太爱惜面子，而且不善于内省。他觉得，头一次送礼就被人家拒绝，自己犹如一个刚要脱裤子却被对方当面呵斥“放尊重点儿”的轻薄女子，那滋味真是不好受啊。再说了，他吕锋若是个彻头彻尾的好东西也就罢了，别人入港都没问题咱这里顾盼一笑却挨了个耳刮子！

老杨越想越恼，好像吃了一把死苍蝇。

实际上，老杨要求调动的事，吕锋还真向领导反映了，时间上也不曾耽搁，用心也是真诚的。领导的回答也符合实际：工商系统不久前由块块变成条条管理，干部改由工商系统自己任命，地方上虽有建议权，但说了不算。吕锋将这个答复如实告诉了老杨，老杨知道“此事休矣此生休矣”，不是滋味，老脸黑一块黄一块的。此时老杨又一次走了错路——他认为因吕锋不曾下力组织上所以才轻描淡写拿了官话应付他。老杨一辈子清醒，这一回却钻了牛角，把怨气无端发在吕锋身上。

只能说，这是一个让人失态的时代。

桂花虽然忙碌，倒也不觉得累，毕竟是青春年少的正午时光。她计算了，代销别人的货只有十几个点的利，自产自销，至少有对半的利，有时还要高。如此高的利润，让桂花压抑不住满心的兴奋，对田自由说：照这弄法，咱很快就成资本家了。自由说：我只求把生意做起来证明你我不是窝囊废，没想当什么资本家。桂花说：你不当我当，你看现在多少人腰缠万贯，几天前还是个拖着黄鼻涕的小破孩转眼就成了老总，你不眼红？自由说：我不眼红。桂花说：我不信，谁会跟钱有仇啊。自由说：真的，我现在想的就是争口气，别在俺爹面前现了眼。桂花说：若是哪天当了资本家，你会不会养二奶啊？田自由笑着说：多养几个二奶，你不就成小组长了？桂花说：俺不想当那小组长，整天价跟一帮妖婆子斗，烦死个人！两人说笑了一阵子，就抱在一起亲热起来，生龙活虎，要死要活。

当时中国正值大规模投资基本建设的时期，战线长、项目多、投入大，建筑业呈现出一片方兴未艾热火朝天的景象，房地产逐渐成为经济发展的领头羊，无论城市或乡村，对水泥、钢筋、三合板的需求量极大。有那么几年，连搭建脚手架的卡子都供不应求！次年年底，桂花已经盘下两个摊位，销售额远远超过了老宋。因为有所积累，田自由从国外买进一批柚木、榉木、枫木、水曲柳等高档木材，用这些优质木材加工出来的木工板、三合板不仅销路好，增值空间比传统板材大了许多。

桂花看着持续升温、一个劲疯长的建材生意心里没个底儿，不无惶恐地问自由：每天进这么多货，怎么还是填不满呢？中国到底是十二亿人还是二十亿人？要不然就是咱中国在哪里打下了新地盘？自由说：市场大得很，咱这点儿东西还不如大海里的一滴水，你我就是可劲儿造，也不够卖的！桂花说：市场这东西比俺爹俺娘还强。田自由说：这种伤人的话最好不要说。桂花说：当他们的面我不说这个。

看见儿子的事业兴旺发达，王秀花心里乐开了花。有一天，田家祥问起自由的厂子办得怎样，王秀花说：你还有脸问这个？田家祥说：问问还不行嘛。秀花说：你以为死了张屠户大家就得吃混毛猪呢！田家祥说：他干他的，我干我的，公私分开，到哪里都好说。王秀花说：反正俺也不指望你是个人。田家祥叹道：俗话说儿要穷养女要富养，穷养儿子能锻炼人，富养闺女能教她尊贵庄重。你一个死文盲，知道啥啊！秀花就接了他的话说：俺倒是想富养闺女呢，哪里找去？田家祥说：自己生呗，生不出来，只好不养。秀花说：自打有了永志，你就不上我的床，我找谁下种去？借个野种，你愿意？田家祥听出老婆的弦外之音，不吱声了。秀花便凑近了说：说别的是假，你那野种出的野花也该有个着落了，哪怕跟俺做个干闺女也好啊，你去说说，看怎么样。

田家祥只笑，不答话。

天丝酱园彻底抛弃辣疙瘩咸菜生产，腾出人力、场地和资金上了两条生产线，主产桃酥、糖块、饼干、萨其马之类流行食品。这些低值品市场的利润好得让他意外。他曾对吕锋说：心边上没想到市场会有这么大！吕锋说：商品就是这样，要么面对金字塔的底部走下里巴人的路子，要么向精致、高档、时尚发展走阳春白雪的路子。

长话短说，田家祥的坚持和努力产生了相应的效果，天丝豆豉赢得了市场的广泛青睐，效益长足增长。为了保证质量，天丝自建了香油磨房、大豆生产基地、果园和菜园。为了充分利用香油渣子和其他废料，酱园附设了养猪场，还建了两处冷藏库、三个有机猪肉销售点和一处火腿加工厂。养猪场里产生的猪粪最初是卖给种地的农户，后来天丝自建了一个大型沼气池，用猪粪制造沼气，全村用上了免费沼气。这件事赢得了乡亲们的普遍好评，遇到谁夸他“做了件大好事”时，田家祥就会悻悻地说：免费就说好，一要钱就恼——你们还算人?!

销售一直是天丝的薄弱环节。田家祥同时开拓了上层和草根两条路线。上层，他将八宝豆豉介绍到几百家宾馆，向全省全国推广。当年当模范时认识的一些老领导后来都成了天丝酱园的顾问。这些人大多已经退休，喜欢做点儿累不着也闲不着的事，田家祥挨家挨户去拜访他们，请他们免费品尝豆豉，提出批评改进意见，方便时帮着扬扬名。这些老领导各自都有门生，而那些门生大都在重要岗位上，他们的推荐为八宝豆豉增加了信用度，天丝的影响力和销售额都有了大幅度的提高。

安排好这些，他开始物色门市部经理。

这一次，田家祥决定实行定岗定薪的现代管理方法，向全社会公开招聘。宋桂花听说月薪上万，也报了名。田家祥故意敲打儿子：你说要做现代企业就不能家族化，你的媳妇这次不能报名哟。自由说：现代企业讲究公平竞争，天丝不能设排他性条件，谁符合要求就得聘用谁，老布什当总统，小布什当州长，谁也没说白宫就是布什家的私人房舍吧？

田家祥听了，倒也没的说。

这次招聘是委托商城管委会下属一个协会组织的。最后考评结果，宋桂花胜出。宋桂花泼辣、机灵、敢做敢当的风格颇得田家祥赏识，加上她嘴巴甜、会周旋，确实是门市部经理的上好人选。合同签订前，宋桂花特别注意到工资发放办法（每月三号自动存入账号），方才签了字。她说：我担心他赖账，天丝有这个前科。田家祥听到这话，心里老大的不高兴，却也没词儿反驳。

宋桂花执掌门市部后，潘秀梅成了她的副手，她深感自己无法兼顾好两个摊子，见秀梅机灵肯干，品性方面像她爹老潘一样忠诚可靠，却多了头脑清晰办事利落的优点，便十分倚重她，天丝门市部的日常运营主要就靠潘秀梅盯着。厚皮不高兴，说自己再没有出头之日了。桂花说：你别不高兴，商场就是战场，过一关选一将，你干啥啥不中，就只能干基层。厚皮甩鞋，说：此处不养爷，自有养爷处。桂花冷冷地说：悉听尊便，八月十五买个鳖，有也过节没有也过节。厚皮一气之下又回了天丝酱园，田家祥暂时放他在门房打杂。厚皮还是有情绪，几次扬言要走人，田家祥也不在乎。

这是田家祥卧薪尝胆、高歌猛进的时期。经过长期不懈的努力，天丝充分挖掘自身产能，改进工艺流程，八宝豆豉终于成为一流饭店必不可少的烹饪作料。宋桂花上任后，首先跟省城一家大零售商签订了独家代销合同。这个合同规定了基本营业额和天丝给予的折扣，天丝再也无须派出自己的经销队伍，每年坐收利润。田家祥对此大加赞赏。其后，宋桂花以此为范例，在大中城市全面拷贝，很快建立起全国性的代理商系统，彻底改变了过去全靠天丝门市自销的方式。

报纸、电台、电视台对天丝的崛起多有报道，这也使田家祥改变了对当代媒体的看法，而花样翻新的广告成为天丝销售的重要推手。田家祥对吕锋说：喉舌这东西确实了得。吕锋说：现在明白还不晚。

因为宋桂花的介入，田家祥父子俩的矛盾渐渐化解。田家祥由衷地佩服这个风风火火又不失智慧的准媳妇。他预感到儿子将会有大的发展，心中窃喜。田自由有时还会提起他那一半工资的事，桂花说：别提了，那点儿钱，还不够生气的。

同一时期，心情最不好的要算老宋。

自打女儿与田自由一块租摊位做生意，老宋就不开心。人不开心，许多事就做不好。因为一个人忙不过来，他曾雇用过远门的一个表侄，那小子太懒，说话还特别轴，很多客户都被他得罪走了。后来老宋辞退了他，惹得表哥表嫂老大不高兴，老宋为此闹心得不行。后来他从人才市场聘了个助手，工资给得蛮高，可那小子借出去要账的机会拿了老宋两万七千块，溜了！老宋又是一阵闹心。周围的伙计们劝他别再找人了，自己能干多少干多少，真不行就跟女儿的摊位合在一起，两全其美。

老宋于是放下架子，笑嘻嘻对女儿说：我那边的情况，你应当知道一些。你这个爹啊，脾气不大好，说话不很中听，可咱到底还是亲爷儿俩哟。常言说一窝皮狐子不嫌臊，一拃没有四指近，灰热不如火烧手，做生意还是自已人最可靠。桂花对爹似乎并无怜悯之心，说：你想说什么就说，不用绕了弯子给我做思想工作——俺又不是党员！

老宋就说：那就开门见山吧，我跟你妈商量了，咱这两处摊子最好能合在一起经营，这样既省人工，也不耽误事。桂花当即就叫他打住：爹你不要再说了。我不是不原谅你，孬好你也是我爹，可现在我的公司是跟别人合伙的股份制单位，跟你搅和到一起，不清不浑，董事会上不好交代。老宋说：什么时候又闹出个股份公司？蚂蚱大的生意还要什么董事会，活见鬼了这是。桂花说：爹啊爹，你要么与时俱进要么另请高明，我们生意不大但是志向高远。老宋憋着气说：你现在管着两个摊子，我怕你忙坏了，把木材这边交给我，你可以腾出手来管好天丝的事，将来也好做个接班人啊。宋桂花说：那边的事不过是搂草打兔子，顺手就干了，木材才是主业，谁也别想染指。老宋懊恼地说：我怎么这么贱呢！俺要烧香，老佛爷就给我个屁股——哼，我倒是要看看你们能不能走上那南天门！桂花说：你走你的阳关道，我走我的独木桥，行了吧？

老宋又说了很多废话，一点儿作用都没有。

老宋走在巷道里，越想越不是滋味，恼羞成怒，骂桂花王八吃秤砣——铁了心。桂花听见，追在后边说：我要是王八，你就是老王八——骂谁啊！老宋被女儿噎得喘不上气来，又骂桂花见死不救，狼心狗肺，比狼狗还要凶，比猎狗还要恶，说话比夜猫子叫还难听，一句话打发一个人，将来没好果子吃！桂花说：有没有好果子吃，你管不着，我倒是眼看你现在就没有好果子吃，可怎么说？老宋说：没好果子吃，我情愿！哪一天我死了也是活该，谁叫我没儿没女呢！

老潘此时已正式加盟田自由的天丝木业，又都是老熟人，见此情景，于是追过来劝老宋：你看你这人，跟自己的孩子犯什么各？合满天下，可曾见过父母斗得过儿女的？老宋说：不是我跟她犯各，是她无理霸道。我好心好意跟她商量合伙的事，她一句话就把我给噎死了，心也太狠了点儿！老潘说：两人吵架，没有好话，你让她一句就行了。老宋余怒未消，坐在自己摊位前的马扎上无端地诅咒女儿：老天爷没长眼啊，要是长了眼，就该一把火烧了那狼羔子的摊子！

宋桂花听见亲爹在那里恶毒诅咒她的生意，哪里受得了！她追过去，指头挖眼地质问老宋：你刚才咒我失火烧摊子了是不是？老宋昂然道：我说了，你能怎么着吧？你敢把亲爹推到井里淹死不成？桂花二话没说，从老宋的木材摊子上抽出一条四棱的木条，高高举起，朝老宋的头上径直砸去。老宋见势不妙，屁滚尿流地跑了。

田自由听老潘说桂花跟老宋闹得厉害，买了些蔬果点心去看望老宋，替未婚妻道歉赔情。这一次，老宋没让这个准女婿吃闭门羹，称呼自由“总经理”、“贵婿”，还让老潘陪了这准女婿一起喝了酒。自由代表桂花向准岳父致歉，说：桂花脾气不好，嘴巴不饶人，最不该跟爹那么地说话。她惹您老人家生气，我也有一定的责任，没教育好。云云。

老宋对老潘说：老潘你听听，自由这孩子多会说话，俺闺女要是有人家自由一半的好，也算我这个当爹的烧了高香！老潘说：有了好女婿，闺女也孬不到哪里去。女儿毕竟是你亲生的，磨转千遭脐不动，骨子里头热着呢。田自由说：爹且容她一些时日，桂花心地不孬，不久会有回转。再说这也是多年形成的脾气，一时改不彻底。老宋叹息：我养的，我知道，那是个好看的石头蛋啊，背着她老沉，抱着她冰凉，扔了还觉得可惜。

第二天，老宋照例去建材那边上班，桂花既没朝他道歉和好的意思，也没有再闹，爷儿俩还是跟从前那样，两股道上跑车，各人自扫门前雪。田自由觉得父女两个老这样子不行，恳请二妮协助调解一下，至少要有个正常的关系，不然，他夹在中间很难做人啊。二妮觉得这话也是，答应当一次使者，力劝他们父女和好。

二妮先去劝了桂花，桂花一向尊敬二妮，当下表示，如果老宋不故意找事咒人，她做女儿的怎么都行。二妮接着就去劝老宋。老宋一开始还仔细听着，后来不知从哪儿冒出的火气，居然把他目前的困境归咎于二妮：俺家的事，你操的哪门子心呢，这不是狗咬耗子嘛。二妮当时倒也没恼，只说：我是应了你女婿的话来说事的，希望你们爷儿俩和好，怎么反成了我的不是？

老宋也是个不会说话的人，竟说：怎么说没你的责任？从前俺爷儿俩一起做生意，合作得多好啊！你呢，先是助长他俩相好，后来又借钱给那个愣头青，还搞了什么董事会，三弄两弄，他们就嚣张起来，我这边每况愈下所以才发展到这一步！

二妮就不高兴了，说：大老爷们说话可得放平了舌头，不要平白无故怨别人。他们两个心心相印情投意合，是在你眼皮底下恋的爱，怎么能怨别人呢？再说，这本就是件好事嘛，除了祝贺，除了成全他们，你能叫我怎样？总不兴跟你似的去拆散人家吧？你认为现在的是非由我而起，真是狗咬吕洞宾——不识好人了！

二妮气呼呼转身便走。

老潘过来劝解，连说老宋的不是，批评老宋：你不该骂人家中间人啊。

老宋跟老潘说：她是中间人吗？我请她来说事的吗？她还好意思说自己没责任，这一档子事上，哪个环节上没有她？自己作风不好，还要帮别人拉皮条！一身稀屎没擦净，偏偏要问糖稀多少钱——世上竟有这种不自量力的女人！

二妮尚未走远，听见了老宋的话。

老潘这边还在斥责老宋：老宋你怎能这么说话呢！打人不打脸，骂人不揭短，可不能这样说人家。人家二妮在这市场里威望很高，你这么说话，没人跟你一个腔调！

谁知老宋是个犟驴，兀自大着声音说：什么威信高不高的，小米便宜了癞蛤蟆也要喝粥——也不撒泡尿照照自己！

二妮呆立着的身子晃了晃，逃也似的离开了。

谁知，老宋的这句话恰好被前来送三合板的田自由听到了。只见他忽地跳下车，从摊子那边径直冲了过来，一把抓住老宋的脖领，厉声问：刚才说什么了？告诉我，说谁的？你要是有种，立马给我重复一遍——说啊你！

老宋看他凶神恶煞的样子，怯怯地说：俺没说什么啊！

田自由咬牙切齿地说：一张臭嘴！再敢胡说，小心我抽你的筋！

说罢，把老宋朝地上一掼。

老宋一个屁蹲儿倒在地上。

二妮之所以那样忍气吞声离开，是因她不想让自己陷入无端的是非之中。世人如张二妮者，每每要面对来自市井小人的精神摧残。这就是世俗的能量，也是其龌龊之处。二妮只希望那些人的声音能小一点儿，不要惊扰了她的一对儿女。中国的寡妇几乎都是隐居者，传统如此，乡村尤甚。

二妮流着泪往回走，两边的店面摇摇晃晃，如同地狱里的魂幡。老宋的话刺痛了她最为敏感的神经，那是她自己都不敢偷觑的伤疤。十多年来，靠着市场的喧闹鼎沸，她在人海中完成了隐居。风云诡谲、浪涌起伏、无边无沿的商海把她变小了，以为渺小就可以自保，她甘愿如此。正是这种近乎被人遗忘的现实，让二妮感到了卑微的幸福。今天，当旧事再次被人撕破，自觉如同当众被人扯下裤子，她感到了深入灵魂的羞辱。她隐约意识到，一味地忍耐已经不能拯救这惨淡的人生，一个声音在深处轰鸣：站直了！

已是下班时间，文具店的店员相继离开商城，二妮看着寂寥的街道，擦干泪水，强打精神，露出了被强制的笑容。她必须以平常面目面对儿女，面对顾客，面对所有的人。她渴望有人明白她的痛苦但又怕被误解，幸灾乐祸的人多着呢，借践踏别人彰显自己的多着呢！因为没有那样的心灵抚慰，她觉得这里依然荒凉。她怀疑一切，她的心几乎与世隔绝。

在店里呆坐着，刚才的一幕尚未淡去，二妮不得不将破碎的心收拢到一起。她劝自己打起精神来，以准确无误的态度面对现实。快到莫家院子了，小巷里行人稀少，她停下了脚步，靠在古老的青砖墙上，凭借清凉的晚风搜索刚才那个从潜意识里冒出的新芽，那个轰鸣不已的声音。是的，必须有个新的立足点，必须有勇气直面伦理的旧伤，再不能一味退让。佝偻爬行的日子应当结束，单纯的善意只能关爱别人却无法维护自身的尊严。

她对着墙壁大声喊起来：你给我站直了！

这一声叫喊，让她感到震惊，也有点儿莫名其妙——一个女人在幽深的巷子里喊个什么劲啊！她不由得笑了，目光直视小巷深处，暮色在此时突然洞开。远处，一棵小柳树正在风中摇曳，曼妙婀娜，如同神话中仙人的拂尘，如同行空的天马倏忽而过的尾巴。这一意象，此时像上天的昭示给了她全新的启迪：飞扬吧，腾空飞扬，甩掉坟墓的尘土，冲破压顶的混凝土，你要坚决地生长；即使在鬼魂出没的坟场中，也应有你的立足之地！因为你是一个生命，因为你要生存！

那个飘拂的意象，突然间消失得无影无踪。

二妮内心洋溢着激动，自语道：小柳树啊小柳树，谢谢你！

第十五章 痴情往往心不在焉 失态只在方寸之间

剃须刀之事过去有一阵了，老杨与吕锋两人表面上一如既往，心里却还存着别扭。老杨要找个让吕锋难堪的事，解一解心头闷气。

这天，老杨上报了一份商城模范人物名单，名单中赫然列着张二妮的名字。这本是很正常的事：论事迹，论口碑，论经营，张二妮绝对称得上模范商户。说起她的好来，可以罗列一大筐：兴安岭大火、云南地震、中原水灾，二妮都有数额可观的捐助，她还有四五次无偿献血，不久前希望工程动员捐献，文具店一次捐出价值五千元的学习用具。至于奉公守法、热心助人，更是有口皆碑。二妮的事迹此前已多次见诸报刊，也不止一次被评选为模范，都是没到吕锋这一层就被老杨给否了。

这一次是老杨主动将二妮推上来，这看似平常的事却给吕锋出了个大难题：批准张二妮为该行业的模范，就等于将她放在了聚光灯下，弄不好会给他吕锋带来负面影响，旧事可能被翻炒为绯闻。不批准，拿什么回答此次评比的主办单位工商业者协会呢？倘若轻率否定群众的评议，你得有硬碰硬的理由啊！吕锋反复掂量，迟迟不肯批准。老杨找他请示，吕锋只以“工作太忙且待数日”来推托。

吕锋知道拖下去不是好办法。为此事他特意找到田家祥，让他想法劝说二妮退出此次评比。田家祥说：人家从来不待见我，我和她说不上话呢。吕锋说：据说秀花和她关系不错，能否透个话儿？田家祥坦率地说：就算能说上话，我也不赞成这么做。既然评了她模范，你正好做个顺水人情，干吗要勾销人家的荣誉啊？让她当模范，对你不会有影响，大不了公开场合见个面什么的，又不是上床！吕锋说：我现在处于敏感时期，一旦她红了，免不了招人眼球，流言四起，仕途上必会生起一片阴云，很危险啊。

碍于情面，田家祥答应了吕锋。

这事是由王秀花转达的，明确说是吕锋的意思。二妮听了，拿不定主意。就其本心讲，二妮没有要当模范的想法，但是呢，倘若就这么轻易地被人抹去，心里觉得不是个事儿。儿子上大学他都不曾说句话不曾见个面，现在却拿了自己的纱帽叫我给他掸一掸灰尘，就算俺是一只蚂蚁，也不能这样被人随意揉搓吧。她再次听见耳边轰鸣的声音，再次看见小柳树在迎风挺立：站直了，站直了！

可是，既然是他——那个人——提出来的，我总得有个态度。退一万步说，我二妮不当这个模范又怎样呢，咱是做生意的，不必靠那虚名吃饭。二妮辗转反侧，老也拿不定主意，于是就去找凤坤商量。申凤坤意识到这里边有道道，态度坚决、旗帜鲜明、毫不犹豫地劝二妮不要放弃这个好机会。二妮说：咱是生意人，当不当先进好像没什么特别的意义呢。凤坤不以为然，说：怎么说没意义呢，若是当了模范，你就是社会公开肯定的先进人物，站着有人高躺着有人长了。那时别人就会有求于你，也没人敢对你随意说三道四了。其次一点，你若是当了模范，对两个孩子会有很多大好处，最起码你的荣誉会给他们带来一份自豪，是不是？你不妨想一想，“我妈是省劳动模范”和“我妈是卖墨水的”，能一样吗？我还听说，省劳模的子女，升学能加分，将来找工作、安家、出国都有照顾。这么多的好处，你干吗要放弃？若是为了哪个人而放弃现实的好处，不是不行，是不值得！孩子升学他都不曾过来看看，你还能指望他什么？用着你时就拉过来，用不着就把你踢得远远的，他懂什么情义！万事都靠自己吧，别的都是水中月镜中花！

一旦关联到孩子的前途，二妮便清醒。

她当即做出决定：积极争取，决不放弃。

凤坤转头将这事告诉了老杨，老杨暗自高兴——一弄权术，便属政客。

不久，社会上开始有流言散播，大意是说吕锋当年在大苇塘村曾经强占残疾人的老婆，还生下个私生子。这则绯闻被传扬得绘形绘色，后来简直编派得无行了。有人说吕锋和二妮曾经当着残疾丈夫的面做那事，吕锋曾经拿着自己的粗大的阳物朝那个残疾丈夫炫耀，残疾丈夫因此气昏过去，一对奸夫淫妇却在那里恣意狂欢。此后他们生下一个儿子，现在省城上大学。云云。另一则消息传播得更广——有人说吕锋明年可能要进市常委班子同时担任某区的区委书记。这两条流言都够恶毒的。第一条，人身攻击，直捣死穴，风情丑事最能煽动弱势群体的好奇心。第二条传言完全是子虚乌有空穴来风，但却激起了所有正在觊觎常委椅子的人的恼怒，而他们——觊觎这位子的人——个个都是政界的重量级人物，有些人技能通天，踹倒一个对手轻而易举。

听到这些传闻，吕锋极为不安，“作风门”、“曝光死”的阴影笼罩着他，让他惶惶不可终日。此时的他就如暗夜中跑进车灯前的一只兔子，强光刺眼，四周漆黑一片。他想跟妻子倾诉心情，王晓云却避而不听。吕锋想告诉她，那是政治阴谋，有人故意要整他。一向理性沉着的王晓云吼道：你想让老婆跟你一起回忆你和情人赤身露体纠缠性事的情景吗？你不觉得自己很像个流氓吗？吕锋垂头丧气，无话可说。

王晓云愤愤地说：就凭你这素质，得陇还要望蜀，不自量力！

来自妻子的鄙视，让吕锋感到无比哀伤，甚至还有自惭形秽的羞耻感。是呢，说什么好？漫天飞舞的谣言，可又不能说那全是捕风捉影。面对家庭的绝境，他无力挽救，也无处可逃。曾经温良恭俭的妻子如今成为凶巴巴的怪物，吕锋怀疑这么多年是怎么和这个女人一起生活的。家中再没有从前的欢乐与温馨，空气沉闷，这让本就有些内向的莉莉更加沉默，父女间再无说笑，这让深爱女儿的吕锋度日如年。

楼还是那座楼，家还是那个家，气息却已不同。此前下班后或周末休息，只要他说打乒乓球，立马就有几个青年跑在前头，一应事务，都有安排，那种前呼后拥的热闹劲儿，多让人提气啊。现在可好，找人打个球都难，人家不是说接孩子就是要加班赶材料，推三阻四的。热情早已消散，连一点儿余韵都没有，往日的喧闹都成了沉寂、死气和不待见，就像大风暴到来之前，鸟雀们胡乱寻找投宿的树林，安全第一。

吕锋找不到宣泄的闸口，也不肯反思（反思需要痛苦也需要智慧）。他一直拒绝怀旧，以为那是衰败者的精神退却，抑或是胆小鬼的放弃。现在的他，却经常想象童年的情景：无际的田野上到处都是福尔苗花，和风吹拂，叫天子在蓝天白云下歌唱。赤脚走在暮春的田地里，脚下是温暖细腻的泥土。苇塘里总有水鸟的叫声，莲叶何田田，摇荡着无边无际的浪漫，芦苇和菖蒲在风中摇摆，清冽冽的水中有它们绰约的影子。秋天，遍野的高粱熟了，晚霞似火，让人浮想联翩，还有那些腼腆的姑娘和撩人的少妇……

那个火红的石榴花般的少妇，瞬间浮现，如同彩色闪电。他立即扼杀了方兴未艾的联想，不容其存留片刻。现在，那个形象有时还会闪现，从而引起背景的前移。从部队里回来，那时的他青春年少风华正茂，工作组看中了他，推举他当了团支书。那时他经常带领团员拥军优属、照顾孤寡老人、半夜里打扫猪圈，等等，好人好事天天都有传说，不计名利的声音高亢入云，勇于奉献自己的人被视为楷模。每逢团支部开会，他都会拿出笛子吹一曲流行的歌，嘹亮的笛音盘绕着那些美丽的眼睛，他看见四周都是爱慕……

在那些美丽的眼睛中，有一双最为热烈、最为纯情、最为痴迷，她就是二妮。他俩第一次私下交谈是在一个春夜，那次团员联欢活动结束后，她主动留下来帮他打扫收拾，之后他送她回家。她穿一件红夹衣，没戴头巾，脚上是一双青布鞋。在她家那破败低矮的门楼下，她叫他到家里坐一会儿，他不肯。分别时，吕锋记得，她的眼睛在黑夜里闪闪发光，如同跳跃的火焰。

从那个雪夜起，吕锋就有了连绵不能断绝的念想。看见星空，觉得那里最明亮的星星是她；看见灯火，觉得那火焰是她；看见一丛野花或一只鸟儿，都会让他想起她的身影和笑容。有一次生产队里夜晚抢收水稻，人们都回去了，他俩坐在水渠边的草坡上看天空说星星，吕锋说要是有笛子吹一曲该多好。二妮说：那么一吹，人就都来了。吕锋说：人多好啊。二妮说：你吹笛子的时候光看人家不看俺！吕锋就有点儿飘摇起来，说：也看你了啊。二妮问：我好看吗？吕锋点点头，说：咱村的女人数你最好看。

她就羞红了脸，低下头，夜色中看不清那颗唐突怦跳的心。吕锋正不知如何是好呢，她突然就抱住了他，不说话，就那样紧紧地抱着。吕锋也抱紧了她。他觉得自己的下身那里变硬了，这让他不好意思。为了掩饰尴尬，他故意乜斜了身子以免非礼之嫌，而她却紧紧地抱住他，生怕被推开，渴望被垂怜。这时他的耳边响起了温热的、兴奋的、可怜巴巴的声音：把我弄了吧，过这边两年了，还没那事呢……他什么都不行。

他无法挣脱，也不想挣脱，两人就在松软的草坡上，在灿烂的星空下，干柴烈火般做了那事。那是第一次，两人都是第一次，动作既拙笨又局促，谈不上欢畅，事后他俩发出了几乎同样的感慨：总算开头了。干渠里的流水一个劲儿地注入干渴的稻田，他们作为看水人只要盯好了各处毛渠就行。因为积累过多，处女处男的热火怂恿他们穿上又脱下，折腾了好几次。夏夜的露水渐渐浓重，他们不知道什么时候各自回了家。

后来他们就逐渐有了技巧有了花样，地点都是即兴选择，有时在干渠堤岸的草坡上，有时在浓密的青纱帐里，有时在看瓜人的草屋里，到处都有他们的疯狂。吕锋着实喜欢二妮，看她什么都好。他喜欢她饱满的乳房，只要在一起，他的手就不肯离开她那温热的胸脯，她也喜欢他的爱抚。只要他的手放在胸上，她就会变得不安，两条腿总找不到合适的姿势，直到他进入了她的身体，她才变得活泼起来。那是一个以性事为丑陋的时代，无论多么快活，男女都要隐忍克制。她的隐忍转而对他形成强烈的刺激，他在她的要死要活的克制中享受着男人的成就感。醉生梦死的交媾让他透支了体力，以至于常觉虚弱——但他要的，以至于今天愿意津津忆念的，居然还是这些。

人世间竟然有那样不可思议的乐事，兼备了形而下和形而上的双重美感，让两个偷情幽会的人乐此不疲，禁果的味道胜似一切珍馐，就连彼此的体味都馥郁飘飘。没有音乐，却满脑子都是天籁，所有的情话都力透骨髓。他多少次款款地问：什么滋味啊你说？她不肯直接回答，拿手掌遮了半个脸，说：你什么滋味俺就什么滋味！他说：舒服死了，透心彻骨的舒服。她无限满足地说：吃了这个果子，俺也算没白活一辈子。他说：似这样信马由缰，不知结果怎样。她说：只要你快乐就好，俺叫男人叹死了！当地土语中的“叹”字，是极渴望又极缺少的意思。

他曾经对她吹嘘说，好东西有的是，想要多少有多少。那时她的双眼里幸福得饱含泪花，她向他掏出了整个的心，说：只要你要我，什么时候都行，为了你我什么都舍得。他紧紧地抱住她，好像生怕丢失心上的宝贝，肋骨间发出清亮的断裂声，她说快不喘气了。这时候他依然不肯放松，她像猫儿一样缩在他的怀里，可人之状，不胜笔墨。

后来她恳求说：给我下个种吧，我想要孩子。吕锋立即就警觉起来，说：生了孩子怎么养呢？她斩钉截铁地说：不用你操心，我自己养，你只要给俺下个种就行。吕锋有些不安地说：生孩子可不是小事啊。二妮以近乎哀求的口吻道：俺这辈子总得有个盼头啊是吧？

……

自从分手后，吕锋再没享受到那种快感——王晓云从来不曾有过那种热烈和痴情。“软玉温香抱满怀”的情景一去不再复返，犹如狂风吹散的云霞。美好的回忆和无趣的现实两相对应地折磨着他，如同天堂和地狱。多亏仕途的目标灿烂，等级和地位的诱惑一度让他忘却了情人并强迫昔日的美好尽快隐遁，就像无知的饰工给灿烂的壁画抹上一层灰泥，让其只能闻到石灰水的气息却难以看到艺术品的精彩。

岁月让记忆斑驳，灰泥脱落了，尘封的壁画显示出不规则的局部来，那充满性感刺激的局部让他想入非非、一唱三叹。如果这世界只有他俩，仔细挑剔天时地利庶几还可以找到从前的感觉，大苇塘村是他们永久的伊甸园！然而，人都得生存，生存充满了选择，选择意味着确定一个而失去所有其他，这是每个人面临的残酷。于是，两个人分手了，各自跑得很远。物是人非、人去楼空、逝者如斯夫，彻底扫荡心头的阴霾需要足够坚定的决心。他几次深夜里穿一袭黑风衣只身到那个巷里转悠，但都没有勇气敲那扇门。他记得她说的话——你什么时候叫俺什么时候到，我是你的，为了你我什么都舍得。

他喜欢她那俯首听命的乖乖样子。

如果两人直面相对，第一句话该说什么呢？吕锋心如空洞，一切都没有准备。陈年的火光熏烤着他的脸，火光稍熄，才知道那是冷凉的灰烬。单纯的性事回忆不足以让他做出选择，怀旧只是一个虚掩的木门，只有当他想到现实的需要，想到必须说服她主动打消当模范的念头——这件大事——吕锋才能够做出决定：他要见她，私下里见她。他确信，凭借她对他的深厚而持久的眷恋，凭借他第一恋人、破身男子、孩子他爹的多重资格，还有居高临下的地位，他有把握左右她的意志。

他以为，只要敲门，她就会出来，一切顺理成章不在话下。

这一次，他要收获的就是一样东西：说服她不当模范。

一个薄雪铺地的晚上，吕锋踏进了小巷深处，并很快找到那个院落。在门前，吕锋犹豫了好一阵子，甚至想回家去拿了那根湘妃竹做的笛子，也许用得着呢。正犹豫间，听见一阵轻快的脚步，二妮正从小巷的那一头走来。他远远地看着她，走来的这个女人既不是疯狂迷醉的那个小石榴，也不是他刚毕业时在城里见到的那个灰头土脸的农妇，现在的她是个优雅秀丽的中年妇女，一个准备当劳模的佼佼者。

他站在那里，没有动，也不敢继续正面去看她。

二妮见门前有一黑衣人立着，起初有些愕然。及至看清是他，二妮竟不知如何跟吕锋打招呼。两人相距几米远，对面站着。

还是二妮先开口：是你啊。

吕锋看了看巷口，说：来看看你。

二妮平淡地说：俺有什么好看的！

他难以回应，彼此之间是单薄的僵持。二妮走向大门，打开锁，说：进来吧。

吕锋问：方便吗？

二妮说：有什么不方便的。

吕锋再次张望了小巷，进了门。

二妮一边掩门一边说：看你那样儿，跟贼似的！

吕锋脱下墨镜，打量着这个已经属于二妮的院子。二妮放下挎包，站在海棠树下，朝来人介绍说：上房是莫老先生住，前几天被女儿接到省城去了。我住这边两间西堂屋。两间西厢房，一间是女儿的，她去同学家了，还没有回来。那一间是儿子的，他在省城读大学。

说到这里，二妮看了一眼吕锋。见吕锋没有反应，二妮继续说：海棠树那边的南屋原先是个库房，兼做加工，自由曾住过一些时日。就这些情况——您是微服私访吧？

他说：没有公事，就是来看看。

张二妮的心虽已沉寂多年，但在深处的深处，还是有一片未曾清理彻底的地方。那里长满了失望的荒草，但草根依然活着，和那些被秋风吹落在地上的种子一样等待雨水和温暖，随时都可能发芽。吕锋的到来就像一阵春风，将那片旮旯处的草地唤醒。她感觉到自己多少还是有些不平静。

直到走进房间，坐下，二妮才回到常态。凭多年的经验，她觉得此人此时出现绝非偶然，就说：反正有事哟，不然不会……

吕锋还是说：没事，随便看看。

二妮不相信是真话，脸上冷冷的。

吕锋稍微安定了，说：近来心情不好，常常想起从前，走坐不安的。

二妮没有接话，看上去似乎不够热情。其实，此时的她心旌已经微微摇动。微风来自遥远的天际，模糊的印象犹如春山上的流岚，远看有，近看无。流岚下的土地变成虚妄的水泊，砂石也就变成了涟漪。她知道幻想的流岚不真实也不可靠。时过境迁，岁月沧桑，她早已不是那个一往无前盲目热烈的少妇了。好在春雨无言，在淅淅沥沥的春雨中等待故事的开端，百年干涸的坷垃在料峭的风雨和压扁的希望中脉脉消解着矜持，无边无沿，无声无息。静默中，冷的热的都在交换，狭窄的房间中空气颠簸，声响也变着调子，只不知何去何从。春风在吹拂，万物如此清新，柳树的长发慢慢摇起，鸟儿开始鸣叫，许多事让彼此浮想联翩。她不肯信任这春风春雨，以为不过是片刻的偶然。她刚看见树梢头的嫩芽，就不情愿地关闭了满心等待的春色无限。

因为失望过多，她不敢相信。

沉默让二妮感到无措，她站起来，说：我去烧壶水，给你沏杯茶。

吕锋不置可否。

烧水的当儿，二妮一直猜测着、判断着，也等待着。主客之间信息完全不对称，她不愿意唐突探究来人意图，只希望他能平和地说说话，温存不温存倒在其次，最好他能说到孩子，问一问修文上学的情况，身体怎样以及未来要走的路什么的。她以为他的“走坐不安的样子”是因为不久前没有参加孩子的升学庆宴，今儿是要表达一点儿歉意也说不定。唉，既然孩子上学且一切都好，我也犯不上跟他记仇，到底他是孩子的爹嘛，而且还有从前那些故事……

她的心慢慢安顿下来，想到孩子，不由得轻轻叹了一口气。这叹息之轻微，连她自己都听不见。她的心还处于收敛状态，也不打算展开。孩子好像一把藏在门楣上的钥匙，她只有等待。此时她很想换一件衣服，哪怕洗一把脸也好——忙了一天，全身还是工作时的模样。但此时客人当面，她不好为了换装而让他暂时回避——就这样吧，反正他也不是“悦己者”，素面朝天，也好。

吕锋在屋子里踱着步，看家具，看照片，看墙上挂的油画国画。二妮借沏茶的机会在厨房里洗了一把脸，梳了梳头发照了照镜子，不是为了取悦于他人，而是出于自尊。她不想在熟人面前显山丝毫的邋遢，即使在乡下，即使在生计艰难衣饰短缺的日子里，她也注意收拾自己。当她回到房间时，吕锋的眼睛发出了兴奋的亮光，好像突然找到了丢失的什么。二妮注意到他的反应，心中一动——他像是还保存着一点儿记性呢。她希望如此，但不敢奢求，隔开的时间太长，让她无法判断存在与虚无。

二妮沏好了茶，放在吕锋面前。

吕锋啜了一口茶水，情绪稍微放松，不无感慨地说：你的变化不是很大。二妮说：白头发都藏不住了，皱纹跟车辙沟似的，还能说不老？吕锋说：很多地方跟当年差不多。记得那时你有两件常穿的褂子，一件是竹青色的，粗布上印着白花，和你的身段、脸膛、肤色很搭配。二妮说：那种印花布都是那样，洗到最好看的时候，也就破了。吕锋的心情变得轻松起来，表情也活跃了，说：当时如果有个照相机就好了。我印象比较深刻的，是咱俩坐在干渠的坡地上，你穿着那件粗布印花褂子，天空晚霞似火——风景也好，人物也好，很上镜啊。还有一次，你头上顶着一片柠檬黄的帕子，在高粱地里砍秫秫，高处是一片火红的穗子，秫秸的叶子有褐色的、紫色的、黄绿色的。你叫我吹笛子，我怕人听见，不敢吹。

到底还是女人，二妮轻易就被那人带进了童话般的旧情旧景之中，她像是甘愿如此，便借了话茬说：你当时还卷了一片高粱叶子，用那吹了半个曲子，我问你怎么不吹了，你说气赶不上。吕锋想了想，说：啊，是有那么回事。那时节的高粱叶子已经老了，又薄又脆，没弹性，不好卷，我是薅了一片新发出来的抱娘秫叶好歹才做了个草哨子。现在想起来，那哪算音乐啊，直腔儿，跟刮风似的。二妮说：俺听着怪好呢。吕锋说：现在你看，又是音响又是光盘，什么样的音乐都有，人却没有感觉也没有心情去听了。二妮说：俺不喜欢当下流行的那些表演，跟活见鬼似的。吕锋说：那时每当团员开会，很多人一起唱歌，就你不唱。二妮说：俺不会唱呢，怕你们笑话。吕锋说：有一次你被大家逼急了，念了一句《刘海砍樵》里的词儿，还记得不？二妮说：不记得了。吕锋站起来，扭着身子做了一个动作，说：你说的是剧中的一句道白，我还记得——不是妖，就是怪，为啥跑得这么快！

二妮笑了，笑得很是欢畅，脸上泛起一层红晕。就是这一笑，吕锋看到了当年的二妮——那个醉心于爱情的少妇。似曾相识的美丽从遥远的年代飘来，落在眼前这女人的身上。那个善良、热情、性感、渴望爱也忠诚于爱的女子，如今在城里的小院落里再现，她一如既往地美丽，面色红润，说话时带着温顺的羞涩。她性格开朗，曾经在性中让他迷醉、让他癫狂，至今还是难以磨灭的幻象。

悠扬的笛声从遥远的天堂飘荡过来，那是久违的天籁。他滔滔不绝，像是背诵准备好的演说词，又像是随手采集的春风飘絮。二妮续了茶，把茶杯推到他坐的地方，吕锋趁机握住了她的手。情人不能见面，见了面，一切曾经发生的形式都不可避免，好像一本开了封的书想翻哪页就翻哪页，无须客套，不容阻拦。

二妮就那样让他拉着，老老实实，看上去就像手机在充电。是的，在这手拉住那手的瞬间，二妮就回到了过去。没错，他记得曾经的一切，想必也还记得那次雪夜里的初次幽会，破题儿的媾和刻骨铭心。从那以后，每一次见面都如烈火烹油一般。当年的拥抱叫她喘不过气来，亲吻的舌尖如同勾心的机关……

时隔许多年之后，一对情人再次拥抱。今天的拥抱，人还是那两个人，但味道似乎大不对劲。多年前存储的记忆依然明晰，二妮感到这拥抱既不强烈也不够真诚，全不像从前那样欲火攻心、急不可耐、不容抗拒、要死要活的样子。当年她能听见自己腰背的肋骨被勒紧时发出的细微声响，让她无法呼吸。那时他的双手就像火绳一般带着炙人的热量，自己仿佛是那火绳上的烤肉。现在他的拥抱好像有点儿心不在焉，轻描淡写，优雅中含着隔膜，也许还有应酬？

但是此时的她已经无心挑剔对方，也不想朝不好处推敲。她听见自己饥肠辘辘的声音，饥不择食寒不择衣，她宁信其有不信其无，自欺总带有可人的温馨，如同善良常与轻信一起散步。毕竟这是来自情人的拥抱啊，虽然姗姗来迟，到底还是来了嘛。他还没有忘记我，唯其如此，其他都可以原谅。幸亏我还保留着最后一点儿期待，幸亏我还没有埋葬往日的一切，坚持就是胜利啊。

啊，他的嘴唇移过来了，带着成熟男了的气息。她起初还想推开，可是对方执意要亲，她乐观其成。抗拒啥啊——情人的抗拒有时就像装蒜——他们心照不宣。她感觉到，他的那部分变硬了，一如从前，看来还没有老到不行。那个温暖的硬物刹那间完成了勾引，她的下身开始不得劲，那里有点儿湿润。她下意识地夹住了双腿，像是抵抗对方的进一步索取，又像是掩饰自己的羞涩。在白驹过隙般的瞬间，她的脑海中闪现过一丝怀疑，因为他的吻不像从前那样如饥似渴，他的动作更像是中西合璧的技巧而不是过去那种草莽英雄般的不容分说。她想，这对头吗？如果此时她能理性地推敲对方的动作，一定会看出更多的破绽。你看，当她醉眼迷离的时候，那个男人正东张西望呢。

他不敢正视她，这也不是情人久违的表现。

可是，受到幻想鼓励的她却主动误入歧途，因为她心的怂恿，她假设了那就是一直向往的期待。飞蛾向往光明，错将火焰当成了曙色。理念的偏执让真情成为欺骗。即使那是海市蜃楼，她也相信仙境就在眼前，荡摇浮世，气象万千，由不得仔细推敲审问明辨。女人一旦不能否定自己的判断，温柔也就陷入了不能自拔的泥潭。此情可待成追忆，只是当时已惘然，如此而已。

不动心的女人总是为自己考虑，动了心的女人想尽法儿为爱人辩护。二妮想：你不能怪他有技巧，现在连中学生都懂得法兰西亲吻是舌头的深入纠缠。他为官多年，经多见广，怎会不懂这个！你不能怪他力气不够蛮狠，因为彼此都不是青年，力气也不像从前。漫天的信任很快地扫荡了疑云，偏离了方向的自许如同热风，把她的心潮掀翻。二妮庆幸自己还行，感觉一如从前。久旱逢甘雨，他乡遇故知，这句老话不就是说的我们嘛。过去的事不消说了，销魂不销魂，他知道，我也记得。论学问咱不行，论地位咱不高，要说男欢女爱的事，二妮我不会比任何女人差。

他回来了，看，我也回到他的怀抱，谢天谢地。多少回，海棠树盼望月亮在她的头上驻足，月亮却无情地远去。多少回，花儿凝视流云，流云不肯给她多一分阴凉，化作青气远逝。爱就像符咒，能将冰凉的灵魂温暖，任凭你是千年的冰川。我还是爱他，一直爱着他，他是我心头的肉，是我的心我的灵魂。我虽然不是他的唯一，但却是他的“第一个”。世上没有谁会比我更爱他，即使终身守寡我也在所不惜。我虽然不是他的合法妻子，可我给他生过一个儿子，这儿子如此优秀，现在正在读大学……

女人啊女人，即使在欺骗之中，她们也会用可怜的自豪掩饰悲剧的慢板，启示部反复再现，她们拒绝理睬，自欺可以避免现眼。理性主义者嘲讽恋爱中的女人智商等于零，其实这正是伟大心灵的黄金表现。这种智商零状态包含着绝对精华的感情、光芒万丈的高贵，还有一丝不挂的忠贞。她们完全投入，没有任何保留，爱就是女人的归宿，为此可以舍弃一切。零智商就是没有算计，她们不是不懂权衡，而是不屑。

她感觉到喉咙处有点儿发紧，喘息也变重了，渐渐不能自持。她感觉自己的身体突然矮了很多，软塌塌的难以挺直，犹如木本的花草突然变成了草本，犹如石头变成了水，原本坚实的草坡变成稀里哗啦的泥石流。而他依然高大，高大的他正抚弄她的身体，一只手托搂着她，一只手放在她胸脯上，温热的嘴唇轻轻咬着她的耳垂，他知道那是启发她敏感的地方，碰一碰就会忍俊不禁仙人洞开。尽管是冬天，她并不觉得凉。二妮觉得自己轻飘飘如同一片羽毛，随时都会飞起来，她希望他赶快压住她，使劲地压住她不要飘走不要融化。只有那样才能把她带入无意识状态，她不要再想，只需忘我。她希望他凶猛而顽强，打她、骂她、撕她、撞击她，随他怎么都可以。

吕锋好像处于分心状态，最初握她手时，只希望铲除交流的障碍，多一分亲密感。然而事情发展到这样的情势，已经由不得他了。近乎死灭的灰烬在隐秘之处复燃，他索性放任自己，走到哪里算哪里，总会有个停车的地方。当那只手刚触摸到她的私处，那个软绵绵的身体突然发出一声熟悉的呻吟。长久的期盼犹如荒野的干柴，借助心灵之火燃烧起来。二妮感到一股烈焰带着浓烟从骨髓深处冒了出来，熏得她几近窒息。她不打算扑灭这火这烟，让它燃烧吧，哪怕在火焰中化成灰烬她也在所不惜。女人渴望以献身赢得爱情，爱情却一声不吭，女人将这种沉默看作赞许，或者是一个不求甚解的谜。

他点头应着，问：真还想要吗？二妮已经不能畅快地说话了，只有点头。她不肯拦截已经飞奔的车马，充满情爱的气氛一刻也不能错过。弥漫于五脏六腑的绵绵情思让她难以举步，还考虑什么安全不安全！场景不必转换，温度不要降低，不要把美好的音乐停下来！她已经无法抵挡，希望他赶快进入，就像空置多年的港湾召唤近海的船帆。多年来的期盼，在近乎绝望的时候到来，她的心中洋溢着纯粹的感激。

泉水已经汇成河流，在地穴流淌。

船呢？篙呢？渔夫呢？

她终于等到这一天。

如果从今天起重温旧好，也还不晚。

她要让他知道她的好。

他帮她脱去毛衣，解开乳罩。他的手贴在她的乳房上，有点儿凉。她紧紧抱住胸脯，连同他的手。他将她放在床上，拉开被子覆盖了身子。一切都具备了，幽会的峰巅就在眼前。二妮闭上眼睛，等待他进入她的身体……

这时，吕锋却突然问她：二妮，你真想当那个模范吗？

二妮娇声说：这什么时候啊，你怎么还说那个！

吕锋说：这是件大事呢。你觉得当模范重要吗？

二妮睁开眼，说：名单都已报上去了，我不想放弃。

吕锋迟疑了片刻，边脱裤子边说：什么模范啊先进啊，其实就是有名无实的牌子。你只管做好生意，没必要抛头露面，当什么模范啊！

二妮嗔道：你就不能等会儿再说这个吗？

吕锋注意到二妮的兴奋，烈火正在燃烧着她。

相比她的烈火般的期盼，吕锋觉得自己不过是个微弱的灯泡。所有，几乎所有当过一把手的人都自认为是政治家，而政治的要义——他认为——就是掌控，就是最大限度地利用契机，就是面对现实说话。政治不允许任何时机丧失，也不能让主动权落入别人之手，不管那人是谁。吕锋的脑海里掠过一片意念：做完那事，她也许还是不答应呢……

吕锋故意放慢了赤裸的速度。他把刚才脱下的裤子叠好，把滑落下来的腰带仔细盘起，把落在地上的袜子有条理地放在鞋子上。那个认真劲儿，就像怯懦的士兵随时准备逃跑。二妮等不及了，她掀开被子，赤身来帮吕锋解除身上最后的衣衫。吕锋看见她那细腻的、白皙的、丝绸般的皮肤，那上面的每个毛孔似乎都在冒烟，饥饿的怪兽正在吞噬她的意志。她正在被烤焦，香味已经开始弥漫，成功就在勒索和矜持的较量之中。

那个男人坚定了这样的预见：只要我坚持，一般说来，她会做出我想要的任何让步，因为爱情对女人来说无法估价。正如她从前对他说过的：你什么时候叫，俺就什么时候来，为了你我什么都舍得。吕锋不合时宜地想起了一则民间故事，说某人赶了十头猪，在一位寡妇的旅店过宿。晚上，他要求她亲热，她要求两头猪做回报。他答应了。上床前，她又要了两头猪……及至高潮到来前，十头猪尽数都给了出去。这时男子突然停了下来，要寡妇给他两头猪，寡妇答应了。那男子一要再要，寡妇一给再给，直到把十头猪全都要了回来……

想到这里，吕锋笑了。

二妮说：还笑，不能快点儿吗？

吕锋身上此时已经一丝不挂了。

二妮看见了男人雄起的性器，天灵处一阵眩晕。

吕锋坐上床沿，彼此能感觉到肉体的辐射。他把她搂在怀里。女人一旦附身在男人的胸脯上，梦魇就开始了。他感觉到，她的下身在微微发抖，不是因为冷。她的两条腿紧紧夹住他的腿，一只温柔的手伸到那里，攥住了他膨胀的命根子。他意识到，万事俱备，只在那最后的一跃而起。她渴望他的昂然进入，渴望多年的旧梦重温，渴望床上的凤凰涅槃。

他再次提出：你能不能不当那个模范啊？说这话时，他好像听见荒村野店中有人在说“还我两头猪”。

二妮开始警觉，问：你怎么还说这事呢？

吕锋郑重其事地说：这件事对我干系重大，绝不可小觑。如果你当了模范，人家会因此联想到你我过去那些事。政治这东西是可以想象但也经不起想象的，懂吗？到那时，街谈巷议，交头接耳，舆论就不好听了，一旦造成影响，势必要破坏我的前程，也会伤害你的名声。现在已经有人在唧唧咕咕了，如果你坚持要当那个模范，免不了造成一定程度的招摇，那将导致更多的议论。如果你放弃了，生意该怎么做还是怎么做，我也能得些安宁，至少不会被人背后指指点点。

二妮松开了手，心绪突然有了变化。她沉吟片刻，冷静地声明：这事我明白了。我想对你说的是，你的前程重要，我的孩子更重要。你知道，省劳模的儿女是享受某些优待的，据说将来安排工作，这也算个参考条件。这些年，除了供他们吃穿上学，我这做妈的没给孩子一点儿自豪。我自己倒无所谓，就是想给他们长点儿面子。这，不为过。

吕锋说：男孩已经读大学了嘛，就还一个丫头片子。

二妮一骨碌坐起来，和他取了同样的姿势——身体并列而立。她坚定地望着对面墙上的一幅画，宣布：为了孩子，我不能放弃。

吕锋避开二妮的直视，沉吟道：那你能不能等下一届再当？

二妮说：女儿现在就需要这份荣誉，儿子也要考研究生。

吕锋说：修好若遇到什么过不去的坎儿，你可以找家祥帮忙嘛。

二妮一听这话，火了：修好是我的女儿！她不属于别人，知道不？我的儿子也属于我，我得为他们着想，难道不是吗？如果他有爹，这些年来他那个爹到哪儿去了？你知道吗？你给过他什么？

吕锋没法回答，一时无语。

二妮越说越生气：我以为你这次来是为了修文，为了你的亲骨肉，以为你到底还惦记他的前程，也许还惦记着我呢。可你到现在都没有提及他，连一句关心话都没有说！你想的就是你的纱帽翅儿，就是你的地位，贪心不足的东西！你不曾为俺娘儿几个打算过，从来没有！二妮的明白、激烈、义正词严，大大出乎吕锋的预料。二妮迅速穿上衣服，气冲冲地说：我明白了，你这是在敲诈我勒索我啊。你不是良心发现来这里重温旧情，你是在跟我谈生意，是不是？你想唤起我的旧情肠，用来作为讨价还价的押金，是不是？我告诉你，我不是傻子，做生意这么多年，我知道什么叫做预付款！

他也开始穿衣服，神情沮丧。

二妮扣好最后一粒纽扣，完全回到清醒状态，依然还是满脸的激愤，还有恶心和羞耻。她对正在穿衣服的男人吼道：你以为天下男人都死没了！你以为天底下就你有那玩意儿！这么多年，我等的不是那个东西，我等的是你的心！今天，你彻底地毁掉了我，羞辱了我。当年你我两个被人捉奸，我背着破鞋游街，人家把唾沫吐到我脸上，我不曾觉得羞耻。为什么？因为我心里有爱，也有爱我的人。我不怕他们，我有足够的胆量对抗那些污言秽语，我的内心从来都是趾高气扬。后来，我只是担心儿女们遭受伤害，所以才忍气吞声。我不是你想象的那种贱货，你知道吗？啊！

她的愤怒让他感到恐怖。

吕锋知道，这事办砸了。他蹲下去穿鞋子系鞋带以掩饰满脸的尴尬，但还是抬起头来，请二妮再考虑考虑。

张二妮问：如果我不放弃呢？

吕锋说：你不放弃，我也可以不批准。

二妮义正词严地宣称：批不批准是你的事，我，决不放弃！

吕锋像是嘲讽又像是自嘲地说：哎呀，看来世人都逃不出这“名利”二字啊！

二妮鼻子里发出一声鄙夷的笑，冷冷地说：这种话还是留给你自己听吧。如果不是为了名利，你会来看我？告诉你，我的名我的利都是辛辛苦苦挣的，每一块钱都来路明白！为了那点儿臭地位，你竟然设了圈套来糟蹋我。吕锋你太虚伪、太卑鄙了！我只有可怜你，你这下贱东西，给我滚出去！

因为愤怒，二妮的声音颤抖了。

吕锋沉默片刻，带着难以掩饰的狼狈，走了出去。

小巷幽深，他的眼前一片模糊，道路高低不平，他不能走得太快，也不能走得太慢。一直自视甚高的他今儿第一次感到被普通人蔑视的滋味，甚至还有一点儿羞耻。但他不愿内省，只在黑暗中询问冬夜，她怎么变成这样子了？一个曾经盲从于性和爱的女子，什么时候变得如此明白、如此坚决，一点儿都不肯让步？搜肠刮肚，探微究里，他找不到原因，只好将她的变化尽数归咎于城市、归咎于市场、归咎于现代化。向使没有这些变革，向使她依然幽居乡村，我吕锋什么时候去，她都会无条件张开胸怀而且视为莫大的赏赐，恩惠笼罩，浩荡一如春风。吕锋恨及市场、恨及城市——城市改变了一切——而这正是他多年来操心费力扶持的——悲哀啊！沉重的失败感让他无法平静，二妮的责骂声如雷贯耳，他已经无力抵挡。

第十六章 虚应酬舍命上楼台 真打假因功落井下

吕锋走后，二妮依然无法平静。

她浑身发烫，脸上犹如火燎，被羞辱、被戏弄、被算计的感觉让她忧愤交加。她意识到，沉睡多年的肉体被那个王八蛋的虚情假意给唤醒了，欲望的车轮一往无前，二妮无法让其停下来。性是一种奇怪的东西，有时极具道德感，有时却鄙视一切清规戒律，凌驾于万事万物之上。人人遵循着基因的驱使，寻找归宿，固执如同驴子，性格亦在宿命之中。没谁能完全掌握它的行踪，只有行将就木的人才会假惺惺做君子状用超凡脱俗打扮无能。水坝高筑，堰塞湖里充满激情的液体，多年的库存急需一条出口，大水冲击处浪花飞溅、波涛汹涌。老虎醒来了，要么重新赶回笼子，要么被它吃掉。

二妮再次感到肉欲的放荡不羁，企图驱赶它，它却赖着不走。这不是饥饿的吼叫，而是猛兽扑空之后的懊恼。二妮害怕了，她希望此时有人在身边，最好是儿女，或者有什么激烈的、恐惧的事情干扰一下，哪怕房子失火哪怕洪水漫溢哪怕毒蛇在面前吐信子也好啊，那样可以截断泛滥冲突的意识流。或者有个人来说说话也行，打情骂俏、动手动脚亦不妨，那样庶几可以转移情绪，让这恶劣的心情有个收敛落脚之处。

于是她拿起了电话。

贾文化在电话中说：这么晚了，怎么想起打电话啊，遇到事了？二妮直截了当地问：能来这里一趟吗？贾文化问：什么事？二妮说：来了你就知道了。贾文化说：你先告诉我，我心里也好有个数。二妮想了想，说：深更半夜的，莫老先生跟孩子都不在，我害怕呢，你来陪陪我吧。贾文化迟疑片刻，用安慰的口气说：只要锁好大门和房门，不会有事的。大凡夜间怕黑的都是自己吓唬自己。二妮鼓足勇气，说了一句让对方感到突兀的话：我想让你来，抱抱我呢。贾文化显然被惊着了，说：你哪里看得上我啊，再说，你家里有蛇呢。二妮突然放声大笑，说：现在蛇都冬眠了。贾文化沉默了一会儿，说：那次去你家的事，到现在我还觉得不好意思。实话告诉你，从你那边回来后，我深感愧疚，觉得既对不起你也对不起我老婆。前些日子回去，我把那荒唐事对老婆坦白了。老婆夸你是个好女人，叫我务必尊重你。她还说，苦闷时不妨逢场作戏玩一玩，只要不投入真情就好。她这么说，我觉得自己更不是人了……

不待贾文化说完，二妮就挂了电话，眼泪禁不住汹涌而出。二妮终于认清了老贾，一个学问和实践分开的人，一个多情而怯弱的蛮子，一个善于讨好却不能担当的书生。她既不喜欢他，也不厌恶他。如果贾文化一如既往地坚持着，哪怕是浮浅的痴情，故事未必不能继续。可惜那人肩膀太窄，不能承担太重的罪恶也不能享受灿烂的美丽。在他身上既没有喜剧，也没有悲剧。二妮伤心的是，这个非常的夜晚，在被人羞辱之后，居然又演出了一次自取其辱的折子戏！

明火已被雨丝湮灭，烟雾还在嚣张，内部温度在下降，很缓很慢，如老茧抽丝。深刻的沮丧吞噬着她，懊恼如汹涌的江流。她还不能完全控制情绪，发了疯一般脱掉衣服，看着自己赤裸的身体，挥手狠狠抽了自己一耳光，响亮的耳光声更刺激了她的情绪，她挥舞双手一边不停地抽打自己的乳房、私处，一边声嘶力竭地骂自己：我叫你自作多情……直至筋疲力尽，倒在床上。

心绪渐渐平静下来，她能够正常思考了，不再怨人也不再自责。她想起来了，很早以前田间的小路就已经分岔，而她未曾及时转换方向。

那一年他大学毕业分配工作回到这个故乡小城，一个人，还没结婚，也没听说有对象。二妮曾找过他一次，那是她反复掂量才下的决心。那一次，她亲口告诉他，修文是他的孩子，他上大学之后八个月生的。吕锋闻知此事，没有表现出丝毫的高兴，满眼都是郁闷和忧虑。二妮安慰他：你放心，这孩子绝对不要你抚养，我能把他养大。我其实是来谢你的，你给俺下了这个种，我这辈子就有了依靠。他问她来找他想干啥，声气逼人，还有居高临下的怀疑。二妮局促不安地问：你有对象了吗？吕锋摇了摇头。

按说，这样的表示已经含有了冷淡，不该再说别的了。然而，痴情的二妮却因此而高兴，她的眼睛里闪烁着微弱的希望，竟然自怜自爱地说：还想要我吗？吕锋迟疑半天才说：现在还说这些干吗呢。当初我也曾劝你跟我私奔来着，虽然那是一时的莽撞，但我是真心的，是不是？可是你呢，今儿说行明儿说不行，老是磨不开。我是断了对你的念想才离开大苇塘的，你承认不？

二妮点头说是，但也知道此时的他误解了她的意思，她说的要我不要我，不是娶我不娶我，而是感情。二妮说：我不是那个意思。你这边该怎么就怎么，我自知没有那个福气。当时不是我不想跟你私奔，而是走不开。如果我走了，娘家那边的家也就完了，我不能破罐子破摔，我不能对不起娘家那边。你不知道，那些日子里我的心经受了怎样的煎熬，生死挣不开的绳索啊！

吕锋问她：那你还来找我干吗？二妮当时显得很尴尬，带着几分屈辱说：如果你还想我，什么时候都行，我心里永远只爱着你一个人。你放心，我不会影响你的婚姻，也不会影响你未来的家庭……

那天，什么都没有发生，吕锋也没有留她吃饭。二妮走时，眼神空洞，脚下好像拴了绳子戴了镣铐。她觉得自己什么都没有，觉得今天的自己就像个要饭的叫花子。这一趟不该来啊，那些话不该说啊，人家不想知道有儿子也不想做父亲，人家恐怕你继续黏糊，人家觉得你是鞋底上的泥巴，为什么还要再见他呢……

那天，吕锋确也感到郁闷。看着二妮下楼，吕锋在这位乡下妇女身上找不到丁点儿从前的感觉。她的头巾是那么土气，她的蓝布花褂子是那么寒酸，说话及表情简直有些可笑。吕锋扪心自问：这个满脸土色的女人就是他曾经迷醉的小石榴吗？他把二妮送到楼下，转身时听见她一句话：你回吧，这次俺不该来啊！

……

熄了灯，二妮让自己处于黑暗之中。黑暗有时比光明更亮堂，因为幽深处的思想没有干扰。歧路从那时就出现了，只是自己没有看到，或者说故意让那一路走来的痴情遮蔽了双眼。今日之事只是一个翻版，差别只在不如那时的冷淡更诚实。她左思右想，不能怨人家，他早就说过不肯当父亲，你二妮早就许诺不要他抚养，这就像甲方乙方做的合同一样。人家不是不想娶你，是你不能跟人家私奔，这怨不得别人。人家已经成家，你还一厢情愿地苦苦眷恋，这是你自己的问题。这一次来，他本意也许只是握着手谈谈心劝她放弃劳模，可她误解了……

此时被子里的黑暗比阳光更温暖，而且也遮羞。幽冥之中，她看见一个圆乎乎的东西在蠕动，上面长满了墨绿色的草。那是一个坟丘吗？是的。坟丘在升起，在移动，然后落定了，歪斜的坟头裂出一条缝。在那道羞答答的缝隙中，一根黄绿色的树芽伸了出来。树芽摇摇晃晃、盘盘绕绕，螺旋式升高长大，就像电影里慢速拍摄的植物一样很快就长出一米多高……

小柳树又出现了。它是那么乖巧，执意地寻找什么，荡来荡去，终于触及她的手。她站在浓重的暮色里，小柳树在她的手里如此温柔、如此驯服，好像那温暖柔和的手就是它的归宿，就是它的爱慕。她听见小柳树的低语：他不爱你，他不值得你那样去爱；他不爱你，你要自己爱护自己；什么都得靠自己，什么都得靠自己，不能指望别人……啊——二妮大叫一声，拿被子蒙了自己的头。

在被子里，她哭了大半夜。

那天晚上，吕锋没有回家，而是去了宾馆。在宾馆里，他反复咀嚼着画虎不成反类犬的失败感，懊恼至极，难以解脱。他想蒙头大睡三天忘却失败，可他脑子里却满是泥泞，混乱的马蹄杂沓而过，车辙里的泥水翻江倒海。他无法排遣这份失败感，索性要了按摩女解闷儿。

当应召女郎进入他的房间，吕锋却又突然改变主意将那女子赶了出去。他的反复无常不仅受到卖笑女的辱骂，也给他自己带来更为幽深的沮丧。

他仰躺在宽大的席梦思床上，两眼一会儿睁开一会儿闭上，惨淡的光线中鸣响着扯不断的、僵直的、细弱而坚定的声音，黑暗无边无际，耳鸣一直骚扰着他。他以为洗个冷水澡就可以让自己安静下来，可是洗澡时差点儿摔倒，这让他深感恐惧，老觉得冥冥之中有个幽灵在跟他恶作剧。

一个受到打击的人往往抵抗不住失败感的高压，他开始怀疑自己，而怀疑又派生出莫名的惶恐。他觉得自己在降落，像一个处于自由落体运动的人，失重的心脏飘散到浮云中，行将坠入死亡，连一片踏实的地面都看不见。他很想大叫，但是残存的意识依然能够挽留他的知觉。他知道此时不能叫喊，如同梦魇中人。

他拿湿毛巾盖了脸，强求自己尽快冷静下来以便厘清当前的局面。礼品清单泄密事件之后，他认为组织上没有给他充足的政治支持，没有帮他消除事件的不利影响，对此心怀不满，可他不能对决定命运的组织有丝毫抱怨，支持和爱护都来自上级。他指望下一次调整能当上大市的副市长，哪怕排名最后一个副市长也可以——只要是副厅级就好——这就是他追求的终极目标。现在看来，这件事难度很大，一切都靠自为。

第一件事就没办好，原以为很有把握，却失败得这么惨。二妮既然不肯走开，就意味着，那件历史还可能发酵为绯闻，进而影响他的前程。看来，想要升到副厅级几乎是不可能的了，能否在今天的位子上全身而退，也很难说。还有那个老杨，如果他参加到反对的行列中，就更加可怕。多年相处，他知道得太多了。吕锋宁肯让老杨升上半级也不愿得罪他，纱帽又不是我家的。再说，多少混蛋都提拔了，难道就差这么个好人吗？然而吕锋很清楚，他做不到这一点。老杨的年龄已经超出了组织上定的杠杠。即使他为此继续努力，也是白搭。这是铁打的事实，他无法满足老杨，也不可能让老杨理解自己的难处。实际上，从他当上商业局长那一天，老杨那一拨人就心怀不满，嫉妒他，唧唧咕咕许多年，吹毛求疵挑剔他的人品和能力。不久前老杨趁他打开文件柜找材料的当儿瞥了一眼那柜子，随口说了一句：这里边的烟呢？事后，吕锋总觉得老杨窥见了他洗钱的把戏。后来他特别注意老杨的表情，那眼神确像是知道点儿什么，嘴角上挂着冷笑。吕锋极力安抚自己，不要疑人偷斧、杯弓蛇影、草木皆兵，但是不行，老杨总是紧随着他。看，在惨淡的幽光中那张冷笑的老脸又出现了，靠近他，再靠近他，直逼他的眼前……他大吼一声：你这老东西干吗总缠着我……

吕锋吓出一身冷汗，枕头上湿漉漉的。他睁开眼，明白只是南柯一梦。他将双手放在胸口，让激烈的心跳缓和下来。他想给烟酒杂货店那边打个电话嘱咐大潘小潘严守秘密，但又怕有人窃听。幸好接电话的是小潘。小潘火辣辣地问：人家刚要做梦呢，你胡闹的什么，想我了？吕锋问她姐在不在？小潘说：不在，只有我在，你来吧。吕锋说：电话里不要胡说八道。小潘说：那就等见了面再胡说八道吧。

两年前吕锋就和小潘黏上了，不能说谁主动谁被动。大潘心知肚明却没有阻拦，因为这层关系牵涉到小店的生意。或者，她知道拦也拦不住，现在的潮流，谁也说不得谁。大潘嫁了王大山，成了王小妮的嫂子。她的小妹则接了吕锋的橄榄枝，投怀入抱。大潘无奈只好警告妹妹：小心叫人家弄大了肚子。小潘嬉笑着说：开苞第二天我就放了环儿，多厉害的种都变不成苗儿。那以后双方时有幽会，虽非公开，却也不是天知地知你知我知。

风情云雨，男欢女爱，醉生梦死，无须多说。吕锋那天晚上特别问起小潘，近来有没有干部样的人去店里转悠？小潘说：凡是大把花钱的都穿得人模狗样的，都像干部，谁分得出来啊。吕锋又问：有没有人拐弯抹角地说起我啊？小潘说：谁会打听你啊，女孩子见了你这年龄的人都不感兴趣了。吕锋叹口气，怨她不明白他的意思。小潘说：我姐倒是明白，可她不肯跟你上床呢！

吕锋觉得很是没趣，两人草草做了那事。

分手时，他骂自己怎么找了个没心没肺的贱货——也是骂自己。

几年过去，李义回来了。过去的事没人再追究。

西郊商城北门边有个欢乐世界歌舞厅，每天热闹到凌晨。市场经常失窃，有人举报说失窃和娱乐场所有关，赌徒和色鬼都是敢于铤而走险的人。市政府多次要求整改，可是层层阻挠，效果几近于无。近来又有酗酒者夤夜闹事，害得商城的保安叫苦不迭。为了商城太平，老杨建议吕锋把欢乐世界迁走。这一次，仰仗市委书记的大力支持，欢乐世界迁到小涑河岸边。李义利用原歌舞厅的地方注册了一家龙爪文化传媒有限公司。按《公司法》规定，有限公司不能独家投资，李义便拉了几个人做股东，其中就有田永昌。

这一天，厚皮穿了一身廉价西服拿了中华香烟，找田家祥辞行。田家祥问：怎么，我这里水浅养不住大鱼？厚皮说：我都这把年纪了，总得有个事业是不是？田家祥听说他跟李义搅和在一起，说：你小子当初作奸舞弊，不光赔了许多钱也损害了我天丝的名声，我把你从监牢里捞出来又安排你在公司打杂，活不累，钱不少拿，我还给你上了社保，指望你将来老了有口饭吃，你倒好，居然跟坏人勾搭上。跟着喜鹊沾光跟着夜猫子遭殃，你早晚得掉进去，到时候别找我捞你！厚皮说：我不是三岁的娃娃，对付李义，绰绰有余。

就这样，田永昌离开天丝跟李义合伙了。为此事，老杨问过李义：厚皮他穷得竖起鸟来没个阴凉，凭什么就当了你的股东？李义说：我公司资金来源光明正大，任何一位股东都有贡献，你若怀疑，可以去查！老杨不查，他犯不上在一个没有了升迁机会的位子上去得罪人。

厚皮印制了名片，四处散发龙爪公司开业通知，“恳请”商户前往贺喜，响应者寥寥。厚皮找到文具店，给二妮递上一张名片，说：看看上面！二妮看了说：哎哟，永昌成龙爪副总了，恭喜高升！厚皮说：无论如何你得捧捧场，我无所谓，我们老板可是个狠角色！二妮想起儿子上大学时李义托人捎来八百八十元贺礼，当即拿出一千块钱，并说开业那天会送个花篮。厚皮说：听说你要当模范了，届时出个面，龙爪公司将蓬荜生辉。二妮说：我这里确实离不开，你就带个吉言吧。

申凤坤也奉了一千元，算是捧场，但他要厚皮写个收据。厚皮当即写了收条按了手印，转头到天丝门市部那边去了。

潘秀梅一见他便说：这山看了那山高，不是个人。厚皮说：人家给我一个副总，胜似在这边跑堂扫地，人往高处走水往低处流嘛。秀梅说：到哪里你都是当狗腿子的料，什么副总，别扯淡了！厚皮叫她交钱，秀梅说：凭什么给你钱？要钱没有，要命有一条！厚皮听了，没敢反腔，达撒达撒离开了。随行的人就嘲讽他：厚皮您现在孬好也算个人物，居然被个黄毛丫头给整了，她说不给就不给，咱爷们儿就这么好打发？厚皮说：你们不知道历史。论历史，咱都不该来这里，李总以前是答应过人家田总的。还有，你们不知道，这孩子太烈性，弄不好敢跟你捅刀子！今天放她一马是了。

李义见厚皮没能收上天丝的贺礼，头歪得更厉害了，问厚皮：那家伙说了什么？厚皮不肯说，李义的头从左边歪到右边，又从右边歪到左边。厚皮知道老板这是不耐烦了，说：我对他讲了，龙爪前途无量，他说老鹰就是老到飞不起来了也不会跟小麻雀儿一个锅里摸勺子。李义鼻子里哼了一声。

此时，田自由进来了。他以天丝建材的名义送了花篮，外加礼金。李义很高兴。自那次两人交手后，李义知道田自由的厉害，彼此不再存心对立，也算不打不相识吧。田自由现在是个像样的小老板，李义不敢轻慢，当即打电话给饭馆要菜无论如何要跟自由喝一杯。自由说：等开张那天我再来，到时来个一醉方休。李义说：都说龙生龙凤生凤，我看不见得。自由问：此话怎讲？李义说：我这么大的喜事，天丝那边不肯捧场——你们爷儿俩真是不一样啊。自由说：我爹那人不小气，他就是说话太硌人，李总您别见怪，他那份我给垫上就是。李义说：有您这话就好——免了。

田自由发现李义正在折腾一件大买卖：盗版色情书籍、刊物和光盘。他佯装没看见，走了。对于中国人来说，对罪恶的容忍几乎等于一个人是否成熟的注脚——所谓好鞋不踩臭屎。果然，几天后，龙爪附近就有很多外地车辆麇集，大都是来买《花花世界》、《青楼梦》、《肉蒲团》、《壮阳秘笈》一类书刊的。车辆进出频繁，尘土飞扬，龙爪附近成了新热点。

老潘捡到一本《绘本金瓶梅》，见上面有露着奶子的女人，随手就给了旁边的伙计们。伙计们相互传看，津津有味。桂花问：什么书让你们那么上心？饭都不吃活也不干了！老潘说：男爷们爱看的书，有点儿荤腥。桂花说：我也瞧上一鼻子！老潘说：你千金贵体，别看那些臊猫狗臭的玩意儿。桂花好奇，不由分说抢了过来，没等看完就扔垃圾筒里了。自由问：怎么扔了？老潘还要看呢！桂花只说：看着吧，上边早晚要查，到时他们吃不了兜着走！

这事真还叫桂花看准了。两个月后，省里贯彻中央扫黄打非和严打假冒伪劣的指示，向各地派出工作组，明察暗访，掀起了一次轰轰烈烈的运动。吕锋从省城开会回来，连夜布置，如临大敌。市长要求公安部门派出眼线，一旦发现非法出版物、黄色书刊、假冒伪劣产品，马上报告，严防严打，不许有漏网之鱼。如有违误，严惩不贷。

次日，建材市场出现了两个人，一个操省城口音，一个说普通话。说普通话的那个问桂花有没有发现不着调的书刊？桂花就笑，叫他问老潘。老潘刚要躲，被那个省城口音的人拦住，无论如何叫他谈谈情况。老潘的黑脸此时成了紫棠色，说：有是有，俺拉脚的没时间看那些玩意儿。那人说：你们是从哪里买到的？老潘嗫嚅道：从外地卡车上掉下来的。说普通话的那个问老潘：咱这里的药材市场你熟悉不熟悉？老潘还没说话呢，旁边就有人说：老潘你得朝他们要采访费啊。省城口音的人说：我们不是记者，随便问问。说罢掏出烟来，很大方地散给在场的诸位。老潘看了那烟，说：软中华，这么一支就三块钱呢。他点了烟，说：药材市场是不小，就是质量差点儿，听人说很多东西是用硫黄熏过的，老远闻了就呛鼻子。俺在那里干过两个月，老是咳嗽，又回到这边。

三天后，搜查行动开始，所有外地车辆都被拦截，逐一盘查，从车上查出的黄色书刊堆在路边泼上汽油就烧，浓烟四起，记者四下里拍录像。药材市场更是“怎一个热闹了得”，所有药材都被检查，凡假货一律没收。附近几个村庄的仓储里查出假药上千种。这些假药全被拉到四十里外的垃圾填埋场了。附近村庄的农民纷纷抢夺那些一时尚未埋掉的假货，记者拍下了疯狂的人群和夕阳下麇集的乌鸦。

警察搜查了龙爪传媒，搜出大量黄色书刊和非法出版物，还有摇头丸、大麻若干，欢乐世界那边搜出六万多只避孕套，全部销毁。这样整饬了大约二十天，市场环境改善了许多，却也不如从前热闹了。外来客商纷纷取走存款，退掉租房，提起箱包，逃之夭夭。

在这次打假打非活动中，凡涉及非法出版物的，一律给予从重处分。李义的龙爪传媒被取缔，罚没其全部非法所得。李义本人再次逃往外地，公安方面发了通缉令。通过进一步的揭发举报，很多书店受到牵连，参与印制此类书刊的印刷厂都向工商部门缴纳了高额罚款。此次行动的另一个重点是食品和药材，那些经营中药材的外地散户有的遭到处罚，其他则如鸟兽散。这阵强风不仅吹跑了许多行商，大量从事色情行业的女子也纷纷离去，据说几天之内他们就从银行取走了八千万存款。

由于办事得力、成绩显著，吕锋此次受到省里的表彰，市委市政府给商城发了大奖状，还有一笔可观的奖金，唯老杨等人因此前监管不力而受到批评。老杨觉得自己出力不讨好，很是郁闷。有一天在凤坤那里喝茶解闷，凤坤安慰他：案犯潜逃，历来都有，没你多大的责任。老杨说：上次要抓他，他溜了，这次又是如此，显然内部有扒灰的橛子。凤坤也说：这种事，咱不好乱猜。省城过暑假的申行健当时也在场，老杨随便问他，青年人对此事有何看法？申行健认为这种办法有力也有效，但不是优质社会的治世良药，一个健康的市场需要良好的常态管理，运动式的搜查可能产生为渊驱鱼为丛驱雀的负面效果。老杨听了，深以为然。

不久，市委召开内部总结会，书记要求大家畅所欲言。老杨因为受到批评，一副无精打采的样子。书记要他说说这次打假的体会，老杨本来没准备发言的，此时就有点儿发蒙。书记不依不饶，非叫他说两句不可。老杨突然想起申行健说的那几句话，就说：我工商系统在这次行动中虽说出力不算少，但总起来说，敌情观念还是不够充分，造成了一些失误。另外，对这次行动的分寸我把握得也不够好。为什么这么说呢？因为我这人有点儿杞人忧天。我担心的是，此事如果在度上把握失当就会因打击非法出版物而把一个图书市场灭了，因强调药材质量而把一个中药材市场赶到邻边地区，甚至赶到外省。假如失去这两个市场，对我市的生产总值就会有一定的影响。从最近的信息分析看，两大市场的离开有可能将我市经济指标拉低一个百分点，而这个百分点会影响了我市在全省的排名。我的想法当然是错误的了，怎么能因为经济考量而忽视了政治呢？这是我不够成熟的表现……

老杨这些话，恰恰说到市委书记的心坎上。当老杨说到降低一个百分点，全省排名可能下滑时，书记连连点头。在总结中，市委书记在肯定各方面的成绩后，重点说到工作方法，还特别称赞了老杨，说他懂政治、有远见、有水平，不愧为老同志。书记还说：你们看，我们的两大市场，图书和药材市场，确实被赶到兄弟地市去了嘛。黑格尔有句名言，存在就是合理的。我们这边市场体量大，管理上相对宽松，商人就在这里做；稍有不慎，他们就会跑走。所以说，我们要提高执政水平，弄不好，就会做出为渊驱鱼为丛驱雀的蠢事来。

这话让老杨的精神为之一爽，就像烟鬼吸了满满一个大烟泡似的。

书记意犹未尽，接着说：我市本年度的生产总值本应在全省排第三的，经过这次整顿，大约要下滑一个百分点——老杨估计得不错——就是这一个点，让我们在全省的排名降至第九。当然了，我们不应当只算经济账，首先要看政治上取得的成就，市场比以前健康了，这才是第一位的，其意义怎么估量都不会过分。经济损失，那是第二位的。

与会官员都听出来了，最后一段那是百分之百的官话，排名降低才是市委书记最关心的。从九十年代开始，考量地方官员的政绩主要以经济排名为根据，排名降低对地方官员的升迁会产生微妙的影响。事实上，市委书记多少有些迁怒于吕锋——年轻毛嫩，做事鲁莽，一味冒进，目的是个人邀功请赏。

吕锋在市委书记的冰冷的赞扬中感到了信任危机。他恨老杨那番话，以为是成心对他落井下石。在讨论会上，吕锋作了反省，认为自己小事精明大事糊涂，缺乏大局意识，方法也不够圆熟严谨。书记对他的发言不置一词。第一把手的冷淡等于一个人在官场上遇到寒流大雪，吕锋觉得浑身乏力，没有精神。

合是老天有眼，三合板的价格年来不断提升，田自由迅速积累起一笔财富。他决定再次扩大经营规模，彻底更换原来购进的二手设备使用当代最先进的数控生产线，实施严格的国际质量认证标准，面对国际市场再图发展。二妮担心他人手少做不过来。自由说：实行技术升级后重要程序都是电脑操控，不但不会增加用工，反而能减少劳动量。二妮又问了资金情况。自由说：这一次必须得贷款了。二妮问：能贷出款吗？自由说：试试吧，没有过不去的火焰山。

田自由先去找了他老子，希望父亲变卖食品生产线，和他一起合作做建材生意，然后进军房地产市场。田家祥说：你想鸟枪换炮，我不反对，可是卖掉食品生产线，那不行。我的生产线运行很好，天天赚钱，突然停了，人家会说什么？是企业不行了还是人犯了错误？眼下我正要重建大苇塘小学和村卫生所，还要搞旧村改建，投资大，一天都不能断了流水，你想扩大规模，只能另想办法。

田自由虽然有些失望，但他没跟父亲吵架——他成熟了。既然老爹不肯合作，他就去找吕锋，说了他想贷款的事。吕锋没有反对，也没有积极支持的意思。田自由反复恳求，吕锋总算开口了：我只负责把关系给你接上，一应细节还得你自己操作，只要你记住我这点人情就好。田自由说：大叔你放心，我知道这里边的规矩，白不了你的。

吕锋懂得这话的意思，没有反对。就这样，田自由通过吕锋认识了银行行长。行长把这事交给商城支行的李科长去落实。田自由以前找过李科长，一面之识，也就是熟人吧。李科长是个谨慎的人，也有些固执，田自由一接触，就觉得此人不好对付。他和桂花设计了很多方案，绕了很大的弯子，才把关系熟络起来。

桂花说：事还没个影儿呢，冤枉钱倒是花了不少，小心别瞎子点灯白费蜡。田自由说：贷款这事就像书上说的房事，先要有很多前戏才能入港。桂花照着自由的光头打了一巴掌，说：你个混球，还没结婚就研究房中术，可见是个风流鬼，跟你爹好有一拼。自由最怕桂花说起上一辈的事，不再多言。

李科长自称不烟不酒，平时只喝白开水，走动带着自己的杯子，饭食以素为主。田自由左右周旋，全都依了科长的习惯。不抽烟，做做足疗总可以吧；不喝酒，喝杯饮料总可以吧；不吃肉，多吃水果可以吧；不喜欢小姐，去钓鱼、去摄影、去找好石头、去寻觅有价值的字画，总可以吧。

如果一个人想做什么，就会有千百个方子。渐渐地，田自由发现了科长喜欢收藏，主要是名人字画，兼顾三代陶器和明式家具。田自由没上完高中，哪懂什么字画！老田家上推八辈没一个带艺术细胞的，虽然田永志喜欢音乐，到底懂得多少，也难说。自由没人依靠，只好自学。他买了很多书法、绘画、收藏方面的书，临时抱佛脚恶补了一段时日。这期间，田自由发现，李科长最爱的是徐悲鸿的马。

田自由决心要找到一幅徐悲鸿的马。他买不起真迹，又不能拿了赝品去讨人喜欢，这让他犯了大难。有一天，桂花说她逛艺术品商店时听那里老板说有一种高仿品，限量印刷，市面上不多，且很难识别。田自由于是跑了一趟省城，买回一幅徐悲鸿在马来西亚时期创作的《双骏图》。桂花看了那马，说：这两匹马一公一母。自由问：它们都是头朝着咱屁股在后边，你是怎么看出公母的？桂花说：你个傻子，鬃毛不一样嘛。

正说着呢，田自由竟把那张画刺啦一声撕成两片！

桂花大叫：你疯了？五六千块钱呢！

田自由笑嘻嘻地说：我有我的想法。

次日，田自由带着那画就去了省城，找到一家技术精良的装裱店，要师傅把这张画重新裱好。师傅问：裱到什么程度算是好？田自由说：我跟你说一下这张画的故事，你就知道怎么裱了。这幅画是徐悲鸿先生在马来西亚画的一幅奔马图。日本占领东南亚期间，拥有这幅画的华侨富商将之埋在一个土井里。抗战胜利后，这画辗转落入某夫妇手里。这对夫妇后来感情不和，离婚时不是要分财产吗？给谁都不是，相互争夺之中竟把这幅伟大作品给撕毁了。后来双方找了个调解人，决定把画合起来重新裱好送给拍卖行，卖的钱两人分了。裱画的师傅说：说起来也有六十年了。田自由说：你看着办吧，装裱费、说明书制作费都由你定。那师傅会心地笑了。

半月后，那幅画裱好了。田自由约李科长一起鉴赏名画。李科长亲自选了一家酒店，田自由就展开了那幅画让李科长细看。李科长反复把玩，没找出什么破绽来，就问：中间这条裂纹有没有来头？田自由说：我把这张画的流转过程说一说，你就明白了。李科长点头应着。田自由说道：徐悲鸿先生是兼通中西的大家，善于画马，他以马喻人，用马这个意象赞颂那种“一洗万古凡马空”的精神，并以此寄托他那豪气勃发的爱国情怀和坚强意志。李科长说：你别跟我背书歌子，这个我还不清楚？田自由说：悲鸿先生抗日战争时期曾经在马来西亚住过一段时间，用自己的画筹集抗日资金，这画就是那时的作品。李科长说：我只听说徐先生有一张《五马图》，没听说还有《双马图》。田自由说：这幅画是悲鸿先生一九四一年送给他的朋友黄实卿的。

说着，田自由从一个精致的盒子里拿出一册流转说明书，说：自己看吧，你比我更懂这个。李科长展开那个小册子，小声读着：黄实卿，潮州人，马来西亚吉隆坡培才学校创办人，校长，马来西亚潮州公会联合会创始人，马来西亚文化界侨领，善诗，精书法。抗战期间，为避战火，黄先生曾将此画藏于枯井中，胜利后取出，转赠其女。此作为徐悲鸿先生抗战期间的代表作。在此作中，画家以奔放的笔墨勾勒出奔马的大转折部位，又以干笔扫出鬃尾，浓淡干湿，浑然天成。马腿的直线细劲有力，有如钢刀，力透纸背，而腹部、臀部及鬃尾的弧线很有弹性，富于动感。整体上看，画面前大后小，透视感较强，前伸的双腿和马头有很强的冲击力，似乎要冲破画面，飞奔而来……

李科长说：它是怎么流到国内的呢？田自由说：继续看，反面还有。李科长翻过去一个长条页子，发现后边还有文字：其女于一九五八年转赠闺中密友宋女士（不便提名）。此画因宋女士家庭不和而被撕毁，后重新装裱，入香港苏富比拍卖行。一九八二年以六万元被国内人士收藏。一九九四年，著名收藏家万国库先生以六十万元从翰海拍得该画。

李科长问：万国库？是不是省财政厅那个老厅长啊？田自由说：一点儿都不错。李科长说：万厅长可是个讲究名望的人，他有名的死脑筋，哪有闲钱买这个啊？田自由说：万厅长本人确实没钱，可你别忘了，他儿子可是省城第一号房地产大腕呀。现实说话，咱省的建材市场三分天下有其一，别的没有，有的是钱！李科长问：你们认识？田自由说：厅长生前，我和他老人家不算多熟，也就见过两次面，但我跟他儿子万总却是非同一般的熟。我的货都是通过他经销，我给他的折扣一直都是最高的。

李科长问：所以他给了你这张画？

田自由说：也不能算给，原价拿来的——这就算很大的人情了！

李科长说：那倒是，这些年艺术品增值太快，简直涨疯了。

然后他们就吃饭喝酒，海阔天空，羚羊挂角，东扯葫芦西扯瓢，田自由一字不提贷款的事。李科长这边也是一字不提那张画的事，躲躲闪闪，跟捉迷藏似的，倒也煞是有趣。两人胡聊八扯，一会儿说到玉石，一会儿说到女人，一会儿说到电视剧明星八卦，十分投机。不经意间，李科长提出要喝点儿酒，而且要了三十年的五粮液。李科长自己斟满了一大杯，说：今天大饱眼福，破戒了。自由也说：不喝便罢，要喝，必得来他个一醉方休。

长话短说。一瓶五粮液加两瓶法国葡萄酒下肚，两人都有了醉意。田自由歪三扭四地去了一趟厕所，用指头抠着嗓子眼好不容易把装进去的东西倒出了十之八九，清醒了些。这期间，李科长给本市最好的两个装裱店打了电话，问最近一段时间有没有人去裱一张裂在两下里的破画，回答都是没有。李科长一个人打开那张画，仔细看了碴口，确像多年前裱的，纸张也是那个时期的宣纸，用墨也是歙县胡家的上等松墨，不会有假。

田自由回来时，李科长刚把那画放进盒子里，馋涎欲滴的样子还挂在脸上。田自由坐下后，李科长坦率地说：这画是真迹。田自由说：我要的就是你这句话。为什么呢？因为你是行家。你说的就是金科玉律，我田自由也就吃了定心丸，人前人后也就有了面子。不然的话，我花六十万买了张赝品，那还不丢死人！

李科长小心地问：你打算怎么处理这件好东西？田自由说：你要是能回答我一个问题，我就送给你。李科长说：只要和贷款无关就行。田自由心里咯噔一下，但马上就掩饰了内心的波动，发誓说：谁要再提贷款就是孙子！李科长听了这话，一下子就轻松了，说：你就当一次主持人，我做嘉宾。田自由想了想，问道：悲鸿先生是个国画大家，可他为什么偏爱画马而不喜欢一般的山水和花鸟呢？

李科长谦逊地笑了笑，说：这个嘛，我倒有点儿研究。悲鸿先生是兼通中西，于山水花鸟乃至于书法，都堪称大师。他之所以极力引进西方绘画技巧是基于这样一个认识：他认为传统国画虽然在笔墨上有特点，但在题材上到底还有些狭窄，翻来覆去就是那几棵树嘛，小桥流水、三五隐士、几间草堂、一道飞瀑、几朵花、几根草、两个小鸡、几只麻雀，几百年上千年都没个变化，而画家一旦成名，便一个劲儿地重复自己。这样的艺术已经接近没落，需要大改大革，需要吸收新鲜血液，所以他以马作为载体，描述画家内心的激越、慷慨、奋进和追求。他的热情就如荒山的野火一样，飞奔的形象反映了他精神的豪迈，乘奔御风，一日千里，叫人想起昭陵六骏、马踏飞燕、虽远必诛的大丈夫气概！

田自由说：太好了，这幅画今天算是找到了知音。

说罢，双手托起，呈到李科长面前。

李科长佯作惊诧地说：这叫我如何消受得起！

田自由说：再说别的，你我就远了。

李科长再问：还有要说的吗？

田自由狠狠地压抑着内心深处的主题欲望，坚决地说：没有。

李科长问：你是不是想贷款？回答我，是还是否？

田自由说：否！

于是两人重整杯盘，少不了猜拳行令，极尽轻狂放任之态。两人都说自己没醉，甚至赌咒说：谁要是不再喝一瓶就是大姑娘养的！李科长给田自由起了个诨名，叫“斤半不倒”，田自由反过来叫李科长“公斤不醉”。两人越喝越来劲，要的酒都喝光了，兀自不肯罢休。李科长尽情发挥，结果先自歪在沙发上。田自由自知用酒过量，中途又去厕所吐了一阵子，自觉还有几分自制。

已过午夜，酒店服务员几次催促。

田自由结了账，把李科长拖到车里。

看科长歪在副驾驶的位子上，像一条死狗，徐悲鸿的“名画”就放在后边位子上。田自由突然感到一阵恶心。他赶忙停下，在路边花圃里吐了，又抓了一把雪放在嘴里嚼着，好歹平静下来。当他再次坐到驾驶位上，李科长已发出鼾声，沉重而浑浊。田自由感到后脑勺那里飘过来一阵子波浪，鼻子发酸。多日来的辛苦和委屈一起涌上心头，他竟趴在方向盘上哭了。泪花冲洗过的睫毛上荡漾着一种莫名的屈辱——一份正当的要求，想说却不能说，还要把自己喜欢的东西送给别人，且要装作自愿的样子——这不是自己给自己戴绿帽子嘛——我他妈的整个一王八蛋！这时候，田自由真想把李科长从车上拽下来扔在雪地里——冻死个龟孙算完！

但他心里有事啊，现实的利益让他不敢造次——还得乖乖地将李科长送回金融小区，那里住着当地金融界的管理者。田自由好不容易把李科长弄到电梯口前，才发现午夜后电梯已停止运行。就是说，要想把他送回家，只能步行走楼梯送他上去——李科长从来不住本地宾馆。田自由本想给科长家打个电话让他老婆下来接人，可是这么晚了，打电话委实不好。再说，要一个女人下来接一个烂醉如泥的人，不光无济于事，还会产生负面作用。

他也有过这样的想法：干脆扔下他不管了。田自由知道，李科长这小子向来贪财，所有从他这里贷款的，都要给他大比例回扣。田自由最是看不上这种人，觉得自己跟这种人做交易，真够下贱的。当他撂下李科长走出大厅时，却不由自主在台阶上站住了。如果这样撂在这里，他今晚可能会冻死。到底是个人，是一条命啊！既然是我请人家喝酒，就得善始善终，无论如何得把他送回家去。

于是乎，田自由开始了一次沉重的载人爬楼的艰苦旅程。他把那个死尸般的肉体扛在肩上，将那幅画揣在怀里，走上第一道台阶。仰望楼道，田自由简直不敢想象——如何才能爬到十二楼啊——自己是否能坚持到底啊！背着一个一百五六十斤重的家伙，每一步都很吃力，而且，这是一个人不是个一般的重物。如果是一只麻袋，可以随时扔到地上，人不行，这个人尤其不行。

田自由小心把持着李科长的两条腿，尽量让他趴在背上较高的地方。这时，他活脱脱像个运尸体的工人。这东西又不是尸体，而是一个醉酒的活人。醉鬼的身体软软的，老是往下滑，这比背一个清醒的人可是难多了。正常人懂得抓住对方搂住脖子尽量不朝下坠，醉鬼就不行，他始终像一口死猪似的。

到达第四层时，田自由已是气喘吁吁，满身大汗。

汗水带走了他体内的酒精，田自由能闻到满楼道都是腌臜气息。

他决定休息一会儿，以便积蓄力气，累倒了可不是好事。他把他放下来，堆在墙根，那人嘴角上流着黏糊糊的涎水，鼾声时断时续。田自由稍息片刻，想把他扛起来，可是力气却不够了。他只好将之拉起来，用膝盖顶着他的肚子，慢慢放在背上。这样，又爬了三层。

就在自由想放下他作第二次休息时，李科长竟“哇”的一声吐了，狼藉喷发，弄得田自由一身秽物，楼道里充满了腥臭酒气，令人窒息。如果是白天，肯定会有人出来骂娘。深夜的楼道里死一般寂静，田自由的喘息沉重而急促。这一回，他坐在楼道的角落里休息了将近半小时，差一点儿睡着了。

好在心里有事，也别无选择，田自由只好硬撑着爬起来，重新踏上征程。当他爬上第十一层时，已经用完了最后的力气。他只好将之放在楼道上，利用楼梯边缘那条差不多三十厘米的平面，像拖死狗一样把他拉了上去。他终于敲响了科长家的门。科长的妻子好半天才出来开了门。那女人看了，哎呀呀说脏死了脏死了，接着说了许多不中听的话。田自由把科长放在客厅的沙发上，反复向女主人道歉，却只字未说方才背人爬楼梯的惨绝人寰的辛苦。然后，下楼回家。

次日，李科长打来电话，约他在常春藤茶馆喝茶。两人见面后，李科长问田自由：昨天晚上是你把我扛上去的？自由说：否，是你飞上去的。李科长笑道：你小子真行啊，没把我撂在雪地里，也没就近把我送宾馆。田自由说：老哥啊，我得替你打算呢，扔雪地里冻死了怎办？我知道科长从来不住本地宾馆，所以怎么也得送你回家。

李科长说：今儿我要问你，昨晚为什么不说贷款的事儿？你如实回答，答对了，我给你二百万；答不对，我扭头就走，那画也要奉还。

田自由肃然道：为什么？因为贷款的成败关系到你我身家性命啊。

李科长一拍大腿，亮起手掌，说：要的就是你这句话！

田自由二百万贷款到手。

第十七章 逼对手做人畜对亲 听兄弟说政经大事

资金到位，田自由的企业顺利完成了技术更新。

这就是那个时代的缩影，这就是一个小城市的小人物的故事。谁能让一个企业在短期内急速膨胀？谁能让一文不名的人一夜间腰缠万贯？谁能让卑贱者转瞬进入富人的行列？只有金融！有了这个杠杆，最愚蠢的人也能撬动地球，而能够得到这个杠杆的，就是这个时代的能人。偶尔也有田自由这样的成功者，这需要一定的资源，需要当事者高昂的经济激情、不屈不挠的意志、钢铁般的心肠和忍受屈辱的能力。在一个金钱差不多万能的地方，只要靠上了银行，没有办不了的事。

好事连双，田自由和宋桂花办了结婚证，择日举行婚礼。

长子大婚，田家祥自然是十分的高兴，他分派永志负责哥嫂婚礼上的音乐、照相、服饰、司仪等一系列事务，王秀花料理家里杂事，他负责安排酒宴、发请帖及迎来送往等场面上的事情。

经过多年的矛盾纠葛，田家父子出现了缓和友好的局面。田自由不再提及一半工资的事，田家祥也认可了儿子的能力，尤其是儿子竟能拿到数百万的贷款，这让他不由得刮目相看。建材公司迅速发展为当地引人瞩目的中等企业。几年前田自由还是个愣头愣脑的小伙子，现在居然成了不大不小的老板！田家祥心想，老子奋斗了这么多年，惨淡经营，也不过是两条食品生产线和一个酱园，小小一个田自由居然一夜之间成了企业家，他妈的真是占尽了风流！他既佩服，又有点儿不服。但他依然坚持自己的道路，依然认为儿子不过是个私营老板罢了。父子两个虽然是两股道上跑车，倒也互不相扰。唯有永志游来荡去的没个着落，让王秀花甚是忧心。

天丝食品虽然在资金方面捉襟见肘，但机器还在运转，利润细水长流。因对公益事业贡献颇多，田家祥在村里获得了好名声，不论走到哪里都有人称赞他是好书记。稍有空闲，田家祥就在村里转悠，目的就是听一听来自乡亲邻居的赞扬。对他来说，那就是天籁之声。

喜讯和请柬发出去以后，田家不断接到人们祝贺和祝福，田家祥颇有点儿事业如日中天、天伦圆满融融的感觉。在充满欢乐与成就感的婚宴上，他希望看到申凤坤的身影，以便品味来自对手的嫉妒、羡慕和不舒服。他要借此展示自己的优越——来自村民的赞颂弥足珍贵，这荣誉无人可比。田家祥要让申凤坤明白而且承认：他永远赶不上他，他们不是一个重量级的选手！

当地的头面人物几乎都来分享田家的快乐。吕锋在婚礼上讲了一些恭维话。老宋以尊者的身份参加女儿的婚礼，尽显荣光。席上，他把女婿吹得天花乱坠，说他不久的将来就会成为全国劳动模范，名字写在金銮殿的柱子上。宋桂花此时已是一位举足轻重的内当家，长房长媳，地位卓越。她经常出入高档商店，满身珠光宝气，就怕别人说她没钱。一位文化上并不深厚的女子在享受成功时，只能是这样。财富让她变得高傲，就连婆婆也要让她三分。宋桂花不以为这是浅薄，而是尊贵。只有田家祥不赞赏媳妇的骄奢，这让宋桂花多少有一点儿惧怕。

田家祥为每个来宾准备了礼品袋，内装天丝生产的点心和糖果。宋桂花特别给二妮回赠了虾仁、海参、鱼翅等，田自由特意给凤坤大爷送了一袋西洋参、两瓶茅台和一个瑞士产的大烟斗。他们绝没想到，因为礼品的多少和酒席分等的问题来宾之间生出许多怨言，酒酣耳热之际，便有人把牛奶泼洒在地，有人把饼干当场拆包扔掉。这让田家祥十分恼火。为了顾全喜事的场面，他一忍再忍。

申凤坤参加了喜宴，心情有些怅然。多年下来，他那个对手不仅没有倒下，反而更得意、更荣耀了。田家祥的那些骚事、孬事、霸道无理的事，居然被经济发展的花草给掩盖了！村民田二墩子悄悄拉了凤坤的衣袖说：自由那一摊子十有八九是挖了他老子的墙脚，大水库的水流进小池塘，左手的钱挪到右手里——人家爷们真能！申凤坤说：没有证据，不好乱说。

田自由的生意如日中天，就连中东、非洲、东南亚，也有他的用户。他从好几个国家进口桉树、枫树、水曲柳，制作高档三合板，内销外销各占一半。他使用一种不含甲醛的涂料加工初级板材，这项创新得到省科研基金的奖励。附近的几个小厂被他并购，场地大了许多，原来的蓝色铁皮办公室也变成了三层楼房。

看吧，那个曾经的小厂如今盖了漂亮的车间，车间里是现代化的木材加工流水线，这边原木进去，那边出来的就是包装整齐的三合板、五合板、木工板，货物的标签上印着天丝的商标，发货目的地要么是上海、北京、广州，要么是汉城、曼谷、马尼拉。各种各样的外文字码，车间里到处都有电脑。每一桶乳胶、每一片木板、每一包产品都有人登记在册。任何人不准抽烟，就连吐痰都要用纸片包了走出老远放在比嫁妆还要素洁的垃圾筒里。

今非昔比，田自由现在开上六缸的轿车，而他的老子出入还是普桑。自由每天都穿着整洁的西服，皮鞋擦得落不住苍蝇，头发喷了摩丝，看上去就像刚被牛舌头舔过，行头齐全，完全看不出他的上一辈还是农民。原本看不上自由的老宋如今对桂花的选择赞赏有加，完全忘记父女间曾经发生的龃龉。田自由要给老爹买几身西服，田家祥说：我又不是狗，犯不上在脖子那里勒条带子。

田自由拿了五万元找二妮还账。二妮说：这钱从打给你时就没打算要。自由说：这钱不是本钱，是利息。你的本钱都做了股本现放在建材公司里。这么说吧，那时资本金少，你、我、桂花各占三分之一。后来有了贷款，增资扩股，你名下的三分之一就变成了十分之一，也就是百分之十。这五万只是当年投资的第一次分红，原始股份还没有动呢。

既然如此，二妮就把钱收了。

宋桂花如今已是名副其实的老板娘，走路昂首挺胸，脸上挂着自豪屁股上荡摇着自信，见人就说如何减肥如何美容。田自由说：你能不能稍微含蓄一点儿？奶子挺那么高，不怕招引流氓？宋桂花说：它们自己鼓起来的，我有什么办法？又不是气球，可以放气！田自由说：里边装那么多奶干吗，孩子还没个影儿呢。宋桂花说：你懂个屁啊，那里边装的都是青春！

其实桂花也惦记着要孩子，结婚后，她便辞掉了天丝门市部经理一职，开始一门心思琢磨着要孩子。潘秀梅于是正式提拔为天丝门市部的经理。

老宋现在只是天丝木业的一家普通销售商而已。最初他还雄赳赳地跟老潘说，即便田自由出了好东西他也不会进女婿的货。老潘当时就劝他不要说这种没边际的话，万一食言，面子没地方搁。老宋如今食言了，每次去提货都要女儿多给点儿折扣。桂花说：你要是缺钱，我可以给你点儿，要我多给你折扣可不行，这是市场，行情大于亲情知道不？老宋逢人便说：市场这个王八蛋，生生把我女儿变成了白眼狼！

与此同时，天丝食品出现了危机。为了改善大苇塘村的学校、卫生所、自来水工程和幼儿园，田家祥用掉了酱园近年来的大部分利润积蓄，造成企业现金流的深度阻滞，该买进的生产线不得不中止，原料采购也压低了标准。这一来，就有人反映天丝食品的质量不如从前。为了广泛就业，田家祥拒绝使用高智能设备，生产效率得不到提高，市场份额越来越小。

田永志也是他的一份愁。中学毕业后，先跟着哥哥干了两年，后来突然去了本城的一家乐队，玩了一阵子爵士。小城市对于爵士乐认识不够深，乐队很快就解散了，永志去省城学了半年的外语后又进修了平面设计，没攒上钱也没有穷到要饭的地步，图的就是个自在快乐。田家祥让他到天丝食品干，永志宁肯跟哥哥干也不肯靠近老爹。田家祥问为什么，永志喊道：自由万岁！田家祥训斥道：就一个小老板也能称得上万岁？永志说：你知道什么啊——这是意识形态！王秀花说：看老魔鬼的为人有多好哟，两个儿子没一个待见的！

电视里播放了全国软件创新奖励大会，申行健设计的软件得到国家二等奖。田永志为好友的成就而自豪，兴致勃勃把消息告诉了老子，反被老子好一阵嘲笑。王秀花发现，小儿子这一次没有哭，只苦笑了一下。田永志一心要表达他对好友的祝贺，到省城当面给申行健送去一个带乐曲的卡片。申行健带他去见了在读专科的莉莉。田永志向莉莉当面表达了爱慕之情，得到的却是婉言拒绝，永志因此郁郁寡欢。修文得知永志来省城，特意请他和行健听了一场音乐会。永志说到莉莉，修文千方百计安慰他。永志问行健：莉莉是不是对你有那意思啊？行健说：不可能。永志问为什么。行健说：莉莉这人好是好，可是个性模糊、情绪氤氲。我喜欢明亮的女孩。

永志知此，重又燃起了希望。

申凤坤这边也进入清淡时段，虽然申守拙十分得力，将灯饰店业务打理得井井有条，但赢利怎么也赶不上以往的情势。

申秀菊的鸡毛厂买了一台二手粉碎机，但生产出来的东西还是卖不出去，积压的鸡毛鸭毛臭气熏天，地面上水沟里常有蛆虫乱爬。村民不堪其扰，一年中接到好几次举报电话，搞得申秀菊焦头烂额。田两相找岳父求助，申凤坤表示爱莫能助，还拿了田自由贷款的事做例子说有本事的就是有本事，窝囊人就只有吃鼻涕。田两相说：人家有老子的支持。申凤坤一听这话就不高兴，说：他爹给他什么了？他出道时也就是个二十来岁的青年，净身出户，除了一辆破烂地排车屌哨儿没有，人家的路子是自己闯出来的！常言说鱼有鱼路虾有虾路，没有人家那本事，就得多吃苦下死力，庶几能找到一条生存的缝儿。两相见岳父不肯施以援手，抱怨自家还不如人家。翁婿两个话不投机。两相回来对老婆说真不行就去找家祥大叔，被申秀菊痛骂了一顿。

这一年水旱灾害频仍，粮田减产，粮价却一直上不去。申抱朴整天骂城里人：粮食涨不了三分钱就喊受不了了，俺这里一年到头白出力，谁看着了？当官的娇贵，市民娇贵，知识分子娇贵，就俺农民是后娘养的，舅舅不疼姥姥不爱！田两相劝大舅哥息怒：咱就是这样的贱命，有什么办法！抱朴说：弄急了眼我上山当马仔！两相说：就你？当土匪也就是个喽啰充其量弄个吃喝，发不了财！

抱朴黑着脸到了城里，要把二妮那几亩地还给她——不想再种了。二妮说：我暂时不缺吃的，承包地上应得的那份粮食我就不要了。抱朴很感激，说远的近的都不行就还二妮大方。他接着去天目那边找了二弟，照例也说不想种地了，守拙却叫他改种蔬菜或栽植果树。抱朴说：光种蔬菜吃粮怎么办？守拙说：卖了菜不能买粮食吃？抱朴说：我和你嫂子每顿都吃三四个馍馍，那得买多少粮食！守拙让他把地里都栽上山楂树，不出三年就有大收益。抱朴说：都种了山楂树，光吃山楂？

繁冗杂事，千头万绪，按下葫芦浮起瓢，让申凤坤很是烦闷，广告牌上的那只大眼睛看上去也了无生气，而不死鸟却在蓝天白云间翩翩起舞、自由歌唱、神采奕奕。为求改变现状，凤坤拿出一部分钱把他和守拙、二妮的承包田全都栽了果树，一部分汶河山楂、一部分红灯樱桃、一部分砀山黄梨，又动员抱朴拿出两亩地辟作蔬菜大棚，头一年的投入由老子承担，抱朴两口子只负责管理，赚了钱对半分。四时果蔬下来，想着了就送些给城里，想不着就算了……

申行健大学毕业，趁热窝考了计算机专业研究生，这多少给老爹一点儿安慰——小儿子是大苇塘第一个硕士研究生。修文没考上研究生，留在省城一边给人做企业规划一边准备次年的考研。修好和莉莉同一年考上大学，前者是本科，后者是专科，据说莉莉之所以急于去省城读书是想靠近行健，也有人说莉莉打算去国外读书。

暑假中，年轻人回乡探亲，永志特别为他们接风，行健提议 AA 制，得到大家众口一词的赞同。莉莉当时没带那么多钱，她几次示意行健，行健转而启发永志帮莉莉垫付了饭费。田家祥听说小儿子请客是大家均摊的，嘲笑永志：你真要丢死人了，没有钱你请的什么客啊？永志说：爹你不懂，这是现代生活方式，讲的是个公平和进步。田家祥逢人便说这件事，口气里满是嘲讽。

申行健利用假期为父亲的灯饰店做了个网上购销系统，省了许多财力、人力、物力。申凤坤看到科技的神通，也学着用电脑做销售。二妮听说申行健有这么一手，请他设计了同样的系统。二妮很快学会了网上经营，这不仅节约了成本，人也少吃苦。二妮对申行健颇有好感，左一个“大兄弟”右一个“大兄弟”的叫个不停。申修好要行健辅导她数学，二妮说：让你三叔给指点指点也好。修好就是不肯叫行健“三叔”。二妮说：没大没小的，连三叔都不叫！行健开玩笑地说：年龄差不多少，那样的称呼听了怪砢碜人的。二妮说：这丫头就是腼腆。修好说：我才不腼腆呢，就是不想叫！

互联网改变了申凤坤对当今生活的看法。他经常仰望天空，希望发现那个遍布天际的互联网到底是个什么样子。无论行健怎么解释，他还是难以想象空间有那么多看不见的道道，但网络的存在又是事实，想不信都不行。他不得不承认，现代科技让老一代看上去呆滞迟钝、脚步蹒跚，有点儿跟不上趟了。

一天，凤坤跟幼子说到目前的处境，看他能否为家族兴旺支个招儿。申行健说：天目灯饰目前运行情况良好，只要做好精细管理不会有太大的闪失，但他不赞成父亲和田家祥之间持续多年的紧张关系。申凤坤不以为然，说：你们小孩子心力不足，缺少骨气，活得没有精神。

秀菊正好在场，就问：弟你说俺到底怎么个弄法才好呢？行健建议姐多向专业人才求教，秀菊说雇人主事是要花钱的呢。行健说到底还是挣的多啊。秀菊于是就抱怨男人这也不行那也不行。申行健说：姐夫识字，脑袋瓜子也灵活，不妨成立一个为果农服务的合作社，凡育苗、剪枝、施肥、除虫，还有销售、运输、新品种移植等，合作社社员都能享受优惠。秀菊说：路子倒是好路子，不过你姐夫做事没有耐心，恐怕不行。凤坤在旁说：这事靠谱，做好了不光能挣钱，也是善行。

申凤坤全盘接受幼子的意见，安排各家照此办理。

一整夜的大风大雨，将许多大树刮倒，天丝食品里一间铁皮大棚被掀了盖儿。田家祥惦记着门市部，一大早赶到商城，发现天丝的大广告牌掉落在一片污水里，牌子上的大鸟看上去脏兮兮的，那片污迹很像是有人撒的一泡尿。田家祥好生不快。再一看，天目灯饰的广告却高悬半空，那只大眼睛依然炯炯有神，好像被雨水冲洗得更漂亮了，还藏着几分幸灾乐祸。田家祥不由得就纳起闷来，难道说老天爷格外跟我过不去？他远远地打量着天目灯饰，发现那边门旁竖着一根挑杆儿，挑杆儿上头还有个不大不小的钩子，形状像是蜈蚣的角，他就怀疑有人故意使了坏，趁着大风呼啸的黑夜捣掉了他的不死鸟。

田家祥问潘秀梅咱那大牌子怎么掉下来了？秀梅说不清楚。此时厚皮恰好经过这边，田家祥随口问他，知不知道这牌子是怎么掉下来的？李义逃跑后，厚皮此时已经沦落为商城里的一个浪人，很想回天丝可又怕田家祥不要他，今儿见其在街口琢磨广告牌子的事，便有心在他这个大叔老总面前讨个好。

厚皮看了一眼四周，说：可能有人借风使坏。

这话正合了田家祥的臆测，他点了点头。

厚皮添油加醋地说：十天前那场大风比昨晚厉害多了，也没见刮掉大牌子。

田家祥见厚皮朝天目灯饰那边看，自语道：难道是那边使坏了？

厚皮迟疑片刻，说：不能排除，但也不好说定。

凡是当过兵的人一般都有较强的敌情观念。厚皮这么一说，田家祥一时昏头，竟冒冒失失地去了天目灯饰店，直接质问站在门前的申凤坤：为什么对我下阴招儿？申凤坤满脸的茫然，说：这大早晨的，你说这种话可要伸平了舌头啊！田家祥说：好好的牌子，我的掉下来，你的怎么就完好无损呢？老天爷光认识我不认识你是不是？

申凤坤这才明白对方的来由，笑笑说：那一定是老天爷不喜欢你，很可能是你做过什么见不得人的缺德事，所以老天爷要格外惩罚你一下呢。照这么说，明儿说不定还有更厉害的呢，有道是小老鼠拉木锨大头在后边！这话就像一把火烧着了田家祥的头囟子，他气恼巴巴地说：君子之争讲的是明争不是暗斗，甭跟我来这一套！为什么暗地里使坏？给我明说！

申凤坤反问：你说这话，是坐死了我申凤坤把你的鸟牌子捅下来的是不？

田家祥提高了声音说：不是你还能是谁？难道我田家祥自己捣下来的不成？

申凤坤对旁边看景的几个人说：大家都听见了，他田家祥血口喷人，平白无故诬赖我捣掉了他的鸟牌子。你们谁能为他作证，请站出来说话！

田家祥看了一眼厚皮，示意他站出来。

厚皮怯生生地说：俺可没具体说是谁干的哟。

申凤坤进了一步，逼近田家祥，问：敢不敢打赌？

田家祥不肯示弱地说：拿钱你收！

申凤坤说：那好，如果公家能证明是我干的，我当众给你磕三个响头，外加一万块钱的罚金；如果是你输了，怎么办？

田家祥此时哪肯在众人面前输了大丈夫的声气，居然说：如果我输了，除了你说的两条，我当众给驴屁股亲嘴儿！

申凤坤大声说：好！众人听见了，他要是输了，当众亲驴屁股——你们给我作证啊！

二妮见天目和天丝对掐起来，就给老杨打了电话。

老杨不一会儿就来了（他经常在商场里巡视），问明情由后，劝田家祥道个歉离开这里算了：犯不上这样无事生非。田家祥哪里肯认输，死活不应。老杨转去说风坤：本村本里的，似这般顶着罐子钻圪针，有啥意思！申凤坤说：老杨你给评评理，大早晨还没开市呢先就叫人泼了一头脏水，这不等于出门碰了个癞头鳖嘛！田家祥火了：你骂谁？申凤坤吼道：谁没事找事我就骂谁！

老杨两下里解劝，双方都不肯让步。申凤坤非要弄个水落石出以洗刷清白，不然无法解这心头之气。田家祥心想：有吕锋在，即使公家来调查，充其量也就四平两筐头——分不出个青红皂白来。他认为只要应付了眼前的场面，哪还有什么像样的输赢之说。

田家祥最终接受了申凤坤的挑战，双方还煞有介事地当众立了文书。老杨很不情愿地接受了那份只有几行字的赌约文书，同时也警告他俩：无论谁，若在二十四小时之内反悔，给我打个电话就可以撤销这份赌约。申凤坤表示：人家能死我就敢埋！田家祥也说：开弓没有回头箭！老杨没好气地说：你们俩啊，没一个省油的灯——到时看怎么收场！

田家祥并没把这事放在心上，所谓赌约——他以为——不过是申凤坤当时要个面子罢了，谁会去做什么鸟调查！为此事，他还给吕锋打过一个电话，暗示他按下此事别蹚浑水。吕锋说：我要是连这样的鸟事都管还不成约地了？所谓约地，是旧社会对乡约和地保的简称，乡约管几个村子，地保管一个村子，他们的职责是处理乡间杂事，包括收取捐税、防火防盗、调解纠纷等。清朝初年此二者多为有威望的乡绅担任，后来这些人嫌“鄙陋细事颇多烦劳不屑为之”，“此职遂为奸猾小人所擅”（《县志》中语）。

近来社会上传说太多，有人怀疑吕锋对天丝颇多偏袒很可能从那里得到不少好处。吕锋不想为舆论提供更多的话头，采取了避嫌的态度。老杨对吕锋说：这件事要是都不管，就凤坤那个倔脾气，说不定会闹出大乱子，那对商城的名声可不好哇。吕锋说：那老杨你就给斡旋一下吧。老杨自嘲地说：那我就做一回约地？吕锋改口说：咱去调解就不是约地而是维护社会安定了。老杨又问：怎么个调解法呢？您最好给个指导意见。吕锋说：这一次我们绝对站在公平公道的立场上说话，一碗水端平。你只帮他们把事实澄清，别的由他们自己去解决。老杨说：要是他们打起来怎么办？吕锋说：就是不能打起来。到时让商会那帮人出个面，差不多就行了。

于是老杨便会同商会的人，对此事展开仔细认真的调查。先问厚皮，可曾亲眼见了？厚皮说：我当时就是胡猜想，并未确指谁干的，如果不对，就当我放了个屁吧！调查人又问：是不是田总亲眼看见了？厚皮说：他也是自竖杆子自己爬，没别人的事。调查人又去问潘秀梅，回答是“什么都没看见”。

老杨说：没看见就对了，说看见才怪呢——晚上商城是全封闭的，半夜里刮大风，谁会专来看这广告牌啊？调查组又去问保安，保安说当时睡着了，除了风声雨声什么都没听到。最后老杨去检查了天目灯饰店的那根挑杆儿，杆子顶头有个八字形的铁叉儿，如果大牌子是用那个钩子捣下来的，定会留下相应的洞眼，可牌子上没有类似的痕迹。

老杨把调查结果告诉了双方当事人。申凤坤哈哈大笑说：这一回，我赢了！老杨用了息事宁人的口吻说：赢了也罢，输了也罢，我看这事就此了结，算了。申凤坤断然道：这么不清不浑地了结可不行。双方说好了的，该怎么办就怎么办。不是我不给你老杨面子，你知道，这些年他姓田的一直存心欺负我，近来仗着他那点儿靠山，对我极尽欺凌之能事，我得叫他知道什么叫正义、什么叫公理！老杨说：那三条，怪难为情的，你叫他怎么履约？能饶人处且饶人，得过且过吧。

申凤坤死活不答应。

老杨三次劝申凤坤，希望他见好就收。

申凤坤实在抵挡不住老杨的苦心，无奈稍作让步：对方必须公开道歉，承认自己胡说八道；磕响头的事可以免了，但给毛驴屁股亲嘴儿的事绝对不能取消，因为那是他田家祥亲口提出的；至于那一万块钱，如果对方嫌重，可以象征性地给点儿，不要多，一块钱就行。

老杨说：钱倒是小事，前两条不好弄。申凤坤再次让步，说：如果田家祥觉得自己文化低写不来谢罪书，我可以为他代笔。这是我最后的让步了，老杨你绝不要再提此事。老杨就把他做工作的过程和申凤坤的让步对田家祥说了，田家祥道：一万块还是一万块，一分不会少他。亲驴屁股的事一定得取消，要不，得允许我找人代替。

次日，老杨拿来申凤坤为之代拟的请罪书让田家祥签了字。关于给驴屁股亲嘴儿一事，老杨自作主张：你就找个人代替吧，给人家三千两千的，算是报酬。田家祥勉强同意。老杨又去那边找凤坤，凤坤就不高兴了，说：老杨你怎么擅自替我做了主呢，这可不行，什么都可以取消，就这当面道歉和亲驴屁股不能取消，好玩着呢。老杨说：我为此事腿都快跑断了，孬好我也是个副县级，翻来覆去地为你们周旋这些鸡巴事，何苦来哉！

说罢，撂下手里的赌约和那份签了字的道歉书，扬长而去。

次日上午，申凤坤让伙计们抬出几张桌子，在街口搭了个不大不小的平台。他亲自登上那平台，放了一阵子鞭炮。鞭炮又长又大，半个城震得乱晃荡，白色的硝烟弥漫在街口，向着大街小巷里散去。街上渐渐聚拢了一些闻讯看热闹的人。潘秀梅独坐门市部的台阶上，人家问她老板来了没有，她只摇头。老潘担心女儿害怕，过来给她壮胆。秀梅说：爹忙你的去，不就是鞭炮嘛，就是当街杀人，我也不怕。

申凤坤果真牵了一头驴来，拴在广告牌下的铁柱上。厚皮看了驴屁股，说：是个草驴哟。当地人称公驴为叫驴，称母驴为草驴。申凤坤说：好色的人喜欢草驴，一般人觉得腥臭，那种人觉得香喷喷呢！众人听了，就笑。老宋经过这里，问怎么回事，厚皮悄悄告诉他：你亲家跟人家打赌打输了，要亲驴屄呢！老宋说：这可怎么好？厚皮说：你好意思看着亲家丢人吗？我看你替他亲了算了！老宋悻悻离开。

老街口挤满了看景的人。申凤坤骑上那头草驴，在街口的空场上转悠了几个回合，朝着众人宣读田家祥的道歉书。他写的是半文半白的句子，担心围观的人不尽理解，念了，还要用白话复述一遍：我，田家祥，城西大苇塘村人氏——诸位，这里的我，不是我，是我代笔的那个人，我叫申凤坤，那人叫田家祥。人氏，就是人的意思，不是人屎——咱不能侮辱他人格。有人轻声笑，有人说申凤坤这老头真有点儿学问呢。

申凤坤继续念：某月某日夜晚，急风暴雨，吹落我天丝酱园之广告牌，此乃天意也。而我存心不正，无端怀疑此事系本村人申凤坤所为，对方不服，当场与我田家祥立下赌约，待事实澄清后，输者须向赢者：其一，公开道歉；其二，跟驴屁股亲嘴儿；其三，赌注一万元。现经商城调查小组落实，此乃自然风雨所致，无关他人，鸟牌子落地诚非申氏所为。

念完，申凤坤问：大家听明白了？

人群中有零落的响应：明白了。申凤坤神采飞扬地说：这件事，就连三岁小孩都知道是大风吹落的。你想，牌子那么大，又是用螺丝拧着，你就是专门上去拆都不容易拆掉呢，说用个杆子捣掉，那不是明摆着放大屁嘛！说白了，只有老天有办法让它掉下来。老天爷要是看不中谁，随便想个办法就能让那人受惩罚。你们看，街口多少牌子，有大的也有小的，怎么唯独他的鸟牌子掉下来？可见，天网恢恢，疏而不漏！

天目灯饰的店员又放了一阵子鞭炮，街口的气氛益发热烈。申凤坤在尚未消散的烟雾中继续演讲：我接着念，没几句了。按照赌约第一条，我田家祥以天丝酱园总经理的名义，郑重向申凤坤先生道歉：我错了，我冤枉好人了，并保证以后不再发生类似事件。立约人：田家祥。下边是签字画押，大家看看。

申凤坤骑着草驴，手里拿着那份致歉书，在街口绕了三圈，大声喊：兄弟爷们儿，田总能公开给我道歉，可是不容易啊。人家是有头有脸的人物，啥时向平头百姓道过歉！很好，非常好，我这里愿意接受他的道歉。人家承认弄错了，当面赔不是，咱能不接受吗？一定得接受。不过，这可是一次大大的教训哟。一个人，五十多了，按说人到知天命的时候不应犯这样低级的错误，可他太骄傲，平时颐指气使，以为天底下盛不下他，遇事随便表态，不尊重别人人格，结果怎样？丢人了吧。如果是三岁小孩，那无所谓，不懂事嘛，犯了错误被大人打两巴掌也算不了什么。可他是个大人，人有脸树有皮，这样的道歉很不光彩呢。我今天心情很好，因为正义得到伸张。你们不知道那天的情况，大早上我刚起来开了店门要做生意他田家祥气冲冲过来，硬说那鸟牌子是我给他捣掉的！你们说，遇到这样倒霉事，气人不气人？我怎么解释他都不听，不拿我当一棵草啊。我当时想，你不就是当了个四指长的小官嘛，谁给你的权力欺负平头百姓？论官职，市委书记比你大吧，省长比你大吧，总理比你大吧，他们都不曾欺负我，他小子竟想骑我头上拉屎！我虽不才，一定要争这口气。兄弟爷们儿，这口气我争过一半了。下一个节目，就是请当事人出来履行赌约——跟驴屁股亲嘴儿。

这是本次闹剧的重头戏，大家都等着看那不堪的场面。小城的人有这个本事，他们敢于正视最惨淡的命运，也乐于欣赏最不堪的场面，甚或以为是乐趣。人们拥挤着，朝天丝酱园门市部里张望、叫喊，希望本次演出的主角快点儿出来。潘秀梅实在坐不住了，关上店门，随你外边怎么闹腾，就是不肯出来。申凤坤从驴子上下来，站在酱园门前的台阶上，继续他的演说：大家看到了，一个堂堂老总，在最需要他的时候，草鸡了。真可谓“高第良将怯如鸡”啊。既然认错，就得全面履约，这是天经地义的。承认错了，又不彻底，那能叫认错吗？认错得有诚意，羞羞答答，就成了敢做不敢当的主儿。当然，这事确有点儿难堪，不过我也不是不通情理的人。要是他嫌驴屁股脏，我给他准备了一些卫生纸。用这个垫了嘴，稍许好一点儿。说罢，申凤坤从怀里掏出一沓子餐巾纸。

街口荡漾起一片笑声——闲人不怕乱子大。

申凤坤满脸嘲讽地说：呸，挂免战牌了！

这样折腾了个把小时，大家也没等来田家祥。看景的人们意兴阑珊，觉得一出好戏没看到高潮。申凤坤只好宣布：明天这个时候大家再来看。

第二天，申凤坤照样还是牵了那头草驴，在酱园的门前叫阵。他反复念叨那份道歉书，尽情发挥，极尽戏弄之能事。老杨带着一位商会筹备小组的人来，再次劝凤坤适可而止、见好就收。申凤坤说：不是还没见到个好嘛。老杨说：冤家宜解不宜结，老是这样，何时是个了？

老杨打发厚皮，赶快把情况告诉田家祥，看怎么了结。厚皮去了，先被田家祥骂了个狗血喷头：要不是你小子朝那个方向上引，我怎么也不会去找他！厚皮反过来说：我是看你朝那方面猜疑所以才附和着说的——俺没明确说就是他干的。田家祥说：那不明摆的事嘛。厚皮说：我刚从那边来，凤坤还在叫阵，说话很难听，影响在扩大，形势很严重。田家祥说：这事多少有你的股儿，你去帮我了结一下吧。厚皮说：大叔，这不该我事呢。田家祥说：等过去这阵子，看我怎么恶瘘他！厚皮说：凤坤是个死犟筋，还不如他儿子看事。田家祥问：你说哪个？厚皮说：他家老三听说这件事，打电话叫他二哥劝爹别再闹了，一点儿意思都没有。田家祥说：老三还算个人！厚皮说：可那老家伙就是不肯松口。田家祥说：你得去一趟，替我顶缸吧——我给你这个数。

厚皮看田家祥竖起一个巴掌，问：五百？田家祥大声说：五千！厚皮笑了，脸上却挂着一层难色。田家祥问：嫌少？厚皮说：要说嘛亲个驴屁股也算不了什么，总不至于死吧。不过大叔你得明白我的难处，凤坤拉过去的不是一头叫驴，是草驴。若是叫驴，五千就五千，可那草驴正好赶上起课（发情的意思），那股子臊臭真是铺天盖地，比一个化工厂还厉害！再说了，做这种事名声不好听呢，将来落下个“扳着驴屄亲嘴儿”的名声，可就应了那句俗话——不知香臭的东西了。

田家祥无奈说：再加一千，行了吧？厚皮这才答应下来。田家祥说：办完事来拿钱。厚皮说：先给点儿甜头，我也好长长胆。田家祥就甩给他两千。厚皮离开前自诩地说：老病有孝子国难见忠臣啊！

第三天上午，申凤坤照例拉了草驴去天丝酱园门前晃悠。厚皮走上前来道：大叔，再闹下去就惹人笑话了。凤坤说：谁笑话？要笑话也只能笑话那敢做不敢当的，万不会笑话我！厚皮说：有理讲理，这办法太不文明。凤坤说：跟他讲文明？他什么时候跟我讲文明了？动不动就跟我来狠的，千方百计糟蹋我，干屎橛子都想抹到我身上，八佾舞于庭，是可忍孰不可忍！

厚皮嬉皮笑脸地说：大叔，今儿我给您进一言，家祥大叔对我说了，他不来，叫我来跟您办交涉。申凤坤愕然道：碰上外交官了！厚皮说：谈不上外交官，我是来代人受过的。你知道，家祥大叔是个有身份的人，不能亲自做这种龌龊事。我呢，勉为其难。凤坤越发惊讶，说：你来代他亲这草驴腚？他给你多少钱？厚皮说：这事儿就是一分钱不给我也得替他，谁让他是俺大叔呢！

申凤坤沉吟片刻，点了点头。

厚皮说：您也是我大叔，我给您圆了这个场，怎么说也得给点儿酒钱吧。凤坤鄙夷地哼了一声，说：人家说一仆不侍二主，你可倒好，两下里通吃！你要是没钱买酒，我可以给你点儿，可这件事不是我求你，你不该向我讨利市，对不对？厚皮见此大叔不是彼大叔，也只好算了。

凤坤从怀里掏出一沓子餐巾纸来，递给厚皮。厚皮走近草驴，将两只眼睛闭了，打算忍辱负重、大义凛然、屏住呼吸、不管三七二十一地来上那么一下子——六千块钱呢。

众人围拢上来，发一声喊：加油！还有人喊：快来看哟，有人扳着驴尻亲嘴儿了！有人拿出了照相机，打算拍下这惊心动魄、旷世未见的瞬间奇景。几个站在后边生怕看不清现场的人，爬到广告架子和行道树上。天目店的伙计牵了驴子，等待厚皮完成他空前绝后的任务。

此时，一位青年冲到申凤坤面前，咕咚一声跪下——原来是家祥的儿子田自由。

从打这出闹剧开始，田自由一直关心这边的情况。头一天过去，他以为此事差不多就了了。谁知凤坤大爷不依不饶，一副得理不让人的样子。三天下来，舆论对双方都不大好。田自由实在看不下去，特地前来向凤坤求情：大爷您就饶了我爹吧，他已经认错了。我这里再给您老人家磕三个响头，罚款我来出，请您高抬贵手。

申凤坤最是经不起晚辈的恭敬，哼了一声，扭头便走。

田自由站起来，转着圈儿给围观的人们作揖，请众人散去。人们陆续离去，场面总算冷了下来。这时厚皮却站出来，劝大家说：好戏还在后头呢，不能就这样结束了。他担心取消了那一关键的、出彩的、足以让世人万古惊诧的活动剩下那四千块钱就拿不到了。田自由问：你有病啊是吧？厚皮说：我要大家看我如何代人履约。田自由紧皱了眉头，说：我好不容易求下这个情来，你还要胡闹，是人不是！

田自由离开时还在骂：有本事你他妈的钻进去回炉！

众人于是一阵吆喝：亲驴尻啊，永昌别㞞了！厚皮对他们说：诸位看官，你们都看到了，事情正在起变化，不好掌握了。既然我应了人家的委托，总得有点儿表示才是。这样吧，那个地方就算了，我跟驴亲个嘴儿好了。众人大喝倒彩：那可不行，驴嘴跟驴尻能一样吗？个在前边一个在后边，一个是管吃进去，一个管拉出来。接着有人补充说：一个是管宣传的（驴叫），一个是管计划生育的（性交）。又有聪明人喊：一个是横着的，一个是竖着的——横着的没意思，竖着的好玩啊，永昌你一定要亲后边的……

许多人凑热闹，街口一片起哄，坚持要厚皮亲驴屁股。厚皮说：各位看官，实不相瞒，我答应的是前边，不是后边。说着，他走到那驴的前面，歪了一颗半秃的头反复打量着驴的表情。那驴的眼神看上去有点儿混沌。厚皮围着它转了两个圈子，还装作亲密的样子摸了摸驴脖子。那驴好像对他多少有了一点儿好感，厚皮于是列开了架势，准备行动。此时就有人叫喊：干脆连亲带干一起做了吧。老婆叫人家睡了，操个草驴也算补偿。

厚皮装听不见，慢慢朝驴头靠近。

他将嘴巴伸出去，逐步靠近草驴。

那草驴不知道面前这个人要做什么，一声大叫。

厚皮吓了个倒坐子。

众人一阵狂笑。

厚皮跌跌撞撞地爬起来，扭头就跑。

这次较量，以申凤坤的全胜告终。

第十八章 抚尸号哭只为知情报恩 说拉弹唱意在精神对抗

田家祥虽然棋失一着，但毫发无损。他一如既往地到门市部督察，见了熟人还是有说有笑，那天的事儿似乎从未发生一样。厚皮朝他要那四千块钱，田家祥说：当时你不过就列了个架势，嘴巴离驴的腚还差十万八千里呢，没让你把那两千交回来就算你烧了高香！厚皮说：虽然没触到，但闻到味儿了，很不好受呢。再说，坏名声出去了！田家祥说：甭提你那名声了，恶瘿人。厚皮不由分说扛走了一箱豆豉，算是抵账。

回想起打赌这件事来，田家祥的心情很是不爽。他很想做点儿什么扫一扫晦气，想来想去，没有什么高招儿。潘秀梅见他嘴里叽里咕噜的，问老板你在说什么啊？田家祥没精打采地说：唱小曲儿。秀梅说：没听出什么词儿呢。田家祥说：我自己心里出的，你上哪里听过。秀梅笑笑，没再多问。

谁知道，次日下午，她那老板真就编了一套小曲小令，而且要在门市部前边的空场上公开演唱。潘秀梅给桂花打电话，说你公公在门口唱歌演出搞促销呢。桂花说：忙过去这一会儿，我去看看。秀梅知道她不会来的，桂花有点儿怕这个公公，轻易不肯凑面。

田家祥将马扎子放在门厅前，双脚踏在下一道台阶上，得意地唱起自编的歌。这首新出炉的歌完全出自他一人之手，配的是当地肘鼓子曲调。肘鼓子属柳琴之一种，有人也称之为瞎喊腔，著名学者张铁民先生有专著论述。该曲调的原始唱法和旧社会的行乞流浪有关。行乞人将一只小手鼓挽在肘关节处，手摇而小鼓自响，足蹈而节奏既成，边唱边舞，歌词通俗易懂，是个有趣的艺术形式。这类行乞带有艺术表演的性质，其所得要比一般只会喊“婶子大娘给点儿什么吃吧”的花子多。在黄淮地区，这种曲调很普及，男女老少都会唱。

开唱前，田家祥发表了简短的开场白：今天老汉我闲得慌，拿了把月琴来唱一唱。唱得好来大家笑一笑，唱得不好就请大家多原谅。诸位若问我唱的是什么，聊表衷曲而已矣。闲言碎语咱不多说，现蒸热卖我就开了腔啊哈哈哎……

你是谁？我是谁？
我是天上一鹞鹰，你是张大蝼蛄嘴。
我这里挣钱给公家，你那里挣钱垫了床腿。
我这里打食喂了小鸟，你那里做饭养了小鬼。
你呀你，说到底就是个小拇指头人啊那个小拇指头人！

你是谁？我是谁？
我是天上一鹞鹰，你是张大蝼蛄嘴。
我这里早起搂柴火，你那里搂着老婆别大腿。
我这里卖的是金箍棒啊，你那里卖的是绣花针。
你呀你，说到底就是个小拇指头人啊那个小拇指头人！

你是谁？我是谁？
我是天上一鹞鹰，你是张大蝼蛄嘴。
我这里做的是金镶玉，你那里做的是烂箍椎。
我脚下垫着的是千重山，你那里烧的是屌毛灰。
你呀你，说到底就是个小拇指头人啊那个小拇指头人！

田家祥一双笨手在月琴的琴弦上左右拨拉着，居然也能拔拉出大体合拍的节奏来，不算悦耳，聊胜于无。这种表演，乐器的音质优劣不很要紧，只要有那意思就可以。田家祥那洪亮粗犷的声音和饱满沉雄的底气足以表达出歌者的激情意气，比一般行乞者的歌唱更具感染力，也更真诚。

头两句发问，你是谁？我是谁？一下子提出问题，中音沉沉，让人肃然，并建立了悬念，加上紧接着的反复，显得沉雄苍劲，声气逼人。如果说第一句只是号召情绪，那么第二句就回答了问题的一半。此时的他，歌喉放纵，豪情直冲霄汉。唱到得意处，田家祥索性站起来，举起月琴，做出雄鹰翱翔的姿势，三分可笑中另有七分动人。而下半句——你是张大蝼蛄嘴——就带了强烈的讥讽味道。什么叫“张大蝼蛄嘴”呢？那是描述一种情态还是一种昆虫？就连爱说这话的当地人也没有一个确切的解释。据说有一种蝼蛄叫“张大嘴”，此地用这种昆虫形容一个人的贪婪、饕餮、吃相不雅，有明显的贬义。这个词有时也用在某种表达爱意的情景中，比如大人劝小娃娃好好吃饭时，也说“宝宝快吃，来，张大蝼蛄嘴”！

歌词的第三句，显然是想说自己的优势。田家祥要表达的是：我是有来头的，我是服务于百姓的，我有国家背景，我名正而言顺，犹如鸿鹄，犹如雄鹰，犹如大鹏金翅鸟。你呢？你就是一个不值一提的燕雀罢了。即使你有点儿钱，不过是垫了自家的床腿，没有什么光辉的价值，也谈不上荣誉。我的辛苦劳作是为大家挣钱，你呢，不过是饲养了自家的几个小东西罢了。你我不可同日而语。

田家祥最喜欢末尾一句。他拉着长调，曲里拐弯，磨来磨去，婉转淋漓，极尽鄙夷轻蔑之能事。那口气里包含着“极为看不上”的意思，好像一个人伸出最小的指头，公然贬低对方的身份和人品。实际上，每当田家祥唱到最后这一句，他都会伸出自己的小拇指朝着听众示意。因为是未曾宣告的即兴演唱，他表演第一段时，没有几个人听，忙碌的行人只是侧脸瞥他一眼就过去了。当他唱到第三段时，台阶前就聚拢起十多个人，颇有点儿气氛了。他们受到演唱者的感染，不惜暂停生计，驻足聆听。有了听众，田家祥就像吃了兴奋药的歌星，有点儿愈战愈勇的意味。潘秀梅端来一杯茶水，放在他旁边。

不知什么时候，申行健和田永志一起过来了。田家祥朝小儿子点了点头，意思是：来来来，听你老爹唱一口，你懂什么音乐啊，平时就会拨拉洋吉他，哼哼唧唧，那些洋玩意儿没意思，看爹给你玩一把！田永志好像明白老爹的意思，果然就站住了——这是他第一次看见爹还有这么一手。申行健站在田永志后边，认真地听。

田家祥是个很会营造气氛的人。他刚当上村支部书记不久，田福申曾经企图推翻他，造了他很多流言，搞得田家祥一度有些狼狈。后来他开过一次大会（借了放电影的机会），讲了他半生的委屈：童年丧母、忍饥挨饿、包办婚姻、拉扯弟弟妹妹成人，诸多辛酸和痛苦……当时他声泪俱下涕泗交流，感动了在场全体社员。田家祥靠一己之力硬是击退了政敌的进攻。今天他再次展现当年风采，精神抖擞，声情并茂，畅快放歌，直欲把那支歌送到九霄云外。

申凤坤看见了，也听见了，田家祥那从容淡定、豪情满怀、有恃无恐的样子让他百思不得其解。这个人的脸皮怎么这么厚啊，遭了恁大的挫折却依然如故！田家祥的孤傲和顽强对申凤坤具有某种程度的精神压力。他经常梦见田家祥脸上、眉梢、嘴角的那种坦然、自豪、胆气昂然、傲视群雄的笑容。不论多么惨重的失败，不论多么丢人的丑闻，田家祥都能自若对付。他像一个披着铁甲的将士，无视泥水和风雪，不怕硝烟与尘埃，横冲直撞，一往无前。这让申凤坤深感迷惘。今天申凤坤明白了，田家祥赖以炫耀的、标榜的、傲视别人的其实只有一点：他在为全村人挣钱谋福利，别人都在为个人操劳，意义不同，他因此而骄傲。申凤坤不承认自己的事业有什么不对，但在内心深处多少还有一种潜在的自甘卑微的意识。他无法摆脱这种沿袭千年的传统，意识里悬着几分脆弱，这令他有时不能平视对手。他曾向老杨讨过教：同样都是挣钱同样都是商人为什么他田家祥老觉得高人一等呢？老杨回答：管他呢，各干各的就是。其实老杨也是认同田家祥的——公有就是比私有高尚。申凤坤反复自问：难道说必须把自己挣的钱拿出来散给乡亲们才能在道德上和田家祥平起平坐吗？

田家祥唱到第二遍的第三段时，田永志开始随着哼哼——他对这类民间音乐有兴趣，也品出一点儿味道了。永志对申行健小声说：这里面有点儿摇滚的意思。申行健说：音色也不错，苍凉感消解了原生的圆滑。田永志说：就是歌词不好，粗陋、鄙俗，毫无雅致可言。申行健叫他继续听。

田家祥见永志和对手的儿子在那里嘀咕什么，情绪上受了点儿影响，有一句没能唱到好处。这一轻微的波动很快就被他那强烈的意志给排除了，此时他眉心紧锁，将炽烈的情感寄托在声嘶力竭的歌唱中。“你是谁？我是谁？”田家祥像是向高天发出疑问，而苍天没有回答，他紧接着急转直下，将两个完全不同的物象描述出来，洋溢着一泻千里、直入黄泉的讥讽。金镶玉和烂箍椎的对比形成鲜明形象——箍椎是当地很普通的一种面食。当他唱到“我脚下垫着的是千重山，你那里烧的是屌毛灰”时，行健的脸上就显出不屑来。田永志发现了朋友的反应，脸上一片羞愧，他禁不住朝着台阶那边喊：歌词太粗俗了！

田家祥并未因此停下来，也无法停下，他正在唱最后一句——说到底就是个小拇指头人啊那个小拇指头人。那是点题点睛之笔，声色至此犹如箭在弦上不得不发，如果不能完整地唱出那终极的音符——夸张地说——演唱者可能会中途憋死。当田家祥唱完最后一个音符，他长舒了一口气，额上满是亮晶晶的细汗珠儿。田家祥之所以倾尽内心所有豪情完整地唱完这一句，有一个原因——申凤坤站在不远处聆听他的歌声！歌声就是挑战，就是宣言！敌人的身影激发了他勇猛的斗志。哈哈，这一句就是唱给你听的！你若是不出来，我田家祥也许没有如此高昂的斗志呢。申凤坤表现出的不快极大地激励了歌者的情绪，田家祥像喝下一瓶好酒似的，心旌摇曳，斗志饱满，一曲下来，淋漓酣畅，十分的高兴中加了十二分的畅快！

众人给了他相当多的掌声。

曲终人未散，有人叫他再来一次。

田家祥气喘吁吁地说：过一会儿再唱，现在我想听听青年人的看法。

永志不好意思当众评点自己的老爹，不肯说。

申行健也有些顾虑。

田家祥鼓励他们：好还是不好，说来我听，甭像小女子似的。

永志不得已，朝前走了几步，说：曲调蛮好听，就是歌词不好。

田家祥问：怎么个不好法？

儿子说：语言粗俗，格调太低，不美。

田家祥说：好，好，语言粗俗格调太低。我的儿啊，你爹爹我就上了几年的小学啊，能编出这样的歌词来就不错了，甭说什么格调高格调低，能合辙押韵就不孬。我要是像你们那样，高中的高中，大学的大学，早成歌星明星，早跟着歌舞团走穴去了。

永志见爹没有听取意见的诚意，拉了行健就要走。

田家祥说：别走，我还想听听他的呢。

申行健说：唱歌嘛就是各言其志，别人很难评论。

田家祥固执地说：孬好给个评价，听人说你这孩子和别人不一样，我倒想看看有什么不一样的。

申行健说：大叔，你要是想听我的看法，首先我有个要求。

田家祥爽快地说：没问题呢，你说就是。

申行健说：首先你得去掉一个心理背景，就是你跟我爹之间存在的那些不愉快，咱们只谈你的歌，只有这样才可以心平气和地讨论艺术，不至于从这件事串到那件事上。

就这个要求？

就这点要求。

田家祥说：好，那些事我不在乎。

申行健说：那我就畅所欲言了。

申凤坤听见儿子要和田家祥对话，不由得朝前挪了几步。

行健说：刚才我跟永志简单交流了，就曲调和音色来说，都很好。这不是虚情假意的恭维，确实是好。为什么这样说呢？肘鼓子，作为柳琴戏曲的一个流派，已经被现代音乐驱赶到大家看不见听不到的角落里去了。你能把它拾起来，用了本色的形式演唱，而且是自编自演，确实新鲜。肘鼓子本身具有苍凉和质朴的特点，你的男中音恰好配合了它的本相，听起来很有激情。大叔您如果一开端就从事音乐，说不定真能成为明星呢。

田家祥说：这小子果然会说话——也符合实际。

申行健抱拳，说：我是门外汉，见笑了。

田家祥说：说点儿不足之处，一分为二嘛。

申行健不客气地说：不足嘛，我以为，歌词内容值得商榷。

一听这话，田家祥脸色就不好看了——他实际上没有预留“不足之处”的心理空间。

申行健坦然说道：从歌词看，你有一种自恃公有而傲视私营的意思，这是错误的。非公经济体包括第三产业，是国家经济的主体部分，在伦理上彼此没有高低之分，私营经济没有必要自惭形秽，公有经济也不能自以为高人一等。

田家祥反驳说：那可不一样哟，我是为大家谋利益，他们挣钱是为了自己。

申行健说：私营经济也是为大众服务的。国家以税收作为杠杆，居中调整社会关系。私营和公有都一样纳税。中国的财政收入百分之五十以上来自非公经济，也就是说，国家的钱一多半来自于私营经济。这个比例在咱这个地方，还要高。你能说只有你挣钱为了国家，别人挣钱就是垫了自家床腿吗？

田家祥说：私营超过公有，谁说的？

申行健说：国家每年都有统计，不信，你可以去看经济年报。从纳税比例上看，大叔你那边人均年纳税额不到九千吧，而附近的私营商家人均纳税额是天丝酱园的几十倍。就凭这个，你能说你的企业是美好的而私营企业挣的钱都喂了小鬼吗？

申凤坤悄悄靠过来，仔细听。

观众中很多是这里的商户，他们还是第一次听到这样的民间辩论。申行健寥寥几句话就触动了他们的深层神经。二妮和贾文化也靠过来听老少两代人辩论一个看起来不怎么生动但却很有意义的话题——那是他们的心理依托、伦理支撑、荣誉所在，甚至是精神的命门。

田家祥说：咱还是具体说吧，我天丝挣的利润最终是分给大家的，譬如改建小学、盖卫生所、电路整改、更换变压器，下一步还要进行旧村改造，让每一家都住上楼。可那些私营商铺，他们可曾贡献过什么？他们买了轿车、别墅，自己享受，二者能平等看待吗？

申行健说：私营工商业者虽然没有把钱直接分给周围的人，但他们把利润的相当一部分给了社会。就拿增值税说吧，企业将毛利润的33%交给国家，这还不算贡献吗？打个比方说，你的水流到家门口的池塘里了，大家看得见，别人的水流到江河里大海里，看不见。你能说江河大海不是水，就池塘里是水吗？

田家祥说：落实到个人，我的劳动没给个人形成利益，他们却发财了，这怎么说？

申行健说：个人发财不是坏事，你不发财是你的事。同样是做生意，你选择了为村民做事，这当然好，其中确实也有可圈可点的精神。个体经营者选择的是另一条路，向社会负责。这就像开车一样，开卡车的主要是拉货，开面包车的主要是拉人，你不能说拉货的就不如拉人的好，是吧？

田家祥摇头说：那不一样。我挣的钱不能继承，可他们的都装进自己腰包，代代都能继承！他们能跟我平起平坐吗？

申行健道：你说你挣的钱，这概念就不对。你只是个管理者，钱是所有劳动者共同劳动的成果。这一点，共产党员的祖宗马克思说得很清楚，企业主只是剩余价值的收集者。不论谁的钱，最终都得参与全社会的流转。每个人都要吃饭、住宿、穿衣、受教育、娱乐，没谁能把金钱带到坟墓里，货币的流动就是造福社会。只有那些把钱放在柜子里不动的人才是自私的。

田家祥又问：既然如此，国家为什么还要公有经济呢？

申行健说：这是政治层面的问题。国家为了安定，为了应对复杂的国际环境，必须控制某些行当，比如军工、电信、石油、航空、金融等，这属于战略掌控。即便如此，垄断企业也是问题多多，人浮于事、效率低下、吃政策饭、内驱力差，而且难以改革。天丝就有技术更新的难处。为什么？因为工人觉得工厂不是他们的，是你的，而你会说，这不是我田家祥的，我在为你们出力呢！两方面互相抱怨，彼此不理解。这就是公有的毛病。

这批评恰恰应了天丝的现状，田家祥一时不知如何回答，手拿月琴，朝申行健举了举，说：你小子听着，等哪天我想明白了，再找你辩论。永志你也替我想一想，怎么也得把这理儿给争过来才是。

申行健走到灯饰店前，申凤坤一把将儿子拉进门里，说：好儿子，今儿总算把我的腰杆子给扶直了！申行健有些愕然，不知这话从何说起。凤坤说：多少年了，我就是想不通这个理儿，现在可算明白了，咱不比别人矮半截！

李义在外边躲了些日子，见风声已过，又悄悄回到商城找厚皮商量出路，厚皮建议成立新公司，专做包揽工程和渣土运输的生意。李义担心拉不到业务。厚皮说：市政府重新规划商业区，现有的这一大片全都搬到小涞河北边去，从那里到高速公路是规划中的新商城。老杨现在负责老市场的拆迁，正为渣土运输发愁呢。你我趁机会插进一条腿，很快就能发起来。李义说：那咱就一起干，你还是副总。厚皮说：我就不能当一回正总吗？李义说：光有路子不行，你没钱，没钱还想当老大？厚皮只好应了。

李义说：我想好了，新公司就叫三把火服务公司，主业是钉子户拆迁和搬运建筑渣土。这事别人就是想干也干不了。厚皮说：和搬迁有关的项目一律不许转包，上级管得很严呢。李义说：什么屌日的上级，不就是那个姓吕的嘛，我来搞定他！苍蝇专钻有缝儿的鸭蛋。厚皮说：老杨那人忒死板，不要说苍蝇，连细菌也找不到缝儿。李义说：他有关门计，咱有跳墙法——黄花闺女都没有缝儿，弄来弄去，七八斤重的孩子生出来了——还不是鸡巴钻出的缝儿吗？猪脑子，还想当一把手呢！

厚皮从李义那里出来，琢磨怎么打通老杨。他发现老杨现在既没有挠头的事也没有什么想法，就是说，老杨现在什么都不想干。提拔无望，还干个什么劲？从前干部都有许多大道理撑着，现在没有大道理了，还靠什么？厚皮做好了功课，去找老杨，不说钉子户和渣土，只夸老杨能力如何高、为人如何好、资格如何老等等。一向沉稳的老杨居然也听进去了。按说他俩不在一个重量级上，彼此没有对话的基础，可是人一天有三迷，厚皮就是在老杨迷惑的当儿插了进去。厚皮问他退休前能否升到正县，老杨起先不肯和他搭讪，可经不住厚皮那副狗腿子笑脸奴才嘴，老杨一时放松，竟向他流露出深藏内心的情绪来——他觉得自己活到这份儿上说不说都一样，跟谁说不跟谁说都一样了。厚皮说：老杨您放心，只要做好了商城拆迁，你的正县级绝对是囊中之物。老杨问：就凭你，也敢跟我说这个？厚皮说：别看我赖样儿不济，我能给您贡献一个省力又讨好的办法。老杨说：你不就是想拉渣土嘛，告诉你，上级三令五申工程不准转包，超过三十万标的的项目全要招标——死了心吧你。

厚皮悄悄说：我有个办法，保证你不招标也能把事情做好，还不违反政策。老杨冷冷地说：倒要请教。厚皮说：拔除钉子户也好，运送渣土也好，管委会都可以做。账面上看，绝对不会出现转包分包。不过你可以用我们的人，租我们的车，也可以买我们的东西，我负责把事情做好就是了。老杨问：你叫我买什么？厚皮说：什么值钱买什么呗，比如翻斗车、挖土机、小汽车、各种金属制品、塑料制品、建筑材料、办公采购等等。老杨说：这是小鬼拉了阎王去上吊呢！厚皮说：这是多快好省的办法，你就坐享其成好了。

老杨沉吟片刻，脸上露出一丝苦笑。

厚皮朝他亮出一个巴掌，又伸了一个手指头。

老杨不解。

厚皮附耳低语。

老杨长叹一口气，点了点头。

厚皮接着去找了吕锋，一见面照例是肉麻的奉承，光大叔就叫了几百遍。吕锋问他：你就说到底想干什么吧？厚皮说：忠臣来献良策，务必让我说完，我说的若是不对你立马把我推出午门斩首。吕锋笑道：你也好意思说什么忠臣良策，也不撒泡尿照照自己。厚皮说：大叔你且听了。眼下有那么一个人，不适合在场合上出头露面，你得想法叫她离开这里。吕锋打着官腔说：公民都有选择居住地的自由，我有什么权力要人家走？厚皮说：咱俩一个村出来的，这边没有外人，我可以叫她悄无声息地离开这地方。

吕锋用疑惑的眼神看着对方。

厚皮靠近了吕锋，悄声说：绝对神不知鬼不觉。

吕锋迟疑复迟疑，好半天没有吱声。

厚皮只管抽烟，好像并不急。吕锋看不耐烦了，叫他有什么事快说。厚皮就把承担动员钉子户搬迁和运渣土的事说了，吕锋说：这属于老杨管的事，你找他商量吧。厚皮说老杨已经同意，就等你的批复。吕锋说：既然如此，先试试看吧。厚皮临走时，吕锋多问了一句：你有什么高招儿让她离开？厚皮说了他的"上中下三策"。吕锋暧昧地说：我告诉你，出了事可别来找我。厚皮说：大叔您只管把心放肚里好了。

厚皮将这次谈话录了音——私藏了——连李义都没告诉。他朝李义报了功，李义大喜，当晚就给厚皮叫了个按摩小姐。厚皮得了恩宠，夸赞李义"真是大将军的料子"。李义大言不惭地说：大将军倒谈不上，实话告诉你，我其实是个学者，至少也算个儒商。我若是到大学里讲课，那绝对是雷鸣般的掌声。厚皮说：绝对的。

几天后，厚皮送给老杨一辆新车。这车的车主叫李毅——一个假身份证——暂归老杨使用，对外只说是老杨的外甥暂借他用的。如果老杨喜欢这车，等渣土运送业务结账时就白送了——一句话的事。老杨对轿车有特别的喜好，尤其喜欢正县级官员适配的车型。看到那锃亮的新款轿车，老杨笑纳了。几天后，老杨汇报了三把火服务公司希望参与搞拆迁、运渣土的事，吕锋问：永昌那帮人在一起能养出好狗来吗？老杨说：只用他们的机械，不算转包。吕锋说：李义这小子太敏感了。老杨说：永昌现在的合作者是李毅，毅力的毅，不是歪头。吕锋沉吟良久，默许了。

几天后，三把火服务公司成立，法人代表为李毅。

这期间发生了一件大事，莫老先生去世了。

离开天丝酱园之后，老人的健康状况原本可以，四时起居都还正常。多年前发生的那次豆豉中毒事件，给老先生很深的刺激，他觉得一世英名就那么给毁了。他先是不肯说话不愿见人，后来连一日三餐也不如从前依恃了，体质每况愈下。为这事，莫支委没少给他解释，说错不在天丝而是因为厚皮私下里捣鬼。老先生怒气冲冲地说：用人不当难道不算错误?!

为这件事，田家祥寝食不安，他只好将满心的憋闷用在生产上，用在提高天丝豆豉的质量上。好一段卧薪尝胆的经营后，天丝豆豉不仅提高了知名度，销售额也大幅提高，品牌坚挺、荣誉常青，老先生最终原谅了田家祥。去世前几个月，田家祥常来陪伴老人，说了不少话。

噩耗传来，田家祥第一时间赶来，无限悔恨地哭了一大场。此后他一直在莫家院子里忙活，白天操持丧事，晚上给老先生守灵，莫支委很是感激。因为要一起商量丧事，二妮避不开，跟田家祥也说了一些话，虽然谈不上融洽，毕竟不像先前那样耿耿于怀了。丧事办得很隆重。火化前，莫支委的外甥、外甥女从省城赶了过来（老先生的女儿已经去世），市委市政府的领导前来问候，并对莫老先生的仙逝深感悲痛，五大班子都送了花圈。莫老先生可谓备极哀荣。

老先生生前有嘱：死后由二妮以义女身份给他送汤。此地风俗，人死后停灵三天。在这三天里，死者的儿女须赤脚草鞋，每天三次到土地庙前送汤，负责提壶的就是女儿。没有女儿，可由义女担当。没有义女，可由儿媳代替。二妮戴上长长的白布搭头，赤脚穿了草鞋，每天三次提了汤罐去土地庙那边送汤。正值三九寒天，莫支委拿来一双厚袜叫二妮穿上，免得冻坏了脚。二妮道：当初若不是凤坤大叔招揽，若不是老先生用心仁厚，俺孤儿寡母几个哪能有今天！干爹今儿走了，俺赤脚为老人家送殡是应尽的本分，怎么能穿袜子呢！

莫支委看她一片真诚之心，只好依了。

按风俗，女儿不必守灵，但二妮每天晚上都坐在莫老先生的灵柩前，默默侍候着灵灯。灵灯是旧式的，里边放了植物油，灯碗里盘着一窝细细的捻子。摇曳的灯火飘来飘去，照着二妮总也不干的泪。每当灯捻子结出灯花，二妮都会小心剔去凝结的部分，让灵灯保持了生动状态。灵柩前有个瓦盆，二妮时不时拿些纸钱放在盆里烧了，意味着儿女送给死者的盘缠，算是一份孝心。莫支委要用蜡烛代替油灯，以免二妮侍候灯火之苦。二妮说：使用油灯是老传统，咱要是破了规矩，老人家也许不高兴呢。莫支委叹道：亲闺女也不过如此!

在省城读研的申修文、读大学的修好，专程回来参加莫爷爷的葬礼。修文对过去的大事小事全都念念不忘，还专此写了一篇祭文。修好的悲痛似乎比任何人都强烈。她用白布做了九只看林鸡（专为死者看守墓室的神鸡）放在灵柩的顶盖上。莫支委见两个孩子如此伤心，说：老人家没白疼你们。

第三天午时，申凤坤前来辞灵——与死者作最后的告别。他刚踏进那条巷子就禁不住放声大哭。对他来说，这条巷子是他新生之路的起点，这院子是他走向大千世界的第一个依托。十多年前，申凤坤只身来到莫家，惨淡经营，这巷子这院子见证了他坎坎坷坷的岁月，凝聚了他无以言说的感情。莫老先生给了他无以计量的温暖和千金难买的知识，还有浓缩着人生精华的教诲。院里的一切都没有变，老人家的音容笑貌如在眼前。申凤坤抚摸着大门，抚摸着高大的海棠树，还有一起吃饭的那张桌子。在这里，他和二妮度过了多少个挑灯做活的夜晚，上房的老人家总是催他们早点儿休息。在海棠树下，他们和老人家一起摇着蒲扇乘凉。在风雪交加的晚上，他们一起守着火炉喝茶抽烟，谈论古往今来的是非和三教九流的命运。老人家将一生的练达、仁厚、知识都给了凤坤、二妮和孩子们——老人家，世上再不会有您这样的好人了，有，我申凤坤也再难遇到！

申凤坤抚柩号哭，久久不肯起来。莫支委说：心到神知，节哀吧。申凤坤满脸流淌着老泪，喃喃地诉说：吃水不能忘了打井的人啊！可怜我这大半辈子，磕磕绊绊，受了人间多少炎凉，唯有老先生给了我这么多爱护，没有虚情假意，没有半点儿保留，亲爹也不过如此。老人家这一去，我申凤坤再也没有可以交心的长辈，再也没有靠着乘凉的大树了。仔细想来，如此活着，几近无益。老先生，你先走一步，黄泉那边，咱爷们儿还要在一起啊……

申凤坤那撕心裂肺的号哭引起二妮的巨大悲伤。他们是同舟共济的邻居，一路走来，感同身受，凤坤的话就是她的话。二妮扶着凤坤，两个孩子一个劲地喊“爷爷别哭了爷爷别哭了”。凤坤围着灵柩慢慢走了三圈，对他们说：孩子，要是没有莫老先生，咱爷们儿几个在城里的日子说不定怎样啊！因为老先生，我们少了多少麻烦，少了多少欺凌，少了多少嘲讽，你们明白吗？他这一说，二妮竟一下子昏倒在地，连哭声都憋住了。众人见了，一阵惊慌，莫支委要打120，被凤坤制止了。他叫修好使劲掐她妈的人中，叫修文轻轻拍打二妮的背，两个孩子照办了。

凤坤蹲在二妮身边，不息声气地呼唤：二妮，二妮，二妮，你不能这样……

二妮终于哭出声来，众人方得安定下来。莫老先生中风后，行动不便，吃喝拉撒都需要人侍候，多亏了二妮无微不至的照料，老人没有凄凉现眼。冷了，她侍候火炉，添加被褥；热了，想着法去火消暑，每天都给老人抹澡，老人家卧床那么久却没有生出褥疮，实在难得。春夏秋冬，二妮每天都要推着轮椅让老人到院子里散心。虽说有保姆的帮助，但每天的大事小情还是需要至亲至近的人细致安排。莫支委见二妮把一应事务安排得极好，省了他不少心力，自然十分感激。今见二妮如此哀伤，就劝她：你也尽心了，过分伤感也是无益。

田家祥自始至终没有离开莫家院子。他的悲痛比别人更强烈。除了事业上的感激之情，还有一份用人不当的悔恨。他总觉得，如果没有豆豉中毒那件事，老人家心情顺顺利利的，也许能多活几年呢。每当想到这一层，田家祥就万分懊恼，觉得对不起老先生。

出棺仪式是葬礼的高潮。架子队的十六个大汉发一声喊，灵柩抬起，院里院外哭声震天。一行人亦步亦趋踽踽而行。队伍走出巷口，管家在大街上为老先生做了路祭。此后，送葬的队伍朝墓地迤逦而去，大半里地都是素装的队伍，一片白色。看景的人站满街道两侧。二妮成为人们最为注意的女人。西郊人在潜意识里有一种观念，以义子或义女身份参加了葬礼的，就被视为“这个村里的人”。这是一种资格，当事人因此会享受来自邻里的精神保护。这一点，虽然没人明说，但大家心照不宣——这是莫老先生的闺女、莫支委的妹妹、咱西关的人。

厚皮最后一个从院子里走出来，说：老人家一走，这空荡荡的院子可是怪吓人呢。

给老人送葬后，修文、修好和妈妈一起过了春节。二妮原本设想过个欢乐团圆的年，因为莫老先生去世，院子显得十分荒凉，谁都高兴不起来。寒假快要到了，修文先去了省城，修好想多陪妈妈几天，迟迟没有动身。二妮催她，怕耽误了学业，修好说：我走了，就你一个人，我不放心。二妮说：老宅子了，多年来都没有事，放心就是了。修好说：我看你得抓紧找个老伴，晚上也好睡个安稳觉。二妮说：这把年纪了，还找什么老伴啊，将来给你们看孩子就是了。修好说：那不行，徐娘半老风韵犹存嘛，方圆几十里找不到妈妈这么出色的，如果你到电视上去征婚，粉丝至少有个千儿八百的。二妮说：多少年都过来了，犯不上自找麻烦。修好说：这不是麻烦不麻烦的事，而是一种生活方式。

修好终于给妈妈找了个伴儿：王小妮。两人私下里说好，等修好假期结束，小妮子就搬过来住。

修好见过小妮子后，告诉二妮小妮子不上学了。二妮急了，马上打发修好把小妮子叫来，问是怎么回事。自从王小妮被她哥从这里领回去，二妮时不时还能听到小妮子的消息，一半是小妮子的问候，一半是从贾文化那里听到的。大山先是租了个单元房，兄妹一起过日子，大山做保险，妹妹继续读书。后来大山娶了老潘的长女大潘，三口人过得还可以。小妮子渐渐出挑成一位漂亮姑娘，贾家小子喜欢得什么似的。去年小妮子考上高中，读了不到一年她却不想读下去了，贾家小子劝了她好多次，无奈小妮子主意已定——定要辍学找工作。听修好说干妈想她，小妮子当晚就来了，感叹自己是“鸟儿恋旧巢”。二妮问她为什么辍学，小妮子就是不肯说。二妮也不好过于追问，只说明日要去中学给王小妮续交学费，这学还得接着上。王小妮苦苦阻拦，无论如何不要干妈去。二妮问她到底为何辍学，王小妮就哭了，说她嫂子不愿多这份负担，跟哥哥闹得花瓜似的。二妮说：大潘的心眼是小了点儿。小妮子说：那人很轴，不高兴了耷拉着脸好几天不见个笑模样儿。二妮说：他们不管，我管。小妮子说：我是绝对不再读书了，得工作。哥嫂供了我这些年，怎么说我都感激他们，也不想再给您增加负担，我要自力更生。二妮说：读书长学问啊，学历很重要呢。小妮子说：干妈我告诉你，世界上有很多大人物都没有上过多少学，拿破仑只读过几年书，他是法国人但却说不好法语，毛主席是师范学校毕业，还有……

二妮见其决心已下，不好勉强，答应给她找个地方上班。小妮子自是满心喜欢。当晚母女俩说了半夜的话。从小妮子口中，二妮得知大山的妻子和小姨子合伙开了个烟酒杂货店，吕锋骚扰大潘不成后来跟小潘好上了，吕锋还利用那个商店出售礼品大洗其钱。二妮听了，惊得一时说不出话来。小妮子问：干妈你怎么了？二妮说：真没想到，老潘那么老实一个人，养的女儿却不像他。小妮子说：干妈你可不能把这事说出去，我也是眼看耳朵听的。二妮问：你是怎么看出来的？小妮子说：她们姐妹俩吵架时说出来的，一个骂妹妹骚货、浪货，小小年纪就知道养汉子，另一个骂姐姐私通官府销赃洗钱，我嫂子还说她妹妹做过人流，是一个大官带她到外地做的。

自那次龃龉之后，二妮对吕锋已不抱任何希望，也没了再联系的念头，一丝一毫的念想都没有了。今天从小妮子这里得知事情到了这等地步，她却还是放不下。小妮子睡下后，二妮熄了灯，独坐窗前，面对高大的海棠树胡思乱想。一个才情茂盛的男人，一个曾经质朴鲜亮的青年如今堕落到这份儿上，二妮感到十分痛心，甚至自觉没有面子，好像自己的男人在外边做了丑事似的。转念一想，既然已经断了联系，既然他对这家人早就不存点滴情怀，管人家做什么？事不关己，高高挂起，明哲保身，算了。

躺下后，二妮老是不能入睡，脑子里转念着那个人的那些事。她觉得，耳不听心不烦，既然知道了，不管也不好，到底还是一个村里出来的，毕竟还有那么一段历史情缘，而且还有一个儿子，那是他们共同的骨肉。他无情，是他的轻薄，咱不计较；如今眼看他身处悬崖，如果置若罔闻漠不关心，那不等于见死不救吗？从良心上说不过去。二妮翻来覆去想了又想，最后还是给他发了一则短信：

墙打百板还透风。务请珍惜名声，一切好自为之！

第十九章

十字街口无赖断肠
小巷深处鬼影蒙面

莫老先生走后，莫家院子——那个充满温情的院子——不再安宁了。最初一次，是二妮晚上从商场回来，突然发现院门外墙根处贴着个黑影儿，她下意识地喊了一声“谁”。那黑影既没答话也没有惊慌，脚步轻盈地走了。二妮没敢去追。她只记得那人着一身黑衣，头戴黑帽，脚上的鞋有点儿白，在月光下交替跳跃着鬼魅般的光。二妮急忙喊修好，修好出来开了门。二妮抱着女儿浑身发抖。修好问：妈你怎么了？二妮反问女儿：你没事吧？修好说：没事啊，我好好的，怎么了？二妮拉着女儿闪进院里，反锁了大门，气喘吁吁进了房，一下子瘫倒在沙发上。

二妮说了刚才见到的鬼影，惊魂未定，脸色蜡黄。修好说：看把你吓的！可能是个要饭的，听你喊得没个正声，就走了。二妮摇头：不是要饭的，是个人。修好说：要饭的当然也是人啊。二妮说：不是一般的人，我感觉，那家伙是针对咱俩的。吓死我了！修好说：明天我在大门后边标着，如果那家伙还来，看我不撕下他的画皮！二妮说：我的姑奶奶咪，千万别！如果是冲着你来的，不就成肉包子打狗了吗?！修好说：妈，我是学校里武术队的，练过跆拳道，那家伙要是落在我手里，看我怎么整他！二妮说：明天看看再说吧。

第二天，什么事也没发生。

第三、第四天，也平安无事。

修好说：看来那天的黑影儿是个偶然事件，妈你不要怕。二妮伤感地说：我有预感，莫老先生走后，咱娘儿们的好日子就到头了。修好说：妈我告诉你，这是心理问题——因为你心存恐惧，所以招鬼。二妮说：老人家就像是这里的镇海神针，神针走了，歹人觉得我一个女人好欺负，就讹上门了。说着说着就又流下了眼泪。修好兀自在那里说：有我呢，没事！

几天后，那影子又出现了一次。这次是着了一身白衣，也像上次那样站在门口，脸上看似戴了个月白色面罩，远远地见二妮过来，照旧是慢悠悠地走了，速度不紧也不慢。二妮不由得汗毛怵惕，呆呆站在那里好半天喘不过气来。等那影子走出巷口，二妮才急火火地赶到家里对女儿说：那影子又来了！修好问：现在哪里？二妮说：到巷口那端去了。修好抄起院里的一把铁锨就冲了出去，二妮在后边追到巷口。修好还在那边叫骂：王八蛋！有种的你给我站出来，看我不一铁锨铲死你个龟孙！

二妮死活把女儿拉了回来，说：让人听见多不好啊。修好还在气咻咻地骂个不停。回到院中，二妮嘴里反复念叨：这可怎么办啊，等你走了，我还不得吓死！修好说：妈你不要怕，就是豁出去不上那个大学我也要抓住这个王八蛋！现在最重要的是保持冷静，遇事学会分析。二妮说：还要怎么分析？明显是坏人打咱的主意嘛。修好剑眉紧锁，说：妈你想一想，最近出过什么事，得罪过什么人吗？二妮数算来数算去，没得罪谁。修好说：近来发生的大事，也就莫爷爷去世了。二妮点头说是。她想把这事告诉莫支委，电话拿在手里好一阵子又放下了。修好问：怎么不打了？二妮道：咱孤儿寡母的，跟人家说晚上有鬼，明理的人会替咱着急，不明理的免不了会说三道四，反倒让闲人嚼舌头。还是等等再说吧。修好说：还是妈想得周到。我也是这么想，有问题咱自己解决尽量不依赖别人。女儿说这话时，二妮又在擦眼泪。修好问：怎么又哭了？二妮说：我是想莫老先生，想凤坤大叔。他们在时，谁敢欺负咱？别看莫老先生风烛残年，只要他在，没人敢下眼看咱，老人家有威风啊。如今大叔也不在眼前，麻烦就来了。由此可见你妈是个没福的人，能不伤心吗？

次日，修好做了三件事：给大门上了暗锁；给自己买了呼机以方便随时跟妈联系；给申行健打了电话。行健说，如果真要加害你们，行为不会这么猥琐，可能是成心吓唬你们，不必害怕，害怕就上他们当了。修好把行健的话跟妈说了，二妮说有道理是有道理，可那鬼到底是谁呢？为什么成心吓唬咱呢？

二妮问计于凤坤，凤坤认为，十有八九和房子有关。二妮说：我也这么猜疑呢。凤坤说：从这件事可以见出莫老先生的英明和爱心，如果不是他生前催着把房子过了户，现在麻烦就大了。眼下地皮值钱，指不定谁在打这院子的主意呢。二妮说：大叔，不瞒你说，买下这院子之前老先生曾私下里对我说：二妮我给你说句实话，可能不好听，你千万别上怪啊。这干闺女就是干闺女，干巴巴的闺女。我拿你当闺女你就是闺女，我死了，说不定怎样呢。你可要心中有数啊。就是因了这层想法，老人家才叫我把这房子院子抓紧买下来，不然更是个事呢。申凤坤长长一声叹息：老先生太明白了，少有的明白，少有的果断，少有的仁义。他为你想得多么周到！我有所不及。二妮说：就是对亲闺女也不过如此啊。

感慨之余，二妮又流了一阵子泪。

当晚，修好说她又给行健打电话了。二妮问：怎么说？修好说：他分析说这人就住在附近，很了解咱这边的情况。还说，既然处心积虑地吓唬咱，那就必有目的，我们要多加注意，凡是近来打交道的那些人都要留心，慢慢就会发现他们意欲何为。是狼，总会露出尾巴。二妮说：你对他说声谢谢。修好说：他不用谢。

此后的十几天里，二妮无时无刻不在琢磨那鬼影是谁。有一阵子，她怀疑贾文化。经过测验，排除了，贾文化没必要这么做，他也没那个胆。后来又怀疑是刘辨证，但也排除了。刘辨证近来仕途受了挫折，自觉脸上无光，连每日坚持的散步都取消了。不过刘辨证倒是提到一件事，说有一次歪头和厚皮找到他要跟四中签个合同。二妮问：他们想签什么合同啊？刘辨证说：想给学校供应文具。二妮问：跟他们签了？刘辨证说：哪能啊，四中跟和平文具店的生意关系许多年了，不能动，他们当时很不高兴。

这事出乎二妮的预料：难道是李义那帮人算计我？

田家祥听说鬼影骚扰的事，找到二妮，肯定地说：十有八九是厚皮的做道。二妮说：我跟永昌没怨没仇的，他不该跟我过不去啊。再说永昌走路达撒达撒的，个头儿也矮一点儿。田家祥说：永昌那种人有奶就是娘，什么事干不出来！二妮说：我不曾亏待过他啊。田家祥说：估计他后边还有人。二妮说：谁会跟我过不去呢？田家祥说：可能跟房子有关系，人走茶凉的事我见得多了。二妮说：那倒不至于。田家祥说：别怕，只要那家伙出来，看我不活生生撕了他个王八蛋！

五天后，田家祥什么线索也没抓到，以为没事了。修好坚持到假期最后一天才走，一副放心不下的样子。她把小妮子叫来，嘱咐了许多话。王小妮大大咧咧地说：姐姐你只管走就是了，有我呢。二妮笑了，说：小小年纪说话跟大人似的。修好忧心忡忡地走了，王小妮重新入住莫家院子。

第六天上，那鬼影又出现了。这一次，二妮和小妮子躲在暗处，悄悄跟了那家伙一段路。那鬼东西走出巷口后，脚步突然变成了达撒达撒的样子，跟狗熊似的。王小妮还发现那家伙脚上套穿了高跟厚底鞋，一出巷口就脱下来提着，姿势也变了。二妮熟悉那人的姿态。

田家祥知道后，说：这条癞皮狗，看我怎么整他！

莫老先生的葬礼后一个月，就是“五七”。五七坟是整个葬礼的最后一个仪式，所有重要亲友都要参加。莫老先生的“五七”，还有一件大事要办——田家祥在天丝酱园给莫老先生塑了一尊像，就着“五七”的便，他要举行一个隆重的揭幕仪式。除了纪念莫老先生始创名牌的功绩外，田家祥还想以此表达自己的那份愧疚。他要将这尊大理石雕像作为天丝的永恒警示——牢记莫老先生提倡的、坚守的、奉若神明的职业精神。因当地有“活人不立像”的古训，直到老先生下葬那天，田家祥才跟莫支委和二妮说起这事，他们都很赞成。

雕像的原料是从意大利进口的大理石象牙白，质地极好。天丝特别请了钱绍武大师的高足过来，经过近一个月的精心创作才完成了这件作品。现在是时候安放这尊雕像了。“五七”那天，莫家的亲友几乎都来了，老杨、凤坤、贾文化、王大山、刘辨证也来了，永昌跑前跑后，忙得不轻。莫支委和二妮——作为老先生的儿女——对天丝此举表示了由衷的谢意。田家祥说：要是连这点儿事都做不到，我还是人？！

田家祥发表了感人肺腑的悼文：天丝酱园永远感激莫老先生。莫老先生不仅是天丝酱园的创办人，也是这个品牌的塑造者和捍卫者。老人家的高尚品德和精湛技艺将永远是天丝酱园信奉的崇高教义，这是天丝的灵魂，是天丝永远都要秉承的精神圭臬。

莫支委、二妮、老杨、田家祥、申凤坤几把剪刀同时为塑像剪了彩。当鲜艳的红彩绸从高大的雕像拉下，一尊伟岸的大理石雕像赫然显现于世人面前，庄严、肃穆、高大凛然，令人肃然景仰。

众人一齐鼓掌，天丝酱园全体职工高唱他们的厂歌。歌词是请了北京的诗人写的，田家祥修改了其中两句，这两句歌词现在是：“创业者都是好样的”、“懂得感恩才是人”。大家唱歌时，来宾异口同声赞颂莫老先生的德行，也有人称赞田家祥有情有义、知恩图报，做了一件有意义的好事，就连申凤坤也说：这件事做得还算有个大义。

大家一一朝雕像行礼。莫支委和二妮跪在旁边，一一答谢。

最后行大礼的是田家祥，这是整个仪式中的压轴戏。行过礼的人们站在两边，他们身后是几百号穿了统一制服的职工，还有乐队，场面很是庄严。田家祥戴上五个星期前在莫老先生丧事上用过的那个孝帽子。凡田姓嘉宾都跟在他的后面，田永昌也在其中，而且就跪在田家祥的右后侧。

红毡铺地，两廊奏乐，场面庄严，气氛凝重，一种充满敬仰的肃然正气充盈在天地之间，除了悠扬的音乐，四周无一点儿杂音。田家祥迈着沉重的步子，满面哀戚地走到雕像前，跟随其后的数十人形成一个方队。他们静默了大约一分钟，田家祥轻声喊“一叩首”，所有的人便随着他一齐双膝跪了下去。

田永昌故意磕了个响头——咕咚一声——他知道在厚地毯上磕响头不会多么疼。这个细节引起田家祥的注意——这家伙也在呢。灵光乍现，田家祥忽然想起“莫家院子的鬼影”，心中就有了盘算。

按规矩，大礼要磕四个头、作四个揖，外带了祭酒和拈香。这些程序，对于田家祥来说都是熟套子的活，他也从来没在这上头有过闪失。可今天事有不测，在磕到最后一个头时，田家祥的孝帽子突然就从头顶上脱落了，软绵绵落在地毯上。很难说这一细节是什么原因造成的，可能因为孝帽子太小或太轻，也可能因磕头者的头垂得太低或是别的什么原因，也有可能是当事人故意为之。

白色的孝帽落在了地上，平平地贴在那里。此时田家祥正双掌贴地跪在地上，半白的头发上没了孝帽，他可以用手将孝帽拿起来重新戴上，继续完成大礼。可他偏偏不用手去拿那孝帽，而是趴在地上，俯卧身子，试图将孝帽拱到头上去。没经过丧事的人有所不知，丧事上的孝帽都是用很单薄的布料做的，落到地上立马就塌落下去，好像一只开了口的大信封，这样的东西这样的情状，如何能拱到头上去？开玩笑啊！

起初，大家以为田家祥的做法可能出于仪式上的某种禁忌——比如神灵不喜欢或风俗不允许——当事人在出现这种意外时不能用手直接去拿。众人静静地看着他，希望他能尽快实现愿望，有人暗地里为他使劲，巴望着戏剧性的情节能够出现。田家祥没有用手拿起那个孝帽，而是趴在地上跟猪拱泥似的拱，连拱了三四次，那帽子不仅没有拱到头上，反而越来越贴紧了地面。此时，本来严肃的场面突然显得有些滑稽，那种与仪式同在的严肃、悲戚、敬仰先人、近似宗教的气氛荡然无存。

申凤坤从怀里抽出烟袋，放在手里攥着，安心看景。莫支委本是半伏在地上的，现在也抬起头来，挺直了上身，看着眼前的一幕。此时田家祥索性全身趴在地上，像不幸落在旱地的一条鱼，像卖力寻找食物的猪，像醉心于某种游戏的孩子，他用头颅艰难地搜寻那个白色小方块，那双满是沧桑却又不失童稚的眼里闪动着狡黠的光。他将头皮拱在那片信封大的白布口袋前，慢慢地弓起身子，像一条爬行在桑叶上的黑色的蚕。然后猛地一使劲，额头咕咚一声拱到地毯上，弄了个嘴啃地。

周围发出一片笑声。厚皮的笑声最为放肆，也显得特别丑陋。

田家祥突然爬起来，扭头将田永昌按倒在地，大拳头雨点般落在那家伙头上、背上和脸上。

大家一时惊呆了，笑声戛然而止。

这转折太突然了，幽默一下子过渡到暴力，严肃的仪式变成闹剧。田家祥像武松打虎般抡起拳头，将矮小的厚皮打得东躲西闪。田家祥一边打一边骂：你这个龟孙，老先生尸骨未寒，俺这里伤心得戴不上帽子，你还笑！你这个记吃不记打的王八蛋，我叫你笑，我叫你装神弄鬼！看我不打出你屎来，也好叫你长点儿记性！

厚皮哀号：大叔你怎么打人呢！

田家祥对此充耳不闻，还是打。

田永昌一开始还能有个躲闪，这一阵子拳头打过，他已经没有招架之力，像一条死狗躺在那里。

众人都收敛了笑容，许多人过来解劝。

田家祥好歹停了，气喘吁吁地说：我叫你笑，我叫你装神弄鬼！

二妮明白了这场恶作剧的起因。

莫支委说：行了行了，算完吧。

田家祥瞪了莫支委一眼，说：要不是看了老先生的面子，我饶不了他！

这件事过去后，莫支委把田家祥叫到他那边喝茶。田家祥本是不待见的，此时却答应了——他想进一步弄清真相——就去赴了那个短暂的茶会。莫支委率直地说：我爹"五七"那天，你痛打厚皮一顿，别人明白不明白我不知道，反正我是看明白了。田家祥问：你明白了什么？莫支委笑道：你是想打我脸的。田家祥不语。莫支委说：老田我告诉你，厚皮做什么，跟我无关。人说打狗要看主人，你只是打了狗，却没有看到他的主人。田家祥问：谁是正头香主？莫支委说：你自己去想自己去猜吧，反正我不是。田家祥惶惑了，问：照你这么说，厚皮后边是别的人？莫支委感慨道：一般人都会这么想，老人家走了，我可能会想法赶走二妮一家把那院子弄回来。这种想法很正常，但也很无聊。实话告诉你吧，老先生在世之时，这房子这院子完全是按市场价过户的，二妮坚持这么做，我爹也赞成。二妮没赚便宜，我也没吃亏，哪会有别的想法呢。

原来如此！

田家祥不由得一阵懊恼——他误解莫支委了。他拿拳头捶打自己，反复朝莫支委道歉，说自己是个粗人不该怀疑莫支委的磊落之心。莫支委也算大度，说：我要是小肚鸡肠的话，就不会约你来喝茶了，我是担心你走错了路线找不到正头香主，想保护二妮却选错了目标，那就大差大错了。田家祥又是一阵子自责，骂自己快老死了还像是没长大。

那么，是谁在操纵厚皮呢？

接下来发生的事情让二妮陷入困境。

有一天，厚皮过文具店这边来，鼓动二妮到省城去开店。二妮说：我这边做得好好的，为什么要去省城？厚皮说：那边人烟厚实钱苗儿稠生意好做，去了那里，保你能火起来。二妮说：俺没打算离开，也没打算发大财。厚皮说：一对儿女都在省城上大学，他们毕业后肯定要在那里工作在那里成家立业，难道你自己一个人待在这个小城里？不可能吧。二妮说：说不定他们会回来呢。厚皮说：青年人都是就高不就低，在大都市生活惯了，肯定不想回来，你今天不走明天也会走，既然早晚都是走，何不早走？

二妮存了一分试探的想法，问：那你看我该怎么办？

厚皮说：那太好办了，卖了房产，卖了生意，拿了存折到省城去就是了。

二妮笑了笑，没再跟他多说。

这事过去没几天，歪头来了，说的也是那一套——劝二妮离开这里去省城。不同的是，李义想跟二妮在省城合开一个和平文具店，把这边的店作为地区分店，由李义来经营。二妮说：你要是想开店另起个名字不行吗？李义说：我看中的就是这个牌子，老牌子声誉好，咱俩合作肯定有钱赚。

二妮婉言拒绝，心里就有了一层疑问。

李义虽然被拒，却并不放松，一次不行又来一次，后来竟天天过这边，絮叨起来没个完。对事对人从来有耐心的二妮真烦了，说：你们也真是的，凡事总有个自愿吧？告诉你们多少次了，我既不想到省城开店也不想和你们合作，咱两下里井水不犯河水行了吧？怎么就是没完没了！

李义悻悻地走了。

当天晚上，文具店的橱窗玻璃就被人砸了。二妮将此事反映给管委会，也报了警，管委会的答复是：保安工作不力，要加强夜间值勤。警务室的人来看了，说近来老商城拆迁秩序有些乱，商户要加强自我保护。二妮只好请人重新安了玻璃——她以为这事就这么过去了。谁知当天晚上，二妮在小巷里又看见那个鬼影。这一次那鬼身着一身红衣，照例还是藏在门洞里，听到二妮喊叫，达撒达撒地走了。二妮一看那步子就猜了个八九。她朝着那个鬼影喊：厚皮你还是人不是！上次挨打的不是你？！

次日，二妮打电话叫厚皮过文具店这边说话。厚皮果然来了，二妮质问他何以三番五次地装神弄鬼吓唬人。厚皮说：可能有人模仿了我的步伐陷害我呢。二妮说：你嘴里难得有句实话，这样子下去往后怎么混啊。厚皮涎着脸说：冤枉我了是不？前天我去了南京今早上刚回来，连早饭都还没来得及吃呢。说罢就从衣兜里翻出一张从南京过来的车票，二妮看了那车票，以为自己怀疑错了，还给厚皮道了歉。

因为文具店上了财产保险，王大山赶来现场做了笔录，填了赔付单。大山问及夜里鬼影的事，二妮说原以为是永昌干的，今儿才知道错怪了人家，前天他去南京了。大山说：永昌骗你呢。前天中午我在滕州全羊馆还见到那家伙，如何会在南京！二妮说：难道他有分身法？大山说：火车票不用实名，随便拿一张就能骗了你。二妮感叹道：坏人都是专家。

刚修好的橱窗不久又被砸毁，二妮只好再修，再报赔偿。这样砸了修、修了砸，反复折腾了好几次，大山不得不向上级报告。谁知过了没几天，文具店发生了更严重的事端。一天下午，一辆翻斗车从商城朝外运渣土，不知怎的，那车进入街口后突然变了方向斜刺里朝文具店冲去，把文具店的一角给撞塌了，二妮和三个店员差点儿被砸在里边。

这一次，二妮真的害怕了。她当即报了警。警察看了，说很可能是疲劳驾驶导致的事故。办理保险调查的王大山当场提出异议：不能过早下结论，其中可能存在某种故意。警察说：等你拿出证据来再说。申凤坤过来看了，眉头紧锁。贾文化说：其中必有道道。围观群众七嘴八舌，有的说司机满身酒气，有的说这么宽的街道若不是故意怎会撞到店铺！也有说司机被人收买了——现在有钱什么都能买到，花一万块钱就能找个替身暗地里敲谁一砖头。云云。

凤坤把二妮叫过去，问：近来有谁跟你过不去吗？二妮说：跟平常一样做生意，没得罪谁啊。凤坤说：前前后后这些事联系起来看，十有八九是有人看你不顺眼，想赶你走。二妮说：我做生意，没碍着谁，多少年都是这样的啊！申凤坤说：那帮甩子的背后可能还有人。二妮说：现在就开了卡车撞人撞铺子，说不定哪天还要杀人呢。我死倒也无所谓，人家店员都年轻轻的，万一出点儿事怎么朝人家父母交代啊！再说修文修好都还没成家，万一我怎样了……二妮说不下去，只是抽泣。

申凤坤安慰她：你先别急，兵来将挡水来土掩，克服一条就是一条的胜利。修好走了，你和小妮子两个住那里，确也叫人不敢放心。这样吧，明儿我把秀菊喊过来，叫她陪你一段看看再说。二妮说：秀菊那边还有一摊子事呢。凤坤说：她那生意差不多停了，有空儿陪你。二妮说：白天不用来，只晚上来做个伴就行。凤坤说：也好。

申秀菊每天晚上到城里来陪二妮，有时来得早，她便到天目灯饰帮爹做点儿事。这边事少时她就到二妮的文具店帮忙。秀菊说：看这街口，除了那个服装店都是咱大苇塘的。二妮说：这样的气势还要受人欺负呢。秀菊说：不要怕，咱人多。

两人正说着话呢，一帮人突然气势汹汹冲进来，把一大捆账本扔在地上，大声嚷嚷，非要二妮赔偿不可。二妮问怎么回事，那些人说买去的账本都是烂纸，假冒伪劣，必须按一赔十的办法退货。二妮看了，说：俺这里只卖学校里用的东西没卖过这种账本。那些人哪里肯听，非要二妮赔偿不可，死乞白赖，而且要马上拿到现钱。二妮示意秀菊，秀菊就去那边叫她爹。

秀菊刚要出门，凤坤已经到了，小妮子跟在他后边。二妮问小妮子：你怎么来了？小妮子说：我去那边窗帘店面试，听见这边嚷嚷就过来了，我得保护爷爷和您。秀菊说：好大的口气！靠你一个小丫头保护，等于上了零保险。凤坤说：秀菊你不要小看这妮子，侠肝义胆，你怕还比不上呢。

申凤坤进了文具店，笑容可掬地跟那些人解释，说二妮这里不曾经营账本，你们想必是记错了店面，还是去找正头香主吧——谁卖给你们的就去找谁。那些人根本不肯听，旋入店里，东翻西翻，笔墨纸张笔记本练习本撂得满地都是。二妮怎么劝都不行。凤坤就不高兴了，说：你们这样做就是不讲理了，明明人家不卖这东西，怎么还要赖人呢！

有个流氓生气了，质问申凤坤：你说谁赖人？

另一流氓喊：这又不是你的店，有你老东西什么事？

秀菊一听那家伙骂爹，吼道：嘴里干净点儿，这里容不得你发邪！

话音未落，那家伙就朝秀菊的胸部猛推一把，说：你是谁？合上你的屄嘴！

凤坤容不得女儿挨骂，喝道：大白天的成心闹事，想死呀怎么着！

那家伙冲上去，当时就给了老人一耳光。

秀菊见爹挨了耳光，立即扑了上去。

那家伙又朝秀菊动手。

这时，只见一根短木棍径直在那家伙头上落下，那甩子毫无防备吃了一棒，应声倒地。原来，王小妮见事不好，早攥了一根棒球棍子在那边伺候着。这边凤坤挨了耳光，王小妮的火气立马被点燃，想也没想就把棒球棍子打下去了。棒球棍一般是用上好的橡木做的，大头很重，落在谁头上都没个跑儿。

见那家伙倒地，小妮子并没甘休，她双手仗了棍子，杏眼圆睁，一脸杀气冲到门外，赶去追打另外两个。其中一个甩子见事不好，撒腿跑了，另一个却掏出刀子来，马步站立，准备跟小女子拼命。王小妮并无丝毫畏惧，对面站了，与那家伙对峙着。这时二妮拿了喷水器斜刺里照那歹徒喷了一脸凉水。小妮子趁机一棍子打下，这一个也倒了。

小妮子气咻咻地说：对这些王八蛋绝不能客气！

然后，她掏出手机，报了警。

秀菊紧抱了小妮子，说：丫头，你胆子也忒大了！

小女子对着地上那两个家伙说：告诉你俩小王八蛋，光天化日之下，居然敢打我爷爷、打我娘、打我大姑，真瞎了狗眼！本姑娘从小就在这江湖上混，你们这帮东西，我看得多了！今天算对你们客气，若是再胡作非为，看我不跟你们白刀子进去红刀子出来！狗日的，快给我滚！

一个家伙爬起来，凶狠狠地看了一眼小妮子。王小妮正对着吐了他一脸唾沫，说：看什么看？你去告诉那驴日的歪头，就说是我王小妮干的，他要是敢得罪我爷爷我干娘我大姑，看我不要了他狗命！爷爷是我的恩人，这文具店是我干娘开的，今天不过给你点儿颜色看看，明儿再遇到我手里，我叫你知道什么叫善有善报恶有恶报——小心我宰了你！

两个东西爬起来，狼狈逃窜。

警察来时，什么事都没有了。二妮把流氓闹事的过程说了一遍。警察看着地上的血，问：怎么这么多血？秀菊说：那帮甩子打了我爹，你们看，满嘴都是血。

警察做了简单的笔录就离开了。

次日上午，二妮和店员在擦洗橱窗玻璃。

宋桂花大着肚子，慢悠悠地散着步过来。

结婚好一段时间，桂花就是怀不上孩子，急得要命。后来还是二妮帮她找人看，吃这个吃那个，总算是怀上了。因为建材店那边离不开人，桂花得坚持上班。自由让她回村休息，她说收款那个环节别人做她不放心。二妮每天给她把午饭带过来，营养上倒也没亏着。二妮对桂花的照顾可谓无微不至，二人亲如母女，王秀花、田家祥也多次捎信来表示感谢。

宋桂花听说文具店被翻斗车撞坏了一个角，和二妮分析来分析去就是找不清到底得罪了谁！刚才听说昨晚又有流氓在这边闹事，特意过来看看。二妮说：你身子累赘，别有事没事的过来了。桂花问：这玻璃怎么这么脏？二妮叹道：事还没完呢，那帮甩子吃了点儿亏，晚上就朝我橱窗上泼脏水，臭死人，影响生意。

桂花说：这帮龟孙真还没完了呢！二妮说：得罪了君子还好说，得罪了小人就不得安生。桂花说：平素里无冤无仇的，这帮王八蛋到底想干什么？二妮说：有一点可以断定，就是想赶我走，占这个地方。桂花生气说：咱就是不走，看那帮甩子能怎样！我明儿对自由说，得好好整一整那帮龟孙羔子。二妮说：他现在忙得跟个陀螺似的，你甭跟他提这事。再说，我旁边还有个女豪杰呢！桂花说：听说了，那小妮子简直像个女侠客……

那以后，安静了几天。

近日来，田家祥几乎每天晚上都到老宋这边来。老宋弄几个菜，亲家两个一起喝茶说话，高兴了就打个牌，常常熬到下半夜。老宋说：从前你抽烟又喝酒，如今却跟僧徒一般，啥时戒的？田家祥说：十多年了，跟朋友约好的，戒烟戒酒，不打人不骂人。老宋说：有效果？田家祥说：烟酒基本上戒了，就是这口头上有时还是不大干净，遇到不顺气的人和事，拳头也还痒痒，不久前还揍过厚皮一顿，也算犯了戒吧。老宋说：对坏人适当教训教训也不妨。田家祥说：从前我也是这么想，现在呢，我觉得动不动就抡拳头，确实有失风度。

有一天晚上——确切地说是凌晨——散了牌局，田家祥拉老宋到青年路那边走一走。老宋说：没人偷你的豆豉，有保安哪！田家祥说：保安就知道睡觉，他们管好人还行坏人管不了。咱就权当帮保安放个哨嘛。老宋说：谁给钱？田家祥说：学人家大学生，做一回志愿者吧。老宋说：大学生求上进才去当志愿者，咱要那虚名做啥？

两人正说着呢，听见那边有窸窸窣窣的声音，田家祥蹑手蹑脚跟了过去，藏在天丝广告牌下。那黑影子径直走到文具店前，从提着的塑料桶里舀出液体，朝文具店的橱窗上泼去……

田家祥紧三步蹿过去，放倒了那人。

一看，原来是田永昌。

厚皮说：大叔，是我。

田家祥说：果然是你！

老宋跟过来看了，不屑地说：永昌啊永昌多大年纪了还干这个！丢人不丢人啊你！厚皮说：不就为了混口饭吃嘛！老宋说：现在社会这么发展，一个大男人怎么还混不上一口饭吃！犯得上做这种下三滥吗？厚皮说：没地方吃饭啊。老宋说：要是到了山穷水尽的地步，你告诉我，我白给你一天三顿饭都行，怎么说都不该走这条路啊！田家祥道：别跟他说正经的——整个儿一甩子！

二妮接到田家祥的电话，急匆匆赶来，后边跟着小妮子。田家祥对二妮说了捉贼的过程。二妮气得说不出话来。田家祥说：古人有当街断案一说，咱就来个当街审贼吧。小妮子，记下他的口供！厚皮说：大叔你这是私设公堂啊！田家祥道：我就是私设公堂了，怎么着？你半夜里去砸店铺三番五次地朝人家门脸儿上泼脏水难道不违法？再不老实，小心我抽你的筋！

小妮子掏出小本子来，拿了笔，站在路灯下。

田家祥说：现在开始，老老实实告诉我，谁叫你来的？

厚皮说：还不是那些人！

田家祥问：哪些人？

厚皮说：歪头安排的。

二妮问：晚上装神弄鬼是不是你干的？厚皮不语。田家祥一声大喝：快说！是不是你干的？厚皮说：有那么几回。二妮说：永昌你是想干吗啊你！俺孤儿寡母的本就不担是非，你这样三番五次地装神弄鬼，不觉丧良心吗？

田家祥厉声问：到底想干什么？说！厚皮说：想把二妮赶走。田家祥问：想侵占她的店是不是？厚皮说：那倒不尽然。田家祥问：谁指使的？是不是歪头？厚皮说：歪头也是拿人钱财替人消灾。田家祥追问：

拿谁的钱财替谁消灾？谁？

田家祥见厚皮不肯说，抡了拳头就要打。二妮说：永昌年纪也不小了，别动不动就动手，打坏了骨头到底是个事！田家祥就收了拳头，把厚皮踩在地上，喝道：前一阵刚揍过，现在我也没兴趣再揍你了。你好好回答我的问题，背后什么人指使？目的是什么？说明白，我就放了你。

厚皮见田家祥不打他，还是不肯说。二妮好声好气地说：永昌你告诉我，我也好有个数，你怎么就是不肯说呢？厚皮说：人家不让说。田家祥问：谁不让说？二妮问：歪头后边还有人是不是？

田家祥对二妮说：这种人不能跟他讲文明。二妮拿了指头点着厚皮的头皮说：叫你说你不说，那就受点儿委屈吧。田家祥转过头对老宋说：亲家，你把那个盛屎尿的桶给我提过来，看里边还有没有可用的。今天他要是不交出实底儿，我就得灌他一点儿好东西。老宋提过那只桶来，对着路灯看了，说：稀的没了，还有点儿干的。田家祥说：将就这些吧。

二妮觉得很不堪，劝阻道：别这样，都是一个村的。小妮子似乎生怕没有好戏看，在旁说：如果需要，我现就去拉一泡，也好叫他趁热吃口鲜的下去。二妮拽了拽小妮子：小孩子家甭掺和这事。

田家祥继续追问：怎么着，说不说？厚皮还是不肯说。田家祥扳着厚皮的下巴，让老宋把塑料桶里的东西朝厚皮的嘴里抹。老宋从路边找了一根棍子，在桶里搅搅，就朝厚皮嘴里抹。

厚皮“哇”的一声吐了，地上顿时狼藉一片。

众人以为他吐完了就会告饶，谁知他竟吐起来没个完，直到没东西吐了，还张着大嘴在那里呕，看上去很痛苦。田家祥说：呕死你个龟孙！厚皮实在受不了了，便软下话来：肠子快要呕断了啊，苦胆都倒出来了啊，饶了我吧，我是您孙子行了吧？老宋问：还跟那帮杂碎胡闹不？厚皮说：他们给我派了任务，我说孬好我也是个副总难为情做这种基层琐事，可他们不尊重我的地位，还扬言要卸下我一条腿哪！

田家祥说：到底谁指使的？不说，我立马拧掉你一个耳朵。

厚皮觉得疼得扛不住了，就供出了他们背后的那个人——吕锋。

在场几个人几乎异口同声地惊叫起来：他？

厚皮说：他两次接见过我。第一次是我找到他门上的，他给我打官腔。第二次，他说有人要告他，发短信威胁他，叫我们想法子把二妮赶出这地方。

二妮突然想到前不久发的那则短信，浑身一个激灵。

老宋问：为什么？

厚皮说：他担心二妮在这里影响他的进步。

田家祥说：可是真话？

厚皮从怀里掏出一个小东西，说：你们听听这个就知道了。

小妮子看了，原来是个MP3。

老宋说：这家伙还跟咱玩高科技呢。

小妮子说：我先听听。

小妮子听着听着，一双美丽的眼睛张得老大。然后她把耳机放在田家祥的耳朵里。

田家祥听后，好半天说不出话来。

二妮不知那里边说了什么，也听了一遍。几分钟的录音听过，二妮目瞪口呆。原来，那里边录下的是吕锋和厚皮的谈话实录，前半段还只是暗示，后半段则是赶走二妮的明示。二妮心边上没想到从前的情人居然会对她做出这样歹毒的事！她踉踉跄跄离开街口，深一脚浅一脚，那痛不欲生的样子好像随时都会倒下。

小妮子紧跟着追了过去。

田家祥着实警告了厚皮一番，没收了证据，把他放了。

厚皮走后，田家祥好半天才回过神来，对老宋说：我现在脑子里轰轰的，得回去睡一觉，明儿我得约那人谈谈。你让桂花去陪陪二妮，她太伤心了。老宋问：到底出了什么事？田家祥说：我这心啊就跟碎了一样，只要有丁点儿人味儿都不会这么办事啊。十多年来，没什么事让我如此痛心，这滋味不好受啊！亲家你回去吧，我清醒清醒过会儿打个车回去。

第二十章 夹道焚情物心灵告别 隔壁听窑语侠女拔刀

次日晚上，常春藤茶馆。

茶馆的一楼还是普通的大堂，二楼全部改成分隔的单间茶室，装潢讲究，各茶室内外都挂了一些典雅的图画。茶室内设一茶几，几上有干花做了点缀，茶海、茶壶、茶叶、茶杯、镊子，都还是老一套，只是多了一个电动烧水壶——这大概就是时尚了。

田家祥先到，独坐茶室内等着，满脑子事满肚子话，又觉得空空荡荡。窗外就是解放路——永远熙熙攘攘的百年老路。这条路上还保留着二十世纪三十年代范筑先执政时栽植的国槐和五十年代栽植的法国梧桐。当年的国槐只剩下寥寥几棵，干枝如铁，如近垂死。高大的梧桐树经过多次杀头砍胳膊，如今蟠枝如龙、浓叶如云，淡绿色的树冠一直伸展到茶室窗下。此时月光温柔，与昏黄的路灯融为一体，碎影摇曳，姿态浮荡，犹如风尘中缱绻慵懒的妇人。侍茶的姑娘安排好一应事务，田家祥说：忙你的去，有事叫你。

吕锋应约而来，脸上浮着一种没有着落的忧郁。田家祥关上门，两人互相瞅了一眼。田家祥原打算一见面就痛骂一顿的——实在是气坏了——问他何以如此下作，竟和恶人联手，糟害一个自食其力、低眉顺眼、对谁都不构成危害的弱女子？可是见面后，他却不知这话应从何说起了。吕锋看上去另有所思，他沉浸在自己的烦恼里。

窘境持续了足有两三分钟，田家祥侍候开水和茶具，试图以此转移心头的恼怒。吕锋心不在焉地嗑着瓜子，一边抽烟。散碎的瓜子皮和飘荡的焦烟味儿构成了和竹木、清茶、山水花鸟极不协调的气氛。近两年他抽烟越来越厉害，嗓子深处伴有黏痰——那种咽又咽不下去、吐又吐不出来的痰。田家祥语气很重地说：你就不能少抽点儿吗？！

吕锋长叹一声：压力大啊。田家祥问：又不是刚过门的新娘子，出来进去就那些事，熟套子活，能有多大的压力！吕锋说：可就是整天瞎忙，跟个陀螺似的，也不知为了谁忙，干操心，没盼头，还被人家弄得灰眉糊眼的。

田家祥本想说"你识好吧"，可他担心自己的冲动会让今天的话题旁逸斜出，决定还是收心敛气，慢慢跟他谈，谈做人的原则，谈良知情义，叫他悬崖勒马。如能悔过自新，还不失为一个好人——多年的兄弟，不可草率从事、不教而诛。再说，发火能有什么用？面前这个以正县级自居的人已不像从前那样对他这个兄长恭敬有加了。官场娇惯了很多平庸之辈，他们自以为是、醉心权术，挥霍钱财也糟蹋本性，古典式的情义已被看成不识时务。这种情况下，只有慢慢去引导，让他回到正路上来。

吕锋的郁闷情绪，说白了，其实是当代官场的通病——近期能不能提拔升迁。从前，不要说太久太远，二十年前，一个地方没几个县级干部，现在连厅局级也不算什么了。蔺草墩子上戴个帽儿差不多就是科级！一个科级干部，干不了两年就想爬到副县，像吕锋这样在一个台阶上干了多年的人，早就不耐烦了。他对仕途的最低展望是，如果没有像样的实职，哪怕到政协、人大当个副职也好。除此之外，一切都是枉然。再别说当年献身改革的激情，再不要说创办西郊市场时的干劲了，曾经的政治抱负被锦衣玉食裹挟着随风飘逝到九霄云外，剩下的就只有吃吃喝喝、前呼后拥、偷鸡摸狗的浅薄和龌龊。吕锋现在满心想的就是官场上的那块蛋糕，想着是否这次轮到他，是否能分到大点儿一块。

这事放在两年前，也许还有点儿希望，可是时过境迁，政治环境对他来说已经不可同日而语。市委书记近来对商城的工作很不满意，批评管委会固步自封、管理不善、报喜不报忧。吕锋一直琢磨：书记是通过什么渠道了解到那么多情况呢？是老杨暗地里使坏呢还是商会打了小报告？他认定，内部肯定有无间道——那是些他看不见的隐身人。还有，二妮何以得知他洗钱的秘密的？如果不知内情，她是不会发那短信的。吕锋以为那短信就是威胁，是要挟，是一颗即将点火的炸弹！

田家祥接了刚才的话头，说：你不要疑神疑鬼的。

吕锋瞥了一眼对方，心想，难道他听到风声了？潘秀梅虽然在天丝门市部里做事，但潘家姐妹各有各的性情，大潘爱钱，小潘爱玩，潘秀梅和她们很少来往。虽然秀梅在天丝那边做事，未必就知道他和她妹子的事。如果把二妮发短信的事提出来，可能欲盖弥彰适得其反。

吕锋轻叹了一口气，说：党政机关跟大苇塘村不一样啊，你那是个村子，池水清浅，一眼能看到底，大事小事几乎都在把握之中。这商城里可是五方杂陈、鱼龙混杂，什么样的鸟都有！各方面的利益牵扯纠缠，太纷繁太复杂，个个都是缝补梳洗的高手，一不小心就会掉进机关暗道。上边也不像从前那样讲原则了，自由主义泛滥成灾。领导层再不像从前那样正经，说话半含半露，跟迷魂阵似的，弄得我们中层快找不到北了。难啊！

田家祥说：当年的气魄呢？当年的那股子劲呢？叫狗吃了？

吕锋说：你说这个我不恼。是的，改革初期我也是信心满满、意气风发、大踏步前进的，所以才把大棚底搞成现在这番风景，每年近十亿的财政收入啊，连我都不敢相信！可是那样的大环境一去不复返了。现实说话，那里就是个大染缸、大黑市、大粪汪，长满荆棘和毒草。我今天之所以进退维谷，非因他故，就因为我太优秀、太清廉、太简单了！如果我唯命是从，搞好关系网，早上去了！可惜我他妈的不是那种左右逢源的人啊！

田家祥打断了他：你就不能多做点儿工作少琢磨点儿提拔升迁吗？高半级矮半级就那么重要吗？我就看不中你们这些识文解字的，整天玩心眼、斗机谋、打官腔，当官快成耍把戏的了。

吕锋没好气地说：甭跟我说文化，我没文化！十多年前本科生还是凤毛麟角，现在遍地都是，研究生也不稀罕。他们人前人后地讥笑我这工农兵大学生，我还敢说自己有文化？现实说话，我还不如一个大老粗！看人家大老粗那份豪爽，十万二十万地砸进去眼都不带眨巴的，什么事都办了。哪像我啊，清规戒律、条条框框、礼义廉耻——屁事都做不成！

田家祥说：你还知道礼义廉耻？

吕锋反问：我怎么不懂礼义廉耻了？若不是那些清规戒律，说不定……

田家祥问：当年定的那几条错了吗？

吕锋气急败坏地说：三老实，自欺欺人罢了！

田家祥愤然质问：你什么意思？早知今日何必当初是不是？

吕锋见田家祥生气了，不再言语，抽烟喝茶，一副心不在焉的样子。

田家祥把持着内心的愤懑，语气依然诚恳：当初咱俩约定的那几条，我认为绝对没有错。今天说，不错；一千年前、五百年后说，也不错。人不是畜生，得讲道德，得讲情义，是不是？

吕锋摆动着苍白的手掌，说：俺的哥，那都是老掉牙的《大藏经》了。现实说话，老实就是无用的别名！不怕你不老实，就怕你不会玩！这是个玩耍时代，谁玩得好谁就是英雄。嘴老实有什么用？处处说实话，不会阿谀奉承，那就是标准的傻蛋！手老实有什么用？没有进的就没有出的，就像机器没有润滑油，怎么转？你看人家左手招财进宝右手天女散花，多好的演员！像我这样两手空空，等于作茧自缚。现实说话，我要是发出去一百万，很多事都能搞定，这还得说既不违规也不犯错误。还有那鸡巴老实，有屁用啊！现在哪个宾馆没有按摩小姐？五百块钱给你个丰嫩的妞，干完了走人，安全套撂在波斯地毯上，谁去过问那些骚事儿？我倒好，听你的，大半青春浪费了，该过的瘾没过，本是两种用途的东西只用了撒尿。现在头都抬不起了，想不老实也没用了。更加可悲的是，生活作风现在差不多不算问题了，忙闲不等地泡个妞，算尿啊！

田家祥肃然道：兄弟，你这是翻案哟！

吕锋说：我是说，面对日新月异的时代，当年的约法三章早已落后了，落后得没有名堂！不是我眼神儿斜，你看着，五十年后历史学家会这样写：二十世纪末期中国致力于发展经济，官场一度出现过某些越轨现象是正常的，舍此不能促成发展，舍此无法达致创新，舍此不能调整各阶层的分配关系。从政治学上看，该时期的适度浑浊可称作阶段性不正常文化律动。八十年代的"走后门"是计划经济转向市场经济的社会润滑剂，九十年代的腐败是回浊转清之前的人性泛滥——到那时你我看了教科书，都将张口结舌——后悔去吧！

田家祥霍然站起，斩钉截铁地说：历史不会那样写的！

吕锋看了看对方，多少有些震动，说：我明白你的好意。

田家祥按捺了火气，说：刚才你这番话给我的感觉是墙要倒屋要塌，你好像快要崩溃了。好兄弟，你要是真的撑不住了，咬咬牙坚持到退休行不行？没几年了，务必有个好结局。人活一辈子，就这个句号难画啊。不要讲什么与时俱进，咱就只讲良心行不行？什么叫做良心？良心就是人皆有之的本性，就是无愧于众人的那点儿精神！精神是什么？精神就是一根筋，就是一条路走到黑的劲头啊！人得个好名不容易呢，兄弟！

田家祥的话语重心长，他那掬示肺腑的样子有点儿像是哀告。吕锋支支吾吾，眼神游移，态度暧昧，到底没说出个明亮的是否来。此时隔壁好像有点儿声音，吕锋警惕地竖起耳朵。田家祥没好气地说：一不做贼二不养汉，谁想听听去，别在我面前弄那下作样儿！

吕锋自嘲地笑了笑，脸上青一块白一块的，把手机关了，将里边的电池抠出来放在茶几上。田家祥问：这是干吗？吕锋说：只要电池还在里边，咱这谈话就可能被人窃听。田家祥说：谁没事闲得屌疼啊窃听咱俩的闲拉呱！吕锋脸上浮现着淡淡的紧张，说：我这个级别的都可能被窃听。田家祥不屑地说：四指长的小官，谁稀罕啊。吕锋说：害人之心不可有防人之心不可无啊。田家祥说：草木皆兵，至于嘛！吕锋说：没时间扯闲篇，说点儿具体的吧。田家祥说：你说吧，你说完了我再说。

吕锋说：眼前呢，我是有点儿困扰，想请你帮助协调一下。事呢，不算大也不算小。二妮当了市劳模，这事我阻挡不了，下一步很可能还要被推选为人民代表甚至省劳模。我觉得一个女人不适合在这方面发展，二妮尤其不宜在这地方出头露面。为什么这么说？一是她文化低，出入上流社会，可能力不从心，甚至会贻笑大方。其次一点，她是做生意的，挣钱要紧，过多参加公众活动会耽误经营。三、怎么说呢？对我来说，也有些碍眼。

田家祥冷笑道：我正想找你谈这事呢。我问你，她怎么碍你眼了？

吕锋说：你不妨想想，我和她，历史上不是有过那点儿小情况嘛。在乡下，这种平民风流倒也无所谓，现在情况不同了，我们都是有头有脸的人物。这事虽然过去多年，但我身处政治舞台，对别人看似无所谓的事放在我身上就是很大的瑕疵。你想，这事老杨知道，永昌也知道，他们知道了差不多全社会都知道了。二妮如果不出头露面，荒草盖了兔子，没人会注意那段罗曼史。如果她成了公众人物，鹤立鸡群，人家就要打量她琢磨她，拿了放大镜找她的缺点，所有和她有关的话题都将揭发出来，这必然会连带到我。现实说话，我的处境有些微妙，如果加上绯闻，就更加不利。你能不能说说她，让她好歹找个理由不当劳模也别当人民代表了？

田家祥倒吸了一口气——果然如此。

吕锋的要求和田家祥此次见面的目的，恰恰针锋相对。

田家祥说：我先问你，最近发生的一些事，你知道不？

吕锋问：什么事？

田家祥于是就讲了莫家巷子的鬼影子、砸橱窗、朝文具店泼屎撒尿、翻斗车撞坏了文具店以及李义他们动员二妮离开这地方到外地开店的事。说完这些，田家祥两眼紧盯对方，要求吕锋一定要正面回答：你说，知道还是不知道？别撒谎，也别绕弯子！

吕锋沉吟片刻，说：不大清楚。

田家祥冷笑道：我怎么觉得你就是那个幕后指使呢。

吕锋嘴硬心虚地说：他们净胡说。

两人好半天没说话，茶室内能听见两人的喘息声。

不是故意较劲，他们都在掂量下边的话该怎么说。

田家祥率先打破僵局，说：兄弟，今天没有别人，我也不想把你逼到墙角处，赤裸裸地让你难堪。我给你留下眼睫毛，只希望你是个明白人，悬崖勒马。我跟你说句到家的实话：二妮那个人真的很不错啊！她对谁都不存坏心眼，小半辈子净是受人炎凉，没谁给过她像样的温暖像样的帮助，这你知道吧？后来她离开村子，一辆地排车拉着两个孩子跟凤坤到城里做生意，硬靠了自己的一双手把日子安定下来。对于一个没有任何依托的女人，能走出这一步，可不是简单的事啊！如果没有决绝的勇气，如果不是走投无路，她不会抛家舍业远走他乡。这些年来，她勤勤恳恳地做，辛辛苦苦地做，拉扯两个孩子长大成人，容易吗？兄弟，设身处地为她想一想，咱不能对她有所帮助已经够羞愧了，还要想法赶人家走，还有丁点儿良心吗？恃强凌弱，仗势欺人，天理不容！知道吗？啊！

吕锋轻描淡写地说：这事不能那么说，当初我们分手是因为她离不开那个家，她怀孩子生孩子我压根儿就不知道。她说了，孩子是她想要的，是申家的后，我不承担抚养责任。如若不信，你可以去问她。

田家祥说：即便是那样，即便只是一般的乡邻，那孩子上大学你也该去表示祝贺吧，当年的情肠一点儿没有了？吕锋说：当年那事其实也是周瑜打黄盖一个愿打一个愿挨。田家祥说：这样说你就有点儿薄情寡义了。吕锋说：按现在的话说，那时我们都是性饥渴。

田家祥赫然变色道：你可不能那样说人家哟，性饥渴，她怎么没去找别人解渴呢？难道大苇塘就你一个男人，就你长了那玩意儿？人家二妮是真心爱你哪，多年来对你念念不忘，对你宽容有加，千辛万苦把你们的儿子拉扯大，迄今为止没要过你一分钱，甚至没在孩子面前说过你半句坏话，这还不算爱吗？反过来看，你对人家可曾有过什么帮助？以前你嫌乡里人嘴杂，后来进城了，城里车水马龙人烟混杂什么藏掖都能遮掩，你完全可以私下里给他们一些关心嘛。试问，你可曾做过什么？你可曾给人家一点儿温暖吗？啊！在他们举目无亲的时候，你关心过你的儿子吗？你给他过过一次生日吗？你给过他一块压岁钱吗？恐怕连一本书、一支铅笔、一根冰棍都没买过，是不是？多亏了凤坤大哥，他教了她手艺，一家三口才算立住了脚有了饭吃，孩子才有了学上。说实在的，这一点，我很感谢凤坤。要不是看了这一点，我这脾气，早跟他打个三回五回了！

吕锋说：现在人家比咱强，有的是钱。

田家祥说：有钱，是人家凭本事挣的。你一定要明白，孩子不是一条狗，不是一只猫，每天都要人操心啊。寡妇娘儿们不担是非，一棵草就能把她压倒，可人家这么多年硬是活下来了，日子过得还可以，操碎了心啊。如今好不容易安定下来，孩子上了大学，你那儿子还读了研究生，咱帮不上她的忙也倒罢了，说什么也不能再给她心里添堵，说什么也不能为了当官向上爬而去害人家是不是啊？你说！

吕锋失望地说：你要是不帮这个忙也就算了，犯不上扯这么远。

田家祥说：我没扯远，这都是急切的话、要紧的话，也是眼前的事呢。如今你在官场，在官言官，我也不能犯恶。为了升上一格半格的耍点儿小聪明也无不可，可你不能过分哟。俗话说一日夫妻百日恩，无论如何你不能对往日的情人下手，这事你可得想清楚了，她是你儿子的母亲啊！你得听老哥一句话，一定要彻底打消那个念头，对她再不能有丝毫的冒犯。你不想让她当模范，可以直接对她说。为了你，说不定她会放弃。这事你叫我去说，我不能说。为什么？有悖良心，烫嘴啊！人家那个模范是自己挣的，论人品，论守法，论同情弱者，论赞助公益事业，人家做得都很好，咱有什么理由反对人家当劳模？就算她当人民代表，那也是实至名归！你不要担心人家文化低，贻笑大方的不会是她！你一个什么都有的人反过来还要剥夺一个什么都没有的人，这才叫贻笑大方呢！这么做，试问你良心何在？

吕锋说：不帮就不帮，我另想办法就是了。

田家祥追问：你想什么办法？是不是亲自去找她？

吕锋想起不久前那次失败的幽会，不耐烦地说：我不想再见到她，一辈子都不想见。现实说话，她不找我的麻烦就算谢天谢地了。

田家祥问：一个老百姓能找大主任什么麻烦？

吕锋本想说那条信息的事，担心拔出萝卜带出泥，话到嘴边又咽下了。他看着茶室狭小的屋顶，长叹：后悔啊，后悔当年一时糊涂，以致今日如此不堪……

田家祥最后劝吕锋面见二妮，道个歉，最好能把修文认下。

见吕锋不说话，田家祥又说：女人的心都是软的，你去，她不会把你赶出去。

吕锋坚决地说：不可能。

田家祥彻底失望了。

吕锋说：就这样吧，我还有事呢。

吕锋说着站了起来，刚拉开门，隔壁茶室的门也开了，一个身影倏忽而去。

吕锋惊慌地问：刚才谁在那边？

家祥说：看把你吓的，服务员。

两人已无话可说，吕锋率先走了出去。

田家祥讪讽说：现在你可以把电池安上了。

吕锋听了，一边走一边朝手机里放电池。田家祥随后也跟了上来。就在他们从楼梯走下去的当儿，一位戴了墨镜的女子出其不意地从一层大厅冲上来。她直接靠上吕锋，完全没有躲让的意思。吕锋下意识地躲让到拐弯的墙角处。没承想那女子竟直逼他而去，吕锋被窝在楼道拐弯处。

田家祥还没回过神来，就听见一声惨叫。

那女子说了句什么——吕锋就倒在狭窄的弯道上。

鲜血染红了地面，从楼梯上流下去。

那女子云一般飘走，谁也不知其去向。

田家祥大叫：出事了，快叫救护车！

两三个侍应生跑上来，看见满地鲜血，睁大了眼睛。

不一会儿，救护车来了。田家祥帮医护人员把吕锋抬上车。田家祥躲到暗处，急促地拨通了田自由的电话，叫他马上放下手里的事情，也不要对任何人说起，立即找到修好，开车把她连夜送回省城。他咬牙切齿地嘱咐儿子：马上就办，一分钟都不能拖延！田自由问怎么了？田家祥说：不要问怎么了！自由问：她在哪里？田家祥说：自己找去！无论如何要找到！

跨上救护车之前，田家祥告诉儿子：别忘了嘱咐她，一定要拿到当晚人在省城的证据，不可对任何人说起。切记，切记！

原来，王小妮在电话里对修好说了凌晨抓厚皮的事，包括录音内容。修好担心那帮家伙会报复妈妈，立马搭乘长途客车赶了过来。赶到小城时天已大黑，修好本想找王小妮问个详细顺便听听那录音，然后再找那帮混蛋算账。恰好小妮子打电话来，说田总今晚约那人在常春藤见面，修好就直接去了茶馆。两个男人在密室交谈时，修好悄悄躲在隔壁茶室里，她没有喝茶也没吃任何东西，就那样一动不动坐着倾听隔壁的一言一语。尽管听不真切，但修好感觉到了他们在谈论妈妈，忍不住要哭出声来，听得他们要走，修好匆匆离开茶室下楼去了。吕锋瞥见的那个身影，就是她。她在楼下等着他们下来，迎上去给了那人狠狠一刀。

按照父亲的安排，田自由找到修好，马不停蹄把她送回省城。一路上，修好既没说她为何而来为何而去，自由也只字不提修好回家的话题。田自由借住莫家院子那段时间，两人很要好，自由曾经为修好积攒了好几罐的钢镚儿。修好敬佩自由，说他有力气、能吃苦，也讲义气。这次如果不是自由，任何别的人她都不会理睬。路上，田自由告诉她，马上拿到当晚人在省城，不在老家的证据。修好应了。

安排下修好，田自由连夜开车回来。

在加油站，他要了一张前天的发票。

直到次日早上，医生才允许田家祥进去探视。

吕锋的伤势不算重，这全靠了运气——刀子插进了他的腹部，没伤及心脏。医生说伤势不重的原因是凶手用了水果刀——似乎意在伤害，并没打算要人性命。此前，警方已经做了案情讯问笔录，吕锋只说那人是个女的，身上有香水味儿。田家祥问过他：是不是你的熟人？是否得罪过人家？吕锋说：好像面熟，看上去很年轻。田家祥说：我只记得那人戴了一副墨镜，口罩是灰色的，当时好像还说了句什么。吕锋苦笑道：凶手只说了两个字——人渣！

因案情涉及领导，事关重大，加上许多细节不清楚，当日《午报》

没有获准报道此事。市委书记很重视这次针对领导干部的凶案，亲自过问，要求公安机关务必将凶手缉拿归案。几天后，王小妮被公安传讯。传言于是风行，有人说小妮子平时常常带了刀子，周末还去跆拳道馆练擒拿，胆子极大；有人说王小妮平素喜看武侠，将江湖上的侠女视为偶像，羡慕那些跟卡扎菲当保镖的女特工。商城里人说，这种事王小妮绝对干得出来，那丫头下手狠着呢，打死个人不当回事。他们的例证就是不久前用棒球棍打倒俩流氓的事。还有人说，小妮子一进去就招供了，说她本想捅李义的没承想给弄错了。等等，等等，不一而足。

市委书记听取老杨的汇报后，说了一句与其身份不大相称的话：商城鸡飞狗跳，当头的自身不保，还整天想三想四呢，简直不自量力！老杨明白，书记这句话不是说他的。但他此时也高兴不起来，因为他对自己的未来已经没什么想法了。

二妮万没有想到她的女儿会捅了她的情人一刀。那天深夜，那段录音犹如晴天霹雳把她震得昏头昏脑天旋地转，脚下就像踩了浮云似的软绵绵使不上劲，昏沉沉回到家后就病倒了。王小妮赶来时，二妮歪在沙发前的地面上，鼻息尚存，不省人事。幸亏这丫头遇事不慌，她这里掐掐那里揉揉，又是擦脸又是喂水，一会儿抹清凉油一会儿抹花露水，硬是把二妮给折腾醒了。

二妮知道小妮子听过录音，长叹一口气，说：叫俺闺女耻笑了啊。王小妮不明白内里，兀自问：干妈你告诉我，那里边说话的人是谁啊？他们凭什么要合伙赶你走？我得去找他理论理论！二妮这才明白，像小妮子这样不知就里的人一时还弄不清楚上代人的情感纠葛，心情稍觉安定。

可是当她想到小妮子刚才说的要找人理论理论的话，吓坏了——这孩子跟修好的脾性差不多，眼里放不下沙子——要是见了面，一时话不投机，还不得杀人！二妮赶忙抓了小妮子的手说：你可不能去，去也没用，咱不理那种人还不行吗?！小妮子稚气地说：干妈你本领好大，不然他们怎么那么怕你，还暗地里商量着赶你走，跟贼似的，可见都是些黑暗的东西。二妮说：不是他们怕我，是他们误以为我怕他们。明白了吧？小妮子，好闺女，现在我告诉你，咱不怕了，谁都不怕了！小妮子说：人善有人欺，马善有人骑。你越是怕，人家越给你个老虎搂着。二妮笑道：孩子啊，怕，是因为还有想法，没什么想法，也就不怕了。小妮子说：今儿我就只有凤坤爷爷和干娘了，还有我哥，你要是离开这里，我就可怜了。二妮拍着小妮子的手背说：我不走，坚决不走，咱娘儿俩永远在一起。小妮子这才破涕为笑，说：你光说当我干妈，可我还没给您磕头呢。

二妮说：免了吧。

小妮子说：那不行。

小妮子跪在地上，给二妮磕了三个头。

二妮叫了一声“好闺女”，小妮子叫了三声“娘”。

次日，二妮听说那人遭了暗算侥幸没有死，就觉得有点儿蹊跷——莫非他有得罪的人?！是不是潘家姐妹干的？刚想到这里，二妮就笑了，笑自己想得没来由。

有关商城一把手遇刺的新闻成为众说纷纭的头号消息，有人说是因为内部分赃不均，有人说吕锋嫖娼不给钱叫黑社会捅了，还有人说吕锋已死，众多情人和私生子在争吵如何瓜分他的巨额财产。街谈巷议，沸沸扬扬，各种说法不胫而走。媒体越是遮掩舆论越是疯长，听来看去，小城就像一个基因混杂的畸形儿，看似人形，又像鬼怪。二妮既不打听也不议论，好像那人、那事、那杀手、那舆论跟自己压根儿没有关系——若是三天前，她的反应不会是这样。唯一让她寝食不安的就是王小妮。小妮子被抓进局子那天，二妮茶水没进。她坚信王小妮没有杀人，这孩子虽然厉害，但是听话。从那天凌晨到次日晚上——二妮仔细过滤了时光——小妮子二十四小时都在她的眼皮底下，暗杀人的事绝不会是她干的。再说，小妮子不知吕锋是谁，怎会对他痛下杀手？此后的十多天里，二妮到处奔走，竭尽全力为小妮子争个清白。她不仅自己写了证词，还动员更多的人为小妮子洗雪。她的行动最终有了成效，王小妮不久就被放出来了。

这次事件让二妮发生了很大的改变。

二妮下了决心：和那人彻底了断，坚决不离开商城，争取当劳模当代表。二妮再不像先前那样总是低眉垂眼、逆来顺受、自觉低人一等了，精神的解脱让她如释重负，眼前一片豁朗，脚步坚定，目视远方，神情硬朗，一副不卑不亢的气概。凤坤看出二妮的变化，说她“好像换了魂儿”。二妮笑说：我算是明白了，越是弓着腰人家越不拿咱当根葱！凤坤说：二妮你只管大胆朝前走，都是人，谁也没长三个鼻子六个眼！

二妮翻箱倒柜，把所有和吕锋有关的东西都清出来。一只写着“农业学大寨”字样的搪瓷茶缸子，这是吕锋参加地区先进单位表彰大会时得到的奖励，送给她了。杯子通体是白色搪瓷，只有边缘的一圈用了群青，大红的字是透印的。她一直没舍得用，里边放了母亲给她的一副镯子，还有婆婆给她的两块银元。每次看到这两块银洋，她就觉得那是她的卖身钱。这个搪瓷杯里还有一个小小的布包，布是黄色绫子，外边用红线缠着。二妮记不清这片绫子是从哪里剪下来的。待打开那个小包，发现里边是九个石榴花。石榴花早已干透，现在看去就像是又黑又碎的药材。那九个花蕾也是他送的，当时他说：人家都叫你小石榴，我就送你这个吧。他俩当时热烈抱在一起。那是她的初吻，至今想起他的那次拥抱，二妮还会全身颤抖。

是的，石榴花干了，没有爱情的浇灌，什么都会干巴的。二妮把干花撂在地上，下意识地看了一眼，突然觉得不忍，便俯下身子，捡了起来，重新包好。到底要不要保留这个定情物呢？她竟拿不定主意了。石榴花啊石榴花，火一样的颜色，就像她的青春年华、美丽容颜、爱情之花。石榴花可以开上两三个月，她的青春却如昙花一现，几乎是瞬间即逝。为此她苦苦等待，苦苦追寻，低着头，垂着眼，生怕打扰了别人的梦。她的心像一只黑夜中的影子，卑贱地承受着屈辱，没有半点儿要和旭日争光的意思。即便如此，得到的也只是鄙视和驱逐。如今人已去、情已绝，保留此物，徒增伤悲！

在柜子的一角，还藏着一块墨绿色的毛巾。那是他们幽会时用过的。紧紧地拥抱、如饥似渴地亲吻、急不可耐地脱衣，然后她扯下这块毛巾，幸福地垫在她柔软光洁的身体下边。那是多么疯狂的夜晚，墨绿色的毛巾是他们火热爱情的见证。那时，她以为这个多少有些猥亵的物件以后会经常用到，它浸透纯洁感情的汁液，它会积累并孕育爱的种子。没想到这东西没用几次就成了永远的纪念品。如今，原本浓郁的墨绿已经褪色，不是因为水洗，而是因了时间的煎熬。强烈的樟脑气息让她感到窒息，那毛巾通体呈现了腐朽的黯淡，还有一股子无法抵御的霉气。原来它可不是这气息，她曾经放在鼻子前闻过，那是一种青草和土地混合在一起的、浓郁而强烈的青春气息，那是足以让异性兴奋发狂的气息——现在没有了。

恶心、龌龊，扔掉——我怎么保留这东西啊！

二妮把镯子和银元拿出来，用黄绫子包了，另把干花和那块墨绿色的、有些龌龊的毛巾放在那个陈旧的搪瓷杯里，拿到夹道的深处，点火，烧了。对着那瘦弱的、陈腐的、有气无力的火焰，她的心一下子空了。火焰啊，你能烧死一个人，煮烂一锅骨头，可那需要时间的帮助，是不是？如果时间太短，就连一根汗毛也烧不焦，是不是？时间太短了，爱情的小苗刚刚出土，就遭遇持久的干旱，花蕾刚刚绽放就被摘了下来，幸福像流星一般，一眨眼就过去了。二妮不由得感叹：人是一阵风。

火焰在茶缸里熄灭了，里边只留下一小撮死灰，那是干花燃烧之后的木炭，那是毛巾燃烧后的尸体，空气里飘荡着棉毛烧毁后的呛人的气息。她蹲下身子，捏了一点点灰烬，放在嘴里，什么味道都没有。二妮就地挖了一个坑，把茶缸连同其中的灰烬埋了进去，又拿土掩盖了，却下意识做成了一个微型的坟墓！眼前这个小小的土丘，让她泪流满面——原来这是一次葬礼！如此珍贵的东西不应当用了草率的仪式，几十年的感情就这样终结了！只有一个人的葬礼，令人无限悲伤。世事变迁，风雨颠簸，虽然对方薄情寡义，但她一直保留着彩虹般的幻想，藕断丝连，不得轻松。如今这如丝如缕的希望被一风吹走，她彻底放弃了，也独立了。她自语道：痴心把自己变成了奴隶。

修好回到省城后，立刻去找了修文，假说自己做了个噩梦，梦见妈妈情况不好，叫哥哥务必回去看看。修文回来，见妈妈神情颓唐好像霜打的叶子似的，问怎么了，二妮只说胃疼不舒服。此时修文发现妈妈在那边烧东西，就问：妈你烧的什么啊？这么难闻！二妮看着面目姣好的儿子，深深叹息道：你爹死了！

修文的眼里满是疑问。

二妮苦笑道：我说的是，咱该去给你爹上坟了。

儿子问：你以为真有魂灵吗？

二妮说：想想看嘛，打你爹死后咱就搬到城里来，日子就是从那时一天天好起来的，是不是？十多年来，咱们经历了多少大事小情，可是船没翻、屋没塌、人都好好的。你上了大学读了研究生，现在都快拿到学位了，你妹妹也上了大学。妈虽然没多少文化，孬好也当了模范，如今咱不比别人矮半截了，所以我就想，咱这个家能有今天的光景，除了国家的政策好，说不定还靠了你爹的庇护呢。哎，他在那边也许一直望着咱呢。所以我说，得选个好日子去给他上上坟。

修文却说：妈你不妨这样想，正因为他死了，我们才解放了。

二妮板起脸来训斥儿子：不好胡说！

申修文做了个鬼脸，不言语了。

二妮看儿子躺在床上跷着二郎腿读书的样子，那个人的映象便又浮现出来。有那么几次，吕锋也是这样躺在地上看书，跷着二郎腿，有时在田埂上，有时在麦秸垛前。那时他经常给少男少女唱歌，给团员讲故事吹笛子。二妮喜欢看他读书的姿势，那是最让她动情的男人的造型，她常常幻想自己就躺在那个读书人的身边，问他书里写了什么故事……有一次，他在木场上打着算盘分粮食，各家拿了分到的粮食回去了，只有他还倚在麦秸垛上记账，当时就是这样的姿势。二妮家是缺粮户，缺粮户的意义是“因参加集体劳动的工时不够所以分到的粮食不能达到全队人均水平”。这样的家庭在分配时往往会遭受白眼。因为不愿领受邻居鄙视的目光，每次分粮，二妮都是最后一个去领取。那是个仲夏夜的晚上，星光很好，只有他们两个。他叫她躺在他身旁，看着星光，给她讲了好几个神仙故事。他搂着她，温热的唇舌亲得她脖颈发痒……

她很想抓住久违的情景，好像反复放映一部让自己醉心的电影，可是那电影片子突然断了，美好的幻影烟消云散——那个半裸着上身、肌腱发达、浑身散发着热汗气息的青年渐渐幻化成一个目光呆滞、心绪散乱、脚步蹒跚的落魄者。这幻化的速度就像如今电视里故意剪接的蒙太奇，抓也抓不住，找也找不回——

张二妮深深叹了一口气：你怎么这么贱呢！

又想，好在这是最后一次了。

第二十一章 祭祖坟漂泊女释怀 失魂魄宦游客成蛹

尽管有人使了横劲，二妮还是当上了省劳模并被选为人民代表。这是大家预料中的事情。在商城，论群众基础，论社会声誉，没谁能赶得上她。市委市人大市政府秉承民意，完全尊重民选结果并下发通知，要代表们准备去省城开会，人代会和劳模会同时进行。

申凤坤为二妮的胜利欢欣鼓舞。在他看来，二妮的这些荣誉就等于他的胜利，也是他的自豪。想当年，凤坤把二妮从大苇塘带出来时，心里并不踏实，不知这个名声不好的本家媳妇将给自己带来福还是祸。这么多年过去，二妮赢得了众人的信任和爱戴，这太好了！二妮对凤坤，除了对长辈、对师傅、对君子的那份尊重，还有一份类似父女的诚挚感情。没有一句话是虚套，没有一件事不是出自真心实意，点点滴滴，无微不至，这让申凤坤很感动。想起当年挖空心思要从她那里取证的事，凤坤至今还感到几分羞愧呢。

张二妮到省城参加人代会。大苇塘村在省城的几个年轻人前来看望，二妮看着眼前这些年轻人，包括她的子女，感受到了从来没有的幸福。回想过去的岁月风霜，荣光和悲辛一起涌上这位母亲的心头，不由得热泪盈眶。

大会休息期间，二妮在宾馆的林荫道上遇到吕锋——也是本次大会的代表之一。没能阻挡二妮的当选，他只好相信人算不如天算，暗地里自嘲一番了事。他知道二妮是洞悉内情的，而且了解他和姓潘的事，所以有意无意地避着二妮。虽然都是来自商城选区的代表，但两人就像从来不认识，现在也不想认识似的。吕锋的行为还是来自那份担忧——生怕别人发酵联想、咀嚼轶事、传说绯闻。他依然奢望自己明面上是个疤麻没有的人——世上果有疤麻没有的人吗——以换取最后一段仕途的顺利。岂不知，越是这样瓜田李下，反倒欲盖弥彰——庸俗的欲望障碍了哲学的通达，如此而已！

二妮主动跟他打了招呼，表达了恰如其分的问候，算是应有的礼节。此前的几十年，或者说有生以来，她未曾以这样平正的态度、这样平和的心情、这样平等的口气叫他的名字，更不敢主动去找他，怕他嫌烦，怕他不快，战战兢兢如履薄冰，连她自己都不知道那是因为什么。从前那个她，仰慕他、爱怜他、渴望他，那颗温柔的心总在卑微中勾画爱情的小图和虚幻的希望，像一个等待皇恩的宫女——千金纵买相如赋，脉脉此情谁诉！现在的二妮已经彻底打扫了陈年的龃龉、幻想和依附，一下子长高了站直了，尺寸和那人不差分毫。这种感觉不是来自荣誉和地位，而是源于自信和独立。她看到了他的干枯和猥琐，那个玉树临风、潇洒多情、才艺多多的人，已经死了。

她的声音大大方方、干净纯粹、沉着有力：吕主任，你怎么老躲着我啊？我想跟您说句话呢。吕锋不得已停了脚步，一边等她过来一边东张西望，一副神不守舍的样子。二妮说：我们是来自同一选区的代表，你没必要躲着我，是不？吕锋说：近来情绪欠佳，咽炎也犯了。二妮说：怕不光是咽炎吧。你得振作起来，不能老是满腹心事的样子。你是领导，像这样蔫蔫拉拉的样子怎么做好工作？再说，影响也不好。

代表们下榻的宾馆，是二十世纪六十年代初期建造的，半个世纪的树木都已高大，伟岸的松柏直入云天，地上落了一层厚厚的松针，空气里飘荡着温润清新的草木气息。吕锋跟了二妮，在林荫道上走了不很长的一程。二妮没有触及不久前发生的事，也未曾提起那个短信的起因和动机。吕锋说了些家中琐事。他说莉莉近来有些忧郁，他也不知该如何安慰女儿，莉莉想出国读书。等等。二妮说：出去念几年书也好，一是长本事，二是解解闷儿，省得你们天天看在眼里替她着急。

放不下时两眼迷离不识雌雄，放下时原来如此轻松，二妮清清楚楚感到了独立的快乐，平视的愉悦就像湖水澄碧白云悠闲。她坦然地站在那人面前，而他却总是躲闪着她的目光。多年来第一次近距离地这样看他，对方的萎靡颓唐还是让她感到一阵莫名的心酸。一个男人，一个见过世面的男人就这么不经事吗？想当年，在大苇塘村的土地上，他是何等热情、何等奔放、何等灵动啊，眉目清秀、谈吐潇洒、意气风发，谁不羡慕他的才情风华？天地造物，居然藏了这么大的玄机，说不行，哗哒一声就塌了架子。看那双不再发亮的眼神，听那没有胸腔共振的声音，二妮不由得一阵伤心。

分组讨论阶段，市委书记再次批评了商城管委会的工作：满足现状，缺乏创新，管理不善，法纪松弛，漏洞多多，坏人为非作歹，多年来没有根本的进步，十年前看上去好像大集，现在看也还是集大。书记还说，第一把手对此责无旁贷，管委会要坐下来认真检讨，商会要广泛征求商户的意见，明年务必要有大的改观。等等。

吕锋觉得很没面子。会上有人传来消息，说市委书记即将离任，省组织部正在派人考察。这意味着市里几大班子将有所变动。据说，凡职务将要变动的都被有关部门找去谈话了。那些被约谈的人像是吃了兴奋剂，眼里流淌着甜蜜的波光，想要掩饰都难。然而吕锋不在此列。他左等右盼，到底还是一春鱼雁无消息。他确知本轮的权力会餐中没有为他准备的碗筷。更为可悲的是，这次轮不到，下次更没戏了——年龄在那里摆着，学历也不占优势，不要说了。

泥泞中的行进，需要分分秒秒的努力；一旦当事人放弃了跋涉的心气，非歪倒在泥淖里不可。吕锋终于明白，自己不过是一个游于官场的客串者，是一棵大树上随时可能被压断、被忽视、被剪除的小枝丫。无论曾经如何辉煌，都不值一提，明日黄花蝶也愁。政治只对现开着的鲜花微笑，而他只是一条漂在水面，随时都可能被冲走的水草，而已，而已。他不得不面对惨淡的人生，许多人的眼神向他传达着“你不行了”的暗语，无须避讳，彼此都在不言中。

吕锋像个丢了魂魄的人，两眼呆滞，目光浑浊，摇摇晃晃，脚步走不出直线了。他有时会莫名其妙地认错了同事，甚至忘了自家的电话号码。他被日趋严重的失眠折磨着，每晚都要吃药，一吃药就会耽误次日上班，还误过几次领导打来的电话。纪检委在例行的诫勉谈话中措辞严肃，要他改变目前的精神状态以适应自己担当的责任。这种诫勉谈话的主旨是：你在某些方面存在问题，如不纠正就请走开。等等。

吕锋惶惶然不知身在何处，内心的纠结越来越紧。王晓云问他怎么了，他说很可能是脑子出问题了，不排除中风的可能。晓云陪他去医院做了检查，除血压有点儿高，中枢神经没发现什么问题，心脑血管也无大问题。医生让他坚持吃降压药，他拿了药，却不能按时定量服药，时吃时停，状态反不如以前了。有几天，血压恢复正常，他去问医生还要不要继续吃药，医生说，继续吃。又问，这些日子正常了些，是不是还要吃？医生说，坚持吃。又问，什么时候可以不吃了？医生说：吃到死就不吃了。

吕锋觉得医生的话就像是针对他的谶语，老大的不吉祥，窝囊了好些日子。有一天，王晓云无意中发现丈夫写给市委书记的一封信，三页纸，是修改过的草稿。信的内容基本上是一份自轻自贱的检讨书，满篇都是骂自己的话，对领导的吹捧也没有节制，词句中满是自贬人格、阿谀逢迎、匍匐乞怜的荒唐话。王晓云问他：你给书记写了信？吕锋说：写了，今早散步时送传达室了。晓云顿时失色，严词责令他去把那封信取回来：马上！这就去！她以不容置疑的口吻说：无论作为一个党员还是一个人，这都等于自取其辱！你丢得起这人，我丢不起！吕锋只好再跑一趟——幸好那信还在传达室——拿回来了。

类似的事不止一件两件，害得王晓云不得不分出心来时时留心丈夫的举动。有一天，吕锋在商城溜达，有人以为领导来检查工作主动跟他打招呼，他却说自己刚从劳教所里放出来，在场人无不惊讶。有一次开会，吕锋在讲话中居然插进明代画家徐青藤自杀和杀妻的故事，还拿徐文长和荷兰的梵高作对比，举座皆惊。有一次宋桂花在商城遇见吕锋，问他常春藤茶馆里那一刀你估摸是谁捅的？吕锋面无表情地说：是个女的，浑身都是香水味儿。桂花笑道：传言说那是你养的二奶呢。吕锋既不生气也没有否认。宋桂花劝他：您是有身份的人，没事不要在这地方瞎转悠，说话也别颠三倒四的让人听了笑话。吕锋反问宋桂花：你是不是田家祥的老婆？宋桂花生气地说：田家祥是俺公公！我是他的儿媳妇！吕锋一副恍然大悟的样子说：田家祥都有公公了。

没有高远的追求，或者说，完全以自身职位为追求的官员一旦失去上升的希望，精神就会垮掉。只有那些愿意一生服务社会并以此为荣的人才会在仕途的颠簸中宠辱不惊。吕锋属于前者，此时见上升无望，他便一下子垮下来，自尊和自信一起崩溃，前后判若两人。没有人安慰他，没人愿听他说话，起哄只为了取笑。关于他的传说越来越多，而且出现了许多版本。版本一乱，很多不是他的故事也汇到他的名下。有一则故事说：吕锋喝醉了，坐在抽水马桶上方便时自以为已经上了座驾连声催司机快开车。后来发现“坐骑”没有反应，对着前面仔细看了，恍然道：啊，原来是红灯！其实那红光是他的烟头在镜子里的反映。

当然，这些都是附会与演义。

丈夫日渐颟顸，王晓云处处赔着小心，可是无药可救，渐渐就有些不耐烦了。她不止一次地训斥吕锋：哪个人注定生来就得当官？人家不当官的，不照样活得有滋有味吗？提拔一级半级就那么重要？不提拔会死人吗？如此失魂落魄的样子，自己丢人不说，全家都跟着你脸上无光！

吕锋听不进去这些，他心里烦着呢。他很想找个人倾诉衷肠，可又怕节外生枝。他几次邀请小潘吃饭，都被拒绝了，小潘说：俺现在要嫁人，不好再胡来了。吕锋说：没有别的事，就是想跟你说说话。小潘说：你都不能干那事了，还有什么好说的。吕锋放下电话，长长地叹了一口气，关闭手机时，他发现自己的手不停地发抖。

仕途的黄昏中，生命的晚霞看上去就像是一个腐烂的柿子。

这段时间，小城发生了好几件非同寻常的事情。

老杨被双规了。这事多少有点儿出人意料。老杨素来谨慎，有丰富的人生经验，一辈子都重视纪律，没想到晚节不保，居然和李义成了同案。根据市委指示，商城管委会下大力抓了治安，李义被拘留。莫支委为此做了些庇护工作，无奈他姐姐已过世，姐夫也无意再罩着他，地方上的面子因此小了许多。有朋友私下告诉他：世态炎凉，自保要紧啊。莫支委听了，一时噤若寒蝉，也只好“放聪明点儿”了。

李义供认：在商城包揽过若干未经招标的工程，在旧房拆迁中使用非法手段恐吓商户，在运送渣土等项目中巧取豪夺，不义之财数额很大。老杨曾收受过李义的一辆高级轿车，李义交纳的二十万元押金也被老杨存在私人账号上——此举被视同贪污。老杨一直以为自己不过是一粒芝麻，西瓜多的是，反贪不会先拿他开刀。然而西瓜依然，芝麻却进了局子。老杨被捕时，满脸都是不服气。

临近预产期的宋桂花回到老家，暂时由王秀花照顾。因为终日看不见生龙活虎的丈夫，桂花难免苦闷。她时不时地跟自由打电话，一不打电话就觉得空虚，电话打起来时间越来越长。自由说：我这边忙着照应生意呢，长话短说好不好？桂花撂下电话就哭：这才几大啊，他就烦俺娘们了？他怎么就不替俺想想，俺这里青灯一盏、拖着个大肚子什么滋味！王秀花好言安慰——不光为媳妇，也是为了即将出生的孙子。

这阶段，家中多亏有永志在。中学毕业后，永志做过许多细事。起先，他在哥哥的厂里当过普通工人，别的好像没学到什么，饭量有所增加体魄也健壮了些。他不喜欢那种单调无趣的体力劳动，后来就加入了本地的一个小乐队，有时到歌厅有时在高级酒店给客人弹奏吉他。没事时他就去找莉莉，让她听他新学的曲子。后来莉莉去省城读书，永志跟着去了那里。在省城，他当过搬家公司的小工，当过快递员，当过燃气公司的管道工，还当过一段时间的木匠。再后来，去了一家广告公司做平面设计。一有空闲他就弹吉他，音乐是他的酷爱。永志的经历虽然散乱，但他的注意力却始终在一人身上，就是莉莉。莉莉到哪里，他就去哪里。他的音乐爱好也全是为了取悦莉莉。

据永志说，有一次，他在南湖公园的柳树下，就着月光单独为莉莉演奏了《献给爱丽丝》。莉莉听到一半，居然满眼泪花。永志弹完了曲子，问她怎么哭了，莉莉擦着眼泪跑了。修好听了这段故事，说：当时你应当追上去抓住她！永志说：那多不文明啊，我怕她生气呢。修好把这事对申行健说了，申行健感叹永志的真诚和单纯，修好却无端地醋意大发：若是旧社会，我就让你收她做个小。行健生气地说：四年大学你就学了这?！修好知道自己不对，当场认错，行健倒也没计较。

莉莉要出国读书，得抓紧复习应对托福考试，要永志别再打扰她。永志听了莉莉的话，回到老家，在哥哥的厂里工作。自由给他一个部门，当经理，永志居然把一应工作安排得井井有条，这让全家人都感到莫大的欣慰。王秀花说：俺这小儿子到底也算锻炼出来了。田家祥听了，暗自高兴。

永志是个安静而快乐的人。田自由叫弟弟多陪陪嫂子，让胎儿多听听音乐，专家说音乐是最好的胎教，等等。他下班后就回家，没事时就给嫂子唱歌、弹吉他、讲故事。宋桂花很喜欢听小叔子为她弹唱、跟她说“外边的世界很精彩外边的世界很无奈”，心情渐渐好起来。田家祥眼看要有第三代了，高兴得屁不在腚里，多次叫自由去医院里查一查胎儿性别，自由说无论是儿子还是女儿他都喜欢，就是不去。

这期间，申凤坤因为上坟回了一趟老家。破败的老屋让他想起许多往事，斑驳脱落的不死鸟和大眼睛依然还在对立，但都失去了往日的兴奋和紧张。田永志特意来看望凤坤，向他请教地方戏《将相和》的唱法，凤坤唱了其中一段，那精彩的戏文让他感动得长吁短叹，以至于表演无法继续。在那个瞬间里，永志窥到老人内心的仁慈。申凤坤也认定永志是个没有心计、天真纯正、柔情似水的孩子，因而格外看重，甚至要给他介绍对象。田永志趴在老人耳朵上说：我喜欢莉莉，可人家不喜欢我。凤坤说：比她好的姑娘多的是！

老人家看到下一代人之间已经不存在清晰的恩仇，心中颇有些怅惘。时间如此固执，天命的力量让他深感无奈，许多界限都变得模糊了。

让申凤坤高兴的是，这期间鸡毛厂终于找到出路——继羽绒服装厂的订货之后，宠物饲料厂和有机肥料厂也下了订单。等完成这些供应合同，现存的积压就都有了出路。申秀菊好歹走出困境，她从内心里感激二妮，如果没有她指示的路，十有八九还要再摸索几年也多遭不少的罪。

回城后，凤坤看望了在狱中服刑的老杨。老朋友相见，感慨万千。老杨用“节妇床前失守不如老妓从良”这句话形容自己，让凤坤叹息再三。接着，老杨又说了一句听上去不是出自其口的话：一个眼的婆婆也是娘啊。申凤坤不解。老杨说：自打进来后，我一直在反省，深知自己犯了很大的错误，关键是对第一把手的权威没有给予足够的尊重。中国国情之核心是什么？就是一把手政治。我忽视了这一点就等于蔑视了中国——那还不得蹲牢？申凤坤说：问题比你严重的还多着呢。老杨说：以前我也是这么想，以为谁会不抓西瓜而去抓芝麻啊，现在我知道自己错了，西瓜如有良好的藏身之处，大风只会吹走芝麻。从前我以为大麦先熟小麦后熟，现在知道也错了，因为人们学会了反季节种植。

贾文化生病，想回南方住一段时间，他儿子正和王小妮恋爱，不肯跟他一道回乡，也不肯代为照料生意，爷儿俩闹得很僵。二妮知道此事后，叫大山跟老贾去一次南方，最好能把老贾的妻子一起接来这边。大山去了，跟贾家夫妇商量了妹妹的婚姻大事，老贾的妻子接受了二妮的建议，跟丈夫一起来到这边。她很喜欢小涑河边的房子，打算一家人从此定居此地，夫妇俩视二妮为至近的亲戚。

李义不久就出来了，据说莫支委的话还是起了些作用。李义出来后，企图以投资养老院的名义向政府要一块地皮，吕锋居然糊里糊涂地叫李义去找老杨商量，李义说老杨现在看守所里呢。吕锋恍然道：老杨怎么到那里办公去了！然后就是一阵大笑——多年来一直跟他较劲，使他不敢造次的那个人消失了，吕锋感到一阵少有的轻松。老杨挨整后，周围的人大都以为那是吕锋清除政敌的一个狠招，部属对此多了几分畏惧，当然也多了几分依附和恭维，系统之内的不同声音几近于无。吕锋虽然不如先前清醒有力，但他的权力却因少了一份制约——没有监督的地方，想不腐败都难。

升官无望的吕锋，进一步放弃了自律，此时已经抵挡不住，也不再存心抵挡李义的恭维和逢迎，他经常和李义一起出入酒店歌厅，过从甚密。酒酣耳热之际，吕锋答应为李义的项目做些通融。吕锋找过银行，无奈当时正是全国收紧银根的当儿，未能奏效。吕锋又到天丝为李义说项，被田家祥一口回绝。田家祥警告他：不要和那些人混在一起——狼走满天下吃肉，狗走满天下吃屎！

吕锋的变化恶化了家庭关系。一向为官清正、处事拘谨的王晓云将吕锋收受的礼品（她所能见到的）登记在册，全部送到纪检委。自那次泄密事件后，吕锋不再向上级上缴礼品。夫妻间的配合如今变成了对立，彼此都没话可说了。极端沉闷的夫妻关系日复一日地压迫着两人的心绪，婚姻的尽头就在不远处。

这期间，莉莉拿到纽约州立大学的通知书，要去水牛城读书。吕锋私下里拿出五万美元给女儿，女儿却不肯接受。吕锋问：你以为爸爸的钱是不义之财吗？莉莉嗫嚅道：妈嘱咐过，不要随便接受别人馈赠。吕锋说：我是别人吗？莉莉盘腿呆坐在沙发上沉默不语，好像个木头人儿。

吕锋迟迟搞不来资金，李义时不时地挖苦他，说他无能，出言颇为不逊。吕锋没有受过这样的轻贱，几次试图反击，都因拿了人家的好处而不得不软下来，自尊心因此受到很大的伤害，心情也越来越坏。二妮偶尔看到吕锋和那些人称兄道弟的情景，不由得暗自叹息，甚至觉得自己对他的帮助既不够及时也不够有力。

从省城回来后，二妮带着儿子到娘家的墓地去上了坟，以感谢祖宗的庇佑。父母前些年陆续故去，一辈子含辛茹苦、饱受压抑的他们没能看到女儿今日的荣耀，这是二妮的遗憾。不过还好，他们生前总算见到女儿生意兴旺，外孙、外孙女也都长大成人，在乡里常常对人夸耀二妮有福。大哥已经衰老，用二妮换来的那个女人（也是她的小姑）生下三个孩子后去世了。三个孩子中，老大在城市里干建筑，从脚手架上掉下来摔死了，另两个都已成家，也都有了子女，他们在生活上都曾得到二妮的接济和帮助。二妮对哥哥说：这都是托了祖先的福哪。哥哥沉吟良久，感叹唏嘘道：说那些都是为了好听啊妹子，自古以来家业都是自己挣的，你也是。上一辈可曾给咱留下过什么呢？我虽然老了，心里跟明镜似的，不能回头去看去想了。娘家这边只有对不起你的份儿，没谁帮过你什么啊。

听到哥哥这话，二妮难以抑制命运的悲怆，流了眼泪，却没哭出声来。

家乡的镇长出面宴请二妮，说人民代表是咱这里的名人，一定要二妮赏光一起吃个饭。款待二妮母子的宴会很像样，二妮把哥哥和两个侄子拉了去，说是借花献佛。镇长说了些人杰地灵、文化底蕴之类的话，二妮都没听进去。她只听见哥哥的嘱咐：不光要给娘家的祖先上坟，也要到自家坟上去烧烧纸、磕个头、说道说道。二妮应了。

离开时，镇长送了好多当地土特产，土鸡蛋、核桃、花生、小枣、柿饼子、银杏等等，二妮把大小十几个纸盒子全都留给了哥哥和侄子。哥哥握着她的手说：妹妹，你能踢打出这么个风景来，我甭提有多高兴了。我已是风烛残年，你就好自为之吧。二妮除了点头应着，什么话也说不出来。临别时，哥哥几次欲言又止。二妮问他：哥你还有话？哥哥语重心长地说：有合适的人，再安个家吧。孩子都走了，一个人不行。

二妮复又点头，还是说不出话来。

去申家墓地上坟那天，修文突然说有事不能去大苇塘了。二妮好说歹说，就是不行。二妮只好独自去了。这次，二妮没有去看老家的破屋，而是直接奔了祖坟的林子。快到墓地时，二妮突然想起坟上那棵小柳树。那棵小柳树第一次出现在她面前，是个暮色沉重的黄昏。小柳树给了她难以言说的心灵震动，它那倔强的形象似乎带着某种抗争的意味，但又很温柔。柔嫩的枝条攥在她手中时，二妮忘不了当时感受到的惊怵。她觉得，那就是他——她的前夫——跨越阴阳两界的灵魂在极力寻找她，要跟她握手。后来这个意象反复出现，有时是劝告，有时是安慰，有时是提醒，有时是谴责。这个死的灵魂似乎一直注视着她，让她说不出是恐惧呢还是慰藉。

就要到那片墓地了。二妮开始搜寻着前方的视野，看那边的松林中有没有一棵柳树。快二十年了，如果有，必定是一棵很大的树！她打开车窗，看了，没发现葱茏高大的绿树，倒看见一棵枯树立在那里。她下了车，径直来到那枯树前。不错，就是那地方，就是那棵树！当年的小柳树已经长成合抱粗的大树，高大的树冠远远超出了附近的松柏。二妮抚摸着粗糙的树皮，手上沾了一层黑色的细屑，还有洒落的尘土。她自语道：好不容易长这么大，怎么就死了呢？

仔细看了，二妮发现这树上还挂着一些枯叶子，说明它死去的时间并不长。二妮回想了，自己好久没有梦见那小柳树了，难道说柳树有灵，看见她站起来了，它就彻底放心地走了？如果真是这样，二妮想，我当感激。

烧过纸钱，二妮磕了头，独自默念：十多年前，我发誓不再来看你，想必你早就托生，听不见我的话了。不论怎样，俺娘儿们总算熬出来了，这里边可能也有你一份善心。如果是这样，我来谢谢你，谢谢你一如既往的胸怀宽广。我给你带来了喜讯，儿子拿到了硕士学位，女儿就要大学毕业了。这是申家祖祖辈辈想都不敢想的事啊。还有，和修文一起拿到学位的还有申行健。托众人的福，我还当上了人民代表。这次我来上坟就是要告诉你，我已经不是过去那个女人了，不再做梦，梦中也不再有魇虎子，未来我可能要找个人。用孩子们的话说，就是开启新的生活。如果我和别人结合，请你原谅。这些年我反复想过，你没有过错。因为身体不行，你一辈子都在受罪，内心遭受的煎熬也许比我还多。你真是一个苦命的男人。作为名分上的老婆，我只能做到这些。上次来上坟我发了很多牢骚，有些话可能让你伤心了。那都是气话，有些话连我自己都觉得不够厚道，所以得请你原谅。如果你对这些不介意，就请驾了祥云远走高飞吧。我祝你来世幸福，万事如意！

纸钱飞了起来，飘飘扬扬，打着转儿，像一只只黑色的蝴蝶，一直飞到松树和柳树的梢头上，又随着风吹到更高的地方，直到看不见它们的影子。二妮心想，也许真有灵魂呢，刚才我叫他远走高飞，他真的就飞走了。

二妮围着那个坟茔转了一圈。粗壮的松柏簇拥着一团团的青翠，田野里吹来凉爽的风，松涛阵阵，地上是厚厚的松针，虽然干枯，但很柔软，柔软的草地上飘荡着草木的香味儿。二妮再次转到那枯柳树时，一根朽干的枯枝碰在她的头发上，她下意识地一拨拉，那枯枝一声脆响随即掉了下来。二妮苦笑道：人家都死了你也不叫它安静。

饶恕，饶恕一切吧。

卷四

第二十二章

好心无好报意外坠崖
胳膊拗大腿不幸挨打

天丝酱园从财务困境中跳出来后，渐渐有了些积累。田家祥雄心勃勃，开始进行规模宏大的旧村改造计划。

这次改造——按他的思路——是彻底的、深刻的、转型式的改造。所谓彻底，就是老房子分三期全部打掉，本村居民将陆续搬入新建的小区去住。借助327国道弯道取直的机会，田家祥将大道两边全都盖成商铺式二层楼房，底层出租，上层住人或存放货物。每个单元前后都有一小片空场，前边可以摆摊，后边可做小型作坊。这样一来，大苇塘的土地大大减少并进一步流转集中，村民将转入商品生产方式和市民生活方式。这是一个与时俱进的战略策划。

但是，田家祥的思路首先受到儿子的质疑。田自由认为，与其拿企业积累去盖房子，还不如走商业化的道路，即做成商品房出售。田家祥斥责儿子“钻到钱眼里去了”。小儿子田永志则讽刺未来的小区将会是洋得可笑、土得掉渣、千篇一律、乏善可陈的积木——那口气好像个建筑艺术家。田家祥认为永志就知道胡说——各家的房子不一样，那还叫新农村吗？

田家祥的这一计划也受到村民的普遍反对。在所谓的新区交到每个家庭之前，没有人同意将这个数代人甚至几十代人经营的村庄摧毁。这里的每片屋顶、每道房梁、每块砖石、每棵树木都浸透着他们的血汗，难道说打就打了？再建新的，不得花钱出力？民心浮动，到处都是不信任的街谈巷议。

旧村改造一动工，田家祥就跟老对手干上了。抱朴打电话告诉爹，老家墙上那个大眼睛被人莫名其妙地刷上了“建设社会主义新农村”的口号，大门口两边都用石灰水刷了“拆”字。凤坤本已打算翻修老屋以备晚年之用，没想到竟要被人拆掉！他回去看了，当即就来了气。如果原本那是一面光墙，你打声招呼刷几个字，我申凤坤也许不会说什么。可这大眼睛并非一般的图画，那是一个家族的精神宣言，其中包含了历史的伤痕和现实的诉求，好比族群的图腾，好比军队的军旗，田家祥无视我的主权，公然给我毁掉，岂能容忍！再说，旧账还没给个说法呢！若是连着老木老窝都拆了，将来拿什么说话！

申凤坤强烈要求恢复原来的样子，同时要求赔偿十多年前被毁掉的东锅屋，包括所占用的宅基地。对此，田家祥的回答是：到时候再说。这句话，有一并解决历史旧账的意思，但是不具体不明确，也没有约束力。申凤坤觉得对方是在敷衍他，非要讨个明确的说法不可。最为要紧的，就是恢复那个大眼睛。田家祥说：我刷你的墙又不是为自己，难道你不赞成中央的口号？申凤坤急了：你别拿了大奶子吓唬小孩！党中央也不是你田家的，谁都知道北京在北边！中央没说你搞的这一套就好，也没说就得强迫老百姓打房子！既然搞宣传，为什么不先把你自己的鸟刷掉？

田家祥笑道：问题是我的鸟在屋山头上，高，够不着。再说，那点儿屋山头也写不开个标语啊。申凤坤说：不管怎么说，未经我的同意就刷掉我的大眼睛，就是无理霸道。现实说话，你用任何人的位置做广告都要先签合同，不然就是侵权。田家祥不耐烦了，说：我就是侵权了，你说怎么着吧！申凤坤说：这里不讲理，还有讲理的地方！田家祥说：你去找啊，随你的便，反正不是为我自己。申凤坤说：田家祥我告诉你，你一而再，再而三地搓揉我，真是欺人太甚！你给我听好了，潮流滚滚，不可阻挡，你田家祥的巴掌再大也休想一手遮天！田家祥说：我连自己都遮不住，遮个屁天嘛我！

申凤坤气得说不出话来，烟斗从颤抖的嘴巴上掉了下来。

说实话，这个破烂不堪的老房子已经没多少使用价值了，自打经营灯饰生意后，老婆带着小儿子搬到城里了，这老房子已经好久没人住，也住不惯了。但这房子是家族的精神存在，是他个人权利的表征，他要的是个理儿，是来自对方的真心实意的尊重。没承想田家祥本性难移，一而再再而三地欺负人，申凤坤哪能吃下这样粗粝的鹅卵石。

历史的纠葛让凤坤失去平静，尚未愈合的疮疤被再次揭开。申凤坤当场宣告：从前毁了我的房屋还没偿还，现在又刷掉了我墙上的画，接着还要打我的屋，是可忍孰不可忍！田家祥说：爱忍不忍，不就屌眼子那点儿事嘛，反正我没有死罪。申凤坤吼道：我要去告你！区里不行到市里，市里不行就到省里，真不行就去中南海！田家祥嘴角上挂着三斤半重的嘲讽，说：告去，爱谁是谁，姓田的这里拿钱你收！

申凤坤对着祖先的牌位发下毒誓：此生讨不回公道，天打五雷劈死我！

申凤坤先去了乡政府，然后去找了区和市政府，都没有结果。这不难理解，凡中国人都具备这样的想象力：一个老百姓，到上级告基层干部，上级会偏向谁？乡里领导跟各村的干部都熟，三天两头开会，有时还喝个酒打个牌的，遇到纠纷，抹不开面子，找他们，基本无用。区和市政府更不用说，遇到上访，只消把事推回基层就是——现在谁还管这些破事。其实呢，申凤坤对这些早已料到，但他还是逐级走了一遍，一来他想表示“明人不做暗事”，将来上边发下公事来，勿谓言之不预。再说，上访近似上告，越了级总是不好。做这种事，要紧的是有理有节，不能叫人捏了短处。

经过这三级政府，申凤坤的申诉都未能得到应有的重视。上访的很多，五花八门，政府机关没心情面对这些烦恼，各级接待人员对形形色色的上访都是一个口径——劝回。申凤坤一层一层走上去，一次一次地失望。面对那些冷漠的眼神，他十分郁闷。在那些人的眼里，他就像是一个刁民，是个麻烦制造者。最后，申凤坤下决心去省城走一趟。他听过很多清官的故事，最后解决问题的清官往往是道台、巡抚、钦差大臣，而这个品级的官员一般都在省城办公。

到了省城，凤坤先去了小儿子那里。行健现在跟导师合作一个项目，在省城租了一间公寓房。凤坤对儿子说了他的上访经过，行健让他先安歇下来，好好休息，然后再去政府那边问一问，但希望不大。申凤坤说：经济上吃点儿亏倒也不打紧，就是这气难咽！行健劝道：年纪大了，别为这些事闹心了。

次日，申凤坤独自去了省政府信访处。省信访处设在省府对面的一条巷子里，那里也聚集着很多人。不同的是，这里站的是真警察而不是一般保安。这里上访的也不少，但没有区政府门前那样演着节目请愿的。申凤坤想，大地方就是肃穆，清官门前总是整整齐齐。于是他就拿了顺序号码，在那里苦等。整个上午过去了，也没等到。他继续等，又等了大半个下午，才轮到被接谈。

当凤坤说到“鸟”和“大眼睛”时，接谈员听不懂什么意思。申凤坤只好将前因后果大体上叙述了。那个男接谈员看似明白了，打了个哈欠，百无聊赖地对着他的女同事笑，女同事问笑什么，男接谈员说：告诉你，这个“鸟”字在《水浒传》里不读鸟，而是读那个不雅的音，比如李逵动不动说“真要淡出个鸟来”，就是那读法。那女的骂道：真流氓！申凤坤读过《水浒传》，当然明白他们的无聊。申凤坤能够原谅这种取笑，但也有一种不爽的感觉：我这么大的事，他们一点儿不着急，甚至拿了当儿戏。申凤坤问：小同志，你看我这事得怎么处理？那人说：空间利用，搞立体宣传，不是很好嘛。凤坤强调说：那不是一般的眼睛，是一个很大的眼睛，专盯他那鸟的。那人问：谁的鸟？凤坤说：田家祥的鸟，他画了个大鸟，气势汹汹想啄我那眼睛。那人煞有介事地看了看凤坤，说：你的眼不是好好的嘛。申凤坤说：不是真的眼，是画在墙上的那只眼！那人太疲倦了，凤坤说了半天，他还是没弄明白个中深意，兀自在那里自语：他的鸟，对着你的眼，要啄你的眼，眼被泥上了，刷了白粉……你让我想一想，刷了白粉之后就写了大标语，怎么还有房子的事呢？申凤坤来了气，说：田家祥他官报私仇！那人又打了个哈欠，嘴巴张得跟河马似的，说：你这么大年纪了，犯不上为这点儿事上访，不就几间旧房嘛。老大爷，搞好社会主义新农村，大家总要有所牺牲，不然，经济怎么发展?

申凤坤心想，到处都是这种官腔官调!

那男子转过脸来问凤坤：上访几次了？申凤坤为了强调其事之重要，就说：好几次了，乡里、区里、市里都去过，都解决不了，所以才到省里来找清官。那人说：你先回去，这事我们将认真研究，可能会安排人去调查，具体时间不好说死，就算有了方案，也还要跟基层商量落实。你不要再上访了。

凤坤说：一天不解决，我一天不停止上访，真不行我就去北京，早晚要找到讲理的地方。

那人立马就板起脸来，说：老人家，我劝你到此为止，绝不许再朝上走！上访太多，会影响地方的声誉。

凤坤不语。

那人再次强调：我在这里郑重告诉你，回家去，就地解决!

申凤坤耳朵有点儿沉，误听为就地处决，问：要枪毙我?

那人笑了，说：不是处决，是就地解——决!

申凤坤不肯就这样潦草离去，缠着那人问：你还没说怎么个处理法呢。那人说：你先回去，我们跟当地政府联系，好不好？申凤坤说：就因为他们不认真处理我才来这里的，你们一定得去人啊。那人说：凡来访的都要我们亲自去，哪里有许多人手啊？再说，各级管各级的事，不然还要基层政府干吗呢!

申凤坤还要说，那人就叫：下一个。

那人给门口的警察打了个手势，申凤坤就被“请”出去了。出了门，警察问他：你老人家打算去哪里？申凤坤是个实在人，就说：看来这里也不能解决我的问题，说不定真得去北京一趟，中央肯定是为老百姓说话的。警察严肃地说：那不是你去的地方，快回家！申凤坤一听就来气，反问：怎么就不是我去的地方？北京是全国的首都，我怎么就不能去？难道我是四类分子？四类分子也都平反多年了——咄咄怪事!

那警察苦笑着说：这话可不好随便说哟。

申凤坤说：我就说了！就是上联合国，我也没错!

申凤坤走出来，茫然复怅然，最后还是决定回家去。

他万没想到，当他在火车站排队买票时，被几个人强制收容了。

话说申凤坤在火车站排队买票呢，突然被两个大汉一边一个架走，起初他还以为是坏人抢劫，大声喊“救人啊救人啊有人绑票了”！可是没人来救他，两个“绑架”他的男子狡黠地朝那边同伙笑了笑，光天化日之下完全是一副有恃无恐的样子。凤坤知道，这些都是明火执仗的马仔，完了。

他被生拉硬拽地塞进一辆面包车，其中一个这才告诉他：我们担心您老人家去北京不方便，暂时送你到一个地方休息休息，等你想清楚了再送你回家。申凤坤问：你们要把我弄哪里去？那人说：反正比你到北京去要好点儿，那里很安全，也有吃的。嘿嘿。申凤坤追问：你们给我说个明白，具体是什么门牌，我好告诉儿子！那汉子说：给你说是好地方就是好地方——到了你就知道了。

那车就像野兽一样横冲直撞地跑出了省城。车窗紧闭，申凤坤无法看见外边。车子东摇西摆，一会儿急刹车一会儿抢红灯，凤坤被晃得只想吐。他把脸贴在车侧的小窗上，先看到一些楼房，然后就是起伏连绵的山，知道出了城了。心想，这么平安的社会，哪会有马仔？他正要问呢，车子刺啦一声停下来。那汉子说：到了，都下车！

申凤坤看到一个高墙封闭的院子，院门旁边挂着一个被粉尘蒙蔽得相当模糊的牌子：第三收容所。大门旁边有一个很粗的下水道，出水口用了铁丝网封着。铁丝锈蚀严重，有小股灰白色的水自那儿流出。申凤坤和十八个又渴又饿、愤懑万端、狼狈不堪的“被关怀者”被驱赶到一个大厂房——就是个简陋的大棚。大棚的一角有个长长的、用水泥垒的盥洗池，上面一字排开十几个水龙头，锈迹斑驳。有几个人正在那边喝水，一个个歪头对着水嘴儿灌，淋漓不顾体面。申凤坤看看四周，没有开水，只好也去那儿喝了几口水，稍微清清口舌。

不一会儿来了两个青年人，其中一个宣称：我们这里是第三收容所，专门收容盲流的。至于你们为什么到这里来、我们是哪个部门的，不要问，问也不回答。我们是奉命办事，管不着你有多大的委屈，也不负责那些鸡毛蒜皮的屌事。我告诉你们的就一点：好好在这里劳动，等攒够了路费，送你们回老家。

申凤坤问：我成劳改犯了？那人说：怎么说是劳改犯呢！这里的房舍高大宽敞，这里的劳动是世界上最简单的劳动，砸石子。看，门外边那堆地瓜石就是原料，自己去拿，在这屋里砸成规格一到两厘米的石子儿。工具嘛，一把锤子、一个铁圈、一个篮子。一篮子算三十公斤，砸一篮子领一个记分牌。砸满一千分就送你们回家——不然谁白给你们出路费？是不是？

申凤坤强忍着愤怒说：两位年轻人可能弄错了，我是来上访的，不是盲流。那人说：你还知道自己不是盲流？你问问这几个，哪个承认自己是盲流？盲流，就是盲目流动的意思，你们这些人随便乱跑，不是盲流是什么？你们就是书上说的那种刁民，又臭又硬，动不动就上访，败坏地方声誉，影响社会安定，有很大的负面作用，知道不？凤坤说：不对吧？别人什么情况，我不敢妄言。我自己的事，那是再清楚不过的。我就是想到上级讨个公平说法，怎么把我当成盲流了？难道说老百姓连朝上反映情况的权利都取消了？那青年说：我们不管你是什么情况，既然有关方面有这个政策，你就安心在这里工作，有道是既来之则安之，不要多嘴，明白的干活！

刚来的七八个人一起叫屈，都说是正当反映问题的，有个中年人还拿出一个小本子，说那上面载有国家政策，说这样的收容是违法的。他这么一说，这些“被关怀者”都嚷嚷起来，厂房里一时闹哄哄的。申凤坤也跟着叫唤，说：简直拿我们不当人。云云。就在这时，那两个男子扑上去，把那个念小本子的中年人几下子打倒在地，其中一个从他手里夺下那个小本子当场撕了，骂道：羊群里跑出个驴来，就你狗日的能呢是不是？他打骂的时候，另一个年轻人照了那颗在地上滚动的头踢了几脚。那中年人立马抱紧了头，再不出声。

此时，在场的人一个个都噤如寒蝉，不敢做声。申凤坤无法压抑心中那如火如烟的愤怒，冲他们喊：清平世界朗朗乾坤，有理讲理，不要来粗的！那两个青年立马转过脸来，质问：对你们这等刁滑小民能讲什么理？申凤坤说：你们不是说砸石子是为了攒路费嘛，我不要你们出路费，也不上访了。我自己出钱，把我送回去。这个理儿还是顺的吧？那个看上去文弱些的管理员走过来，满脸嘲讽地说：口气还不小呢，你有多少钱？申凤坤说：路费还能付得起。那人说：你走，他们都要走怎么办？凤坤说：若是有困难，我替他们担负一些路费也未尝不可。那人说：你倒挺大方的！那好，我们所里没钱发奖金，你拿三万出来我就放你走。不是有钱嘛，拿吧。申凤坤说：莫说三万五万，就是十万八万我也拿得出来！可是朝人要钱不是这个要法。

那人逼近申凤坤的鼻尖，问：倒请教你，得怎么个要法？

申凤坤倒退了两步，说：求助得有个求助的样子，要说明道理，也得有点儿礼貌，像你们这样……

那人对着申凤坤就是一拳。一个半老头子哪经得起这突然的沉重一击！申凤坤立马就倒下去了，老半天才抬起头来，恨恨地指着那两个家伙，只是说不出话来。其中一个家伙突然冲上去，照着申凤坤的头又踢了几脚。地上很快就布下了一片红，那是浓稠的、紫红色的、从六十多岁老人心里流出的血啊。那人悻悻地说：一个上访的穷光蛋，拿这一套戏弄我，老子见过的财主多了！有个十万八万的人还会上访？跟鬼说，鬼都不信！现实说话，多大的事三万五万就能摆平，除非你杀了人！老不死的，还要到北京去！北京是你去的地方吗？告诉你，我都没去过！

另一个管理员把小铁锤、铁圈和篮子分发给新来的这几个，还有一个篮子，里面放着几十个剩馒头，说：饿就吃点儿，不饿，马上开工！一千分很容易挣，干得快的十天八天就能拿齐了，慢手也就半个月，早完成早走，别在这里磨蹭！回家搂着老婆孩子睡觉多好啊，犯不上在这山沟里折腾。我们也不想收留你们，是你们自讨苦吃，整一整也好长点儿记性。

申凤坤看都没看身旁的那套工具，只是拿袖子抹了一下额头，袖口是淋漓的红。可怜凤坤一辈子是个体面人，即使在最困窘的时候也不肯失了做人的尊严，如今竟受了这般摧残！这些年，他在商城里越发受着周围的尊敬，而且还有个硕士儿子呢，哪受过这样的屈辱！那个管理员见其他人都懒洋洋地拿起工具，只有申凤坤还在那里擦鼻子嘴里流出的血，又狠狠踹了老头子几脚。

这时人群里突然齐声高喊：要干什么！整死人不抵命是不是！

面对这么多"被关怀者"的群体愤怒，那家伙悻悻地走了。申凤坤再次被打，已经不能动弹了。他的头皮被那家伙踢了一道口子，流了一脸的血污。没有人给他包扎，看上去好像是死了也是白死。几个难友扶住他，劝他到水池那边洗一洗，申凤坤摇摇头，拒绝了。夜色浓重起来，山野里响起叮叮当当砸石子的声音，那情景就像是人间还有一个魔鬼城。魔鬼城的管理员们在美妙的敲击声中打了半夜的扑克，然后进入梦乡。

长话短说。午夜时分，申凤坤在难友们的帮助下，偷偷溜出了收容所，朦胧的夜色和叮叮当当的声音掩盖了这次逃跑，酒酣沉睡的管理员没想到还有如此不驯顺的老头子。申凤坤找了一根木棍，捣开了下水道的朽烂铁丝网罩——居然爬了出来。出了那个人间魔窟，老人跌跌撞撞地爬上崖头，奔向山坡那边的路。

山路崎岖，清冷的夜风把他吹得东倒西歪。老人踽踽而行，浑身都是疼痛，满身都是下水道的灰泥和臭气。起初，他担心那帮混蛋会追过来，惶急中只顾小跑，忘记了饥饿。经过一段修路的路障后，他看见"前方施工机动车不宜穿行"的警示，才放下心来。幸好临逃跑前有人给他揣了两个剩馒头，此时便拿出来充饥。他感谢这两个剩馒头，感激难友，这两个剩馒头让他找到了面食的香甜——只有被饥饿困扰的人才能尝到这久违的滋味——感谢神灵，这样的晚上，在这崎岖的山路上，让我找到了馒头的滋味。

山路蜿蜒，月色惨淡，小雨时有时无，像是浓雾，又像是山上飘来的寒云，有点儿凉，有点儿潮湿，还有如丝如缕的类似老式瓦窑里散发出来的那种熟土的气息。一个年过花甲的人，一个拥有幸福家庭的家长，一个成功的商人，一个风度优雅、讲究面子、宁折不弯且心存仁厚的长者，竟落到被人随意凌辱的地步，申凤坤内心鼓荡着难以言说的忧愤和悲戚。

孤独的月亮偶尔露一下脸，面孔凄惨，似一位老者在劝慰他、告诫他，同时也提醒他注意山高路滑，注意脚下的坑坑洼洼。细雨带着几分寒意，诱惑他唱起那忧伤的歌：

一也么一更里啊，月儿在正东。
为奴的想呀想那桃花红，粉蝶儿飞来飞去，落在那绣房中。
叹一声粉蝶儿，你有多自由！
问一声桃花呀，可有百日红？
哎哟哎嗨哟！

二也么二更里啊，月儿挂树梢。
为奴的想呀想那情郎好，情郎送我白玉镯，还有那小红袄。
问一声白玉镯，谁来怜惜我？
叹一声小红袄，颜色逐日消。
哎哟哎嗨哟！

三也么三更里啊，月儿照房中。
为奴的想呀想那好亲朋，中秋带我赏菊花，清明里放风筝。
叹一声菊花好，秋霜好无情。
问一声风筝儿，鹧鸪啼梦空。
哎哟哎嗨哟！

四也么四更里啊，月儿悬正西。
为奴的想呀想那好夫妻，软玉温香云雨事，红罗帐里嬉戏。
叹 声好人儿，如今在哪里？
问一声红罗帐，青灯无声息。
哎哟哎嗨哟！

五也么五更里啊，月儿落山了。
为奴的想呀想那小儿郎，冰雪荒草征夫苦，鼙鼓儿声声高。
叹一声小儿郎，棉衣可穿好。
问一声青山外，何处长风桥？

哎哟哎嗨哟！

忧伤的歌声，在黑暗中显得尤其凄凉。歌声带着无限的凄婉，朝那沉沉幽幽的山谷散去，草木为之动情，残云不忍流连，凄惶惶充塞了天地人间。夜色无边，歧路漫漫，黑暗处没有色彩，死寂中没有音乐，只有心灵的哀号共鸣着满腔的愤懑，袭击着白日的喧嚣。老人一遍又一遍地唱着，沙哑的歌喉陪伴着他的寂寞。偶尔停下来，打量着高高低低的路面，行路难啊，行路难！

路有点儿滑，那是运送石子的车辆洒落下来的粉尘造成的。这时，一辆面包车驶了过去，方向与他的一致。灯光通明发白，申凤坤下意识地停了脚步，好让那车先过去。车子驶过后，周围复归黑暗，道路一时更看不清了。黑暗中，凄楚哀婉的歌声再次飘荡起来，山风扬弃着老人的忧愤，雨丝消解了歌声，山谷里没有回音。百唱不厌的《五更寒》被反复咀嚼，饱含着幽深的情思与伤感，一唱三叹，拨弄着他的孤独的心事。

没承想，刚过去的那辆面包车正是田家祥的儿子田自由开的。当时他正在跟弟弟田永志打电话，说客户已送到省城，正连夜赶回去，路上都是泥，加上修路，开不快。不必惦记……该当凑巧，田自由突然间听见有人在雨中唱歌，那是他熟悉的曲子，那音调又恰像申凤坤大爷的。田自由下意识地看了一眼，路边有个踽踽而行的人，正侧身站在那里，似乎有意让他的车开过去。从走路的样子看，像是凤坤。田自由就想：如果是凤坤大爷，这黑沉沉的夜，还下着雨，真是不堪得很呢。他情不自禁地把车停了下来，再仔细听，以便确认那人那声音。歌声再次响起，渐渐清晰，田自由估计唱歌的人十有八九就是凤坤，别人磨不出这么凄婉的调子来。于是，他把车掉回头，绕到老人身后，再掉转到原来方向，借着车灯看了，发现眼前这人居然一脸的鲜血，浑身都是泥污，这样子像凤坤又不像是凤坤。他试着喊：大爷，是你吗？上车来，我拉你一起走！

申凤坤借了灯光一看，见是田家祥的儿子。沉浸在悲痛中的他，被歌声唤起满腔悲戚的他，此时萦绕于心的正是仇人田家祥。面前那个坐在驾驶室里喊他的，就是仇人的儿子！申凤坤一时间气不打一处来。他的心被愤恨淤塞了，他的良知被恼怒蒙蔽了，正常的理性抵抗不了仇恨的刺激，良知让位于滔滔泛滥的狭隘。他带着满脸的血污，扬起手里的拐棍，骂：滚！甭跟我说话——你这土匪种！

田自由还在问：您是凤坤大爷吗？

他听到的回答是：谁是你大爷？我是鬼！

田自由本想下去看看的，老人此时却再次举起拐棍，直朝了驾驶室打过来。眼看那根棍子就要落在身上了，田自由一踩油门，离开了。车开出去百儿八十米外，慢慢停下来，田自由从驾驶室里再次伸出头来朝后看，心中充满疑虑。他想：这个不懂礼数、只会骂人、举措粗鲁的老头，也许不是凤坤大爷。再说，他在商城做生意，怎么会流落这里，血头血脸、浑身脏污，独自走在雨夜山野中呢？田自由惶惑了——世上类似的人多的是，如此不分青红皂白、胡嚼乱骂、动手动脚的做派，不像是他。凤坤大爷识文解字、文质彬彬、古风犹在，不当是这个样子。

带着疑惑、懊恼和不解，面包车开走了。

灯光转进山脚，声音渐渐轻薄。路面很滑，车道上是那种干不干、稀不稀的泥油子。申凤坤看见前面那车的屁股一歪一扭的，车前的灯光上下左右、起伏摇晃，如同跳跃的魔鬼。他没精神注意这些，只是要自己的两只脚尽量挑那泥水较少的地方走。洒满泥土的路上，越是小雨，路面越滑，他得小心脚步，不要滑进近在咫尺的沟壑里去。

突然，传来嗞啦啦的刹车声，然后是轰的一声巨响。他预感到，前面出事了，而且离他所在的地方不算太远。他立即想到，那可能是田自由——他刚从这里过去。但他又希望不是自由，宁肯不是，因为那孩子心眼不错。如果是呢，那就太可惜、太意外、太不幸了——那孩子刚才还叫我上他的车呢，亏他还有一副悲悯之心，和他爹大不一样。

老人家的心突然慌乱起来，竟不知应该继续走下去呢还是想法救人。不远处的山涧，那里已经没有任何声息，也没有火光，什么都没有。夜风袭来，一阵细雨让他彻底清醒——不论是谁，都要马上救人，必须尽快把这个消息传给外边。患有风湿症的老寒腿几乎抬不动了，但他坚决地提醒自己，此时绝不能停下，走不动也得走，拼了老命也要把这个不幸的消息传出去！

老人家坚持着，拖着一双疲惫的老腿，一步一步朝前挨。走出大约一公里，终于发现路边有个小店。此时正是深夜，他好不容易才叫醒了店主人。他想喝点儿水，店主人不肯开门，凤坤再三声称自己是个老人，全无恶意，对方下定了决心打定了主意就是不肯为陌生人夜半开门。无奈，申凤坤只好告诉他，附近山谷中可能出了车祸，让店主立即打电话叫警察，救人要紧！就在小店主打电话的空儿，申凤坤悄然离开。

他没有沿着大道前行，而是抄小路走进附近一个村庄——他不想让自己跟这件事有任何直接的联系。村子黑黢黢的，只有村后一个蔬菜大棚里还有一点儿灯光，但此时没人看守。大棚里有水，也比较暖和，申凤坤在那里稍微洗刷后，和衣而卧，睡了过去。

次日，交警通知田家祥，他的儿子田自由因车祸坠崖身亡。

这消息对于田家，特别是宋桂花，简直就是晴天霹雳，是塌天之祸，是心边上不会想到的大惨剧！王秀花一开始还不相信，以为是来自坏人的诅咒。当儿子的尸体真真的运回家来，实打实地见了再无声息的自由，全家老小才相信悲剧已是无可怀疑的现实，那一番哭天号地啊，真是痛不欲生！田家祥的号哭更像是五内俱焚，那情状就像恨不能一下子把自己哭断了气儿算完！

经交警部门检查，认定造成车祸的原因是道路太滑，急刹车导致方向偏离，误坠山谷之中，实属夜间行车驾驶不慎，兼有违背禁行指令擅自进入施工路段，属于违章类交通事故，没有他人故意伤害的迹象。车祸的消息是附近一家酒馆的店主报告的，据店主说，他是听到附近村里一位老汉说的，但那老汉说完就走了——当时那老汉也只是猜想，并没确认一定发生了车祸。

这个打击过于沉重，田家祥一夜之间老了很多。

申凤坤在附近村庄的那个蔬菜暖棚里住了一宿，次日上午搭乘长途车回到家里，休息两天后才去上班。申守拙问他这几天到哪里去了，老人沉默不语。守拙见父亲心事沉重的样子，亦不再问。除了申行健，家里没人知道他去过哪里，就连他寄宿一夜的菜农也不晓得谁人曾在暖棚中待过一夜。回家后，申凤坤得知田自由车祸身亡的消息，出于谨慎，他对当时发生的细节保持了沉默。

这事让申凤坤极其为难，说不说都不是，既有关也无关。两人曾经说过话——一次极为短暂、极不愉快、好心不得好报的对话。如果没有那点儿周折，也许不会发生车祸。这么想，申凤坤觉得自己多少有些责任。但他不敢朝深处想，于是就把方才的想法完全推翻。从实际发生的情节看，可以说，他和车祸没有必然的因果关系。他不要坐他的车，不一定就导致对方车祸。在他听到一声巨响后，曾竭尽全力向外界传达信息，并没有见死不救。思前想后，他觉得自己没有过错。但是，这件事毕竟发生了，当事人就是他的紧邻，而且是一个很好的青年。申凤坤的心便难得安宁了。萦绕他、纠缠他、指责他同时也为他小声辩解的，就是那段拒绝搭车的对话。那孩子在临死前依然表现出难得的仁厚，完全不计家族私仇。作为一个老人，鲁莽地拒绝晚辈的好意，本身就有失刻薄，而这一举动又间接导致了一个生命的消亡，申凤坤心存歉疚。他努力反省自己，为自己当时的失态深感羞愧。他一会儿埋怨自己，一会儿又为自己开脱——那孩子要是好好开车就好了，如果当时道路不那么滑就好了，如果是白天也许就不会发生这事了。等等。申凤坤时而要自己保持沉默别朝自己头上放个尿盆子，时而又觉得自己这样的暧昧态度有违他为人处世的信条。哀伤、懊悔、自责、叹息，迷惘中满是生硬的否定和缠绵的肯定。

他的心波涛翻滚，难得片刻安宁。

第二十三章 移花接木兔子吃窝边草 招财进宝和尚念外来经

田家祥的头发一夜之间白了许多，虎背熊腰的好汉如今就像一棵霜打的衰草，精神委顿，腰也弯了。他把丧事上的事务交付给田福申料理，自己只管接待吊唁的人。除了初见儿子尸体时他大哭一场，此后一直都是默默的。他承认并接受了命运的打击，犹如吃下一个烧得发红的铁钉。

第一拨前来吊唁的，是老宋和他的子侄们。老宋的痛惜之情可想而知。他亲眼看着这个朴实无华、精力充沛、浑身上下热气腾腾的穷小子从拉脚者变成一位体面的企业主——一个勤劳、淳朴、疾恶如仇，对他女儿一往情深的青年。这青年待人诚恳、敢作敢为、有情有义——多像田野里的一株红高粱！万万没想到这么一个活旺的生命突然间就消失了！接下来，女儿怎么办？孩子怎么办？他的摊位和厂子怎么办？

确认儿子因车祸命归黄泉后，秀花只哭了一声——撕心裂肺的一声——嗓子就哑了——急火攻心，无处宣泄，就会造成这样的病症。王秀花一直在哭，可就是发不出声音来，因而越发显得可怜。有人说她的声带很可能崩断了，也有人说这样下去人会疯掉。永志不断地让娘喝水，秀花就是不喝，只有那没有声音的哭泣。永志拿了湿毛巾，蘸了水，不断地擦娘的脸润娘的唇敷娘的眼睛。王秀花依稀活在噩梦之中，不能自拔也无法苏醒，永志分分秒秒陪伴身边，尽心照应。

王小妮告诉田家祥和宋桂花，干娘二妮将带她亲自前来吊唁。这一消息大大出乎田家祥的意料。此地风俗，女子一般不作为吊唁主体出现在葬礼上，只有男家长可以充任此职。如果男家长过世，儿子代替（长子优先）。既无儿子丈夫又去世了，由家族其他男人代替吊唁。女子本人亲自现身葬礼，而且是在家有长子的情况下，这在大苇塘是绝无仅有的事。然而，二妮这样做了，她当仁不让地代表全家，以主人的身份，肃然走向灵堂，表情沉痛。

在田家祥看来，二妮此举还有另一层意义。二十多年来，这是她第一次踏进田家的门。她一定是想了又想慎重作出决定的。田家祥估计，二妮是因为与田自由感情至深才决定亲自向死者告别的——只能是这样猜测。是的，她太喜欢那个生龙活虎的孩子，喜欢他的所有品质：朴实、积极、仁厚、知礼、知恩、宽容，还有刚毅、坚韧和聪明。自由曾在二妮家住过一段时间，二妮了解他，并倾尽全力支持他。自由的生活、爱情、婚姻以及后来的事业，都和二妮的帮助密切相关。自由那奋发图强、独立自主、不仰仗老子、顽强创业的精神，在二妮心里产生了共鸣——和他爹不同，尽管他爹也不能算坏。

宋桂花以前曾怀过孕，不小心流产了，如今好不容易又怀上，所以家人对其格外保护得紧。从葬礼开始，对所有前来吊唁的客人，不论是乡亲还是朋友，她都是坐在蒲团上还礼，点点头而已，即使在亲爹老宋吊唁时，她也没有改变方式。没有人褒贬她，因为孩子即将出生，万不能再有闪失。然而，当张二妮吊唁时，宋桂花不听任何人劝阻，一定要大礼相还。她从蒲团上艰难地站了起来，招呼小妮子扶着她，郑重其事地完成了三次跪拜。每一次磕头，桂花都是上身匍匐，然后慢慢站起，并作揖致谢。

这场面感动了在场所有人。二妮几次阻止，但桂花执意如此，不容商量。她们的行为，堪称大苇塘村风俗史上两件破例的大事。礼毕，二妮叫着自由的名字，哭着进了灵堂。她抚摸着散发着松柏气息的灵柩，似乎还是不敢相信里边就是那个红高粱一般可爱的青年。一个生命，昨天还是热气腾腾的，今儿就这么走了，没有跟任何人打招呼。

二妮感到了命运的无常，冥冥之中似乎真有鬼魅存在。她在灵柩前烧了纸钱，念叨了一些话，希望能超度那必定不肯远走的灵魂。

烧完了纸钱，二妮转过来批评桂花：你身子这么重，坐在那里点点头意思到了就行，没必要这样担着风险。事先我就告诉过你，不叫你那样你非要那样，万一有个闪失怎么办啊？桂花强忍着眼泪说：我也就是对你才这样，他活着时无一日不念叨你的好，你不知道你在俺俩心里的分量啊。你能亲自前来，我要是不倾心竭力，他在那边一定要生气要埋怨我的。

说着，就放了声。

二妮安慰桂花：已经这样了，大家心里都不是滋味，可日子还得过啊是不是？人活一世，什么事都可能遇到，女人尤其不容易。唉，听我的话，到哪山砍哪柴吧。不论世事怎样，你要给自己留个心眼，好好保护身子保护孩子。丧事的一应事务全部交他们去做，你呢，什么都别管，横草不拿了竖着，怎么办怎么好。等丧事过去后，我来接你去我那里住几天，好不好？

桂花点头应着，心情稍有恢复。

二妮向田家祥表示了诚挚的哀伤之情，劝他节哀。田家祥像个小孩子似的点头应着。向来被人称作老魔鬼的他，此时乖乖的，如同接受观音训诫的僧徒。二妮转身对田福申说：大爷爷在上，小女子的做法可能有些不合风俗，这也是没办法的事。儿子不在家，我想来想去，这事不能找别人代替。白由这孩子太好，说什么我也要亲自来。礼节上如有什么不合适的，请各位长辈多多包涵就是了。

这几句话听起来很平常，可是对于大苇塘村人来说，简直就是天外之音。自古以来，大苇塘没有一个女人能够说出这样一段圣贤难以挑剔的话来，男人也少有这样的从容、真诚、彬彬有礼如君子者。人人都在心里发出疑问：这就是那个曾经被村人肆意辱骂的小石榴吗？这就是那个曾经守着一个残疾丈夫可怜兮兮熬日子的女人吗？这就是那个穷苦潦倒、走投无路的小寡妇吗？离开村子时，她惶惶然如丧家之犬，留下破屋三间，荒草长满屋檐和墙头，如今却是一位衣着整齐、说话头头是道、礼节上滴水不漏的当家人，远胜过大苇塘所有的村夫村妇。人们都说二妮在城里混好了，想不到竟是这样彻头彻尾的好——整个人都变了。

田福申慌忙答礼，连说：哪里哪里，新社会新道理，男女平等，男人能做到的女人也能做得到，毛主席说的。二妮默默的，一脸的哀伤。田福申意犹未尽，说：二妮你今儿让我开了眼界，真是好样的！这不是我私人的奉承，大苇塘村能出你这样一位女子，大家感到无比的高兴，我尤其高兴！

二妮说：托大家的福，大爷爷过奖了。

田家祥想找几句合适的话向二妮表示感谢，可此时的他却显得拙嘴笨舌，怎么都说不顺溜。他断断续续、结结巴巴地表达了谢意，却忘记说出最要紧的话——自由一人到城里打工，你给了他和桂花最无私的照顾，父母都没能做到啊——这是起码的，也是应当说的话嘛！因为太拙笨、太紧张、心绪太乱，一时失语了。田家祥第一次看到了彼此的差距，承认了高贵，也自惭形秽。时代的步伐如此之快，表现不在高楼大厦，而在于人的发展——他知道自己落伍了。

二妮去西屋看了秀花，说了些话。秀花无法遏止内心的悲痛，哭天号地，但是没有声音，也没有眼泪。二妮对永志说：老这样下去不行，得让你娘多喝水，也得吃点儿东西，时不时喂点儿甘草水给她。永志说：她不肯喝呢。二妮对跟着过来的福申和家祥说：你们得安排点儿什么活让她做，分分心也许会好点儿。家祥就叫永志扶着他娘到东厢房那边去照应丧礼有关的一些细事。果然，从开始做事，秀花的心情有了转移，基本就没再哭，嗓子也渐渐发出声来。

二妮在福申、家祥的陪伴下回到灵堂，坐下说话。

家祥说：自由这孩子，从小就跟着我泥里水里地摔打，没得一天好日子过，吃糠咽菜，当小狗喂着，好歹算是长大了。后来又跟我一起办厂子，出的那力、流的那汗啊，想起来，眼都不敢睁！自由，俺那儿，他干了那无尽藏的活了！小时候家里经常咸菜不够吃，自由有时偷着用筷子戳一点儿猪油放在开水碗里泡个干馍馍，他娘还要训斥他，说猪油稀罕着哪小甩子你要省着点儿。后来他到城里打工，我没给他半个镚儿，总觉得集体的钱咱不能沾边，他都听了。可是，他那一半的工资我应当如数发给他的啊！因为流动资金不足，也没及时给了他。再后来，他想借这边厂子的钱买一部机器，我怕公私不分被人说闲话，又没给他。可怜我的儿为了贷款背着个一百八十多斤的死猪硬硬爬上十二层大楼！他那点儿家业完全是拼了命挣出来的，我这个当爹的没给他丁点儿帮助，到死我还欠着他一半的工资，我对不起他啊！

田家祥拍打着自己的脑袋，无限后悔，痛不欲生。

坐在床沿上的桂花听了公公这些话，复又放声大哭。

二妮对秀花说：桂花快要生产了，不能让她再受刺激，鼓破了羊水可不是闹着玩的。秀花点头，朝田家祥挥手，田家祥立即就打住了话头。他强忍着哀痛，憋着嘴鼓着腮只是抽泣，看上去很是难熬。

二妮从手提包里拿出一个储钱罐，郑重地放到棺材上，说昨天修好打电话来，叫把自由送她的这个礼物放在大叔的“屋子里”（此处指棺材），就算她给叔叔送别了。

桂花又是一阵号哭。

二妮说：这样不行，俺得走。

二妮急匆匆给大家打了招呼，拿头巾掩了脸，离去。二妮走后，田家祥站到她刚才站的地方，拿起那个储钱罐，翻来覆去地摩挲，好像慈父抚摸自己孩子的头。那个罐罐儿既有儿子的仁厚，也有女儿的纯真，兄妹两个的心意集中了一起。直到吕锋进来，田家祥才放下手里的小罐罐。

吕锋以全家人的名义送了花圈，桂花点头谢了。

然后他们就说起这次车祸来。吕锋说：那一带路面近来确实很不好，收容所进进出出的大车洒了很厚一层粉尘，晴天还好，下大雨也还好，最怕的就是那蒙蒙细雨，路上跟抹了一层油似的。我近来几次去省城，都是绕道走的。田家祥说：我一直弄不明白，自由的驾驶技术很好，怎么会滑进山谷呢？福申说：极有可能是粗心大意，或是晚上犯困，也可能有山鬼作祟。当年孙膑和庞涓打仗，那一带死了很多人，古书上有记载，老百姓也说那一带常有鬼怪出没。刘辨证翻过来掉过去地分析，都是模棱两可的话，最后大家还是在叹息中承认眼前的现实，多数人将之归于天命和寿数。

厚皮多年来第一次回村担当丧事的厨师。一应庄邻、亲戚、朋友，不下一百桌席，厚皮安排得井井有条。因为活重，厚皮用了八个帮厨，忙得不可开交。邻人田永顺夸他老当益壮，厚皮自谦说现在不行了，耳朵听不清楚胃口也迟钝了。永顺说：厨师胃口不好，家祥大叔少损失些。

王大山兄妹、贾文化夫妇、申守拙和田两相以及生意上的朋友都送了花圈、纸钱和礼金，行礼后都走了，只有李义留下来吃了饭。田家祥对他以礼相待，未曾分出厚薄炎凉。众人再次跟田家祥说起车祸，依然找不到头绪。这时李义的一句话给田家祥留下了印象：这种事，查清死者的最后一个电话很重要。

田自由的葬礼中有个难题，就是谁来顶盆。按常例，路祭仪式完成时，要把原本放在灵柩前用来烧纸的那个瓦盆，在死者嗣子的头上比划一下，当即在棺材前摔碎。这是葬礼中的关键仪式之一。但田自由的孩子还没出世，也没有侄子可以代替，怎么办？大家商量来商量去，最后还是宋桂花拿了主意：她愿意带着丈夫的遗腹子出席路祭。秀花说：你快到日子了，起来跪下的，万一有个闪失怎么好！桂花斩钉截铁地说：生在他爹的灵前也没什么丢人的，正好让他跟爹见个面儿。

路祭的场面感动了在场所有的人。棺材停在大路中央，刷了桐油的灵柩在朝日下闪着橙黄色的光。桂花拖着个大肚子，腰里束着长长的苘绳，绳子末端挽了个大疙瘩，那是丧礼上嫡亲子女独有的标志。遵照大管家田福申的指示，桂花艰难地举起手中的哀杖——一根长长的柳木棍子，然后朝地面跪去，然后是拈香、祭酒、敬茶。平常人完成这一动作并不难，可桂花就不同——她先要把手里的哀杖放下，双手捧着肚子，由福申辅助，才能慢慢把膝盖落到地面……

她磕了四个头，作了四个揖，完成了仪式。福申扶她慢慢地站起来。桂花扶着丈夫的灵柩，哭着说：我得再磕四个。福申说：已经磕四个了，够了。桂花说：刚才那几个是孩子给他爹磕的，可怜他没能提前来到这世上亲眼见爹一面，可见是个苦命的孩子。这几个头是我给自由磕的。他跟我相识相爱这些年，深知他真心实意爱我，拿我当做心肝宝贝，从来不曾难为我。我找对了人，可惜他不长寿，这也是我的命。自由，你走吧，我会照顾好咱的孩子……

福申没按常例要她分几次跪磕，四个头就那样一溜儿完成了。福申递过酒盅儿，桂花把酒慢慢倒在地面，说：自由，你把这酒喝了吧，喝了好上路。然后她把香烛插在烛台上，说：愿神灵保佑我们的孩子。最后一道程序是传递筷子，桂花看了看，竟违例把筷子放到自己的嘴里咂摸了，说：活着时你常为我尝菜，是咸是淡、烫不烫人，今儿我也替你尝一次吧。就这一次了！

悲情万端，不忍详述。下完葬，老宋一直留在田家，陪女儿坐到天黑，迟迟不肯离去。女婿的不幸让他乱了方寸，蒸蒸日上的日子突然打断，什么事都无从谈起。他反复对女儿说：这么大一摊子，你务必要打起精神来，务必要掌管好家业，将来你和孩子也好有个依靠。有那个人，指望那个人，没那个人了，就得指望自己，光哭也不行，你得挽起眉毛瞪起眼来。

宋桂花叫爹回去，说她有数。老宋不肯走。桂花说：你在这里也帮不了什么忙，啥事都要等孩子生下来再说。老宋心神不安地回去了。桂花把田永志叫过来，嘱咐他：嫂子现在正当困难的时候，你务必要辛苦一番，代我也是代你哥，把天丝建材管起来。田家祥在一旁说：还有商城的门市部，也管起来吧？桂花说：是了。

田永志答应着，看上去蛮有信心。

丧礼后三天，田永志就开始调阅销售和财务记录，每一篇都看得认真，还做了笔记。等上完头七坟，永志就上任了。他对厂子、木业摊位和门市部三部分下了安民告示，一切按原计划运转，任何人不得懈怠，半月后他要检查，奖勤罚懒。如有意见和建议，随时报告。此后，他每天在这三个地方巡回，看情况，听汇报，事事勤勉，俨然一个少东家。

现在有三件事必须由他做好：一是财务，一是生产计划的落实和资金流转，再就是照顾寡居的嫂子。田永志好像突然长大了，一夜之间从孩子变成大人，从一个喜欢音乐的少年变成独当一面的当家人。

田家祥见小儿子居然还有这般担当，让他在大不幸中看到了希望。王秀花的嗓子慢慢恢复了发音，听家祥说到永志的情况，说：你总以为他什么都不行，看，没有担子练不出肩膀来。田家祥也说：是啊，国难出忠臣。

永志的变化让田家祥不得不重新认识这帮年轻人。他们平时看起来就跟云端的小鹰似的，这里那里，你不知道他们要落到哪里去，不知道他们到底有什么本事，也不知道他们靠什么吃饭为生，可是一旦扑到一件事上，能力真也有些呢。自由去世前，田家祥曾经和他们兄弟俩心平气和地聊过一两次，自由看上去已经对他这个爹没什么成见了，也答应在适当的时候以合适的方式参与旧村改造，这让他很是欣慰。田自由还向他推荐两个人，一个是弟弟永志，一个是申行健。田家祥当时没有答应，他说看不出永志有什么本事，而申行健是对方营垒里的人，也不好用。现在看，至少永志还是不错的。

生产和经营照常运行，永志每天把进度表和营业额拿来给她看，宋桂花稍觉安心。不久，桂花产下一子，取名“由由”——为了纪念他未曾谋面的爹。对田家祥来说，喜得长孙，自然是件幸事，但失去长子的痛苦依然阴云般笼罩着这个家，高兴是高兴，到底还有痛苦做着背景，难得轻松欢乐。田家祥看着襁褓中的孙子，一会儿喜上眉梢，一会儿悲从心来，大喜大悲的心灵颠簸，让他的头发又白了很多。

申行健向田永志表达了他对自由去世的悲痛，永志建议行健回来到天丝建材帮他做事，他一个人对付不了这么个大摊子。申行健征求老爹的意见，凤坤明确表示不赞成，说那不等于给他田家打工了嘛，咱不缺吃不缺穿，宁肯闲看蚂蚁上树也不去他们下巴底下捡粮食吃！行健就给永志说：你先干着，我这边等等再说，有事早晚都能商量。

申凤坤没有对儿子们提及那天在石料厂所受的虐待，也隐瞒了和田自由之间那短暂的对话。他深知这个细节太敏感。半夜三更，深山之中，就他们两个，一共说了不到三句话，没人会知道实情。申行健压根儿不会想到爹的上访和田自由的车祸有什么关联。但是，凤坤的心里总还有个阴影，而且预感到这件事还没完。

尽管田永志用心用力，但他毕竟没有全面执掌过一个企业，社会资源单薄，和银行、海关、政府官员几乎没打过交道，进出口业务和第三方支付等方面都出现链接松弛的问题，资金不能按序流转，过多的应收款几乎压垮了天丝建材。用行内的话说，就是“现金流”出了问题。现金流问题的终端就是企业停摆。当企业因周转资金枯竭而不得不歇业时，它就像一棵树因干旱而枯萎，就像一个人因饥渴而昏迷。大树枯死后，无论你灌多少水都不能让它复活。一个人脱水而亡，即使其他器官尚且健全都无法死而复生。这种危机具有相当大的不可逆性，比如一条河流突然断流——也许这样比喻更恰当——沿途的灌溉、客运、货运、游览、抗旱、渔业等全都得停摆，荒草长满河滩，舟楫不行，商旅抱怨，铁木锈蚀，风沙扬尘，与河流有关的社会生活将陷于不堪，也许还有突发事件产生。他日重获水源，再想上路，也是困难重重。

永志和桂花提出一个方案：由天丝食品收购天丝建材，公吞私，大鱼吃小鱼。田家祥觉得此事有利于经营多元化，可行。于是他召开支部和村委联席股东会商量要不要收购。天丝建材的价格是请当地信誉最好的会计事务所评估的，结论是：企业质地很好，性价比高，前景极好。股东会授权田家祥作最后决定。当时有三家公司竞拍，天丝食品利用他们天时地利人和的条件最终兼并了天丝建材。宋桂花只出售建材一半的股份，另一半依然自己持有，标的之六成以现金支付。田家祥掂量来掂量去，如果按此比例付款，天丝食品会陷入困境。宋桂花作了让步，同意以四成现金的形式出售 50% 的股份。协议签字前，老宋想吃掉那个木业摊位，桂花不同意——她不要父亲掺和这边的生意。

这一来，天丝食品就成了一个较大的企业，号称天丝集团。宋桂花从并购中获得一笔数额可观的现金并保留了她在天丝建材一半的股份，依然还是老板。二妮最初借出的那五万元现金被田自由设置为原始股份，经过多年的本息翻滚，并购完成后二妮的股份依然占到 10%。这就是说，在天丝建材中，天丝食品、宋桂花、张二妮分别占有 50%、40% 和 10% 的股份。作为副董事长的宋桂花，从此可以专心在家养育孩子。只要公司还在盈利，即使单靠企业分红，娘儿俩就享用不尽。但这里有个前提——天丝集团不能垮掉。

王秀花私下认为，媳妇年轻迟早要走，担心失去她的宝贝孙子。因为心事太重，持续的失眠让她的健康每况愈下。田永志对嫂子可谓关心备至，一有空就到宋桂花这边陪她说话，逗小侄子玩。由由的第一个笑就是永志逗出来的。孩子的灿烂笑容渐渐熨平了宋桂花的痛苦，心绪较前安定。孩子睡觉前，永志弹着吉他给他唱歌，歌声悠悠，孩子会幸福地进入梦乡，大悲后的家中又有了一份温馨。后来由由学会用他娇嫩的小手拨拉琴弦，听琴弦上流淌出来的声韵。桂花说：长大了让他跟叔叔学吉他。永志说：我侄子可不稀罕这，要让他当钢琴家。桂花问：钢琴比吉他高级？永志说：钢琴是乐器之王。桂花说：俺不指望他当王，只要会叔叔这一手就行。

并购天丝建材以后，天丝食品等于一马拉两车，资金流转很快就遇到困难。一方面，并购本身用掉一部分资金，加上已经上马的旧村改造，总公司有些力不从心。田家祥原以为企业缺钱可以到银行贷款，没承想银行是个冷热病患者，越是天丝急等用钱时银行却因银根收紧而一毛不拔，像个铁公鸡。银行不肯贷款的另一原因是大苇塘村的旧村改造不是按商业模式进行的，银行认为，给这样的项目贷款有可能无法收回本息，风险太大。田家祥骂他们是势利眼，骂他们见死不救，已升任副行长的李科长对此不理不睬。

田家祥到处借钱，可是杯水车薪，无法脱离困境，眼看生产就要停摆，他心急如焚。因为工程款不能按时支付，旧村改造也不得进展。整个大苇塘看上去就像一个身躯庞大、不死不活、得了炭疽病的河马。田家祥有时梦见有人站在不远处幸灾乐祸地唱歌——那人很像是申凤坤——梦魇压得他喘不上气来。他曾在梦幻中骑上那只大鹏金翅鸟翱翔于白云之上，直上九万里云霄，醒来却发现一大堆问题等着解决——果然是大有大的难处。内外交困、焦头烂额，四顾茫茫，荒草泥淖，没有一点儿希望。过度的焦虑损害了他的健康，本就稀疏的头发如今更少了。他索性把自己剃成光头，挎着提包四处找钱，看上去像个化缘的和尚。实际上，天丝母公司即使不并购天丝建材，日子也是难以为继，因为天丝依赖的是高利息融资，而低利润运行的经营系统让天丝既不能进行技术改造也无法完成积累。旧村改造项目吸干了天丝本来就很微薄的利润，这个巨人行将倒地——大公司的倒塌比小企业更惨。

天丝的状况引起市领导的关注。市政府指示：千方百计融资，走改革创新的路，天丝不能垮掉。田永志找到申行健和申修文，向他们详述了天丝当下面临的困境。行健认为，唯一可行的办法就是通过企业发债或增资扩股解决融资问题。永志将这个意见说给吕锋，吕锋建议市政府组织一个专门班子参与天丝的重组，必要的话请政府担保。市长赞成资产重组的大方向，但他强调政府只能充当调停人，不能介入，不能越俎代庖强加于人，更不能给企业做资金担保。

田家祥希望通过企业发债解决问题，不同意以增资扩股的形式引入战略合作者。前一办法等于叫别人拿出钱来救天丝的命，投资者对资金的管理会缺乏安全感。吕锋为此找过银行，银行虽然看好天丝建材，但对于旧村改造项目颇多微词，他们甚至要求天丝食品先还清以前的贷款然后再考虑下一步的申请。这对天丝无异于雪上加霜。走投无路的田家祥只好同意引入战略合作者。申行健和申修文主动请求操作该项目，条件是，事成之后，收取5%的佣金或得到相应的股份。

田家祥觉得这些毛孩子身无分文却扬言包揽重组，不过是自吹自擂罢了，没有重视。永志力荐行健和修文，说他们有运筹帷幄起死回生的本事，田家祥不屑地说：不就是想空手套白狼嘛，我不是白狼！田家祥的想法很简单：想法借到一部分资金，暂时维持企业运转，然后再考虑资产重组的事。至于吸收合作者入股，能不做就不做。

申凤坤见小儿子申行健整天忙着要为天丝排忧解难，老大不高兴，说：唱小旦的哭瞎了眼，犯不上为古人担忧。申凤坤乐见天丝的危难——垮台才好呢——以解他心头之恨。鉴于对方不久前痛失爱子，凤坤不忍诅咒，心情怅然。申行健说：如果天丝倒闭，好多人将面临失去工作的困境，这事关系到上千个家庭的生活呢。申凤坤说：咱不救，自然有人去救。再说了，蜂老自死，天道循环，谁也逃不出天数，咱这城里你可曾见过几个百年老店？申行健说：见死不救，近似不义。申凤坤悻悻地说：随你便吧，小心被狼咬着。

张二妮也反对儿子涉足天丝重组，甚至压根儿不赞成儿子回小城来做事。她希望修文去考公务员，最好留在省城工作，成家、立业、安安稳稳过日子。修文说他不想当公务员，硕士学位刚拿到就想自己创业。二妮说：不当公务员，到大学教个书什么的也挺好。修文却说：我想通过经营活动建立自己的成就。如果天丝重组这件事我们做成了，将大大增加我的自信。二妮不忍挫伤儿子的热情，只好不管。

长话短说。田家祥跑断了腿、说破了嘴，也没找来一分钱。企业行将停摆，万般无奈的他，只好接受城下之盟——对天丝进行资产重组，引进合作者。天丝跟申行健的咨询公司签了合同：一个月内必须找到战略投资者。重组后的股份结构预定为：原股东宋桂花和天丝食品各占 24%，张二妮如要继续持有 10% 股份则须增加注资，所有新股东占 38%，申行健和申修文作为经纪人，在彻底完成重组后将自动占有 4% 的股份。如重组不成，经纪人分文不取。

这个决定对于田家祥来说，是痛苦的。一旦重组完成，天丝将不再是公有而是混合型所有制，其中有集体的，也有个人的。虽然不大情愿，可他没有别的办法——不得已而求其次——唯一的路就是最好的路。

接下来，就是经纪人的艰苦细致的推介工作，不提。

申行健动员父亲投资天丝，申凤坤理都不理，他不要和仇家打交道，更不要说一个锅里摸勺子。经不住行健的反复动员，他才勉强同意试一试。申修文努力说服母亲参与天丝重组，二妮说：咱在天丝建材不是有 10% 的股份嘛，别再朝深处走了——小神灵担不得大香火。修文告诉她，重组后原有的股份要缩水很多。二妮说缩水就缩水，咱要那么多股份干吗？可她经不住儿子的纠缠，最后同意注资以维持原有的股份比例。她之所以迁就文弱的儿子，很大一个原因就是担心伤害修文那难得雄起的自信心。

这样，申凤坤买下天丝公司 24% 的股份，另外的 14% 是众多商户联合购买的，贾文化被委托为该项股权的代表。至此，天丝重组胜利完成，企业获得足够的资金，停摆的生产重新上路。田家祥将重组获得的资金用于他主导的、天丝食品单独承担的旧村改造计划。

按董事会章程，股东在企业中的地位是靠股份说话的。重组后的天丝中，田家祥、宋桂花、申凤坤拥有相等的股权，因此也拥有相等的权利。申凤坤不愿跟田家祥碰面，委托申行健代行权利。张二妮则把她的股权委托给修文。田永志受嫂子的委托代行宋桂花那份股权。由于股权结构相对平衡，申行健和申修文占有的4%的股权就显得举足轻重，某种意义上有四两拨千斤的作用。看到这几份股权代理文件，田家祥意识到天丝已不再姓田，也不纯是大苇塘村的财产，而是多家共有的企业。让他安慰的是，二妮在其中占有10%的股份，如果两家联合起来，还可以左右公司的大政方针——当过大队书记的人几乎都是政治家——他懂得如何控制局面。

然而时过境迁，今天已非昨天，田家祥很快就感到大苇塘已经不可能重现他一人叱咤风云的情景了，最好的证明就是天丝重组后的两次董事会。第一次董事会，虽然他被推举为董事长，但副董事长却是宋桂花和申行健，财务总监是申修文，董事有贾文化、申修文，田福申是独立董事。很显然，每个人的背后都有股权作为支持——田家祥感到不舒服——这他妈的不是靠钱说话了嘛！第二次董事会虽然通过了给天丝食品购买新设备、为天丝建材增加原材料进口的决议案，但也否定了田家祥“加大对旧村改造的投入”的议案。对此，田家祥喜忧参半。

重组后的天丝得以盘活资产并获得新的生机，这让他不得不相信资本的力量。但是旧村改造若不继续投钱，村民该如何议论？下一步怎么办？董事会的意见是通盘考虑该方案的操作方式，暂缓投入。田家祥认为这些年轻人根本不想为群众谋利益，更谈不上什么德行。最让他难以接受的是，新董事们那种锱铢必较的所谓企业核算和一切按制度办事的作风（他称之为小商贩的教条主义），什么都要论证，一块钱从哪里进去从哪里出来，每道纹路都不放过。这伙人就像古人说的悭吝小人——撒泡尿恨不得用纱布过滤，拉泡屎都要看看里边有没有未消化的豆粒儿！这种人你能指望他们做什么大事业？小商人啊小商人，今天居然和他们一个锅里摸勺子！

田家祥情不自禁地再次唱起那首肘鼓子：

你是谁？我是谁？

我是天上一鹞鹰，你是张大蝼蛄嘴。

我这里挣钱给公家，你那里挣钱垫了床腿。

我这里打食喂了小鸟，你那里做饭养了小鬼。

你呀你，说到底就是个小拇指头人啊那个小拇指头人！

……

王秀花听他唱过来唱过去，说：车轱辘似的，烦死人。田家祥呵斥道：你懂什么，滚一边去！王秀花看他脸拉得老长，不吱声了。田家祥犹自觉得如此尚不足发泄心中的郁闷，大声吼道：我这是念的哪门子经啊我！

田家祥承认，他现在念的是外来经。咱们中国自古从来讲的是四书五经、《道德经》、《大藏经》，后来有马列主义、毛泽东思想，哪有什么企业并购资产重组这些玩意儿！看，几个嘴上没长毛的小东西，振振有词，个个跟真三儿似的，田永志也跟着瞎起哄。福申和二妮还算稳当，不轻率发表意见。看那些小家伙，个个不知天高地厚，随便就能说出“您那想法尚须论证”、“我不能接受”、“还有更好的方案”之类的话。这也叫修养？这就是文化？这就是他们学到的现代文明？田家祥不由得感叹：外来经，外来的和尚好念经，我算服了。

田家祥切实感到，一个人说了算的时代已经结束，什么都要坐下来谈，什么都要讲程序，什么都要合同契约，每一条都有违约处罚条款！这样的做法哪还能有什么高效率！股份制啊股份制，你这个资本主义的大毒草，冤家路窄，怎么叫我遇上这个鬼！田家祥对这种不知从哪里钻出来的企业民主很不喜欢，但无法对抗——谁叫人家有钱呢！资本撑腰，猫变老虎——谁有钱谁就是老大！资本主义，我操他的娘！

旧村改造不得不放慢脚步，要想把这个泽被百姓的福利房计划做下去，只有一条路，就是彻底用尽天丝食品在总公司中的分红，这无异于饮鸩止渴。田家祥想动员宋桂花拿出钱来用于旧村改造，又怕媳妇不肯。他让永志去问嫂子，桂花说：俺娘儿俩那点儿安身立命的钱怎么说也不能拿出去。媳妇这么说，公公只好免开尊口。

旧村改造计划在完成第一期土建工程之后，不得不叫停。

宋桂花出月子后，除偶尔到商城的木业摊位去看看，就是在家照看孩子。渐渐地有些不耐，便开车拉着婆婆去商店买这买那，王秀花觉得大商场里什么都贵什么都是骗人花钱的什么都不肯买，诸多抱怨。桂花借着购物纾解心头烦闷，对婆婆的唠叨很是不屑，干脆不带婆婆一起出去了。

田永志负责天丝建材，多数时间在工厂里忙。宋桂花经常抱着孩子到厂里找小叔说话，名义上是“副董事长检查工作”。小由由很喜欢叔叔，别人抱，他不要，一见永志，老远就伸出两只胳膊。永志从嫂子怀里抱孩子时，桂花有时会搂紧了儿子，故意让永志多费点儿劲才能把侄子抱出去。桂花长了一对饱满肥白的大奶子，胸口开得也低，她不怕小叔子看见，但在别的场合她会遮掩得相当严实。

桂花一直关心小叔子的婚姻大事，近来更是见面必问，永志有时被她问得面红耳赤。桂花就喜欢看小叔子那副窘迫样子。永志脸红时，桂花看他就像是看一朵盛开的花。这地方有个风俗，嫂子和小叔子是可以开玩笑的。桂花问永志：听说你喜欢老吕家的莉莉，是吗？永志不语。桂花说：我见过那姑娘，不行，没有奶子，屁股也瘪瘪的，将来难得生个孩子，生出来也不灵光。永志说：莉莉挺好的，很文雅。桂花就说：文雅顶个屁啊，好吃还是好喝？将来你跟她结婚，光文雅，不睡觉？永志的脸就飞起了一片的红。桂花说：你不用红脸，要了那干巴姑娘，你不会快乐的，等嫂子给你物色个好的，足膘足水，奶子饱饱的一把抓不透，保你喜欢得上去就不想下来！

永志纯净的心田经受不住如此凶猛的浊浪冲击，听到嫂子这么说他就想跑。桂花就拉住他，说：就知道跑，跑哪里是家？好好给我看着孩子，我回去给你做些好吃的。永志说：我在食堂里吃就行，中午还有事呢。桂花不听：不管你吃不吃，反正我要做，没有营养哪里行！你要是不回去我就给你送来，看你吃不吃！桂花真的就这么做了。她常常亲自把饭菜给小叔子送过来。工人们都说永志有个好嫂子，会疼人。永志也承认嫂子对他不错。晚上回家，桂花就叫永志过来给孩子弹上一两支曲子，说是为了催眠。后来永志买了一个吉他曲 CD 盘，放给孩子听。头几天还管用，后来那孩子居然能听出是音响里放出来的，老是闹着不睡。

房地产业如火如荼，对三合板、木工板和线材的需求大大增加，家具制造商对高级木材的需求越来越大，附近一些小厂为能使用天丝品牌主动要求兼并，天丝采取加盟方式，吸收了几家资质好的厂子，市场覆盖面迅速扩大。同时期，申凤坤、贾文化、张二妮也都建立了全国联销网络，成为重点商户。老宋因垄断了天丝建材在商城内的批发权，也发了财，还买了轿车。他现在最愁的就是桂花将来怎么办。宋桂花说：这事用不着你瞎操心。

小儿子的成长让田家祥倍感欣喜，他现在最关心的就是永志的婚姻。莉莉已去美国读研究生，据说一边打工一边读书。王秀花和二妮都张罗着要给永志介绍女朋友，永志只是推诿。大家知道他心里还放不下莉莉。

由于国内森林资源几近枯竭，次生林产量很低，国家严格控制砍伐量，天丝建材的木材供应跟不上发展需求。单靠进口木材做加工，成本高，利润空间较小，要想生产附加值高的板材就得用进口木材，主要是桉树、橡树、榉木、樱桃木、椰子木等。申行健提出设想：到国外收购山林，建立自己的木材基地，这样不仅可以满足自身需求，多余部分还可以直接进入木材市场。这个计划在董事会获得通过。作为董事长，田家祥提议派田永志去非洲负责该项目。他之所以有这样的想法，一是希望永志得到进一步的锻炼——这也是他“儿要穷养”的一贯思想——二是担心田永志和寡居的嫂子过从太密。

其实，田永志对嫂子和侄子的关心全出自他善良的心性。

宋桂花不情愿小叔子远走，但也没有拿得上桌面的理由。

董事会最终批准了田家祥的提议。

田永志对董事会的派遣充满兴奋，跃跃欲试，一心要在海外做出一番事业。他喜欢音乐，正好借此机会亲身领受非洲原生摇滚的魅力。在董事会的集体谈话中，田永志信心饱满地回答了所有问题。不久，董事会与永志签订了目标责任书。因为大家都不熟悉当地法律，这份责任书写得很笼统，主要内容是每年按时运来多少木材，其他没有严格的规定。田永志属于公司高管，除必须遵守公司财务纪律外，那份协议责任书就像是一份供货合同。

田永志交代了建材厂的工作，为去非洲的事积极做准备。除了恶补外语、办理护照、置办基本生活用品之外，田永志着力于海外投资的各项事宜，可谓千头万绪、马不停蹄，时间安排得满满的。

永志有个近乎浪漫的想法：莉莉在美国读书，非洲隔着大西洋与美国遥遥相望，也许更便于接近。他在地图上找到了位于纽约州的大瀑布和水牛城，想入非非，许多美妙的情景浮现在眼前，化为彩云，飘入梦中。

田永志的目的地是经济落后的东非，那里还有大片的原始森林可供砍伐。该国近年来局势不大安宁，各部族间常有冲突。除首都和沿海两个港口，其他城市少有上网的插口。永志所在的澳柯玛市通信条件极差，和国内的联系基本靠长途电话，费用相当高，信号也不好。因为是初创，永志每天都要和地方政府打交道，白手起家，惨淡经营，难得闲暇，跟家里的联系也不多。

那段日子，爱子心切的王秀花如热锅上的蚂蚁走坐都不是，整一颗心都跟儿子去了。儿子走后的头两天里，她基本没吃东西，刚放下的物件就忘搁哪里了，有时那东西握在手里还要骑驴找驴转悠好半天，不管有人没人总在喃喃自语，白天好梦少，晚上噩梦多。有几次她还梦见永志在那里被人家抓了壮丁拉往前线，儿子边走边哭喊着回家，此时一颗炮弹爆炸，儿子不见了。王秀花在噩梦中惊醒，冷汗湿了半边枕头。

她的精神一天不如一天，恹恹的像个病人。田家祥训斥她：想死还不容易嘛，找根绳子上吊，撞墙也行，像这般死法多折磨人啊。王秀花打了一个激灵，冲上去照田家祥的脸就抓了一把。田家祥及时躲闪，耳朵下边还是被抓出一道血口子。王秀花向他要儿子：你想把俺娘儿俩都弄走自己找小老婆是不是？田家祥不理她，自去做事。王秀花兀自在那里说梦中炸弹轰响、子弹乱飞的情景，时不时掺了抱怨与谩骂。福申说：家祥，你家属可能要得神经病，你得对她好一点儿才是。

永志的远走对宋桂花的打击似乎更大。头两天，她只是觉得若有所失，好像那人并没有离开多远好好找一找就能找到，所以总在房里院里瞎转悠。后来接到永志的电话，声音断断续续，桂花急出了一身汗。永志说他在地球的另一边，宋桂花问地球的那一边在哪里？永志说：打个比方，我在西瓜的把儿上，你在西瓜的花蒂那一边。桂花就喊：天啊，那可怎么好呢，那可怎么好呢！

桂花整天想象着如何才能让瓜把儿靠到花蒂这边去。她买来一个带了秧子的西瓜，放在桌子上，转来转去，到底还是没有办法。她把永志走前留下的吉他拿给儿子玩，由由每次都是拍打几下就撂一边去了。现在那吉他成了桂花的心爱之物，有事没事的就拿出来放在怀里，拨拉一声，回音灌满了整个房子，震得她心慌意乱。她知道自己怎么了。

桂花常常陷入心烦意乱的状态，心情烦躁，有时抱着吉他胡乱拨拉。终于有一天，她将其中的一根弦拨拉断了。宋桂花突然想到，琴弦断了可不是个好兆头，连忙撂下孩子自个儿开车去城里修吉他。回来时，婆婆就埋怨她：离家也不说一声，小孩子哭得都快哑声了。桂花说自己闯下大祸了，把由由叔叔的一根弦琴弦给弄断了。王秀花说：孩子要紧呢还是那琴弦要紧？桂花说：当然是那……

怕婆婆生气，桂花没有明说出来。

桂花变得柔和了，说话不再那么冲那么直白，多了几分含蓄和温婉。她对自己的这一变化感到惊讶。这变化是什么时候发生的？仔细想来，好像是自由离世之后，但也不很确切。是什么导致了这一变化呢？她很清楚，是那把吉他和那里奏出的乐声，还有小叔那单纯而羞怯的眼神。对着镜子，她反复质问自己：你怎么变成淑女了呢？你那火辣辣的劲儿哪里去了？今儿怎么变成有话不敢直说了呢？不，不，我得说出自己的想法，我得……

此地有句俚语：掐死孩子寻人家——意思是当一个女人走火入魔爱上某人时宁肯不要孩子也要奔向自己的幸福——极而言之。桂花此时就有类似心情。当她倾听某种声音时，如果孩子在旁边闹，她会呵斥孩子：闹什么闹！烦死了！妈在找叔叔呢！后来桂花觉得“叔叔”这称呼不好听，就让由由给那吉他叫“大大”。“大大”是此地对父亲的传统叫法，秦地也有此俗，长篇小说《高干大》里的高干大意思就是“姓高的干爹”。王秀花认为不该让由由这么喊永志，桂花说“大大”在北京话中就是“大伯”的意思。秀花说：永志是叔叔，怎么就成大爷了？桂花改口说：由由是跟吉他喊大大的，见了永志还是叫叔叔。

秀花把这事对田家祥说了，夫妇俩相对默默，不知如何是好。

王秀花自言自语：难道说兔子要吃窝边草？

第二十四章 守道以约知耻者近乎勇 大打出手不得已攻其下

这段时间里，萦绕于田家祥心头的不是媳妇的胡思乱想，而是大儿子的死因。第六感觉告诉他，申凤坤跟田自由的死可能存在某种关联。为什么单在申凤坤不在时出了那样的事呢？事前申凤坤曾扬言“不是鱼死就是网破”，是不是他“使不动牛摔梭头”——拿了我儿子撒气？为此，田家祥再次询问过当时办案的交警：有没有发现别的蛛丝马迹？交警说，没发现任何他杀的痕迹，结论很肯定：夜黑、天雨、路滑、方向失控，掉进山涧沟里去了。

旧村改造暂时停工，田家祥无事，随手翻检田自由的遗物时，看到儿子生前用过的手机。这个手机装在儿子衣服口袋里，上面还有未曾擦拭的血迹。他拿在手里，看过来看过去，灵感突然闪现——他想起葬礼上歪头李义那句话——“最后一个电话”。田家祥警觉起来：哎呀，竟忘了这一层！他找来电源线，给手机充了电，打开手机中“已接电话”、“已拨电话”，发现儿子最后接听的电话是十二点十二分，打电话的是永志。难道说，车祸和他们兄弟俩的通话有关？于是田家祥在电话中反复问永志：那天晚上你和哥哥到底说了些什么？

因为国际长途的信号很不好，断断续续嗞嗞啦啦的听不清楚，而且，田家祥觉得永志似乎故意不想说清楚似的。其实永志早就意识到车祸可能和哥哥遇到的情况有某种关联，但他担心因此激化两家年深积久的矛盾，不愿提及兄弟俩那次通话的内容，只说跟哥随便说了几句叫他夜间开车注意安全之类的话。

田家祥不甘心，继续搜索查询，终于从宋桂花口里得知一个秘密：田永志曾跟她说到那天晚上哥哥跟他正通着话，突然说路边有个步行的老人看上去好像咱村的，当时永志对哥哥说你好好开车不要管闲事，哥哥说黑更半夜的下着小雨弄不好人会受凉生病的，那不是怪不好的嘛……但永志没有说哥哥在电话中说的那人是谁。

此后，田家祥开始调查那天下午申凤坤在哪里，大苇塘有没有别人那天晚上步行于出事地段的深山中。村里凡在省城有亲戚、有生意、有公务的，他都问了，没人在那个时段经过那段山路——现在出门都坐车，谁还步行啊！于是田家祥就去问申凤坤：当晚你在哪里？凤坤说：在儿子那里。田家祥叫他拿出证据来。凤坤说：又不是住酒店，哪有什么证据！你若不信就去问我家行健吧。

田家祥心想：人家是亲爷们，必定先统一了口径，问什么也问不出来。果然，申行健说他父亲那天确实在省城，次日回去了——他没说假话。田家祥立即发现了漏洞，说：实际上你爹并非第二天回到家，有人还看见他头上受伤流了血，你知道他是怎么受的伤吗？申行健说：不知道，在我这里还是好好的。田家祥心想：如果老家伙一直住在他儿子家，老爹受伤儿子能不知道？肯定是在途中发生了什么事，说不定和田自由发生过冲突呢。

心头的疑云越积越厚，田家祥初步认定：就在那个夜晚，就在那段山路上，申凤坤对田自由使用了阴招儿。他的这一想法逐渐牢固，疑云停滞变为磐石。但他苦于拿不到具体证据，这就更加憋人。田家祥越想越恼，心中的怒火与日俱增，好像一个不断膨胀的火气球到了随时爆炸的地步。在庆祝孙子周岁生日那天，田家祥因孙子想到儿子，情绪不好，破了多年来不烟不酒的大戒放开量喝了个畅快淋漓。王秀花预感到老魔鬼要弄出什么幺蛾子，叫福申大叔注意点儿。福申那天也喝高了，酒席散后，自去午睡了。

田家祥一个人出了家门，晃晃悠悠来到街口。他见凤坤家的门挂儿吊着，知此时家中有人。近来申凤坤将店里的日常业务交给了次子守拙，打算回来翻新房子。田家祥对着那老屋的后墙喊起来：你这个老王八孙子，以为我不知道你干的好事呢，阴险毒辣的东西，隐藏得很深啊！老不死的鬼，算计谁不好偏偏要算计我儿子！你成心要我断子绝孙啊这是！老龟孙，你在深山老林设下埋伏打了我儿子一个措手不及！老奸巨猾的老鳖精，我诅咒你八代子孙都根儿向上长梢儿朝下长！不怕你子孙多，一天死一个，用不了几天也就绝户了！

申凤坤在自家的老屋里歇息，听见田家祥在外边骂街，起初没在乎，捺着性子，随他怎么吆喝就是了。他自信干屎抹不到人身上去，想骂骂去，嘴巴长在各自身上，想跳井耳朵挂不住。再说，这种事确实没办法辩出个清白——他不指名不道姓，谁出来接茬就说明谁心惊——他不愿把屎盆子顶在自己头上。

事有凑巧，申抱朴恰好来看爹，驻足听了，知田家祥是在骂他家老爷子，就火了。他扛着铁锨，厉声问：田家祥你骂谁？田家祥带着一身酒气，凑到抱朴跟前，口齿含混地说：我骂谁，你能管得着吗？我骂那个老混账，他挖空心思设了埋伏把我儿子弄到山下摔死了。这个阴险恶毒的王八蛋，我岂能容他！我就要骂，骂还是轻的。我要告他，告他个故意杀人，告他个蓄谋已久！

抱朴明白了，说：你儿子开车掉进山旮旯去了，该别人什么事？这样胡嚼乱骂的，是不是看俺好欺负？田家祥歪着头反问：我欺负你什么了？我田家祥是孬是好自有公众评论。我就是孬到春秋七国里，孩子也不至于遭人暗算——世上还有比暗害人家孩子更孬种的吗？要是我偷偷把你家儿女提着腿儿摔死，扬长而去，你心里什么滋味？啊！

两人在大街上发生口角，双方的声音渐渐大了起来，街口陆续地聚拢了许多人。抱朴叫父亲出来说清楚：如果是没影的事，今天非叫这小子倒着回去不可！

田家祥说：老东西作下恶犯下罪了，他不敢出来。

话音未落，申凤坤就出现在门口了。

田家祥指着申凤坤的鼻子：杀人犯，还我儿子！

他刚要冲上前去，就被抱朴挡住了。

申凤坤说：抱朴，放开他。心中无嫌事，不怕鬼叫门。

田家祥说：你要是有种，今天就当着众人的面说清楚。

抱朴呵斥道：有话说话，嘴干净点儿！

申凤坤于是向众人解说道：田家祥误以为我使坏弄死他儿子，天大的笑话。实话告诉兄弟爷们儿，我是去过省城，看行健，顺便办了点儿事。什么事呢？说来也不怕人。大家都知道我家老屋被人家打了，没给半点儿补偿，也没给我宅基地。现在后墙上的那个图画也叫他给泥上了，也没跟我打过招呼。他的大鸟还在，我的大眼睛却被他弄毁了，这公平吗？这不是一个图画的事，这是欺负人啊！所以我要去上边讨个说法。告了状，我就回来了，自由什么时候去的省城，我不知道，那孩子掉进悬崖下丢了性命诚然是件悲惨的事，可那跟我一个老头子能有什么关系？大家想想，我年老体弱，能把一辆汽车推到山沟里？深更半夜下着小雨，我会因为阻挡一辆汽车专门埋伏在深山老林里等着砸他汽车？再说，我一个老头子也不是青年人的对手啊。

人们相信凤坤的诉说：是呢，扯不到一起去嘛。

田家祥不依不饶地追问：你好好的做着生意为什么半夜里到那没人烟的山野闲逛？大家想一想，一个年过花甲的人专门跑到大山中去，他想干什么？如果不是暗藏了杀机，你会夜半三更在那山林中走动？

看景的人们七嘴八舌，舆论又倾向了田家祥。

面对众说纷纭的场面，申凤坤碍于面子，不想说出被石料厂收容那件事。他平静地说：这事很好分析，也很容易说清楚。车子既然是掉进山涧去的，说明当时没有停下，是不是？我一个老头子有多大的本事能给行进中的汽车做手脚？你光说估计是我，我还估计你杀了七八个人呢！没有证据，光凭猜想，胡说八道，靠谱吗？外边传说天丝厂里打死过三四个工人，还有一个受罚的女工被关在冰箱里冻死了，你承认吗？

田家祥鄙夷地挥挥手，不屑于驳斥那些谰言。他依然执意要申凤坤说清楚那晚到底在哪里，申凤坤说：我住哪里，你管不着，反正我既没住你家里也没害你儿子。说实在话，我和自由平时还算不错，那孩子很懂事，比你这当爹的好上几十倍，我怎么会安了心去害他呢？众所周知，我这一辈子净是挨欺负，可曾害过谁？啊！

田家祥还是追问：十二点十二分，你在哪里？回家时为什么头上有血，跟谁打架了？

申抱朴气哼哼地说：俺爹跟你说了，你儿子的死跟俺爹没关系，你怎么没完没了了！

田家祥说：就是有关系。

抱朴说：就是没关系！

两人把这两句话重复了七八遍，针锋相对，谁都不让谁。

抱朴火了，说：就因你作恶太多，错报应在了孩子身上，还不知羞！

这话大大刺激了田家祥，他暴跳如雷，冲上去要打抱朴，被在场的人给抱住了。

田家祥悲愤万端地朝乡亲们诉说自己的贡献和功德：他说我作恶多，人家都听到了，我田家祥到底想不出作过什么恶！农业学大寨，我带领咱村战天斗地好不容易完成了涝洼地改造旱田变水田社员吃上了白米饭，这是不是事实？当时大苇塘每人口粮达到五百多斤，一个工分六毛四分钱，附近哪个村能比得上？后来搞咸菜厂、办酱园，挣的钱不都用在村上了吗？翻修小学，不得钱？建卫生室，不得钱？架设交流电、更换变压器，不得钱？还有打井、建沼气池、买设备，这个那个，俺爷们出的憨力还少吗？！要说因果报应，我得当县长！我儿子得拿五十个大奖状！

抱朴冷笑道：甭在这里瞎白话了，都是狗屎！你给大苇塘拿回来的那些大红布（指的是锦旗）都披在自己身上了，老百姓没捞着什么！若不是一心想当书记，你不会出那么大的力。谁不知道谁的，哄小孩呢！这几年厂子里虽然拿出几个破钱，可整个厂子不就是你一人的嘛。整天吃香的喝辣的，出来进去坐轿车，花钱跟流水似的，谁知道你捞了多少！吃了肉还要撇清，谁信！

田家祥听不得这话，当即就要拉了抱朴去找福申查查这些年的账，也好弄个清楚。抱朴说：账目都是你做的，谁能查出个子丑寅卯来！

田家祥急赤白脸地问在场村民：你们相信事实还是相信他的瞎话？

看景的村民你看我我看你，大都不说话。

有人小声议论，却听不清他们说的什么。

醉意阑珊的田家祥向申抱朴提出挑战：叫你查账你不查，我说的你又不信，怎么办？

抱朴说：只要你甭拿了干屎朝俺爹身上乱抹就行！

田家祥说：你甭跟我来这一套，死活今天就要弄个明白，别看我今儿喝高了，我不怵你！

抱朴应道：好，既然你找事上门，我奉陪到底！

田家祥说：一对一，打死谁谁死，互不抵偿。

抱朴同意了。

很多人前来解劝，说邻里之间犯不上这样有话好好说不要大打出手伤了谁都不好。等等。田福申听见吵闹，急匆匆赶来，力劝双方善罢甘休。可是两人执意要一决高下，福申无计可施，只好任由他们。

两人按照古典决斗的方式，相互抱了抱拳。

这是一次古典式决斗，过去在乡村时有发生，近年来几乎绝迹。今日场上这两个人，都是大苇塘村有名的壮汉。从体力上说，势均力敌。此时双方都没有兄弟和子侄在场——即使在场也不能帮忙——这是铁律。决斗采取三打两胜制，肩头触地为输；双方不得攻击对方要害处；任何第三者皆不得参与，更不得使用暗器或其他不正当手段。

从当下的条件看，田家祥喝多了，脚步差一点儿，年龄也不占优势。申抱朴个头稍高，蛮劲也大，但他没经过训练。田家祥当过兵，多少懂一点儿擒拿功夫。

这是一场恶战，双方都抱了不忿的情绪，因此显得不那么和平。第一个回合，双方对峙，交了几手，看不出高下来。田家祥此时酒意阑珊，总是找不到感觉，而申抱朴刚从田里回来，筋骨已经活动起来了，正是精神得当的时候。田家祥几次试图抓住对方，无奈抱朴身上汗津津的，没能抓住，倒是被对方一个斜压，田家祥倒地，输了第一局。

第二局，互有得手和失手。田家祥被申抱朴抓了一把，脖子上显出一道血口子。田家祥被鲜红的血刺激起来，发声喊，一个别脚，抱朴踉跄了好几步，要不是碰上田福申，就倒地了。抱朴调整姿势重新站好，紧了紧腰带，反扑了上来。田家祥瞅准对方猛冲的劲儿，一个腾挪，顺手抓住对方的胳膊，将抱朴撂倒了。

头两局打成平局，双方调整了站位，继续开战。围观的人屏住呼吸，静观两人的摔跤加散打加柔道加拳击的混杂式角斗。

抱朴的老婆风风火火地赶来，扑上去要帮忙，被申凤坤厉声喝住。按风俗，此类搏击，任何本家亲友都不得出手帮忙，以免出现拉偏仗的弊端，女人更是不得近前。

此时田家祥的酒劲渐渐挥发出来，一身大汗，人也清醒了许多，脚步变得坚实多了。抱朴现处于优势，他搂住了田家祥的后腰，此时如果抱起对方使之脚不沾地然后猛一摔，就可能取胜。可是抱朴的体力在前一阶段支出过多，没有及时抓住这个机会。田家祥转手击打抱朴的下巴，趁机翻转身子挣开抱朴的手臂，恢复正常状态的田家祥像个发怒、雄壮、老练却不失冷静的狮子，凭借当年在部队里学过的三招两式，竟将申抱朴几下子打倒在地。

申抱朴面朝地面趴着，田家祥用膝盖压住他，希望找到机会把他翻过来让其双肩着地。申抱朴则紧紧抱住对方的双脚，不容其移动。这样持续下去，田家祥也有随时被摔倒的危险。此时田家祥抡起拳头，接二连三地击打对手的肘部，终于将其一只手弄开。申抱朴一开始还企图翻过来，可他的那只被打得麻木的手被田家祥倒别了“烧鸡”，另一只手怎么使劲都无济于事。

经过一阵子无效挣扎，抱朴渐渐失去反击之力。

田家祥的双脚挣脱了方才的束缚，一下子解脱出来，并将刚要站起来的申抱朴再次打倒在地。田家祥骑在对方身上，在即将到来的胜利中发泄他心中那无以名状的悲愤。他疯狂地高喊着儿子的名字，两眼血红，声音嘶哑，看那热血贲张的样子，势必把对方打死而后快。

这时，抱朴的媳妇突然冲上去，扑在田家祥的后背上，企图抱住田家祥的胳膊。

申凤坤大喊“不可”，但为时已晚。

田家祥遭到一个女人的来自背后的袭击，有点儿惊讶，但他并没惊慌失措，也不曾放开主要的对手。他只把大屁股猛地朝后一撅，就把背后的那个女人掀了个倒坐子。等抱朴媳妇再次爬过来，田家祥腾出一只手，一下子扭住那女人的头发，使劲往地上摔。抱朴媳妇不堪忍受连续的撞击，两眼飞花之中朦胧间看见男人胯下的那团东西，不顾一切地伸出手，一把攥住田家祥的睾丸。

说时迟，那时快，田家祥闷哼一声就昏了过去。

申凤坤惊叫：不好！他几乎不敢相信眼前发生的事情。

田福申当即要了110和120。

田家祥被送进医院。

对于这次殴斗，各方面反应不一。

王秀花最是气愤不过，她拿了菜刀和砧板，坐在街口一连骂了三个晚上。她骂的主要是申抱朴两口子，言辞全是村妇的风格：你们是畜生，不是人啊！下手对准了俺家的命根子，比狼还要狠比疯狗还要恶啊！俺男人那玩意儿日你了还是捣你了？你要是想过瘾牵个毛驴子日你！有本事你出来，看我怎么把你的骚屄切下来喂狗！看我不把你那套家伙割了晒作肉干子！看我……

申家人任凭她骂，闭门不出。

派出所拘留了申抱朴夫妇，经过教育，不久就放出来了。后来有人说，有关部门对申抱朴兼处罚款，有人猜测是三千，有人说是九千九百九十九——被人捏了蛋，赔偿不上万——据说这是古训，不知其中有什么讲究。

田家祥在医院里住了两天就出来了。回村那天，他像个凯旋的英雄，踱着方步，一边吆喝着“我回来了”，一边朝乡亲们招手，喜笑颜开，完全不像刚出院的伤员。很多人嘘寒问暖，问他那东西碎了没碎蛋黄子流没流出来。他说：专家做了鉴定，说我的两个蛋是铁打的，谁也捏不毁。大家就笑。田家祥一本正经地说：确实是铁打的。

捏蛋事件发生后，舆论倒向田家祥。多数村民认为，捏蛋是下流行为。蛋是男人的命根子，是女人最关心最珍惜的玩意儿，生育下一代靠的就是它，绝对不能动，就像国家银行一样，须得层层保护，谁也不得觊觎。男人们对此事的反应尤其强烈，好像田家祥的蛋就是他们的蛋。男人们认为此风一开，女人竞相效法，那就了不得！女人对此大多持肯定态度。她们的理由是：女人力气小，受人欺负，打又打不过，不捏蛋怎么办？倘若受虐过度，情急之中捏蛋就是不得已的办法。疼是疼，到底死不了人啊，恢复了还能干那事。镇长在大苇塘村两委负责人会议上批评了这种论调，还扣上了“女性恐怖主义”的帽子。

舆论给申凤坤很大的压力。大家谴责的不是打架本身，而是程序和规则，是对古老传统惨遭破坏的义愤和不满。很多人说，男人打架女人不该插手，这是老辈子传下的戒律；即使拉偏仗也不能使出阴招儿啊。就连最怯懦的田二墩子也说抱朴家里的此举不雅，怎么好意思捏人家那东西呢！德高望重的田福申也说：抱朴家里的确实欠考虑。

每逢听人这样说，申凤坤就觉得无地自容。有时大家正在议论此事，见凤坤来了，会突然中止话题顾左右而言他。凤坤一辈子没被人戳了脊梁骨，现在尝到这种被公众非议的滋味了。实际上，凤坤比谁都厌恶大儿媳妇的做法。他压根儿就没想到会出这样的事，决斗呢决斗，死伤自负，互不怨悔。君子一言既出驷马难追，说好怎样就得怎样，斜刺里杀出个程咬金，这算什么啊！这样的事体发生在恪守伦常的申家，尤其不应该，整个家族因此蒙受了耻辱，情何以堪！历来讲究“冻死迎风站饿死不吭声”的申凤坤，确认这一次是丢人现眼了。那几天，他既不去上班也不出去走动，一天到晚敲着铜烟斗。如果回城里做生意，怕人家说他能惹不能撑，溜了。出门，又怕被邻居们说三道四，没处存没处站的。老伴劝他好好吃饭，他置若罔闻，眼皮耷拉着，不停地说丢人了、丢人了、没脸见人了。老伴说：打架呢打架，分不出个里表来。申凤坤正色道：怎能这么说呢！一对一，死伤不抵命，这本是说好了的！女人不该上去，更不该使出下三滥的手段！你不要文过饰非！

抱朴夫妇来了，他们说了司法方面的处理意见：罚款、道歉、警告不得重犯等等。申凤坤说：罚款你们就别管了，这钱我出。这冲突也是因我而发。道歉的事呢，既然你们已经在派出所答应了，就得兑现。抱朴说：咱吃了恁大的亏还要朝他道歉，太没道理。申凤坤语重心长地说：这件事，谁吃亏谁赚便宜咱就不说了。我当老公公的冒昧说一句——大份子媳妇你也别上怪——当时不该冲上去，更不该来那一手，丢面子的事啊，外边的议论不好听呢。现实说话，我不能埋怨你们，可是咱得去给人家道个歉。

抱朴执拗地说：我不去！媳妇也说：不能去，去了就等于站到下风头，矮了咱。申凤坤说：下风也好，上风也好，这无所谓，脸面才是要紧的。古人说，君子守道以约，约好了，咱违反了，这是一不对。咱接受了公家的处理意见，签了字画了押，回来又反悔，是二不对。三呢，咱祖辈都是心地亮堂的人，心里存不下暗淡，少头缺尾的事咱不能办。圣人说，人非圣贤孰能无过？过则改之，就是好样的。咱做了不该做的事，道歉就是一种勇气。遮遮掩掩、吞吞吐吐，反叫人说咱胆怯，那才真是卑微呢。

抱朴说：咱要是上门跟他赔了不是，那两件事就搅和在一起了。咱赔不是是因为不该捏他的蛋，可是不明就里的还以为是咱和自由的死真有关呢。申凤坤说：这事你放心，人家一时误解，咱不能一个个地扳着嘴巴教人家说话，清自清，浊自浊，到头来定有公论。至于道歉的事，大份子媳妇你就别去了。女人家出头露面的，不好。我和抱朴去，替你说明白，也就行了。

抱朴还是有些不情愿。申凤坤呵斥儿子：知错不改！冥顽不化是不是？申抱朴唯唯，老大不情愿地接受了父亲的训示。当下，申凤坤拿出笔墨，修了一封文书，让抱朴送到天丝食品。田家祥接到这封书信，当场看了，差人送走抱朴，态度倒也平和。

抱朴走后，田家祥再次打开那封用正楷写的信，翻来覆去，看了又看，觉得不真实似的。他带着满腹的狐疑问福申：大叔你说这里边是不是有诈呀？凤坤那家伙老奸巨猾，我担心被他耍了。福申看了信，说：你还不了解凤坤吗？一个认死理的人，也是个要面子的人，别看他性情桀骜，但人家心里还是秉承了古风。看人家信上说的，明日将携竖子于巳时登门赔礼以示歉意——不像是虚情假意，绝对不是。田家祥欣喜道：果如此，我就大获全胜了！

田家祥拿着那封书信，拉了田福申到几个科室里去一一显示，同时宣告：明天上午放假，除了不能离人的岗位，全部员工参加集体活动。大家听好了，明天都给我穿戴整齐，有人要来拜访我，你们听我的号令，一切行动听指挥。大家问什么事？田家祥眉飞色舞地说：捏蛋的那个人要来给我赔礼了！他爷们儿是出了名的犟驴，这一回算被我给制服了。打架他输了，现在面子也输了。他爷们儿这么做不亚于脸上蒙了块驴皮去见菩萨，哈哈，有好戏看了！

办公室文书瞅了瞅那信，说：还是毛笔写的呢，有两下子。田家祥说：从上小学那时他的毛笔字就是全校第一，老师常表扬他，人家傲着呢。我这人最是尊敬斯文人，尤其尊敬书法家、诗人、唱戏的名角，这一回可好，斯文扫地，老大哥要给我赔不是了！真是出人意料，打了我一个措手不及啊。文书又说：这么说，这信还得好好保存呢。田家祥说：当然。拿去裱了，装在相框里，我要把它跟那些奖状排在一起——孬好也是荣誉。

福申眉头紧锁，满脸的不以为然。他拉了拉田家祥的衣角，两人到了总经理办公室，福申关了门。田家祥问啥事，福申道：不是我说你，你刚才在下属面前说的那些话很不好。田家祥问：我哪里不好？福申说：人家凤坤是恭恭敬敬前来给你赔礼道歉的，你却拿了这事当做笑话，腆腰洼肚的，显得咱怪小人怪薄幸是不是？两军对阵就像斯文唱戏，人家彬彬有礼，你这里撅腚翘屁股的——未上台你先就失礼了，知道不？

田家祥打了一个激灵，正色道：大叔您说得对！是呢，我这里光知道得意，蒙皮筛糠的浑身没有四两沉，居然忘了礼仪这一层。是的，我田家祥太粗陋、太浅薄，多亏大叔提醒。说着，拿了拳头就擂自己的头。福申见此，不好再说什么。

田家祥问：你说这事该怎么做才好？福申说：待人以礼，待人以诚。人家正儿八经地来，咱这边丝毫都不能怠慢，一言一行都要上得去台面才是。田家祥问：届时我是不是得给他作揖还礼啊？福申说：具体怎么做，用不到我多说，只要你郑重其事的就好。明天看他爷们儿怎么说，他们真心实意，你就得恭而敬之，不要叫人家看低了咱的人格。田家祥连声应着：是的、是的、是的，幸亏大叔提醒，不然我就成了不识仨的猢狲了！哎呀，五十多的人了还跟小孩子似的，看来没文化就是不行。

田家祥重去了刚才去过的几个科室，反复叮咛：明天的事很大，谁都不可失礼，凤坤是个要脸的人，上下都不可怠慢，到时听我的命令，万万不可造次，更不可轻薄说笑。都给我记牢了！

消息不胫而走，全村都知道申凤坤爷儿俩要跟田家祥道歉了。

次日卯时，村民便朝街口汇集，要看申凤坤爷们怎么个赔礼法。众人窃窃议论，有的说：很可能就是走个过场，不道歉上级不答应。有的说：道歉可能会减少罚款。还有人说弄不好会再次打起来……不一而足。

辰时，街口就挤满了男女老少，其中有不少外地打工者。王秀花也听说了，好歹梳洗了两把，急匆匆赶过来。听说只有凤坤爷们来，王秀花说：那骚货怎么不来呢？事都是她做下的，不该让老当家的赔不是。她要是来，看我不把她撕开！田家祥发现王秀花，叫她立马回去，别在这里添乱。

眼看巳时已到，大家注意着申家那扇紧闭的门。果然，那边院里有了动静。接着，就是缓缓的开门声，门挂儿发出轻微的响。申凤坤第一个出来，后边跟着的是长子申抱朴。但见凤坤一身洁净的棉布长袍，头戴圆顶藏蓝色礼帽，瘦削的老脸刮得干干净净，面部显得严肃而有层次。他脚穿一双青色布鞋，烟袋杆儿别在腰间，宽大的腰带上系着一个小小的玉坠。后面跟着的申抱朴则一身紧凑，青衣黑裤，赤脚穿一双草鞋，头戴一顶耐克休闲帽，多少有些滑稽。

父子俩面色严峻，双目平视，没跟任何人搭话。因为围观的人太多太挤，父子俩用了两三分钟才走过街口。他们一脸肃然地走向天丝食品大门，步伐沉重，那些窃窃私语、低声说笑的村民也都敛容肃立。门卫见此情景，收拢双腿，举手行礼，唱一个大喏：请！

申凤坤点头回礼，沿着甬道继续朝对面办公楼走去。

此时，工人都缩在厂房里，他们通过门窗观看院子里的仪式，没有丁点儿声息。申凤坤缓缓地迈着步子，如同递交国书的特使。微风摇动他长袍的下摆，玉坠和青铜烟斗碰撞，发出清脆的细音。他脚步稳重，毫无苟且之意，抱朴亦步亦趋地跟在后面。

没有音乐，厂房也静悄悄的。因为双方郑重其事，场面有些沉闷。原本在街口看景的人们，此时也跟了进来，那情景就好像一颗彗星在移动，凤坤是彗星的核，观众是彗星的尾。田家祥站在台阶上，见此情景，不紧不慢地走了下来。他穿了一身西服，打着领带，半白的头发在阳光下显出几分沧桑。他的脚上穿了一双牛皮凉鞋，里边却是白袜子，崭新的袜子在阳光下显得格外醒目。田家祥在对方尚未到达之前，步下台阶恭迎。

看着对面走来的申凤坤父子，田家祥的脸上一派敬重。

申凤坤走到距离田家祥三尺远的地方，站定。

他郑重地脱下礼帽，双手端着。申抱朴也拿下帽子。老人双目平和，脸上满是歉疚之情。他正对着眼前的田家祥，郑重说道：兄弟，本人教育不当，致使犬子及媳妇在前日的争斗中，违反古训，破坏戒律，且出手丑陋，实属下流之举。在此，申凤坤谨以我和犬子的名义，正式向您赔礼道歉。负荆之罪，还望兄弟宽大为怀，予以谅解。媳妇乃村野之女，不足以前来聆听批评，还望海涵。

说罢，郑重三揖。

抱朴也是连作三揖，说：我代老婆给大叔磕头。

田家祥快步上前，坚决阻止道：这是哪里话，贤侄你直要折杀我也！

抱朴本已半屈了膝，此时见对方出言真诚，只能从命。

待那父子俩站定了，田家祥沉重而真诚地说：凤坤大哥，论庄邻，咱是兄弟；论个人交情，咱也曾是拜过把子的兄弟。你今天带人侄子来此，我姓田的真是诚惶诚恐，不敢领受，所以我就把这当做是受了一次教育。都是自己爷们儿，不要那么多讲究，牙和舌头有时还打架呢。来，屋里请！

凤坤说：那就叨扰了。

凤坤先走，家祥随后，抱朴跟着。三人款款上了台阶，进屋，坐定。

看景的村民并没有散去，他们还要等着看下文。从人们的表情可以看出，大家对凤坤父子的做法给予了相当的尊敬，对田家祥彬彬有礼的接待，也大为敬佩。尽管听不到他们的感叹，但从那些发自肺腑的唏嘘声中，可以感受到他们的认可和赞许。

房间宽敞，窗明几净，备好的茶点、水果、香烟，摆了满满一茶几。最初的寒暄，双方还有些拘谨。田家祥说：我是个粗人，从小就这副德行，说话做事谈不上精致，还请大哥多多原谅。凤坤说：我也是个犟驴，遇事往往钻牛角尖，一条道走到黑，还是缺乏涵养啊。家祥说：今天你带着抱朴一起来，我非常感动。从这点上看，我就不如你。凤坤说：该怎样就怎样，这责无旁贷。但是兄弟，我这里还有一句话得跟你说清楚，以免彼此存了芥蒂。

田家祥说：但说无妨，我深知你的为人，硬是硬，但没有坏心眼。

申凤坤听了这话，眼里先就湿润了。

他说：无关的话，咱以后再说。我今儿特别要说明的一件事，就是你家大侄子的死因。今天提起这件伤心事，也是不得已，望兄弟能知道我的心。这事要是老搁在心里，确实不行。这么说吧，我和自由的车祸没有直接关系，但也不是全无关系。那天我去省城上访，被人家收容了。收容所里的青年太无情，把我打了，当时一脸的血污，也没有地方洗。我夜里偷偷跑出来，满心的烦恼，一个人走在山路上……

在极压抑的气氛里，申凤坤坦诚地讲述了那个晚上的事情，承认并且感慨田自由是出于好意才邀他上车，而他这个当大伯的却因当时心情不好而拒绝了他的善行，想起来觉得对不起大侄子，这件事至今还折磨着他。但是，他和自由没有任何纠葛，当时也没有争吵，更没有发生冲突。过了好几分钟，那车走出好一段路才出了事。

凤坤沉痛地说：这事发生后，我的心总是不能安定下来。为什么？因为我辜负了一个晚辈的好意。自由这孩子，不论你我怎样不和，他对我从来都是尊敬有加，就像两家没那些事似的。刚进城打工那阵子，二妮让他住在莫家大院里，他用的那张床就是我原先用的。他在席子底下找到我用过的一个烟荷包，第二天给我送来，让我很感动，我送了他一座台灯。他还劝我少抽烟，别累着，临时有什么重活可以呼唤他。当时我就想，我的亲儿都没这么劝过我啊！一个年轻人，这得存了多么厚实的善心！这样的孩子，一千个里也挑不出一个来。

申凤坤老泪纵横说不下去了。

田家祥已是泣不成声。

凤坤擦了擦眼角的泪，呷了一口茶，满脸愧疚地说：人一辈子可能做错很多事，但绝不能不搭理晚辈的孝心。作为一个长辈，我为什么就不能接受他的好意呢？跟他上车一起回家不是很好嘛！如果我在车上，他可能更安心更注意安全，也许就不会发生那事了！多好的孩子啊，就那么走了。当时他说的每句话如今都像打雷一样天天轰打着我。早知道这样，我还不如替他死了的好呢！老天留我这个不识好歹的老东西干啥！

念及自由的善良，老人痛哭失声。

田家祥终于明白了当时的情景，长长地吐出一口气，那口气好像带走了他所有的怨愤。田家祥知道，凤坤从来没有这样向人道过歉、赔过礼，也没有这样忏悔过。既如此，田家祥也就释怀了。他慨然说道：这事就这样过去了。大哥你如果不说，我一辈子都不会知道这些细节。人呢，寿数多少也是天定，你我都没有办法，谁都没个抵抗。自由知道他大爷如此念及他的好，在那边也该心安了。现实说话，还是咱兄弟爷们儿要紧。你和我，年纪都不小了，各自保重就是。

申凤坤站起来，带着儿子告辞。

田家祥拿出一只西洋式的高级烟斗和几盒烟丝，答谢申凤坤。同时送给申抱朴两箱子食品和一盒精美的五金工具。

田家祥布置他的手下：带着这些，送到对面老屋去。

申凤坤谢了，抱朴也谢了。

申凤坤出了办公室的门，来到台阶上，眼前的情景让他大为惊讶。从台阶一直到大门口，整整齐齐站着食品厂的职工。两个列队，相向而立，组成了一个夹道。他们全都穿着清一色的工作服，上下整齐，犹如仪仗队。申凤坤看了一眼田家祥，说：这么大的动静！田家祥说：一时找不到红地毯，要是有，我非叫他们铺上不可。

申凤坤父子进来时，像是罪人；出去时，像是深受尊敬的国宾。田家祥走在前面，申凤坤父子跟着。田家祥高喊：一鞠躬！两边人便一齐弯下腰去。走到夹道中间时，田家祥又喊：二鞠躬！到了大门口，又喊了“三鞠躬”。最后，他们握手告别，彼此殷殷嘱托，无限的惺惺之情。

申凤坤以特殊的方式对一件本属丑陋的事作出了高贵的反应，赢得众人的一致赞誉，包括深怀敌意的对手。田家祥向在场的人表达了自己内心受到的感动，依然意犹未尽，不由得走过去，敲了敲申家的大门。

申凤坤出来开了门，田家祥朝他鞠了个躬，歉疚地说：那天的事，请你原谅，也代我对抱朴说，那天都是因为我无事生非。申凤坤笑着说：你这是哪里话，过去就过去了，别挂心。申凤坤关门时，田家祥突然想到另外的原因，大声喊：那天我确实也喝高了！

这就是田家祥对申凤坤的补充道歉。

第二十五章 傻小子情急不择路 痴女人相思苦用心

道歉一事过去后，田家祥的心情好了些。

田两相的合作社办不下去了，转给大舅哥抱朴。抱朴接手后，兢兢业业，很是尽力，虽然两口子识字都不多，可他们做事勤快，随叫随到，竟把一个合作社给做起来了。大苇塘村人都说：没想到抱朴一个大老粗也能跟上形势。申凤坤为此大感欣慰。

一无所成的田两相回到老婆身边做事，像个雇工。有时他会到城里找岳父诉苦，怨天尤人地说一堆废话。凤坤对他说：潮流滚滚，人人脚步匆匆谁也不等谁。你就认命吧。近年来鸡毛厂有了发展，秀菊挣了些钱，可是田两相染上了赌博的恶习，家里的钱经常不翼而飞，害得秀菊多次哭闹，两人还打过几次架。申凤坤嫌烦，不想插嘴他们的事。

世事的变化给凤坤、二妮带来相同的迷惘。他们明显地感觉到，自己已经无法支配下一代的意志，儿女自行其是。让他们考公务员，他们却不想吃公家饭，完全不在乎光宗耀祖的家族念想。这事放在从前，他们会强制小东西们就范——小孩子没有说话的权利！可现在老办法不灵了。上一代的想法，年轻人只消说“我不赞成”，多么深思熟虑的意见就都泡汤了。是什么赋予他们如此明晰、如此断然、如此强悍的否定权？麻雀从什么时候长出了吃鹰的牙齿？青年人凭什么可以无视长辈的意志自己说了算？诸如此类，没人替他们回答。但，这就是事实——老规矩、老办法、老思想、老话语，像干透百年的泥块放到水里，不知不觉都被溶解了。如果你想伸手捞点儿什么，得到的只是一把泥水。现实说话，没有长辈的指导，人家照样活，甚至于活得更快乐更鲜亮。你生气？你郁闷？跟谁生气跟谁郁闷去？杞人忧天，百分之百的自寻烦恼！你还在这里念叨今晚是吃馒头还是喝稀饭，是烧土豆丝还是小葱拌豆腐呢，人家早已纠集起一伙人去外边玩游戏、喝啤酒、跳摇滚去了。你问他们该做的事做了吗？他们会拿出一个当日清单叫你看，上面三分之一是外国文——你只能干瞪眼！反过来说，如果他们不干了，长辈还真无法操作眼下这方方面面的事情：软件怎么编写？ CPI 怎么分析？各种指数如何解读？进出口业务怎么组织？第三方付款、背书、年报、汇率、基金、穆迪、标普，等等，老一代要么一知半解要么闻所未闻，能知道一星半点就算不错了。有一次申凤坤问二妮什么叫私募、信托、溢价、止损，二妮说那都是外国词儿连字典里都没有。

申凤坤哀叹说：我们行将就木！

新商城按期建成，格局宏大，面目簇新。早先预购了铺面的商户们陆续往新址搬迁，到处是弃旧迎新的喜悦。张二妮和申凤坤各自订购了一栋商铺楼，钥匙都已到手。新店面处于拐角处，两面临街，宽敞通透，很是气派。田家祥因为留恋老地方，对新商城的前景没有作出准确的预测，当时订购了半栋楼。现在看，那点儿地方不仅不够用，而且明显地被别人比下去了。虽然大家现在都是天丝的股东，等于一个锅里摸勺子，可大锅外边的那个小锅相形之下就见绌了。看到天目灯饰店宽大的铺面，田家祥还是有些不爽。

张二妮从省里回来后，就任了商会副主席，经常要参与公益活动。她用了将近一个月的时间，和同仁们走访商户，将他们的意见集中起来，再以商会的名义向商城管委会提出建议。他们算了算，和商城管理有关的费用有十几种，这些费用的使用情况大部分没有公布。商会希望政府明晰公示。这些建议让吕锋很不快，他认为商会不够安分守己。实际上，管委会在财务收支上确有许多模糊之处，至少是不够清楚。

文具店的生意如今主要靠修文打点。修文继承了母亲的风格，以诚信、善意和服务赢得了商户的广泛赞许，《午报》和省报都有报道。省教育厅征求当地领导意见，与新商城签订了《教育系统文体用品采购基地合作意向书》，和平文具成为该项目的首选供应商。这不仅提高了和平文具的经营规模，也形成了信誉和品牌。二妮将新商城那边的业务交给修文，她暂时留守老店，照应搬迁事宜。看到曾经脆弱、敏感、忧郁的儿子在经营中逐渐坚强干练起来，二妮说不出有多高兴。修文扬言要把中国体育器材和文房四宝生意做到国际上去。二妮说：看把你烧的！三天没穿漏裆裤子就想上南天门！修文说：虚拟世界里允许梦想允许浪漫，本事再大都有施展的空间。

二妮看出田家祥的不快，就跟儿子商量：食品生意需要较大的铺面，也讲究摆设，我想和天丝那边交换一下铺面。修文认为房地产价格在飙升，若是交换，只能交换使用权，各自的产权不能变，彼此在租金上找齐就是了。二妮觉得那样也可以。修文说：要想从根本上解决天丝食品的销售问题得靠质量和服务，铺面大小不是关键。二妮拿了儿子的观点去跟田家祥交涉。家祥满口答应，租金由二妮确定。他还恳请修文帮他建立网上销售系统，天丝食品会按价付酬。于是两家讨论了租房合同的各项条款，彼此都算满意。二妮说：签字之前，我想跟大叔沟通一下。田家祥说：你的房子何必跟他商量！

申凤坤听二妮要和田家祥交换经营场地，颇为不快。如果他们置换了铺面，那天丝的门市将和天目灯饰店的门脸儿一样大小，外人就看不出谁高谁低了。二妮说：现在商城分成八十多个专业市场，食品就在文具旁边，既然他开口，我也不好阻了人家的面子。再说，我用不了那么大的铺面。凤坤说：你能来给我说一声，也算知礼了。我不是成心作梗，我就是看不中那人的做派。二妮说：一人一路——给他这点儿方便吧。

因为服刑期间表现好，老杨被提前释放。

经过这次宦海沉浮，老杨像是看破了红尘，言谈中颇有点儿曾经沧海难为水的意味。出来后，老杨第一个拜访的就是在他服刑期间常去探望的老友申凤坤。凤坤见到老杨，感慨多多。老杨说几年不见叫他感觉如同隔世。申凤坤将商城二妮当代表、田自由车祸、众人参股天丝等跟老杨一一说了。老杨道：人忙瞎忙，不如老天一场啊！过去闹得跟个花瓜似的，到头来还是一个锅里摸勺子。世事无常，天道如一，人真是一阵风。

申凤坤说了田家祥和二妮对租铺面的事，话语中依然带了几分优越：他那铺面看上去跟我的差不多，可是性质不一样。他是租了人家的，我这铺面是自己的不动产。老杨说：老哥啊，你还强调这点儿优势干吗，一衣带水的邻居，没这个必要嘛。论人，各有各的长处；论生意，席上滚到地下——高低差不了多少。即便差很多，即便是一个腰缠万贯一个分文不名，又有什么？经过这一番人生风雨，我算明白了，人可以争气但不能怄气，钱应当有，够用就行。什么叫个多？人说五十岁以后老婆丑俊无所谓，六十岁以后职务高低无所谓，七十岁钱多钱少无所谓，八十岁死活无所谓。想通这些，还有什么可争可吵的？你说呢？凤坤说：理儿是那个理儿，可是脾气不对付怎么都看不中。老杨说：看中看不中，是个视角问题。打个比方，一棵百丈高的大树，你站在近处看，树干老粗树根老大树皮很粗糙；如果站在五里之外看，那大树就成了小树，粗糙也不见了。以前我干商城，事务繁冗，动不动就上火。现在看商城，觉得什么都好，因为我离它远了。从前觉得低人半级那还了得，一定得争一争，不蒸馒头争口气嘛。现在看，你就是高三级我也不在乎。人活着要的是个舒心，不要苦心孤诣去争那点滴的得失。三十年后如果咱还健康快乐地活着，回头看看今天，一定会觉得许多事怪可笑呢！凤坤说：你倒是长了见识。老杨说：人生匆匆，对酒当歌，何苦呢！

练达如老杨者，也只有下台后才明白这点儿道理。

宋桂花完全陷入相思状态，不能自拔。近来，她一天到晚都和孩子在一起，劳累不说，也加重了本来就有的寂寞和孤独。虽然她还时不时地到木业那边看看，但企业事务并不能驱赶内心的忧郁。心灵的影子并非来自于阳光，而是来自于爱、追求、欲望和对比。平常人在大街上看到的是灯红酒绿、熙熙攘攘、车水马龙，桂花看到的却是那些亲密无间、勾肩搭背、撒娇嬉闹的情侣，是拉着孩子的手一起逛街的夫妇。她甚至会注意在小巷里吊膀子的狗、在梧桐树上求偶的鸟雀、在丝瓜秧上压在一起的雄雌螳螂。存心要伤感的人处处看到伤感，立意发酵自己的，连尘土都成了面引子。桂花觉得自己被抛弃了，被命运抛弃，被丈夫抛弃，因而不能宽容别人的甜蜜。她骂那些嬉笑的男女是流氓，骂花枝招展的女子是妖婆子，只对那些在旮旯里野合的狗们寄托了几分同情，说：人不如狗！

以前，桂花喜欢教着孩子念叨永志，现在用不着孩子说起，她自己也在不停叨叨那个名字，一会儿说大大，一会儿说叔叔，一会儿叫永永，一会儿叫志志。孩子喝奶时，她甚至会小声说：你喝一个，那个给大大喝好不好？小由由拿了小手护着另一个，桂花就用手指戳着儿子的脑门说：小气鬼，将来都是大大的，看你怎么办！由由的眼睛里飘出一丝愕然，好像要哭。桂花就说：喝你的吧，人家早把咱忘了——那干干巴巴的大闺女有什么好？迷得不行！

这是她排遣情思和性欲的绝招儿：只要一想到永志和莉莉，桂花就会醋意大发。她那汹涌的、美妙的、甜蜜的、悠远的、不可遏止的相思，会因此吹得烟消云散。她经常这样救助自己，好像患有心绞痛的人随身携带着硝酸甘油片。近来，她喜欢把永志的吉他放在枕边，一是孩子睡觉前喜欢听一听那悠扬的琴音，另一个原因是她喜欢闻那吉他上的味儿。这种附着在乐器上的、来自异性体液的气息，只有类似神经质的人才能感受到，这不是本事，而是情感。桂花经常把鼻子贴在吉他上，闻一闻，轻轻拢一拢琴弦，永志的体味儿就会随着音符震落下来、散发开去，进入她的五脏之中。这时，桂花就像仰面接受花朵上落下的露水，就像树梢的雪花落在眉心，就像囚室里的犯人透过天窗看那白驹过隙的阳光流泻，像就要旱死的禾苗在最后的喘息之前受到甘霖细雨，那种幸福，只有承受过异性恩泽的人才有所体会。

如果梦中的动作不慎弄响了琴弦，桂花再难入睡。古人说，美好的音乐绕梁三日，多有存疑者，桂花相信那绝对是事实。有一种音乐，一旦响起，不要说三日，就是十天八天也不会散去！这不在音阶的高低、音量的大小、频率的强弱，而在于听者的注意力是否集中。宋桂花对那袅袅余音的追寻，就像她小时在田野里遥望天际间远去的喷气式飞机，从飞机出现她就盯着看，目光尾追不放，视线一直延续，最终看散了蓝天上那道白烟。从吉他上弄出的偶尔一响，会把桂花的思绪一直带到无限遥远的天际，从三更一直延绵到拂晓。她知道自己很困，可是睡不着，琴声如丝如缕，却惊天动地。这时候，她就要借助那个意象，骂那个姓吕的姑娘，骂永志鬼迷心窍，直到把自己完全沉浸在胆汁和醋缸里，才能复返梦乡。

性，猛于虎，随时都能吃掉一个人，而且不吐骨头。因为没有当家的营生，桂花轻易不敢招惹那念头——请神容易送神难啊。当那种要求不期而至，便如山风袭来，让她感到措手不及，而且很无奈。那东西——不是东西——就像一把尖刀（也许不是刀），突然间穿过全身，彻头彻尾的穿透，淋漓尽致的穿透，从天灵盖一直穿到脚底板儿，难以承受又乐于煎熬。她喜欢那种麻飕飕的穿刺，又怕它赖着不走，手无寸铁的人无法对付突发事件，你想举手投降但却没有收缴武器占领阵地的。她并不排斥那最初的兴奋，但害怕绵延不绝的折磨——翻来覆去，压也压不住，散也散不出，抓也抓不掉，逃也无处逃。她明白了寡妇门前是非多的潜在原因——即使没有骚扰，饥渴无助的人也会发出呼唤。

唯一能救助她的，就只有万里之外那个和她无冤无仇的姑娘。这不是她故意的创造，而是自然形成的战略战术，玉汝天成。为了排遣忧愁，她不惜臆造一些自己都不喜欢的情景，将假想敌无限放大，将臆造的“战火”随时点燃，将激烈程度无限放大——永志如何抱着莉莉，莉莉如何挣扎，男子为她弹吉他，女子跷起干瘦如柴的双腿……这样，那只“老虎”就会默然远去——情感的沙袋遭到疯狂打击——情敌拯救了她。

相比之下，她还是喜欢孩子喝奶时的那种感觉，淡淡的，不很强烈，不很深刻，抚慰般的轻柔让她如醉如痴，身体里好像有人喃喃细语，如同三春的细雨，如同山涧的溪水，她因此感激孩子的小嘴儿。如果丈夫还活着，那该多么好：喝奶的孩子滋润着她的性欲，引诱着她的兴奋，像农夫将垄沟滋润了以便下种……

那都是一厢情愿的梦想，现实空空如也。她叹息着，无限惆怅。没有人睡在她的身边，没有那只好色的手摸来摸去，更没有得意时的猛力一搂，她不敢把自己的“胃口”吊起来，因为没有那个人来解决后续的问题，永远没有了。当孩子的小嘴努力吮吸时，她会突然产生一种勾魂摄魄的恐惧，生怕潜藏在茅草丛中的老虎被悠远的风声惊醒，生怕积久的堰塞湖突然决堤——性欲的洪水一旦毁坝，将会让她面对灭顶之灾。

幽暗的房间里，到处是连绵不绝的自怨自艾：唉，宋桂花啊宋桂花，认命吧，你命中注定只有短暂的幸福，命中注定无福消受太多的爱。他活着的时候你不知道珍惜，以为那里存放着用不完的欢乐，现在才知那是凡人的饕餮。昨天还是活生生、汗津津、火辣辣纠缠在一起的肉体，如今变成了镜中花、水中月、梦中泪！戏里唱的那长亭送别，原来我也是凄凄惨惨戚戚，破题儿又遭别离。云起月落，谁知道我这里翻江倒海，以后的日子将如何煎熬、怎个蹉跎？

桂花渐渐不能隐藏这种情绪。她经常问婆婆：永志去一年多了，怎还不回来？婆婆说：他单枪匹马到了外国，人生地不熟，独自骑驴独自喝道，轻易脱不开身啊。桂花说：该不会去美国找那干巴大闺女去了吧？婆婆说：俺觉得不可能。桂花说：由由整天念叨大大，小眼儿盼得跟什么似的。婆婆说：你没给他打电话吗？桂花说：打是打了，总说忙，说话蔫不唧唧的一点儿都不痛快。王秀花说：真不行我给他打电话，他说过，只要我打电话说想他，他就回来。桂花欣喜道：妈你这就给他打吧，用我的手机！婆婆说：你公公说了，轻易别跟永志打电话，第一船木材正在装货，心情上一点儿不能丢松。桂花说：装上船他就跟船一块回来吧？婆婆说：听说那里治安不好，一霎儿看不紧就有人盗伐山林。桂花说：不会多雇些保安？婆婆说：保安倒是雇了些，可是扛不住警匪私通，永志花了不少钱，好歹才把握住局面。

桂花没有明确的盼头，打一个旋儿风一般回屋里去了。

王秀花只有叹息。

老宋来过几次，起初还要女儿好好照看孩子，说孩子长大了就好了，后来就要给闺女另找主儿。桂花断然道：我要为自由守寡守节，决不改嫁！老宋说：新社会了，改嫁不丢人。桂花说：怎说不丢人？我好好的身子让别人搂着，自由要是在那边看见，心还不碎了！老宋说：人死了就是死了，再见不到阳间的情景，死人都是喝过迷魂汤的，三天坟上过，死者走过望乡台就把家乡亲人忘得一干二净，下个程序就是托生了。桂花不理老宋的说辞，反正不嫁，死活不走，活着是田家的人死了是田家的鬼，绝没有再醮他人一说。

老宋就骂女儿：你年纪轻轻的，这样下去啥时是个头啊？死木头疙瘩！桂花反过来也骂老宋：你才是死木头疙瘩呢，空长着一双大眼，不解人心。老宋看着小外孙，唉声叹气说：孩子这么小，啥时才能长大啊！桂花说：有苗不愁长。老宋说：无趣的日子会把你熬干了。

桂花不在乎，挥着毛巾在房间里转了个圈儿，学着戏里头那青衣小旦的样儿，咿咿呀呀诉说自己的忠贞。

老宋看在眼里，估摸女儿大概疯了，就告诉王秀花：桂花走火入魔，须得想个办法才是。现实说话，人在你们家里，要是有个三长两短我可不愿意！王秀花把老宋的话转告了家祥，附带说：老宋可能有别的想法，硬朝咱施加压力，麻雀儿调腚——要飞。田家祥说：桂花本人还没说什么呢，他着的什么急，多管闲事！秀花说：也不能说人家多管闲事，当父母的总归惦记儿女，咱只当没听见就是了。田家祥问：桂花怎么说？秀花说：她倒是铁了心地不走，说改嫁他人面子上不好看宁肯在咱家守寡。不过我看，年轻轻的守寡总是不可靠，桂花是流水般的性子，她安静不了，今儿坚决不肯走是另有想法，很可能是对永志有想法。

田家祥大为不快。当初派永志出去做事，其中就有拆散鸳鸯、快刀斩乱麻、将爱情扼杀于摇篮之中的意思，没想到小叔子人走了嫂子依然藕断丝连没完没了。作为公公，他很难出面说话——有道是自家的姑娘调不了神！其实，田家祥心里很矛盾，既想留住媳妇和孙子，又不能强迫媳妇守寡；既明白改嫁合法合理合情，又觉得忠贞不二是女人的传统美德。他知道老这样下去终究不成，但一时也拿不出锦囊妙计。想来想去，最好的办法就是把永志的婚事尽快定下来，别的，走一步看一步。

王秀花说：门市部的潘秀梅看上去不错，骨头肉长得很聪明。田家祥说：人家早就有主儿了，咱还是免开尊口吧。再说，咱是雇主，雇主不能在雇员身上打这种主意。秀花倒也理解，就算了。

莫支委好心介绍了一个女子，说人儿长得多么俊俏，脾气多么的温顺，据说那姑娘还曾见过永志弹琴。莫支委请王秀花抽空去看看，行与不行给人家一个答复。自从大儿子走了，秀花的身体一直不好，近来因思念幼子而越发瓤糠了，不能亲自前往。莫支委建议让那姑娘到这边看看，秀花说没过门就叫人家迈咱门槛好像不大合情理，便委托二妮去看了。二妮回话说：好像不合适。秀花问：如何不合适？二妮说：永志性情温和心地宽容凡事都让着别人，那女子却是个混不吝的角色，喝鸡撵狗，跟杨排风似的，怕永志将来压不住她。秀花说：是的，我也是这样想。

刘辨证听说此事，很快就推荐了自己的内侄女。未经秀花同意，刘辨证就把她带了来，非让王秀花亲眼看看不可。那女孩子长得可以，也算勤快，当天就主动显示厨艺给秀花做了个汤。秀花喝了，说味道不行。桂花趁机说：就这样赖不唧唧的汤水还是做了第二遍呢，头一遍不成功，趁没人看见把汤倒进水池里现又做了这一锅——也不过这样，跟猪食似的！秀花说：你怎么知道头一锅没做好？桂花说：我去水池那边洗碗，见烧糊的葱花堵在漏口里，有这么一大捧呢！咱不说糟蹋东西了，光是这文过饰非的精明劲儿就是不得了的缺点啊。秀花说：是不行。

刘辨证颇为不快，带了那女子走了。

父子俩就婚姻问题进行了长时间的越洋交流。永志劝爹娘不要着急，反正年龄还不大。田家祥也拿不出多么有分量的理由反驳儿子，又不能说“你嫂子怎样怎样”。父子俩的谈话常常是无果而终。

田永志还是痴心恋着莉莉，没有变，也没有放松。莉莉依然承认他们是好朋友，但不是那种意义上的朋友。父母打电话问起来，永志都是拿了这句话回复他们，好像那是爱情诗经的开篇，朗朗上口，百诵不厌。田家祥认为，莉莉不应当看不上永志，无论是人才、相貌、灵性、品德，永志哪一样都不差，就学历差点儿。即使论财产、论名望，田家也不输于吕家。吕锋是正县级，这边是市人大的委员、当年劳模，也有一比。说实话，就是老婆差一点儿，人家是检察官，这边是耧草扒土的农民。现实说话，婆婆差一点儿算什么？这又不是买牲口，没必要看槽头母马怎么样。

田永志让爹不要为此事操心，顺其自然好了。田家祥说：你娘她急啊，我们都等着抱孙子呢。永志说：嫂子不是给你们生孙子了嘛。田家祥说：甜瓜是甜瓜，西瓜是西瓜，你哥是长支，你是另一支，一支是一支，这一支顶不了那一支。永志说：我这边只能等。也许有一天莉莉突然想通了呢。田家祥说：要是她一辈子不松口你也等她一辈子？永志说：咱不能这么想，假如她明天想通了，咱今天告诉她婚事已定，那不是个大悲剧嘛。田家祥说：这事不能老这么拖着，真不行，我去吕家说一说。永志叫他千万别去，去了反而不好。

田家祥还是去了。他做事不喜欢拖泥带水，行就行，不行也死心了。王晓云得知对方为儿子的事来访，态度一如既往，说“完全尊重女儿的选择”。吕锋的态度也很明确，言辞之中还流露出明显的优越感“婚姻还是门当户对的好”。这句话未必全错，但用在把兄弟身上，就存了地位的揶揄，甚至还有点儿欺凌。田家祥不高兴，说：我田家哪一点不如你？田家祥一一对照着数说一遍，以证明“基本门当户对”。吕锋笑道：永志的脾气是好，可惜体格不行，学历也低，像他这样的孩子找对象最好能实际一些，差不多就行了。田家祥说：没敢高攀啊。吕锋说：永志这孩子啊缺的恰恰是自知之明——想娶莉莉，癞蛤蟆想吃天鹅肉嘛！

这话刺伤了田家祥的自尊心。他霍地站起来，满面怒容，拂袖而出。

回家后，田家祥和儿子又进行了一次深入的电话交谈。他问儿子：你和莉莉的关系到底到什么程度了？永志说：平时就是通通邮件，彼此都很诚恳，我送她的几样礼物她也收了。田家祥说：按咱这里的风俗，收礼就等于定情。永志说：不是你说的那种聘礼，是朋友间互相赠予的小礼物，卡片啊、小饰物啊、化妆品啊什么的。田家祥问：你们在国外见过面吗？永志说：莉莉不久前到非洲之角来旅游，顺便来看了看我，玩得很好。田家祥问：干那事了没有？永志气坏了，说：爹你的想法怎么那么龌龊啊！田家祥告诉儿子：这不算龌龊，干点儿实打实的，生米做成熟饭，什么都不用说了。永志说：那也得尊重对方的意志啊。田家祥说：女人害羞，心里想的未必肯直说，你要放开胆子，要争口气，为了达此目标甭在乎办法、甭在乎手段，剜到篮子里的才是菜！

父亲的催促和鼓励，在永志那里还是起了一些作用。也许他实在是等急了，也许想试一试到底有没有希望，永志接二连三地给莉莉寄了礼品，有非洲的石雕和木雕，有原生音乐磁带，还有干果蜜饯等等。莉莉每次都给他热情的回信，说了不少热情动听的话。此后，永志又给莉莉寄去一笔钱，说是助她读书，将来有钱就还没钱不还也无所谓，中心目的是希望她安心读书不要因打工挣钱而误了功课。等等。

那钱寄出后，永志盼着莉莉的回信。

莉莉这孩子对金钱似乎有天然的恐惧，不论谁给的钱她都不敢轻易接受。永志寄出的这笔钱数目很可观，因此让莉莉感到不安，也不知该如何处置。这种意识来自她妈妈的多年训诫和警告。永志不好意思问她收到钱没有，一时间两下里悬着，声息不通。

不久，莉莉给申行健写了个邮件，信中说到此事，请他私下做个调查，这钱到底是怎么回事，一旦弄清真相务必告诉她这事该如何处置。莉莉一直信任申行健，甚至还爱着他。申行健答应是答应了，但他没有立即去核查。后来他又收到莉莉发来的原始资料，见数额为八百万盾，行健就有些发毛。他赶忙查了汇率，才知这个数也就相当于四万美元（一美元等于二百该国货币单位），不算太多，可也不算少。如果是永志自己的钱，他介入其中，就很不好。如果这钱来路不明，莉莉应当怎么处理，这对申行健也是个挑战。

关系有些复杂，资金有点儿蹊跷，家族间还存了一些芥蒂。一边是值得信赖的好友，一边是心怀暧昧的佳丽，怎么权衡怎么取舍？这事既牵扯到个人隐私，又不好拒绝朋友的托付，也许和企业财务有纠缠——申行健犯难了。

申行健仔细整理了莉莉发来的资料，确认那些钱是从天丝海外公司的账号上寄出的。自打天丝建材变成股份制企业后，公司的报表、统计、财务收支都有严格的明细，可是国内这边收到的电子报表上却没有出现这笔款。就是说，不知其来由也不知其去因，那笔钱就像一个飘忽而过的影子搭乘公司的马车去做了私人的访客，而且有去无回。

它的来龙去脉应当弄清楚。

然而，这对行健来说并不简单，非为技术，只因感情。他跟永志是好友，对方在经济上如有差池，他理应给予规劝，不能让他走得太远。但他们的父辈多年来处于严重对立状态，现在刚刚有所缓解，他和永志的关系是唯一具有超家族、超传统、超实利的因素。如果这一纽结崩解，家族间的对立可能又会升级，下一代人也许因此陷入更深的困扰。申行健为此痛苦不已。莉莉那边得不到行健的答复，再次要求田永志把那笔钱说清楚。田永志以人格保证那钱是他本人的，叫她只管用就是了。

行健和修文商量。修文明确表示：作为企业股东的代表，必须就此事向董事会作出专项报告并提出质疑。行健坦率地说出了他的纠结，修文坚定地说：家族矛盾不能扯到公司事务中来。如果董事会对此事有任何迟疑，我将单独向有关方面提出立案请求。修文的果决超出了行健此前的预想。修文说：我可不能像我妈那样万事都先考虑别人。

董事会接到两个重要股东的质疑，田家祥大吃一惊。作为父亲，田家祥坚信永志心地纯正，不会拿公款胡来。散会后，田家祥在电话里追问永志：有没有用公家的钱办私事？儿子信誓旦旦地说：那钱不是公司的，绝对不是。远隔大陆大洋，田家祥一时也闹不清楚。他想好了，如果永志挪用了公司资金，大不了将来老子给他还上就是。因此，田家祥一开始对这件事没有给予足够的重视。

修文几次向董事长询问，田家祥都说：没什么大不了的。没承想，一周后申修文竟单独向有关方面提出实名举报，还要求司法机关切实执行回避政策。换言之，此事既不能让吕锋介入，也不能让王晓云参与办案。所以，在最初一段时间里吕家夫妇也蒙在鼓里。当有关部门开始调查天丝建材公司之非洲办事处挪用资金一案时，田家祥对修文充满了鄙夷。他认为：此事修文出头，背后很可能是申行健那小子陷害朋友——都不是东西！

申行健看出董事长的情绪，却也不好解释。修文年少气盛，我行我素。很快地，外界对此事有了传说，风言风语说田家祥的儿子携公款逃亡美国不回来了。虽然都是猜疑，但并非空穴来风。

申凤坤知道此事闹大了，对行健说：你不该蹚这浑水。申行健只说“事关法律不能颟顸”。申凤坤说：永志那孩子很不错啊！行健说：我们也是出于对朋友的爱护。申凤坤说：话虽那么说，但莉莉跟你不是有那么点儿意思嘛。现实说话，永志在追她，你这样做，成什么了——自己不要也见不得别人要？申行健说：这是哪里话啊。

田家祥终于知道这事是修文那小子的做道，私下里慨叹：大水冲了龙王庙！在一次管理例会上，田家祥遮遮掩掩、拐弯抹角暗示申修文：那个莉莉实际上就是你妹妹。申修文当即勃然变色，质问田家祥：在我举报你儿子的当儿，你作为董事长竟然节外生枝是何用心？田家祥说：算我多嘴，行了吧？申修文激愤地说：太阴暗了！田家祥心里骂：整个一狼崽子，六亲不认，只认钱！

第二十六章 酷太岁设计套儿 黑土地启发灵感

消息如大风般流散传扬，几天内大苇塘便一片哗然。永志侵吞巨款的消息好像突然涌来的海啸，滔天巨浪把每个人都卷了进去。老百姓哪听到过“八百万”的大数目啊，他们掐着指头算来算去自己的全部家当还不如这个数字的百分之一呢！这么多钱居然被田家祥的儿子卷到美国去了，难怪有人说天丝那一摊子早晚都成田家的私房钱呢。厚皮愤愤地说：奶奶个屄的，我要是有八百万，天天下馆子，夜夜逛窑子。大字不识的田二墩子则虚火说：八百万能买一个国啊！有人更是夸大其词，说田家祥的儿子卷走了天丝几个亿流亡海外不回来了。中庸一些的人也说田家祥这些年打着集体的幌子把一个破烂副业组搞成这么大个企业总要有所图的。这些人预见：眼下天丝食品厂就剩下个空壳，很快就要倒闭。有人说：还背着几千万的债呢，银行的人天天堵着门要钱，厂里对银行说了这厂子是大家的你们找大苇塘村民要去！银行的人算了算，平均每人十三万八千块！村民听说自己不但分不到集体的钱到头来还要倒找钱给银行，便个个火烧火燎的。有人问田家祥：银行要朝大家头上摊钱了？田家祥没好气地说：摊了，一家一百万！这些人明知那是气话，可还是遵循了“坏事宁信其有好事宁信其无”的古训，唉声叹气，好像天就要塌下来。

说法越来越多，传言越来越不靠谱，有人甚至捕风捉影，说吕锋的女儿偷走了政府的大印，在美国把整个西郊商城卖给克林顿他老婆了，希拉里不久就来接管，带着十八个翻译官。还有人说，莉莉与田永志在美国买了大房子现在小孩都五六个月了。还有人说田家祥企图移居海外，被海关拘捕，检查身体时发现他的蛋根本不是铁打的。等等，等等。最具灾难性的现实是，各家银行都中止了前曾约定的贷款意向，其中两家银行要求天丝建材提前还款或对目前发生的事件作出说明。田家祥当面骂他们：我他妈的要是发了财一定办个大银行，把你们这帮落井下石的王八蛋灭了！那些人一点儿也不生气，祝愿他的银行早日上市到时他们会送上祝贺开业的大花篮……

本来就够乱的了，接着又添了一层麻烦——申修好大学毕业后听妈妈的话准备参加公务员考试，到处找资料，不承想也“感染”了方兴未艾的谣言细菌——永志卷了巨款伙同莉莉逃亡海外——田家祥会上提及申修文的身世被修文给顶回去了。此事让修好的寻根兴趣重新启动，伦理的疑云伴随了现实的电闪雷鸣照亮了她的好奇。那天晚上她在常春藤茶馆偷听那两个男人的密谈后也曾私下搞过一点儿调查，后因妈妈的严厉训斥未能取得科学意义上的结果。这一次，修好决心刨根问底、找到证据，弄清自己的血缘。她瞒着妈妈，开始了秘密调查。

修好先找了老杨。老杨说：不管谁的种谁的苗，都无关紧要，人到头来还不是化作一道白烟走了？光辉万代的也好遗臭万年的也罢，不必计较出处来由。修好听了半天，没得到丁点儿有价值的线索。她转去找刘辨证。刘辨证不想陷入是非之中，跟修好打开了太极拳，一会儿唯物辩证法一会儿阴阳五行，外加谶纬、灵异、潜意识、弗洛伊德、不明飞行物，云山雾罩的，简直是一团乱麻。

修好心想，这些人怎么除了大忽悠就是二杆子，转去寻访田永昌。厚皮对田家祥灌他屎汤子的事耿耿于怀，此时只怕乱子小，言之凿凿地告诉修好：你不用找也不用查，我告诉你，你哥是个私孩子，他的亲爹现在市里做着大官。你自己的来路其实也不清楚，不久前那人在大街上公开说过你是他的闺女。修好问：谁？厚皮竖起大拇指说：这个呗。修好估计他指的是田家祥，说：他老婆十八年前就想收我当干闺女——他的话不能信！厚皮说：不信你就去问他们呢。

修好打算直面那两个人，要他们当面说出是或者否。她先是找了吕锋，吕锋怀疑修好是受人指使，生气地说：你连自己的身世都搞不清楚，还有闲心趁火打劫！修好反问他什么意思，吕锋没好气地说：没意思，一点儿意思都没有！修好悻悻地离开那里。吕锋早就听说女儿莉莉对申行健有那意思，并认为修好夺人所爱，对她自然没什么好感。再说，这种事也是她问的吗？

此时让田家祥犯愁的，是如何把儿子给莉莉的那笔款弄清楚并向公众说个明白。他是爱名声的人，最不堪被人指着脊梁骨说三道四。这些年来，多少怀疑、多少猜忌、多少明枪暗箭都被他一一化解，靠的就是无私无畏的品行。如果此次传言成为事实，过去的一切都将成为百世流传的笑话。果如此，全家将没脸在大苇塘住下去。他一再催促儿子回来，永志都说那边刚开始装第二船木材发货期间必须天天盯着脱不开身，等忙过这一阵子再说。

这益发增加了人们的怀疑。

吕锋终于听到风声，急吼吼来找田家祥。田家祥想起在吕家所受的侮辱和当下发生的骚事，不由得迁怒于他：你还好意思来问我？要是一马儿风平浪静的，哪会有这些屌事！吕锋说：年轻人的事总得一个愿打一个愿挨才是，我也不好干预。田家祥说：我还不知道你的？有半边纱帽翅儿哆嗦着就不知姓啥！好好的一件事，要不是你在其中使横劲，哪会有今天的龌龊！吕锋说：牛不喝水不能强按头啊。

吕锋回去后写了不下十封电子邮件问女儿到底发生了什么事。莉莉一概不予回复。王晓云也叫莉莉无论如何先把钱退回去，莉莉照例是不回话。其实，莉莉比他们要老练——如果那钱真是永志的，按原账号打回公司去，不仅对永志不公平，反而会给公司的财务造成进一步的混乱。如果是公家的钱，将来原封不动退回就是，反正她一开初就声明了，不为同谋。

申行健了解到外界的震动可能和不了解美元汇率有关。他反复向公众说明，那个国家的货币单位很小，二百元等于一美元，八百万不是八百万人民币，更不是八百万美元，折合人民币也就二十来万块钱，刚够买一台压板机的。这么一说，舆论稍微缓和了些。

此时申凤坤渐渐理解了儿子的做法——这笔款项不仅关乎各股东的利益，也关乎公司章程的存亡，关乎到公理。

二妮本来反感修文的做法，如今也被儿子说服了。田家祥曾经问过二妮，二妮坦白地说：查清楚来龙去脉对你们爷儿两个的名声有好处，对企业也有好处。田家祥感谢二妮对他父子俩的信任，但心中的担忧并未消除，因为公司给永志的年薪没那么多，几万美元的赠与，其中也许真有来路不明的收入呢。这样一想，田家祥的脊背上就像被人泼了一瓢凉水。

市政法委要求公检法对此事立案调查。工作组进驻天丝。在个别谈话中，田家祥的态度非常鲜明：那小子必须尽快回来给天丝一个交代。如果他是清白的，好说；如果有问题，不仅他要接受法律的制裁，我这个董事长也要引咎辞职，到时该死该活任凭组织发落。申修文的态度一如既往：决不容许有破坏法律法规的现象存在。田家祥暗想：这小子不像是吕锋的种！申行健的看法比较中和：这件事定能够搞清楚，要安抚舆论，多做解释工作。我相信永志不是那种钱迷心窍、见物生心、机关算尽的人。这是基本面。至于当事人是否要马上回国述职，还是要根据那边的业务进展情况而定，而且要由永志本人作出决定，不要因为四万美元的疑点造成公司更大的损失。田家祥心想：行健这小子还可以，论事客观，出主意也沉稳，不像申修文那般桀骜锋利、横眉立目、口口带毛。

董事会决定：永志应在不影响公司大局的情况下尽快回国述职。

田家祥面临平生最严重的信任危机，却又无计可施。他整天如坐针毡，茶饭不思、夜不能寐，却想不出个好办法。他咒骂护照、签证和海洋，因为这些狗日的概念让他没法像在村镇之间自由出入。一天晚上，田家祥无意中走过墓地，潜意识里想：也许祖宗会有什么好办法。于是就在荒草中找到老祖宗安眠的地方，虔诚地磕了头，求祖先保佑田家尊贵清白的名声。在茫茫的夜色中，他聆听着林间的松涛，希望从中得到些微的答复。风声萧索、鸟雀乱飞、夜色昏沉，田家祥到底没能得到任何来自先人的暗示。他气哼哼离开墓地，斜刺里穿过一片土地，打算去找老杨或田福申讨论讨论。

一个人在大苇塘村的黑土地上走着，漫无边际，脚下是不尽的深浅高低。多年来走惯了平坦大道，突然来到土地上，他觉得土地已如此陌生。他小心地踩下去，仔细感受土地的弹性和温度，那里有一种气息被他的大脚蹴了出来，四下里飞溅。那气息如同发酵多年的好酒，充满了鲜活的、原始的、泼辣辣的灵感。他太熟悉这种气息，太喜欢这种与大地直接亲近的感觉——索性在土地上多游荡一会儿吧——反正回去也是白搭，任何人都不可能想出好办法。他要求自己，今天一定要想出办法来。事在人为，无论多复杂的形势，对于一个军人来说，都要尽快找到解决问题的办法，进攻或退却，绝不能束手待毙。军人都是贵族，他们讲究荣誉，逃跑和畏惧是卑鄙的，君子视死如归！他像一位敢死队队员在出击前宣誓一样，对着苍茫的夜空说：此番坎坷、今日困境，即使我田家祥粉身碎骨、家破人亡，也要活生生踏过去。如若不然，誓不为人！

久违的土地啊，多么单纯的土地！曾几何时，田野里到处都是玉米、小麦、水稻，还有紫色的苜蓿花和苕子花，肥沃的土地好像能挤出油来，到处都是好光景。如今，土地被商业遮蔽了，大路两边全是商铺，曾经的主角如今成了跑龙套的。土地啊，如今你多么的落寞多么的凄凉，只有我理解你。无情无义的子孙们抛弃了你，没有人再来眷顾你的容颜，水泥和油污抹在你的脸上、肩上、大腿上。在你面前站着的不再是锄地的好手和会唱民歌的村妇，而是作坊、饭铺、广告，还有五花八门的车辆、服装和机械。从前的村姑个个质朴憨厚，今天的女人就只会数钱算账，差一毛就跟你大吵大闹。从前的田野上飘荡着流岚，春日下的地气就像海市蜃楼一般，叫天子在空中鸣唱，老牛在清脆的鞭声中走过松软的墒沟，翻起来的土就像桃酥一样！今天，从食品厂、酱园、鸡毛厂飘出来的空气一定让你感到窒息，我也一样，可是我们都得忍受，为了挣钱，有什么办法？潮流滚滚，人人都在弄钱，路边的杨树下连个乘凉的老人都找不到。现在钱就是命，命成了狗屎。土地啊，你如此不幸，如同皇亲国戚沦落成弃儿，你不能怨我，都是潮流这个龟孙搞的!

土地，松软的、温柔的、散发着醇香酒味儿的土地，在田家祥的心里从来都是尊贵无比！他漫步土地上，与土地交流着情感和心事：我懂得，这里的土地上什么都能生长。一颗种子播进土里，一棵幼苗栽进土里，你能让它们长出食物来。我们播种了玉米、大豆、高粱、谷子、红薯，收获的是无限的快乐。我们都感激你，祖祖辈辈都靠你养活。你从来不和我们玩藏掖，你是坦诚的、正直的、朴素的、可靠的。现在可好，你种下龙种收获的却是跳蚤，冥冥之中有个鬼神在操纵变戏法的魔盒，我猜不透其中奥妙却已经饱尝了苦果。土地啊，你像我的母亲，我是你的孩子。我们想要什么，你都能给我们提供，从来不讲价钱。现在你看，到处都是讨价还价，到处都是精明算计，古道热肠已经泯灭，再也找不到慷慨悲歌的豪杰，你的子孙都变成什么样子了！我已经度过人生大半，我的心一直对您充满感激，每当我呼唤你的时候，您总会给我回音，给我智慧，给我成就，这让我感到你的博大和仁厚，我的心中洋溢着温馨。啊，大苇塘村的土地，你就是神灵，你就是我的娘。你无比宠爱我，只要你发出呼唤，我决不会装聋作哑……

突然，田家祥得到了灵感。

那灵感倏忽一闪，但他还是抓住了。他找到了解决危机的办法——这是脚下的黑土地给予他的启示。他朝着夜空大吼一声：我的娘哟，有了！

回家以后，田家祥就“生病”了。

王秀花说：白天不是还好好的嘛，怎么说病就病了？田家祥说：叫凉风划着了，昨晚上我到祖宗的林地里磕头，林子里阴风飕飕，我在爹的坟旁眯瞪了一会儿，看见三个火气流在头上翻滚，醒来时打了七八个喷嚏，自那时起就觉浑身不舒服，耳朵里老是吱吱地响。王秀花相信风水和八字，说：哎哟，十有八九是叫祖宗给摩挲了。从来坚持无神论的田家祥破天荒地认可了鬼神的存在，说：黑暗中我看见一个老头拉我，叫我到他那边去过年，那老头像是我爷爷，两个门牙朝外龇着，腰里别着一根老长的竹管儿旱烟袋，烟嘴儿好像是块寿山石，上面带着一小片鸡血。

王秀花近来身体也不好，每天下午都发烧，老觉得脸上飘着一层火似的。尽管如此，她还是给丈夫熬了姜水，侍候他睡下。半夜里，田家祥突然大呼小叫：我不去，我不去！家里还有不少事呢！听那声音，活像是被人绑架了，双方拉扯得还很厉害。闻此声，王秀花一阵惊悚，忙问怎么了，怎么了？田家祥惊恐万状地说：我爷爷、老爷爷、大爷和咱爹，他们都在这里，你快来跟他们打个招呼吧——哎，老人家怎么一忽闪都走了？王秀花惊恐万状地说：你这是遇到鬼打墙啊，是不是招了魔虎子？田家祥翻了翻眼长叹一声说：哎呀呀，总算挣脱了——非叫我跟他们一起走不可啊，我知道那不是什么好地方，他们左一个右一个地拉扯，吓死个人……

王秀花找了几张黄纸，端了一碗凉水，要去街口打送。所谓“打送”，指的是打鬼送神。方法是，取黄纸五张，用木驴子在上面打了金钱的字样，然后朝着鬼神作祟的地方走出五十步，烧了，念念有词说几句心愿然后走回家来，途中绝不能回头。这是民间沿袭下来的迷信仪式，有点儿年纪的人都会做。王秀花一时找不到木驴子，就拿了几张五十元的人民币在黄纸上面比划了几下然后把黄纸拿到大门外烧了。

王秀花头也不回地朝家走，心中备感恐惧，有个幽灵似乎跟在她脚后。那人概是个贪得无厌的老鬼，十有八九嫌烧的纸钱太少，也许嫌没有用百元大钞为黄纸开光。王秀花暗祷：千万别跟着脚花儿进俺的家门啊，明晚给你多烧点儿纸就是了。这么一想，王秀花慌了，慌乱中跌了一跤。她狼狈不堪地爬起来，屁滚尿流般跑回家中，一连打了好几个喷嚏，自语道：外边那风可真邪啊。

王秀花觉得半边脑子被什么抓去了——她真的病了，一阵阵要命的咳嗽害得她难以入睡，先是冻得缩成一团然后就是烧得浑身发烫，她不断地呻吟。凌晨时分，王秀花刚要停了咳嗽，田家祥又是一阵喊：心口怎么这么疼啊，腿肚子怎么转到前边去了，耳朵眼子里边窣窣啦啦地响，受不了啊我！

王秀花被吵醒，硬撑着爬起来，双手扶着膝盖，佝偻着身子去他床前，问怎么了。田家祥说：十有八九是得了心脏病，要么就是绞肠痧，怎么这么疼啊！王秀花刚要说话，又是一阵要命的咳嗽，浑身冷得不行。田家祥要秀花到院子里舀些凉水好歹降降他的温。发着烧的王秀花披了件衣服去院里取了凉水。田家祥喝水时，王秀花就站在他床前，冻得浑身哆嗦，身子渐渐变矮，双手扒着床沿，连喘气都困难了。田家祥问她怎么了，王秀花说夜里受寒了，身子像是要缩成一个莲蓬壳似的。田家祥兀自不耐烦地说：不就是舀了点儿水嘛，苍蝇踢了一脚就朝我哼唧，谁惯的你？既如此那你就不要管我了，反正死活一样钱！

王秀花委屈得只想哭，两条腿却怎么也站不住，就那样软软地歪在地上。

田家祥看了她一眼，下床将她扶起。

王秀花强忍着痛苦，回到她的床上。

这样折腾了两天两夜，本就孱弱的王秀花病情加重，竟起不来床了。

自从田自由死后，秀花心情一直不好，饭食也不如从前，许多毛病随即显现出来，几乎没有个舒服时候。如今似这般昼夜不息地照料男人，真是勉为其难。王秀花自知身子瓤糠，却不能将息自己，照顾男人还是头等大事。喝水、吃药、盖被子、换衣裤、做饭喂饭，都是她侍候。频繁的出入让她重复感冒病症累积，又没空儿看医生，渐渐就支撑不住了。

桂花抱了孩子来问安。田家祥见了孙子，一时好了许多，他让孙子坐他肚子上，祖孙俩煞是高兴了一阵子。桂花见公公的状态还可以，问爹是不是好些了。田家祥说：我这次生病，全是那个小甩子给我添的堵。桂花问永志到底犯了什么事，外边风言风语的。田家祥说：问题大了去了！他给莉莉寄了八百万啊！我心边上没想到那小甩子会给她寄那么多钱！一定是鬼迷心窍了，不然不会做出这样的傻事来。王秀花在隔壁床上听得清楚，从被子里伸出头来问：俺儿永志犯了罪吗？田家祥虚火燎神地说：外边传说他贪污公款跑了，要不是他，我哪会生这么大的病啊！王秀花咳嗽了半天，坚硬地说：俺那儿不贪财。田家祥说：你说他不贪财，谁信啊？他若不回来说清楚，十有八九要定个贪污罪，挪用公款八百万啊！一万就得蹲牢狱，想想看，八百万得蹲多少年？这些日子我一直叫他回来，可他就是不听我的，说不定跟那干巴大姑娘远走高飞了呢。桂花一听这话，“哇”的一声哭了，然后就大骂莉莉不知羞耻的浪货把小叔叔给拐带坏了，这可怎么才好啊……

王秀花有气无力地说：自己的骨头自己认识，骂人家有啥用啊。桂花说：那你还不叫他赶快回来？田家祥说：人家不想回来我有什么办法。王秀花听了这话，一下子瘫软了。桂花放下孩子，扶起婆婆来，泪眼婆娑地说：咱娘儿们的命怎么这么苦啊！王秀花说：要是永志坐了牢，我还活个什么劲呢，倒不如死了算了！桂花给她喝了几口温开水，又抱了孩子来，说：几天没见，娘怎就变成这样子？田家祥说：她身子本来就瓤糠，先是自由没了，现在永志又出了事，三番五次的打击，如何受得了！看她那小样儿，跟纸扎的差不多，怕要毁。桂花说：这样下去可真是怪危险呢。田家祥说：谁说不是。桂花越想越气越着急，问：永志真的跟那小浪货跑了？田家祥说：假若他们俩没什么花招儿怎么就是不回来呢？

桂花听了，一颗心像被什么人生生摘去了似的，小孩子从她怀里滑落到地上。由由哇哇大哭。王秀花问：怎么了？桂花气急败坏地说：听说叔叔不回来，他就闹死，硬是从怀里落下去了！王秀花说：这可怎么着啊，这可怎么着啊！田家祥说：别嚎了，跟鬼似的，好人也被你给嚎死了！

宋桂花认定永志给了莉莉许多钱，怀疑两人一起私奔了，一时气恼至极，竟将孩子扔在院子里，一边朝自己屋里跑一边高声咒骂：小浪货、小妖精、贱婢子，养汉女人图现成……这边厢，小由由因找不到妈妈在院子里一阵阵地大哭大喊。王秀花硬撑着爬起来，双手扶了一把小椅子，好歹把由由从地上拉起来。小孙子偏不肯要她，非找妈妈不可，拉都拉不住。王秀花借了小椅子的支撑，好不容易才把孙子拽回屋子里。孩子还是哭，此时的王秀花已是精疲力竭，再没力气照料那一老一少了。

做娘的到底还是放不下孩子，桂花复又回来，把由由抱走。临走前见婆婆脸色蜡黄，一副死相，桂花有些害起怕来，远远站了问：娘、娘，你喝点儿水？还能说话不？王秀花连睁眼的力气都没了，气若游丝地说：桂花你不能走，不能走啊。桂花抱着孩子说：横竖没个盼头，俺在这里还待个什么劲！桂花刚出了门槛就听见婆婆声嘶力竭地叫：桂花你不能走啊，要走也得把由由留下，留下俺的孙子啊！

桂花哪还顾得了这，抱着孩子一阵风走了。

此后的几天里，桂花再没有过这边来。王秀花估计媳妇怕是不会再过来了，那宝贝孙子怕也再难见到了。她痛苦地呻吟着：哪一辈子上丧的良心啊无端报应在俺娘儿们的身上，大的死了，二的出了事，老的病了，小的走了，眼看这个家要完了！老天爷，俺这一辈子受的尽是苦，你怎还好意思把这许多罪孽加在俺的头上啊！

过度的操劳、过度的忧伤、过度的衰弱，终于击倒了王秀花。她现在不仅没人照顾，还要支撑着照顾男人，透支的劳苦压垮了这个可怜的女人，王秀花竟现出下世的样子，两眼总是闭着，好像没有力气睁开。眼窝渐渐下陷，枯黄的皮肤多了一片黑褐色，几乎不吃东西。老宋听说亲家母病重，来看，王秀花好歹睁开眼，问：怎没把由由带来？老宋说：到别人家玩去了。秀花就问：你给桂花找新主儿？老宋说：孤儿寡母的谁肯要？亲家母你放心，桂花就是去了别人家，你还可以当闺女一样走动。秀花哀号道：无论如何得把孙子给俺留下啊！由由是田家的独苗，桂花不能抱了俺孙子寻人家啊！

王秀花渐渐地不行了，那样子就像随时会呜呼哀哉。在半睡半醒中，她对着幽暗的屋顶喃喃自语：这个家，几年前还是好架子，说完就完了。老天爷，俺一辈子行善，就连那些逃荒要饭的，我都不曾慢待，遇到断了尾巴的蛇驴子俺都想给它接上，过年过节从不曾忘记敬天祭地，确凿没得罪你老人家啊！每次吃饺子，俺都先把您那一份儿盛出来放在高高的磨顶上，怕您生气呢。俺一辈子老老实实，想来想去没有忤逆过你，可是灾祸怎么一个连着一个呢？老天爷，你难道没长眼吗？！难道说你那一双老眼也生了白内障吗？！

田家祥好些了。次日，他去了城里，说是给王秀花联系就诊的医院，临走还带了一沓子现金。傍晚回来，他对秀花说：医生说了，你这情况得马上住院不能拖延。王秀花说：我不行了，甭糟蹋钱了，命该如此硬拽也是无益。田家祥说：钱的事你不用管，治病要紧。秀花问：大夫说我还能活多久？田家祥说：治好了什么都好，治不好就完了。王秀花说：死了也好，活着也是受罪。田家祥就问：你不想见你儿子了？他还等你电话呢！王秀花稍微长了点儿精神，说：那俺就多维持几天，怎么也得见永志一面，好多事还没嘱咐他呢。

当晚田家祥就把王秀花送到城里，住进一家不很正规的诊所。医生为她做了检查，告诉她病情十分严重肚子里像是长了东西，得动手术。王秀花问：开刀？医生说：手术就是开刀。王秀花问：还能等到我儿子回来不？医生说：开刀之前不好说，等开了刀做了切片才能确定是什么病。田家祥问：手术有风险吗？医生说：凡手术都有风险，好多病人上了手术台就没能活着下来。

田家祥一副很吃惊很痛苦的样子，对老婆说：情况不善啊。动手术前你一定得给永志打个电话，万一有个好歹，免得他事后埋怨我。王秀花私下问：我得的是什么症？田家祥神秘兮兮地说：外国病。王秀花问：咱是中国人，怎么得了外国病呢？田家祥说：你儿子在外国，所以得了外国病。王秀花问：没治了？田家祥小声说：扩散了就没治，没扩散，就还有救。王秀花叹了一口气，说：明白了。

王秀花确认自己是不行了，心情倒安静了许多。住院第二天，医生叫她躺在一张小床上，说要动手术。王秀花问：还能下来手术台不？那医生笑道：你还有话要说？王秀花点头应着。医生说：把要说的先说了，然后再动手术好不好？王秀花点点头说：我心里确实还有点儿事呢，临死之前怎么也得跟俺儿子见上一面啊。

于是王秀花就在手术室里给大洋那边的儿子打了电话。

儿子说：既然需要手术，娘你就做吧，我尽快回去看你。

长话短说。手术做了，做得很像“样子”，也很简单。男医生、女护士，全都穿戴整齐，只露出两个眼珠子。王秀花身上盖了一块巨大的白色单子，旁边放着刀子、剪子、纱布、止血钳、镊子等一应器械。屋子里满是蓝光，四周的大窗户全都拉上白色窗帷。护士先给秀花做了局部麻醉，告诉她不要怕，不过是在肚子那里开道口子做个活体化验。王秀花刚刚应了一声“不怕”，就昏睡过去了。

整个“手术”进行了不到一小时，万事顺利。王秀花苏醒过来后，既没说疼也没觉得害怕。她以为快要过世的人不知道怕也感觉不到疼了。手术后，王秀花又给儿子打了一次电话，在电话里说自己活不了几天了。儿子问得的是什么病，王秀花说可能是爱国病。儿子没听明白，问到底得了什么病，王秀花说不是爱国病就是外国病。永志以为娘说的可能是癌症，不便追问，说了许多安慰话。王秀花无休止地诉说她的思念，一而再再而三地催促儿子快回来，说要是回来晚了咱娘儿们就见不着面了。

田家祥站在旁边，时不时给她一点儿提示。田家祥能听到电话里永志的抽泣，还有尽快回来的回应。远隔重洋的母子倾诉衷肠，那情状就如生离死别。在王秀花和永志之间，一直存在着超级溺爱和超级依赖的关系，双方都腻得很。儿子受丁点儿委屈，当娘的就火烧火燎地护着儿子。同样，只要母亲让他做什么，永志从来没有拒绝过，从来没有。这个打喷嚏，那个就感冒；这个眼皮跳，那个就睡不好觉。相隔着十万八千里的大洋，双方都能听到彼此的心声。母子间的心心相印、心有灵犀、心照不宣，就像有神灵从中协助似的，完全和谐，绝对照应。

素来对母亲唯命是从的田永志听到亲娘的绝望呼唤，五内俱焚。田永志当即答应了母亲的要求。事实上，永志早就想回国探亲，只是第二船木材尚未装好——这是他肩负的主要任务——这两船木材可以保障天丝建材三年之内不存在原料短缺问题。现在第二船木材刚刚装好，他将手头一些事务作了安排，立即启程回国。

田家祥已经准备好见到儿子该说什么不该说什么。他在机场大厅安心守候着，想象儿子是否还是未经世事的样子，是否心事重重一副倒霉相，是否干练睿智、胸有成竹，足以对付任何盘查问询。多么善良、多么纯洁、多么温厚的孩子，他不曾体会到世事的险恶、人情的冷暖、政治的残酷，今天却要接受突然到来的打击，能承受得了吗？

田家祥不由得一阵难过，也心存担忧。他想好了：得在第一时间给他一个简短的点拨——没有事——即使挪用了公款也不能实说，爹给你如数还上就是！什么坦白从宽，法律靠事实说话——没有的事坚决不能承认。

地方机场设备大都简陋，这班飞机停在离出口好远的地方，乘客下飞机后须步行两三百米才能到达出口。田家祥从栅栏这一边盯着，远远看见一个穿风衣的青年拉着个箱子朝这边走，背上有个挎包，那就是儿子田永志。田家祥老远就朝儿子摆手。儿子似乎也看到他了，对他打了个敬礼的手势，样子看上去还算轻松。

田家祥朝儿子大声喊：永志！爹在这里！永志再次朝他招手，微笑。田家祥估摸儿子能听见他的话了，喊道：你妈没事，大家都没事！放心就是了！就在他试图重复这些话时，两个便衣冲上来捂住了他的嘴。田家祥奋起反抗，双方相互撕扯了几个回合，警察扭住他的胳膊，警告他：闭嘴，甭乱叫唤！另有几个人引领了永志朝海关那边走去。

田家祥挣扎着再次对着儿子的背影喊：没事！没事嗬！

田永志坦然地、无保留地交代了那笔钱的来历：近年来，东非处于严重的种族对立之中，冲突时有发生，林木采伐很难正常开展。从征地到修路到架电到雇用采伐工人，都要和各方面势力打交道，包括黑社会。为尽快运回木材满足生产需要，永志雇了不同部落的采伐队和装卸队在不同区位分别作业。这一做法保证了工程的进度，减少了部族间的冲突，也不违背公司规定。由于按时足额缴税，为当地财政增加了收入，地方政府给予田永志个人五万美元奖金，他把其中的四万元寄给莉莉。这些钱是他个人的合法财产。关于这一点，他有当地政府颁发的证书。永志出示了有关文书，包括译文和公证。文中明确写着：该奖金奖给受奖者本人。

专案组的问题是：既然这样，为什么钱是以公司账号寄出的？

田永志回答：当地没有外汇银行，寄钱要到海港城市澳柯玛。那里的银行告知他，该国最近出现重大金融投机行为，索罗斯之流正在兴风作浪，政府临时规定，个人不得汇出外汇。他们建议用公司账号汇款，永志要求附加一份背书，注明这是借用公司账号的个人汇兑。银行拒绝背书，但可以证明这一叙述的真实性。永志提供了当地关于暂停个人货币汇兑的规定和所在国银行的证明。

经合议，专案组认为：作为公司高管之一，田永志在接受数额较大的赠与时应当向公司报告；当事人在该款项的操作上，不能说没有瑕疵。如何确定个人在国外收受奖金的性质，总公司对此没有规定。鉴于此，该款如何处置应由公司董事会会同当事人协商决定。此案的司法调查就此结束，不另立案。

弄清真相，田家祥长出了一口气。

第二十七章　痛定思痛时故人宽宥　真相大白后夫妻撒手

田永志回来的前一天，王秀花就已回到家中。

出院时医生告诉她回家静养几天就好了。王秀花问：不是说癌症扩散没治了吗？医生说：治好的也就万分之一，你恰好在那万分之一中，好命啊！田家祥说：儿子马上就要回来了，心病去了万病消。王秀花道：敢情是心病呢，那还开什么刀啊！医生说：开刀等于放血，把内部的浊气放出来病就好了。王秀花问：我这样子三天两天不要紧吧？医生说：不要说三天两天，好好休养，十年二十年的不在话下。

王秀花一阵高兴，回家就想吃东西。

永志回来，宋桂花高兴得像大烟鬼饱吸了一大锅子烟泡儿，火旺兴风的。此时听婆婆说想吃东西，桂花就去拿了点心、水果、酸奶诸样食品放在秀花床边，还扒拉着婆婆的头发说：看在医院里沾没沾上虱子。秀花拉着小孙子的手问：由由想奶奶不？由由说：想。又问：哪里想？由由就指了指肚子。王秀花笑说：是心里想还是肚子想？由由还是指点着肚子。王秀花把孙子搂在怀里，无限悲戚地说：奶奶当是再也看不见由由了呢。明年四月八定要去南大寺烧香，还个大大的愿。

桂花问由由：除了想奶奶，还想谁？由由说：想大大。桂花问：哪里想？由由指了指头，桂花就说：怎么想奶奶用肚子想大大却用脑袋呢？由由就指了指妈，虽然没说出什么话，桂花脸上却早已涌出一片红来。桂花问婆婆：永志原说不肯回的，不知吃了哪一味药说来就来了，好蹊跷呢。王秀花自豪地说：还能是哪味药？老娘的药，我一连两个电话把他拽回来的。桂花眼里就闪出光来，说：我也说呢，果然是老将出马一个顶俩。秀花说：永志是个铁杆儿保娘派，娘叫他来，他敢不来?!

母子俩终于见面了。永志撂下行李箱，扑向床前。母子两个都觉得恍如隔世，紧紧相拥。由由高喊着：大大、奶奶拥抱了。桂花说：过一会儿也抱你，等着就是了。王秀花叫永志扶她坐起来，端详眼前这个身穿风衣、面色黝黑、满脸沧桑的儿子，问：听说那边怪苦的，山林里到处都是狼，吃饭时有狮子凑过去啃骨头，是不是？永志说：没那么可怕。娘你这会儿感觉怎样？王秀花说：娘可叫这外国病给吓死了，开刀前说我活不几天了，开刀后又说活个十年二十年的没问题。永志就问坐在外间的爹，娘得的到底是啥病？田家祥笑着说：人家说是外感症，她想儿子想到外国去三说两说就变成外国病了。

田家祥一口气吃了三张煎饼、两个鸡蛋、一根大葱，外加一碟子咸菜辣椒丝，总算把几天来的空肚子填满了。此时他缓缓走到老婆床边，眼神里存着几分悲悯，对秀花说：又像个人了，好好休养就是，什么都落实了，永志没有问题。王秀花问：咱儿没贪污？田家祥答：虚惊一场。又问：咱儿也没爬墙头？田家祥说：人家外国都不要院墙，爬什么墙头啊。王秀花说：不要院墙那还了得！桂花在旁边说：那地方到处都是艾滋病，永志可不兴那样，是不是？永志羞赧地说：你们说下路去了。

一家人重聚，万般欣喜，自不待说。每个人的睫毛上都挂着欢喜的泪珠，泪珠上荡着幸福的彩虹，彼此自是问寒问暖说了许多体己的话。桂花很想问他和莉莉的事，可是刚见面，又有公婆在场，没好意思开口。王秀花依然虚弱，田家祥要到城里给她买点儿补品，自去了。桂花对永志说：咱爹好像换了个人似的。王秀花说：腚后边作揖——空送人情罢了。他什么鬼心眼子都有，跟他摽！

田永志抱起小侄子，问候了嫂子：身体好吗？有没有生病？照看孩子是个累活呢。等等。桂花没开口先就掉下泪来，那样子是十分的委屈、十一分的想念、十二分的纠结，都是真情流露，粗陋中倒也有几分楚楚动人。永志说：嫂子确实不容易哪，我哥没了，里里外外那么多事情，真是辛苦你了。桂花擦了眼泪说：你要是在家也还好点儿。你不在家，做什么都觉得没有根据……说着说着，就又哭起来。秀花说：行了行了，你们外屋说话去吧，我也安静安静。桂花示意永志去外屋，永志说：我还想看看娘的病历呢。

两人来到外屋，桂花急不可耐地问：你给莉莉寄钱了？风言风语的，吓死个人。永志坦然地说：她在那边读书还是蛮清苦的，那钱反正我也用不着，能帮还是尽量帮。桂花说：这边人说你俩在那边同居，小孩都五六个月了。永志笑说：小孩在哪里？我怎么没见？桂花长吁了一口气，说：我想小叔叔心里不会没个数。再说，她有什么好的！永志说：莉莉还是蛮不错的，喜欢读书，也很细致。桂花说：女人都心细，比她强的多的是！

永志仔细翻看了娘的病历，总觉得不大对劲。一是临床记录写得十分笼统，正经医院不应如此粗糙，而附在结算单上的很多都是保健类药品，甚至还有至宝三鞭酒、高丽红参、冬虫夏草、乌梅胶丸等。永志就问：娘你肚里有蛔虫？秀花说：俺肚里没有虫子！永志看了母亲肚上的伤口，问：开刀疼不疼？王秀花说：不疼，就跟芦苇叶子划了一道似的，说是上了不少麻药。永志轻轻揭开纱布看了，伤口很细，没有缝合，只用一条胶布粘着。

次日，永志独自去了城里，说要见几个同学。桂花问：男同学还是女同学？永志说：男的女的都有。桂花的眉上就挂上了几丝心事。永志通过行健找了市医院的杨大夫。杨大夫看了病历说：承接该病案的是个私人诊所哟。永志就和她去找了那诊所，问他妈的手术到底是怎么回事。那大夫先是支支吾吾不肯说，经不住杨大夫的追问，只好把实情说了：有人故意夸大病情，目的是让王秀花把儿子叫回来——一场精心安排的戏。

田永志又气又恼，急匆匆回家。刚进门，田家祥就问他今儿哪里去了。永志怒视着他，强烈的愤怒和难以忍受的悲情把这个青年人的脸扭曲了，他歇斯底里地朝那人大吼：鬼，你干的好事！

田家祥就那样站着，看上去很无奈。永志冲动时想扇老爹两耳光的，可他到底没有举起打人的手来。田家祥苦笑道：没办法的事，没办法的办法。

田永志跪在母亲床前，紧握那双枯瘦的、苍黄的、变了形的手，眼泪扑簌簌掉在娘的手背上。他为母亲蒙受的欺骗和痛苦深感哀伤，无助的母亲啊，几十年来含辛茹苦却不被尊重甚至受此虐待，儿子小时无能为力大了还是不能保护母亲让她过上舒心体面的日子，永志感到十分愧疚，禁不住痛哭失声。

王秀花不明白儿子为什么如此号哭，问：是不是老吕家给你吃味了？吃味，就是受了别人的炎凉和轻蔑。永志摇摇头，嘴角憋鼓着说：不是的。秀花又问：是不是娘活不几天了？永志哀号道：不是的，娘你不知道，什么中国病外国病不治之症都是没影的事，都是俺爹自导自演的戏，他是故意做了局来蒙蔽咱俩的。今儿我去医院问了，爹成心要你生病，假装给你开刀，吓唬你、骗你！王秀花不解地问：他骗我做什么？永志说：钓鱼啊！王秀花问：钓什么鱼？永志说：你就是鱼饵，我就是鱼，他要你把我钓回来——居然用你做了苦肉计，为了他撇清图个好名儿！

王秀花终于明白她在这出戏中所扮演的角色，一个多么可悲、多么可怜、多么卑微的角色！一时心气郁结，她竟扑通一声倒在床上，气若游丝。这可把永志给吓坏了。他使出浑身的解数，好半天才把母亲唤回来。永志抓着母亲的手轻轻呼唤：娘你别伤心，你什么病都没有，你就是累的，营养跟不上，心事又重，只需多调养些时日就好了。娘你放心，我再也不离开你了。娘，多大的事都没有你重要，我再也不会离开你了。

王秀花深深地叹了一口气，说：他不该这样对待我啊。自我进了田家这个门，他就像是吃了多大的亏似的，几十年都是那副不待见的样子。我像个丫头婢女，一辈子听他使唤，任他疯任他邪，他叫我竖着我不敢横着，到头来还是不拿我当个人！天啊，俺王家哪辈上丧过良心吗？让我遭此报应！

永志说：娘，等你好了，咱不跟他一起过了。他老奸巨猾、心狠手辣，哪还是个人啊！

母子俩再次相拥痛哭。那是基于血缘的骨肉情感，那是积压深久的宿命感伤，那是多少年相依为命，用点点滴滴的爱凝结起来的山海般亲情！两颗心贴在一起，相互传达着痛切的理解和安慰。宋桂花抱着孩子在一边哭，她的悲伤中寄托了对命运无常的无限凄婉，虽然是借来的酒杯，心中的块垒却是一样的沉重苦涩。还是秀花先止了哭泣，说：都甭哭了，咱不能老是哭。娘得起来给永志做点儿吃的，他来家后还没吃娘做的饭呢。

永志又是一阵悲号，怎么也不让娘下床。秀花只好躺下，嘴里还在诉说：深究细想，我这一辈子哪一方面都没给他丢人。什么活我都干了，几十年来无尽无休，从不曾爱惜气力，拿了自己当牛马看待，没过上一天清闲的日子。孩子我也给他生了，也都拉扯大了。你哥夭亡，也是天数，我有什么办法？你爹他一辈子没看中我，这能怨我吗？我有什么罪啊，让他拿我如此的不当人？我对得起他，他对不起我啊！这个账，我早晚得跟他算，不然死了我也合不上眼。

永志劝了一阵子，秀花好不容易才安稳下来。

宋桂花悄悄把孩子推在床前，由由拿了纸巾给奶奶擦泪。秀花笑了笑，那样子真是很苦很苦、很惨很惨、苦中作乐、勉为其难。桂花要去厨房做吃的，婆婆就叫她做永志爱吃的葱花炸锅面疙瘩汤。桂花一边束着围裙一边说：您也甭抱怨爹了，他这一招虽然阴了些，可也是好心。不这样，永志可能不回来呢。永志说：怎么会不回来呢？去之前就和公司说好了的，一旦发出第二船木材我就飞回来。桂花说：爹是担心你跟莉莉那个了。永志说：我跟她早就说开了，朋友归朋友，不谈婚姻。

桂花听了，放心去做疙瘩汤了。

次日，永志上午去公司述职，下午要去看修文、修好和行健。宋桂花说：亏你还有那份好心思！要不是他们，爹娘也不会受这么大的惊吓。永志说：修文做得对，行健也是大仁大义，你们不理解，我理解。他们的做法让我迷途知返，至少叫我切实懂得了企业经营的许多规矩，懂得无论多么紧急都不能公私账号不分。这对我大有好处。如果我不去看他们，就是知恩不报，他们会看不起我的。

桂花看着永志离去的身影，对秀花说：我看永志不像爹，倒是像你，忒厚道。秀花说：像我有什么好？一辈子受人欺辱！桂花说：心眼好才是第一的好。秀花说：那倒是。永志这孩子就这一条好，有情有义——也算我没有白疼他一回。宋桂花说：行健他们这一棒子倒是把永志给打醒了，不然他跟那个莉莉还是纠缠不清，天长日久，日久生情，谁知会闹出什么花活来。秀花说：俺这儿看起来文弱，可你仔细看了，他身上没有一根贱骨头！

田永志的来访让行健和修文十分感动。中修文第一次拥抱了这位朋友，热血涨红了他年轻稚气的脸。行健将永志引到上房，申凤坤特别站到台阶下去迎接。年过花甲的老人对眼前这位小伙子肃然起敬。当着几个晚辈的面，申凤坤不惜言辞地赞扬永志，叫行健和修文向他看齐，说永志是他此生中看到的第一个青年君子。

小兄弟们在一起谈得很好，彼此不存任何芥蒂，一如既往。申凤坤看着他们潇洒坦荡的样子，回想这件事的前前后后，感动不已，执意要选个吉日良辰请田永志吃饭，还让永志回去将这意思告诉他爹他妈。永志说：我敢保证，他们一定很高兴。

两个家族开始进一步显现出和解的苗头。

王秀花一人在家，觉得身子稍微好些，就下了床。好一阵了，她独坐在堂屋门槛上，看着院里的空地发呆。阳光很好，晃得她眼都睁不开，便眯缝着双目，前前后后想了几天来发生的事，慨叹自己这几十年的坎坷辛酸，还有那些常人无法经受的不幸。这次被骗开刀的事，儿子已调查清楚，不会有错。王秀花越想越觉得这份屈辱实在难以忍受，不由得怒从心上起，恶向胆边生。她从篮子里拿出菜刀，重又坐到门槛上，等待着了断的那一刻。

黄昏时分，田家祥像往常一样回到家。刚进院子，就看见王秀花从门槛里边站起来，像是迎接客人的样子，脸色却是寒寒的。当他走到院子中间时，发现王秀花已经站到他面前，右手蔽在身后。田家祥平生第一次正眼看她，问：眼神不对啊，你的手干吗蔽在后边？是不是拿了刀啊？

王秀花喝道：知道就好！

说话时，王秀花从身后亮出菜刀直照了那人砍去。

田家祥迅速躲到一边，说：你得先说清楚，为什么要砍我？

王秀花再次举起手里的刀，还未落下呢，腕子就被男人给抓住了。他狡黠地笑着，说：你还没给我说明白理由呢，不教而诛，不对的。

王秀花开始了她的血泪控诉：你一辈子没看中我，一辈子拿我没当个人，欺负我、折磨我、诮欺我。自从进了你田家门，我连牛马驴骡都不如，起早睡晚，收干晒湿，担惊受怕，最后落了个什么？落了个被人看不起！你不是嫌我丑吗？你不是嫌我不识字吗？我没拦你，你想跟谁好，去呀！你不也睡过别的女人吗？不也养了私孩子吗？我可曾怎么着你？俺什么都没说，想日谁日谁，随你的便。你要是有种，怎么不明说离婚？你当是我怕你？你当是离开你俺就不能活了？你不必这样折磨我，你走你的阳关道，俺走俺的独木桥。就你有儿？俺没有儿？你为什么一辈子不吭声？为什么一直这样钝刀子杀人？你这个杀人不见血的老魔鬼，直到把俺弄到医院里的手术台上一刀子劙开俺的肚皮肠子瓤子都给人家看了你才称心是不是？啊！

田家祥这才明白是怎么回事，狡辩说：不这个弄法，他不回来啊。他不回来，很多事就说不清。事情说不清，咱都没有脸面活下去，是不是？

王秀花质问：有本事你叫他回来啊，为什么把俺弄去当鱼食儿？

她把这句话中的“你”“我”强调得很重。

田家祥不想再跟她解释，把刀夺下来，扔到地上，懊恼地走向房门。

就在他朝屋里走去时，王秀花猛地扑了上去，照着他的头皮、脖子、后背就是一阵乱抓乱扯。田家祥生气了，一转身，就把秀花摔在了地上。若不是她个头短小，那颗头颅也许就硬碰硬地摔到青石磨盘上了。秀花扶着磨盘的边缘，极力想爬起来，可她身子太弱，一时爬不起来，她就那样匍匐在磨道里。

田家祥以为她得一阵子才能站起，兀自站在那里喘粗气。

王秀花慢慢地积攒了力气，像只青蛙似的猛一跃，竟然抱住了田家祥的腿，生生一口咬在他的腿肚上，疼得田家祥哇哇大叫。

王秀花企图再咬一口，被田家祥按住了肩背，动弹不得。

王秀花并没有放弃，她骂着、吼着、诅咒着，披头散发，涕泪横飞。她用一生积压的怨气，控诉、再控诉，呼喊、再呼喊。那是积压了几十年的愤怒，那是忍无可忍的反抗，积久的怨毒如今砰然爆发，完全不计后果、不计生死。这是他们夫妻间发生的第一次，也是最后一次殊死搏斗。所谓搏斗，其实就是一个男人殴打他的女人，而女人的反击只是死死抱住他的两条小腿。她的双手扣在一起，就像是生前铸就的连体，怎么也不松开。他打她、骂她、呵斥她、扯她的头发，她只是不松手。任凭你怎么捶打，任凭你怎样发疯，她就那样死死地箍住他的双脚。他无法踢她，因为抬不起脚来。她的武器只有一个，就是牙齿，就是用牙齿咬他的肉。这不是一般的咬，而是带着仇恨和激情，下死力气撕扯。田家祥腿上被她咬下至少有三四块小肉来，疼得他难以忍受。他恨不能将她撕成碎片，将她扔到南山沟上，可她就是不放松，如毒蛇之纠缠，似野藤之盘绕，不依不饶、不离不弃，活生生让他没了办法。从来胆大横行、刚愎自用，没拿正眼看过老婆的田家祥此时被自己的女人震慑了。

虽然他最终制服了与之拼死的女人，自己也已筋疲力尽。

看着倒在地上的女人，他气恼万分地说：我看你能得不轻！

尽管此时腿肚上还流着血，裤子染红了好大一片，鞋上、地上、手上都有鲜红的血，但他没有马上去包扎。田家祥的从来都很充实的心此时空空如也。是呢，我确实是一辈子没看中她，一辈子仇恨这桩包办婚姻，这不是她的错，不是她的错难道就是我的错吗？我没让你进这个家，是爹娘把你娶进这个门的。你屈辱、你难受、你愤怒，我呢？我一辈子的不高兴找谁说去！

王秀花侧躺在地上，没有声息。她的一双手无力地摊在地上，如同一具死尸。田家祥第一次审视她那双手，深褐的皮肤，见不到一点儿肉色，指甲硬硬的，有几个因为干瘪而隆起，像是动物的鳞爪，指甲缝里有些蓝黑色的东西，只有那手掌还有些许肉色，但也满是老茧，如同黑熊的掌面。从手背到腕，瘦骨嶙峋，青筋凸起，还有许多色素沉淀的老年斑。这双手，几十年来不知道干了多少活，只要不是睡着，从来没有闲着，如今这双手沉静地放在地面上，一动也不动。

田家祥第一次这样端详自己老婆的手，她的手居然是这个样子。是啊，一个可怜的女人，一辈子没人疼没人爱，没黑没白地干活，任劳任怨地过日子，操劳了大半生。所有女人该做的事她都做了，你还能让她一个不识字的女人再多做点儿什么啊？作为一个村妇，她能做的，不就这些吗？都做了，都忍受了，她咽下的苦水足够三大缸。她难道不是一个人吗？她也是人啊。即便是奴隶，几十年坚持照顾一个家，也应当受到主人的褒奖是不是？可是，她一辈子没有得到丈夫的一句赞扬——我田家祥未曾夸过她。怎么说呢？要做大事就得有牺牲，要做个好人就得有担当，我不能为了你放弃与生俱来的担当。不错，你作了牺牲，我呢？我就没有牺牲吗？这一切都是为了谁？

田家祥深深叹了一口气：万般都是命啊。

见王秀花还是没有动静，田家祥有些不安。他在她身边蹲下来，像是问话又像是自语：起不来了？装死的吧？自作自受。他把她抱起来，走进屋里，轻轻放在床上，给她擦洗了脸上的血污，又特别为她擦洗了那双手，还用了香皂。他一个指头一个指头地拽着，问她疼不疼，她一概不做声。

然后他去锅屋为她做了小米粥。

直到天黑，王秀花才苏醒过来。

董事会最终对田永志作出了处分：田永志未经公司董事会同意，动用公司账号向私人汇款，是错误的，当事人应作出检查并不得再犯。鉴于该款项实属当事人个人应得，公司予以承认。董事会认为：在进口原材料方面，田永志敢当重任、积极开拓、吃苦耐劳，在异国他乡克服重重困难创造了卓著的成绩，特给予嘉奖，奖金十万元。

关于下一步工作安排，田家祥提议，改由申行健接替田永志全权管理非洲木材公司事务。行健则认为，由田永志继续主持那边的工作比派一个生手去更好些。有了这次教训，永志会更加谨慎用心更能审时度势，这也是企业培养干部必须付出的代价。申修文建议增加驻外公司的办事人员，除招收几个会外语、懂业务、善公关的人，不妨派宋桂花去协助永志工作。大家认为行健、修文的意见更妥当一些，田家祥也觉得中途换马是不智之举。除行健说到的理由，田家祥还有一层考虑，外人以为永志犯了大错误，现在让永志继续负责该项目，本身就是对舆论的最好的澄清。唯一让他担心的是，王秀花可能不同意永志再次远行。孙子还小，是带出去还是留在国内，也是个事。

董事会委托田家祥去说服王秀花并征求宋桂花的想法。

因为长期超强度劳作加上近来的忧愤煎熬，王秀花终于支撑不住了。她的脾脏和胰脏都有问题，疼痛难忍，不进饭食。秀花对儿子说：娘真的要走了，这一回不是瞎说。娘就是这个寿数，也怨不得别人。我走后，你们要好好过日子，注意身体，注意安全。你嫂子对你不错，要好好照顾她。凡是对咱有过恩惠的都要时时惦念，逢年过节都要去看看，平时也要多关心人家，人活着其实就是个心意啊！桂花呢，别忘了清明冬至给自由上坟，那孩子太可怜了。

田家祥紧紧抓着王秀花的手，泪眼婆娑，说了不少知错的话。唯有此时，王秀花才真切地感受到丈夫内心深处的隐含不露的情分。她说：有你这些话，我也合上眼了。

秀花把儿子叫到身边，殷切地说：你爹这个人，一辈子爱好虚名，一辈子都在为大苇塘操心，不曾珍惜自己。他对我虽然是差了些，我能原谅他。咱说他不好，人家外边可没有说他孬的。我走后，他一个人就可怜了，谁能像我这样伺候他？没有了。你们做儿女的要多照顾他一些，就算我临走前委托你们了。

永志和桂花都应着。

田家祥意识到这个终生伴随他的女人就要走了。突然，一阵狂暴的悲伤从无限深邃的地下涌了上来，不由得放声号哭。几十年来的朝夕相处，到诀别时才知道自己欠下她很多很多。她的忠诚、勤苦、任劳任怨、唯命是从、仁厚大度，一下子都变得闪闪发光，如同宝石裸露在澄净的阳光下。所有需要她付出的劳动她都付出了，从来没有拒绝，无论多么辛苦。所有她能够作出的牺牲都牺牲了，包括感情、青春、体力、权利，甚至尊严。一切为了这个家，一切迁就丈夫，完全忘了自身。田家祥为自己一生的冷漠感到万分悔恨，他历数了自己的愧疚，为不能弥补自己的过错而懊恼不已。

他拿了秀花的手，使劲打自己的头。

父亲的真情，让田永志最终原谅了他。

也许是受了丈夫一片温情的鼓舞，王秀花稍微恢复了一点儿意识。弥留之际，她提出要见一个人。田家祥趴在她耳朵上，问：你想见谁？王秀花的嘴里发出微弱的声息：请二妮来，我有话对她说。

永志立马去城里找到二妮，说娘快不行了无论如何要见您一面。二妮放下手里的事，跟了永志一起过来。自打田自由的葬礼以后，这是她又一次踏进这家门槛，没想到又是和无常有关。二妮直接来到秀花的床前，拉着秀花的手说：我，二妮来了。

秀花微微睁开眼，看了，点了点头，艰难地笑了笑。二妮问：您有话要说？秀花艰难地抬起手，从枕头底下摸出一个小包。桂花接过，打开小包，里面是一副玉手镯。秀花说：二妮，这是我出嫁时俺娘给我的镯子，好材料呢。我要走了，送你吧。我是个瞎人啊，不识字，可我知道，你是个要脸的人，我对你从来都是恭而敬之，你眼里也有我，我很满足。二妮，咱这地方的人不好啊，眼窝太浅，人家拿我不当人，就你还拿我当人。说这个干啥呢，快死了，咱不管人家了。

二妮不由得一阵伤心，强忍着不要眼泪流出来。

王秀花闭上眼，歇息了片刻，用最后一点儿力气说：我要走了，丧事上不是缺个送汤的嘛，我想让你家修好，修好，给我提壶啊。二妮，看在你我一辈子自尊自爱的分上，我求你了。可怜我没有闺女，怎么办呢？我不想求别人，我看不上别人啊。

二妮沉吟片刻，毅然道：行，我答应。

王秀花用了最后的力气，将那副镯子放在二妮手里，相互握了握手。

二妮接受了这一托付，因为这是一个生命的毕生尊重。

就在永志即将赴任前，王秀花瞑目。

申修好拿到充足的证据，打算向母亲追问自己的身世。

二妮恰好刚从田家回来，也想和修好说说给王秀花提壶送汤的事。

修好谨慎地选择着措辞，赔着小心，生怕伤害了母亲。

修好温婉地提出要求：弄清身世，活也活个明白。

没想到，二妮并不感到那是来自小辈的冒犯，甚至早有预感也早有准备。她坦率地、简要地，不动声色诉说了二十多年前发生的那些事，就像一位历史学家客观记述两千年前的某件公案。她没有为自己作任何辩解，也没有过多地谴责两个男人。

修文、修好静静地守着母亲，听她诉说往事，看她揭开尘封土埋的家族史，那里充满了悲情、无奈、牺牲与挣扎，短暂的甜蜜只是艰难岁月的可怜点缀，母亲经受了太多的曲折，还有屈辱，还有背叛。三十年的心路历程，母亲的每一个脚印里都是眼泪和汗水、艰辛和隐忍。屋子里的空气如同凝结。

二妮说完，默默地坐在椅子上，等候一对儿女的反应。

微风摇动着海棠树的树叶，散落到地上和屋檐下的声音，分明不同。两个年轻人的身世在几分钟里被完全揭示，如同经历了一场生死穿越，心中波涛汹涌，喉咙处有什么东西紧锁。与生俱来的悲怆裹挟着无坚不摧的力量一个劲地拍打着心灵的堤岸，浪花飞溅，大音震耳欲聋。一波一波的浪花带着愤怒、同情、悲伤，洗刷着年轻人的心。大海那边青山起伏，他们在峭石上浪花里看见了自己的血缘出处，不能自已，却难以表达。

让修文、修好感到意外的是，母亲说完这些之后，既没有悲伤的哭泣，也没有愤慨的声讨，连一声哀婉的叹息都没有。她就那样默默地坐着，一直坐着，纹丝不动，好像一尊石佛雕像，又好像等待女儿和儿子的谴责。

二妮的眼眶里渐渐凝聚起一汪泪水，晃动着。她隐忍着，隐忍着，好像不得已忍受折磨的囚徒，炽热的阳光把海水晒成了盐，幽泉的流水将山岩变成钟乳石，水滴慢慢地积累着，大风将千里沙漠整个儿吹起，尘烟如柱，直上云天。高山塌陷了，百里峡谷在瞬间形成，所有的堰塞湖一个一个被冲垮，江流奔泻而下。终于，晶莹的泪水落了下来，扑簌簌落了下来，无法控制。那是她一生的爱和屈辱凝聚的情感，生命含蓄了多少沉积，责任压抑了多少苦难！那是积压百年却无处倾诉的伤痛，那是一个人自我描述的动人诗篇……

修好和修文一齐站起来，抱住了妈妈。

二妮搂着两个孩子，抚着他们的泪眼，叫他们坐下。

修好问：妈，你不恨他吗？

二妮说：以前一直恨。

修好发誓：我要给你报仇！

二妮坚决地说：不了。

修好把母亲的双手放在自己腮边，说：妈你这辈子真是太苦了！

二妮擦了擦眼泪，说：福是人享的，罪是人受的，都过去了。你们不要记恨他们。这两个人，两件事，各自不同。当时妈的心里确实充满了屈辱，觉得自己没有得到起码的尊重，在人家眼里简直不如一棵草，好像谁爱怎么就怎么似的。在很长一段时间里，有二十年吧，我恨他，也看不起他，觉得他粗鲁野蛮不是人。但是，他给了我一个女儿，女儿给了我活下来的信心，我不能老是恨他。后来他多次为此事道歉，倒也是真心实意。我心上的伤痛才算稍微减轻了些。说起来，这人一辈子也不容易。虽然他有很多毛病，但至少有一点，他一直问心无愧地为大苇塘操心，这我还是敬佩他的。再说，上次你做的事，也多亏了他的包庇，不然你就完了。

修好问：你怎么知道的？

二妮说：没有不透风的墙。

修好问：遭事的那人知道吗？

二妮说：知道也好不知道也好，咱不管了。

修好义愤填膺地说：姓吕的家伙就该死！当时再给他一刀子就好了！

二妮呵斥女儿：说那么狠的话干啥！我就是不赞成你们这样，动不动来狠的，不像个有教养的人。你们得多向凤坤爷爷学习，你看人家，做什么事都有板有眼、有礼有节、扎扎实实的，从不轻狂草率。你们还年轻，心里装着那么多仇恨，对别人不好，也会伤害自己心气。

人家对咱不好，咱不能以牙还牙。咱要是跟孬人一样，自己也就是孬人了。人要想站着有人高躺下有人长，还得靠德行，德行是一点点做的。你看那两个人，当年都是英雄才俊，因为这样那样的毛病现在不都被你们超越了嘛。咱没有跟他们计较，兢兢业业过日子，现在不是跟他们平起平坐了吗？什么叫做尊贵？尊贵就是宽容那些粗陋的人。原谅他们吧，当你原谅别人时，你就站在高处了。

修好还是不肯原谅，说：他们都是流氓！

二妮安抚女儿：人能知错改错，咱就不计较了。

因为过度的愤怒和无以言说的悲伤，修文一直沉默着。要论内心受到的冲击，他最重，也最深刻。母亲的身世让他感怀万千，满肚子话竟一时找不到宣泄的口子。作为儿子，他身上带着爱情的因子；作为生命，他却没有得到过父亲丝毫的关爱，一切都是靠了妈妈。由此造成的孤独在心灵深处形成一片隐秘的黑暗，他时时都能感觉到那个阳光照不到的地方。那个男人，他的父亲，不仅无情地抛弃了妈妈，对儿子也未曾尽到起码的责任，儿子心中的黑暗与此有关。最不能容忍的是，那家伙还想把我们一家赶出这地方，不惜利用无赖之徒对一个不曾伤害过他的女人下手……

修文发出了撕肝裂肺的怒吼：这个——王八蛋！

二妮满脸哀伤地看着儿子，拉着他的手，安慰道：修文，好孩子，听妈说话。妈能把你带到这个世界上是一份意外之喜，你的到来不是别人对我的伤害，是我想要孩子的，是我自作主张生下你的。你承担的那些伤痛，就记在妈妈的账本上吧，算我亏欠了你，让你缺了父爱这一层。谁叫妈的命不好呢。论情理，咱没亏待任何人。可是论血缘，他毕竟是你的父亲。

修文还在喊：我，不——承认！

二妮生气了：这是什么话！你得这样看，虽然他不曾给我们什么眷顾，可他是官场上人，担不起舆论是非，尽量躲咱远一点儿，这也不难理解。没有关心咱，也是我应当的承担。生你的时候我就没指望他照应，也就怨不得人家了，是不是？咱家不是缺孩子嘛。再说了，人家后来有了家，没有多余的力量照顾咱，各人过各人的日子就是了。

现实说话，如果他偷偷摸摸、鬼鬼祟祟避着家人给咱一点儿帮助，妈能接受吗？咱能为了一点儿好处让他提心吊胆，整天跟做贼似的吗？妈是个要脸的人，咱不能让人家为难。我对他不满意的其实就一点，他应当多惦记着你点儿，哪怕偶尔问一句也好，尤其在学业方面、为人方面、前途方面，我真是需要跟他商量呢。可是你知道，才情好的人多半都胆小，倒是那没才情的人反而有担当，可他们多半又很粗陋。所以说，没有完美的人，不能苛求别人什么都好。他想赶咱走，无非怕给他身上粘泥片，既然这样，咱主动跟他远一点儿就是了。你不要恨他，因为妈对他曾经有过十分的真情，有一阵子他对我确实也不错。几十年来，我一直忘不了他给我的那点儿温存，难道你就不能看在妈妈面上对他宽容一些吗？好儿子，当你忘记了别人的恶，心里就轻松了。

修好不满地说：这般小人，你还要替他说话！

修文跪了，紧抱妈妈的腿，说：妈，你这一辈子多难啊！

二妮说：难，不也过来了嘛——没有受不了的苦，只有享不了的福。

说穿了历史，倾泻了淤塞多年的感情，一家三口都觉得明亮而轻松。接着，二妮说了王秀花临死前的那个托付。

修好立马就说：那不行。我可不想踏进他家门槛，如果去了，人家会说咱什么啊。

二妮叹了一口气，说：这件事不光出乎你的意料，我也不曾想到。我估计，她家的人甚至大苇塘村人都不会想到这一层。是呢，怎么想都觉得不可能。可是孩子，你不知道当时那情景，在秀花说出她的托付时，我在她那双行将闭上而且再也不会睁开的眼里看见了信任，我就理解了。秀花说的那句话——我不想求别人，我看不上别人——这句话打动了我。秀花一辈子坚信，不是你妈不好，是她的男人不好，为了男人的罪过她一直背着沉沉的愧疚，从她的眼里我能看出来。那是个意志坚强、心地善良，一辈子没有享过一天福的女人。大苇塘人曾经看不起我，只有凤坤家你大奶奶，还有秀花，她俩不曾对我有过丝毫的伤害。这不容易呢，孩子！每个人都朝咱吐唾沫时，她们两个曾经为咱遮挡，这还不是恩德吗？可怜的秀花，她就像一个影子——

影子还有人带着出门逛逛呢——总是被撂在一边。自己的男人看不起，别人就看不起，可是咱不能看不起人家。滴水之恩当涌泉相报，这是道理。修好啊，人的心和眼是同岁的，我和秀花之间的那份尊重是几十年的积累，相与一个人如同沙里淘金啊！她在行将离开阳世时用最后一点儿力气提出这点儿微薄的要求，咱有什么理由不应允啊？你说是不是？

修好说：对王秀花我倒没什么不好的看法，可我不能原谅那个人，我不能容忍来自强权的凌辱！如果我去提壶送汤，不就等于承认自己是她的干闺女了？至少外人会那么看。而她是那个人的女人，我可不想被人看成那个人的孩子。即使真的是，我也不承认——我一辈子都不会承认他，我憎恨强权！

二妮说：我会把这两件事分开。

修好说：问题是分不开啊！

二妮坚持她的意见：不管怎样，必须去。

为什么？

就因为尊重！

修好正要说话，有人敲门。

二妮说：谁？进来吧。

田家祥轻轻推开门。

修好风吹一般扭过脸去，不肯正眼看他。

一家三口都默默的，谁也没给他打招呼。这使得刚进门的田家祥一时手足无措，自知身为不速之客，难免尴尬，进退都不是。他的两只大手反复搓揉着，没有可放的地方。二妮示意他坐下，田家祥满脸的不安，眼里满是负罪和愧疚，那是从历史的伤口里流出的悔恨和自责。他意识到，这里可能正在进行一场痛苦的对话，他必须尽快表明心迹并尽快离开。

田家祥低下头去，以无限沉重的语气说：今天我，贸然来到府上，不为别的，就为多年前发生的那件事，为我犯下的罪恶，不可饶恕的罪恶。我是来认罪的。这份罪这份恶，多少年来像大山压在我的心上，从来没有饶恕过我，像火一样烧我，像锥子一样扎我，我一刻不曾安宁。我没有脸面见您，我觉得自己不是人，粗鄙、暴戾，不懂尊重人，不是个东西！现在说这些已经没有意义了，您已经承担了所有的伤痛，我无法弥补。今天我来向您请罪，请您接受我的认罪悔过之心。

面对二妮，田家祥跪倒在地，郑重地磕了三个头。

站起来时，他的眼里已经满是泪水。

二妮淡然道：过去的事，不提也罢。

田家祥说了句"谢您宽宏大量"，起身离去。

二妮还是那样坐着，等待女儿的最终答复。

修好捧起母亲的脸，朝她点了点头。

王秀花的丧事办得很隆重，各方面无不盛赞王秀花的好。修好以干女儿的身份为秀花提壶送汤，完成了母亲要她做的事。这一举动出乎乡亲们的意料，议论多多。许多人以为修好认了生身父亲。田家祥也感到意外，没想到两个女人之间竟存着如此的情谊，这让他深知山石之下还有脉脉清泉，理解和尊重比什么都珍贵。田家祥对修好参与葬礼表现出极大的兴奋，处处在意，时时都想表达他心中那压抑已久的父爱，但修好对他一直冷若冰霜。

二妮对田家祥说：她还不能原谅你。

田家祥一脸尴尬地说：也是，也是。

厚皮担任了丧事的厨师，倒也有几分辛苦。事后他迟迟不肯离去，田家祥问他：是不是没地方去了？厚皮说他已是丧家之犬。田家祥说：你应当好好反省反省啊。厚皮说：挨了大叔两次打，前些日子整天耳鸣，现在听不见人说话，眼也不行了，雾茫茫的，什么都看不清，走路深一脚浅一脚的。田家祥说：你那是白内障，得去医院做手术。厚皮说：开刀得花钱啊。田家祥说：我给你垫上。厚皮当即给田家祥磕了个头，说：到底还是俺大叔。

永志和桂花去了非洲，孩子留在老宋那边，说等那边安定下来就回国接孩子。老宋说：你还真把外国当成家了呢，听我的，过两年一定得回来，还是咱中国的饭食好。桂花临行前，带着由由去上了一趟坟，伤感万端地和自由告了别。

永志还是不能谅解父亲，每当想起母亲，他就忍不住流泪。临行前，田家祥把他多年前用过的一个大烟斗送给儿子，说老烟袋锅子里的焦油味儿可以防备毒蛇，那边林子多，随身带着，兴许有用。永志说林子里不准带烟斗。桂花说：咱爹给你，你就拿着，没事拿出来看看也好啊。永志才接了。

田家祥常常沉湎于往事之中，不能自拔，不能解脱。他深感对不起含辛茹苦的妻子，王秀花的死带走了他大半个心。夜深人静时，他独自一人来到秀花的坟前，朝那化为青烟、埋入黄土、再也不会发出半点声息的灵魂诉说悲伤，历数自己的种种不是。月光下，他仿佛听到秀花的声音，朴实无华，透着女人的无奈和主妇的担当，还有对他的细微埋怨。可怜的秀花，死后总算享受到丈夫的一点儿爱意，还有来自各方的尊敬。

田家祥老了，心情萎靡，神气困顿，几乎失去了生活的自信。多年来的操劳让他身心疲惫，许多应当做好的事都不想干了。大儿子没了，小儿子出国，老婆命赴黄泉，孙子到了别人家。孤身一人的他，如今只有形影相吊，不由得万念俱灰。思来想去，算只有对二妮的那份爱慕还在支撑着他的精神。

如果没有她——田家祥想——我可以死了。

旧村改造像个无底洞，基建投资压垮了天丝食品的资金链。田家祥发誓要把该项目做下去，直到他死。话虽这么说，分红有限，继续投下去，天丝食品将面临资不抵债的困境。二妮了解到村里的困境，问行健怎么做才好。行健建议把现有福利房变为商品房，按一定的优惠比例卖给村民，变现后，小区可以继续建设，天丝食品也不会受影响。

二妮找了田家祥，说了申行健的构想。田家祥起初不同意变福利房为商品房，以为那等于出尔反尔，话不好说。二妮说：如果因此把天丝食品搭进去，议论就更不好了。家祥说：倒也是。二妮说：我看你不妨把实底交给村民，让大家去讨论，然后再作决定。田家祥答应了。

二妮走后，田家祥觉得她那曼妙的身影依然还在面前，摇曳变幻，就是不肯消失。那个曾经可怜兮兮的女人如今是何等沉着、何等智慧。几十年的风风雨雨，金钱之风刮倒大树也吹干枯草，她依然青枝绿叶，仁厚贯彻始终。田家祥由此看到自己的落伍、缺点和劣势，今非昔比，正所谓巾帼不让须眉。看她，说话多么得体，做事多么细致，多有人情味儿！没有一点儿捉襟见肘，没有一点儿自诩夸张，与人为善，如流水一般自然。接受她的意见就像禾苗接受甘露一样舒心。反观自己，不过一个夯汉罢了，懂什么？田家祥将自己的大半生做成了片段，待浏览过了，不由得自问：你能做什么？你哪一点能比得上人家？但凡遇到事情只凭了一身的野性和蛮劲，狼狈无处不露，兀自嚣张逞强，实在是不自量力！

他确认自己一直深深爱着她，从来没有动摇。

这样想的时候，他感到自己年轻了许多。

第二十八章 说图画警钟长鸣 论进退天道自在

两周后，申行健带着旧村改造的新方案来找董事长汇报。

自二妮说服田家祥后，申行健一直忙于制订新方案。初稿出来后，在全村展开民主讨论，最终形成了结论。福利房转商品房的具体方案是：凡大苇塘村民一律享受五折买房的优惠，在本村就业的外地人可享受八点五折待遇。该方案最初放给村民讨论时，反应强烈，很多人以为吃亏了。申行健将土地、基建、装修、公益设施等支出一笔笔给公示出来，百分之五十的折扣中实际上就包含了村民的土地权和在天丝食品的分红。也就是说，凡买房者都赚了便宜。这样一算，大多数人能够接受新方案。外地打工者因能享受八五优惠，也很高兴。

新方案获得董事会的一致认可。董事会委派申行健具体负责该方案的实行。会后有人问田家祥，为什么变了窑火？田家祥自嘲地说：我这人就是虚荣爱面子，当初觉得只有白给才能换个好名声，没想到时代变了，老一套不行了。

房产预售进行得很顺利，也很热烈。申凤坤父子按五折买了四套房子，三个儿子一个女儿，各得一套。办好购房手续后，他和老伴去老屋那边看了，发现老屋的后墙已粉刷一新，大眼睛重新画上了。凤坤问：这是谁干的？行健说是田总布置的。凤坤没说话，开门进了院子看了那几间旧屋，说：老屋是不能住了。

田家祥给儿子、孙子各买了一套房，另以八点五折买了一套，打算以此赔偿申凤坤几十年前毁掉的几间老屋。这话传到申凤坤耳朵里，老人将信将疑，行健说：那人不打诳语。申凤坤叹息道：如此说来，这些年闹来闹去又是何苦……内心一阵酸楚，竟说不下去了。

因为儿女的怂恿，二妮来过一趟大苇塘。看见小区建设得跟花园似的，不由得感慨万千，说找不到原来的样了。她带着一对儿女看了早年的院子，房屋已拆，只剩下一片空地。荒草瓦砾中有个青石磙子。修好问这是什么？二妮说：这是当年打场用的碌碡，妈妈曾经一人拉了这么重的碌碡一口气压场几个小时肩膀上都磨出了血。修好说：我怎么不记得。修文说：你就记得吃——你还偷吃过我的熟鸡蛋呢。

二妮不打算在这边买房——她想彻底离开这个曾让她心碎的地方。修好和修文认为该买不买等于放弃权利，经济上也吃亏——五折买了，能赚一笔很像样的钱呢。田家祥见二妮迟迟不肯买房以为她手头不足，想给她垫付一部分。二妮说：不是钱的事。田家祥小声说：算我赞助修好的行吧？二妮断然道：强扭的瓜不甜。田家祥琢磨了这话，收了想法。

儿女先回城了，田家祥带二妮去他家老屋转了一圈。两人在院子里静静地坐了一阵子。院子显得有些破败，只有大枣树还在，高耸入云的树干犹如黑铁铸成，阴影处尤显坚实。院子似乎好久没有打扫，也无鸡鸭狗猫之类，了无生气。二妮问：一辈子就撇了这些？田家祥苦笑道：这些还少吗？有房子，有饭吃，孩子长大成人，我一辈子想的也就这些。

二妮觉得好一阵子难受。

田家祥说：我还有好东西呢，你看我屋里这些奖状，哪一级的都有！

二妮浏览了，说：就这点还真叫人佩服。

田家祥说：名声呢名声，多少钱也买不到个好名声。

二妮问：打算就这样过了？

田家祥说：不这样，又怎样？公事私事都办完了，我也累了，该收摊子了。现实说话，只要身体没有大毛病，就算是福气。哪天不行了，就死呗。人总有一死，不是这样死就是那样死。到时你若能来参加葬礼，说几句公道话，我就很满足了。

二妮看着那棵高大的枣树，轻声叹息。

田家祥说：我还是劝你买个房子，落叶归根，也有个守头。

二妮说：还有什么可守的？

田家祥说：还有祖坟呢，过年过节的，不得烧张纸？

二妮说：是得再考虑考虑呢。

天丝食品通过商品房营销，吸收了充足的资金，生产经营从容进行，新住宅区也臻于完善。田家祥称赞申行健"处事稳当有大将风度"。不久，他向董事会提出退休并推荐申行健为天丝集团的董事长，同时要求对天丝食品进行审计——他想把家底摸个清楚，一来想给村民一个交代，二来想知道自己这些年成绩多大多小。

审计很快完成。田家祥受命向董事会扩大会议陈述天丝公司的经营史。他概要地介绍了从买大缸腌咸菜到做八宝豆豉，从做桃酥饼干到各种糖果生产线，从只有四五个人（福申、自由、厚皮和他）发展到现在几百人的综合企业，从只有一台破柴油机到现在的自动化生产线，从拉着地排车到集市上卖咸菜到遍布国内国外的销售网络。这个发展过程，从前他连想都不敢想。

会场很安静。

田家祥说：当年大苇塘办厂子是被形势逼出来的。土地分到户了，集体做什么呢？就得搞副业。跌跌撞撞走下来，随着潮流就走到现在这个风景，所以我首先得感谢潮流。没有潮流，我算个屎啊。我还得感谢吕锋，没有他，我连这条路都走不上来。即使走上来，也要晚些。

所有人都静静倾听，没有一个人分心。

田家祥继续说：除了潮流因素，就是资金，没有钱什么事都办不成啊，这个道理现在总算知道了。钱从哪里来呢？这里边学问就大了。首先你得把生产搞好，自身有积累，其次是得跟银行打交道，光靠银行也不行。这一次天丝起死回生，靠的是股东。如果没有在座的各位，天丝也完了。还有，就是市场。二十多年来，最叫我瞠目结舌的就是市场。这个东西怎么这么厉害，什么都能吃进去，永远喂不饱，那两个字叫什么来着，饕餮！我从前老是念它“号珍”！

一些读过书的人就笑。

田家祥自嘲地笑了笑，说：还有人才，这是天丝的一个法宝。说到这儿，我得感谢行健和修文，小小年纪，见识却比我深远，脑瓜子也灵活。我禁不住自问，你田家祥不是怪能吗？怎么就拿不出他们那些高招儿呢？怎么老在过去的圈子里转来转去呢？兄弟爷们儿，这不是聪明不聪明的问题，是因为老了。过去听人说年龄不饶人，我还不信——谁说上了岁数就不行了？现在看，老了就是老了，不光体力不行，思维跟不上，方法也不行。所以我说，我没有前途了。这不是客气。过去走的那段路，其实是热情超过了智慧、潮流逼出了能量，连滚带爬叫大水给冲过来，没淹死就算不错啦！

……在此我不得不提出一个问题：明天呢？明天还能叽里咕噜跟着人家滚吗？说句文雅的话吧，当现实远远超出了你的梦想，那就意味着你得让路，你不可能有新想法新动力了，你也把握不住未来了。打个比方，我是一把石刀，切豆腐没问题，可是要想断开铁丝，非用钢钳不可。一个习惯步行的人骑自行车还可以，若是叫我开汽车，就不是那回事了。汽车快多了，弄不好就要出大事。骑自行车就是出点儿事也不大，汽车一出事可就惨了，车上有很多人啊。所以我说，回顾过去，十分后怕；展望未来，赶快撂下！

他的讲话戛然而止，站起来朝大家鞠了一个大躬，会场上响起长时间的热烈的掌声。

田家祥的陈述连同他公布的审计结果，以无可争辩的事实证明了田家祥白手起家、兢兢业业、克己奉公，二十多年如一日的劳作完全是为了大苇塘的福祉。他为集体积累了数额巨大的财富，而自己依然清贫。今天，他把这个厚重的账簿捧给大家，证明他是大苇塘村的优秀儿子。他应当感到自豪，这也是大苇塘村的光荣。

申凤坤听完陈述，说：这人比我强！

申行健代表青年人，要求董事长谈一点儿人生感悟。

田家祥问：你们想听点儿什么？

申行健说：随便谈吧，包括经验啊、遗憾啊、不爽啊，都行。

田家祥呷了一口茶，说：这个问题提得好。我这大半辈子，不能说没做过好事，但确实也做了一些错事。有些事让我一辈子感到羞愧，那些话，在这里就不说了。要说人生感悟，其实就一点——既要拿自己当人，也要拿别人当人。过去的田家祥，可以说，是个粗鄙的人，有些错误是难以弥补的——时过境迁青春不再弥补个屁嘛弥补！所以我说，青年人一定要谨言慎行，犯了错就得改。

说罢，他站起来，朝了会场深鞠一躬，表情肃然。

人们偷看二妮，二妮不动声色。

行健在桌子下紧紧地握住了修好的手。

田家祥不无感伤地说：不瞒你们说，现今我还有些遗憾和不解。从前我以为，人之间闹不团结，兄弟打架、庄邻不和都是因为穷，穷争饿吵嘛。那时我就想，等将来东西多了，吃的用的都不愁，那社会该有多好！可是你看现在，衣食住行，什么都不缺，可是人变好了吗？我怎么觉得人好像比从前更自私了，坏东西跟韭菜似的割了一茬又出来一茬怎么就是不能斩草除根呢！这个，我没想到，也想不通。

修好第一次对眼前的这个人有了一点儿直接的感受，甚至生出几分尊敬。她那与生俱来的、藏于血脉中的悲伤、羞耻和愤怒，此时得到一定程度的化解。

田家祥说到凤坤家老屋的赔偿问题：这件事，按理说，是我田家祥把关系弄僵了。大家都知道，我和凤坤从小就要好。我上小学时，凤坤大哥已是六年级，比我大不少，我们都叫他大学长。他能背很多古文，字也写得好。凤坤对我的关心，真是没的说。我娘死得早，家里生活很糟糕，经常有上顿没下顿的，衣服破破烂烂，也没人给缝补，像个叫花子。凤坤常带些好吃的给我，我有时也到他家蹭饭吃。我那时身板瘦小，常有人欺负我，凤坤每次都会挺身而出，呵斥他们：怎么着？欺负弱小是不是？有了他的保护，我少吃不少亏。因此我在他面前就有点儿充赖，仗着他会照顾我、保护我、让着我……

申凤坤低下头去，揉搓手里的牛皮烟荷包。

田家祥接着说：那时候我把他当做大哥，我俩还对着大苇塘旁边一棵大槐树拜过把兄弟呢。可是后来，我忙着争官做——那时想当官就跟疯了一样——跟凤坤就尿不到一起去了。当时我存了这种心理，他是大哥，理所当然应当支持我，就像从前那样无条件地保护我一样。比如他那几间屋，当时我想，不就是几间过道屋嘛，你带个头，我也好开展工作。可我没想到另外一层，凤坤是个爱面子的人，平白无故打了他的屋，庄邻会怎么看？如果他不要补偿，庄邻会骂他诵能，说得好听一点儿是兄弟联手，若是说不好的，人家会怀疑他存心要巴结我这个小书记，甚至怀疑他背地里图了什么好处呢。大家设身处地想一想，是不是这个理儿？我只知道单方面强调自己的理儿，把江湖义气那一套当成原则、当成公理，结果就闹出矛盾来。亲兄弟，明算账——这既是老规矩也是新原则——到今天我才算明白，可是晚了。

会场上鸦雀无声。

田家祥宣布：除了在此公开向凤坤大哥道歉之外，我决定，赔偿他的旧房。这几间房子，咱还是按江湖上的做法，我，作为兄弟，用我个人所得偿还大哥的损失。如果大哥觉得不愿意私相授受，这钱天丝食品出一半，我出一半。为什么？因为天丝这个集体曾经剥夺过大哥的权利，而我，至少得担负一半的责任。

申凤坤站起来，情绪激动，一双老眼里满含泪花。他朝家祥拱了拱手，说：家祥，有你这句话，比什么都强，赔偿不要了。

老人家缓缓坐下，头俯在胸前，不断地擦泪。

田家祥说：最后我要提一点要求，这也是我在董事长任上最后一个决定——把田自由的另一半工资发给他，包括这些年的利息。当初扣发他一半的工资，是因为酱园初创确实没有几个钱，买盐的钱都没有哪还有工资啊。后来不给他，是我以为不给他一半工资他就不走了。谁知那小子是个硬头鳖，非走不可。再后来，不是因为厂里缺钱，是我故意为难他，希望他多受点儿困难也好及早成人。谁知道，人长大了，可是命没了。想起这个事，我觉得对不起我儿子……

会场上传来抽泣哽咽之声。

申修文受到很大的震动，脸上一片景仰。他迅速地写了个字条，让修好递给行健。

行健高声宣读了申修文的提议：董事申修文建议，天丝公司全体董事并与会者，起立，向董事长致敬！

全场起立，包括二妮一家、申凤坤父子、贾文化……

田家祥肃立，接受了这一庄严的敬礼，鞠躬还礼。

一辆出租车在田家祥家门口停下，下来的人是吕锋。

他从车上拿下大大小小好几个包，还有一个牛皮提箱。田家祥问：送礼吗？找错门了。吕锋苦笑道：你都下台了，谁还给你送礼。田家祥问：要么就是搬家？吕锋说：就算是吧，没地方去了，暂时放你这里。

两人进屋说话。

吕锋讲了自己的境况：不久前有人告发，纪委组织人调查了，把我关在一家僻静的宾馆里写检查。田家祥说：那就是双规嘛。吕锋说：就算是吧。田家祥问：都是些什么事？吕锋大体说了说卖烟卖酒、过生日收礼的事，还有李义的高级手表一块（后证明是冒牌货）、齐白石字画两件（都是赝品）、玉石十几块（有真有假），总计二十万元多一点儿。好在那钱基本都退还了，组织宽大，今日他暂得自由。

田家祥肃然，问：听人说你还接受了贾文化的干股，怎么回事？吕锋说：当时贾文化叫我帮他融点儿资，我牵线搭桥帮他促成了一份贷款，事前他确曾说过要给我一点儿股份，当时我以为是他服装公司的股份，没有坚决拒绝也没有明确答应。后来他用那笔钱参与天丝的重组，私下给我一个君子协定，才知其中有我的干股。田家祥问：你知道他给你的干股值多少吗？吕锋说：没多少吧？田家祥粗大的巴掌拍在茶几上，正色道：那点儿干股值百多万呢！吕锋说：反正我没拿到一分钱。

田家祥愤然道：糊涂透顶啊你！当官，图个好名就不错了。要是为了赚钱，你一马儿就该去经商！你想一手捂俩雀，你以为你是谁?！

吕锋嗫嚅道：一念之差，悔之晚矣。

田家祥问：就这些事？

吕锋说：还有点儿作风问题。

田家祥问：嫖娼了？

吕锋兀自恬不知耻地说：也不能算是嫖娼。其实她们都是半掩着门子的货，谁进去都行，当时小嘴都怪甜，如今见我翻船了，她们就落井下石，不是东西！

田家祥说：你也不是什么好东西！还好意思说！

吕锋自知不好，默默地喝茶，不断地抽烟。

田家祥说：还记得“八戒”吗？

吕锋问：猪八戒？

田家祥又是猛地一拍，茶几上的茶壶茶碗咣当当跳了起来。

吕锋张大眼睛，惊问：怎么了？

田家祥气恼地说：三老实！不记得了？

吕锋如梦初醒，说：那事啊，记是记得，可是时间这么长，很难坚持啊。你知道的，我不是没坚持，前后算起来我也坚持了小十多年呢，后来见风气如此潮流滚滚，我就撑不住劲了，跟着感觉走了。

田家祥道：做到做不到，各人有各人的看法，我倒不想跟你计较。我生气的是，那是咱俩的正式约定啊。既然是约定，就不是你一个人的事，知道不？试想，你在那里破了戒，我还在这里为你我的约定守节呢！戒烟、戒酒、不贪污、不浪费——其中就打人没戒住——要紧的几条我都坚持了。我这样做仅仅是为了自己的名声吗？我是想拉着你一起走，走一条干净路，最后给你我一辈子画个圆满的句号。你小子可好，点了几个逗点后就溜了，把我撂在这里。古人说，守道以约——这是凤坤教我的话——你守道了吗？你守诺了吗？你这是欺骗耍弄朋友，耍弄朋友是最不仁不义的恶行，知道吗？啊！

吕锋自知理亏，没词儿对答。

两人默默地喝了一会儿茶。田家祥问及吕锋当下处境。吕锋说：我和晓云的关系早就不行了。晓云那人比较冷，我们老是说不到一起去，多少年不在一起睡了。田家祥说：你整天在外边花花，想必也没力气睡老婆了！吕锋说：不说这个吧。莉莉最近出了那件事，晓云不放心，提前办了退休，要去国外陪女儿读书，最近就走。自打被双规，我在她眼里不是人了，既如此，我也犯不上磨人家的眼珠子，昨天刚办完离婚手续，我净身出户。

田家祥叹了一口气，说：那就住我这里吧。

吕锋打开箱子，收拾着那间寄身的卧室。

他突然说：有件事，我得问问你。

田家祥问：什么事？

吕锋问：那次捅我一刀的，是不是你那丫头？

田家祥摇头，说：若是她，我能认不出来？

吕锋说：正因为认识，所以你才替她遮掩了。

田家祥问：凭什么怀疑是她？

吕锋说：有一天我在大街上碰到李义。那时他还没进看守所呢，正巧行健和修好两个一起走过，李义跟他们打招呼。当时修好瞥了一眼李义，骂了一声“人渣”。我一听那声音，跟那天楼道上攮我时的太像了，绝对的像。

田家祥说：幸亏就捅了一刀。

吕锋道：眼下年轻人，都是狼崽子！

自此，吕锋就在大苇塘住下了。虽然下野罢官，倒也享受了少有的清闲。平日里与家祥一起饮茶说话，其乐也融融，偶有来客，他大都避而不见。吕锋自动担当起打扫卫生、看门守户、侍弄花草诸项细事，厨事则由厚皮操办，饭菜还算可口，其余时间就是看书，外人不知其身世，以为是个隐居的高士。因为读书，吕锋想了很多问题；这些问题反过来又让他不得不读更多的书、不得不作更深入的思考，于是涉及到社会的、政治的、伦理的理论。他常常无端陷入反思之中。对于一个经过实践、拥有经验，又想得到理论穿越的人来说，读书就像跋涉，就像登山，就像操作一次奥秘深邃的化学实验。他以自身的经历为素材，努力认知二十年来的历史，从中看到了自己在意志、个性、价值观等诸方面的缺失。人生的历程像是一本内容丰富的书，让他看到了当代社会的诸多弊端，看到了延绵千年的文化缺陷，也看到了人性的凶猛和自身的局限。每当有所发现，吕锋就像看到一片新大陆，豁然开朗，拍案叫绝，沾沾自喜，还要告诉别人发现了真理，像个天真好奇的孩子。有一次他跟家祥说：最近读《马克思传》，我发现我的变化（他不说腐败堕落）其实是和社会同步的。也就是说，腐败是必然的，逃脱这种必然的人是特殊现象，而我不过是个普通范例而已。

田家祥问：你这是什么意思？

吕锋说：这话很难说得太清楚，打个比方说吧，我在商城当一把手，一切都是我说了算，只要把上级蒙哄好了，在那个小天地里我几乎就是国王，到处都是没有监督的钱，到处都是无人置喙的权力，女人恨不能让你扒下裙子马上就干，随便使个眼色就能把事办成，多么肉麻的奉承都能听到，就连知识分子也变得厚颜无耻，而且大家有一个心照不宣的秘密——彼此都是一伙人，你别惹我，我也不找你麻烦，就像分赃一样……

田家祥说：这些事轮不到咱评论。

吕锋兴致盎然地说：这是体制的弊端，一把手权力太大，党内民主不够，社会监督有一搭无一搭的——虚妄至于如此，不出问题才怪呢！

田家祥道：眼神头不好的人偏爱养蠓虫儿，也真是！

吕锋不理会朋友的讥诮，对自己的发现充满兴奋，津津有味、口若悬河，好像是个有所创见的理论家。他不仅在家里说这些，还出去说给别人听。他担心老百姓不明白，还编成了通俗的歌谣，四处散播。

不久，组织部长约他见面并宣布处分决定。部长说：你那些事，说轻，不能算轻；说重嘛，也不算多重。有些错误，比如生日收礼住院收钱问题，不光你一人有。贾文化的那个君子协定基本是单方面许诺，你本人虽然态度暧昧但没有套现。总之，没什么大不了的——现在哪有不吃腥的猫啊！反贪反腐是一件长期的工作，腐败分子毕竟是少数嘛，关键是教育多数，是不是？

吕锋知道，下边才是“但书”。

果然，部长一改方才的宽大，一本正经地说：但是，你不该将这些属于个人的、局部的、暂时的现象归结为体制问题，更不是什么政治体制问题。经济持续发展，社会基本安定，说明这个制度是符合国情的。作为一名党员，不应当将个人看法散布到社会上去。这是一种很不负责任的行为！我代表组织，郑重告诉你：你的言论出格了，而且已经造成严重的负面影响。鉴于此，组织决定，给予开除党籍处分。同时警告你，立即停止类似行为。

吕锋问：公职还在吧？

部长说：是否开除公职，是否交由司法处理，还要观察，要等下一步的审议。

吕锋接受了组织上的处分——只能接受——再不敢胡说八道，也不再读书了。他从申抱朴那里转包了原属张二妮的几亩地。当年的粮田早就种上了果树，那些樱桃、山梨、山楂树已是高大的树木，果园里草木葱茏，绿树成荫，春夏秋冬皆有风景。吕锋享受着世外桃源般的安静，土地松软，野花遍地，杂草和树木散发着清香。吕锋就此过起了无官一身轻的田园生活。他扬言要写一本小说，叫做什么什么梦，原型就是他自己。

田家祥说：你敢揭丑？

吕锋说：我都这样了，还怕什么？

村民纷纷搬进新楼房。新的生活方式让他们充满兴奋，幸福溢于言表。不少老人住在敞亮的楼房里，大谈老式土房子的好处，大说当年的贫苦日子如何充满乐趣，从前的伤疤变成了今日的文身，苦难被故意忘记，怀旧的鲜花掩盖了曾经的荒芜。但是，如果叫谁再去住从前的破屋，都不肯。

关于路两边的铺面房分配，大家争论不休，都想占据繁华地段，角落处不好做生意。申行健的方案是：组成一个议价小组，给每间铺面房作出合理定价，然后抓阄。抓到好铺面的，相应要出高租金。大家认可这办法，铺面房很快租出去了，很多人家单靠铺面的租金就能过上体面日子。这时村民们才确认田家祥真是好干部、好书记，赞扬之声不绝于耳。听到这些发自内心的赞许，田家祥的心就像春风吹过，恣恣洋洋，无限温柔。这是他人生的最大慰藉，他乐意接受人们的祝贺，为此沾沾自喜。

申行健接替田家祥成为天丝的第二任董事长，永志和桂花通过互联网发来祝贺。很多人猜测叔嫂二人是否能够结合，修文问了，永志没有直接答复，只说由由希望爷爷赶快给他找个奶奶。有一天，田家祥和二妮说起这件事，一副心事浩茫、缠绵悱恻的样子。二妮说：年轻人的事，指不定怎样呢。田家祥说：也许早搅和在一起了。二妮说未必，这既要看永志，也要看桂花。如果永志还是念念不忘莉莉，莉莉又是个性情柔弱的人，需要一个像永志那样倾心爱护她的人，说不定还会走到一起。田家祥说：现在还看不出。二妮说：时间久了，事情就会起变化，日久见人心啊。田家祥问：如果那样，桂花可怎么办？二妮说：剩不下啊。田家祥说：那她会嫁谁？二妮说：嫁给她喜欢的人呗。田家祥说：那里到处都是黑人，难道嫁给一个黑大汉？二妮说：怎么不行？你也不白。

接下来的村民选举中，田家祥当选为大苇塘村委会主任。为了表彰他对大苇塘村的贡献，所有股东一致同意为他买一栋别墅。田家祥死活不要，最后把别墅做了村图书馆。田家祥见人就说教育很重要，读过书的人就是比土八路强。

申凤坤的老屋彻底打了，原地建起一座三层别墅，前后有草坪。天丝的办公楼被再次翻修，四周的绿化扩大了几倍。村委会的办公楼和申凤坤的别墅隔街相望，中间是一条植满花树的林荫道。

应申凤坤的邀请，田家祥和张二妮前来商量行健和修好的婚事。修好不喜欢传统的排场，坚持要办个现代婚礼——旅游结婚——他们想借此去永志所在的澳柯玛市看看。贾文化的儿子和王小妮要跟他们一起去非洲，四人结伴，倒也喜庆。

在庆祝天丝董事长卸任、大苇塘村委会主任就任的宴会上，申行健宣布：敲响大苇塘的铁钟，向我们的董事长、大苇塘村的好村长致敬！

田家祥连忙阻止：千万别这样，这么做要折我的寿呢。我这人虽然喜欢听好话，可是为我单独敲一次钟，实在担当不起。该致敬的很多。这里，我先给大家讲个故事，你们听后如果还想敲钟，那时再敲也不迟。

大家静静地等他说。

田家祥清了清喉咙，说：我给大家讲个不死鸟的故事吧。说的是从前，很久以前，有一只鸟长得很美丽，叫起来声音很好听，但这鸟有个大缺点，就是不吃虫子光吃粮食，农民不喜欢。有一天，一只老鹰说，我要吃掉这个糟蹋粮食的小东西。这只鸟很害怕，它翅膀小，力气不够大，难逃被吃掉的厄运。当地百姓生了恻隐之心，小鸟尽管不吃虫子，但叫声好听长得也漂亮，老鹰要杀死它未免太过残忍，于是大家就对了那只鸟一起发喊："朝天空飞！朝高处飞！"那鸟为了逃脱灾难，使足了力气朝高处飞，老鹰在后边紧追。前头那个不遗余力，后边这个穷追不舍，眼看着小鸟要被抓到了，天空突然洒下一片丝线，白色的、细细的、半透明的丝线，长的有一两米，短的也就寸把长，铺天盖地，洋洋洒洒，弥漫了天空。据说那些洁白的飘丝就是鸟儿幻变出来的。老鹰从那些飘荡的丝线里读出小鸟的许诺。从此以后，小鸟春天里来秋天里走，只吃虫子，不吃庄稼。这种飘荡在天空的丝线，这里人称之为天丝。大苇塘的天空中，每年春秋都有这种东西出现。当天丝在春天飘荡时，不死鸟就来了，和叫天子一起歌唱，声音怪好听呢；秋天庄稼成熟时，天空再次飘起天丝，那鸟就走了。老鹰看小鸟很可人意，不再追杀。后来人们就把不死鸟称为天丝鸟。

申修文问：故事倒是蛮好听的，它能说明什么呢？

田家祥说：民间故事，各有各的理解。我的理解是，人是需要监督的，单凭个人良知，单凭悲天悯人的情肠，并不可靠。实话告诉你们，这些年来，要不是凤坤大哥的那幅画，要是没有那个整天盯着我的大眼睛，我田家祥也许早就完了。我说这话可不是危言耸听，在历史的关口上，我也曾经有过动摇啊。试想，那么多钱，那么大的工厂，俺爷们儿千辛万苦地做起来，到头来就这么双手捧着交给公家，谁的心里能波澜不惊？有时犯迷糊，我也暗想，你交了公，当时大家说你好，过后自己手里连个鸟哨儿也没有，十有八九会现眼呢。要不要从这个大蛋糕上切下一层来，给大家一个薄点儿的礼物算了，没人会计较，也计较不了。每当这时，我就想到那个大眼睛——有人盯着我呢！于是自问：你不是曾经许诺一辈子为大苇塘谋利益吗？怎么中途反叛、背信弃义、食言了？于是一阵惊悚，心中惶惶不安，然后慢慢调和思想，艰难回归正道。其实这是个良心局啊，路子并不十分可靠，但对我这个人还是有点儿作用。所以说，那个大眼睛是不可或缺的，我感激它，希望它永远不要打瞌睡，更不要闭上。我建议：恢复不死鸟和大眼睛那两幅画。它们是大苇塘的守护神，即便我们这些人都没了，也不要铲掉。

全场默然片刻，然后是一阵热烈的掌声。

田家祥举杯，郑重其事地建议：如果你们要敲钟，那么，等这两幅画弄好了，揭幕式上，那时咱一起敲钟好不好？

几天后，不死鸟和大眼睛揭幕。

大苇塘人聚集在那个发生过许多故事的街口，观看这富有文化色彩的一幕，个个神情肃穆。申凤坤和田家祥招呼众人，一起推动枣木杠子，郑重地敲响了大钟。那大钟名不副实，它是用一大截子钢轨做成的，当年社员集体上工时，敲的就是这口钟。后来天丝食品厂做了交接班的工具，经常敲击的地方明亮光洁，其他地方都锈蚀了。尽管如此，响亮而沉着的钟声依然让大苇塘的人们精神振奋。

钟声悠扬，荡漾在辽阔多彩的田野上。

初稿于 2010 年 10 月
二稿于 2011 年 12 月
三稿于 2013 年 4 月

图书在版编目（CIP）数据

把兄弟/王兆军著. －北京:作家出版社，2014.8
（中国文学创作出版精品工程）
ISBN 978－7－5063－7382－1

Ⅰ.①把… Ⅱ.①王 … Ⅲ.①长篇小说－中国－当代
Ⅳ.①I247.5

中国版本图书馆 CIP 数据核字（2014）第 080531 号

把 兄 弟

作　　者：王兆军
责任编辑：汉　睿
装帧设计：视觉共振
出版发行：作家出版社
社　　址：北京农展馆南里 10 号　　**邮编**：100125
电话传真：86－10－65930756（出版发行部）
86－10－65004079（总编室）
86－10－65015116（邮购部）
E－mail：**zuojia@ zuojia. net. cn**
http://www. haozuojia. com（作家在线）
印　　刷：三河市北燕印装有限公司
成品尺寸：150×226
字　　数：420 千
印　　张：28.25
版　　次：2014 年 8 月第 1 版
印　　次：2014 年 8 月第 1 次印刷
ISBN　978－7－5063－7382－1
定　　价：36.00 元
